안톤 체호프(1860~1904)

체호프 박물관 얄타. 체호프는 폐결핵이 악화되자 이곳으로 옮겨와 살았다.

체호프 박물관 내부

강아지와 레이디, 안톤 체호프 기념물 얄타

《개를 데리고 다니는 여인》 삽화 개가 으르렁거렸다. 쿠로프
는 다시 한번 으르렁댔다. 여자는 슬쩍 그를 쳐다보더니 이
내 눈을 내리깔았다.

"오늘이라도 이곳을 떠나 주세요. 지금 곧 이 자리에서 떠
나 주세요…제발 부탁이에요, 제발."

〈블라디미르에의 길〉 이사크 레비탄. 1892. 모스크바 트레차코프 미술관. 체호프는 친구였던 레비탄의 그림을 보고 많은 영감을 얻었다. 《귀여운 여인》, 《갈매기》도 레비탄을 모델로 썼다.

〈결투〉 일리야 레핀. 1896. 모스크바 트레차코프 미술관. 지식인 라에프스키와 행동파 동물학자 폰 코렌의 대립을 중심으로 두 남자의 대결은 마침내 결투로 이어진다.

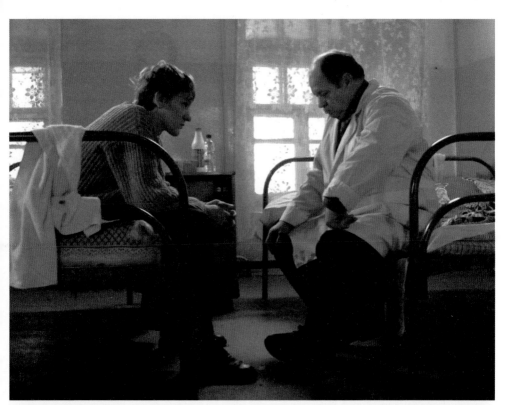

영화 〈6호실〉 카렌 샤크나자로프·알렉산드르 고르노브스키 감독, 블라디미르 일린·예브게니 스티치킨 주연. 2009.

Anton Chekhov's
THE DUEL

FLUX FILMS AND HIGH LINE PICTURES PRESENT ANTON CHEKHOV'S THE DUEL STARRING ANDREW SCOTT · TOBIAS MENZIES · FIONA GLASCOTT · NIALL BUGGY · MICHELLE FAIRLEY AND JEREMY SWIFT
CASTING BY JOYCE NETTLES CO-PRODUCERS PER MELITA · IGOR A. NOLA · SUSA HORVAT COMPOSER ANGELO MILLI COSTUME DESIGNER SERGIO BALLO
PRODUCTION DESIGNER IVO HUSNJAK EDITED BY KATE WILLIAMS DIRECTOR OF PHOTOGRAPHY PAUL SAROSSY C.S.C. B.S.C. SCREENPLAY BY MARY BING
PRODUCED BY DONALD ROSENFELD AND MARY BING DIRECTED BY DOVER KOSASHVILI

영화 〈결투〉 도버 코샤쉬빌리 감독, 앤드류 스캇·피오나 글라스콧 주연. 2009.

영화 〈개를 데리고 다니는 여인〉 요시프 헤이피츠 감독, 일리아 시비나·알렉세이 바티로브·니니 알리소바 주연. 1960.

세계문학전집078

Антóн Пáвлович Чехóв

ДУШЕЧКА/НЕВЕСТА/В УЩЕЛЕЕ

귀여운 여인/약혼녀/골짜기

체호프/동완 옮김

동서문화사

디자인 : 동서랑 미술팀

귀여운 여인/약혼녀/골짜기/6호실/등불/결투
차례

Душечка

귀여운 여인

귀여운 여인

퇴직 8등관(八等官) 풀레마니코프의 딸 올렌카는 자기 집 현관 층계에 앉아 무언가 생각에 잠겨 있었다. 날씨는 무덥고 파리까지 짓궂게 들러붙어서 기울어 가는 해가 빨리 저물기만 기다려졌다. 동쪽에서부터 검은 비구름이 몰려오고 이따금 생각난 듯이 습기 찬 바람이 불었다.

안뜰 한 가운데에는 야외 공연장 〈티블리〉의 경영주이자 소유자이면서도 한편 이 집 건넌방을 빌려 쓰고 있는 쿠킨이라는 남자가 하늘을 쳐다보고 있었다.

"제기랄!"

그는 한숨을 쉬며 투덜거렸다.

"또 비야! 일부러 그러는 것처럼 허구한 날 비만 오니, 죽으라는 건가! 날마다 손해가 이만저만해야지! 파산해 버리라는 거나 마찬가지지! 날마다 적자란 말이야!"

그는 두 손을 탁 치더니 올렌카에게 말을 걸었다.

"바로 이런 거예요, 올리가 세묘노브나. 우리가 살아간다는 건 말입니다. 울어도 시원치 않을 지경이죠! 별 고생을 다하고 죽도록 기를 쓰며 일해 봐야, 어떡하면 좀 더 나아질까 밤잠도 자지 않고 별궁리를 다 해 봐야, 그게 무슨 소용이겠습니까? 첫째로, 관중이 야만인이나 다름없이 무지막지하단 말이에요. 나는 그들에게 일류 가수들을 동원하여 가장 고상한 오페레타나 무언극을 공연해 주지만, 과연 관중은 그런 것을 원할까요? 그들이 그것을 구경한다 해도 도대체 무엇을 이해할 수 있겠습니까? 관중은 광대를 요구합니다. 아주 저속한 것을 상연해야 한단 말입니다! 게다가 날씨까지 이 모양입니다! 거의 매일 저녁 비가 오지 않습니까? 5월 10일부터 내리기 시작해서 6월인데도 두 달 내내 장마니 정말 어처구니가 없죠! 구경꾼은 얼씬하지도 않는데, 그래도 자릿세는 물어야 하고, 배우들에게도 급료를 지불하고 있잖습니까?"

이튿날 저녁 무렵에 또 검은 구름이 몰려왔다. 쿠킨은 신경질적으로 웃으며 말했다.

"어쩌겠다는 거야? 퍼부을 테면 얼마든지 퍼부어라! 공연장을 물바다로 만들어 버리란 말이야! 차라리 나를 물 속에 집어넣어 버리라지! 배우들도 나를 고소하고 싶다면 고소하라구! 재판이 다 뭐야? 시베리아로 유형을 보내도 좋고, 교수대에 올려놔도 겁날 것 없다! 하하하!"

그 다음날도 마찬가지였다.

올렌카는 쿠킨의 넋두리를 아무 말없이 들었고, 그러한 그녀의 눈에는 눈물이 글썽해지는 때도 있었다. 쿠킨의 불행은 드디어 올렌카의 마음을 흔들어 놓고야 말았다. 그녀는 그를 사랑하기 시작했다. 그는 안색이 누렇고 이마에 고수머리가 덮인 작달막한 키에 몸집이 여윈 사람이었다. 목소리는 가느다란 테너였는데, 얘기할 적마다 입이 비뚤어졌고, 얼굴에는 언제나 절망의 빛이 감돌았다. 그러나 그는 올렌카의 마음속에 그렇게 순결하고도 깊은 애정을 일으켰다. 올렌카는 언제나 누군가를 사랑하고 있었으며, 또 누군가를 사랑하지 않고서는 살아갈 수 없는 여자였다. 어릴 적에는 아버지를 무척 따랐다. 지금은 그 아버지도 병이 들어 어두운 방 안에서 안락의자에 앉은 채 괴로운 듯이 숨을 쉬고 있다. 그리고 2년에 한 번 정도 브랸스크에서 다녀가는 작은어머니도 사랑했다. 중학교 시절에는 프랑스어를 맡은 남자 선생님을 좋아했다. 올렌카는 조용하고 온순하고 정이 깊은 여자로, 그녀의 눈길은 잔잔하고 부드러웠으며 몸은 매우 건강한 편이었다. 통통하고 불그레한 뺨이며, 보드랍고 흰 살결에 까만 점이 찍힌 목덜미며, 무슨 재미있는 얘기를 들을 때 떠오르는 티 없이 상냥한 웃음 같은 것을 보는 사내들은, 으레 "거 괜찮게 생겼는걸……." 하며 자기들도 덩달아 미소를 지었고, 여자 손님들은 얘기를 주고받다가도 "아이 참 귀엽기도 하지!" 하며 참지 못하고 느닷없이 그녀의 손을 잡아보곤 했다.

그녀가 태어나면서부터 줄곧 살아왔고, 또 아버지의 유언장에도 그녀의 이름으로 된 이 집은 도심에서 떨어져 있었지만 티볼리 공연장에서는 가까웠다. 저녁부터 밤늦게까지 음악 소리와 폭죽 터지는 소리가 들려왔다. 그런 소리를 듣노라면 올렌카는 자기의 운명과 싸우며, 자기의 가장 큰 적(敵)인

무관심한 관중을 공격하는 쿠킨의 모습을 떠올렸고, 그러면 그녀의 마음은 달콤하게 저려왔다. 그런 날에는 잠을 잘 생각은 아예 하지도 않았다. 새벽녘에 그가 돌아오면 침실 창문을 똑똑 두드리며 커튼 사이로 얼굴과 한쪽 어깨만을 내밀며 그에게 상냥한 미소를 지어 보이곤 했다.

그가 청혼하여 그들은 결혼했다. 그리하여 그녀의 목덜미며 포동포동한 두 어깨를 보게 되었을 때, 그는 손뼉을 치면서 이렇게 말했다.

"정말 당신은 귀염둥이로구려!"

그는 행복했다. 그러나 결혼식 날에도 밤낮을 두고 비가 와서 그의 얼굴에서 절망의 빛이 사라지지 않았다.

결혼 뒤 그들은 다정스럽게 살았다. 그녀는 입장권을 팔기도 하고, 극장 안의 여러 가지 일을 거들어 주기도 하며, 지출을 장부에 적거나 월급을 주기도 했다. 그녀의 불그레한 두 뺨과 티 없이 밝고 귀여운 웃음이 매표구에서 보였는가 하면, 무대 뒤나 구내식당에도 나타나곤 했다. 그리고 그녀는 어느덧 자기 친지들에게, 연극이야말로 이 세상에서 가장 보람 있고 또 없어서는 안 될 중요한 것이며, 연극을 통해서만 인간은 참다운 위안을 느낄 수 있고 교양을 지닌 인도주의적 인간이 될 수 있다고까지 말하게 되었다.

"하지만 관중이 과연 그걸 이해할 수 있겠어요?"

그녀는 이렇게 말했다.

"그들이 요구하는 건 광대라니까요! 어제 우리가 파우스트의 개작(改作)을 공연했더니 관람석이 거의 텅 비었어요. 그렇지만 바니치카와 내가 저속한 신파나 공연했더라면 틀림없이 대만원이었을 거예요. 내일 바니치카와 나는 〈지옥에서의 오르페우스〉를 상연하기로 했지요. 꼭 보러 오세요."

그러고는 쿠킨이 배우들에 관해서 하던 말을 그대로 되풀이하곤 했다. 남편이 하는 그대로 예술에 대한 관중의 무관심과 무지를 탓하기도 하고, 무대 연습에 끼어들어 배우들의 포즈를 고쳐주고, 악사들의 몸짓을 감독하기도 했다. 어쩌다 지방 신문에 연극에 관한 악평이 실리면 눈물을 흘렸고, 담판을 지으러 신문사에 직접 가기도 했다.

배우들은 그녀를 좋아해서 "또 하나의 바니치카"라거나 "귀여운 여인"이라고 불렀다. 그녀는 배우들을 동정해서 많지 않은 돈이면 빌려주기도 했다. 그러다가 속는 수가 있어도 남몰래 울 뿐, 남편에게 일러바치는 일은 없었다.

두 내외는 겨울에도 잘 지냈다. 야외극장은 시내에 있는 극단이 공연하지 않는 대신에 소러시아에서 흘러온 소규모의 극단이라든가, 마술사라든가, 그렇지 않으면 시골 아마추어 연극 동호회 같은 데에 단기간씩 빌려 주었다. 올렌카는 점점 뚱뚱해지고, 온몸이 기쁨으로 빛났다. 그러나 쿠킨은 몸이 노랗게 마르면서 겨우내 경기가 나쁘지 않았는데도 손해가 막심하다고 투덜거리기만 했다. 그는 밤마다 기침이 심했으므로 그녀는 그에게 딸기라든가 라임을 짜서 끓여 먹이기도 하며, 오드콜로뉴를 문질러 주거나 자기의 따뜻한 숄을 둘러주기도 했다.

"난 당신이 얼마나 좋은지 몰라요!"

그녀는 남편의 머리를 쓰다듬으며 다정스럽게 말했다.

"정말 당신은 좋은 분이셔!"

사순제(四旬祭)가 되어 쿠킨은 단원을 모집하려고 모스크바로 떠났다. 남편 없이 올렌카는 잠을 이룰 수 없었고, 그래서 줄곧 창가에 앉아 별들만 바라보았다. 그때 그녀는 자신이 암탉같다는 생각이 들었다. 암탉들도 닭장에 수탉이 없으면 괜히 겁을 집어먹고 밤새 잠을 못 자기 때문이다. 쿠킨은 한동안 모스크바에서 머물렀는데, 부활절까지는 돌아갈 테니 극장 일은 이러이러하게 하라는 편지를 보내왔다. 그러나 부활절을 일주일 남긴 월요일 밤 늦게 문을 두드리는 소리가 불길하게 들려왔다. 문 밖에서 누가 커다란 나무통을 쿵쿵 두드리는 것 같은 소리였다. 잠이 덜 깬 식모가 맨 발로 물이 괸 곳을 철벅거리면서 대문으로 달려 나갔다.

"문 좀 열어 주시오!"

밖에서 거칠고 굵직한 목소리가 들려왔다.

"댁에 전보요!"

올렌카는 이전에도 남편에게서 전보를 받은 일이 있었지만, 이번만은 어쩐지 정신이 아찔해지는 것 같았다. 부들부들 떨리는 손으로 전보 봉투를 뜯었다. 전보에는 이렇게 적혀 있었다.

이반 페트로비치 오늘 돌연 사망. 화요일 장례식. ×××지시를 바람.

장례식 다음에 적힌 글자는 뜻을 전혀 모를 말이었다. 발신인은 오페레타

극단의 연출가였다.

"여보!"

올렌카는 흐느껴 울었다.

"나의 소중한 바니치카! 이게 어떻게 된 노릇이에요! 왜 나는 당신과 만났을까요? 나는 왜 당신을 사랑했을까요! 당신은 이 불쌍한 올렌카를, 이 가엾고 불행한 올렌카를 버렸으니 난 도대체 누구를 의지하라는 건가요?"

쿠킨은 화요일에 모스크바의 바가니코프 묘지에 묻혔다. 올렌카는 수요일에 집으로 돌아왔다. 방에 들어서자 침대에 몸을 던지고 거리에서나 이웃집에서도 들릴 만큼 큰 소리로 통곡했다.

"가엾기도 해라!"

이웃집 사람들은 가슴에 성호를 그으며 말했다.

"귀여운 올리가 저렇게 마음 아파하다가는 몸을 망쳐 버리겠네!"

그로부터 석 달이 지난 어느 날, 수심에 찬 올렌카가 상복을 입고 미사에서 돌아오는 길이었다. 이웃에 사는 바실리 안드레이치 푸스토발로프도 역시 교회에서 돌아오는 길이었는데, 우연하게도 올렌카와 나란히 걷게 되었다. 그는 바바카예프라는 목재상의 주인이었다. 밀짚모자를 쓰고 금으로 만든 시곗줄을 드리운 흰 조끼를 받쳐 입은 모양새가 상인이라기보다는 차라리 시골 지주라는 편이 어울릴 것 같은 사람이었다.

"세상의 모든 일은 운명이라는 것이 있습니다. 올리가 세묘노브나."

그는 동정어린 음성으로 침착하게 타이르듯 말했다.

"우리가 믿고 귀중히 여기는 사람 가운데 누가 죽는다 해도 그것은 주의 뜻입니다. 우리는 슬픔을 참고 그 뜻에 따라야 하지 않겠습니까?"

대문까지 올렌카를 바래다 준 그는 작별 인사를 하고 돌아갔다. 이런 일이 있은 뒤 그의 침착하고 위엄 있는 음성은 그녀의 귓전에서 맴돌며 온종일 사라지지 않았고, 눈을 감기만 하면 그의 검은 수염이 머릿속에 떠올랐다. 올렌카는 그를 좋아하게 되었다. 남자 편에서도 그녀에게 관심을 가진 것이 틀림없었다. 그 증거로, 얼마 지나지 않아 조금 안면이 있는 어떤 중년 부인이 커피를 마시러 집으로 찾아와서, 식탁에 앉기가 무섭게 푸스토발로프의 말을 꺼냈다. 그가 아주 착실하고 믿음직스러운 신랑감이므로 그 사람한테 시집가라면 뉘 집 색시든지 혹하고 덤빌 것이라는 말을 장황히 늘어놓고 간 일만으로도 넉넉히 짐작할 수 있었다. 그리고 사흘 뒤에는 푸스토발로프 자신이 찾아왔다. 그는 겨우 10분이나 앉아 있었을까, 말도 몇 마디 하지 않고 돌아갔으나 올렌카는 벌써 그를 사랑하게 되었다. 어떻게 그에게 반해 버렸는지, 그날은 밤새도록 잠을 이루지 못하고 열병에 걸린 사람처럼 들떠 있었다. 그래서 아침이 되기가 바쁘게 그 중년 부인을 불러오게 했다. 곧 혼담이 이루어지고, 결혼식도 끝났다.

푸스토발로프와 올렌카는 즐겁게 살았다. 남편은 보통 점심때까지 상점에 앉아 있다가 일을 보러 밖으로 나가곤 했다. 그러면 올렌카가 그를 대신하여 저녁때까지 앉아서 청구서를 쓰거나 물건을 팔기도 했다.

"목재는 해마다 2할씩이나 값이 오른답니다."

물건을 사러 오는 손님이나 아는 사람들에게 그녀는 이렇게 설명했다.

"그도 그럴 것이 전에는 이 지방 목재만 가지고도 장사가 되었는데, 지금은 우리 주인 바시치카가 목재를 구입하러 모길레프까지 해마다 다녀와야 합니다. 그리고 또 그 운임은……."

이렇게 말하며, 그녀는 소름이 끼친다는 듯이 두 손으로 뺨을 감쌌다.

"아주 엄청나게 먹힌다니까요!"

그녀는 벌써 오래 전부터 자기가 목재상을 해 온 듯한 기분이 들었고, 또 목재야말로 인생에서 가장 중요하고 필요한 물건이라고 생각하게 되었다. 그리고 대들보, 통나무, 서까래, 판자, 각목, 윗가지, 톱밥 등등 이런 말들까지도 왠지 친근하게 들렸다. 잠을 잘 때에도, 차곡차곡 쌓아올린 두껍고 얇은 판자더미라든가, 어디론지 시외로 나무를 나르는 우마차의 기다란 행렬이라든가, 길이가 30척이 넘는 일곱 치 들보 각재가 곤추서서 마치 군대처럼 재목 저장고로 행군하는 꿈을 꾸었다. 통나무, 들보, 판자 같은 마른 나무가 요란한 소리를 내고 서로 부딪치며 한꺼번에 무너져 내렸다가는 다시 저절로 쌓아 오르는 꿈도 꾸었다. 그럴 때면 올렌카는 놀라서 비명을 지르는데, 푸스토발로프가 어린애 달래듯 했다.

"올렌카, 당신 왜 그래? 어서 성호를 그어요!"

남편의 생각은 바로 아내의 생각이기도 했다. 남편이 방이 너무 덥다고 하든가 장사가 시원치 않다고 생각하면, 그녀도 역시 그렇게 생각했다. 남편은 어떤 종류의 오락도 즐길 줄 몰랐다. 쉬는 날이면 그는 집에만 틀어박혀 있었고, 아내도 역시 마찬가지였다.

"매일 집이나 사무실에만 박혀 있지 말고 극장 같은 데 구경이라도 좀 다녀보시지."

가깝게 지내는 사람들은 그녀에게 이렇게 권했다.

"바시치카와 나는 극장에 갈 시간이 없어요."

그녀는 정색을 하며 대답했다.

"우리같이 자기 손으로 벌어먹는 사람한테는 그런 여유가 없습니다. 극장에 가봐야 뭐 하나 이로울 게 있어야죠."

토요일이면 푸스토발로프 내외는 저녁 기도에 참석했고, 일요일엔 아침 미사에 갔다. 교회에서 돌아올 때 그들은 감동어린 표정으로 좋은 향기를 풍기며 나란히 걸었다. 그럴 때면 아내의 비단옷은 사락사락 기분 좋은 소리를 내었고, 남 보기에도 두 사람은 행복스러웠다. 집에 돌아와서는 버터빵에 여러 가지 잼을 발라서 차를 마시고, 케이크를 먹었다. 매일 점심때가 되면 이 집에서는 수프며, 양고기며, 오리고기 굽는 냄새가 대문 밖 도로까지 풍겨 나왔고, 육식을 금하는 날에는 생선으로 요리를 만들었다. 그래서 누구나 이 집 앞을 지날 때 군침을 삼키지 않는 사람이 없었다. 사무실에는 언제나 사모바르가 끓고 있어서 손님들은 차와 도넛 대접을 받았다. 일주일에 한 번씩 이 부부는 목욕탕에 갔다가 불그레하게 상기된 얼굴로 나란히 집으로 돌아오곤 했다.

"덕분에 잘 지내고 있지요."

올렌카는 아는 사람을 만나면 이렇게 말했다.

"바시치카와 내가 사는 것처럼 남들도 모두 행복하게 살 수 있게 해 달라고 하느님께 기도한답니다."

푸스토발로프가 목재를 구입하러 모길레프에 가면 그녀는 퍽 적적해하였고 밤에도 자지 못하고 울기만 했다. 그녀의 집 별채를 빌려 쓰는 젊은 연대에 근무하는 수의관 스미르닌이 저녁이면 이따금 놀러 왔다. 그는 올렌카에게 이야기도 해주고 트럼프를 함께 하기도 했는데, 그녀에게는 여간 위로가 되는 게 아니었다. 특히 재미있던 이야기는 스미르닌의 가정 얘기였다. 수의관은 결혼해서 아들도 하나 있었는데, 아내의 행실이 좋지 못하여 헤어졌다는 것이다. 그는 지금 아내를 몹시 원망하기는 하지만 아들의 양육비로 매달

40루블씩 보내준다고 했다. 그런 얘기를 들으며 올렌카는 한숨을 쉬고 머리를 흔들었다. 그가 측은히 여겨졌던 것이다.

"주님께서 당신을 구해 주시도록 기도하겠어요."

그녀는 층계까지 촛불을 들고 나와서 말했다.

"심심한데 와주셔서 참 고마웠어요. 주께서 당신에게 건강을 주시고, 또 성모 마리아께서도……."

그녀의 말투는 남편을 닮아 침착하고 위엄이 있었다. 아래층 문을 열고 나가려는 수의관을 일부러 불러 세우고 그녀는 이렇게 충고했다.

"블라디미르 플라토니치, 부인과 화해하셔야 합니다. 아드님을 봐서라도 부인을 용서해 줘야지요! 아이 마음에 그늘이 지게 해서는 안 되니까요."

푸스토발로프가 돌아오자, 그는 남편에게 수의관의 불행한 가정 얘기를 소곤소곤 들려주었다. 그리고 그들 내외는 한숨을 쉬고 머리를 저으면서, 그 어린애는 얼마나 아버지가 보고 싶겠느냐고 남의 일 같지 않게 동정을 했다. 그러던 내외는 어떤 생각이 떠올라 성상(聖像) 앞에 무릎을 꿇고 자기들에게도 자식을 주십사는 기도를 드렸다.

이리하여 푸스토발로프 내외는 깊은 사랑 속에서 말다툼 한 번 하는 일이 없이 6년 동안 조용하고 평화롭게 살았다. 그러다가 어느 겨울날 바실리 안드레이치는 창고에서 뜨거운 차를 실컷 마시고는 목재가 반출되는 것을 살피러 모자도 쓰지 않은 채 밖으로 나갔다가, 그만 감기에 걸려서 앓아눕게 되었다. 이름 난 의사들을 불러보았지만, 그의 병세는 조금도 차도가 없더니 넉 달을 누워 앓다가 끝내 죽어 버리고 말았다. 올렌카는 다시 과부가 된 것이다.

"나를 두고 당신은 혼자 어디로 가신단 말이오, 여보!"

남편의 장례를 치르고 나자 그녀는 이렇게 통곡했다.

"당신 없이 나 혼자 앞으로 어떻게 살아가면 좋아요. 내가 가엾고 불쌍하지도 않으세요. 모두들 나를 불쌍히 여겨 주세요. 나는 이제 아무도 없으니까요……."

올렌카는 상장(喪章)이 달린 검은 옷을 입고 모자를 쓰지도 장갑을 끼지도 않았으며, 교회나 남편의 묘지에 가는 것 이외에는 밖으로 나오는 일이 없었다. 마치 수녀처럼 집에 틀어박혀 지냈다. 푸스토발로프가 죽은 뒤 6개월이 지나자 올렌카는 상복을 벗었고, 들창에 무겁게 닫혔던 덧문을 열어놓기 시작했다. 아침나절에 이따금 가정부를 데리고 시장에 나가는 그녀의 모습을 사람들은 볼 수 있게 되었다. 그러나 집 안에서 그녀가 어떻게 지내는지, 또는 무슨 일이 일어나는지 그런 것은 그저 제멋대로 추측을 해 보는 수밖에 딴 도리가 없었다. 그녀가 뜰에 앉아 수의관과 함께 차를 마신다느니, 수의관이 그녀에게 신문을 읽어주는 것을 누가 보았다느니, 또 우체국에서 어떤 친구를 만나 올렌카가 이런 말을 하더라느니 하는 소문이 그러한 추측의 근거가 되었다.

"이 고장에서는 가축 관리가 제대로 돼 있지 않아서 여러 가지 병이 생기는 거예요. 우유에서 병을 얻게 되고, 말이나 소에게서 무서운 병이 사람에게 옮겨진다는 것쯤은 알만도 할 텐데. 사실은 가축의 건강에 대해서도 사람의 건강에 못지않게 세심한 주의가 필요한 거예요."

수의관의 견해를 그대로 되풀이한 것이다. 그리고 무슨 일에 대해서나 그녀는 벌써 수의관과 꼭 같은 의견을 가지게 되었다. 그녀는 좋아하는 사람 없이는 단 1년도 살아갈 수 없는 여자임이 분명했다. 그래서 그녀는 자기 집 건넌방에서 새로운 행복을 찾은 것이다. 다른 여자였더라면 사람들에게 비난을 받았겠지만 누구도 그런 올렌카를 악의로 해석하려는 사람이 없었다. 그녀에게는 너무도 당연하다고 생각했기 때문이다. 그녀와 수의관은 누구에게도 자기들의 관계가 달라졌다는 말을 입 밖에 내지 않았고 될수록 감추려 했지만, 잘 되지 않았다. 올렌카는 비밀이라는 것에 어울리지 않았기 때문이었다. 같은 연대에 근무하는 수의관의 친구들이 놀러오면 올렌카는 그들에게 차를 대접하기도 하고, 어떤 때는 저녁을 차리기도 하면서 소나 양의 페스트나 결핵 등 가축의 질병이나 마을 도살장과 같은 문제에 대해 늘어놓기가 일쑤였다. 때문에 수의관은 너무 당황하여 손님들이 돌아간 뒤 그녀의 손을 붙잡고 화를 내며 나무랐다.

"내가 똑똑히 알지도 못하는 그런 얘긴 함부로 하지 말라고 그러지 않았소? 우리 수의사끼리 얘기할 땐 제발 말참견 좀 그만둬요. 내 꼴이 뭐가 되겠소!"

그러면 그녀는 놀란 눈으로 두려운 듯이 그를 쳐다보며 물었다.

"그럼 볼로치카(블라디미르의 애칭), 난 무슨 말을 하면 좋을까요?"

그리고 그녀는 눈물이 글썽해서 그를 껴안고는 화내지 말아달라고 애원했다. 두 사람은 행복했다.

그러나 그 행복도 오래 이어지지는 못했다. 수의관이 연대와 함께 떠났기 때문이다. 영원한 이별이었다. 시베리아는 아니지만 연대가 아주 먼 곳으로 이동했기 때문이다. 그리하여 올렌카는 다시 혼자 남았다.

이제 그녀는 그야말로 외톨이가 되었다. 아버지도 이미 오래 전에 세상을 떠났고, 그가 앉았던 의자는 다리가 하나 부러진 채, 먼지를 가득 쓰고 지붕 밑 다락방에 처박혀 있었다. 그녀의 복스럽던 얼굴도 이제는 여위고 귀여움은 사라졌다. 거리에서 만나는 사람들도 이전처럼 그녀를 보며 웃는 일이 없었다. 젊고 아름답던 시절은 이미 지나가 버리고 새로운 생활이 시작되었다. 그러나 그것은 미지의 생활이고, 이것저것 생각하지 않는 것이 나을 성싶었다. 매일 밤 올렌카는 현관 층계에 앉아 있었다. 야외공연장에서는 음악 소리와 폭죽 터지는 소리가 예나 다름없이 들려왔지만, 그러나 지금은 아무런 감흥도 일어나지 않았다. 그녀는 아무 생각도 없이, 그리고 아무 욕망도 없이 그저 멍하니 텅 빈 정원을 바라보고 있을 따름이었다. 그러다가 밤이 오면 잠자리에 들어가서 폐허 같은 자기 집 정원을 다시 꿈속에서 보았다. 먹는 것도 마시는 것도 마지못해 하고 있는 듯했다.

그러나 그녀에게 무엇보다도 가장 큰 불행은 이미 어떤 일에도 자기 의견을 가질 수 없게 되었다는 것이다. 물론 자기 주위의 사물이 눈에 띄었고, 또 주위에서 일어나는 일을 알기는 했지만, 그런 일에 대해 아무런 의견도 내세울 수 없었을 뿐더러 무슨 얘기를 해야 할지 갈피를 잡을 수가 없었다. 병이 놓여 있다든지, 비가 온다든지, 농부가 달구지에 올라타고 간다든지 하는 것을 보았다 해도, 무엇 때문에 있는 병이며, 무엇 때문에 비는 오며, 또 농부는 무엇 하러 가는지 자기 생각으로는 얘기할 수 없었다. 아마 1천 루블을 줄 테니 말해 보라 해도 아무 대답을 할 수 없을 것이다. 쿠킨이나, 푸스토발로프나, 그 다음 수의관과 함께 지낼 때는 무엇이든 설명할 수 있었고, 그럴싸한 자기 의견을 말할 수 있었다. 그러나 지금 그녀의 머릿속과 가슴속은 자기 집 뜰처럼 공허했다. 마치 쑥을 먹은 것처럼 기분이 나쁘고 괴로웠다.

시가지는 점점 사방으로 퍼져 나갔다. 집시 마을도 이제는 집시 거리로 불려지고, 티볼리 극장과 목재상이 있던 자리에는 집들이 즐비하게 들어서서, 이리저리 골목길이 생겼다. 세월은 참으로 빨리도 흘렀다. 올렌카의 집은 연기에 그을리고, 지붕은 녹이 슬고 헛간은 한쪽으로 기울고, 정원에는 잡초와 가시나무가 무성했다. 올렌카도 나이가 들어 흉하게 주름이 늘어갔다. 여름이면 층계에 나와 앉아 있었는데, 마음은 여전히 텅 비어서 따분한 것이 쓴쑥의 뒷맛이나 다름없다. 겨울에는 창가에 앉아 눈을 바라보았다. 훈훈한 봄바람이 불기 시작하고 그 바람을 타고 교회의 종소리가 들려오면 문득 지난날의 추억이 한꺼번에 되살아나서 가슴이 미어질 것 같았다. 그리고 저도 모르게 눈물이 흘러내렸다. 그러나 그 눈물도 오래가는 것은 아니었다. 다시금 무엇 때문에 사는지 알 수 없는 공허감이 그 자리를 차지했다. 브리스카라는 새까만 고양이가 야옹거리며 곁에 와서 재롱을 부렸으나, 고양이의 재롱이 올렌카의 마음을 움직이지는 못했다. 그녀에게 고양이의 재롱이 무슨 소용이 있겠는가? 그녀에게 필요한 것은 자기의 모든 존재, 자기의 이성과 영혼을 독점하고 생각할 수 있는 힘과 생활의 방향을 제시해 주며, 식어 가는 피를 다시 따뜻하게 해 줄 수 있는 그러한 사랑이었다. 그녀는 옷깃에 매달리는 고양이를 떼내어 밀쳐 버리며 짜증을 냈다.

"저리 가…… 귀찮다!"

날이면 날마다 아무런 기쁨도, 아무런 자기 의견도 없이 이렇게 세월을 보내며 해가 거듭되었다. 살림은 가정부 마브라가 하는 대로 맡겨 두었다.

무더운 7월 어느 날 저녁 무렵이었다. 마을의 가축들이 거리로 몰려와 집안에 온통 먼지를 뒤집어씌우며 지나갈 무렵 누군가 대문을 두드렸다. 올렌카가 나가서 문을 열었다. 그리고 밖을 보았을 때 그녀는 하마터면 기절할 뻔했다. 문 밖에는 수의관 스미르닌이 서 있었다. 그는 이미 머리가 희끗희끗했고 옷차림도 군복이 아니었다. 순간 그녀에게 잊어버렸던 모든 과거가 다시 되살아났다. 그녀는 어쩔 줄 몰라, 한 마디 말도 입 밖에 내지 못한 채 그의 가슴에 머리를 파묻고 흐느꼈다. 너무 흥분한 나머지 두 사람이 어떻게 집으로 들어오고 어떻게 차를 마셨는지 모를 지경이었다.

"정말 반가워요!"

그녀는 너무 기쁜 나머지 부들부들 떨면서 재빨리 말했다.

"블라디미르 플라토니치! 어디 계시다 이렇게 찾아오셨어요?"

"아주 이 고장에 와서 살기로 했습니다."

수의관이 입을 열었다.

"군대도 그만두고, 자유로운 몸으로 운을 시험해 보고도 싶고, 아들놈도 이제 중학교에 가야 하구요. 다 자랐어요. 아내와 화해도 했습니다."

"그럼 부인은 어디 계신데요?"

올렌카가 물었다.

"아들과 여관에 있습니다. 그래서 지금 셋집을 구하러 다니는 길이지요."

"아, 그러시면 이리로 오세요! 왜 여기가 마음에 안 드시나요? 방세는 한 푼도 안 받을 테니 우리집으로 오세요, 네!"

올렌카는 다시 흥분하여 눈물을 흘렸다.

"이 방을 쓰도록 하세요. 나는 건넌방 하나면 되니까. 난 정말 기뻐요!"

이튿날 지붕에는 벌써 페인트칠을 하고 벽도 희게 칠하게 했다. 올렌카는 가슴을 펴고 두 손을 허리에 얹고서 집 안을 돌아다니며 이것저것 지시했다. 그녀의 얼굴에는 예전과 같은 웃음이 떠올랐으며, 마치 오랜 잠에서 깨어난 듯 온몸에서는 활기가 넘치는 것 같았다. 수의관의 아내는 바짝 마르고 못생긴 데다 짧은 머리에 성미가 까다로울 것 같았다. 아들 사샤는 나이에 비해 키가 작고(이제 열 살이었다) 뚱뚱하고 눈이 파랗고 볼엔 오목하게 파인 보조개가 있었다. 아이는 집에 들어서기가 무섭게 고양이를 따라 달려나가더니 곧 명랑하고 즐거운 웃음소리가 들려왔다.

"아주머니, 이거 아주머니네 고양이죠?"

사샤가 올렌카에게 물었다.

"새끼 낳으면 한 마리 주세요. 우리 어머닌 쥐를 제일 싫어해요."

올렌카는 사샤와 잠시 이야기를 하거나 차를 마시거나 하면 가슴이 따뜻해지고 달콤하게 저려 오는 것이, 그 아이가 제 자식처럼 사랑스럽게 여겨졌다. 저녁에 사샤가 책상에 앉아 복습을 하면 그녀는 대견스럽게 바라보며 이렇게 속삭였다.

"참 귀엽기도 하지…… . 어쩌면 어린것이 저렇게 똑똑하고, 저렇게 흰 살결을 가졌담!"

"섬은 사면이 바다로 둘러싸인 육지의 한 부분입니다."

사샤가 소리를 내어 읽었다.

"섬은 사면이 바다로 둘러싸인……."

그녀도 받아 읽었다. 이것이야말로 오랜 침묵과 생각의 공허를 깨고 그녀가 자신을 가지고 입 밖에 낸 맨 처음 의견이었다.

이제야 그녀는 자기 자신의 의견을 가지게 되었다. 저녁식사 때 그는 사샤의 부모를 상대로 요즘 중학교 과목은 아이들에게 어렵긴 하지만 일반 중학교가 실업학교보다는 더 좋다고 했다. 즉 중학교를 마치면 의사라든가, 기술자라든가, 자기가 원하는 대로 진출할 수 있는 길이 트이기 때문이라는 것이었다.

사샤는 중학교에 다니게 되었다. 그의 어머니는 하리코프에 있는 자기 언니네 집에 가서 돌아오지 않았고, 그의 아버지는 매일같이 가축 검역을 하러 출장을 가 사흘씩이나 집을 비우는 일도 많았다. 그러다 보니 사샤는 자기 가정에서 거추장스러운 존재가 되었고, 따라서 완전히 버림받은 것이나 다름이 없었다. 올렌카는 사샤가 그러다가 굶어 죽지나 않을까 걱정되었다. 그래서 그 아이를 자기가 사는 별채로 데리고 와서 조그만 방 하나를 마련해 주었다.

사샤가 별채에서 살게 된 지도 벌써 반 년이 지났다. 아침이 되면 그녀는 아이 방으로 건너갔다. 사샤는 한쪽 뺨 밑에 손바닥을 고이고 죽은 듯이 잠자고 있었다. 아이를 깨우는 것이 가엾어서 그녀는 늘 망설였다.

"사샤!"

올렌카는 애처로운 듯이 아이를 불렀다.

"자, 일어나야지. 학교에 갈 시간이야!"

사샤는 일어나서 옷을 갈아입고 아침 기도를 드린 다음 식탁에 앉아 차를 마신다. 차 석 잔과 커다란 도넛 두 개와 버터 바른 빵을 반 잘라 먹었다. 아침식사는 잠이 채 깨지 못해서 뾰로통한 채 먹기가 일쑤였다.

"그런데 사샤, 너 학교에서 배운 그 우화(寓話) 똑똑히 따라 외지도 못했더구나."

올렌카는 그렇게 말하며 아이를 마치 어디 먼 여행이라도 떠나보내는 것처럼 바라보았다.

"나는 늘 네 일이 걱정이란다. 열심히 공부하고…… 선생님 말씀도 잘 듣고."

"좀 내버려 두세요!"

그럴 때마다 사샤는 이렇게 내뱉곤 했다.

이윽고 아이는 학교 쪽으로 걸어간다. 자기 머리보다 훨씬 큰 모자를 쓰고 책가방을 둘러메고 말이다. 올렌카도 그 뒤를 슬금슬금 따라나섰다.

"사샤!"

뒤에서 불러 세워서는 대추나 캐러멜을 손에 쥐어주기도 했다. 학교가 있는 골목길로 접어들면 사샤는 몸집이 큰 여자가 따라오는 것이 부끄러워서 뒤를 돌아보며 말했다.

"이젠 돌아가세요, 아주머니. 이제 혼자서 갈 수 있어."

그녀는 걸음을 멈추고 소년이 학교 문 안으로 사라질 때까지 꼼짝도 하지 않고 바라보았다. 소년에 대한 그녀의 애정이 얼마나 깊었는지 아는 사람은 아무도 없다. 그녀는 지금까지 여러 사람을 사랑했지만 이보다 깊게 사랑한 적은 없었다. 모성으로서의 사랑이 날이 갈수록 불타오르는 지금처럼 그렇게 헌신적이고 순결하며, 자기에게 희열을 주는 애정이 그녀의 영혼을 독차지해 버린 일은 단 한 번도 없었다.

자기와는 아무 혈연관계도 없는 이 소년에게, 볼에 박힌 오목한 보조개에, 커다란 모자에, 그녀는 자기의 남은 평생을 눈물과 기쁨을 가지고 바칠 수 있었다. 어째서 그런지 누가 대답할 수 있으랴!

올렌카는 사샤를 학교에 바래다주고 흡족하고 평온한 마음으로 천천히 집으로 돌아왔다. 이 반 년 동안에 한결 젊어진 그녀의 얼굴에는 밝은 웃음이 떠날 줄 몰랐다. 길에서 만나는 사람들은 옛날처럼 그녀에게 친밀감을 느끼며 말을 걸어오게 되었다.

"안녕하시오, 귀여운 올리가 세묘노브나! 요새 어떻게 지내십니까?"

"요즘은 중학교 공부도 아주 어려워졌더군요."

시장에서 올렌카는 이런 말을 했다.

"글쎄, 어제는 1학년 애들에게 우화 암송과 라틴어 번역과 또 다른 숙제까지 내주었으니, 그게 말이 됩니까……. 아직 어린 아이들에게 너무 부담을 주는 게 아닐까요?"

그리고 올렌카는 선생님들이며 수업이며, 교과서 등에 대해 사샤에게서 들은 얘기를 그대로 늘어놓기 시작했다.

오후 3시가 지나서는 그들은 함께 점심을 먹고, 저녁에는 예습을 함께 하느라 진땀을 뺐다. 사샤를 잠자리에 눕히며 그녀는 몇 번이나 성호를 긋고 입속으로 기도를 드렸다. 그 다음에야 자기도 자리에 누워 먼 미래를 꿈꾸었다. 사샤가 대학을 마치고 의사나 기술자가 되어 마구간과 마차까지 있는 커다란 저택을 가지게 되고, 또 결혼하여 자식을 낳고……. 눈을 감고 그런 생각을 하노라면 뺨에는 하염없이 눈물이 흘러내렸다. 겨드랑이 밑에서는 고양이가 가르릉가르릉 코를 골았다.

어느 날 밤중에 별안간 대문을 쾅쾅 두드리는 소리가 났다. 올렌카는 겁을 먹고 일어나 앉았다. 숨이 막혔다. 가슴에서는 방망이질을 했다. 잠깐 사이를 두고 다시 노크 소리가 들렸다.

'하리코프에서 전보가 왔구나!'

온몸을 후들후들 떨면서 올렌카는 이렇게 생각했다.

'사샤의 어머니가 그 애를 하리코프로 보내라고 전보를 쳤나봐……. 아…… 이 일을 어쩌면 좋아!'

올렌카는 실망 속에 빠져 들어갔다. 머리도 말도 손도 싸늘해지고, 이 세상에서 자기보다 더 불행한 사람은 다시 없을 거라고 생각했다. 그러나 잠시 뒤 문을 두드린 주인공의 목소리가 들렸다. 수의관이 클럽에서 돌아온 것이다.

"아아, 하느님 감사합니다!"

그녀는 한숨을 몰아쉬었다. 가슴속에 뭉쳤던 무거운 것이 스르르 풀리며 마음이 잦아들었다. 올렌카는 옆방에서 깊이 잠든 사샤를 생각하며 자리에 누웠다. 이따금 사샤의 잠꼬대가 들려왔다.

"두고 보자! 저리 가! 그만해!"

Невеста

약혼녀

약혼녀

1

밤 10시였다. 보름달이 정원 가득히 빛났다. 슈민 댁에서는 마르파 미하일로브나 할머니의 청으로 시작된 저녁 기도 시간이 막 끝난 뒤였다. 나쟈는 —그녀는 잠시 정원에 나왔다—식당에 식탁이 준비되고, 화려한 비단옷을 입은 할머니가 서성대는 모습을 보았다. 본당 신부인 안드레이 신부는 나쟈의 어머니 니나 이바노브나와 무엇인가 이야기를 하고 있었다. 나쟈의 어머니는 창문으로 스며드는 달빛 탓인지 한결 젊어 보였다. 그 옆에서는 안드레이 신부의 아들 안드레이 안드레이치가 주의 깊게 그녀의 말을 듣고 있었다.

정원은 고요하고 싸늘했다. 땅 위에는 검은 그림자가 호젓이 누워 있었다. 어디선가 멀리서, 아마 멀리 떨어진 교외에선지 개구리 소리가 들려왔다. 5월이란 느낌이, 정다운 5월의 느낌이 감돌았다. 나쟈는 가슴 깊이 5월의 향기를 들이마셨다. 그녀는 연약하고 죄 많은 사람에게서는 맛볼 수 없었던 신비롭고 아름다우며 풍요롭고 거룩한 봄의 생활이, 여기가 아니라 수목이 우거진 저 하늘 밑, 도시에서 멀리 떨어진 들과 숲속에서 지금 막 흩어져가고 있음을 느끼지 않을 수 없었다. 그리고 어째서인지 울고 싶은 생각이 들었다.

그녀, 나쟈는 스물 셋이었다. 그녀는 열여섯 살 때부터 결혼을 생각해 오다가 마침내 지금 창가에 서 있는 청년 안드레이 안드레이치와 약혼하게 되었다. 나쟈는 안드레이가 마음에 들었다. 결혼식은 7월 7일로 결정되었다. 그러나 어찌된 셈인지 그녀는 기뻐하지 않았다. 나쟈는 밤에 잠을 이루지 못하고 늘 시름에 잠겨 있었다……. 부엌이 있는 지하실에서 하인들이 서성대는 소리, 나이프가 부딪치는 소리, 문이 열렸다 닫혔다 하는 소리 따위가 열린 들창을 통해 들려왔고, 칠면조 굽는 냄새와 소금에 절인 버찌 냄새가 풍겨 나왔다. 그녀는 이 모든 것이 아무 변함이 없이, 끝나지도 않고, 한평생을 통해 계속 되풀이되겠지 하는 생각이 들었다.

이때 누가 집에서 나와 층계 위에 멈춰 섰다. 그는 열흘 전에 모스크바에서 온 알렉산드르 치모페비치라는 손님이었다. 아니면 그를 가리켜 간단히 사샤라고도 불렀다. 언젠가 오래 전에 할머니의 먼 친척이 된다는 마리야 페트로브나라는 몰락한 귀족 미망인이 병들어 핼쑥 여윈 조그만 몸을 이끌고, 자주 도움을 청하러 이 집에 오곤 했는데, 사샤는 그 미망인의 외아들이었다. 어째서인지 모르지만 사샤는 훌륭한 화가라는 소문이 떠돌았기에, 그의 어머니가 돌아가셨을 때 할머니는 사샤를 불쌍히 여겨 그를 모스크바의 코미사로프스키 학원에 입학시켰다. 그로부터 약 2년 뒤, 그는 미술 학교에 들어갔고 거기서 거의 15년을 보내다가 겨우 건축과를 졸업할 수 있었다. 그러나 그는 건축업을 시작한 것이 아니라, 모스크바의 어느 석판(石版) 인쇄소에서 일했다. 그러나 늘 몸이 쇠약했던 탓으로 해마다 여름이면 할머니한테 와서는 요양하면서 몸을 회복시켰다.

그는 단추를 채운 프록코트와 아래에는 구김이 간 무명 바지를 입고 있었다. 셔츠도 다림질이 되지 않았다. 아무튼 그의 모습에서는 산뜻한 것이라고는 찾아볼 수 없었다. 그는 무척 여윈 몸에 커다란 눈과 길고 가느다란 손가락, 까무스름한 털북숭이 얼굴이었지만 그래도 어딘지 모르게 아름다운 데가 엿보였다. 슈민 댁에서는 집안 식구와 똑같은 대접을 받았으므로, 그는 자기 집이나 다름없이 지냈다. 그리고 그가 이 집에서 쓰는 방은 이미 오래 전부터 사샤의 방이라고 불렀다.

그는 층계 위에서 나쟈를 보자, 그녀에게로 다가왔다.

"여긴 참 좋군요."

그는 말했다.

"네, 좋고말고요. 당신도 가을까진 여기서 머물도록 하세요."

"아마 그렇게 될 것 같습니다. 저는 9월까지 머물려고 왔으니까요."

그는 빙긋이 웃으며 나쟈 옆에 앉았다.

"전 여기 앉아서 어머니를 바라보고 있었어요."

나쟈는 말했다.

"여기서 바라보니 어머니가 한결 젊어 보이네요! 우리 어머니에겐 물론 여러 가지 약점도 있지만."

그녀는 잠시 말을 끊었다가 다시 이었다.

"그러나 역시 훌륭한 분이세요."

"그럼요, 좋은 분이죠……."

사샤는 맞장구를 쳤다.

"당신 어머니는 어떤 면에서 보면, 뭐, 매우 선량하고 인자하신 분입니다만……. 저, 뭐라고 말해야 좋을지? 오늘 아침 일찍이 당신네 부엌엘 가봤는데요, 거기엔 하인 네 사람이 침대도 없이 그냥 마룻바닥에서 자고 있더군요. 침대 대신에 깔린 누더기며, 악취며, 빈대며, 진딧물이며……. 20년 전과 조금도 달라진 점이 없었어요. 꼭 그대로였어요. 그런데 할머니한테야 무슨 기대를 걸겠습니까마는 그래도 어머니는 프랑스어도 할 줄 알고 소인극(素人劇)에도 출연하는 형편이니, 잘 아실 게 아닙니까."

사샤는 얘기하면서, 여느 때처럼 나쟈 앞에 가느다란 두 손가락을 내밀어 보였다.

"제겐 이 집에서 하는 모든 일이 어쩐지 이상하게만 생각됩니다."

그는 말을 이었다.

"도무지 영문을 모르겠어요. 아무도 일을 하고 있지 않으니, 어머니는 여느 공작부인처럼 하루 종일 건들건들 소풍만 다니시고, 할머니도 하시는 일이란 없고, 당신도 역시 마찬가지고요. 그리고 당신의 약혼자 안드레이 안드레이치 또한 일이라곤 모르는 사람이거든요."

나쟈는 작년에도 이런 말을 들었고, 재작년에도 들은 듯싶었다. 그리고 사샤는 달리 비평할 말을 모르는 것 같았다. 예전 같으면 그런 말이 우습게만 여겨졌겠지만, 오늘은 어째서인지 나쟈의 마음을 언짢게 만들었다.

"그건 이미 오래 전에 했던 말이에요. 벌써 오래 전에 싫증이 났어요."

나쟈는 이렇게 말하고 자리에서 일어났다.

"뭔가 좀더 새로운 이야기를 생각해 내도록 하세요."

사샤는 빙긋이 웃고는 나쟈를 따라 일어났다. 그리고 두 사람은 집 쪽으로 걸음을 옮겼다. 나쟈는 날씬하고 아름다운 몸매에 균형이 잡혀서 사샤에 비하면 무척 건강해 보이고 옷차림도 화려했다.

나쟈는 그것을 알았으므로 그가 측은히 여겨지기도 하고, 또 한편으로는 어쩐지 멋쩍다는 생각도 들었다.

"당신은 쓸데없는 말을 너무 많이 해요. 방금도 나의 안드레이에 대해서 말했지만, 그분에 대해선 조금도 모르지 않아요?"

나쟈는 말했다.

"나의 안드레이라……. 당신의 안드레이 같은 건 될 대로 되라지요! 당신의 청춘이 가엾을 따름입니다."

그들이 식당에 들어섰을 땐 이미 모두 밤참을 먹으려고 자리에 앉아 있었다. 할머니는—또는 집안에서 부르는 말로 한다면 조모님—는 지독히 뚱뚱하고, 짙은 눈썹에 작은 콧수염이 난, 못생긴 얼굴로 큰 소리로 무엇인가를 말했는데, 할머니가 이 집에서 제일 윗사람이란 것은 그 말투로나 말하는 몸짓에서도 넉넉히 알 수 있었다. 할머니는 시장에 몇 개의 점포와 원기둥과 정원이 딸린 낡은 저택을 가졌으나, 그래도 매일 아침, 하느님의 은총으로 몰락하지 않기를 빌며 눈물을 흘리곤 했다. 단정한 의상에 코안경을 쓰고 손가락마다 모조리 다이아몬드 반지를 낀, 삼단 같은 머릿결을 가진 나쟈의 어머니 니나 이바노브나와 무슨 우스운 얘기라도 시작할 듯한 표정인, 이가 빠지고 홀쭉 여윈 노인 안드레이 신부, 그리고 마치 미술가나 배우처럼 고수머리에 풍채가 좋고 잘생긴 나쟈의 약혼자 안드레이 안드레이치, 이 세 사람은 최면술에 관한 얘기를 하던 참이었다.

"넌 일주일만 있으면 몸이 회복될 거야."

할머니는 사샤에게 말했다.

"그저 많이 먹어야 한다. 에이구 네 꼴을 보니!"

할머니는 한숨을 내쉬었다.

"꼴이 정말 말이 아니구나! 망나니 자식이란 바로 너 같은 사람을 두고 하는 말이야."

"방탕한 생활로 부친의 재산을 탕진하고."

안드레이 신부가 눈웃음을 치면서 느릿느릿 말했다.

"망나니 떼거지와 상대를 했으니까……."

"전 아버지를 좋아하죠."

안드레이 안드레이치는 아버지의 어깨에 손을 얹으며 말했다.

"훌륭한 분입니다. 선량한 노인이에요."

모두 잠시 말이 없었다. 갑자기 사샤가 웃음보를 터뜨리며 냅킨을 입으로 가져갔다.

"그럼 당신은 최면술을 믿으시나요?"

안드레이 신부가 니나 이바노브나에게 물었다.

"그야, 믿는다고 단언할 순 없습니다만."

니나 이바노브나는 매우 심각하고 엄숙한 표정을 지으면서 대답했다.

"그러나 자연 속에는 여러 가지 신비롭고 이상한 일이 얼마든지 있다는 것만은 믿지 않을 수 없어요."

"그 말씀엔 저도 완전히 동감입니다. 하지만 그 신비한 세계를 종교가 해결해 줄 수 있다고 덧붙이지 않을 수 없습니다."

기름이 번지르르 도는 커다란 칠면조가 나왔다. 안드레이 신부와 니나 이바노브나는 그대로 토론을 이었다. 니나 이바노브나의 손가락에서 다이아몬드가 번쩍번쩍 빛나고 그녀의 두 눈에서도 눈물이 반짝이기 시작했다. 그녀는 흥분한 것이다.

"당신에게 증명할 수는 없습니다만, 인생에는 해결하지 못할 수수께끼들이 얼마든지 있다는 걸 신부님도 인정하셔야 할 거예요!"

"그런 것이 있다는 건 저도 인정은 합니다."

밤참이 끝난 뒤, 안드레이 안드레이치는 바이올린을 켜고, 니나 이바노브나는 피아노를 반주했다. 그는 10년 전에 대학 문과를 졸업했으나, 직장에 취직도 안 하고 일정한 직업이란 것도 없이 이따금 자선 음악회에 출연할 따름이어서 거리에서는 그를 음악가라고 불렀다. 안드레이 안드레이치가 바이올린을 켤 동안 나머지 사람들은 묵묵히 듣고 있었다. 탁자 위에서는 사모바르가 조용히 끓고 있었다.

차를 마시는 사람은 사샤뿐이었다. 이윽고 시계가 12시를 치자, 갑자기 바이올린 줄이 끊어져서, 모두 한바탕 웃고는 서성대며 작별 인사를 나누기 시작했다.

나쟈는 약혼자를 배웅하고 어머니 방과 자기 방이 있는 2층으로 올라갔다 (아래층은 할머니가 차지하고 있었다). 아래층 식당에서는 불을 끄기 시작했으나, 사샤는 그대로 앉아서 차를 마셨다. 그는 차를 마실 때 언제나 모스크바식으로 오랜 시간을 보내며, 한 번에 으레 일곱 잔씩 마시곤 했다. 나쟈가 옷을 벗고 침대에 누운 뒤에도 아래층에서는 오랫동안 하인들이 뒷정리를 하는 소리며, 잔소리를 퍼붓는 할머니의 목소리가 들려왔다. 그러나 잠시 뒤에는 집 안도 조용해지고, 이따금 사샤의 잔기침 소리가 들려올 뿐이었다.

2

나쟈가 문득 잠에서 깬 것은 아마 새벽 2시경이었으리라. 동이 틀 무렵이었다. 어디선가 멀리서 야경꾼의 딱따기 소리가 들려왔다. 나쟈는 더 자고 싶은 생각이 없었다. 자리에 누워 있으려니 편안은 했으나 어쩐지 마음이 내키지 않았다. 5월이 되면 언제나 그렇듯이 나쟈는 일어나 앉아서 생각에 사로잡혔다. 그녀의 생각이란 어젯밤의 생각을 되풀이하는 것이었다. 어째서 안드레이 안드레이치는 자기를 사랑하게 되고, 청혼을 했을까? 그리고 어째서 자기는 그의 청혼을 승낙하고, 차차 그 친절하고 총명한 남자를 소중히 여기게 되었을까? 나쟈는 전과 다름없이 이처럼 부질없는 생각을 끈기 있게 되풀이했다. 그러나 결혼식까지는 이제 한 달 정도밖에 남지 않은 오늘, 어쩐지 나쟈는 정체를 알 수 없는 그 무엇이 눈앞에 다가오는 듯한 불안과 공포를 느꼈다.

따악, 따악…….

야경꾼의 딱따기 소리가 느릿느릿 들려왔다.

커다란 밝은 창문으로 정원이 내다보이고, 저쪽에는 추위 때문에 맥을 못 추고 시든 듯한 라일락 꽃송이들이 보였다. 뽀얗게 짙은 안개가 살그머니 꽃 숲으로 숨어들어 그것을 덮어 버리려 하고 있었다. 저 먼 나무에서는 까치가 졸린 듯이 울었다.

"아아! 어째서 내 마음은 이렇게도 괴로울까!"

결혼 전에는 모든 처녀가 이런 기분에 사로잡히는 것일까? 모를 일이지! 혹시 사샤 탓이 아닐지? 그러나 사샤는 몇 해 전부터 같은 말만 되풀이해 왔고, 또 그가 그런 말을 할 때에는 단지 우습고 단순하게만 느끼지 않았나, 그런데 어째서 사샤가 내 머리에서 떠나지 않을까? 무슨 까닭일까? 야경꾼의 딱따기 소리가 멎은 지도 이미 오래되었다. 새들이 정원과 창 밑에서 지저귀고 안개는 정원에서 사라져 갔다. 주위에 있는 모든 것이 봄빛을 받아 방긋 웃는 듯이 빛났다. 정원의 모든 것들이 태양이 어루만지는 따스한 손길에서 되살아난 듯 보였고, 나뭇잎의 이슬방울들이 다이아몬드처럼 반짝반짝 빛나서, 오랫동안 내버려두었던 낡은 정원도 오늘 아침에는 유달리 생생하고 화려하게 느껴졌다.

할머니는 벌써 일어나 계셨다. 사샤의 거칠고 낮은 기침 소리가 들려왔다. 아래층에서 사모바르를 준비하며 의자 움직이는 소리가 들려왔다.

시간 가는 것이 지루했다. 나쟈는 이미 오래 전에 일어나 한참 동안 정원을 산책했으나 아직도 아침이었다.

니나 이바노브나는 탄산수가 든 컵을 손에 들고 눈물 자국이 난 얼굴로 나타났다. 그녀는 강신술(降神術 : 기도나 주문을 외어 신이 내리게 하는 술법)과, 같은 종류의 요법에 흥미를 가지고 있어서, 여러 가지 책을 읽거나, 여러 가지 문제가 되는 의혹에 관해서 얘기하기를 좋아했다. 그리고 나쟈도 역시 그 속에는 무엇인지 신비하고 깊은 사랑이 들어 있는 듯이 느꼈다.

"어머니, 왜 우셨어요?"

나쟈는 물었다.

"어제부터 한 할아버지와 딸 얘기를 쓴 중편 소설을 읽기 시작했단다. 할아버지는 어떤 곳에 근무하는데 그의 상관이 할아버지의 딸을 사랑하게 됐어. 마지막까지 읽진 않았지만, 한 대목에선 도저히 울지 않고 견딜 수가 없었어."

어머니는 이렇게 말하고 탄산수를 마셨다.

"글쎄, 오늘 아침에도 그걸 생각하고 또 울었단다."

"전 요새 우울해서 못 견디겠어요."

잠시 말을 끊었다가 나쟈는 말했다.

"어째서 잠을 못 잘까요?"

"글쎄 모르겠구나. 난 잠이 안 오면 눈을 꼭 감고, 바로 이렇게 말이야, 자꾸 걸어다니든가 혼잣말로 중얼거리든가 하면서 나를 안나 카레니나처럼 생각하기도 하고, 아니면 옛날 역사에 나오는 얘기를 눈앞에 그려 보기도 한단다……."

어머니는 내 마음을 모르신다, 아니 아실 리가 없지 하고 나쟈는 생전 처음으로 이런 생각을 했다. 그리고 그런 생각을 적잖이 두렵게 여기면서 자기 마음 한구석에 감추어 두자고 했다.

나쟈는 자기 방으로 돌아왔다.

2시가 되자, 모두들 점심 식탁에 앉았다. 마침 수요일로 육식을 금하는 날이어서, 야채 수프와 물고기가 든 보리죽만 할머니 앞에 놓여졌다.

사샤는 할머니를 놀려 주려고 야채 수프도 먹고, 자기의 고기 수프도 먹었다. 그는 점심 식사를 하는 내내 익살만 부렸다. 그러나 그의 익살은 일부러 그러는 것 같은, 어떤 정신적인 의미를 내포한 부자연스러운 것이었다. 그리고 무슨 재치 있는 설명이라도 하려고 핏기 없고 여윈 손가락을 쳐들 적엔 전혀 우습지 않았다. 그럴 때마다 그의 병이 점점 심해 가며 얼마 더 살지 못하리라는 생각이 들어서 눈물이 날 지경으로 그가 측은히 여겨졌다.

점심을 마친 뒤 할머니는 쉬려고 자기 방으로 건너가고, 니나 이바노브나도 잠시 피아노를 치다가 자기 방으로 돌아갔다.

"오오, 사랑하는 나쟈!"

사샤는 여느 날처럼 점심 뒤의 대화를 꺼냈다.

"당신이 내 말만 들어 준다면! 내 말만 들어 준다면!"

나쟈는 낡은 안락의자에 깊숙이 파묻힌 채 지그시 눈을 감았다.

한편 사샤는 이쪽 구석에서 저쪽 구석으로 천천히 왔다 갔다 했다.

"당신이 대학에 갈 생각만 가진다면!"

그는 말했다.

"인간이란 고상한 교양을 지녀야 합니다. 또 그런 사람이 필요합니다. 그런 사람이 많으면 많을수록 신(神)의 왕국은 지상에 빨리 내려옵니다. 그때면 당신의 거리엔 돌멩이 하나 남지 않고, 만물은 밑바닥부터 파괴되고 말 겁니다. 모든 것이 마술에라도 걸린 듯이 바뀌고 말 거예요. 그리고 그때 여기에는 근엄하고 화려한 저택들과 아름다운 정원이 세워지고 훌륭한 분수가 서고, 덕망 높은 사람들이 살게 되겠지요……. 그러나 가장 중요한 것은 그런 게 아닙니다. 가장 중요한 것은 우리가 생각하는 저속한 사람들, 즉 현세의 악이 그때엔 존재하지 않으리라는 점입니다. 왜냐하면 그때엔 모든 사람들이 신앙을 가지고 자기가 무엇 때문에 사는가를 알아서, 아무도 저속한 무리와 상대를 하지 않을 테니 말입니다. 사랑하는 나쟈, 떠나시오! 이렇게 숨 막힐 듯한 죄에 물든 흐릿한 생활을 당신이 얼마나 싫어하는가를 여러 사람들한테 보여 주시오. 적어도 자기 자신에게만이라도 보여 주시오!"

"사샤, 전 못 하겠어요. 곧 결혼을 해야 하니까요."

"넷, 무슨 소리! 결혼을 해서 무엇 한단 말이오?"

그들은 정원으로 나가서 거닐기 시작했다.

"아무튼 당신은 잘 생각해야 합니다. 놀고먹는 당신들의 생활이 얼마나 불결하고, 얼마나 비도덕적인지를 깨달아야 해요."

사샤는 말했다.

"이를테면 당신이나, 당신의 어머니나 할머니가 아무 일도 하지 않는다면, 그것은 누군가 다른 사람이 당신들을 위해서 일하고 있다는 뜻임을 아셔야 합니다. 당신들은 남이 벌어온 것을 먹고 사는 겁니다. 과연 이런 생활이 깨끗하고 더럽지 않다고 할 수 있을까요?"

"네, 그건 사실이에요." 나쟈는 그렇게 말하고 싶었다. 자기도 잘 안다고 알리고 싶었다. 그러나 눈물이 앞을 가려 말문이 막히고 말았다. 온몸이 바짝 졸아드는 듯한 기분을 안고 나쟈는 자기 방으로 돌아갔다.

해질 무렵에 안드레이 안드레이치가 왔다. 그리고 여느 때처럼, 오랫동안 바이올린을 켰다. 그는 좀처럼 말하기를 좋아하지 않았다. 악기를 만지는 동안은 입을 다물 수 있으므로 바이올린을 좋아하는 것인지도 몰랐다. 11시가 돼서 돌아갈 채비를 하고 외투를 입더니, 그는 나쟈를 껴안고 그녀의 얼굴이며, 어깨며, 손에 미친 듯이 키스하기 시작했다.

"나의 사랑! 나의 애인! 나의 미인……!"

그는 속삭였다.

"오오! 나는 얼마나 행복한가! 기뻐서 미칠 것 같소이다!"

나쟈는 이미 오래 전에 이 말을 들은 듯싶었다. 아니면 어느 책 속에서, 이미 오래 전에 내동댕이친 소설 속에서 읽은 듯한 대사처럼 생각되기도 했다.

식당에서는 사샤가 탁자에 앉아서 기다란 다섯 손가락으로 잔을 들어 차를 마셨다. 할머니는 카드로 점을 쳤고, 니나 이바노브나는 책을 읽었다. 성상(聖像) 앞에서는 등잔불이 가물거렸다. 모든 것이 순조롭고 평화스러운 듯이 보였다. 나쟈는 밤 인사를 드리고 2층 자기 방으로 올라가서 자리에 눕자마자 곧 잠이 들었다. 그러나 지난밤처럼 동이 트기 시작할 무렵이 되자 나쟈는 눈을 뜨고 말았다. 더 잘 수가 없었다. 무거운 것에 눌리는 듯한 불안한 생각이 가슴을 설레게 했다. 나쟈는 웅크리고 앉아서 무릎 위에 머리를 없고는 자기 약혼자와의 문제를 생각해 보았다……. 어찌된 셈인지 그녀는, 어머니가 이미 세상을 떠난 자기 아버지를 사랑하지 않았으며, 지금은 재산이라고는 한 푼도 없이 순전히 할머니의 도움으로 살고 있다는 생각을 했다. 그리고 어째서 지금까지 자기는 어머니를 훌륭한 여자라고 생각해 왔을까, 어째서 단순하고 고독하고 불행한 여자라는 사실을 깨닫지 못했을까, 아무리 생각해도 모를 일이었다.

아래층에서 기침 소리가 들리는 것으로 보아, 사샤도 잠에서 깬 듯싶었다. 저 사람은 좀 이상하긴 해도 순진한 청년이라고 생각했다. 그리고 아름다운 정원이라든가, 훌륭한 분수라든가 하는 그의 여러 가지 공상은 믿기 어려운 어리석은 일 같았다. 그렇지만 어쩐지 그 순진하고 어리석은 공상 속에는 대학에 다니고 있다는 자기공상과 같이 온 마음을 싸늘하게 전율하도록 만드는 어떤 아름다운 것이 숨은 듯싶었다. 그리고 이것은 나쟈를 기쁨과 환희 속으로 몰아넣었다.

"그러나 생각하지 말아야지. 생각하지 말아야 해……."

나쟈는 중얼거렸다.

딱. 딱. 어디선가 멀리서 야경꾼의 딱따기 소리가 들려왔다.

딱, 딱…… 딱, 딱…….

3

6월 중순 무렵이 되자, 사샤는 문득 갑갑증을 느끼고 모스크바로 돌아가야겠다고 말했다.

"이 거리에서 살 순 없습니다."

그는 우울한 표정으로 말했다.

"수도도 없고, 배수 시설도 없고, 식사할 기분도 나지 않고, 게다가 부엌을 들여다보면, 그 더러움이란……."

"좀더 참고 견뎌 봐, 덜된 녀석 같으니!"

할머니는 왜 그런지 낮은 소리로 타일렀다.

"7월엔 결혼식이 있잖아!"

"그때까지 있을 수는 없어요."

"9월까지 있겠다고 말하지 않았니."

"그렇지만 더는 기다릴 수 없어요. 나는 일을 해야 하니까요."

싸늘하고 습기가 감도는 여름이었다. 수목은 축축하게 젖었고 정원에 있는 모든 것은 음산하고 우울해 보였다. 이러한 풍경은 실제로 일할 마음을 일으켜 주었다. 아래층과 2층 여러 방에서는 처음 듣는 여인들의 목소리가 들려 왔고, 할머니 방에서는 재봉틀 소리가 시끄러웠다. 모두들 결혼식 때문에 바삐 서두르고 있었다. 나쟈를 위해서 털외투만도 여섯 벌이나 마련되었다. 할머니 말에 의하면 그 가운데 제일 싼 것이 3백 루블이다. 이 시끄러운 소리는 사샤를 더욱 들뜨게 했다. 그는 자기 방에 들어앉아 화만 바락바락 냈으나, 더 묵고 가라고 모두들 말리는 바람에 7월 10일까지 출발을 늦추기로 약속했다. 시간은 빨리 흘러갔다. 성(聖) 페드로프 날에 안드레이 안드레이치는 점심 식사를 마치고 나쟈와 함께 모스크바 거리로 떠났다. 얼마 전에 자기들 신혼부부가 살려고 빌린 집을 다시 한 번 보기 위해서였다. 그 집은 2층 건물이었는데 아직은 위층밖에 정돈되지 않았다. 대청에는 페인트를 발라서 윤기 있게 반짝이는 가느다란 나무오리로 된 마루를 깔았고, 비엔나제 의자며, 피아노며, 바이올린 걸개들을 놓았다. 페인트 냄새가 풍겼다. 벽에는 금박 테두리에 낀 유화가 걸렸는데, 그 속에는 나체 여인과 그 옆에 손잡이가 떨어진 꽃병이 그려져 있었다.

"정말, 훌륭한 그림이야."

안드레이 안드레이치는 이렇게 말하고 감탄하듯이 한숨을 내쉬었다.

"이건 미술가 쉬아체브스키의 작품입니다."

거기에는 또 둥근 테이블이며, 긴 의자며, 파란 천으로 커버를 씌운 안락의자들을 갖춘 응접실이 있었다. 긴 의자 위의 벽에는 법의(法衣)를 걸치고 벨벳 성직자 모자를 쓴 안드레이 신부의 커다란 사진을 걸었다. 이윽고 두 사람은 찬장이 딸린 식당을 돌아보고, 다음엔 침실로 들어갔다. 어둠침침한 침실에는 침대 두 개가 가지런히 놓여 있었다. 이 방은 언제 들어와도 기분이 상쾌하도록 만들겠다는 의도로 꾸민 듯싶었고, 그 밖엔 아무런 목적도 없어 보였다. 안드레이 안드레이치는 줄곧 나쟈의 허리를 껴안은 채 이방 저방을 구경했다. 그러나 나쟈는 양심의 가책을 받는 듯한 두려움을 느꼈다. 그 모든 방, 침실, 안락의자 등 어느 것 하나 그녀의 마음에 드는 것은 없었다. 더욱이 나체화는 마음을 언짢게 만들었다. 지금 나쟈는 자기가 이미 안드레이 안드레이치를 사랑하지 않는다는 것을, 아니 지금까지 조금도 사랑하지 않았다는 것을 똑똑히 깨달았다. 그러나 이것을 어떻게 말해야 할지, 누구에게 하소연해야 좋을지 몰랐다.

어째서 이런 생각이 드는지도 몰랐다. 지금까지 밤낮으로 이 일을 생각하면서도 이해할 수 없었다……. 안드레이는 나쟈의 허리를 껴안고 다니며 아주 정답고 공손하게 얘기했다. 그는 무척 행복스러워 보였다. 그러나 나쟈는 그의 태도에서 단지 저열하고 단순하고 참을 수 없이 야비한 부분밖에는 아무것도 발견할 수가 없었다. 그리고 허리를 감싼 그의 손이 쇠뭉치처럼 딱딱하고 싸늘하게 느껴져서, 쉴 새 없이 달아나고 싶은, 울고 싶은, 창문에서 뛰어내리고 싶은 생각이 들었다. 안드레이 안드레이치는 나쟈를 욕실로 데리고 갔다. 거기서 벽에 붙은 마개를 돌리니 금방 물이 쏟아져 나왔다.

"어떻습니까?"

그는 웃으며 말했다.

"2백 갤런쯤 드는 물탱크를 올려놓게 했습니다. 이제 우리는 물 걱정을 할 필요는 없어요."

그들은 정원을 거쳐서 거리로 나와 마차를 잡았다. 하늘은 짙은 구름으로 덮여서 금세 비가 쏟아질 것만 같았다.

"당신 춥지 않아요?"

안드레이 안드레이치는 먼지 때문에 눈을 가늘게 뜨며 말했다.

나쟈는 잠자코 있었다.

"어제 사샤가 나더러 빈들빈들 놀고 있다고 비난하는 것을 들었겠죠?"

그는 잠시 입을 다물었다가 말을 이었다.

"그의 비난은 옳습니다! 정말 옳아요! 저는 아무 일도 하지 않습니다. 또 할 수도 없습니다. 왜 그럴까요? 언젠가는 나도 모자에 휘장을 달고 관청에 다녀야 한다고 생각하니, 어쩐지 지긋지긋해집니다. 왜 그럴까요? 오오, 어머니 러시아여! 오오, 어머니 러시아여! 그대는 쓸모없고 무익한 사람들을 얼마나 많이 가졌는가! 러시아에는 나같이 무익한 사람들이 얼마나 많은가! 고민하는 어머니여!"

그는 자기가 놀고 있는 이유로 여러 가지 개념을 인용하더니 이것은 시대적인 사상에 기인한다고 설명했다.

"우리는 결혼하면."

그는 말을 이었다.

"같이 시골로 갑시다. 시골에 가서 일합시다! 정원도 있고 냇물도 흐르는 땅을 사가지고, 노동을 하면서 인생을 바라봅시다. 아, 얼마나 즐거울까요!"

안드레이 안드레이치는 모자를 벗었다. 그의 머리칼이 바람에 나부꼈다. 나쟈는 그의 말에 귀를 기울이며 이런 생각을 했다.

'나오지 않았더라면 좋았을걸!'

바로 집 근처에 이르렀을 때, 저쪽에서 걸어오는 안드레이 신부가 눈에 띄었다.

"아, 저기 아버지가 오시는군요!"

안드레이 안드레이치는 모자를 흔들며 기뻐했다.

"저는 아버지를 무척 좋아합니다. 훌륭한 분입니다. 선량한 분입니다."

그는 마부에게 돈을 치르며 말했다.

나쟈는 매일 밤 찾아오는 손님들을 접대하며 속없이 웃어야 하고, 바이올린 소리와 여러 가지 쓸모없는 잡담을 들어야 하며, 결혼식 얘기만을 해야 할 거라는 생각을 하고는, 혐오에 가득 찬 언짢은 마음을 느끼면서 집으로 들어갔다.

할머니는 비단옷을 차려입고, 언제나 손님이 오기 전에 그렇듯이, 묵직하고도 위엄 있는 태도로 사모바르 앞에 앉아 있었다. 안드레이 신부는 능글맞게 웃으며 들어왔다.

"저는 할머니가 그렇게 건강한 몸으로 계시는 것을 무엇보다도 기쁘게 생각합니다."

그는 할머니에게 말했다. 농담삼아 그런 말을 하는지 아니면 진담으로 그러는지 가리기 어려운 말투였다.

4

바람은 들창과 지붕에 휘몰아쳤다. 휘이휘이 바람 소리가 들리고, 집 안에 있는 난로 속에서도 슬프고 우울한 노래를 불렀다.

밤 1시였다. 집 안 사람들은 모두 자리에 누워 있었다. 그러나 아무도 잠들지는 않았다. 한편 나쟈는 아래층에서 계속 바이올린을 켜는 소리가 들리는 것 같았다. 덧문이 떨어졌는지, 요란한 소리가 들려왔다. 잠시 뒤 니나 이바노브나가 잠옷 바람으로 촛불을 손에 든 채 들어오며 물었다.

"나쟈, 지금 난 건 무슨 소리지?"

머리를 한 가닥으로 틀고 겁에 질린 듯 웃는 어머니는, 여느 때보다 훨씬 늙고 보잘것없는 자그마한 여자로 보였다. 나쟈는 바로 조금 전만 해도 자기 어머니를 훌륭한 여자라고 생각하며 경의를 품고 어머니의 말을 듣던 것을 상기했다. 그러나 어떤 말이었는지는 기억할 수 없었다. 단지 기억 속에 남은 것은 희미하고 막연한 생각뿐이었다.

난로 안에서는 여러 가지 저음(低音)이 뒤섞여서 "오, 신이여!"라고 말하는 듯한 소리가 들려왔다. 나쟈는 일어나 앉았다. 그러고는 불현듯 머리를 누르면서 흐느끼기 시작했다.

"어머니, 어머니, 제가 지금 어떤 생각을 하는지 어머니가 알아주신다면! 어머니, 부탁이에요, 제발 저를 떠나게 해 주세요. 네, 부탁이에요!"

나쟈는 말했다.

"어디로?"

니나 이바노브나는 영문을 모르겠다는 듯 물어보고는 침대 위에 앉았다.

"어디로 간단 말이냐?"

나쟈는 한참 동안 울었다. 그리고 단 한 마디도 할 수 없었다.

"저를 여기에서 떠나게 해 주세요."

나쟈는 마침내 입을 열었다.

"결혼식을 올리지 않겠어요. 또 올릴 수도 없어요. 네, 이해해 주세요! 저는 그분을 사랑하지 않아요……. 그분에 대해선 어떻게 말해야 될지조차 모르겠어요."

"안 돼, 안 돼!"

니나 이바노브나는 깜짝 놀라며 성급히 말했다.

"마음을 가라앉혀라! 그건 마음이 안정되질 않아서 그러는 거야. 곧 좋아질 거야. 흔히 있는 일이지. 안드레이와 말다툼이라도 한 게로구나? 그러나 사랑싸움은 곧 낫는 법이란다."

"오오, 저리 가 주세요. 어머니, 가 주세요!"

나쟈는 흑흑 흐느꼈다.

"그러마."

니나 이바노브나는 잠시 끊었다가 말을 이었다.

"너는 얼마 전까지만 해도 어린애였고 소녀였는데, 지금은 벌써 약혼을 하게 되었구나. 그러나 세상일이란 쉬지 않고 변하는 거란다. 너 역시 자기도 모르는 새에 어머니가 되고 할머니가 돼서, 나처럼 다루기 힘든 딸을 갖게 되는 거야."

"어머니, 사랑하는 어머니. 어머니는 자신을 현명한 여자라고 생각하시는군요. 어머니는 불행한 사람이에요."

나쟈는 말했다.

"어머니는 정말 불행한 분이세요. 왜 그렇게 따분한 얘기만 하세요? 네! 왜 그래요?"

니나 이바노브나는 무슨 말을 하려 했으나, 한 마디도 할 수가 없었다. 그녀는 한숨을 내쉬고는 자기 방으로 돌아갔다. 난로는 다시금 낮은 소리로 으르렁대기 시작했다. 나쟈는 갑자기 무서워졌다.

그녀는 침대에서 뛰어내려 어머니 방으로 달려갔다. 니나 이바노브나는 눈물에 젖은 얼굴로, 책을 손에 든 채 이불을 덮고 침대에 누워 있었다.

"어머니, 제 말을 들어 주세요!"

나쟈는 말했다.

"제발 들어 주세요! 우리들이 얼마나 타락한 생활을 하고 있는지, 어머니도 아셔야 해요. 저는 이제 눈을 떴어요. 이젠 모든 것을 볼 수 있어요. 저 안드레이 안드레이치는 어떤 사람이에요? 그는 아무것도 모르는 사람이에요. 제발 이해해 주세요, 네? 어머니, 그는 바보예요!"

니나 이바노브나는 벌떡 일어나 앉았다.

"너와 네 할머니는 나를 괴롭히기만 하는구나!"

어머니는 흐느끼며 말했다.

"나도 살고 싶다. 보람 있게 살고 싶어!"

어머니는 되풀이하며 자기의 작은 주먹으로 가슴을 두어 번 두드렸다.

"나를 자유롭게 해 다오! 나는 아직도 이렇게 젊은데, 살겠다고 애쓰는데, 너하고 네 할머니는 나를 노파로 만드는구나……."

어머니는 슬프게 흐느끼며 허리를 구부리고 이불 속으로 기어들었다. 그 모습은 아주 작고, 가엾고, 초라해 보였다. 나쟈는 자기 방으로 돌아갔다. 옷을 갈아입고는 창 곁에 앉아서 날이 새기를 기다렸다. 이렇게 나쟈가 밤이 새도록 앉아서 생각에 잠겨 있는 동안, 줄곧 밖에서는 누군가가 덧문을 두드리며 휘파람을 부는 듯한 소리가 들려왔다.

아침이 되자, 할머니는 정원의 능금이 지난밤 바람 때문에 한 알도 남지 않고 떨어졌으며, 복숭아 고목 하나가 자빠졌다는 둥 여러 가지 불평을 늘어놓았다. 날씨는 흐리고 음침해서 등불을 켜야 할 지경으로 어두컴컴했다. 모두들 춥다고 투덜거렸다. 들창에는 빗발이 내리쳤다.

차를 마신 뒤 나쟈는 사샤의 방으로 갔다. 그리고 아무 말도 하지 않고 구석에 있는 안락의자 옆에 무릎을 꿇고 앉아서 두 손으로 얼굴을 가렸다.

"왜 그래요?"

사샤가 물었다.

"저는…… 지금까지 이런 데서 어떻게 살아왔는지 모르겠어요. 정말 모르겠어요. 정말 저는 약혼자를 경멸하고 있어요. 이 모든 방탕하고 무의미한 생활을 경멸해요……."

나쟈가 말했다.

"그럴 겁니다……. 그건 사실입니다. 옳은 생각입니다."

사샤는 무슨 뜻인지도 모르면서 말했다.

"저는 이런 생활이 싫어졌어요."

나쟈는 말을 이었다.

"이런 데서 하루도 더 참을 수 없어요. 내일 떠나겠어요. 제발 부탁이니 저를 데려가 주세요!"

사샤는 잠시 놀란 듯이 나쟈를 바라보았다. 마침내 그는 나쟈의 마음을 이해하고는 어린애처럼 기뻐했다. 기쁨에 못 이겨 춤이라도 출 듯이 양손을 흔들며 슬리퍼를 달각거리기 시작했다.

"훌륭합니다! 정말 훌륭한 일입니다."

그는 손을 비비며 말했다.

나쟈는 그가 곧 무엇인가 중대한 것을, 무한히 의미심장한 것을 들려주리라 기대하면서 마치 마술에라도 걸린 듯이 그 커다란 눈을 깜박이지도 않고 사랑에 취한 눈초리로 바라보았다. 그는 아무 말도 하지 않았다. 그러나 나쟈에게는 여태까지 알지 못했던 새롭고 넓은 세계가 이미 눈앞에 열리는 듯이 느껴졌다. 그리고 여러 가지 기대로 충만해진 나쟈는 그를 바라보면서 어떤 것에 대해서도, 비록 죽음에 대해서도 두려워하지 않겠다고 결심했다.

"저는 내일 떠나겠습니다."

그는 잠시 무엇을 생각하고 나서 말했다.

"그리고 당신은 배웅하러 정거장에 나오세요……. 제 트렁크에 당신의 짐도 넣어 가겠습니다. 그리고 당신 차표도 사 놓을 테니, 세 번째 종이 울리면 차에 오르세요. 함께 떠납시다. 모스크바까지는 함께 가고, 그 다음부터는 혼자서 페테르부르크로 가면 됩니다. 여행권은 가지셨죠?"

"네, 있어요."

"저는 약속합니다. 당신도 후회하거나 불평하진 않겠지요."

사샤는 믿는다는 투로 말했다.

"가서는 공부해야 합니다. 그러고는 모든 걸 운명에 맡겨 버리세요. 당신의 생활을 뒤집어엎으면 만사는 변합니다. 가장 중요한 것은 생활을 뒤집어엎는 것입니다. 나머지는 아무래도 좋습니다. 그럼 내일 떠나도 좋지요?"

"네, 제발!"

나쟈는 적잖게 흥분해 있음을 스스로 느낄 수 있었다. 여느 때보다도 한층 마음이 괴로운 것 같기도 했다. 집을 나갈 때까지는 고통스럽고 안타까운 시간을 보내야 하는 것이라고도 생각되었다. 그러나 2층에 가서 자리에 눕자, 얼굴에 눈물 자국과 웃음을 남긴 채 곧 잠들고 말았다. 그리고 해질 때까지 세상모르게 잠에 빠져 들었다.

5

역마차를 부르러 보냈다. 나쟈는 모자를 쓰고, 외투를 입고, 다시 한 번 어머니와 자기 물건을 보기 위해서 2층으로 올라갔다. 자기 방으로 들어가서 아직 온기가 남은 침대 옆에 서서 둘러보았다. 다음엔 살그머니 어머니 방으로 들어갔다. 방 안은 조용하고 니나 이바노브나는 잠들어 있었다. 나쟈는 어머니에게 키스하고, 어머니의 머리칼을 어루만지면서 잠시 서 있었다……. 그리고 아래층으로 천천히 내려왔다.

밖에는 비가 줄기차게 내렸다.

마부는 흠뻑 젖은 머릿수건을 두른 채로 현관에 서 있었다.

"네가 탈 자리는 없구나, 나쟈!"

하인들이 짐을 싣기 시작했을 때 할머니가 말했다.

"왜 하필 이런 날에 배웅하러 간다는 거냐! 집에 있어라. 무슨 비가 이렇게 온담!"

나쟈는 무엇인가 말하려 했으나 입이 떨어지지 않았다. 사샤는 나쟈를 부축해 태우고 담요로 발을 가려주고는 나쟈와 나란히 앉았다.

"조심해라! 잘 가거라!"

할머니는 현관에서 외쳤다.

"그리고 사샤, 모스크바에 가면 편지해라."

"알겠습니다. 안녕히 계세요, 할머니!"

"주여, 보살펴주시기를!"

"무슨 날씨가 이럴까요!"

잠시 뒤 사샤가 말했다.

이때, 비로소 나쟈는 눈물을 흘렸다. 이제야 정말 이곳을 떠난다는 생각이 똑똑히 들었던 것이다. 할머니와 작별 인사를 하고, 어머니를 바라보고 있었을 때까지도 정말 이곳을 떠나리라고는 믿기지 않았다. 마을이여, 잘 있거라! 이렇게 생각하는 순간 나쟈에게는 지난날의 모든 일들이 낱낱이 생각났다. 안드레이, 그의 아버지, 새집, 꽃병과 나체 여인을 그린 유화 등. 그러나 이 모든 추억들은 이미 나쟈를 위협하거나 괴롭히지는 않았다. 단지 어리석고 천박하게 느껴질 뿐, 모든 것은 자꾸 뒤로 멀어져갔다. 그들이 차에 오르고 기차가 움직이기 시작하자, 장엄하고 거대하다고 생각되던 과거의 모든 것은 보잘것없이 작은 것으로 압축돼 버리고, 지금까지는 막연하게만 생각되던 넓고 웅장한 미래가 눈앞에 펼쳐져 왔다. 빗줄기가 차창을 두들겼다. 푸릇푸릇한 들과 전깃줄 위에 새들이 앉아 있는 전신주들이 어른거릴 뿐 아무것도 보이지 않았다. 문득 나쟈의 가슴에는 기쁨이 넘쳐흘렀다. 그녀는 자유의 몸이 되어 대학에 가는 것을 생각했다. 그리고 어느 옛말에 "카자흐처럼 떠나간다"는 속담이 자기를 두고 하는 말같이 느껴지기도 했다.

나쟈는 울기도 하고, 웃기도 하며, 기도를 드리기도 했다.

"좋군요! 정말 좋아요!"

사샤는 빙그레 웃으며 말했다

6

가을도 가고 겨울도 지났다. 나샤는 고향이 그리워지기 시작했다. 그리고 매일같이 어머니와 할머니가 그리웠다. 사샤도 그리워졌다. 집에서는 부드럽고 다정한 사연이 담긴 편지가 몇 통이나 와 있었다. 이제는 모든 것을 용서받고 잊힌 듯했다. 5월의 시험을 마친 나샤는 건강하고 즐거운 마음을 안고, 고향으로 가는 길에 사샤를 만나러 모스크바에 들렀다. 그는 작년 여름과 조금도 달라진 것이 없었다.

털북숭이 수염이며, 엉클어진 머리며, 프록코트에 무명바지며, 커다랗고 아름다운 두 눈이며, 모든 것이 예전 그대로였다. 그러나 그의 안색은 좋지 않았고 몹시 피로해 보였으며 늙고 여위었다. 그리고 자주 기침을 했다. 그래서인지 나샤는 그에게서 우울한 시골뜨기 같은 인상을 받았다.

"오오, 나샤가 왔군!"

그가 말하며 반갑게 맞아 주었다.

"사랑하는 나샤!"

두 사람은 잉크와 페인트 냄새에 숨이 막힐 듯하고 담배 연기가 자욱한 인쇄소 안에 잠시 앉았다가, 이윽고 사샤의 방으로 갔다. 거기에서도 역시 담배 연기가 코를 찔렀고, 여기저기 침 뱉은 흔적이 보였다. 책상 위의 식은 사모바르 옆에는 검은 종이로 덮인 깨진 접시가 놓여 있었고, 책상과 마루 위에는 죽은 파리가 지저분하게 깔려 있었다. 이 모든 것은 사샤가 자신의 개인 생활을 되는 대로 보내며, 사치를 얼마나 경멸하는지를 말해 주었다. 그리고 만일 누군가가 그의 개인적인 행복이나, 그의 개인 생활에 대해서, 또 그의 취미에 대해서 그를 설복한다면 그는 조금도 이해하지 못하고 웃어 버릴 것임에 틀림없었다.

"모든 일이 잘 진행되고 있어요."

나샤는 서두르며 말했다.

"가을에는 어머니가 저를 만나려고 페테르부르크로 오셨었어요. 할머니도 이젠 노여워하시지 않고 줄곧 내 방에 가서는 벽 위에 성호를 긋고 계신다고, 어머니가 말씀하시더군요."

사샤는 즐거운 듯한 표정이었으나, 연달아 기침을 하며 쉰 목소리를 냈다. 나쟈는 그의 병이 정말 나빠졌는지, 그렇지 않으면 자기가 그렇게 생각할 따름인지를 분명히 몰라서 물끄러미 그를 바라보았다.

"사샤, 몸이 편하지 않군요!"

나쟈는 말했다.

"아니, 괜찮아요. 병은 병이지만 그렇게 대단하진 않아요……."

"저런, 어쩌나!"

나쟈는 흥분해서 외쳤다.

"왜 의사한테 보이질 않는 거예요? 어째서 자기 몸을 소중히 여기지 않으세요? 네, 다정한 사샤."

이렇게 말하는 나쟈의 눈에는 눈물이 글썽였다. 그리고 아무 이유도 없이 안드레이 안드레이치며, 꽃병과 나체 여인을 그린 유화며, 지금은 아득한 옛날처럼 생각되는 자기의 모든 과거가 눈앞에 어른거렸다. 그리고 또한 나쟈를 울게 만든 원인은 이미 사샤는 작년처럼 신비하고 흥미 있고 교양 있는 사람으로는 보이지 않는 것이었다.

"사랑하는 사샤. 당신의 몸은 말이 아니군요. 저는 당신의 건강을 회복시킬 수 있는 일이라면 무엇이든지 하겠어요. 당신은 저의 은인이에요! 당신은 저를 위해서 얼마나 많은 일을 하셨는지 몰라요, 나의 다정한 사샤! 정말 당신은 지금 나에게 가장 가깝고 가장 다정한 분이세요."

그들은 앉아서 이야기를 주고받았다. 그러나 페테르부르크에서 한겨울을 보내고 온 지금, 나쟈에게는 사샤도, 그의 말도, 웃음도, 그의 모든 모습조차도 오래 전에 시들고 낡아 지금은 이미 목숨이 끊어져 무덤 속으로 가고 있는 것처럼 느껴졌다.

"저는 모레 볼가로 가겠습니다. 그리고 다음엔 쿠무이쓰(말젖)를 마시러 가렵니다."

사샤는 말했다.

"쿠무이쓰를 마시고 싶어요. 저와 함께 한 친구 내외가 떠납니다. 그 부인은 훌륭한 분입니다. 저는 그 부인에게 대학에 들어가라고 줄곧 설복하고 있지요. 그 부인의 생활을 변화시키려는 생각입니다."

잠시 이야기를 나눈 다음, 두 사람은 정거장으로 떠났다. 사샤는 차와 능금을 나쟈에게 사 주었다. 기차가 떠나자, 그는 웃음을 지으며 손수건을 흔들었다. 그의 병이 얼마만큼 무거워졌는지는 그의 걸음걸이를 보아서도 알 수 있었다. 그리고 그의 여생이 얼마 남지 않았음을 알 수 있었다.

나쟈는 정오 무렵 고향에 닿았다. 정거장에서 집으로 마차를 달리는 동안, 거리는 무척 넓어 보였으나 집들은 땅에 달라붙은 듯이 작아 보였다. 거리에는 인적이 없었다. 다만 불그죽죽한 외투를 입은 독일인 악기 수선사를 보았을 뿐이다. 그리고 집마다 뽀얗게 먼지를 뒤집어쓴 것 같았다. 이미 늙을 대로 늙고 피둥피둥 보기 싫게 살찐 할머니는 나쟈를 두 팔로 껴안고, 그녀의 어깨에다 얼굴을 파묻은 채 한참이나 흐느끼며 떨어질 줄을 몰랐다. 나쟈의 어머니 니나 이바노브나도 보기 흉하게 늙어 버렸고, 온몸은 바싹 여위어 보였다. 그러나 역시 옷차림만은 단정했고, 손가락에서는 다이아몬드가 번쩍였다.

"귀여운 내 딸!"

어머니는 온몸을 떨며 말했다.

"귀여운 내 딸!"

그들은 앉아서도 아무 말 없이 울기만 했다. 어머니도 할머니도 과거는 되돌아오지 않는다는 것을 잘 알고 있음에 틀림없었다. 그들은 이미 사교계의 지위도, 지난날의 영광도, 손님을 초대할 자격도 잃어버리고 말았던 것이다. 그것은 평화스럽고 단란한 가정에 어느 날 밤 경관이 불현듯 뛰어들어 집 안 수색을 한 끝에, 주인이 공금을 횡령했다든가 주화를 위조했다는 죄목이 드러남으로써 지금까지 단란하고 평화롭던 생활이 영원히 깨지고 만 그런 경우와도 너무 비슷했다. 나쟈는 2층으로 올라가 전과 다름없는 침대를 보았다. 창문 밖으로 즐겁게 재잘대며 햇빛이 넘쳐흐르는 예전의 정원을 보았다. 나쟈는 자기 책상을 만져 보기도 하고, 앉아 보기도 하며 생각에 잠겼다. 그리고 점심을 맛있게 먹고, 구수하고 기름기가 도는 크림과 함께 차를 마셨다. 그러나 어쩐지 허전했다. 방 안이 공허하게 느껴졌다. 그리고 천장이 낮아진 것만 같았다. 해가 저물자 나쟈는 자리에 누웠다. 폭신하고 따스한 침대 속에 누워 있으려니 어쩐지 어색한 느낌이 들었다.

니나 이바노브나가 잠시 이야기를 하려고 들어왔다. 그녀는 무슨 죄나 지은 사람처럼 두리번거리며 자리에 앉았다.

"그래 어머니, 나쟈? 만족하냐? ……정말 만족하니?"

어머니는 더듬더듬 말했다.

"네, 만족해요."

니나 이바노브나는 일어서서 나쟈의 머리 위에 성호를 그었다.

"나는 믿음이 깊어졌단다."

어머니는 말을 이었다.

"요샌 철학을 공부하고 있어서 늘 생각에 잠기곤 하지……. 모든 것이 햇빛처럼 또렷이 보이기 시작했어. 인생은 프리즘을 들여다보듯이 지나간다고 생각하는 것이 무엇보다도 필요한 일인 듯하구나."

"그런데 어머니, 할머니 건강은 어떤가요?"

"괜찮을 것 같다. 그때 네가 사샤와 함께 떠나간 뒤 집에 전보를 쳤을 때, 할머니는 그걸 읽으면서 그만 기절하고 마셨단다. 사흘 동안 일어나지 못하셨어. 그 다음부턴 매일같이 기도를 드리지 않으면 우는 것이 할머니 생활이었지. 그러나 지금은 괜찮아지셨어."

어머니는 일어서서 방 안을 거닐었다.

딱, 딱.

야경꾼의 딱따기 소리가 들려왔다.

딱, 딱, 딱, 딱.

"무엇보다도 중요한 것은 인생이란 프리즘을 보듯이 지나간다고 생각하는 것이란다."

어머니는 말했다.

"즉 다시 말하면 의식 속에서 인생을 일곱 가지 원색처럼 제일 간단한 요소로 분해해서 그 요소를 따로따로 연구해야 된다는 거야."

어머니가 그 다음 무슨 말을 했는지, 언제 방에서 나갔는지 나쟈는 몰랐다. 벌써 잠들었던 것이다.

5월이 지나고 6월이 다가왔다. 나쟈도 집에 익숙해졌다.

할머니는 숨을 헐떡이며 사모바르 준비에 바빴다. 니나 이바노브나는 밤마다 자기의 철학을 논했다. 그녀는 여전히 혼자서 외롭게 살았고, 한 푼이라도 일일이 할머니에게 의논하지 않으면 안 되었다.

집 안에는 파리 떼가 윙윙 날아다녔다. 천장이 점점 낮아지는 듯이 느껴졌다. 할머니와 니나 이바노브나는 안드레이 신부와 안드레이 안드레이치를 만날까 두려워 거리에도 나가지 못했다. 그러나 나쟈는 정원과 거리를 거닐면서 회색 담과 집들을 구경했다. 그리고 그녀는 이 거리의 모든 것이 이미 오래 전에 낡아빠져서 스스로 멸망을 기다리는지, 아니면 젊고 새로운 것을 기다리는지, 가려내기 어려웠다. 오오! 새롭고 빛나는 생활이 빨리 돌아와 주었으면! 인간이 정직해야 하고, 즐겁고 자유스러워야 한다는 것을 알기 위해서 자기 운명에 대담하게 맞설 수 있는 생활이 하루 속히 돌아와 주었으면! 어쨌든 그런 생활이 온 것임에는 틀림없었다. 이런 시대가 오면 할머니의 집은 만사가 정돈되어 지하실의 불결한 방에는 하인 넷만이 살게 되리라. 그 시대가 오면 집은 흔적도 없이 사라지고 아무도 떠올리는 사람이 없이 잊히고 말리라. 그러나 지금 나쟈를 즐겁게 해 주는 사람은 이웃집 아이들뿐이었다.

'약혼녀! 약혼녀!'

사라토프에서 사샤의 편지가 왔다.

그 속에는 춤추는 듯하고 우스꽝스러운 독특한 필적으로 볼가의 여행은 완전히 성공이었으며, 그러나 사라토프에서는 다소 몸이 약해져서 지금은 말도 못하고 2주 동안 병원에 입원 중이라는 사연이 적혀 있었다. 나쟈는 이 편지가 무엇을 뜻하는지 알았다. 그리고 어떤 선고를 받은 듯한 예감에 사로잡혔다. 그러나 이 예감도, 사샤를 생각하는 마음도, 그전처럼 그녀를 슬프게 하지는 않았다.

이것이 또한 그녀를 괴롭게 만들었다. 지금 나쟈는 무척 살기를 원했고, 하루 속히 페테르부르크로 떠나고 싶었다. 그리고 사샤에 대한 그녀의 우정도 지금은 단지 그리움뿐으로 머나먼 과거의 일같이 느껴졌다. 나쟈는 뜬눈으로 밤을 새웠다. 아침이 되자 창가에 앉아 귀를 기울였다. 아래층에서는 여러 사람의 목소리가 들려왔다. 할머니는 매우 당황한 목소리로 무엇인가를 재빨리 물어 보았다. 뒤이어 누군가의 울음소리가 들려왔다……. 나쟈가 아래층으로 내려가 보니 할머니는 눈물 젖은 얼굴로 방구석에서 기도를 드리고 있었다. 책상 위에는 전보가 한 장 놓여 있었다.

나쟈는 할머니의 울음소리를 들으며 한참 동안을 거닐었다. 그러다가 전보를 보았다. 그것은 어젯밤 알렉산드르 치모페비치가, 더 간단히 말하자면 사샤가 폐병으로 사라토프에서 죽었다는 소식이었다.

할머니와 니나 이바노브나는 추도 미사를 드리러 성당으로 떠났다. 그러나 나쟈는 이 방에서 저 방으로 돌아다니며 오랫동안 생각에 잠겼다. 그는 자기의 생활이 사샤가 원하던 대로 전환되었음을 뚜렷이 느낄 수 있었다. 그리고 이 거리에선 자기가 이방인인 동시에 고독하고 쓸모없는 인간이며, 또 자기에게도 이곳의 모든 것이 필요치 않으며, 그리고 모든 과거는 그에게서 떨어져 나가서 불탄 뒤 바람에 날린 잿가루처럼 사라지고 말았음을 뼈저리게 느꼈다. 나쟈는 사샤의 방으로 가서 잠시 서 있었다.

'잘 가요, 그리운 사샤!'

그녀는 마음속으로 중얼거렸다. 나쟈의 눈앞에는 새롭고 넓고 자유로운 생활이 떠올랐다. 아직 막연하긴 하지만 신비로움이 넘쳐흐르는 그 생활은 그녀를 손짓하며 불렀다.

나쟈는 짐을 꾸리러 아래층으로 내려갔다. 그리고 이튿날 아침, 가족과 작별 인사를 나누고—이제는 영원히 헤어지는 것이라고 생각하면서—희망차고 상쾌한 마음으로 마을을 떠났다.

В Ущелье

골짜기

골짜기

1

우클레예보 마을은 골짜기에 파묻혀 있어서 신작로나 정거장에서 보면 단지 종각과 염색 공장의 굴뚝만 보일 뿐이었다. 길을 지나는 나그네들이 이곳은 어떤 마을이냐고 물으면 사람들은 으레, "목사 나리가 장례 때 어란(魚卵)을 잡수시던 마을입니다"라고 대답했다.

공장주 코슈츄코프의 장례 때 늙은 목사가 굵직굵직한 어란을 아주 맛있게 먹은 일이 있었기 때문이다. 그때 사람들은 목사의 옆구리를 쿡쿡 찌르기도 하고 소매를 잡아당기기도 했으나, 목사는 어찌나 맛있던지 정신없이 어란만을\먹었다. 그는 접시의 어란을 모조리 먹어 버리고는 그것도 모자라 통에 들었던 4파운드의 어란마저 깨끗이 먹어 버렸다고 했다.

그로부터 이미 몇 해가 지나고 그 목사도 오래 전에 세상을 떠났지만, 어란 이야기만은 아직도 잊히지 않았다. 10년 전에 일어난 이렇게 보잘것없는 사건 이외에는 아무 기억도 남길 수 없었을 만큼 이 마을의 생활은 비참했고, 또 그만큼 사람들도 단순했다. 어쨌든 사람들은 우클레예보 마을에 대해서는 달리 이야기할 건더기가 없었다.

마을에는 열병이 그치지 않았다. 여름에도 이 고장은 질퍽질퍽 했다. 특히 늙은 버드나무가 늘어져 응달진 울타리 근처는 진흙이 마를 줄을 몰랐다. 그리고 공장에서는 언제나 쓰레기 냄새와 무명을 염색할 때에 쓰는 시큼한 초산 냄새가 풍겨왔다. 세 개의 무명 염색 공장과 가죽 공장은 바로 마을 안이 아니라, 마을에서 좀 떨어진 변두리에 자리잡고 있었다. 모두 조그마한 공장들로, 모든 직공을 합쳐도 4백 명을 넘지 못했다. 시냇물은 가죽 공장 때문에 늘 악취를 풍겼고, 목장에는 쓰레기가 산처럼 쌓이고, 농가의 가축들은 시베리아 페스트에 걸려 신음했다. 도청에서는 공장을 폐쇄하라는 명령을 내렸다. 그래서 공장은 폐쇄되리라고 생각했으나, 공장주에게 매달 10루블씩을 받는 지방 경찰관과 군의사(郡醫師)의 묵인으로 작업은 비밀리에 이어졌다. 마을 전체를 통해서 석조 건물에 함석지붕을 씌운 집이라고는 단 두 채밖에 없었다. 그중 하나는 면사무소였고, 또 하나는 교회 맞은편에 있는, 예피판에서 온 그리고리 페트로비치 츠이부킨이라는 상인의 2층집이었다.

그리고리는 식료품 가게를 했다. 그러나 이것은 겉모양뿐으로 실제로는 보드카며, 가축이며, 가죽이며, 밀빵이며 돼지까지 사고팔았다. 그는 닥치는 대로 무엇이든지 사고팔았다. 예를 들어 외국에서 여자 모자에 꽂는 까치 털을 주문해서는 두 개에 30코페이카씩 이익을 남기기도 하고, 산림을 벌채용으로 사기도 하고, 이자를 받고 돈을 빌려주는 일을 하기도 했다. 아무튼 빈틈없이 장사 이치에 밝은 노인이었다.

그 노인에겐 아들 둘이 있었다. 맏아들 아니심은 경찰서 수사과에 근무해서 집에 돌아오는 일이 드물었다. 둘째 아들 스체판은 가게에서 아버지 일을 거들었지만, 몸이 약한 데다가 귀까지 먹어서 실제로는 그리 큰 도움을 기대할 수는 없었다. 아름다운 얼굴에 몸매가 고운, 그리고 명절이면 모자를 쓰고 양산을 받고 나가곤 하는 그의 처 아크시니야는 이른 아침에 일어나서는 밤이 늦어서야 자리에 누웠다. 그녀는 치맛자락을 접어 올리고 열쇠 뭉치를 짤랑거리면서 헛간에서 움으로, 아니면 움에서 가게로 하루 종일 쉬지 않고 뛰어다녔다. 츠이부킨 노인은 눈을 빙글빙글 돌리면서 흐뭇한 표정으로 며느리를 바라보았다. 그리고 그럴 때마다 저애가 여자의 아름다움이라는 것을 조금도 모르는 귀머거리 둘째 아들의 처가 아니라, 맏아들의 처라면 얼마나 좋을까 하는 아쉬운 생각을 하곤 했다.

노인은 남달리 가정생활에 취미가 있어서 이 세상의 무엇보다도 자기 가정을 사랑했고, 그중에서도 형사로 근무하는 맏아들과 둘째 아들의 처를 사랑했다. 아크시니야는 귀머거리 둘째 아들한테 시집 온 그날부터 놀라운 장사 재주를 보이기 시작하여 누구에게는 외상을 줘도 좋고, 또 누구에게는 안 된다는 것을 잘 알았다. 그녀는 열쇠를 맡아 몸에 간수해 놓고 자기 남편에게도 건네주지도 않았다. 그러곤 주판으로 계산을 맞추는가 하면 농군들이 하듯이 말의 이(齒)를 검사하기도 했는데, 하루 종일 그녀의 웃음소리와 외치는 소리는 그치지 않았다. 그녀가 무슨 일을 하든, 무슨 말을 하던 간에 노인은 단지 웃음을 머금고 언제나 이렇게 중얼거렸다.

"그렇지, 그래! 참 신통한 며느리야……."

노인은 그때까지 홀아비로 지냈으나 며느리를 맞고 1년이 지나자 자기도 마누라 없이는 못 배기게 되었다. 우클레예보에서 30베르스타(1베르스타는 1.067킬로미터)쯤 떨어진 곳에 사는 바르바라 니콜라예브나라는 처녀가 물망에 올랐다. 그리 젊지는 않았으나 혈통이 좋았고, 용모가 아름다운 온순한 처녀였다.

그녀가 2층에 자리잡고 살게 되자, 마치 창문에 새 유리를 끼운 듯이 집 안의 모든 물건이 갑자기 환해 보였다. 성상(聖像) 앞에는 등불을 켜고 테이블에는 눈처럼 새하얀 커버를 씌우고 창문과 정원 앞에는 빨간 꽃봉오리가 달린 여러 가지 꽃들을 놓았다. 그리고 식사 때에는 예전처럼 한 냄비에서 떠먹는 것이 아니라 한 사람 앞에 하나씩 접시가 배당되었다. 바르바라 니콜라예브나는 언제나 즐겁고 부드러운 웃음을 띠고 있어서, 집 안의 모든 것이 언제나 싱글벙글 웃는 듯이 느껴졌다. 거지나 순례자들도 안뜰까지 들어오게 되었다. 그전에는 한 번도 이런 일이 없었다. 창문 밑에서는 우클레예보 시골 여인의 애처로운 노랫소리며, 술주정 때문에 공장에서 쫓겨난 사내들의 허약하고 메마른 기침 소리가 들려오곤 했다.

바르바라는 그들에게 돈이며, 빵이며, 헌 옷가지들을 나누어 주었고, 그다음 차차 집안일에 익숙해지자 그녀는 가겟방에서까지 물건을 가져다주기 시작했다. 어느 날 귀머거리 스체판은 어머니가 차(茶) 4온스를 집어가는 것을 보았다. 스체판은 놀랐다.

"어머니가 차 4온스를 가져갔어요."

그는 나중에 아버지한테 고자질을 했다.

"어느 장부에 적을까요?"

노인은 아무 말 없이 눈썹을 치켜세우고 한참 동안 서서 생각하다가, 2층 마누라 방으로 올라갔다.

"바르바라슈카, 무엇이든지 필요한 것이 있으면 가겟방에서 마음대로 가져와요. 사양치 말고 가져다 써요."

그는 상냥하게 말했다.

그리고 이튿날 귀머거리 스체판은 안뜰을 뛰어가면서 바르바라한테 외쳤다.

"어머니, 뭐든지 필요한 것이 있으면 가져가세요!"

바르바라가 불쌍한 사람들을 도와주는 마음씨 속에는 마치 성상 앞에 켜진 등불이나 붉은 꽃처럼 무엇인지 새롭고 후련한 즐거움이 있었다. 그리고 리 식료품 가게에서는 사육제 때나 사흘 이어지는 교회 제일에는, 그 옆에 서 있기만 해도 악취가 풍기는 소금절임 고기를 농군들에게 팔았다. 그리고 주정뱅이들한테서는 낫이며, 모자며, 여자 머플러 같은 것을 담보로 잡아두곤 했다. 질이 나쁜 보드카에 곯아떨어진 공장 직공들은 진흙 속에 뒹굴어서 죄라는 것이 공중에 핀 안개처럼 자욱하게 느껴질 때에도, 악취를 풍기는 소금절임 고기나 보드카에는 도무지 관계가 없는 것처럼 보이는 깨끗한 용모에 마음씨가 고운 여자가 이 집에 산다는 것을 생각하면 누구나 마음이 가벼워졌다. 바르바라의 마음씨는 괴롭고 암담한 날에도 기계의 안전판과 같은 효과를 지녔다.

츠이부킨의 집은 언제나 바빴다. 아크시니야는 해가 떠오르기 전에 일어나서는 문간에서 요란스레 세수를 했다. 부엌에서는 사모바르가 불길한 예언을 하는 듯 끓었다. 작달막한 키에 용모가 깨끗한 그리고리 페트로프 노인은 기다란 검정 프록코트를 입고 무명바지에 반짝반짝 윤이 나는 긴 장화를 신고, 유명한 가극 속에 나오는 시아버지처럼 작은 장화 뒤꿈치로 딸각딸각 소리를 내며 방 안을 거닐었다. 이윽고 가게 문이 열리고 동이 훤히 밝아오면 속력이 빠른 사륜마차가 현관 앞에 이른다. 노인은 커다란 모자를 귀밑까지 내려쓰고 젊은이처럼 날쌔게 마차 위로 오른다. 그 모습을 보면 누구라도 그를 쉰여섯 살 난 노인이라고 말하지 못했을 것이다. 그의 처와 며느리가 그를 배웅하러 나왔다. 이처럼 깨끗하고 멋진 프록코트를 입고, 3백 루블이나 값이 나가는 커다란 말이 끄는 사륜마차에 올랐을 때, 노인은 무슨 불평을 하러 오거나 청을 하려고 오는 농군들을 좋아하지 않았다. 그는 농군들을 미워하고 그들을 멸시했다. 그리고 어떤 농군이 문 옆에서 기다리는 것을 보면, 그는 벌컥 화를 내며 외쳤다.

"왜 거기 서 있는 거야? 저리 꺼져!"

어쩌다 거지가 서 있으면 그는 이렇게도 외쳤다.

"하느님한테나 가서 구걸하게!"

그는 일을 보러 나갈 때면 으레 마차를 타고 다녔다. 그가 나간 뒤 그의 처는 검정 옷에 검은 앞치마를 두르고 방을 치우기도 하고 부엌일을 돌보기도 했다. 아크시니야는 가게를 보았다. 병들이 부딪치는 소리, 또는 짤랑짤랑 돈 만지는 소리, 그녀의 웃음소리, 커다란 외침 소리, 그에게서 무안을 당하고 손님들이 화를 내는 소리 등이 안뜰에서 들려왔다. 이럴 때면 가게에서는 보드카 판매가 시작되었음을 알 수 있었다. 귀머거리 스체판도 역시 가게에 앉아 있는 것이 예사였고, 그렇지 않을 때는 모자도 쓰지 않은 채 양손을 주머니에 넣고 멍하니 농가를 바라보기도 하고 하늘을 쳐다보며 거리를 거닐기도 했다. 그들은 하루에 여섯 번씩 차를 마셨고 네 번씩 식사를 하러 식탁에 앉았다. 그리고 밤에는 매상고를 계산해서 장부에 적고 나서야 깊이 잠들었다.

우클레예보 마을에 있는 무명 염색 공장의 공장주인 프뤼민 형제, 그리고 코슈츄코프의 집 사이에는 전화가 가설되어 있었다. 면사무소에도 전화가 가설되었으나, 통 속에 빈대와 딱정벌레가 번식한 탓에 곧 불통이 되었다. 이 마을의 면장은 글을 읽고 쓰는 데 서툴러 사무소의 서류는 한 낱말씩 대문자로 썼다. 그리고 전화가 통하지 않을 때는 이렇게 말하곤 했다.

"이젠 전화가 없으니 일하기가 힘들 거야."

프뤼민 형제 사이에는 재판 소송이 그치지를 않았다. 때때로 작은 프뤼민은 집안끼리 싸움을 하고는 소송을 제기했고, 그때마다 그들의 공장은 다시 화해할 때까지 한 달이고 두 달이고 쉬어야 했다. 그리고 싸움이 있을 때마다 여러 가지 이야깃거리와 소문을 남기므로 우클레예보 마을 주민들은 이 재판 소동에 흥미를 가졌다. 명절 때에는 코슈츄코프와 작은 프뤼민이 경쟁을 하는 것이 예사로, 그들은 우클레예보 마을을 뛰어다니기도 하고 송아지를 죽이는 경쟁을 하기도 했다. 그리고 화려하게 차려입은 아크시니야는 풀 먹인 스커트를 살레살레 흔들면서 가게 근처의 도로를 이리저리 걸어 다녔다. 그러면 작은 프뤼민이 그녀의 팔을 붙잡고 마치 강제로라도 끌고 가듯이 데리고 갔다. 그리고 이때 츠이부킨 노인도 새로 사들인 말을 자랑하려고 바르바라와 함께 마차를 몰고 나가곤 했다.

날이 저물어 사람들이 잠자리에 들 무렵이면, 작은 프뤼민의 안뜰에서는 아름다운 손풍금 소리가 흘러 나왔다. 달이 밝은 밤이라도 되면, 그 멜로디는 사람들의 가슴을 기쁨 속에 설레게 만들곤 했다. 그리고 우클레예보 마을도 초라한 골짜기라는 기분이 들지 않게 되었다.

2

맏아들 아니심은 큰 명절 때를 제외하고는 집에 돌아오는 일이 드물었다. 그러나 그 대신 자주 농군들 편에 선물이나 편지를 보내 왔다. 그 편지는 언제나 청원서 용지에 아주 훌륭한 필적으로 누군가에게 대필해서 보냈다. 거기에는 아니심이 평소에 누구에게도 쓴 적이 없는 말투가 씌어져 있었다.

'사랑하는 아버지, 어머니 부모님의 건강을 기원하는 의미에서 꽃차(花茶) 한 폰드를 보내드립니다.'

어떤 편지건 마지막에 가서는 끝이 달아빠진 펜으로 마구 휘갈겨 쓴 '아니심 츠이부킨'이라는 서명이 있고, 그 밑에는 역시 필적을 자랑이라도 하는 듯이 '대필'이라고 씌어 있었다.

편지를 몇 번이고 소리 높이 되풀이하여 읽고 노인은 감격한 나머지 낯을 붉히면서 이렇게 말했다.

"그놈은 집에서 살기를 원하지 않거든. 학식 있는 사회에서 출세를 하려는 거야. 내버려둬야지! 사람이란 누구나 자기 갈 길이 있는 법이니까."

사육제 전의 어느 날이었다. 그날은 우박이 섞인 비가 줄기차게 내렸다. 노인과 바르바라는 비가 오는 것을 보려고 창문가로 다가섰다. 바로 그때 아니심이 썰매를 타고 정거장에서 돌아오는 것이 눈에 띄었다. 그의 도착은 전혀 예기치 않던 일이었다. 그는 어쩐지 불안하고 초조한 표정으로 방 안에 들어섰다. 들어온 뒤에도 그는 여전히 불안과 초조에 싸여 있었다. 그의 태도 역시 어쩐지 난폭해 보였다. 그리고 여느 때처럼 바삐 돌아가려고 서두르지 않는 것으로 보아 면직(免職)이라도 당한 것 같았다. 바르바라는 그가 온 것을 반가워했다. 그리고 능청스러운 눈초리로 그를 바라보고는 한숨을 내뿜으며 머리를 흔들었다.

"아니 어떻게 된 거요, 나리님? 벌써 스물여덟이 됐으면서도 총각 신세를 면하지 못하니, 에이구, 쯧쯧……."

다른 방에서 들으면 바르바라의 부드럽고 나직한 말소리가 단지 "에이구,

쯧쯧" 하고밖에 들리지 않았다. 그녀는 남편과 아크시니야에게 귓속말로 무슨 말을 속삭이기 시작했다. 그리고 그 둘의 얼굴에는 마치 음모자들과 같은 교활하면서도 비밀을 가진 듯한 표정이 떠올랐다. 아니심을 장가보내자는 의논이 성립되었던 것이다

"에이구, 쯧쯧……. 동생은 벌써 오래 전에 장가를 들었는데."

바르바라는 말했다.

"그런데 자네는 장터의 수탉처럼 아직 짝을 얻지 못하고 있으니 어째서 그런가? 아이구, 제발 색싯감을 구하도록 하게. 그러면 자네는 일터로 나가고 안사람은 집에서 일이나 도우면 되지 않는가. 자네 같은 젊은이가 되는 대로 살고 있으니. 자네는 이 세상의 순리를 잊어버린 것 같군그래. 에이구, 쯧쯧, 자네나 거리 사람들이나 모두 한심한 사람들이지."

츠이부킨의 집안에서 장가를 들 때에는 부잣집 사람들이 그렇듯, 아니심 역시 인물이 아름다운 처녀를 골랐다. 그래서 아니심에게도 얼굴이 예쁜 처녀가 배당되었다. 아니심 자신은 겉으로 보아서는 조금도 눈에 띄는 곳이 없는 평범한 사나이였다. 그는 작달막한 키에 병이라도 있는 듯한 허약한 몸을 가졌다. 그리고 그의 두 볼은 언제나 불룩하게 부풀어 있었다. 그는 좀체로 눈을 깜박이지 않아서 그의 눈초리는 사람을 노려보는 듯이 날카로웠다. 불그스레한 턱수염이 거칠게 자라서 무슨 생각을 할 때면 수염을 입 속에 넣고 잘근잘근 씹는 것이 버릇이었다. 게다가 그는 자주 과음을 해 얼굴에나 걸음걸이에도 주정뱅이 티가 났다. 그러나 자기에게 예쁜 색시가 마련되었다는 소식을 들었을 때, 그는 이렇게 말했다.

"암, 물론 나도 애꾸눈은 아니니까. 우리 츠이부킨 집안 사내들은 확실히 못난 사람이 없거든."

도시 가까이에 톨구예보라는 마을이 있었다. 최근에 그 마을의 절반은 도시에 편입되었으나, 나머지 절반은 아직 그대로였다. 절반이 도시로 편입된 그곳에 자그마한 집 한 채를 가진 과부가 살고 있었다. 그 과부댁에는 품팔이를 다니는 아주 가난한 동생이 함께 살았는데, 그녀에게는 리파라는 딸이 있었다. 그 리파 역시 품팔이로 생계를 도왔다. 톨구예보 마을에서는 벌써부터 리파의 얼굴이 아름답다는 소문이 떠돌았으나 너무나 가난한 탓에 누구든 망설이고 청혼하는 사람은 아무도 없었다. 어느 홀아비나 늙은이라면 혹

시 그녀의 가난을 문제시하지 않고 아내로 삼을 수 있을 테지, 아니면 첩으로 데려갈지도 모르지, 그렇게 되면 그의 어머니도 배고픈 신세를 면하게 될 거야, 이렇게 마을 사람들은 생각했다. 바르바라는 중매인한테서 리파의 이야기를 듣고 톨구예보 마을로 떠났다.

이윽고 과부댁에서 선을 보게 되었다. 그날은 포도주며, 안주며, 여러 가지 음식이 장만되었다. 리파는 선을 보이기 위해서 일부러 새로 만든 연분홍 옷을 입고 불꽃처럼 빨간 리본을 머리에 꽂았다. 그녀는 바깥일 때문에 볕에 그을리기는 했으나, 파리한 얼굴에 몸집이 가늘고 약한 처녀였다. 리파의 용모에는 상냥하고 세련된 아름다움이 깃들어 있었다. 수줍은 듯한 구슬픈 웃음이 그녀의 얼굴에서 떠나지를 않았고, 그녀의 두 눈은 어린애처럼 순진한 호기심을 가지고 바라보았다. 리파는 젖가슴이 겨우 눈에 뜨일 정도의 어린 소녀였다. 그러나 시집가기에는 조금도 어린 나이가 아니었다. 그녀는 정말 아름다웠다. 그러나 단 한 가지 마음에 거슬리는 것은, 가위같이 축 늘어진 남자처럼 큰 손이었다.

"지참금이 없다는 건 우리한테 조금도 문제가 되지 않습니다."

츠이부킨 노인은 처녀의 이모에게 말했다.

"우리 둘째 아들 스체판의 처도 가난한 집에서 데려왔습니다만 지금은 아무 불평 없이 잘살고 있습니다. 집안일에나, 가게일에나 아주 손색이 없는 손을 가졌어요."

리파는 문 곁에 서서 '부디 당신들 좋도록 해 주세요. 저는 당신을 믿습니다'라고 말하려는 듯한 표정을 띠고 있었다. 한편 품팔이를 하는 그의 어머니 푸라스코비야는 겁에 질린 나머지 부엌에 숨어 있었다. 아직 젊었을 적의 어느 날, 그녀는 어떤 상인의 집에서 마루를 닦고 있었는데, 그 상인이 홧김에 그녀를 발로 차는 바람에 소스라치게 놀라 기절한 일이 있은 뒤로 한평생 공포가 가시지 않았다. 언제나 겁에 질리면 손발이 후들후들 떨리고 볼이 바르르 경련을 일으켰다. 지금도 그는 부엌에 앉아서 손님들이 무슨 말을 하는지 귀 기울이고는 손을 이마에 대고 성상(聖像) 쪽을 바라보면서 연이어 성호를 그었다.

그때 얼근히 취한 아니심은 부엌 문을 열고 거리낌 없이 이렇게 말했다.

"아니, 왜 여기 앉아 계세요, 소중한 장모님? 장모님이 안 계시면 쓸쓸해요."

이 말을 듣자, 푸라스코비야는 더욱 겁에 질려 홀쭉 여윈 가슴 위에 두 손을 얹으며 대답했다.

"아니 별말씀을 다 하십니다……. 그렇게 친절히 말씀해 주셔서……."

선을 본 뒤 곧 결혼식 날짜를 정했다. 그 다음부터 아니심은 휘파람을 불며 이 방 저 방으로 돌아다니는가 하면, 문득 깊은 생각에 잠기면서 마치 땅 속까지라도 꿰뚫을 듯한 눈초리로 뚫어지게 마루 위를 바라보곤 했다. 그는 부활제가 끝나면 곧 다음 일요일에 결혼식을 하게 되었는데도 조금도 기뻐하는 기색 없이 약혼녀를 보고 싶어하지도 않았고, 그저 휘파람만 불 뿐이었다.

그가 결혼하게 된 것은 순전히 아버지와 계모의 뜻에 의한 것이 분명했다. 그리고 집안일을 돌볼 여자를 얻으려고 아들에게 아내를 얻어주는 것이 이 고장 풍습 때문이라는 투였다. 그는 근무처로 떠나가면서도 조금도 서두르는 기색이라곤 없었다. 그전에 집에 돌아왔을 때와는 완전히 다른 사람 같았다—이유는 모르지만 자포자기적인 행동을 취하기도 하고, 실없는 말을 지껄이기도 했다.

3

쉬칼로보 마을에는 흐르이스토이스트보 교(러시아의 한 교파)를 믿는 자매가 양장점을 열고 있었다. 결혼식 때에 입을 새 옷들이 이 양장점에 맡겨졌다. 그래서 재봉사들은 이따금씩 치수를 재려고 와서는 오랫동안 차를 마시곤 했다. 바르바라는 검은 레이스와 유리구슬이 달린 주황빛 옷을 맞추었고, 아크시니야는 앞가슴이 노랗고 치맛자락에 무늬를 한 연녹색 옷을 맞추었다. 완성되었을 때, 츠이부킨 노인은 옷값으로 현금을 주지 않고 자기 가게에 있는 물건으로 지불했다. 두 자매는 조금도 필요치 않은 양초 봉지와 정어리 절임이 든 꾸러미를 안고 시름에 잠긴 모습으로 돌아갔다. 그리고 마을을 벗어나 들판에 이르렀을 때, 그들은 언덕 위에 앉아 엉엉 목놓아 울음을 터뜨렸다.

결혼하기 사흘 전, 아니심은 위아래 새 옷으로 갈아입고 집으로 왔다. 그는 반짝반짝 윤이 나는 고무 덧신을 신고, 넥타이 대신 손으로 짠 작은 구슬이 달린 빨간 끈을 매고, 새 외투를 어깨에 걸치고 있었다.

그는 성상 앞에 정중히 기도를 드리고 나서 아버지에게 인사를 했다. 그리고 10루블 은화와 반 루블짜리 은화 열 닢을 아버지에게 주었다. 바르바라에게도 같은 은화를 주었고, 아크시니야에게는 코페이카짜리 스무 닢을 주었다. 이 선물이 주는 색다른 매력은, 어디서 주워 모았는지 모두 햇빛에 반짝이는 새 주화였다는 것이다.

아니심은 점잖고 엄숙한 표정을 지으려고 애쓰는 듯 얼굴을 찌푸렸고, 그의 두 볼은 바람을 입에 문듯이 불룩 나왔다. 그리고 그에게선 여전히 술 냄새가 풍겼다. 아마 정거장을 지날 때마다 식당으로 달려갔음에 틀림없었다. 그의 태도는 여전히 그 사람으로서는 지나칠 만큼 거친 데가 있었다. 이윽고 아니심은 노인과 함께 점심을 먹고 차를 마셨다. 바르바라는 새 돈을 만지작거리며 도시에 가서 사는 마을 사람들의 소식을 묻기도 했다.

"모두 괜찮아요. 하느님의 은총으로 잘 지내고 있습니다."

아니심은 말했다.

"다만 이반 예고로프네 집안에 사건이 생겼을 뿐입니다. 그의 늙은 마누라 소피야 니키포로브나가 세상을 떠났습니다. 폐병이었어요. 모두가 돌아가신 영혼의 명복을 빌기 위해서 추도 미사용 요리는 1인분에 2루블 반짜리 요리를 주문했지요. 진짜 포도주가 나왔죠. 이 마을에서 간 농부들도 역시 2루블 반씩 회비를 냈지요. 그런데 이 작자들은 아무것도 먹지 않더군요, 어쨌든 농부들이 소스맛 따위를 알 리가 없으니까! !"

"2루블 반짜리 요리란 말이지?"

아버지는 머리를 흔들며 말했다.

"그럼요. 거기는 시골이 아니니까요. 요리점에 가서 식사라도 하려면 으레 한두 가지는 주문하게 되고, 또 친구들이 모이면 술을 마시게 되고—그러는 사이에 날이 새고 만답니다. 결국 한 사람 앞에 3루블 내지 4루블씩은 쓰게 됩니다. 거기에 사모로도프라도 끼면 그 사람은 무엇을 먹고 난 뒤에도 코냑이 섞인 커피를 마시고 싶어합니다. 그런데 그 코냑이란 것이 자그마한 잔에 60코페이카나 하거든요."

"그 허풍선이가, 아니 그 허풍선이가!"

노인은 흥분해서 말했다.

"저는 요새 사모로도프와 단짝입니다. 아버지에게 보낸 내 편지는 모두 사모로도프가 써 준 것입니다. 정말 그자는 글을 잘 써요. 그런데 어머니, 사모로도프란 자가 어떤 사람인지 얘기한다 해도……."

아니심은 즐거운 듯 바르바라 쪽을 향해 말을 이었다.

"어머니는 곧이듣지 않으실 것입니다. 우리는 그자가 아르메니아 사람처럼 새까매서 '코끼리 파수병'이라고 불러요. 그자의 일이라면 뱃속까지 환합니다. 내 손가락을 보듯이 잘 알지요. 그리고 그놈도 내 심정을 잘 알아서 언제나 내 꽁무니를 쫓아다녀요. 정말 우리는 떨어질 수 없는 사이가 되고 말았답니다. 그자도 그것을 싫어하고 있지만, 내가 없으면 그는 살아갈 수 없어요. 내가 가는 곳이라면 어디든지 쫓아오죠. 어머니, 우린 정말 정확한 눈을 가지고 있답니다. 예를 들어 농사꾼이 시장에서 셔츠를 판다고 합시다. '잠깐만 기다려, 그 셔츠는 훔친 거다!'라고 말하면 그것은 틀림없이 훔친 물건이라는 사실이 밝혀지고 맙니다."

"어떻게 알 수 있지……."

바르바라가 물었다.

"어떻게라는 것이 없어요. 그저 보기만 하면 됩니다. 셔츠에 관해선 도무지 모르지만, 아무 까닭도 없이 그 셔츠 쪽으로 눈이 쏠립니다. 그래서 알게 되죠. 단지 그뿐입니다. 동료 형사들은 나를 보고 '오! 아니심이 도요새 사냥에 나셨군'이라고 말한답니다. 도요새라는 것은 훔친 물건이라는 말이죠. 그래요……. 아무라도 훔칠 수는 있지만, 그것을 어떻게 감추느냐가 문제거든요! 세상은 넓지만 훔친 물건을 숨길 곳은 없으니까요."

"지난 주일에 우리 마을 군토레프 집에서도 어미양 한 마리와 새끼양 두 마리를 도둑맞았는데, 찾아줄 사람이 있어야지……. 딱하기도 해……."

"그래요? 제가 찾아주지요. 염려할 건 없습니다."

결혼식날이 다가왔다. 아직 싸늘한 기분이 감돌았지만 맑게 갠 상쾌한 4월이었다. 마을 사람들은 굴레와 말갈기를 가지각색 리본으로 꾸민 두 필이나 세 필의 말이 끄는 마차를 타고 짤랑짤랑 방울 소리를 내면서 아침 일찍부터 우클레예보 마을을 돌아다녔다. 이 소동에 놀란 흰 주둥이의 까치들은 버드나무 가지 사이에서 시끄럽게 울어댔다. 집 안에서는 여러 개의 식탁에 기다란 생선이며, 햄이며, 속에 양념이 든 통닭이며, 멸치 통조림이 든 상자며, 여러 가지 소금절임이며, 수많은 보드카와 포도주 병들을 벌써 즐비하게 늘어놓았고, 삶은 순대 냄새와 새우젓 냄새가 풍겼다. 츠이부킨 노인은 구두 뒤꿈치를 딱딱 울리며 식탁 옆을 왔다 갔다 하면서 여러 종류의 칼을 갈아 주었다. 사람들은 쉴 새 없이 바르바라를 불러서 물어보곤 했고, 바르바라는 당황한 표정을 하고서는 숨을 헐떡이며 부엌으로 달려갔다. 부엌에서는 코슈추코프 댁에서 온 요리사와 작은 프뤼민 댁에서 온 여자 요리사들이 아침 일찍부터 일했다. 아크시니야는 머리를 곱슬곱슬하게 지졌으나 아직 저고리도 입지 않은 채, 코르셋 바람으로 삐걱삐걱 소리 나는 새 장화를 신고 벌거숭이 무릎과 가슴을 흔들며 회오리바람처럼 안뜰을 뛰어다녔다. 집 안이 떠나갈 듯 소란했다. 호령하는 소리가 들리는가 하면, 잘못했다고 비는 소리도 들려왔다. 오가던 사람들도 열린 대문 앞에 걸음을 멈추었다. 그리고 이 모든 것을 통하여 무슨 경사로운 일이 있다는 것을 느낄 수 있었다.

"새색시를 맞으러 간대!"

잘랑잘랑 방울 소리가 나더니 마을 저쪽으로 사라져 갔다……. 두 시가 지나자, 사람들은 언덕 위로 뛰어올라 갔다. 다시 방울 소리가 들려왔다. 새색시가 온다! 교회에는 사람들이 가득히 모였다. 촛대에 불이 켜졌다. 성가대는 츠이부킨 노인의 청으로 악보에 따라 노래를 불렀다. 찬란한 불빛과 화려한 옷차림들이 리파를 어리둥절하게 만들었다. 성가대의 우렁찬 노랫소리가 리파에겐 머리를 쇠망치로 내리치는 듯이 느껴졌다. 난생 처음으로 입어 보는 코르셋과 반장화로 해서 온몸이 숨이 막힐 듯이 답답했다. 그녀의 얼굴에는 기절했던 사람이 겨우 정신을 차렸을 때와 같은 그런 표정이 떠올랐다. 그녀는 사방을 둘러보았으나 아무것도 이해할 수가 없었다. 검은 프록코트를 입고 넥타이 대신에 빨간 끈을 맨 아니심은 멍하니 한 곳만 바라보며 생각에 잠겨 있었다. 그리고 성가대의 노랫소리가 갑자기 높아졌을 때, 그는 황급히 가슴에 성호를 그었다. 그는 감동한 나머지 울고 싶어졌다. 이 교회는 그가 어릴 때부터 다니던 낯익은 곳이었다. 어떤 날에는 어머니가 성찬(聖餐)을 받으러 그를 데려 오기도 했고, 또 어떤 날에는 어린이 합창단에 끼여 노래를 부른 적도 있었다. 어느 구석, 어느 성상도 그의 기억에 또렷하지 않은 것이 없었다. 바로 이곳에서 그는 혼배성사를 받으려는 것이다. 사람 된 도리를 다하기 위해서는 장가를 들어야 한다. 그러나 지금 그는 그런 생각을 하진 않았다. 그는 완전히 자신의 결혼식이란 것을 잊어버렸다. 눈물이 앞을 가려 성상을 똑똑히 볼 수도 없었다. 가슴이 메는 듯했다. 그는 기도를 드리면서 피할 수 없는 불행들이—오늘이 아니면 내일이라도 닥쳐올지 모르는 불행들이—비 한 방울 뿌리지 않고 마을 위를 지나가는 가문 날의 비구름처럼 무사히 지나가 주기를 하느님께 빌었다. 그러자 지금까지 자기가 범해 온 수많은 죄악들은 피할 수 없을 뿐만 아니라 시정될 수도 없고, 또 하느님께 용서를 빌 수조차 없었음을 깨달았다. 그러나 그는 하느님께 용서를 빌었다. 그리고 흑흑 흐느껴 울었다. 하지만 아무도 그에게 관심을 돌리는 사람은 없었다. 남들은 그저 술이 지나쳐서 그러는 것으로만 알았다.

시끄러운 어린애의 울음소리가 들려왔다.

"엄마, 여기서 나가. 엄마!"

"조용히!"

신부(神父)가 소리쳤다.

그들이 교회에서 나오자 구경꾼들이 뒤쫓아왔다. 가게 근처며, 대문간이며, 안뜰이며, 창밑에까지 사람들이 가득 모였다. 축가를 불러 줄 시골 여인들이 도착했다. 신랑 신부가 문지방을 넘어서자 악보를 손에 들고 미리부터 현관에 늘어서 있던 성가대들이 힘을 다해 우렁차게 노래를 부르기 시작했다. 도시에서 일부러 불러 온 악대가 연주를 시작했다. 거품이 끓어오르는 '돈' 지방 술이 길쭉한 술잔을 채웠다. 그러자 하청업을 하는 목수로, 후리후리한 키에 훌쩍 여위어 보이고 눈을 가릴 만큼 짙은 눈썹을 한 엘리자로프 노인이 신랑 신부에게 말했다.

"아니심과 리파는 하느님 뜻을 거역하지 말고 의좋게 살아야 해. 그러면 하느님께서도 너희들을 보살펴 주실 거야."

그리고 그는 츠이부킨의 어깨에 얼굴을 파묻고 흑흑 흐느꼈다.

"그리고리 페트로비치, 실컷 우세. 너무 기쁘면 눈물이 나오는 법이야!"

그는 가느다란 목소리로 이렇게 말하고, 곧 커다란 소리로 웃기 시작했다.

"허, 허, 허! 참 훌륭한 색시를 얻었어! 흠잡을 데 없는 색시거든! 모든 기계와 여러 가지 나사들이 소리 없이 잘 돌아갈 걸세."

그는 예고리예브스키 지방에서 태어났으나, 젊을 때부터 우클레예보 마을과 근처의 공장에서 일해 왔으므로 그에겐 여기가 자기 고향이나 다름이 없었다. 그는 오래 전부터 지금과 같이 여위고 키가 크며 뼈와 가죽만 남아 있는 노인으로 알려져 누가 먼저랄 것도 없이 그를 장대 할아버지라고 불렀다. 40년이란 긴 세월을 공장에서 기계를 만지며 보내서인지, 그는 어떤 사람을 보건, 어떤 물건을 보건 간에 그것이 수리를 필요로 하는지 아닌지를 먼저 생각했다. 그는 으레 식탁에 앉기 전에 의자가 상한 데가 없는가를 살펴보았고, 연어도 잘 익었는지 아닌지를 만져 보았다. 거품이 나는 '돈' 지방 술을 마신 다음 모두들 식탁에 앉았다. 손님들은 의자를 움직이며 이야기를 주고받았다. 성가대는 현관에서 노래를 부르고 악대는 연주를 했다. 그러는가 하면 안뜰에서는 시골 색시들이 음조에 맞추어 축가를 불렀다—이 모든 소리가 서로 얽혀서 나오는 시끄러운 음향은 사람들의 머리를 빙글빙글 돌게 만들었다. 장대 할아버지는 의자에 앉은 채 이리저리 몸을 돌리면서 옆 사람을 팔꿈치로 쿡쿡 찌르며 남의 이야기를 방해하기도 하고, 그러다가는 울기도 하고 소리내어 웃기도 했다.

"얘들아, 얘들아……."

할아버지는 빠른 소리로 중얼거렸다.

"귀여운 아크시니야, 귀여운 바르바라, 우리는 사이좋게 살아야 돼. 귀염둥이들아……."

그는 술을 마실 줄 몰랐다. 그런데 오늘은 영국산 보드카 한 잔을 마시고 나니 흠뻑 취해 버린 것이다. 무엇으로 만든 건지도 모르는 이 보드카를 마신 사람들은 모두 얻어맞은 것처럼 취해 버렸다. 혀 꼬부라진 소리들이 나오기 시작했다.

피로연 자리에는 교구의 신부며, 부인을 동반하고 온 공장 사무원들이며, 이웃 마을에서 온 상인과 선술집 주인들이 참석했다. 14년 동안을 이 마을에서 근무하면서, 그동안 한 번도 서류에 서명한 일이 없으며, 면사무소로 갔던 사람치고 그에게 속거나 모욕을 당하지 않은 사람이 없다는 면장과 면서기도 가지런히 앉아 있었다. 두 사람 다 살이 피둥피둥 찌고 기름이 번지르르 돌았다. 모두 부정(不正)과 사기(詐欺)가 몸에 배어서 그들의 얼굴 피부까지도 사기꾼처럼 유난히 두꺼워져 버린 것 같이 느껴졌다. 여윌 대로 여위고 사팔뜨기 눈을 한 서기의 마누라는 자기 자식들을 모조리 데리고 와서는 먹이를 노리는 독수리처럼 요리 접시를 흘끔흘끔 곁눈질하다가, 닥치는 대로 집어서는 자기 주머니와 애들 주머니에 쑤셔 넣었다.

리파는 교회에 있을 때처럼 얼빠진 사람마냥 앉아 있었다.

아니심은 리파를 알게 된 날부터 지금까지 한 마디도 한 적이 없었으므로 아직 새색시의 목소리를 듣지 못했다. 지금 그는 새색시와 나란히 앉아서 말없이 영국산 보드카만 마셨다. 차차 취기가 오르자 그는 맞은편에 앉은 리파의 이모에게 말을 걸었다.

"내 친구 가운데 사모로도프라는 사람이 있는데요, 아주 이상한 놈이에요. 훌륭한 공민(公民)의 자격을 갖춘 친구지요. 이야기도 곧잘 한답니다. 그렇지만 나는 그자의 뱃속까지도 환히 알거든요. 그리고 그자도 나를 잘 압니다. 이모님, 자, 사모로도프의 건강을 위해서 저와 한 잔 들어 주세요!"

바르바라는 피곤하고 들뜬 모습으로 손님들에게 요리를 권하며 식탁 주위를 돌아다녔다. 이렇게 많은 음식과 요리가 나왔으니, 아무도 자기에게 핀잔을 줄 사람은 없으리라고 생각하고 마음속으로 기뻐하는 듯했다. 해가 저물었으나 식사는 여전히 이어졌다. 손님들은 지금 무엇을 먹는지, 무엇을 마시는지 가리지 못할 지경이 되어 있었다. 그들이 지껄이는 말은 한 마디도 알아들을 수 없었다. 악대가 쉴 때, 어느 농부 아낙네가 외치는 소리가 안뜰쪽에서 들려왔다.

"저 녀석들이 우리 피를 빨아먹었어! 모조리 페스트나 걸려 죽어라!"

밤이 되자 사람들은 악대에 맞추어 춤을 추었다. 작은 프뤼민 패가 포도주를 가지고 왔다. 그 가운데 한 사람은 카드릴리(네 패의 남녀가 추는 춤)를 출 때, 양손에 술병을 들고 입에 술잔을 물고 있어 모든 사람을 웃게 만들었다. 카드릴리를 추면서 그들은 갑자기 무릎을 구부린 채 앉아서 돌아가기도 했다. 초록색 옷을 입은 아크시니야는 치맛자락으로 바람을 일으키며 날쌔게 돌아갔다. 누군가가 그의 치맛자락을 밟았을 때 장대 할아버지는 이렇게 외쳤다.

"애야, 치맛자락이 떨어져 나간다!"

아크시니야는 깜박이지 않는 앳된 잿빛 눈을 가졌고, 그녀의 얼굴에서는 언제나 아리따운 웃음이 가실 줄을 몰랐다. 그리고 깜박이지 않는 눈이며, 기다란 목에 자그마한 머리며, 가냘픈 그의 몸매가 어쩐지 뱀과 같은 인상을 주었다. 앞가슴만 노란 장식을 했을 뿐 온통 초록색 비단에 휘감겨서 방긋 웃는 모습은, 봄날에 보리밭 이랑에서 머리를 도사리다가 튀어나와 통행인들을 노리는 살무사와도 같았다. 작은 프뤼민 패거리는 그녀와 허물없이 지냈다. 그리고 그녀가 프뤼민 패거리의 두목과 벌써부터 친한 사이라는 것은 누구나 다 아는 사실이었다. 그러나 귀머거리 남편은 아무것도 몰랐다. 그는 다리를 포개고 앉아 마치 권총을 쏘는 듯한 요란한 소리를 내면서 호두를 깨물고 있었다.

한편 츠이부킨 노인은 방 중앙으로 나서면서, 자기도 러시아 춤을 추고 싶다는 뜻으로 손수건을 흔들었다. 그러자 집 안에서뿐만 아니라 안뜰에 있던 사람들까지 와아 하는 함성을 터뜨렸다.

"츠이부킨 노인이 춤을 춘대! 할아버지가 춘대!"

춤은 바르바라가 추었으나 노인은 손수건으로 뒤축을 두드릴 따름이었다. 그래도 안뜰에 있던 사람들은 서로 밀치고 떠밀면서 창가에 매달려 환성을 올렸다. 적어도 이 순간만은 그에 대한 불평들을 버렸다―그가 지독히 재산을 모은 것이며, 하인들에게 횡포를 부리는 것들을.

"잘한다, 그리고리 페트로비치!" 하는 소리가 군중 속에서 들려왔다.

"더 힘을 내서! 더 신나게! 핫, 핫!"

춤은 늦게 새벽 두 시까지 이어졌다. 아니심은 비틀거리며 성가대와 악사들을 바래다주러 밖으로 나갔다. 그리고 사람마다 반 루블씩 집어 주었다. 그의 아버지는 비틀거리지는 않았으나 한쪽 다리로 걷듯이 껑충거리며 손님들을 전송했다. 그러고는 한 사람 한 사람에게 말했다.

"이 결혼식에 2천 루블이나 들었어요."

손님들이 떠들썩하게 헤어질 무렵에 누군가가 자기의 헌 외투를 버리고 쉬칼로보 음식점 주인의 고급 외투를 바꾸어 입고 갔다. 아니심은 발칵 화를 내고 고함을 쳤다.

"기다려, 내 곧 찾아내지, 누가 훔쳤는지 당장 알 수 있어!"

그는 거리로 뛰어나가 어떤 사람을 쫓아갔다. 이윽고 그 사람을 잡아서 집까지 끌고 와서는, 취하고 화난 김에 얼굴이 빨갛게 상기된 채 땀을 흘리면서, 이모가 급히 리파의 옷을 갈아입히고 있던 신방 안으로 그를 잡아넣고 철컥 자물쇠를 잠그고 말았다.

4

그로부터 닷새가 지났다. 떠날 채비를 하던 아니심은 바르바라에게 작별 인사를 하려고 2층으로 올라갔다. 성상 앞에는 여러 개의 등불이 켜져 있었고, 주위에선 향냄새가 풍겼다. 바르바라는 창문가에 앉아서 붉은 털실로 양말을 뜨고 있었다.

"아니 며칠 있었다고, 벌써 싫증이 난 게로군그래. 그런데 아니심…… 우리는 모든 것이 넉넉해서 남부럽지 않게 살고 있어. 그래, 자네 결혼식도 제대로 잘 진행되지 않았나. 아버지 말씀에 의하면 2천 루블이나 썼다더군. 그런데 한 가지 우리는 상인다운 훌륭한 생활을 하고 있어. 그런데 아무래도 쓸쓸하단 말이야. 마을 사람들한테 지독한 짓을 하고 있거든. 그것이 마음에 걸려서 죽겠군그래. 아아, 얼마나 속일까? 말(馬)을 바꿀 때나 무슨 물건을 사들일 때나 일꾼을 고용할 때나, 어느 때고 속이지 않을 때는 없단 말이지. 속이고 또 속이고……. 우리 가게에서 팔고 있는 기름은 맛이 쓰고 고약한 냄새가 나서 사람들은 좀더 좋은 것을 가져오라고들 야단인데, 응, 어째서 그럴까. 좋은 기름을 팔 수 없단 말인가?"

"어머니, 장사꾼에게는 장사꾼의 요량이 있습니다."

"하지만 사람이란 누구나 한 번씩 죽는다는 것을 생각해야 하지 않아? 그러니 아버지에게 올바로 얘기해 드려야 하는 거야."

"어머니가 말씀하시면 되잖아요."

"저런, 저런! 벌써 얼마나 얘기했다고. 그런데 아버지도 자네와 똑같이 말하더군. 장사꾼에겐 장사꾼의 요량이 있노라고. 아니심은 저세상에 가서 우리들이 어떻게 장사를 했는지 드러나지 않을 줄 아나? 하느님의 심판은 공정한 거야."

"그러나 아무도 그런 생각을 하는 사람은 없어요."

아니심은 이야기하며 한숨을 내쉬었다.

"하느님이라는 것은 없어요, 어머니. 그러니 아무도 그렇게 생각할 리는 없어요."

바르바라는 소스라쳐 놀라서 그를 바라보았다.

그녀는 아니심의 말에 너무나 놀라 이상한 사람이라도 보는 듯이 그를 쳐다보았다. 아니심은 당황했다.

"아니, 하느님은 계실지 모르지만 단지 믿음이 없단 말입니다. 제 결혼식 때만 해도 저는 제정신이 아니었습니다. 마치 암탉의 품에 안긴 달걀 속에서 병아리가 빽빽 울기 시작하듯이 그때 저의 양심도 울기 시작했습니다. 그리고 혼배성사를 받는 동안에도 역시 하느님은 계신다고 생각했어요. 그렇지만 교회에서 나오자, 그런 생각은 어디론가 사라져 버렸어요. 그리고 하느님이 있는지 어떻게 안단 말이에요? 저희들은 어릴 적부터 그런 것을 모르고 자랐어요. 아직 어머니 젖을 빨 때부터 '장사꾼에게는 장사꾼의 요량이 있다'는 것만 배워 왔어요. 아버지도 역시 하느님을 믿지 않아요. 어머니, 군토레프가 양 몇 마리를 도둑맞았다고 하셨지요…… 내가 그걸 찾아냈어요. 쉬칼로보의 농부가 훔쳤더군요. 그놈은 양을 훔쳤지만, 그 양털은 아버지한테 돌아왔습니다…… 바로 이런 것이 신앙이랍니다!"

아니심은 눈을 깜박이면서 머리를 흔들었다.

"면장 역시 하느님을 믿는 것이 아니에요."

그는 말을 이었다.

"그리고 집사(執事)나 보제(補祭)도 마찬가지입니다. 그들이 교회에 다니고 계명을 지키는 것은, 세상 사람들이 나쁜 소문을 퍼뜨리지 않도록 하기 위해서예요. 그리고 어쩌면 심판의 날이 정말 돌아올지도 모른다고 생각하기 때문입니다. 요즈음 사람들은 인간이 점점 약해지고 부모를 공경하지 않게 되었다는 것 따위로 말세가 닥쳐왔다고들 말합니다. 모두 부질없는 소리지요. 어머니, 저는 우리 인간들이 조금도 양심을 가지고 있지 않다는 데서 여러 가지 불행이 일어난다고 생각합니다. 저는 모든 것을 꿰뚫어 보는 눈을 가지고 있어서 잘 압니다. 이를테면 어떤 사람이 셔츠를 훔쳤다고 해도 곧 알아낼 수 있습니다. 어머니는 어떤 사람이 차를 마시고 있을 뿐이라고 생각할 테죠. 그러나 제가 보면 차 같은 건 보이지 않고 더 나아가 그 사람에게 양심이 없다는 것을 보게 됩니다. 하루 종일 돌아다녀도 양심을 가진 사람은 한 사람도 없어요. 그 이유는 모두 하느님이 계시는지 안 계시는지를 모르기 때문입니다…… 그럼, 안녕히 계세요, 어머니. 몸조심하세요. 저를 나쁘게 생각지 마세요."

아니심은 바르바라에게 허리를 굽혀 인사를 했다.

"모든 일에 감사합니다, 어머니."

그는 말했다.

"어머니는 우리 집안의 큰 보배입니다. 어머니는 아주 훌륭하신 분이에요. 저는 여러모로 만족합니다."

아니심은 매우 감동해서 나갔다. 그러나 다시 돌아와서 이렇게 말했다.

"사모로도프와 함께 저는 어떤 일을 계획하고 있는데요, 부자가 될지 망하게 될지는 모르겠습니다. 만일 무슨 일이 생기면, 그때 어머니께선 아버지를 잘 위로해 주세요."

"무슨 실없는 소리야! 그저…… 하느님께 빌기나 해. 그런데 아니심, 자네는 색시를 귀여워해 줘야 하네. 그렇게 서로 부어 있지들 말고 좀 웃어보면 어때."

"네, 어쩐지 좀 이상한 여자예요……."

이렇게 말하며 아니심은 한숨을 쉬었다.

"무슨 말을 해도 알아듣지 못하고 입을 붙인 채 통 말도 안 하는걸요. 아직 어린 탓이겠지요. 좀더 자라도록 내버려둬야겠어요."

키가 크고 피둥피둥 살찐 흰 말이 벌써 마차에 매여 현관 옆에 서 있었다.

츠이부킨 노인은 날쌔게 마차에 올라타고 고삐를 잡았다. 아니심은 바르바라와 아크시니야 그리고 동생에게 키스했다. 리파도 현관에 서 있었다. 그는 멍청하니 다른 쪽을 바라보고 서 있어서 마치 남편을 바래다 주러 나온 것이 아니라, 어떻게 우연히 나온 듯했다. 아니심은 리파 곁으로 다가서서 그녀의 볼에 살짝 입술을 가져갔다.

"잘 있어."

그는 말했다.

리파는 그를 보지도 않고 일부러 웃는 것 같은 웃음을 지어 보였다. 그녀의 얼굴은 부들부들 떨렸다. 모든 사람에게는 리파가 측은히 여겨졌다. 아니심이 껑충 마차에 뛰어올랐다. 그러고는 자기를 호남아라고 생각이라도 하는 듯 어깨를 뒤로 젖히고 두 손을 허리에 얹었다.

마차가 골짜기를 올라가는 동안 아니심은 줄곧 마을 쪽을 돌아다보았다. 따스하고 밝은 날이었다. 가축들이 오늘 처음으로 들로 나왔다. 그 옆에선 명절 옷을 입은 아낙네들, 처녀들이 가축들을 좇았다. 다갈색 황소는 들에 나온 것이 기쁜 듯 음매음매―울면서 앞발로 땅을 찼다. 여기저기서, 아래서나 위에서나 종달새가 노래 부른다. 아니심은 아름다운 흰 교회를 바라보았다—그것은 바로 며칠 전에 자기가 그곳에서 어떻게 기도를 드렸는가 떠오르게 했다. 그는 초록색 지붕을 가진 학교를 바라보고 옛날 헤엄을 치며 고기잡이를 하던 시냇물을 바라보기도 했다. 마음속에서는 기쁨이 용솟음쳐 올랐다. 갑자기 땅속에서 담이라도 솟아올라 자기를 더는 가지 못하게 만들면 얼마나 좋으랴……. 그리고 자기 생애에는 오늘까지의 과거만이 남아 준다면 얼마나 좋으랴 하고 생각되었다.

역에 도착하자 두 사람은 식당으로 가서 버찌술 한 잔씩을 마셨다. 아버지가 술값을 치르려고 주머니 속에 손을 집어넣었다.

"제가 내겠습니다!"

아니심은 말했다.

노인은 감동해서 아들의 어깨를 가볍게 두드리고는 "자, 어때, 좋은 아들을 뒀지!" 하는 의미로 식당 주인에게 눈을 깜박였다.

"아니심, 네가 집에 남아서 장사를 도와주었으면 좋으련만."

노인은 말했다.

"그렇게 해 준다면 그 이상 바랄 것은 없지! 그러면 너를 머리에서 발끝까지 금으로 싸주겠는데."

"아버지, 전 그럴 수 없어요."

버찌술은 새큼하고 초 냄새가 풍겼다. 그러나 두 사람은 한 잔씩 더 마셨다.

츠이부킨 노인은 정거장에서 돌아왔을 때, 그는 처음에는 자기 새 며느리의 모습을 알아보지 못했다. 리파는 남편이 탄 마차가 안뜰에서 떠나가자 사람이 달라진 듯 갑자기 쾌활해졌던 것이다. 리파는 지금 맨발에 다 떨어진 낡은 치마를 입고, 소매를 어깨까지 걷어 올리고서 은방울이 울리는 듯한 가냘픈 목소리로 노래를 부르며 현관의 층층대를 닦고 있었다. 그리고 구정물이 담긴 커다란 통을 들고 밖으로 나가서 어린애 같은 웃음을 띠고 태양을 쳐다볼 때는 종달새와도 같은 느낌을 주었다.

현관 앞을 지나가던 어떤 나이 많은 직공은 머리를 끄덕이며 이렇게 말했다.

"참, 그리고리 페트로비치, 자네 집 며느리는 하느님이 보냈어! 흔한 시골뜨기가 아니라 보배 덩어리거든!"

5

6월 8일, 금요일에 장대라는 별명을 가진 엘리자로프 할아버지와 리파는 카잔의 성모를 예배하기 위해서 어떤 교회에 참례했다가 함께 카잔스코예 마을에서 돌아오고 있었다. 그들 훨씬 뒤에서는 리파의 어머니가 걸어왔다. 그녀는 몸이 아픈데다가 숨이 차서 자꾸 뒤떨어졌다. 곧 저녁이 될 무렵이었다.

"으음……!"

장대 할아버지는 놀란 듯이 말했다.

"으음……! 그래?"

"일리야 마카르이치, 저는 잼을 대단히 좋아해요."

리파는 말했다.

"저는 방구석에 앉아서 언제나 잼을 섞어서 차를 마셔요. 아니면 바르바라 니콜라예브나와 함께 차를 마시기도 해요. 그분은 아주 재미있는 얘기들을 많이 들려준답니다. 우리집에 잼이 많아요―네 통이나 있어요. 집안 식구들은 '리파, 사양하지 말고 많이 먹어요' 하지 않겠어요?"

"으흠……. 네 통이라니!"

"호화로운 생활이에요. 흰 빵에다 차를 마시고, 고기도 먹고 싶은 대로 먹어요. 잘살긴 하지만 왜 그런지 저는 그 사람들이 무서워서 못 견디겠어요. 일리야 마카르이치, 정말 무서워 죽겠어요."

"무엇이 그렇게 무서우냐, 응?"

장대 할아버지는 이렇게 물어보고 푸라스코비야가 얼마나 떨어졌는가 뒤돌아보았다.

"처음 결혼식 때는, 아니심 그리고리치가 무서웠어요. 그분은 아무 말도 하지 않고 저를 욕하지도 않았지만 그분이 옆에 오기만 하면 소름이 오싹 끼쳐 뼛속까지 얼어붙는 것 같았어요. 그래 저는 밤새도록 자지 않고 오들오들 떨면서 하느님께 기도를 드렸답니다. 그런데 지금은 아크시냐가 또 무서워졌어요, 할아버지. 그렇다고 그분이 어떻게 한다는 건 아니에요. 그분은 언제나 웃는 낯이지만, 때때로 창문을 내다보는 그 눈초리에는 마치 우리 속에 갇힌 양같이 노기등등한 퍼런빛이 번쩍이곤 해요. 작은 프뤼민이 또 그분을 부추기고 있어요. '당신 시아버지는 부초키노에 1백 20에이커의 땅을 가지고 있어요'라고 말하지 않겠어요. '그 땅에는 모래도 있고 물도 있으니, 아크시니야, 그곳에 벽돌 공장을 세우도록 해요. 우리가 주식을 사기로 하죠'라고요. 지금 벽돌은 1천 개에 20루블쯤이니까 아주 수지가 맞는 일이죠. 어젯밤 식사 때, 아크시니야는 아버님한테 이렇게 말하더군요. '저는 부초키노에다 벽돌 공장을 세우고 싶습니다. 저 혼자의 힘으로 그 사업을 하고 싶어요'라고 말하고 그분은 웃고 있었어요. 그러나 그리고리 페트로비치는 얼굴빛이 좋지 않았어요. 마음에 들지 않는가 보죠. '내가 살아 있는 동안 가족이 헤어져서는 안 돼. 모두 함께 살아야 하는 거야'라고 아버님은 말씀하셨어요. 이 말을 듣자 아크시니야는 눈을 부릅뜨고 이를 부득부득 갈았어요 ……. 튀김과자가 나왔지만 먹지도 않았어요!"

"으흠……! 먹지도 않았다!"

장대 할아버지는 놀라는 표정이었다.

"그리고 그 여자는 밤잠을 전혀 자지 않아요!"

리파는 말을 이었다.

"30분쯤 자고는 벌떡 일어나 농부들이 어디다 불을 지르지나 않는지, 무엇을 훔치지나 않는지…… 하여 노상 두루두루 살피면서 돌아다니기만 한답니다. 저는 그분이 무서워요, 일리야 마카르이치. 그리고 작은 프뤼민 패는 결혼식이 끝난 다음부터 밤잠도 자지 않고 재판을 하러 도시로 쏘다니고 있어요. 모두가 아크시니야 때문이라는 소문이 떠돌아요. 삼형제 가운데에서 두 형제는 아크시니야에게 벽돌 공장을 세워 줄 약속을 했지만, 셋째 동생이 말을 듣지 않는대요. 그리고 한 달 가까이나 공장을 닫게 되어 그 때문에 제 삼촌 푸로호르는 일자리를 잃고 이 집 저 집으로 빵부스러기를 얻으러 다니잖아요. 그래서 제가 '그동안 밭에 나가 김을 매든지, 산에 가서 나무를 찍든지 하세요, 삼촌. 제가 낮 뜨거워 못 보겠어요'라고 말했더니 '나는 농사를 어떻게 짓는지 잊어버리고 말았어. 그래서 할 수도 없단다. 리파……'라고 말씀하시지 않겠어요?"

두 사람은 푸라스코비야를 기다리면서 쉬려고 사시나무 숲 곁에서 발걸음을 멈추었다. 엘리자로프는 이미 오래 전부터 하청업을 맡았지만 말을 타는 일은 없었다. 그는 언제나 빵과 마늘이 든 조그마한 배낭을 가지고 여러 지방을 걸어다녔다. 그는 손을 흔들며 성큼성큼 걸었다. 그래서 그와 함께 걷는다는 것은 쉬운 일이 아니었다.

숲으로 들어가려는 곳에 이정표가 있었다. 엘리자로프는 거기에 손을 얹고 읽었다. 푸라스코비야는 숨을 할딱이며 따라왔다. 언제나 겁에 질린 듯한 주름 많은 그녀의 얼굴도 오늘은 행복한 듯이 빛나고 있었다.

그녀도 오늘은 다른 사람들과 같이 교회에 참례했고, 그 다음 시장에 들러서 배로 만든 크바스(러시아의 음료수)를 마시고 왔다. 그에게 이런 일은 좀체로 드물었다. 그래서 오늘은 난생 처음으로 보람 있게 산 듯 느껴지기까지 했다. 잠시 쉰 다음에 세 사람은 나란히 서서 걸었다. 해는 이미 저물어가고 있었다. 저녁 햇살이 수풀 속까지 스며들어 나뭇가지들을 붉게 물들였다. 수풀 저쪽에서 여러 사람의 목소리가 울려왔다. 훨씬 앞질러 갔던 우클레예보 처녀들이 아마 숲속에서 버섯을 찾는 듯싶었다.

"어어이, 애들아!"

엘리자로프 노인이 외쳤다. 그러자 대답 대신 웃음소리가 들려왔다.

"장대가 왔어, 애! 장대 할아버지! 영감태기!" 그리고 그 메아리도 웃었다. 이윽고 수풀을 지나왔다. 공장 굴뚝이 보이기 시작했다. 종각 위의 십자가가 반짝반짝 빛났다. 바로 그곳이 '목사님이 장례 때 어란을 잡수셨다'는 마을이었다. 이제 집까지는 얼마 남지 않았다. 커다란 골짜기 속으로 내려가기만 하면 된다. 맨발로 걷던 리파와 푸라스코비야는 장화를 신으려고 풀 위에 앉았다. 장대 할아버지도 따라 앉았다. 아래를 내려다보니 즐비하게 우거진 버드나무며, 흰 교회며, 가느다란 시내가 흐르는 우클레예보 마을은 평화스럽고 아름다워 보였다. 그런데 단 한 가지 흠이 있다면, 경비를 아끼기 위해 칠한 음침하고 너절한 공장지붕만은 이 아름다운 화폭을 더럽혔다. 저쪽 비탈진 곳에는 보리밭이 보였다—노적가리로 쌓아올린 것도 있고, 짚으로 묶은 것도 있고, 마치 비바람이 불어 쓰러진 듯 널린 것도 있고, 방금 낫으로 베어 가지런히 눕혀둔 것도 있었다. 귀리 이삭이 벌써 여물어서 진주알같이 햇빛에 반짝거렸다. 지금이 한창 보리를 거둬들일 때였다. 오늘은 축제일이지만 내일 토요일이 되면 농부들은 다시 보리를 거둬들이고 건초를 날라야 한다. 그리고 또 일요일의 휴식이 온다. 매일같이 멀리서 천둥소리가 울린다. 찌는 듯이 무더워 금방 비가 쏟아질 듯했다. 그러나 농부들을 바라보며 이렇게 때맞추어 보리를 거둬들이게 된 것은 하느님의 보살핌이 있었기 때문이라고 생각했다. 그리고 즐거움과 기쁨에 마음이 들떴다.

"요새 보리베기 품삯은 비싸다더군요."

과부댁 푸라스코비야가 말했다.

"하루에 1루블 40코페이카라우!"

시골 여인들이며, 새 모자를 쓴 공장 직공들이며, 거지, 아이들 할 것 없이 많은 사람들이 카잔스코예 시장에서부터 줄을 이어 섰다. 달구지가 먼지를 일으키며 지나가고, 팔리지 않은 말(馬)이 그 뒤를 따랐다. 말은 자기가 팔리지 않은 것을 무척 기뻐하는 것 같았다. 다음엔 심술을 부리는 소가 뿔을 잡힌 채로 끌려왔다. 그 뒤에는 다시 달구지가 따르고 달구지 위에서는 술 취한 농군들이 발을 흔들거렸다. 어떤 노파가 커다란 모자와 긴 장화를 신은 소년을 데리고 왔다. 그 소년은 찌는 듯한 더위와 무릎을 굽힐 수 없는 무거운 장화 때문에 녹초가 되어 있었다. 그러면서도 장난감 나팔을 있는 힘껏 불었다. 사람들은 벌써 골짜기를 내려서서 한길로 접어들었다. 그러나 여전히 나팔 소리는 들려왔다.

"이곳 공장 주인들은 아주 몰상식한 녀석들이거든."

엘리자로프는 말을 꺼냈다.

"한심하기 짝이 없어! 글쎄 코슈츄코프 녀석이 '처마를 고치는 데 재목을 너무 많이 썼다'고 말하지 않겠나. 그래서 내가 '뭐가 많단 말이오? 필요한 대로 썼을 뿐인데요, 바실리 다닐르이치. 그럼 제가 재목으로 국이라도 끓여 먹었단 말입니까?' 하고 대꾸해 줬지. '네가 감히 그런 말을 지껄일 수 있어? 이 못난 자식! 잊지 말아! 넌 내 덕택으로 하청업자가 되었어!'라고 하기에, 나도 '달갑지 않습니다. 하청업자가 되기 전에도 매일같이 차를 마실 수는 있었습니다'라고 말했더니 '에이구, 저 악당 같으니……' 하면서 화를 내겠지. 나는 그 이상 아무 말도 안 하고 '그래. 우리는 이 세상에서 악당이지만 자네는 저세상에 가서 악당이 될 걸세, 하, 하, 핫!' 하고 마음속으로 웃어버리고 말았지. 이튿날이 되니 그 녀석도 좀 마음이 풀린 듯 이렇게 말하겠지. '여보게, 내가 그런 말을 했다고 성낼 것은 없잖나. 내 말이 좀 지나쳤다 하더라도 나는 상업조합 간부이니 자네보다는 높은 사람이 아닌가……. 그러니 꼭 참고 견뎌야 하는 법이야.' 그래서 나는 '당신은 상업 조합 간부고 나는 목수임이 틀림없습니다. 그리고 성도(聖徒) 요셉도 목수였지요. 우리는 주님의 가르침을 따라 일하는 겁니다. 그러니 당신이 나보다 높다고 생각하겠으면 하고 마음대로 하구려, 바실리 다닐르이치'라고 말해줬지. 이렇게 말하고 나서 상업조합 간부하고 목수 사이에 누가 더 높을까 생각해 봤어. 그것은 목수가 더 높아야 되지!"

장대 할아버지는 잠시 생각하고 다시 말을 이었다.

"그건 이런 뜻에서 그렇다는 거야. 노동을 하는 자나 고통을 참는 자가 누구보다도 뛰어난 사람이기 때문이지."

해는 이미 저물고 짙은 우윳빛 안개가 냇가며, 교회 뜰이며, 공장 근처의 공지에 덮이기 시작했다. 지금처럼 갑자기 어둠이 깃들고 아래에서는 등불이 반짝거리고 안개가 끝이 없는 심연을 아래에 감춘 듯이 보일 때는, 가난한 집에서 태어났고 겁에 찬 듯이 늘 양순한 마음씨만을 품은 것 말곤 아무것도 없이 일생 동안 가난에 쪼들리며 살아야 하는 리파와 그의 어머니도 잠시 동안은 이런 생각을 했을는지도 모른다. 이 광막하고 신비로운 세상의 헤아릴 수 없이 다양한 생활 속에서 자기들도 인간 축에 들지도 모르고, 이 세상에는 자기들보다 못난 사람이 있을지도 모르리라고. 세 사람은 언덕에 앉아 있는 것이 매우 즐거웠다. 그들은 즐겁게 웃으면서 아래로 내려가는 것조차 잊어버렸다.

드디어 그들도 집으로 돌아왔다. 문 앞과 가게 옆에는 보리베기 품삯꾼들이 땅바닥에 앉아 있었다. 우클레예보 마을 농부들은 츠이부킨 집에서 일하기를 꺼렸으므로, 다른 마을에서 품삯꾼을 데려와야 했다. 지금 어둠 속에 앉아 있는 것은 길고 검은 수염을 기른 사람들인 듯싶었다. 가게는 열려 있었다. 귀머거리 스체판이 소년을 상대로 장기를 두는 것이 들여다보였다. 품삯꾼들 가운데에는 겨우 들릴 만큼 가느다란 목소리로 노래를 부르는 사람도 있었고, 어제의 품삯을 달라고 큰 소리로 떠드는 사람도 있었다. 그러나 츠이부킨 집에서는 내일까지 그들을 잡아두려고 품삯을 주지 않았다. 츠이부킨 노인은 저고리를 벗고 조끼 바람으로 아크시니야와 벗나무 밑에서 차를 마셨다. 탁자엔 등불이 켜져 있었다.

"영감님!"

일꾼 한 사람이 빈정대는 투로 문 밑에서 소리쳤다.

"그럼 절반만이라도 주슈! 영감님!"

그러자 밖에서는 웃음소리가 들려왔고, 이윽고 그들은 또다시 낮은 소리로 노래를 부르기 시작했다……. 장대 할아버지도 차를 마시려고 자리에 앉았다.

"우리는 시장에 다녀왔네."

그는 얘기하기 시작했다.

"마음이 들떠서 돌아다녔지. 그야 물론 기분 좋게 다녔지. 그런데 한 가지좋지 않은 일이 일어났어. 대장간 사쉬카가 담배를 사고 반 루블짜리 은화를 주인에게 내주지 않았겠나. 그랬더니 그 은화가 위조였단 말이야."

장대 할아버지는 주위를 살펴보며 말을 이었다. 그는 낮은 소리로 말하려 했으나, 목 쉰 소리로 말했으므로 모든 사람이 들어 버렸다.

"그 반 루블 은화가 가짜 돈이라는 것이 드러났단 말일세. 어디서 받았는지 물으니, 그 녀석 말이, 아니심 츠이부킨의 결혼식에 갔을 적에 아니심한테서 받았다고 하지 않겠나. 사람들은 경관을 불러서 대장장이를 넘겨 버리더군……. 그리고리 페트로비치, 이번 일에 걸려들지 않도록 조심하게. 아무 일도 없으면 좋겠는데, 어쩌다가 소문에……."

"영감님!"

아까와 같은 목소리가 문 밖에서 들려왔다.

"영감님!"

침묵이 깃들었다.

"아, 애들아, 애들아……."

장대 할아버지는 재빨리 중얼거리며 일어섰다. 그는 졸려서 견딜 수 없었다.

"차를 대접해 줘서 고마워. 그리고 설탕도 말이야. 잘 때가 됐는걸. 나도 이젠 몸에 고장이 났나 봐. 온몸의 대들보가 다 썩어가니. 핫, 핫, 핫."

그는 나가면서 이렇게 덧붙였다.

"이제 죽을 때가 됐나 봐!"

이렇게 말하고는 한숨을 내쉬었다.

츠이부킨 노인은 차를 마시다 말고 잠시 동안 깊은 생각에 잠겼다. 그의 표정은 벌써 거리 저쪽으로 사라진 장대 할아버지의 발소리에 귀를 기울이는 듯싶었다.

"대장장이 사쉬카가 거짓말을 한 게지요."

아크시니야는 노인의 생각을 짐작하고 이렇게 말했다.

노인은 집에 들어가더니, 조금 있다가 자그마한 꾸러미를 가지고 나왔다. 그 꾸러미를 펼치니 거기에는 1루블짜리 은화가—아주 새로운 은화가 반짝였다. 노인은 은화 한 개를 집어서 이빨로 깨물기도 하고 쟁반 위에 떨어뜨려 보기도 했다. 그리고 또 한 개를 집어 떨어뜨려 보았다.

"이 은화는 가짜야……."

노인은 아크시니야를 바라보며 믿을 수 없다는 듯이 말했다.

"이 은화는 아니심이…… 그때 선물로 가져온 거야. 아크시니야, 이걸 가지고 가서……."

그는 꾸러미를 아크시니야에게 내주며 낮은 소리로 말했다.

"우물 속에 던져버려……. 그리고 다른 사람한테는 절대로 이런 말을 해선 안 돼. 무슨 일이 있을지 모르니까……. 사모바르를 치우고 불을 꺼 다오……."

헛간에 앉아 있던 리파와 푸라스코비야는 등불이 하나씩 꺼져가는 모습을 보았다. 단지 2층 바르바라 방에서만은 파란색과 붉은색 등불이 켜져 있어. 그곳에서는 고요하고 아늑한 행복이 흘러나오는 듯했다. 푸라스코비야는 자기 딸이 부잣집에 시집갔다는 사실에 도저히 익숙해질 수 없었다. 그래서 이 집에 왔을 때는 매우 황송한 듯한 웃음을 띠면서 문간방에 쭈그린 채 겁에 질려 있었다. 그리고 이 방에서 차와 설탕을 대접받았다. 리파 역시 익숙해지지 않았다.

그래서 그녀는 남편이 떠난 뒤로는 자기 침대에서 자지 않고 헛간이나 부엌에서 자곤 했다. 그녀는 매일같이 마루를 닦고 빨래를 하여 품팔이 하러 온 것처럼 생각하고 있었다. 오늘도 교회에서 돌아온 모녀는 부엌에서 요리사들과 함께 차를 마신 다음, 헛간으로 가서 썰매와 바람벽 사이의 마룻바닥에 드러누웠다. 그곳은 캄캄하고 마구(馬具)의 냄새가 풍겨왔다. 집 주위 등불이 꺼지고 귀머거리 스체판이 가게 문을 닫는 소리가 들려왔다. 보리베는 일꾼들이 안뜰에서 잠 잘 채비를 하는 소리도 들려왔다. 멀리 떨어진 작은 프뤼민네 저택에서는 아름다운 손풍금 소리가 울려왔다……. 푸라스코비야와 리파는 곧 잠 속으로 빠져들었다.

문득 누구의 발소리에 잠을 깨고 보니 밖에는 달빛이 넘쳐흘렀다. 헛간 입구에는 아크시니야가 이불을 안고 서 있었다.

"여긴 좀 선선하겠지……."

아크시니야는 헛간으로 들어섰다. 그리고 바로 문지방 옆에 드러누웠다. 달빛이 그녀의 온몸을 비춰 주었다. 아크시니야는 잠을 이루지 못했다. 더위를 참지 못해서인지 옷을 모조리 벗어버린 채 한숨을 내쉬며 이쪽으로 저쪽으로 뒤척거렸다. 파란 달빛을 받은 그녀의 모습은 얼마나 아름답고 얼마나 풍만스러웠던가!

잠시 뒤 또 다른 발소리가 나더니, 새하얀 잠옷을 걸친 츠이부킨 노인이 문 앞에 나타났다.

"아크시니야! 여기 있냐?"

노인은 물었다.

"그래요!"

그녀는 화난 듯이 대답했다.

"아까 그 돈을 우물 속에 버리도록 일렀는데 확실히 버렸느냐?"

"아뇨, 우물에 버리다니 무슨 말씀이세요! 일꾼들에게 줘 버렸어요."

"아니, 그런 짓을 하다니!"

노인은 질겁해서 소리쳤다.

"에구, 저 망할 년 같으니, 아아, 어떡하나!"

노인은 손을 탁 치고 나가 버렸다. 가면서도 무슨 말을 중얼거렸다. 조금 있다가 아크시니야는 일어나 분한 듯이 땅이 꺼질 듯한 한숨을 쉬고는 이불을 말아 안고 밖으로 나갔다.

"어머닌 어째서 이런 집에 저를 시집 보냈어요?"

리파가 말했다.

"하지만 여자란 누구나 시집을 가게 마련이란다. 그리고 이 집에 오게 된 것도 내가 정한 것이 아니었어."

두 모녀는 가슴에 솟아오르는 위로할 길 없는 슬픈 생각을 억누르지 못했다. 그러나 그들은 저 높은 하늘에서, 푸른 하늘보다 더 높은 별(星) 세계에서 하느님이 우클레예보 마을에서 일어나는 모든 일을 보살펴 주리라고 믿었다. 그리고 지상에서 아무리 큰 죄악이 넘쳐 나도 역시 밤은 고요하고 아름다웠다. 그리고 저주의 세계 역시 밤이면 고요하고 아름다우리라. 거기엔 또 진리와 정의가 있으리라. 그리고 지상의 모든 것은 달빛이 밤의 대지에 녹아내리듯 이 인간도 정의와 진리에 융합되기를 기다리리라.

두 모녀는 서로 몸을 의지한 채 평화로운 잠길에 들어섰다.

6

아니심이 주화를 위조하고 그것을 쓴 죄로 투옥되었다는 소문이 떠돈 것은 벌써 오래 전 일이었다. 몇 달이 지나고, 어느 새 반 년 이상 세월이 흘렀다. 기나긴 겨울도 지나고 봄이 돌아왔다. 집안 사람이나 마을 사람이나 아니심이 감옥에 갇혔다는 사실을 잊어버린 지도 오래 되었다. 혹시 밤에 이 집 옆을 지나거나 가겟방을 지나게 되면 문득 아니심이 감옥에 갇혀 있겠지 하고 생각할 뿐이었다. 그리고 교회에서 기도를 드릴 때면 어째서인지 또 아니심이 감옥에 갇혀서 재판을 기다리겠지…… 하고 생각했다.

집 안에는 어떤 그림자가 누워 있는 듯이 느껴졌다. 집 안은 전보다 더 어두워졌고, 지붕엔 녹이 슬고, 가게로 통하는 무거운 녹색 철문은 군데군데 껍질이 벗겨져서 귀머거리 스체판은 문 위에 물집이 생겼다고 말했다. 그리고 츠이부킨 노인도 몹시 우울해진 듯 느껴졌다. 그는 머리와 수염이 자라는 대로 덥수룩하게 길렀다. 이제는 날쌔게 마차에 뛰어오르거나 거지에게 "하느님한테 구걸 가게"라고 외치지도 않았다. 그는 점점 쇠약해질 뿐이었다. 그리고 이것은 그의 어느 면에서나 찾아볼 수 있었다. 농부들도 전같이 그를 무서워하지 않았다. 경관은 아직도 뇌물을 받아먹으면서도 가게에 대한 조서를 꾸몄다. 그리고 술 밀매의 재판을 받기 위해 노인은 세 번이나 거리로 불려갔으나, 증인이 출두하지 않아서 사건은 자꾸 미루어졌다.

이런 상태고 보니 츠이부킨 노인도 지쳐 버리지 않을 수 없었다.

그는 자주 아들을 면회하러 가서는 어떤 사람을 고용하기도 하고, 누구에게 탄원서를 내기도 하고, 교회에 성기(聖旗)를 기증하기도 했다. 그는 아니심이 갇혀 있는 감옥의 간수에게 '영혼은 절도(節度)를 안다'라고 에나멜로 새긴 은쟁반과 기다란 숟가락을 선사했다.

"우리를 도와 줄 사람은 아무도 없어요."

바르바라는 말했다.

"저, 저, 여보, 장관에게 편지 쓸 만한 사람을 거리에서 찾아보도록 하세요……. 재판할 때까지 보석이라도 되게요……. 그 애가 얼마나 고생하겠어요!"

바르바라도 슬퍼하긴 했으나, 점점 피둥피둥 살이 찌고 피부색도 뽀얘졌으며, 여전히 예전과 다름없이 자기 방에 여러 개의 등불을 켜고, 집 안의 모든 것이 청결하게 보이도록 보살피면서 손님들이 오면 잼과 능금, 치즈를 대접했다. 귀머거리 스체판과 아크시니야는 가게를 돌보았다. 새로운 사업─부초키노의 벽돌 공장 사업─이 진행되고 있어서 아크시니야는 매일같이 마차를 타고 그리로 갔다. 그녀가 직접 마차를 몰았다. 도중에서 아는 사람을 만나면 파란 보리밭에서 나온 뱀처럼 목을 쪽 빼고 천진난만하면서도 비밀이 깃든 듯한 웃음을 던지곤 했다.

한편 리파는 사순제(四旬祭) 전에 낳은 갓난아기를 달래면서 시간을 보냈다. 그 애는 너무 작고 여위어서 불쌍해 보였다. 그래선지 갓난애가 소리를 지르든가, 주위를 둘러보든가, 그 애가 의젓이 한 사람의 인간으로서 니키포르라는 이름을 가진 것이 신기하게 느껴졌다. 갓난애는 요람 속에 누워 있었다. 리파는 문 곁으로 다가서서 인사를 하며 이렇게 말했다.

"안녕, 니키포르 아니시미치!"

그러고는 황급히 아기한테로 달려가서 입을 맞추었다. 이윽고 리파는 문 쪽으로 물러서서 다시 인사를 하며 말했다.

"안녕, 니키포르 아니시미치!"

그러면 아기는 빨간 발을 버둥거리며 엘리자로프 할아버지가 하듯이 웃음과 울음이 뒤섞인 소리를 냈다.

드디어 재판 날짜가 결정되었다. 츠이부킨 노인은 닷새 전에 그 거리로 떠났다. 그동안 집에서는 증인으로 농부 몇 사람이 불려갔다는 말을 들었다. 어떤 늙은 직공도 소환장을 받고 떠났다.

재판은 목요일에 있었다. 그러나 일요일이 지났는데도 츠이부킨 노인은 돌아오지 않았다. 아무 소식도 보내오지 않았다. 화요일 저녁때에 바르바라는 열린 들창가에 앉아서 남편 츠이부킨이 돌아오기를 기다렸다. 그 옆방에서는 리파가 갓난애를 달래는 참이었다. 그녀는 두 손으로 아기를 번쩍 들고는 예뻐서 못 견디겠다는 듯이 이렇게 말했다.

"애야, 이제 이만큼 크게 자라면 그땐 농사꾼이 돼서 나와 함께 일해요! 네, 같이 일해요!"

"얘, 얘!"

바르바라는 언짢은 소리로 말했다.

"함께 일하다니, 무슨 바보 같은 소리야? 그 애는 장사꾼이 돼야 해……!"

리파는 나지막하게 노래를 불렀다. 그러나 잠시 뒤에는 방금 들은 말을 잊어버리고, 다시 이렇게 말했다.

"너는 이제 이만큼 크게 자라는 거야. 그러면 농사꾼이 돼서 나와 함께 일해요."

"저애는 또 저런 소릴 하고 있어!"

리파는 니키포르를 안고 문 옆에 서서 이렇게 물었다.

"어머니, 저는 애가 왜 이렇게 귀여울까요? 그리고 왜 이렇게 애가 불쌍할까요?"

그녀는 떨리는 목소리로 말을 이었다. 그녀의 눈에는 눈물이 맺혔다.

"어머니, 이 아기는 어떤 아기일까요? 어떻게 보이세요? 새털이나 빵 부스러기처럼 가볍지만 저는 이 애가 좋아요. 벌써 어른이 된 것같이 사랑해요. 이 애는 아직 아무것도 하지 못하고 입도 떼지 못하지만, 저는 이 작은 눈이 무엇을 바라는지 알아요."

바르바라는 귀를 기울였다. 저녁 기차가 정거장으로 들어오는 소리가 들려왔다. 노인이 돌아왔을까? 그녀는 이미 리파의 말을 듣지도 않았다. 들으려고도 하지 않았다. 시간이 가는 줄도 몰랐다. 그리고 두려움이라기보다는 강한 호기심에 끌려서 온몸을 떨었다. 그녀는 농부들을 가득 실은 마차가 덜컹거리며 지나가는 모습을 보았다.

증인으로 갔던 사람들이 정거장에서 돌아왔다. 마차가 가게 옆을 지나갈 때 한 늙은 직공이 마차에서 뛰어내리더니 안뜰로 들어왔다.

그가 안뜰에서 사람과 인사를 하며 묻는 말에 대답하는 소리가 들렸다.

"모든 재산과 권리를 박탈하고."

그는 큰 소리로 말을 이었다.

"7년 시베리아 유형이라고 판결이 났습니다."

아크시니야가 가게 뒷문으로 나오는 것이 눈에 띄었다. 아크시니야는 방금 석유를 팔던 중이라 한쪽 손에는 석유 병을 들고, 입에는 몇 닢의 은화를 물고 있었다.

"아버지는 어디 계셔요?"

그녀는 은화를 문 채 물었다.

"정거장에 계십니다."

일꾼이 대답했다.

"좀더 어두워지면 오신답니다."

그리고 아니심이 유형 선고를 받았다는 말이 집 안에 퍼지자, 부엌에 있던 요리사가 자기 신분으로 봐서 울어야 되겠다고 생각해서인지, 장례 때같이 목놓아 울기 시작했다.

"당신이 가시면 우리는 누굴 믿고 살겠어요, 아니심 그리고리치, 독수리처럼 훌륭한 분이셨는데……"

개들이 놀라서 짖기 시작했다. 바르바라는 창가로 달려가서 슬픔에 찬 목멘 소리로 요리사에게 외쳤다.

"조용히 해요, 스체파니나, 조용해요……. 제발 괴롭히지 말아요!"

모두들 사모바르를 끓이는 것까지 잊어버렸다. 아무 일도 손에 잡히질 않았다. 단지 리파만은 무슨 일이 일어났는지도 모르고 아기와 장난치고 있었다.

츠이부킨 노인이 정거장에서 돌아왔을 때, 아무도 그에게 물어보는 사람이 없었다. 그는 집안 식구들한테 인사를 하고 묵묵히 이 방 저 방을 돌아다녔다. 그는 저녁식사도 들지 않았다.

"아무도 돌봐 주는 사람이 없었기 때문이죠……"

노인과 단둘이 되었을 때 바르바라는 말을 꺼냈다.

"제가 뭐랬어요. 높은 사람을 찾아봐야 한다니까요. 그때는 제 말을 귀담아듣지 않으셨어요……. 탄원서라도 냈더라면……"

"내가 쫓아 다녔지!"

노인은 손을 저으며 말했다.

"아니심을 재판할 때 그 애를 변호해 준 사람한테도 가봤지만, '이젠 틀렸습니다. 도저히 어떻게 할 도리가 없어요'라고 말하지 않겠소. 그리고 아니심도 역시 할 수 없노라고 말하더군. 그래도 나는 소에서 나오자, 곧바로 변호사를 만나서 착수금을 주고 왔지. 이제 일 주일 뒤에 다시 한 번 다녀와야 해. 만에 하나라도……"

노인은 다시 집 안을 돌아다니다가 돌아와서 바르바라에게 이런 말을 했다.

"아마 무슨 병에라도 걸린 것 같아. 머릿속이 이렇게…… 안개라도 낀 듯이 흐릿해서 통 생각을 할 수 없으니 말이야."

그는 리파가 들리지 않도록 문을 닫고는 나직한 소리로 말을 이었다.

"그 돈에 대해서 나도 몹시 걱정이 된단 말이야. 당신은 아니심이 장가들기 전인 부활제 전 주일에 그 녀석이 새 은화를 나한테 갖다 준 일을 기억하겠지? 그때 한 보따리는 감춰 뒀지만, 또 한 보따리는 내 돈하고 섞어 버리고 말았어……. 그런데 옛날에 드미트리 피라트이치 아저씨가—주여 그분의 영혼을 구하소서—아직 살아 계실 때 그분은 장사를 하려고 노상 모스크바나 크림으로 돌아다니는 것이 일이었어. 그 아저씨에겐 마누라가 있었는데, 글쎄 그 마누라가 남편이 장사하러 떠난 동안은 다른 사내하고 놀아났다네. 그 집에는 자식이 반 다스나 있었지만, 아저씨가 술을 마시면 웃으면서 이런 말을 했다더군. '어느 놈이 내 자식이고, 어느 놈이 남의 자식인지 도무지 모르겠다' 하고 말이야. 성미도 그쯤 되면 괜찮겠지. 바로 그 모양으로, 지금 어느 돈이 진짜고, 어느 돈이 가짜지 알 수가 없어. 그리고 죄다 가짜가 아닐까 하는 생각도 들어."

"그럴 리가 있겠어요!"

"역에서 표를 사고 3루블을 냈는데 그것도 가짜돈 같은 생각이 들더군. 그리고 가슴이 벌렁거리질 않겠나. 아무래도 병인 것 같아."

"무슨 말씀을 하시는 거예요, 모든 것은 하느님의 뜻이에요……. 그런데 여보……."

바르바라는 머리를 저으며 말을 이었다.

"당신은 이것만은 생각해 두셔야 해요. 이제부터 어떤 일이 일어난다고 장담할 수 없고, 당신도 이제는 젊다고 할 수도 없으니까, 만일 어떤 일이 있더라도, 아시겠어요? 당신이 계시지 않기 때문에 저 손자가 괴로운 꼴을 당하지 않도록 말예요. 아, 걱정 되는군요. 그들이 손자 니키포르를 업신여기리라 생각하니 무섭다는 생각이 드는군요. 아비는 없지, 어미는 약간 모자라지……. 아기를 위해서 땅 한 뙈기라도 유언해 두시는 것이 좋겠어요. 이를테면 부초키노 땅 정도라도 주도록 하세요, 그리고리 페트로비치. 잘 생각해 보세요!"

바르바라는 노인을 설득하면서 말을 이었다.

"저 귀여운 아이가 불쌍해 죽겠어요! 내일이라도 시내에 가서 서류를 만들어 주세요. 쇠뿔도 단김에 빼랬잖아요!"

"참, 손자놈을 잊어버리고 있었군……. 그놈을 좀 봐야겠어. 그래 그 녀석은 건강하지? 으음, 아무쪼록 잘 키워야 할 텐데……."

츠이부킨 노인은 문을 열고 구부러진 손가락으로 리파를 불렀다. 리파는 아기를 안고 노인 옆으로 왔다.

"얘, 리파, 무엇이든 필요한 것이 있으면 말해라."

노인은 말했다.

"그리고 먹고 싶은 음식이 있으면 사양 말고 먹어. 조금도 아깝지 않으니까. 언제나 몸은 건강해야 되느니라……."

노인은 손자의 머리 위에다 성호를 그었다.

"그리고 손자를 잘 돌봐줘. 아들놈이 없어서 아비 없는 아이와 다름없으니까."

노인의 두 볼에는 눈물이 흘러내렸다. 그는 어깨를 들먹이며 그 자리에서 물러섰다. 이윽고 자리에 들자, 노인은 일주일 동안이나 자지 못했던 탓으로 깊이 잠들어 버리고 말았다.

7

츠이부킨 노인은 잠시 시내에 다녀왔다. 누가 아크시니야에게, 노인이 공증인한테 갔던 것은 유언장을 쓰기 위해서였으며, 아크시니야가 벽돌 공장을 세운 부초키노 땅을 니키포르에게 넘겨주었다고 말했다. 아크시니야가 이 말을 들은 것은 아침이었는데, 그때 츠이부킨 노인과 바르바라는 층계 다리 옆의 떡갈나무 밑에 앉아서 차를 마시고 있었다. 아크시니야는 거리와 안뜰에 면한 가게 문을 닫아걸고는 자기가 맡았던 열쇠를 모조리 주워 모아서 시아버지 발밑에 내동댕이쳤다.

"저는 아버님을 위해서 더는 일하기 싫어졌어요!"

그녀는 앙칼진 목소리로 이렇게 말하고는 갑자기 흐느껴 울기 시작했다.

"나는 이 집 며느리가 아니라, 일꾼이에요! 동리 사람들은 나를 비웃으며 이렇게 말해요. 츠이부킨의 집에는 좋은 일꾼을 뒀다고요! 나는 아버님한테 고용된 게 아니에요! 거지도 아니고 노예도 아니에요. 나에게는 아버지도 있고 어머니도 있어요."

그녀는 흘러내리는 눈물을 닦을 생각도 하지 않고, 증오로 눈꼬리가 올라가고, 울어서 눈두덩이 부은 눈을 부릅뜨고 노인을 노려보았다. 목이 터져라 소리쳤으므로 그녀의 얼굴이며, 목덜미는 벌겋게 상기되었다. 그녀는 다시 목청을 돋우어 외쳤다.

"나는 더 이상 일하지 않겠어요!"

그녀는 말을 이었다.

"이젠 지쳤어요. 힘든 일을 하거나, 하루 종일 가게나 지키거나, 밤이 되면 보드카 때문에 쏘다니게 해서, 일이란 일은 다 나한테 떠맡겼다가, 토지 분배 때가 되니 유형수의 여편네나 애새끼에게 주다니! 그년은 이 집 주인이고 난 종년이군요! 징역 간 사람 여편네한테 뭐든지 다 주란 말이에요. 난 집으로 가겠어요! 내 대신 다른 바보년을 찾으세요, 에잇, 개같은 인간들 같으니라고!"

츠이부킨 노인은 지금까지 한 번도 자기 자식을 꾸짖어 본 적이 없거니와, 자기 식구 가운데 누군가가 이렇게 버릇없이 난폭한 언사를 자기에게 던지리라고는 꿈에도 생각지 못했다. 그래서 노인은 너무 놀란 나머지 집 안으로 뛰어들어가 찬장 뒤에 숨어 버렸다. 바르바라는 앉은 자리에서 일어설 수도 없을 만큼 정신을 잃고 벌이라도 쫓듯이 두 손을 저을 뿐이었다.

"참, 어처구니가 없군."

그녀는 겁에 질린 듯한 목소리로 말했다.

"아니, 왜 저렇게 고함을 지를까? 저런, 애……! 남이 듣겠다! 조용히 해라……. 조용히 하라니까!"

"부초키노 땅을 죄인 여편네한테 준다면서요."

아크시니야는 계속해서 소리질렀다.

"그렇다면 뭐든 다 줘 버리세요. 나는 아무것도 필요 없어요! 모두들 뒈져 버려라! 당신들은 모두 악당들이에요. 내가 이 눈으로 본 걸요! 당신들은 길가는 사람들의 돈을 빨아먹은 도둑놈들이에요. 늙은이건 젊은이건 할 것 없이 모조리 빨아먹었어요! 허가 없이 보드카를 판 것은 누구죠? 그리고 당신네들은 가짜돈을 상자 가득히 가지고 있죠? 좋아요, 나는 아무것도 필요치 않아요!"

활짝 열어젖힌 문으로 떼지어 모여든 구경꾼들이 안뜰을 들여다보았다.

"보고 싶다면 보라지!"

아크시니야는 외쳤다.

"톡톡히 망신을 줘야겠어! 당신네들은 불에 타 죽어도 시원찮은 사람들이야! 내 발밑에 꿇어 엎드리게 해 주겠어! 여보, 스체판!"

아크시니야는 귀머거리 남편에게 소리쳤다.

"당장 우리집으로 가요! 우리 부모한테로 가요. 난 이 죄인들과 같이 살고 싶지 않아요! 떠날 채비나 하세요!"

안뜰에는 빨랫줄 위에 옷가지가 널려 있었다. 아크시니야는 아직 마르지 않은 자기 치마며 재킷 등을 걷어서 귀머거리 남편 손에 던졌다. 화가 치밀 대로 치민 그녀는 빨랫줄 옆을 뛰어다니며 옷가지를 모조리 낚아채 자기 것은 땅바닥에 내던지고 발로 짓밟았다.

"아아, 저 애를 저리 데리고 가줘요!"

바르바라는 괴로운 듯이 말했다.

"어처구니없군! 부초키노를 저 아이한테 줘 버리세요. 어처구니없군!"

"굉장한 여자군!"

대문간에 서 있는 구경꾼들이 말했다.

"무서운 여자야! 아이구 저 성난 것 좀 봐―지독하군!"

아크시니야는 빨래하는 소리가 나는 부엌으로 뛰어들어 갔다. 거기서는 리파가 혼자서 빨래를 하고 있었다. 요리사는 냇가로 옷을 빨러 나가고 없었다. 난로 옆 대야와 솥에서는 김이 무럭무럭 솟아올라 부엌 안은 안개라도 낀 듯이 흐리고 무더웠다. 바닥에는 아직 빨지 않은 옷이 산더미처럼 쌓여 있었다. 그리고 갓난애 니키로프는 떨어지더라도 다치지 않도록 바로 옆 벤치 위에 눕혀 두어 벌거숭이 발을 버둥거렸다. 바로 아크시니야가 들어섰을 때, 리파는 아크시니야의 속옷을 빨랫감에서 끄집어 내어 대야에 담고는, 뜨거운 물을 퍼부으려고 테이블 위에 있던 커다란 국자에 손을 뻗는 순간이었다.

"이리 줘!"

아크시니야는 증오에 찬 눈초리로 리파를 바라보고 대야에서 자기 옷을 끄집어내며 말했다.

"네년한테 내 속옷을 만지게 할 순 없어! 너는 유형수의 여편네야! 자기 주제나 알란 말야!"

리파는 아크시니야를 보고 흠칫 뒤로 물러났다. 그 순간은 무슨 영문인지를 몰랐으나, 문득 아크시니야가 갓난애를 보는 눈초리를 알아차리자, 갑자기 리파는 그 뜻을 알고 온몸이 파랗게 질리고 말았다…….

"내 땅을 빼앗은 벌로 이렇게 해 주마!"

이렇게 말하며, 아크시니야는 뜨거운 물이 든 국자를 잡고 니키포르에게 퍼부었다.

그 순간 비명 소리가 들렸다. 우클레예보 마을에서는 아직까지 한 번도 들어보지 못한 그런 비명 소리였다. 그리고 그 소리를 들은 사람은, 리파처럼 작고 연약한 여자가 어떻게 저런 비명을 지를 수 있는지 믿어지지가 않을 정도였다. 그러나 갑자기 안뜰도 잠잠해졌다.

아크시니야는 여느 때처럼 앳된 웃음을 지은 채, 아무 말 없이 집 안으로 들어갔다……. 귀머거리 남편은 한 아름 옷가지를 안고 이리저리 거닐다가 이윽고 아무 말 없이 그것을 다시 줄에 느릿느릿 널기 시작했다. 그리고 요리사가 돌아올 때까지 아무도 부엌에 들어가 보겠다는 사람이 없었다. 그리하여 거기서 무슨 일이 있었는지 아무도 알지 못했다.

8

니키포르는 마을의 병원으로 보냈으나 그날 밤으로 죽고 말았다. 리파는 사람들이 오기를 기다리지 않았다. 그녀는 죽은 아기를 담요에 싸안고 집으로 향했다.

커다란 창문이 달린 병원은 언덕 위에 높이 솟아 있었다. 이 건물은 바로 얼마 전에 세운 것이었다. 저녁노을이 병원 유리창에 비쳐서 흡사 안에서 불이라도 붙은 듯이 빨갛게 보였다. 아래에는 자그마한 마을이 있었다. 리파는 언덕길을 내려섰다. 마을로 들어가기 전에 작은 연못가에 앉았다. 한 아낙이 말을 끌고 와서 물을 먹이려 했으나 말은 물을 먹지 않았다.

"할 수 없군."

아낙은 알지 못하겠다는 듯이 나직하게 물었다.

"어떡하라는 거야?"

빨간 셔츠를 입은 소년이 연못가에 앉아서 아버지의 장화를 씻고 있었다. 그 밖에는 마을에나 언덕에나 사람이라고는 보이지 않았다.

"물을 먹고 싶지 않은가봐요……."

리파는 말을 바라보며 중얼거렸다.

이윽고 아낙도 가고, 소년도 장화를 들고 내려갔다. 이젠 정말 아무도 보이지 않았다. 태양도 금빛과 자줏빛 비단으로 휘감긴 채 잠자리로 들었다. 붉은빛이나 연자줏빛 가느다란 구름은 태양의 편안한 휴식을 보호하려는 듯 이리저리 하늘에 흩어져 있었다. 어디선가 멀리서 해오라기의 구슬픈 울음소리가 은은히 들려왔다. 마치 외양간에 갇힌 암소의 울음소리와도 같았다. 이 괴상한 새소리는 봄이 되면 언제나 들려오곤 했으나 그것이 어떤 새이며, 어디 사는지 아는 사람은 없었다. 병원이 있는 언덕 위와 바로 연못가의 숲속, 그리고 마을 저쪽 들판에서는 꾀꼬리의 노랫소리가 넘쳐흘렀다. 사람의 나이를 센다는 뻐꾸기가 누구의 나이를 세다가 늘 잘못 세고는 다시 세기 시작했다. 연못 속에서는 개구리들이 째질 듯한 심술궂은 목청으로 앞다투어 울어댔다. 그 소리는 마치 이런 말을 지껄이는 것 같았다.

"너 같은 건 그렇지! 너 같은 건 그렇지!"

지독히 소란한 밤이었다. 이 모든 동물은 오늘 같은 봄밤에 아무도 자지 못하게 하려고 일부러 외치고 노래를 부르는 듯했다. 심술궂은 개구리들까지도 "인생은 덧없다. 일 분도 헛되게 보내지 말고 인생을 찬미하고 노래하라!"고 하는 듯이 느껴졌다.

하늘에는 반달이 은빛으로 빛나고 수많은 별들이 반짝이고 있었다. 리파는 시간이 흐르는 것도 잊고 연못가에 앉아 있었다. 그녀가 일어서서 발걸음을 옮겼을 때에는 이미 자그마한 마을도 잠들고 등불 하나 보이지 않았다.

집까지는 12베르스타쯤 되었다. 그러나 거기까지 갈 힘이 없었고 어떻게 갈 것인가를 생각할 기력조차 없었다. 지금까지 앞에서 빛나던 달이 오른편으로 기울어졌다. 아까 울던 뻐꾸기가 목멘 소리로 "조심해라, 길이 틀렸다!"라고 리파를 비웃는 듯이 외쳤다. 리파는 걸음을 빨리했다. 그녀의 머플러는 어느새 날아가 버리고 없었다…… 그녀는 하늘을 바라보며 지금 아기의 영혼이 어디 있을까, 자기 뒤를 따라올까, 그렇지 않으면 저 별이 반짝이는 높은 하늘을 헤맬까, 그리고 벌써 자기 어미를 잊어버리지나 않았을까…… 하고 생각했다. 이런 밤중에 광막한 들판에서 자기가 노래를 부를 수 없이 우울할 때 새들의 노랫소리를 듣거나 자기가 즐겁지 못할 때 즐거운 외침 소리를 듣는다는 것은, 오! 얼마나 외롭고 쓸쓸하랴……. 봄이거나 여름이거나, 사람이 살아 있거나 죽어 있거나를 가릴 것 없이, 한결같이 외롭게 밤하늘에서 내려다보는 달을 쳐다볼 때, 오! 얼마나 가슴 아픈 일이랴……. 가슴 속에 슬픔을 품고 있을 때 혼자 남는다는 것은 얼마나 괴로운 일이랴. 이럴 때 어머니 푸라스코비야가 옆에 계셨다면! 아니면 장대 할아버지나 요리사라도, 아니 아무 농사꾼이라도 옆에 있어 주었으면!

"부우―!"

해오라기가 울었다.

"부우―!"

그러자 별안간 사람의 목소리가 똑똑히 들려왔다.

"말을 달게, 바빌라!"

바로 앞 길가에서 모닥불이 타고 있었다. 불꽃은 이미 꺼졌으나 타다 남은 숯덩이가 빨갛게 빛났다. 말이 풀을 뜯어먹는 소리가 들렸다. 어둠 속에 두 대의 마차가 어렴풋이 보였다. 한쪽 마차에는 통이 실렸고, 또 하나의 낮은 마차 위에는 여러 개의 자루가 실려 있었다. 그리고 두 사내의 모습도 보였다. 한 사람은 마차에다 말을 달고 있었고, 다른 한 사람은 뒷짐을 지고 모닥불 옆에 우두커니 서 있었다. 마차 옆에서 개가 으르렁거렸다. 말을 끌던 사람이 멈칫하며 말했다.

"누가 이리 오나 보군."

"샤리크, 가만 있어!"

또 한 사람이 개에게 소리쳤다.

그 목소리로 보아 그는 노인인 듯싶었다. 리파는 발걸음을 멈추며 말했다.

"애들 쓰시네요!"

노인은 리파에게로 다가섰다. 그러나 곧 대답하지는 않았다.

"안녕하슈!"

"안녕하세요! 저 개가 물지 않을까요, 할아버지?"

"괜찮으니 지나가시오. 달려들진 않으니까."

"저 병원에서 오는 길이에요."

리파는 잠시 사이를 두었다가 말을 이었다.

"아기가 죽었어요. 그래서 지금 집으로 안고 간답니다."

노인은 그 말에 기분이 언짢았는지, 뒤로 물러서며 성급히 말했다.

"상심 마시오, 모두 하느님의 뜻이니까."

노인은 이렇게 말하며 말을 달던 사람에게 외쳤다.

"뭘 그렇게 꾸물거려, 빨리 해!"

"할아버지의 멍에가 보이지 않아요."

"또 네놈의 버릇이 나왔군."

노인은 숯덩이를 들고 푸우 불었다—그의 눈과 코가 발갛게 빛났다—이윽고 멍에를 찾아내자 그는 불을 들고 와서 리파의 얼굴을 비춰 보았다. 그러고는 동정하는 듯이 부드러운 표정을 지었다.

"애 어머니군. 어느 어머니든지 자기 자식 때문에 고생하게 마련이라우."

이렇게 말하며 노인은 한숨을 몰아쉬고 머리를 저었다. 바빌라는 불덩이 위에 무엇을 던지고는 그것을 밟았다. 그러자 갑자기 주위가 캄캄해졌다. 아무것도 보이지 않았다. 그리고 다시 거기에는 들판과 별이 반짝이는 하늘만 남고 서로 잠을 방해하려 애쓰는 새들의 노랫소리가 들릴 뿐이었다. 그리고 뜸부기의 노랫소리도 들렸다. 이 소리는 모닥불이 타던 바로 그 자리에서 들려오는 듯했다.

그러나 잠시 뒤, 리파는 다시 두 대의 마차와 노인과 후리후리한 바빌라의 모습을 볼 수 있었다. 두 대의 마차는 삐걱 소리를 내며 길가로 나섰다.

"할아버진 이 동리에 사시나요?"

리파는 노인에게 물었다.

"아니, 우린 피루사노보에서 왔다오."

"아까 할아버지가 저를 보실 때, 저는 마음이 놓였어요. 그리고 저분도 친절한 분이시군요. 저는 이 동리에 사시는 사람들이거니 생각했어요."

"어디까지 가시우!"

"우클레예보까지요."

"그럼 이 마차를 타시지. 쿠지메노크까지 데려다 줄 테니 거기서 바로 가면 될 테고, 우린 왼쪽으로 가고."

바빌라는 통이 실린 마차에 앉고, 노인과 리파는 다른 마차에 올랐다. 바빌라가 앞장 섰고, 마차는 걸어가듯이 느릿느릿 떠나갔다.

"이 애는 하루 종일 괴로워했어요. 조그만 두 눈으로 물끄러미 바라볼 뿐 아무 말도 없었죠. 아아, 하늘에 계신 아버지! 저는 슬픔에 못 이겨 그만 마루에 쓰러지고 말았어요. 그 다음 일어섰다가 다시 침대 옆에 넘어지고 말았답니다. 네, 할아버지. 이렇게 어린것이 죽기 전에 왜 괴로워했을까요? 남자나 여자나 어른이 고통을 당하는 것은 죄사함을 받기 위해서라고 하지만, 아무 죄도 없는 갓난애가 괴로움을 당해야 되는 건 어째서일까요? 네, 왜 그럴까요?"

"그걸 누가 알겠소!"

노인이 대답했다.

그들은 아무 말 없이 30분쯤 마차를 달렸다.

"우리는 왜라든가, 어째서라든가를 모두 알 수는 없는 거요."

노인은 입을 열었다.

"어떤 새건 날개가 두 개씩 달렸지, 네 개씩 달린 것은 없거든. 그건 두 개의 날개로서 날 수 있게 되었기 때문이오. 그와 마찬가지로 인간도 전부를 알 수 있는 것이 아니라, 그 절반이나 사 분의 일 정도밖에 모르게 돼 있는 거요. 그러나 사람이 살아가는 데 알아야 될 것만은 다 알게 마련이라오."

"할아버지, 전 걸어가는 편이 낫겠어요. 가슴이 두근거려서 못 견디겠어요."

"괜찮으니 앉아 있어요."

노인은 하품을 하고 입 위에 성호를 그었다.

"근심하지 마시오……."

노인은 되풀이했다.

"조금도 상심하지 말아요. 앞길이 구만리 같은 몸이니 아직 좋은 일도 있을 게고 나쁜 일도 있을 거요. 우리 러시아는 무척 큰 나라니까 별의별 일이 다 있다오."

그는 이렇게 말하며 사방을 둘러보았다.

"러시아에서 내가 가보지 못한 곳이라고는 없고, 또 여러 가지 일도 당해봤지요. 그러니 내 말은 거짓말이 아니라오. 좋은 일도 있고 슬픈 일도 있는 법이오. 나는 남의 부탁을 받고 시베리아에 간 일도 있답니다. 그리고 아무르(黑龍江)에도 갔고, 알타이의 산간벽지에도 갔으며, 시베리아에서 밭을 갈며 살아보기도 했다오. 그러다가 러시아가 그리워져서 다정한 고향으로 돌아오고 말았지요. 우리는 걸어서 왔답니다. 그리고 배를 타고 오던 일도 생각나는군요. 피골이 상접한 나는 온몸에 누더기를 걸친 채 맨발로 추위에 덜덜 떨면서 빵조각을 씹고 있었지요. 그런데 그 기선에 탄 어떤 나리가—만약 그 나리가 돌아가셨다면 주의 은총이 있기를—불쌍한 듯이 나를 쳐다보더니 눈물을 흘리며 '오오, 자네의 빵은 검구려. 자네의 신세도 검고……'라고 하시지 않겠소. 겨우 집에 와 보니 집에는 말뚝 하나 없고 장작 한 개비 없는 형편이었다우. 내게도 마누라가 있었지만 시베리아에 남겨두고 왔더니 거기서 죽고 말았지요. 그래서 지금은 머슴살이를 한다오. 그런데 말이오. 그러고 나서도 역시 좋은 일도 있고 나쁜 일도 있었다오. 그래서 나는 더욱 죽고 싶진 않거든. 이제 20년만 더 살았으면 한다오. 결국 따지고 보면 좋은 일이 더 많았던 셈이지요. 아무튼 우리 러시아는 넓으니까!"

이렇게 말하고 노인은 다시 주위를 둘러보았다.

"할아버지, 사람이 죽으면 혼이 며칠이나 이 세상에 머물지요?"

리파는 물었다.

"누가 알겠소! 저 바빌라한테 물어봅시다. 저놈은 학교에 다녔으니까. 지금은 학교에서 안 가르쳐 주는 것이 없다더군. 바빌라!"

노인은 바빌라를 불렀다.

"왜 그러세요!"

"바빌라, 사람이 죽으면 영혼이 며칠이나 이 세상에서 헤매는지 자네는 아나?"

"아흐레쯤이지요. 제 삼촌 키릴라가 죽었을 적엔 영혼이 열사흘이나 집에서 살았어요."

"그걸 어떻게 알았지?"

"열사흘 동안이나 난로 속에서 덜커덕덜커덕 소리가 났거든요."

"흐흠, 됐어. 자, 가세."

노인은 이렇게 말했으나 그가 한 말을 조금도 믿는 기색이 아니었다.

쿠지메노크 근처에서 마차는 다른 길로 접어들고 리파는 곧바로 걸어갔다. 이미 동이 틀 무렵이었다. 리파가 골짜기로 내려갔을 때, 우클레예보의 농가와 교회는 안개 속에 파묻혀 있었다. 싸늘한 기운이 감돌았다. 그리고 아까 울던 뻐꾸기의 울음소리가 아직도 들려오는 것 같았다.

리파가 집에 돌아오니 집에서는 아직 가축들을 풀어놓지도 않은 채 모두 잠들어 있었다. 그녀는 층계 다리에 앉아서 기다렸다. 맨 처음에는 츠이부킨 노인이 나왔다. 리파를 보자 노인은 무슨 일이 생겼는지 첫눈에 알아차리고 오랫동안 아무 말도 하지 못 하고 입술만 쫑긋거릴 뿐이었다.

"오오. 리파, 손자놈을 잘 돌봐 주지 않고……."

바르바라도 일어났다. 그녀는 두 손을 비비며 흐느껴 울었다. 곧 죽은 아기를 자리에 눕혔다.

"정말 좋은 아기였는데……. 단 하나밖에 없는 아기였는데, 네가 좀더 잘 돌봐 주었더라면……."

아침저녁으로 진혼제(鎭魂祭)를 올렸다. 장례는 이튿날 거행되었다. 장례를 치른 뒤 손님들과 신부는 오랫동안 음식이라는 것을 먹어보지 못한 것처럼 아주 맛있게 많은 음식을 먹었다. 리파는 식탁을 돌아보았다. 목사가 소금절임 버섯을 포크로 찔러 먹으면서 리파에게 말했다.

"아기 일로 너무 마음 아파하지 마시오. 모두 하느님의 뜻이니까."

손님들이 모두 돌아가고 나서야, 리파는 니키포르가 이미 이 세상에 없다는 것, 그리고 앞으로는 다시 볼 수 없으리라는 것을 깨닫고 흐느끼기 시작했다. 그녀는 어느 방에 가서 울어야 할지조차 몰랐다. 아이가 죽은 다음부터는 자기 방이 없어지고 말았기 때문이다. 너는 이 집에서 소용없는 거추장스러운 물건이라고나 하듯이. 다른 식구들도 역시 그렇게 느꼈다.

"아니, 왜 짜고 있는 거야?"

아크시니야가 갑자기 문 앞에 나타나서 앙칼지게 외쳤다. 그녀는 장례식을 핑계삼아 새 옷을 입고 얼굴에는 분까지 바르고 있었다.

"조용히 해!"

리파는 울음을 멈추려고 했으나 멈출 수가 없었다. 리파는 더 큰 소리로 흐느꼈다.

"내 말이 들리지 않아……?"

아크시니야는 발끈 화를 내고 발을 동동거리며 외쳤다.

"내 말이 들리지 않아……! 썩 밖으로 나가……. 다시는 이 집에 얼씬도 말아. 징역 간 놈의 여편네야! 썩 나가지 못해!"

"아니, 이거 왜들 그러느냐……."

츠이부킨 노인이 더듬더듬 말했다.

"아크시니야, 그러는 게 아니야……. 애를 잃었으니 운다는 것은 당연한 일이지 뭐냐……."

"네, 당연한 일이지요……."

아크시니야는 노인의 말을 흉내냈다.

"오늘 밤까지는 그냥 두지만 내일부터는 얼씬도 못 하게 해 주세요! 이것도 당연한 일이죠……."

그녀는 한 번 더 흉내내고는 비웃으며 가게 쪽으로 사라졌다.

다음날 리파는 아침 일찍 어머니가 있는 톨구예보 마을로 떠나가 버렸다.

9

가게의 지붕과 문에 색칠을 하고 보니 새롭게 빛나고, 창가에는 예전과 같이 아름다운 제라늄꽃을 놓았다. 그리고 츠이부킨의 집과 들에서 일어났던 사건도 어느새 3년이란 세월이 흘러서 거의 잊혀졌다.

예전처럼 그리고리 페트로비치 노인은 집안의 주인으로 되어 있기는 하지만, 실권은 아크시니야의 손아귀로 넘어가버렸다. 물건을 사고파는 것도 그녀이며, 그녀의 승락없이는 무엇 하나 할 수 없었다. 벽돌 공장도 활기를 띠었다. 철도 시설을 하기 위해서 벽돌이 필요했으므로 벽돌 천 개에 24루블까지 뛰었다.

농부의 아낙들과 처녀들은 역으로 벽돌을 날라서 화차에 싣고 하루에 품삯으로 25코페이카를 받았다.

아크시니야는 프뤼민 조합에 한몫 끼여 있었고, 지금 그 공장은 '작은 프뤼민 회사'라고 불렸다. 그들은 또한 정거장 옆에선 술집을 차려서, 요즘은 값비싼 손풍금 소리가 공장 쪽에서 들리는 것이 아니라 선술집이었다. 이 선술집에는 우체국장이나 역장도 자주 드나들었다. 그들은 다 같이 어떤 거래 관계에 있기 때문이다.

작은 프뤼민으로부터 금시계를 선물받은 귀머거리 스체판은 연방 시계를 주머니에서 꺼내 귀에 갖다 대는 것이었다.

마을에서는 아크시니야가 굉장한 세력을 가진 여자라고 말하고 있었다. 화려한 옷을 입은 아크시니야가 앳된 웃음을 띠면서 아침마다 즐거운 기분으로 공장을 향해 마차를 모는 모습이며, 공장에서 이것저것 지시하는 모습을 보면 정말 굉장한 세력이 있는 것처럼 느껴지기도 했다. 집안 식구들은 물론, 마을 사람들이나 공장 사람들까지도 모두 아크시니야를 두려워했다. 그녀가 우체국에 들어가면, 우체국장은 벌떡 자리에서 일어나 그녀에게 이렇게 말했다.

"자, 이쪽으로 앉으십시오, 크세니야 아브라모브나!"

엷은 비단실로 만든 저고리를 입고 에나멜을 칠한 높다란 장화를 신은, 꽤 나이 지긋한 어떤 멋쟁이 지주가 아크시니야에게 말 한 필을 판 일이 있었다. 말을 흥정할 때, 지주는 아크시니야의 미모에 홀딱 반해서 여자 측이 요구하는 대로 값을 내렸다. 그는 오랫동안 아크시니야의 손을 잡은 채, 명랑하면서도 교활한 빛이 흐르는 그녀의 눈초리를 바라보며 이렇게 말했다.

"크세니야 아브라모브나, 당신 같은 부인을 위해서라면 어떠한 일이라도 할 용의가 있습니다. 아무도 방해하지 않는 곳에서 당신을 만나뵐 수 있겠는지요."

"언제라도 좋아요!"

그 다음부터 나이 지긋한 멋쟁이 지주는 거의 매일같이 맥주를 마시러 가게로 왔다. 그 맥주는 쑥처럼 지독히 맛이 썼으나, 지주는 머리를 저으면서도 그것을 마셨다. 츠이부킨 노인은 이미 일에 대해서는 끼어들지 않았다. 어느 것이 진짜 돈이며 가짜 돈인지를 가릴 수가 없어서 돈을 가까이하지 않았지만, 그러나 그는 입을 꼭 봉한 채 이와 같은 약점을 누구한테도 얘기하지 않았다. 그는 점점 기억이 흐려져 갔다. 그리고 제때에 식사가 나오지 않아도 재촉하지 않았다. 이제는 집안 식구들도 노인이 없는 가운데 식사하는 데 익숙해져 버렸다. 바르바라는 때때로 이런 말을 했다.

"영감님은 엊저녁에도 식사를 하지 않고 주무셨어."

바르바라도 이런 말을 태연스럽게 할 정도로 익숙해졌다. 어쩌된 셈인지 노인은 여름이나 겨울이나 털외투를 입고 어슬렁거렸다. 그러나 매우 무더운 날만은 나가지 않고 집 안에 앉아 있었다. 언제나 털외투에 몸을 감싼 노인은 외투 깃을 세우고서 마을을 산책하기도 하고 정거장 쪽의 한길을 걷기도 하며, 그렇지 않으면 아침부터 저녁까지 교회 문 옆의 벤치에 아침부터 밤까지 앉아 있거나 했다. 가만히 앉은 채 꼼짝도 하지 않았다. 지나가는 사람이 인사를 해도 꼼짝도 하지 않았다. 그는 여전히 농부들을 싫어했으므로 모르는 척하고 있었다. 혹시 누가 묻기라도 하면 아주 공손하게 대답을 하지만, 말수는 적었다.

마을에서는 며느리가 시아버지를 쫓아내고 끼니도 대접하지 않는다느니, 구걸을 하여 연명하고 있다느니 하는 소문이 떠돌았다. 어떤 사람은 이 소문을 재미있어 하고, 또 어떤 사람은 가엾게 여기고 있었다.

바르바라는 더욱 피둥피둥 살이 찌고 희멀쑥해 갔으며, 전과 다름없이 자선 사업에 열중했다. 아크시니야도 바르바라한테만은 아무 간섭도 하지 않았다. 집에는 햇과실을 미처 먹지 못할 만큼 많은 잼이 저장되어 있었다. 잼을 이대로 두면 굳어지므로 바르바라는 어떻게 처리해야 할지 큰 걱정을 하고 있었다.

아니심에 관해서는 거의 모두들 잊어버렸다. 어떻게 되어서인지 그로부터 한 장의 편지가 도착했다. 청원서 같은 커다란 용지에 전처럼 훌륭한 필적으로 쓴 시 형식의 편지였다. 이 편지로 봐서 그의 친구 사모로도프도 함께 징역을 살고 있음을 알 수 있었다.

그 편지 끝에는 겨우 읽을 수 있을 만큼의 서툰 글씨로 이런 말이 적혀 있었다.

'저는 병이 나서 괴롭습니다. 살려 주십시오.

맑게 갠 가을, 어느 날 저녁이었다―츠이부킨 노인은 교회 문 옆에 앉아 있었다. 역시 털외투에 목깃을 높이 세웠으므로 코와 모자 챙 외에는 아무것도 보이지 않았다. 기다란 벤치의 한끝에는 하청업자인 엘리자로프 노인과 올해 일흔이 되는 학교의 수위 야코프 노인이 나란히 앉아 세상사 이야기를 하고 있었다.

"자식은 노인을 부양할 의무가 있는 거야……. '너희 부모를 공경하라'고 하지 않는가?"

야코프 노인은 분개하며 말했다.

"그런데 그 여자는, 저 집 며느리는 말이야 시아버지를 집에서 쫓아내고 말았네그려. 지금 저 사람은 먹지도 마시지도 못하고 있으니 어떻게 되겠나? 사흘이나 아무것도 먹질 못했다더군."

"사흘이나!"

장대 할아버지는 깜짝 놀라며 말했다.

"저것 봐, 저렇게 앉아 있기만 해서 몹시 쇠약해졌어. 그리고도 왜 잠자코 있을까! 고소해 버리지—재판소에서도 며느리를 칭찬하지는 않을 텐데."

"재판소에서 누굴 칭찬한다고?"

장대 할아버지는 잘못 알아듣고 이렇게 말했다.

"뭘 말이오? 그래도 그 며느리는 일꾼이거든. 그 여자가 아니면 그 집은 지탱할 수가……. 나는 죄가 없다고 보는데……."

"시아버지 집에서 시아버지를 내쫓는 법이야 있나!"

야코프 노인은 성난 투로 외쳤다.

"자기가 벌어서 산 집이라면 또 모르겠지만. 에이구, 그런 년은 처음 봤어! 지독한 년이야!"

츠이부킨 노인은 꼼짝달싹도 않고 이 말을 듣기만 했다.

"자기 집이건, 남의 집이건 따스하고, 여편네가 바가지를 긁지만 않는다면 되는 거야……."

장대 할아버지는 웃으면서 말했다.

"젊었을 때 나는 내 마누라 나스타샤가 무척 불쌍했지. 양순한 여자였어. 곧잘 '여보 마카르이치, 집 한 채 사요! 집 한 채 사요'하고 졸라댔어. 그리고 죽을 때는 이렇게 말했어. '여보 마카르이치, 걸어다니지 않게 경주용 마차를 사요'라고. 그런데 나는 마누라한테 사 준 건 푸랴니크(과자의 일종) 뿐이었어.”

“그 여자의 남편은 귀머거리에 바보거든.”

야코프 노인은 장대 할아버지의 말을 듣지도 않고 말을 이었다.

“바보 중에 바보 천치야. 거위처럼 아무것도 모른단 말이야. 아무것도 모른다니까. 거위 머리를 때려봤자, 알 리가 없지.”

장대 할아버지는 공장으로 가려고 일어섰다. 야코프 노인도 일어섰다. 두 노인은 이야기를 나누며 함께 걸었다. 그들이 오십 걸음쯤 갔을 때, 츠이부킨 노인도 일어섰다. 그는 마치 미끄러운 얼음판을 걷듯이 비틀거리며 그들의 뒤를 따랐다.

마을에는 이미 황혼이 깃들었고, 비탈진 언덕을 따라 뱀처럼 구불구불 기어 올라간 한길 위쪽에만은 아직도 저녁 햇살이 비치고 있었다.

할머니들이 아이들을 데리고 버섯이 든 광주리들을 들고서 산에서 돌아오고 있었다. 농가의 아낙이며 처녀들도 떼를 지어 정거장에서 돌아왔다. 그들은 거기서 벽돌을 화차에 싣는 작업을 했으므로 눈 밑의 볼이며 코가 빨간 벽돌 가루로 뒤덮여 있었다. 그들은 노래를 불렀다. 그들 맨 앞에서는 리파가 걸어왔다. 그녀는 하루의 일을 끝마치고 이제 편히 쉬리라는 기쁨과 즐거움이 넘쳐서 하늘을 쳐다보며 높은 소리로 노래를 불렀다. 그들 사이에는 리파의 어머니 푸라스코비야도 끼여 있었다. 그녀는 한 손에 보자기를 들고 여느 때와 같이 숨을 할딱이며 걸어왔다.

“안녕하세요. 마카르이치!”

리파는 장대 할아버지를 보자 인사를 했다.

“안녕하세요, 할아버지!”

“오, 잘 있었니, 리푸인가!”

장대 할아버지는 무척 기뻐했다.

“얘들아, 이 돈 많은 목수를 사랑해다오! 핫핫! 귀여운 것들아(장대 할아버지는 눈물을 흘렸다), 내 귀여운 것들아!”

장대 할아버지와 야코프는 앞으로 갔으나, 그녀들의 말소리는 아직 들려왔다. 그 다음 얼마 안 가서 츠이부킨 노인을 만났다. 갑자기 모두들 잠잠해졌다. 리파와 푸라스코비야는 대여섯 걸음 일행에서 처졌다. 노인이 그들 옆에 다가왔을 때 리파는 정중히 인사를 했다

"안녕하세요, 그리고리 페트로비치!"

어머니도 인사를 했다.

노인은 발걸음을 멈추고 그들 모녀를 물끄러미 바라만 보았다. 입술이 바르르 떨리고 그의 눈에는 눈물이 글썽하게 맺혀 있었다. 리파는 어머니의 보자기에서 빵 조각을 꺼내 노인에게 주었다. 노인은 그것을 받아 들고 씹어먹기 시작했다.

해도 이미 저물었다. 언덕 위를 비추던 햇살도 자취를 감추었다. 주위에는 어둠이 깃들고 싸늘한 기분이 감돌았다. 리파와 푸라스코비야는 다시 발걸음을 옮기면서 연이어 가슴에 성호를 그었다.

Палата № 6

6호실

6호실

1

병원 뒤뜰에, 무성한 산우엉과 쐐기풀과 야생 대마에 둘러싸인 작은 별동
(別棟) 한 채가 있었다. 지붕은 녹슬고 굴뚝은 반쯤 내려앉았으며, 현관 층
계의 계단은 썩어 잡초가 무성하고, 벽의 회칠은 겨우 흔적만 남아 있을 뿐
이다. 건물은 정문이 병원 쪽으로 나 있고, 뒷면은 들판에 잇닿아서 그 들판
과 별동 사이에는 못을 거꾸로 박은 병원의 회색 담장이 가로막혀 있다. 뾰
족한 끝이 위로 치솟아 있는 담장 위의 못과 별채, 그것은 우리나라에서는
병원이나 감옥의 건물에서만 볼 수 있는, 어딘가 좀 황량하고 음산하면서도
저주받은 듯한 외관을 보이고 있다.

만일 여러분이 쐐기풀에 쏘이기를 두려워 않는다면, 별동으로 통하는 좁
은 오솔길을 걸어서 내부의 광경을 들여다보기로 하자. 문을 열면 맨 처음
우리는 현관에 들어선다. 이곳의 벽둘레와 난로 곁에는 병원의 폐품이 산더
미처럼 쌓여 있다. 갈기갈기 찢어진 낡은 환자복, 바지, 푸른 줄무늬 셔츠,
닳아빠진 헌 신…… 이런 모든 쓰레기가 몇 뭉치나 쌓여서 구겨지고 엉키고
부패해서 악취를 물씬 풍기고 있다. 이 폐품 위에는 언제나 파이프를 입에
문 수위 니키타가 누워 있다.

니키타는 불그스름한 견장을 단 늙은 퇴역 사병이다. 그는 깡마르고 사나
운 얼굴을 하고 있으며, 축 처진 눈썹이 그 얼굴에다 대초원을 달리는 양치
기 개 같은 인상을 풍기고 있는, 새빨간 코의 사나이다. 키는 자그마한 편이
고 말랐으며 피부에는 심줄이 드러나 보였으나 그 태도는 꽤 위압적이고 주
먹도 무척 단단했다. 그는 이 세상에서 무엇보다도 질서를 사랑했는데, 그러
기 위해서는 그놈들을 때려야 한다고 확신하고 있는 저 단순하고 적극적이
고 과감하고 우둔한 사람들 가운데 하나이다. 그는 얼굴이건 가슴이건 등이
건 닥치는 대로 두들겨 패야지, 그렇지 않고서야 어떻게 질서 유지가 되느냐

고 믿어 의심치 않는 것이었다.

다시 더 나아가면 여러분은 크고 썰렁하게 넓기만 한 현관을 제외한 별채 모두를 차지한 방에 들어선다. 그 방의 벽에는 푸르죽죽한 청색 페인트가 아무렇게나 더덕더덕 발라져 있고, 천장은 굴뚝 없는 농사꾼의 오두막처럼 그을려져 겨울이 되면 난로의 연기가 새어나와 그을음투성이가 된다는 것을 단번에 알 수 있다. 창이란 창은 모두 안쪽에 쇠창살을 끼워서 모양이 없다. 바닥은 회색이고 꺼칠꺼칠하다. 초에 절인 양배추와 그을음내 나는 램프 심지와 빈대와 암모니아 냄새가 코를 확 찔러서, 이 악취 때문에 이 방에 들어선 순간, 마치 동물원에 들어온 듯한 인상을 받는다.

방 안에는 나사못으로 바닥에 고정시킨 침대가 몇 개 있다. 그 침대 위에 푸른 환자복을 입고 구식 실내모를 쓴 사람들이 앉아 있거나 드러누워 있다. 그들은 미친 사람들이다.

여기에는 전부 다섯 명의 환자가 있다. 그중 귀족 출신인 환자는 한 사람뿐이고, 나머지는 모두 평민 출신이다. 문에서 가깝게 있는 환자는 윤기 있는 붉은 콧수염을 기르고 울어서 눈이 퉁퉁 부은, 마르고 키가 큰 상인인데, 그는 턱을 괴고 앉아 조용히 한곳만 바라보고 있다. 이 사나이는 밤이나 낮이나 우울한 얼굴로 머리를 젓거나 한숨을 쉬거나 괴로운 듯 쓴웃음을 짓거나 한다. 그는 이야기에는 좀처럼 끼어들지 않고 무엇을 물어도 거의 대답을 하지 않는다. 주어지는 대로 기계적으로 먹고 마실 뿐이다. 괴롭게 터져나오는 계속적인 기침과 말라빠진 몸과 볼의 홍조 따위로 보아 결핵의 초기에 접어든 것 같다.

그 옆에는 끝이 뾰족한 턱수염을 기르고 검둥이처럼 검은 고수머리를 한 몸집이 작고 동작이 빠르고 매우 활발한 노인이 있다. 그는 낮이면 병실 안을 창문에서 창문까지 걸어다니기도 하고 터키인처럼 책상다리를 한 채 침대 위에 앉아 있기도 하고 수달처럼 바쁘게 휘파람을 불거나 낮은 목소리로 노래를 부르거나 혼자서 키득키득 웃기도 한다. 이러한 어린애 같은 명랑함과 활발성은 밤에도 가끔 나타나서 한밤중에 난데없이 일어나 앉아 주님께 기도를 드린다. 그리고 두 주먹으로 가슴을 치거나 손가락으로 문을 박박 긁기도 한다. 그 남자는 유대인 모이세이카로, 약 20년 전 그의 모자 공장이 화재로 타 버린 뒤 정신이상이 생긴 바보였다.

6호실에서 그 환자만 별채뿐만이 아니라 병원 구내에서 거리로 나갈 수 있게끔 허락되어 있었다. 이 특권을 그는 오래전부터 활용하고 있는데, 그것은 그가 병원에서 제일 오랜 고참이고 온순하고 순진한 바보, 마을의 어릿광대이기 때문인 듯했다. 사실 마을 사람들은 그가 거리에서 소년들과 개에게 둘러싸여 있는 광경을 무척 오래전부터 보아 왔다.

그는 더러운 환자복에 우스꽝스러운 실내모를 쓰고, 슬리퍼를 신거나 때로는 맨발로, 바지도 입지 않은 채 거리를 걸어다니며 남의 집 문앞이나 가게 앞에 서서 잔돈푼을 구걸한다. 어느 집에서는 크바스(러시아의 청량음료)를, 어느 집에서는 빵을, 또 어느 집에서는 동전을 얻는다. 이렇게 하여 별동으로 돌아올 때쯤에는 언제나 배가 부르고 부자가 되어 있다. 하지만 그처럼 그가 가지고 돌아온 것은 으레 수위 니키타가 압수하여 착복해 버린다. 이 퇴역 사병은 난폭하게 화를 내며 그의 주머니를 홀랑홀랑 뒤집어 보고는 하느님을 들먹이면서 앞으로는 두 번 다시 유대인을 거리에 내보내지 않겠다느니, 자기는 세상에서 무질서만큼 싫은 게 없다느니 하고 지껄이는 것이다.

모이세이카는 남을 도와주기를 좋아한다. 그는 한방에 있는 사람들에게 물을 길어다 주기도 하고, 한 사람 한 사람에게 마을에서 1코페이카씩 갖다 주겠다고 약속하는가 하면, 모자를 하나씩 만들어 주겠다는 약속도 한다. 또 왼쪽 옆에 있는 중풍 환자에게 밥을 먹여 주기도 한다. 그가 이런 행동을 하는 것은 동정이라든가 어떤 인간적인 자비심에서가 아니라, 오른쪽 옆에 있는 환자 그로모프를 따라 하다가 저도 모르게 감화된 것이다.

이반 드미트리치 그로모프는 본디 집달리(執達吏)와 현서기(縣書記)를 한 적이 있는 서른두서넛 된 귀족 출신으로, 피해망상증에 걸려 있다. 그는 언제나 몸을 움츠리고 침대에 누워 있거나 방 안을 이리저리 서성거리거나 하며 좀처럼 앉아 있는 법이 없다. 이 사나이는 어떤 분명치 않은 막연한 기대 때문에 언제나 흥분 속에 들뜨고 긴장해 있었다. 현관에서 나는 작은 소리, 안마당의 고함소리만으로도 그는 깜짝 놀라 고개를 들고 자기를 부르러 온 것이 아닌가 하고 귀를 기울인다. 그러한 때의 그의 얼굴은 극도의 불안과 혐오감으로 가득 차 있었다.

나는, 투쟁과 끊임없는 공포로 지쳐 있는 영혼을 거울처럼 반영하고 있는 언제나 창백하고 불행한, 또 넓적하고 광대뼈가 불거진 그의 얼굴이 마음에 들었다. 그 찌푸린 얼굴은 기묘하고 병적이긴 하지만, 깊고 진지한 고뇌가 그 얼굴에 새겨 놓은 잔잔한 주름이 총명하고 지적인 느낌을 나타내고, 그 얼굴에서는 따뜻하고 건강한 빛을 느낄 수 있었다. 나는 또 예의 바르고 봉사적이며 니키타를 제외한 그 누구에게나 세심한 신경을 써주는 그의 성격이 좋았다. 누구든지 단추나 수저 같은 걸 떨어뜨리면 그는 재빨리 침대에서 뛰어내려서 주워 준다. 매일 아침 동료들에게 잘 잤느냐고 아침 인사를 하고, 잘 때도 반드시 잘 자라고 밤인사를 한다.

그의 광기는 끊임없는 긴장 상태와 찌푸린 표정 외에도 다음과 같은 행동으로 나타난다. 밤이 되면 그는 때때로 환자복 앞자락을 단단히 여미고 온몸을 떨며 이를 딱딱 갈면서 침대 사이를 누벼 방 안을 이리저리 돌아다니기 시작한다. 마치 심한 열병에 걸린 듯하다. 그러다가 갑자기 멈춰서서 한방에 있는 동료들의 얼굴을 한 명씩 둘러보았다. 그러다가 자기 말을 들어 줄 사람도, 이해해 줄 사람도 없다고 다시 생각하는 듯 안타깝게 고개를 젓고는 다시 걷기 시작한다. 그러나 곧 말하고 싶다는 욕망이 일체의 사고(思考)를 정복하여, 그는 둑을 터뜨린 듯이 마음 내키는 대로 정열적인 열변을 토하기 시작한다. 그 이야기는 헛소리처럼 조리 없고 열정적이며 발작적이어서 완전히 이해할 수는 없으나 그 대신 이야기 속에나 목소리에는 뭐랄까, 매우 선량한 데가 있다. 그가 이야기를 하고 있을 때, 여러분은 그의 내부에 미치광이와 바른 정신을 가진 인간이 공존하고 있음을 알 수 있을 것이다. 그 광기어린 연설을 종이에 써서 옮기기는 어렵다. 그는 인간의 비열함에 대해, 정의를 짓밟는 폭력에 대해, 곧 지상에 찾아오게 될 아름다운 생활에 대해, 그에게 압제자의 어리석음과 잔인함을 매순간마다 상기시켜 주는 창문의 쇠창살에 대해 거침없이 지껄인다.

오래된, 그러나 아직 잊어버리지 않은 갖가지 노래가 이렇게 해서 요령 없고 짜임새 없는 혼성곡으로 연주되는 것이다.

2

12년 내지 15년쯤 전, 이 도시의 중심가에 그로모프라는 넉넉하고 근엄한 관리가 살고 있었다. 그에게는 세르게이와 이반이라는 두 아들이 있었다. 그 아들 가운데에서 세르게이는 대학 4학년 때 급성 폐결핵으로 죽고 말았는데, 이 장남의 죽음은 그 뒤에 갑자기 그로모프 일가에 내리덮친 수많은 불행의 씨앗이 되었다. 세르게이의 장례식이 끝나고 일주일쯤 지나자, 늙은 아버지는 문서 위조와 공금 횡령죄로 고소당하고, 얼마 뒤에는 티푸스에 걸려 감옥 병원에서 죽었다. 가옥과 전 재산이 경매에 붙여지고, 이반 드미트리치와 그의 어머니는 무일푼의 빈털터리가 되었다.

아버지가 살아있을 때에는 매달 생활비로 67루블씩을 타 쓰고 페테르부르크에서 대학에 다니며 전혀 가난의 괴로움을 몰랐던 이반 드미트리치는 이제부터는 자기 생활을 변화시켜야 할 지경에 이르렀다.

하는 수 없이 그는 아침부터 밤까지 싸구려 가정교사로 뛰어다니기도 하고, 복사하는 일을 열심히 하기도 했으나 수입을 몽땅 어머니의 생활비로 부쳐야 했으므로, 역시 굶주림을 면치 못했다. 이런 생활을 이반 드미트리치는 견딜 수 없었다. 낙심한 그는 몸이 바싹 말라서 대학을 그만두고 고향으로 돌아왔다. 얼마 뒤 그는 이 읍내에서 아는 사람의 도움으로 군립학교 교사로 취직했으나, 동료 교사들과 어울리지 못하고 학생들에게도 환영받지 못했으므로 이내 직장을 그만두었다. 그 사이에 어머니는 세상을 떠났다. 그는 반년 가까이 실직한 채 빵과 물만으로 겨우 살아가다가 가까스로 집달리라는 직업을 얻었다. 그는 신병으로 해직당할 때까지 계속 이 직업에 몸을 담았다.

그는 젊은 학생 시절부터 한 번도 건강한 인상을 준 적이 없었다. 언제나 안색이 나쁘고 여위어서 감기에 잘 걸렸으며, 식욕도 별로 없고 잠도 잘 못 잘 때가 많았다. 포도주 한 잔에도 현기증을 일으키고 발작 상태에 빠지기도 했다. 그리고 언제나 사람들과 어울리기를 원하면서도 불안정한 성격과 협심증 때문에, 어느 누구와도 친숙해지지 못하고 친구도 없었다. 이 거리의 주민들에 대해 언제나 그는 경멸하는 투로 말했고, 그들의 지독한 무식함과 잠에 취한 듯한 동물적인 생활이 참을 수 없는 혐오감을 준다고 했다. 그는 낮은 소리로 열정적인 표정으로 이야기했는데, 문자 그대로 비분강개하거나 감탄해 마지않는 그런 투여서 언제나 진실 그 자체였다. 어떤 이야기가 나와도 그는 반드시 어느 한 결론으로 화제를 이끌고 간다. 즉 이 도시의 생활은 숨막힐 만큼 지루하다는 것, 사람들은 고상한 취미를 갖고 있지 않으며 둔하고 무의미한 생활을 하고 있고, 그 생활을 꾸미는 것은 폭력과 지독한 음탕과 위선뿐이며, 비열한 자만이 배불리 먹고 좋은 옷을 입으며, 정직한 자는 빵조각으로 목숨을 이어 간다는 것, 학교와 감각이 옳은 지방 신문과 극장과 공개 강의와 지식인들의 단결이 필요하다는 것, 사회가 스스로를 알고 전율을 느낄 필요가 있다는 것 따위이다. 세상 사람들을 비판할 때 그는 흑과 백, 두 색의 뚜렷한 물감만 쓰고 절대로 음영을 인정하지 않았다. 그의 생각으로는 인류란 정직한 자와 비열한 자로 나뉘고 그 중간은 없었다.

여자와 연애에 대한 얘기가 나오면, 그는 언제나 정신없이 정열적으로 이야기했으나, 정작 그 자신은 한 번도 사랑을 해 본 적이 없었다.

이러한 신랄한 의견이나 신경질적인 성격에도 불구하고 그는 마을 사람들에게 호감을 사서, 뒤에서는 그를 다정하게 바냐(이반의 애칭)라고 불렀다. 선천적으로 유달리 섬세한 마음씨, 예의바름, 단정한 품행, 그리고 낡아빠진 프록코트, 병자같이 허약한 모습, 가정의 불행 등 그러한 모든 것은 바람직스럽고 따뜻하고 슬픈 듯한 느낌을 주었다.

더욱이 그는 훌륭한 교육을 받았으며 박식하여, 사람들의 생각으로는 모든 것에 정통해서 말하자면, 이 도시의 산 사전과 같은 존재가 되어 있었다.

사실 그는 꽤 많은 책들을 읽었다. 클럽에 앉아서 신경질적으로 턱수염을 잡아뜯으면서 잡지나 책장을 넘기고 있는 그를 흔히 볼 수 있었다.

그 표정으로 보아 분명히 그는 그냥 읽고 있다기보다 이해하기 무섭게 글을 꿀꺽꿀꺽 삼키는 듯했다. 닥치는 대로, 지난 해 신문이나 잡지까지도 탐독하는 것을 보면 독서는 오히려 그의 병적인 습관의 하나였다고 생각해야 할 것이다. 집에서는 언제나 배를 깔고 엎드려 책을 읽고 있었다.

3

어느 가을 날 아침, 이반 드미트리치는 외투 깃을 세우고 골목길과 뒷마당을 따라 질퍽한 보도를 걸어, 집행 명령서를 보이고 돈을 받기 위해 어느 상인의 집을 찾아 나섰다. 아침나절이면 언제나 그랬듯이 그의 기분은 어두웠다. 그러다가 그는 어느 골목에서 족쇄를 채운 두 죄수와 총을 든 네 명의 호송병을 만났다. 이제까지도 이반 드미트리치는 가끔 죄수를 만날 때마다 동정과 불쾌한 감정을 느끼곤 했지만, 그날 아침의 만남은 독특하고 기묘한 인상을 그에게 주었다. 그는 어쩐지 자기도 족쇄를 차고 그들처럼 질퍽한 흙

길을 걸어서 감옥에 끌려갈지도 모른다는 생각이 들었다.

상인의 집에 갔다가 자기 집으로 돌아오는 도중에 그는 우편국 근처에서 전부터 안면이 있는 경관을 만났다. 경관은 그에게 인사를 하고 대여섯 발짝 함께 거리를 걸었는데 무엇 때문인지 그 일이 그에게는 마음에 걸렸다. 집에 돌아오자 그날 하루종일 그는 죄수들과 총을 든 병사의 모습이 머리에서 떠나지 않아, 원인 모를 불안감으로 독서는 물론이고 정신을 집중시킬 수조차 없었다. 저녁때가 되어도 그는 불도 켜지 않고 밤이 되어도 잠자리에 들지 않은 채, 자기도 체포되어 족쇄가 채워져 감옥에 들어갈지도 모른다는 생각만 되풀이했다. 그는 여태까지 아무 죄도 범한 적이 없었고, 앞으로도 결코 살인이나 방화나 도둑질을 하지 않을 자신이 있었으나, 그래도 어쩌다가 뜻하지 않게 죄를 범하지 않는다고는 단언할 수 없으며 또는 무고한 중상이나, 나아가서는 재판의 잘못도 있을 수 없다고 보장할 수 없다. 그러므로 예부터 내려오는 민중의 경험이 '거지와 감옥은 장담 못한다'고 가르치고 있지 않은가. 그뿐 아니라 오늘날의 소송 제도로는 오심(誤審)이 얼마든지 있을 수 있고, 또 있다고 해도 이상한 현상이라고 할 수 없다.

남의 고통에 대해 직업적이고 사무적인 태도를 취하는 사람들, 이를테면 재판관이나 경관이나 의사들은 습관에 점점 익숙해져서 나쁘다고는 생각하면서도 상대편에 대해 형식적인 태도밖에 취할 수 없게 된다. 이런 점으로 볼 때, 그들은 뒷마당에서 여기저기 튀기는 핏물도 아랑곳없이 양이나 송아지를 잡는 농부와 아무런 차이가 없다. 개인 인격에 대한 이 형식적이고 냉혹한 태도로 보아, 재판관이 죄없는 자에게서 모든 신분을 박탈하고 징역형을 선고하기 위해서는 단 한 가지, '시간'만 있으면 된다. 재판관이 그 때문에 봉급을 받고 있는, 그렇고 그런 형식이 지켜지기 위해서는 다만 시간이 있으면 되는 것이며 시간이 지나간 다음에 만사는 끝나고 마는 것이다.

그렇게 된다면 철도에서 5백 킬로나 떨어진 이 자그마하고 초라한 시골에서 정의와 보호를 부르짖은들 무슨 소용이 있겠는가! 첫째 갖가지 폭력이 합리적이고 적합한 필요악으로서 사회로부터 환영받고, 이를테면 무죄 판결과 같은 모든 자비로운 행위가 오히려 불만과 보수적 감정의 폭발을 불러일으키는 때에, 정의에 대해 생각한다는 건 우스꽝스러운 일이 아닐까?

이튿날 아침, 이반 드미트리치는 이마에 식은땀을 흘리며, 언제 어느 때

자기도 잡힐지 모른다는 굳어진 망상으로 조심조심 침대에서 일어났다. 어제의 침울한 생각이 이렇게 오랫동안 머리에서 떠나지 않는 걸 보니—하고 그는 생각했다—결국 그 생각에 어떠한 진실이 있다는 것이 된다. 사실 아무 이유 없이 그런 생각이 머리에 떠오를 까닭이 없다.

경관이 천천히 창문 밑을 지나갔다. 이건 심상찮은 일이야. 이번엔 남자 둘이 집 곁에 잠자코 서 있다. 어째서 저 두 사람은 잠자코 서 있을까?

그 뒤 이반 드미트리치에게는 고뇌에 찬 낮과 밤이 찾아오기 시작했다. 창문 근처를 지나가는 모든 통행인, 집 안으로 들어오는 모든 사람이 밀정이나 형사처럼 생각되었다. 정오에는 반드시 경찰서장이 쌍두마차를 타고 거리를 지나간다. 이것은 교외에 있는 영지에서 경찰서로 가는 것이었으나, 이반 드미트리치에게는 그때마다 서장이 너무 서두르고 있으며, 또한 일종의 독특한 표정으로 마차를 모는 것으로 미루어 시내에 중대한 범인이 나타난 사실을 급히 알리러 가는 듯 느껴졌다.

이반 드미트리치는 초인종이 울리거나 문을 두드리는 소리가 들릴 때마다 흠칫 놀라 몸을 떨고, 하숙집 아주머니 방에서 낯선 사람을 만나면 괴로워했다. 그는 경관이나 헌병을 만나면 일부러 미소를 띠기도 하고 휘파람을 불기도 하며 아무렇지도 않다는 표정을 지어 보였다. 누가 잡으러 올 것을 예기하며 몇 밤이나 계속 잠들지 않았으나 아주머니에게는 자고 있는 것처럼 보이려고 크게 코를 골기도 하고 잠에 취한 듯이 하품을 해 보이기도 했다. 자지 않고 있으면 양심의 가책으로 괴로워하는 것 같아 그것만으로도 훌륭한 증거가 된다고 생각했다.

사실과 건전한 논리는 이러한 공포가 터무니없는 정신이상이며, 체포니 감옥이니 해도 문제를 좀더 넓은 면으로 보면 본질적으로는 아무것도 두려울 게 없고 양심의 가책을 받을 일도 없다고 그를 설득했지만, 그러면서도 이성적으로나 이론적으로 생각하면 할수록 마음의 불안은 한층 더 심해졌다. 그것은 마치 어떤 은둔자가 처녀림 속에서 자기가 살 땅을 만들기 위해 벌목하려는 것과 같아서, 도끼를 들고 열심히 일하면 일할수록 숲은 더욱더 깊어지고 끝없이 넓어지는 것이었다. 이반 드미트리치는 결국 그것이 무익하다는 것을 깨닫게 되자, 이성의 판단을 포기하고 절망과 공포에 몸을 맡기고 말았다.

그는 자기 껍질 속에 틀어박힌 채 사람을 피하게 되었다. 직장은 그전부터 마음에 들지 않았으나 이제는 더 견딜 수 없게 느껴졌다. 그는 자기가 언제 어느 때 남의 꾐에 빠져서 슬쩍 주머니 안에 뇌물이 쑤셔 넣어져 나중에 고 발될지도 모르며, 아니면 자칫 잘못해서 공문서 위조라고 의심받을 오자(誤字)라도 써 넣을지 모른다. 또 남의 돈을 잃을지도 모른다고 두려워했다. 이상한 일이지만, 그의 사고가 지금처럼 탄력 있고 창의성이 풍부했던 적은 이제껏 한 번도 없었다. 그는 매일, 오만 가지의 원인을 생각해 내고서는 자기의 자유와 명예를 진지하게 걱정했다. 그러나 그 대신 외부의 세계, 특히 책에 대한 흥미가 없어지고 기억력이 크게 감퇴하기 시작했다.

봄이 되어 눈이 녹기 시작했을 때 묘지 근처에 있는 골짜기에서 반쯤 부패된 시체 두 구가 발견되었다. 피해자는 노파와 소년으로, 타살의 흔적을 남기고 있었다. 온 거리가 이 시체와 정체불명의 살인자에 대한 이야기로 들끓고 있었다. 이반 드미트리치는 자기가 하수인으로 여겨지지 않게끔 거리를 돌아다니면서 미소를 띠고 있었으나, 아는 사람을 만나면 얼굴이 붉으락푸르락하면서, 약하고 의지할 곳 없는 사람을 죽이는 것처럼 비열한 범죄는 없다고 애써 역설하는 것이었다.

그러나 곧 이러한 거짓에도 싫증이 나자 그는 한동안 궁리한 끝에, 자기 입장으로서 최상의 방법은 하숙집 아주머니의 지하실에 숨는 것이라고 결정했다. 그는 그날 하루종일 낮과 밤을 지하실에 앉아서 보냈으나, 이튿날이 되자 뼛속까지 시려 왔으므로 어두워지기를 기다려서 도둑놈처럼 살짝 자기 방으로 숨어 들어왔다. 그리고 새벽까지 그는 꼼짝도 않고 가만히 귀를 기울이며 방 한가운데 서 있었다.

아침 일찍 해가 뜨기 전에 난로 수선공이 아주머니에게로 왔다. 이반 드미트리치는 그들이 부엌 난로를 바꾸러 왔다는 것을 잘 알고 있었으나 공포심은 그에게, 이것은 난로 수선공으로 변장한 경관들이라고 속삭였다. 그는 슬그머니 방을 빠져나오자 모자도 쓰지 않고 코트도 걸치지 않은 채 공포에 사로잡혀 거리를 뛰기 시작했다. 개가 컹컹 짖으면서 뒤를 쫓아왔다. 어디선지 뒤에서 농부가 고함을 질러댔다. 귓전에서 바람이 윙윙 울었다. 이반 드미트리치는 전 세계의 폭력이 한 덩어리로 뭉쳐 등 뒤에서 자기를 쫓아오는 듯이 느껴졌다.

얼마 뒤 거리의 사람들이 그를 집으로 데려왔다. 하숙집 아주머니가 의사를 데리러 갔다. 나중에 이야기하겠지만 의사 안드레이 예피무이치는 머리에 찬물 찜질과 진정제인 물약을 처방해 주고는 슬픈 듯이 고개를 저으며 아주머니에게 다시는 왕진을 오지 않겠다, 사람이 미쳐 가는 것은 어쩔 도리가 없다고 말하고 돌아갔다. 집에서는 생활의 방편도 없었고 치료비도 없었으므로, 이반 드미트리치는 곧 병원으로 보내져서 성병 환자의 병실에 수용되었다. 그러나 밤에는 잠도 안 자고 제멋대로 행동하여 환자들에게 방해가 되었으므로 곧 안드레이 예피무이치의 지시로 6호실에 옮겨졌다.

1년이 지나자 마을 사람들은 완전히 이반 드미트리치의 일을 잊었다. 그리고 주인아주머니가 처마 밑의 썰매 속에 쑤셔 넣었던 그의 책들은 개구쟁이들이 모두 가져가 버리고 말았다.

4

이반 드미트리치의 왼쪽 옆의 환자는 앞서 말한 바와 같이 유대인 모이세이카이고, 오른쪽 옆은 둔하고 표정이라곤 찾아볼 수 없는 멍청한 얼굴을 한 뚱뚱하게 기름살이 찐 농부였다. 그는 이미 오래전부터 생각하거나 느끼는 능력을 상실하고 몸을 제대로 가누지도 못하고 먹기만 하는 불결한 동물이었다. 이 사나이에게서는 언제나 코를 찌르는 숨막힐 듯한 악취가 풍겼다.

니키타는 그의 주위 청소를 할 때면 자기 주먹이 아픈 것도 아랑곳없이 힘껏 후려갈기곤 했다. 그런데 무서운 것은, 그가 얻어맞은 사실이 아니고—그쯤의 일이라면 누구나 익숙해질 수가 있다—이 무감각한 동물이 구타에 대해서 비명이나 몸을 피하거나 눈을 부라리는 따위의 반응조차 나타내지 않고 묵직한 통처럼 조금 흔들릴 뿐이라는 점이다.

6호실의 다섯 번째 식구는, 전에 우체국의 정리계에 있었던 평민으로, 착한 듯하면서도 약간 교활한 얼굴을 한, 몸집이 작고 여윈 금발의 남자였다. 그는 영리하고 침착했으며 명랑하고 맑은 눈초리로 보아, 만사에 빈틈이 없고 무언가 매우 중대하고 즐거운 비밀을 간직하고 있는 듯했다. 그는 베개와 매트리스 밑에 무언가를 숨기고 있어 아무에게도 보이기를 싫어했는데, 그 것은 빼앗기거나 도둑맞을지도 모른다는 두려움 때문이 아니라 오히려 부끄러움 때문이었다. 때때로 그는 창문께로 가서 한 방에 있는 동료들에게 등을 돌린 채 무언가를 가슴에 달고 조용히 내려다보고 있다. 그런 때 그에게 다가가기라도 할라치면 그는 당황해서 그것을 가슴에서 잡아뗀다. 하지만 그의 비밀을 캐내는 것쯤 문제 없는 일이다.

"나를 축하해 주십시오."

그는 곧잘 이반 드미트리치에게 말했다.

"이번에 스타니슬라프 2등성장(二等星章)을 타게 되어서 드리는 말씀이에요. 2등성장이란 건 외국인에게만 주는 것인데, 어째선지 제게만 예외적 조처를 취하려는 겁니다."

그는 이상하다는 듯이 어깨를 으쓱하고는 싱긋 웃는다.

"사실 말이지, 전혀 뜻밖이었어요!"

"난 그런 일에 대해서는 아무것도 모릅니다."

이반 드미트리치는 무뚝뚝하게 대답한다.

"하지만 머지않아 내가 무엇을 할 작정이라는 것은 아시겠죠."

하고 전 정리계는 교활하게 실눈을 뜨며 말을 잇는다.

"난 스웨덴의 '북극성장'을 꼭 받고 말겠습니다. 수고할 만한 가치가 있는 훈장이죠. 흰 십자가에 검은 리본, 정말 아름답지요."

이 별동 안만큼 생활이 단조로운 곳은 이 넓은 세상에 아무 데도 없을 것이다. 매일 아침 환자들은 중풍 환자와 뚱뚱보 농부를 빼고는 현관에 있는 커다란 물통의 물로 얼굴을 씻고, 환자복의 옷자락으로 닦는다. 그것이 끝나면, 니키타가 본동에서 날라오는 차를 주석제의 손잡이가 달린 컵으로 마신다. 한 사람 앞에 한 잔씩 돌아간다. 정오에는 소금절인 양배추 스튜와 보리죽을 먹고, 저녁에는 낮에 먹다 남은 보리죽을 마저 먹는다. 그 사이의 시간에는 배를 깔고 눕거나, 잠을 자거나 창 밖을 내다보거나, 방 안을 이 구석 저 구석 돌아다니거나 한다. 이렇게 매일매일이 지나간다. 전 정리계는 언제나 똑같은 훈장 이야기만을 되풀이한다.

6호실에서는 좀처럼 새 얼굴을 볼 수 없었다. 의사가 벌써 오래전부터 새로 환자를 받아들이지 않고 있고, 또한 이 세상에는 일부러 미치광이 병동을 방문할 만큼 한가한 사람도 그다지 흔치 않기 때문이다. 두 달에 한 번씩 이발사인 세몬 라자리치가 찾아온다. 그가 어떻게 광인들의 머리를 깎는지, 어떻게 니키타가 그를 도와주는지, 주정뱅이 이발사가 빙글빙글 웃으며 나타날 때마다, 환자들이 어떤 소동을 일으키는지, 그런 것은 말할 필요도 없다.

이발사 이외에는 아무도 이 별동 안을 들여다보지 않는다. 유죄 선고를 받은 환자들은 1년 열두 달 동안 니키타 한 사람만을 보며 지내야 한다.

그런데 요즈음 본동 쪽에서 이상한 소문이 돌기 시작했다.

의사가 6호실을 방문하게 될 것 같다는 소문이 퍼지고 있었던 것이다.

5

이상한 소문!

의사인 안드레이 예피무이치 라긴은 그런대로 주목할 만한 인물이다. 사람들의 이야기로는 젊었을 때는 매우 신앙심이 두터워서 종교계에서 출세하려는 뜻을 품고 1836년에 중학교를 졸업하자 신학교에 들어갈 작정이었으나, 의학 박사에다 외과 의사였던 그의 아버지는 그러한 그의 결심을 비웃고, 만약에 신부가 된다면 아들과의 인연을 끊겠다고 단호히 선언했다고 한다. 이 이야기가 어디까지 사실인진 모르겠으나 안드레이 예피무이치 자신은 의학이나 전문 과학에서는 한 번도 사명을 느낀 적이 없다고 몇 번이나 고백하였다.

어쨌든 그는 신부가 되지 않고 의학부를 마쳤다. 그는 특별한 신앙심을 드러내 보이는 일도 없었고, 의사가 된 초기에도 지금과 마찬가지로 성직자와는 거리가 멀었다.

그는 둔하고 느리며 세련되지 않아 농부같이 보인다. 그 얼굴 생김과 턱수염과 평평한 머리나 억세고 투박한 체격은, 절제 없이 완고하고 살만 뒤룩뒤룩 찐 거리의 선술집 주인을 떠올리게 했다. 사나운 얼굴에 시퍼런 혈관이 사방으로 뻗쳐 있고, 작은 눈에 코는 빨갛다. 장승처럼 큰 키와 딱 벌어진 어깨에, 엄청나게 큰 손발도 보통 사람보다 커서 그에게 한 대 맞으면 단번에 쓰러지고 말 것이다. 그런데 그의 발걸음소리는 조용하고, 걸음걸이도 조심스럽게 가만가만 걷는다. 좁은 복도에서 사람과 만나면 그는 언제나 자기 쪽에서 멈춰 서서 기대되는 굵은 저음이 아닌, 가늘고 부드러운 고음으로 "미안합니다!" 하고 말한다. 목에 자그마한 종기가 나 있어서 풀기가 빳빳한 칼라를 달 수 없으므로 언제나 부드러운 리넨이나 사라사 셔츠를 입고 있다. 한 마디로 그는 의사다운 복장을 하지 않는다. 10년 동안이나 똑같은 양복을 태연히 입고 있어, 유대인 가게에서 산 새 옷도 그가 입으면 영락없이 허름하고 구김살투성이의 옷으로 보인다. 또한 그는 한 벌밖에 없는 프록코트를 입고, 환자를 진찰하기도 하고, 식사도 하며 초대에도 응하는데, 그것은 인색하기 때문이 아니라, 아마 겉모양을 대수롭지 않게 여기기 때문일 것이다.

안드레이 예피무이치가 처음 이 도시에 와서 직책을 맡으려 했던 무렵, 자선병원은 암담한 상태에 있었다. 병실과 복도와 병원 구내는 악취 때문에 숨도 못 쉴 지경이었다. 그리고 잡역부와 간호사와 그 아이들까지 환자와 함께 병실에서 지내고 있었다. 그들은 바퀴벌레와 빈대와 쥐가 들끓어서 못 살겠다고 불평들을 했다. 외과실에서는 단독(丹毒) 감염이 끊이지 않는다. 병원을 통틀어 메스가 두 개밖에 없고, 체온계는 한 개도 없었고, 목욕탕은 감자 창고로 변해 있었다. 사무장과 피복계의 여자와 약사들은 환자들을 착취하고 있었다. 안드레이 예피무이치의 전임자인 늙은 의사에 대해서는 병원의 알코올을 밀매했다느니, 간호사와 부인 환자들을 구슬려서 훌륭한 후궁(後宮)을 만들고 있었다느니 하는 소문이 퍼졌다. 이러한 병원의 무질서는 온 거리에 퍼져서 부풀려지기까지 했으나 사람들은 모르는 체하고 있었다. 어떤 사람은 그 병원의 환자는 장사치나 농사꾼들뿐이고 그들의 생활은 병원보다 훨씬 더 못한 생활을 하고 있으므로, 그들을 몇 달 먹이지 못한다 해도 불평할 처지가 못 되지 않느냐고 하고 병원측을 감쌌고, 또 어떤 사람들은 지방자치회의 도움도 없이 읍의 예산만으로 훌륭한 병원을 경영할 능력이 없는 이상, 예컨대 시설이 열악한 병원이라지만 없는 것보다는 다행한 일이 아니냐고 말했다. 한편 아직 생긴 지 얼마 안 되는 자치회는 읍이 공영병원을 가지고 있음을 구실 삼아 읍내 변두리에 진료소를 설치할 생각을 하지 않았다.

안드레이 예피무이치는 병원을 한 바퀴 돌아본 다음, 이 시설이 비도덕적일 뿐만 아니라, 병원 거주자의 건강에도 매우 해롭다는 결론에 이르렀다. 그의 의견에 의하면, 현재로서는 가장 현명한 조치는 환자를 해방시키고 병원을 폐쇄한다는 것이었다. 그러나 그렇게 하기 위해서는 자기 혼자의 힘으로는 모자라며, 또한 그것은 무의미한 것이라고 생각했다. 육체적·정신적인 불결은 어떤 장소에서 그것을 쫓아내면 다른 장소로 옮아갈 뿐이기 때문이다. 그러므로 그 불결이 자연적으로 사라질 때를 기다려야 한다. 게다가 사람들이 병원 문을 열고 잠자코 이용하는 이상, 결국은 그것이 그들에게 필요하기 때문이다. 편견과 생활의 추악하고 혐오할 모든 일들은, 인분이 옥토로 바뀌듯, 시간의 흐름에 따라 그 어떤 의미를 갖는 무엇으로 바뀐다고 하면, 그런대로 필요하다고 할 것이다. 이 지상에는 그 본원에 있어 추악한 것을 가지지 않은 것은 하나도 없다.

안드레이 예피무이치는 부임하자 그러한 무질서에 대해 겉으로는 무관심한 태도를 취했다. 그는 다만 병원의 급사와 간호사에게 병실에서 자지 말도록 부탁하고, 의료 기구가 든 정리장을 두 개 배치했을 뿐이다. 사무장도 피복계도 약국원도, 외과실에서의 단독 감염도 그전대로 내버려 두었다.

안드레이 예피무이치는 유달리 지성과 성실함을 사랑했으나, 자기 주위에 지적이고 성실한 생활을 확립하기에는 자기 권리에 대한 신념과 박력이 모자랐다. 그는 명령하거나, 금지하고 주장하는 일에 서툴렀다. 마치 절대로 '고함을 지르지 않겠다, 명령법을 쓰지 않겠다' 라고 맹세라도 한 듯했다. '달라'느니 '가져오너라'느니 하는 말은 전혀 쓰지 않았고, 배가 고프거나 차를 마시고 싶을 때는 머뭇거리며 헛기침을 한 번 하고는 하녀에게 "차가 마시고 싶은데……"라든가, "배가 고픈데……" 하고 말한다. 하물며 사무장을 향해서 부정을 저지르지 말라든가, 그를 파면시켜서 이 불필요한 기생충적인 직무를 폐지한다든가 하는 일은, 그로서는 도저히 불가능한 일이었다. 속이거나 슬슬 비위를 맞추거나, 아니면 뻔한 엉터리 계산서에 서명을 요구하거나 할 때면, 안드레이 예피무이치는 홍당무처럼 얼굴이 새빨개져서 옳지 않음을 알면서도 계산서에 서명을 해줬다. 또한 환자가 공복을 호소하거나 난폭한 간호사에 대해 불평을 말하든가 하면, 그는 당혹해 하면서 미안한 듯이 이렇게 중얼댄다.

"알았습니다, 알았어요, 나중에 조사해 보죠. 아마 오해일 겝니다……"

처음 얼마 동안 안드레이 예피무이치는 매우 열심히 일했다. 매일 아침부터 점심때까지 진찰하고, 수술하고, 산파일까지 직접 하였다. 부인들은 그에 대해서, 신중한 의사 선생님이고, 특히 소아과와 산부인과 명의라고 말하였다. 그러나 시일이 지나감에 따라, 그는 직무의 단조로움과 무익함에 싫증을 느끼기 시작했다. 오늘 30명의 환자를 보면 내일은 35명으로, 모레는 40명으로 늘어난다. 날이면 날마다, 일년 내내 그런 꼴이었다.

그런데도 읍의 사망률은 전혀 줄지 않았으며, 환자의 발걸음도 도무지 그칠 줄 몰랐다. 40명의 외래 환자에게 아침부터 점심때까지 계속 참된 진료를 한다는 것은 육체적으로 불가능한 일이어서, 결국 본의 아니게 환자를 속이게 마련이다. 한 회계연도에 1만 2천 명의 외래 환자를 진찰했다고 하면, 이건 결국 1만 2천 명의 환자를 속였다는 계산이 되는 것이다. 또한 중병 환자를 입원시켜서 과학의 법칙대로 치료할 수도 없었다. 왜냐하면 법칙은 있지만 과학이 없기 때문이다. 또 '철학을 포기하고 다른 의사들처럼 학자인 체하며 법칙을 지킨다고 해도, 무엇보다 필요한 것은 불결 대신 청결과 통풍이다. 고약한 냄새가 나는 썩은 양배추국 대신 건전한 음식물, 도둑놈 대신 훌륭한 조수가 필요한 것이다.

그리고 또 만약에 죽음이란 것이 인간 개개인의 정상적이고 합법적인 최후라고 한다면, 무엇 때문에 인간의 죽음을 막을 필요가 있겠는가? 예컨대, 이 도시의 어떤 상인이나 말단 관리가 5년이나 10년 더 산다고 한들 과연 그것이 무슨 의의가 있겠는가? 또한 만약에 의학의 목적이 의약으로써 고통을 덜어 주는 데 있다고 한다면, 어째서 고통은 덜어져야만 하느냐는 의문이 생긴다.

첫째로, 고통은 인간을 완성으로 이끈다고 하지 않았는가? 둘째로, 만약에 인류가 실제로 알약이나 물약으로 고통을 덜 수가 있다면, 인류는 여태까지 모든 불행에서의 방어뿐 아니라 행복까지도, 그 속에서 발견해 왔던 종교나 철학을 완전히 포기해 버리지 않으면 안 될 것이다.

푸시킨은 죽음에 임하여 무서운 고통을 맛보았고, 불행한 하이네는 중풍으로 여러 해를 병석에서 지냈다. 그렇다면 어째서 일개 안드레이 예피무이치나 마트료나 싸비쉬 따위가 앓아서는 안 된다는 것인가. 그들의 생활은 무미건조하기 짝이 없어서 만약에 고통마저 없다면 공허하게 되어 아메바의 생활과 다를 바가 없지 않은가 말이다.

안드레이 예피무치이는 이런 논리에 압도당해서 의기소침하여 그전처럼 매일 병원에 가지 않게 되었다.

그의 생활은 이렇게 지나갔다. 대개 그는 아침 8시쯤 일어나서 옷을 갈아입고 차를 마셨다. 그리고 서재에 앉아서 독서를 하든가, 병원에 출근하거나 했다. 병원에서는 좁고 어둠침침한 복도에 외래 환자들이 앉아서 진찰을 기다리고 있다. 그들 곁을 잡역부와 간호사들이 벽돌 바닥에 구두소리를 울리며 뛰어가기도 하고, 환자복을 입은 몹시 여윈 입원 환자가 지나가기도 하며, 시체와 변기가 운반되어 가고, 아이들이 울고, 바깥 바람이 새어 들어오기도 한다. 안드레이 예피무이치는 열병이나 결핵 환자, 그밖의 신경과민 환자에게 이러한 환경은 고통스럽다는 것을 알고 있으나, 어쩔 도리도 없었다.

진찰실에서는 조수 세르게이 세르게이치가 그를 맞는다. 그는 수염을 깨끗이 깎은 살찐 얼굴에, 새로 맞춘 풍덩한 옷을 입은 몸집이 자그마한 뚱뚱보 남자로, 세상 물정에 익숙한 부드러운 거동으로, 조수라기보다는 국회의원이라는 편이 어울릴 만큼의 풍채다. 그는 많은 고정 환자를 가지고 있고, 시내에서 크게 개업하고 있는 의사의 상징인 흰 넥타이를 매고 있어서, 전혀 고정 환자를 가지고 있지 않은 안드레이 예피무이치보다는 자신이 의술이 좋다고 자부하고 있다. 진찰실 구석에는 함 속에 들어 있는 커다란 성상(聖像)이 묵직한 촛대와 함께 놓여 있고, 그 옆에 흰 커버를 씌운 성경대(聖經臺)가 놓여 있었다. 벽에는 사제들의 초상화와, 스바토고르스키 수도원의 풍경화와, 시든 달구지 국화로 만든 화환이 걸려 있다. 세르게이 세르게이치는 믿음이 두터운 사람으로 무엇이든 장엄한 것을 좋아했다. 그는 자기 돈으로 성상을 사서 안치했다. 일요일마다 진찰실에서는 환자 가운데 한 사람이 그의 지시에 따라 찬송가를 읽는다. 그것이 끝나면 세르게이 세르게이치 자신이 향로를 들고 모든 병실을 돌아다니며 향내를 뿌려 주는 것이다.

환자는 많고 시간은 모자라고 해서, 진찰은 어쩔 수 없이 간단한 질문 한두 마디와 연고나 피마자 기름 같은 약을 처방하는 게 고작이다. 안드레이 예피무이치는 수심어린 얼굴로 앉아서 턱을 괸 채 기계적인 질문을 한다. 세르게이 세르게이치도 같이 앉아서 양손을 비비면서 가끔 말참견을 한다.

"병에 걸리거나 괴로운 일을 당하는 것은"

그는 말한다.

"인자하신 하느님께 기도가 부족하기 때문이야. 그렇구말구!"

진찰할 때 안드레이 예피무이치는 절대로 수술을 하지 않는다. 그는 오랫동안 수술에는 손을 대지 않았으므로 피만 보면 기분이 언짢아졌다. 목구멍을 들여다보기 위해 어린아이의 입을 벌려야 할 때도 아이가 울부짖거나 고사리 같은 두 손으로 싫다는 시늉을 하거나 하면, 귓전에서 울리는 울음소리로 머리가 멍멍해지고 눈에 눈물까지 괴는 것이다. 그는 서둘러 처방을 해주고 빨리 아이를 데리고 나가라고 시골 아낙네에게 손짓을 한다.

진찰실에서도 그는 곧 환자들의 겁먹은 태도와 말귀를 못 알아듣는 무식함과, 점잔을 빼는 세르게이 세르게이치가 곁에 있다는 사실과, 벽에 걸린 초상화와, 벌써 20년 이상이나 반드시 날마다 되풀이되는 질문 같은 것에 진저리를 느끼게 된다. 그리하여 그는 대여섯 명의 환자를 보고는 방에서 나와 버린다. 나머지 환자는 조수가 떠맡는다.

다행히도 이미 오래전부터 자택 진료를 하지 않고 있으므로, 아무도 자기를 방해할 사람은 없다는 유쾌한 상념에 젖어 집으로 돌아오면 곧 서재의 책상 앞에 앉아서 독서를 시작한다. 그는 무척 많은 책을 읽고 언제나 커다란 만족을 느낀다. 월급의 절반은 책값으로 나가고 여섯 개나 되는 방 가운데 세 방이 책과 헌 잡지로 가득 차 있다. 그중에서도 그가 가장 애독하는 것은 역사와 철학 서적이다. 의학 관계로는 〈의사〉 잡지 하나만을 보고 있을 뿐으로, 이 잡지를 언제나 끝에서부터 읽기 시작한다. 독서는 반드시 몇 시간이나 쉬지 않고 이어지지만 전혀 피로를 느끼지 않는다. 그는 이반 드미트리치가 전에 하던 것처럼 재빨리 성급하게 읽는 것이 아니고, 천천히 마음에 드는 대목이나 어려운 곳에서는 가끔 쉬어 가면서 마음속에 배어들게 읽는다. 책 옆에는 언제나 보드카의 작은 병이 있으며 오이지나 설탕에 절인 사과가 접시에 담기지 않고 그냥 책상보 위에 놓여 있다. 30분마다 그는 책에서 눈을 떼지 않은 채 보드카를 컵에 따라 단숨에 쭉 들이켠 다음, 역시 고개를 들지 않고 손으로 더듬어서 오이지를 집어 한 입 베어 문다.

3시가 되면 그는 살그머니 부엌문께로 걸어가서 헛기침을 하고는 이렇게 말한다.

"다류쉬카, 점심을 하고 싶은데……"

영양가도 없고 깔끔치도 못한 식사를 마치면, 안드레이 예피무이치는 팔짱을 끼고 이 방에서 저 방으로 돌아다니며 사색에 잠긴다. 시계가 4시를 치고 이어 5시를 쳐도 여전히 그는 걸어다니며 사색에 잠겨 있다. 가끔 부엌문이 끼익 하고 열리고 다류쉬카의 졸린 듯한 빨간 얼굴이 들여다본다.

"안드레이 예피무이치, 맥주를 드시겠어요?"

그녀가 걱정하듯 묻는다.

"아니, 아직 일러……"

그는 대답한다.

"좀더 기다려…… 잠깐만 더……"

저녁때가 되면 언제나 우체국장인 미하일 아베랴느이치가 찾아온다. 그는 이 읍내에서 안드레이 예피무이치가 허물없이 사귈 수 있는 유일한 사람이다. 미하일 아베랴느이치는 전에는 부유한 지주로 기병대에 근무한 적도 있었으나, 그 뒤 몰락해서 할 수 없이 늘그막에 우체국에 들어왔다. 그는 건장한 체구에 숱이 많은 하얀 볼수염을 기르고, 거동이 점잖으며 크고 유쾌한 목소리로 이야기하지만 성미가 급했다. 우체국에서 어떤 손님이 항의를 하거나 이의 신청을 하거나 또는 공연히 떼를 쓰거나 하면, 미하일 아베랴느이치는 얼굴이 새빨개진 채 온몸을 부들부들 떨면서 우레와 같은 소리로 "닥쳐!" 하고 호통을 친다. 그래서 얼마 전부터 우체국은 무서운 관청이라는 소문이 나돌고 있었다.

미하일 아베랴느이치는 안드레이 예피무이치의 교양과 고결한 정신을 높이 평가해서 그를 존경하며 좋아하고 있으나, 그 밖의 사람들에 대해서는 자기 부하를 대할 때처럼 거만한 태도로 대한다.

"자, 또 왔습니다!"

그는 안드레이 예피무이치의 방으로 들어오면서 말한다.

"안녕하십니까 선생! 아마 당신은 이제 나에게 싫증이 나실 테죠?"

"천만에, 아주 잘 오셨습니다."

의사는 대답했다.

"난 언제나 반갑습니다."

두 친구는 서재의 소파에 앉아서 한참 동안 잠자코 담배를 피운다.

"다류쉬카, 맥주 좀 줄 수 없을까 ……"

안드레이 예피무이치는 말한다.

두 사람은 처음 한 병은 아무 말 없이 비운다—의사는 생각에 잠겨서, 미하일 아베랴느이치는 매우 재미있는 어떤 이야깃거리라도 가지고 있는 사람처럼 명랑하고 활기에 찬 표정을 지은 채—먼저 입을 떼는 것은 언제나 의사 쪽이다.

"정말 유감입니다."

안드레이 예피무이치는 고개를 저으면서 상대편의 눈을 보지 않고 천천히 낮은 소리로 말한다(그는 절대로 상대방의 눈을 보지 않는다).

"정말 유감스러운 일입니다. 미하일 아베랴느이치 씨. 이 거리에는 재미있게 이야기할 수 있는, 또 그런 이야기를 좋아하는 사람이 전혀 없으니 말입니다. 이것은 우리에게 이만저만한 손실이 아니에요. 지식인들마저 속된 범주에서 벗어나지 못하고 있어요. 난 단언합니다만, 그들은 하층 계급보다 조금도 나을 게 없습니다."

"정말 그렇습니다. 나도 동감입니다."

"당신도 아시다시피……"

의사는 낮은 목소리로 띄엄띄엄 계속 말한다.

"이 세상에서 제아무리 중요하고 흥미로운 일이라 해도 인간 지성의 고매하고 정신적인 구현보다 더한 것은 없습니다. 지성이야말로 동물과 인간 사이에 뚜렷한 경계를 긋고, 인간의 신성을 암시하며, 어느 정도까지는 불멸을 대신해 주기도 합니다. 이런 의미에서 지성은 인간의 즐거움이 될 수 있는 단 하나의 유일한 원천입니다. 그런데 우리는 자기 주위에서 지성을 볼 수 없고 그 소리를 들을 수도 없습니다. 즉 우리는 즐거움을 빼앗기고 있다는 것입니다. 하기야, 우리에겐 책이 있죠. 하지만 그것은 산 대화나 교제하곤 전혀 다릅니다. 서툰 비유겠지만, 책은 악보이고 대화는 노래라고 할 수 있겠지요."

"정말 옳은 말씀입니다."

침묵이 뒤이어졌다. 다류쉬카가 부엌에서 나와 공허한 표정을 띤 채 턱을 주먹으로 괴고 두 사람의 이야기를 듣고 있었다.

"아닌 게 아니라!"

미하일 아베랴느이치는 한숨을 내쉬며 말한다.

"요즘 사람들에게서 지성을 찾는다는 건 무리죠!"

그리고 그는 옛날 생활이 얼마나 건전하고 즐거웠고 재미있었는가, 러시아에 얼마나 총명한 지식인들이 많았는가, 그들이 명예와 우정을 얼마나 소중히 여겼던가를 이야기한다. 옛날에는 약식 차용증서 없이 돈을 빌려 주었고, 또한 곤경에 빠진 친구에게 구조의 손길을 뻗치지 않는 것을 수치로 생각했었다. 그리고 또 멋있고 통쾌한 행군과, 모험과 시합, 잊을 수 없는 전우들, 여자들! 카프카즈는 그 얼마나 멋있는 곳이었던가. 어떤 대장장이의 마누라는 보통 여자와는 달라서 장교복을 입고 매일 밤 혼자서 안내인도 없이 산 속으로 들어갔다는 것이다. 들리는 말로는, 그녀가 카브카즈 산촌에서 어느 공작과 로맨스가 있었다는 소문이다.

"아이구 맙소사……"

다류쉬카가 한숨을 쉬었다.

"게다가 우리는 또 얼마나 잘 먹고 잘 마셨습니까! 그때의 자유주의자들이란 극단적이었지요!"

안드레이 예피무이치는 듣고는 있었지만 건성이었다. 그는 무슨 딴 생각을 하면서 맥주로 입을 축이고 있다.

"난 현명한 사람들을 보고 또 그들과 이야기하는 꿈을 곧잘 꾼답니다."

그는 느닷없이 미하일 아베랴느이치의 말을 가로막으며 말한다.

"아버지는 저에게 훌륭한 교육을 시키셨습니다만, 60년대 사상의 영향을 받아 나를 억지로 의사로 만드셨지요. 만약 그때 아버지의 뜻을 따르지 않았다면 지금쯤 난 지성 운동의 중심에 있을 거라는 생각이 듭니다. 아마 어느 대학의 교수라도 되었겠죠. 물론 지성 역시 영원한 것이 아니고, 곧 사라지고 마는 것이긴 합니다만, 제가 그 지식이라는 것에 열중해 있다는 것쯤은 당신도 아실 겁니다. 인생은 저주받을 함정에 지나지 않습니다. 사색적인 인간이 어른이 되어 성숙한 의식을 갖게 되면, 그때 인간은 나오려야 나올 수 없는 함정에 빠져 있다는 것을 깨닫게 됩니다. 사실, 인간은 의지와는 상관없이, 어떤 우연에 의해 무로부터 생으로 이 세상에 불려나온 것입니다…… 무엇 때문일까요? 인간은 자기의 존재 가치나 목적을 알고자 합니다. 허나 아무도 가르쳐 주지 않고, 설령 가르쳐 준다 해도 터무니없는 이야기를 듣게될 뿐, 두드려도 열어 주는 사람이 없습니다. 그러다가 죽음이 닥쳐옵니다. 이것도 자기 의사와는 상관없이, 이를테면 감옥 같은 데서 공통적인 불행으로 맺어진 사람들이 함께 모이면 훨씬 마음이 편해지는 것과 마찬가지로, 인생에 있어서도 분석적이고 철학적인 사람들이 한자리에 모여서, 고매하고 자유로운 사상을 주고받으면서 시간을 보내면, 사람들은 인생의 함정을 느끼지 않고 지낼 수 있습니다. 이런 의미에서 지성은 무엇과도 바꿀 수 없는 향락인 것입니다."

"과연 지당한 말씀입니다."

안드레이 예피무이치는 상대편의 눈을 보지 않고 지적인 사람들과의 대화에 관해 나지막한 소리로 띄엄띄엄 이야기하고 있는 동안, 미하일 아베랴느이치는 조용히 이야기에 귀를 기울이면서 간간이 고개를 끄덕이면서 맞장구쳤다.

"정말 옳은 말씀입니다."

"그런데 당신은 영혼불멸을 믿지 않으시는군요?"

별안간 우체국장이 묻는다.

"네, 미하일 아베랴느이치, 나는 그것을 믿지 않습니다. 믿을 만한 근거를 가지고 있지 않으니까요."

"사실 나도 의심스럽다고 생각하지요. 그렇지만 어째선지 저는 자신이 영원히 죽지 않으리라는 생각이 듭니다만. 전 혼자 이렇게 생각하죠. '이봐, 늙은이, 이제 죽을 때가 됐지 않았나!' 하고 말이죠. 그러면 마음속에서 어떤 작은 목소리가 이렇게 말하죠. '믿지 마, 절대로 죽진 않을 테니까…….'"

9시가 좀 지나면, 미하일 아베랴느이치는 돌아간다. 현관에서 털외투를 입으면서 그는 탄식조로 말한다.

"어쨌든 이런 황무지에 갇힌 운명이군요! 무엇보다 화나는 것은 여기서 죽어야 한다는 사실입니다. 아아……"

7

친구를 전송하고 나면, 안드레이 예피무이치는 책상 앞에 앉아서 다시 독서를 시작한다. 초저녁과 이어서 찾아오는 한밤중의 정적을 깨는 아무런 소리도 없어 마치 시간이 걸음을 멈추고 독서에 여념없는 의사와 함께 사라져 버린 것처럼, 또한 그 책과 초록색 갓을 씌운 램프 이외에는 아무것도 존재하지 않는 것처럼 여겨진다. 이윽고 의사의 농사꾼 같은 소박한 얼굴이 인간 지성의 움직임으로 감동과 환희의 미소로 점점 밝아온다. 아아, 어째서 인간은 죽어야 하나? —그는 생각한다—어째서 뇌수의 중추와 주름, 시력·언어·의식·천재가 있는 것인가. 만약에 그러한 모든 것이 언젠가는 땅 속으로 사라져서 결국은 지각(地殼)과 함께 식어 그로부터 수백만 년 동안이나 의미도 목적도 없이 지구와 함께 태양의 주위를 날아다닐 운명에 있다고 한다면, 단지 식어서 날아다닐 뿐이라면, 구태여 고매하고 신과 같은 지성을 가진 인간을 허무 속에서 끌어내서는 마치 놀리기라도 하듯 다시금 흙으로 돌려 보낼 필요가 어디 있느냐 말이다.

신진대사! 그러나 이 불멸의 대용품으로 자신을 위로한다는 것은 그 얼마나 비겁한 짓인가. 자연계에 일어나는 갖가지 무의식적인 과정은 인간의 어리석은 행위보다도 더 나을 게 없다. 왜냐하면 인간의 우매한 행위에는 그래도 의식과 의지가 있지만, 자연의 과정에는 전혀 아무것도 없기 때문이다. 자기 육체가 앞으로 풀이나 돌이나 두꺼비 속에서 영생할 수 있으리라고 생각하고, 자기를 위로할 수 있는 것은 자신의 존엄성보다 죽음의 공포를 더 많이 가지고 있는 겁쟁이들뿐이다…… 신진대사 속에서 자기의 불멸을 발견하는 것은, 값비싼 바이올린이 부서져서 폐품이 된 뒤 그 케이스를 향해 화려한 미래를 예언하는 것과 마찬가지로 우스운 일이다.

시계 괘종이 울릴 때마다 안드레이 예피무이치는 안락의자의 등받이에 몸을 기대고, 잠시 사색에 잠기기 위해 눈을 감는다. 그리고 책에서 읽은 훌륭한 사상의 영향으로 문득 자기의 과거와 현재를 되돌아본다. 과거는 불쾌해서 생각하지 않는 편이 낫지만, 현재 역시 과거와 전혀 다름이 없다. 그는 모처럼 자기의 사색이 차게 식은 지구와 함께 태양 주위를 돌고 있는 이 시각에, 병원 관사와 잇닿은 병원의 본동에서는 질병과 육체의 불결로 얼마나 환자들이 괴로워하고 있는가를 잘 알고 있다. 잠도 못 자고 이와 싸우고 있는 환자도 있을지 모른다. 단독에 감염됐거나 붕대가 너무 죄어서 신음하고 있는 환자가 있을지도 모른다. 어쩌면 간호사와 트럼프를 하거나 보드카를 마시고 있는 환자도 있을지 모른다. 한 회계연도에 1만 2천 명에 이르는 사람들이 사기를 당했다. 병원 관계의 모든 사업은 20년 전과 다름없이 부정과 추문, 협잡과 중상, 불공평과 사기 위에 세워져 있어, 병원은 옛날과 다름없이 비도덕적이고 거주자의 건강상 아주 유해한 시설 그대로이다. 그는 또한 6호실의 쇠창살 속에서 니키타가 환자들을 때리고 있다는 것과 모이세이카가 매일 거리를 돌아다니며 구걸하고 있다는 것도 알고 있다.

한편 그는 25년 가까운 동안에 의학 분야에 실로 꿈과 같은 변화가 일어났다는 것도 잘 알고 있다. 대학에서 공부하고 있던 시절에, 머지않아서 의학도 연금술이나 형이상학과 같은 운명에 놓이게 되리라고 생각했다. 그러나 매일 밤 독서를 즐기고 있는 지금, 그 의학은 그를 감동시켜서 그의 마음에 감격과 환희마저 불러일으킨다. 사실 그 얼마나 뜻밖의 광명이며 얼마나 멋진 혁명인가! 방부제의 발명으로, 저 위대한 피르고프(유명한 의사)가 미래에도 불가능하다고 생각하였던 갖가지 수술들이 매일 실시되고 있다. 평범한 지방자치회 의사도 무릎 관절의 절개 수술을 거뜬히 해치우고, 복부 절개의 사망률은 겨우 1퍼센트, 결석증 같은 것은 말할 필요도 없을 만큼 간단한 것으로 생각되고 있다. 매독도 깨끗이 완치된다. 한편 유전 법칙과 최면술, 파스퇴르와 코흐(Koch : 독일의 세균학자)의 발견, 통계위생학, 그렇지만 우리 러시아의 지방자치회의 의학은 어떠한가!

현재와 같은 질병의 분류, 진단과 치료법을 갖는 정신 의학은 옛날과 비교하면 사뭇 엄청난 차이가 있다. 요즘은 정신병자에게 머리서부터 찬물을 끼얹거나 협착의(狹窄衣)를 입히거나 하지 않는다. 그들을 인간답게 대우하며, 신문에 보도되고 있듯이, 그들을 위해 연극이나 무도회까지 베풀어 준다는 것이다. 안드레이 예피무이치는 현대의 견해나 취미로 볼 때, 6호실과 같은 추악함은, 철도에서 2백 킬로나 떨어진 시골에서나 일어날 수 있다는 것을 잘 알고 있다. 사실 이 거리에서는 시장도 시의원도 모두 제대로 교육을 받지 못한 평민들이어서, 의사를 구세주처럼 생각한다. 예컨대 그가 녹은 백랍을 입 속에 부어 넣는다 하더라도 아무 불평도 없이 의사를 믿어야 한다고 생각하고 있다. 만약에 이것이 다른 도시였다면 벌써 세론과 신문이 조그만 바스티유 감옥을 분쇄하고 말았을 것이다.

'하지만 어떻단 말인가?'

안드레이 예피무이치는 눈을 뜨면서 자문한다.

'그래서 어쨌다는 건가? 방부제도 코흐도 파스퇴르도 있지만, 요컨대 문제의 본질은 조금도 달라진 것이 없지 않은가. 발병률이나 사망률은 옛날 그대로이니 말이다. 정신병자들을 위해 무도회나 연극을 베풀어 준다 해도, 역시 그것으로 그들의 병이 고쳐지는 것은 아니다. 그렇다면 모든 것이 어리석은 헛수고에 지나지 않고, 가장 뛰어난 규모를 가진 비엔나 대학 부속병원이나, 우리 병원이나 본질적으로는 아무런 차이도 없는 것이다.'

그러나 비애와 선망을 닮은 감정은 그의 무관심을 내버려두지 않는다. 아마 이것은 피로 때문일 것이다. 무거운 머리가 자꾸 책 위로 기울어지려고 한다. 그는 두 손으로 얼굴을 받치고 편안한 자세를 취하면서 생각한다.

'난 유해한 일에 종사하면서 자신이 기만하고 있는 사람들로부터 월급을 받고 있다. 난 불성실한 사람이다. 그러나 나 자신은 아무것도 나쁠 것이 없다. 불가피한 사회악의 작은 일부분에 지나지 않다. 군(郡)의 관리들도 모조리 해로운 존재들로, 하는 일 없이 월급을 받고 있다…… 이렇게 생각하면, 결국 불성실한 죄는 내게 있는 게 아니고 시대에 있는 것이다…… 나도 2백 년 늦게 태어난다면 전혀 다른 사람이 되어 있었을 것이다.'

시계가 3시를 알리면, 그는 램프를 불어서 끄고 침실로 간다. 하지만 별로 자고 싶지가 않다.

8

약 2년 전에 지방자치회는 너그러운 처분으로 지방자치회의 병원이 개설될 때까지 시립병원의 의사를 증원하는 보조비로서 매년 3백 루블을 지급할 것을 결정하였다. 그래서 안드레이 예피무이치의 보좌의사로 예브게니 표도르이치 호보토프를 초빙하였다. 그는 아직 서른도 채 되지 않은 매우 젊고 광대뼈가 두드러진, 눈이 작고 키가 큰, 검은 머리의 사내로 이민족의 자손인 듯했다. 그가 이 거리에 처음 왔을 때 무일푼에 작은 가방 하나만을 들고, 하녀인 젊고 못생긴 여자를 하나 데리고 왔다. 이 여자에게는 젖먹이 어린애가 딸려 있었다. 예브게니 표도르이치는 언제나 차양이 달린 모자를 쓰고 목이 긴 장화를 신고, 겨울이 되면 반코트를 입었다. 그는 조수인 세르게이 세르게이치와 회계원과는 곧 친해졌으나, 다른 직원들은 그를 귀족이라고 부르며 어쩐지 가까이하지 않았다. 그의 집에는 《1881년 비엔나 대학 부속병원 최신 처방》이라는 책이 한 권 있을 뿐이다. 병원에 갈 때 그는 언제나 이 책을 가지고 갔다. 또 그는 매일 밤 클럽에서 당구를 치지만 트럼프는 즐기지 않는다. 얘기하는 도중에 '심심소일'이라느니 '춧국에 절인, 접은 망토 같은 녀석'이라느니 '시치미 떼지 마라' 따위의 단어를 무턱대고 쓴다.

병원에는 일주일에 두 번 와서 병실을 돌아보기도 하고 환자를 진찰하기도 한다. 방부제와 흡혈기(吸血器)같은 물건이 갖춰 있지 않음을 알고 그는 내심 분개하였으나, 안드레이 예피무이치의 입장을 고려하여 새로운 질서를 세우려고 하지는 않았다. 또한 동료인 안드레이 예피무이치를 늙어빠진 사기꾼이라고 생각하며, 그가 많은 재산을 모은 것이 아닌가 의심하며 은근히 부러워하고 있다. 그런 정도라면 틀림없이 서슴지 않고 동료의 지위를 빼앗을 사람이다.

9

3월 말의 어느 봄날 저녁, 땅 위의 눈도 녹아 병원 뜰에서는 찌르레기가 울기 시작한다. 의사 안드레이 예피무이치는 친구인 우체국장을 전송하려고 문앞까지 나왔다. 바로 이때 동냥 나왔던 유대인 모이세이카가 뜰 안으로 들어왔다. 그는 모자도 쓰지 않고 맨발에 작은 덧신을 신고 동냥자루를 두 손에 들고 있었다.

"한푼 줍쇼!"

그는 추위에 떨면서 미소를 머금고 의사에게 동냥을 구했다.

좀처럼 거절할 줄 모르는 안드레이 예피무이치는 10코페이카짜리 은화 한 닢을 그에게 주었다.

'이건 안 되겠는데.'

의사는 빨개진 복사뼈가 드러난 환자의 맨발을 보면서 생각했다.

'물에 흠뻑 젖었군그래.'

연민인지 혐오인지 모를 기분에 휩싸인 채, 그는 유대인의 대머리와 복사뼈를 바라보면서 그 뒤를 따라 별동으로 들어갔다. 의사가 들어서자, 쓰레기 더미에서 니키타가 뛰어 일어나며 차렷 자세를 취했다.

"잘 있었나, 니키타."

안드레이 예피무이치는 부드러운 투로 말했다.

"저 유대인에게 장화를 장만해 줄 수 없을까? 그렇지 않으면 감기에 걸릴 걸세."

"알겠습니다, 원장님. 사무장님에게 그렇게 말씀드리죠."

"부탁하네. 내 이름으로 부탁하게. 내가 부탁하더라고 그렇게 말해 주게."

현관에서 병실로 통하는 문은 열려져 있었다. 그때 이반 드미트리치는 침대에 엎드려서 한쪽 팔꿈치를 괴고 불안한 얼굴로 못 듣던 말소리에 귀를 기울이고 있다가, 갑자기 의사라는 것을 알아차렸다. 그는 분노로 온몸을 떨기 시작하는가 싶더니 벌떡 뛰어오르듯 일어나서는 험악한 얼굴을 새빨갛게 상기시키고 눈을 부라리면서 병실 한가운데로 뛰쳐나갔다.

"의사가 왔다!"

그는 외치면서 큰 소리로 웃기 시작했다.

"드디어 나타났군! 여러분 축하합니다. 의사께서 우리를 찾아왔단 말야! 흉물스러운 독사 같으니!"

그는 그렇게 한 마디 날카롭게 외치더니 여태까지 병실에서 본 적이 없는 광란 상태에 빠져 발을 꽝꽝 굴렀다.

"저 녀석을 죽여 버려! 아니 죽이는 것만으로는 모자라! 똥통에 처넣어 버려!"

안드레이 예피무이치는 그 말을 듣고, 현관에서 병실 안을 들여다보며 부드러운 목소리로 물었다.

"어째서죠?"

"어째서냐구?"

이반 드미트리치는 험상궂은 얼굴로 의사에게 다가가 서둘러 환자복의 앞자락을 여미면서 외쳤다.

"어째서냐구? 이 도둑놈!"

그는 미워 죽겠다는 듯이 그렇게 말하고 침을 뱉으려는 시늉을 하였다.

"이 사기꾼! 사람 백정 같으니!"

"하여간 좀 진정하시오."

안드레이 예피무이치는 송구스런 듯한 미소를 띠면서 말했다.

"맹세해도 좋지만, 난 여태까지 한 번도 도둑질한 적이 없고, 또 다른 점에 대해서 말한다면 당신은 매우 부풀려서 말하고 있는 듯하오. 보아하니 당신은 내게 무척 화를 내고 있는 것 같은데, 제발 마음을 가라앉히고 어째서 당신이 화를 내고 있는지 차근차근 이야기해 주시겠소?"

"그럼 어째서 당신은 나를 여기다 가두어 두는 거요?"

"그건 당신이 병에 걸렸기 때문이오."

"그래, 난 병자요. 하지만, 수백 수천 명에 이르는 미치광이들이 제멋대로 돌아다니고 있잖소. 그 이유는 당신들 같은 무식쟁이가 건강한 사람과 그들을 가릴 줄 모르기 때문이오. 어째서 나와 여기 있는 불행한 사람들만이 모든 사람을 대신해서 속죄양처럼 여기 앉아 있어야 하는 거요? 당신이나 조수나 사무장이나 병원에 있는 모든 악당들은 도덕적인 점에서 볼 때 우리 가운데 누구보다도 못하단 말야. 그런데도 어째서 우리만 여기에 갇혀 있고 당신네들은 갇히지 말아야 하는 거요? 그런 논리가 어디 있단 말이오?"

"도덕적인 점이나 논리 같은 건 여기에 아무 상관도 없소. 모든 것은 우연의 문제인 거요. 여기 갇힌 사람은 여기 있고 갇히지 않은 사람은 밖에서 어슬렁거리고 있다, 단지 그뿐인 거죠. 내가 의사고 당신이 정신병자라는 것은, 도덕이나 논리의 문제가 아니라 전적으로 우연에 지나지 않소."

"그런 당치 않은 소리는 못 알아듣겠소……"

이반 드미트리치는 공허한 목소리로 그렇게 내뱉더니 자기 침대에 앉았다.

원장이 온 덕분에 니키타의 몸수색을 면한 모이세이카는 자기 침대 위에 빵조각과 종이부스러기와 뼈다귀 등을 늘어놓고 여전히 추위에 떨면서 무언가 노래하듯 빠르게 유대말로 지껄이기 시작했다. 그는 구멍가게라도 벌인 것 같은 눈치였다.

"나를 여기서 내보내 주시오."

이반 드미트리치는 말했다. 그의 목소리는 떨리고 있었다.

"그럴 수는 없습니다."

"어째서요? 무엇 때문이오?"

"나의 권한 밖의 일이기 때문입니다. 생각해 보시오, 예컨대 내가 당신을 내보내 준다고 한들 그게 얼마만큼 당신을 이롭게 한다는 겁니까? 여기서 나간다 해도 당신은 거리의 사람들에게나 경관에 잡혀서 다시 끌려올 테니까."

"맞았어, 그건 사실이야……"

이반 드미트리치는 이마를 문질렀다. "무서운 일이야! 그럼 난 어쩌면 좋습니까? 어쩌면?"

안드레이 예피무이치는 이반 드미트리치의 목소리와 그의 젊고 싱싱하고 지적인 얼굴이 마음에 들었다. 그는 이 청년을 위로하여 마음을 가라앉혀 줘야겠다고 생각했다. 그래서 침대 위에 나란히 앉아서 잠시 생각한 뒤에 이렇게 말했다.

"당신은 어떻게 했으면 좋으냐고 묻고 있습니다. 당신의 입장으로 가장 좋은 일은 물론 여기서 탈출하는 것입니다. 하지만 유감스럽게도 그건 헛일이죠. 다시 붙잡히게 마련이니까. 사회가 범죄자니 정신병자니 하는, 대체로 귀찮은 사람들로부터 자신을 지키려고 할 때 그것을 당해낼 사람은 아무도 없죠. 그렇다고 한다면 당신에게 남겨진 길은 단 한 가지, 여기 있다는 사실을 불가피한 일이라고 생각하고, 안정을 찾는 길입니다."

"그런 것은 아무에게도 소용없어요."

"감옥이나 정신병원이 이 세상에 존재하는 이상, 누군가가 그 안에 들어 있게 마련입니다. 당신이 아니면 내가, 내가 아니면 누구든 다른 사람이. 하지만 기다리십시오. 정말 먼 훗날에 감옥이나 정신병원이 없어질 때가 오면, 그때는 창살도 환자복도 없어지겠죠. 물론 그러한 시대가 머지않아 오고 말거요."

이반 드미트리치는 빈정대며 말했다.

"농담 마시오."

그는 실눈을 뜨면서 말했다.

"당신이나 당신 조수인 니키타 따위에게 미래란 것이 아무 상관도 없을 텐데, 그래도 당신은 좋은 시대가 오리라는 것을 믿고 있나요? 내 말버릇이 나빠 웃으실지 모르겠지만, 새 생활의 서광은 빛나고 진리가 승리를 구가할 때가 오겠죠. 난 그때까지 기다리지 못하고 죽어 버리겠지만, 그 대신 누군가의 자손들이 기쁘게 그 시대를 맞을 겁니다. 난 마음속으로부터 우러나는 축하를 그들에게 보내며 기뻐하죠. 그렇소, 그들을 위해 기뻐하는 거요! 앞으로 나가라! 친구들에게 신의 가호가 있기를!"

이반 드미트리치는 눈을 빛내면서 일어서더니 창문 쪽으로 두 팔을 내밀면서 떨리는 목소리로 말을 이었다.

"이 쇠창살 안에서 여러분을 축복한다! 진리 만세! 이 기쁨이여!"

"나로서는 별로 기뻐할 이유를 모르겠군요."

안드레이 예피무이치가 말했다. 그에게는 이반 드미트리치의 행동이 연극조로 보였으나 그러면서도 매우 마음에 들었다.

"감옥과 정신병원이 없어지고 당신 말대로 진리가 개가를 올린다고 해도 사물의 본질은 전혀 변하지 않고 자연의 법칙도 그대로 남아 있지 않을까요? 인간은 여전히 지금과 마찬가지로 병을 앓고 늙어서 죽을 겁니다. 아무리 빛나는 서광이 당신의 생활을 비춘다고 해도 역시 결국에 가서는 관 속에 들어가게 되어 무덤 속에 던져지고 말겠죠."

"그럼 죽음 뒤의 세계는?"

"그런 말은 하지도 말아요!"

"당신은 믿지 않는군요. 하지만 난 믿고 있어요. 도스토옙스키인지 볼테르인지의 작품 속에서 누군가 이런 말을 하고 있습니다. '만약에 신이 없다면 인간은 그것을 생각해 냈을 거'라고요. 그래요, 난 진정으로 굳게 믿고 있습니다. 만약에 불멸이 없다고 하면, 위대한 인류의 지혜가 언젠가는 그것을 발명할 거라고 말입니다."

"멋있는 말이군요."

안드레이 예피무이치는 만족한 미소를 띠면서 말했다. "당신이 그렇게 믿고 있다는 건 좋은 일입니다. 그러한 신념을 갖고 있으면 벽 속에 갇혀 콧노래를 부르며 살아갈 수 있을 테니까요. 실례지만 당신은 어디서 훌륭한 교육을 받으셨지요?"

"네, 난 대학에 다녔지요, 졸업은 못했습니다만."

"당신은 사색적이고 총명한 분이오. 당신이라면 어떤 환경에서도 자기 자신의 마음속에서 평정을 발견할 수 있을 거요. 인생의 의의를 깨치려는 자유롭고 깊은 사색과 비굴한 속세의 허영에 대한 완전한 멸시―이거야말로 인간이 느낄 수 있는 가장 고귀한 두 가지 행복입니다. 당신이라면 설령 삼중의 철장 속에 갇혀 살고 있어도 이 두 가지 행복을 자기 것으로 만들 수 있을 것입니다. 디오게네스는 통 속에서 살았습니다만 지상의 모든 국왕보다도 행복했던 겁니다."

"당신이 생각하는 디오게네스는 바보였습니다."

이반 드미트리치는 음울하게 말했다. "뭣 때문에 당신은 내게 디오게네스니 무슨 인생의 의의니 하고 이야기하는 겁니까?"

갑자기 그는 화를 내며 뛰쳐 일어났다.

"난 인생을 사랑하고 있습니다. 열렬히 사랑하고 있단 말이오! 내게는 강박관념이 있어 끊임없는 무서운 공포를 느낍니다만, 때로는 생활에 대한 강한 욕망이 나를 사로잡는 순간도 있어 그 순간에는 미쳐 버리지나 않나 하고 두려워집니다. 난 미칠 듯이 살고 싶습니다. 미칠 듯이!"

그는 흥분해서 병실 안을 한 바퀴 돌고는 소리를 낮춰 말했다.

"내가 공상에 잠겨 있을 때는 여러 가지 환영들이 찾아옵니다. 내게로 알 수 없는 여러 사람들이 옵니다. 말소리나 음악이 들리고 어느 숲속이나 해변을 거닐고 있는 듯한 느낌이 듭니다. 그러면 나는 인간 세계의 부질없는 소란과 걱정거리가 말할 수 없이 그리워집니다…… 가르쳐 주십시오. 지금 세상에서는 무슨 새로운 것이 있습니까?"

이반 드미트리치는 물었다.

"그곳에서는 무슨 일이 일어나고 있습니까?"

"당신이 알고 싶은 건 이 거리 이야깁니까, 아니면 일반 세상일입니까?"

"그럼 우선 거리 이야기부터 해 주십시오. 그리고 일반 세상의 이야기도."

"글쎄요, 무엇이 있을까요. 이 거리는 고통스러울 만큼 답답합니다…… 우선 이야기를 주고받을 상대도 없거니와 이야기를 듣고 싶어하는 사람도 없습니다. 새로운 얼굴도 없습니다. 하긴 최근에 호보토프라는 젊은 의사 한 분이 오긴 했습니다만."

"그 사람이 온 것은 내가 밖에 있을 때였습니다. 어떻습니까? 보잘것없는 녀석이죠?"

"그렇죠, 교양 없는 사나이죠. 정말 이상하군요. 모든 점에서 판단해 볼 때 우리나라의 수도에는 지적인 면에서 머무르고 있다고는 생각하지 않아요. 그렇기는커녕 활발하게 움직이고 있죠. 즉 그쪽에는 올바른 인간도 있을 법하지만, 어째서 그런지 그쪽에서 이곳으로 보내져 오는 사람들은 한결같이 거들떠보기도 싫은 그런 자들뿐이죠. 불행한 거리라고나 할까요?"

"그렇습니다, 불행한 거리지요!"

이반 드미트리치는 한숨을 내쉬더니 웃기 시작했다. "그럼, 일반적인 세상은 어떻습니까? 신문이나 잡지에선 무엇이 쓰여 있습니까?"

병실 안은 어둠이 깃들기 시작했다. 의사는 선 채로 외국과 러시아에서 어떤 일이 보도되고 있으며, 최근엔 어떤 사상 경향이 인정받고 있는가를 이야기하기 시작했다. 이반 드미트리치는 조용히 들으면서 가끔 묻기도 했으나, 갑자기 무슨 무서운 일이라도 생각났는지 머리를 움켜쥐며 의사에게 등을 돌리더니 침대 위에 누워 버렸다.

"왜 그러는 거요?"

안드레이 예피무이치가 물었다.

"당신은 이제부터 내게서 한 마디도 듣지 못할 거요!"

이반 드미트리치는 거칠게 말했다.

"날 가만히 놔둬요!"

"도대체 왜 그러는 거죠?"

"가만히 놔두라니까! 무슨 상관이오!"

안드레이 예피무이치는 어깨를 으쓱하더니 한숨을 몰아쉬고는 병실에서 나왔다. 현관을 지날 때 그는 말했다.

"여기를 좀 깨끗이 할 수 없을까, 니키타…… 냄새가 지독하군!"

"알겠습니다, 원장님."

'정말 마음에 드는 청년이야!' 자기 집 쪽으로 걸어가면서 안드레이 예피무이치는 생각했다. '여기 살기 시작한 뒤 처음으로 함께 이야기할 수 있는 상대를 만난 것 같다. 그 젊은이는 훌륭한 판단력을 갖고 있고, 정말로 필요한 일에 흥미를 느끼고 있어.'

책을 읽으면서도, 그리고 잠자리에 들어서도, 그는 계속 이반 드미트리치의 일만을 생각했다. 다음 날 아침에 눈을 뜨자, 그는 어제 자기가 총명하고 흥미있는 사람과 알게 된 것을 상기하고, 볼일이 끝나는 대로 다시 한 번 더 그를 찾아가 보리라 결심했다.

10

이반 드미트리치는 두 손으로 머리를 싸안고 무릎을 웅크린 채 어제와 같은 자세로 누워 있었다. 그의 얼굴은 보이지 않았다.

"안녕하시오, 친구,"

안드레이 예피무이치가 말을 걸었다.

"자고 있는 건 아니죠?"

"첫째, 난 당신의 친구가 아니오."

이반 드미트리치는 베개에 얼굴을 파묻은 채로 말했다.

"둘째로, 당신 수고는 허사요. 당신은 나한테서 한 마디 말도 듣지 못할 겁니다."

"이상하군요……"

안드레이 예피무이치는 어리둥절해서 중얼거렸다.

"어제 우리는 그렇게 다정하게 이야기를 주고받았는데, 무엇 때문에 갑자기 당신은 화를 내고 입을 다물고 말았나요?…… 아마 내가 무언가 기분 나쁜 말을 했거나, 아니면 당신 신념과 어긋나는 의견을 제시한 모양인데……"

"그렇소, 요컨대 당신 이야기를 내가 어떻게 믿겠소!"

이반 드미트리치는 얼굴을 들고 조소와 불안이 섞인 눈초리로 의사를 올려다보며 말했다. 그의 눈은 충혈되어 있었다.

"다른 곳에나 가서 스파이 짓을 하거나 고문을 하거나 마음대로 하시오. 여기서는 아무 소용이 없을 거요. 난 어제부터 당신이 무엇 때문에 여기 왔는지 알고 있어요."

"이상한 환상이군요!"

의사는 웃으며 말을 이었다.

"그러니까 나를 스파이라고 생각하는 건가요?"

"네, 그렇게 생각하죠. ……스파이건, 나를 고문하려고 들어온 의사건 마찬가지니까요."

"아아, 정말 당신은 정말…… 이상한 사람이군요!"

의사는 침대 옆 걸상에 앉아서 책망하듯이 고개를 저었다.

"좋소, 당신의 말이 옳다고 가정합시다."

그는 말했다.

"내가 배신자처럼 당신 말꼬리를 잡아서 경찰에 넘긴다 칩시다. 당신은 체포되어 재판을 받겠지요. 하지만 당신에게 재판소건 감옥이건 여기보다 더 나쁜 곳이 어디 있겠니까? 또한 만약에 유형지로 가든, 징역을 가든 간에 과연 그 편이 이 별동에 갇혀 있는 것보다 나쁠까요? 내 생각으론 여기보다 나쁠 리는 없습니다…… 그렇다면 무엇을 두려워합니까?"

이 말은 확실히 이반 드미트리치에게 어떤 영향을 주었다. 그는 조용히 일어나 앉았다.

오후 4시가 지나 5시가 다 되어 가고 있었다. 여느 때라면 안드레이 예피무이치가 이 방 저 방을 서성거리고 다류쉬카가 그에게 맥주를 마실 시간이 아니냐고 물을 때이다. 밖은 조용하고 화창한 날씨였다.

"난 보시다시피 점심을 먹고 산책하러 나왔다가 이렇게 찾아온 겁니다." 의사가 말했다.

"완전히 봄이군요."

"지금은 몇 월인가요? 3월입니까?" 이반 드미트리치가 물었다.

"네, 3월 말입니다."

"밖은 질겠군요?"

"아니 그렇지도 않습니다. 정원에는 벌써 길이 나 있죠."

"지금쯤 포장마차를 타고 교외라도 달리면 얼마나 멋있을까." 이반 드미트리치가 잠이 덜 깬 듯한 새빨간 눈을 비비면서 말했다.

"그리고 따뜻하고 기분 좋은 서재에라도 들어간다면…… 그리고 훌륭한 의사에게 두통이라도 치료받는다면…… 오래전부터 난 인간다운 생활을 못 해 왔습니다. 사실 여긴 지독해! 참을 수 없이 지독하단 말입니다!"

어제 흥분한 뒤로, 그는 기진맥진한 탓인지 귀찮다는 듯이 말했다. 그의 손끝은 떨리고 있었고, 표정으로 보아 심한 두통 때문에 괴로워하고 있는 걸 알 수 있었다.

"따뜻하고 아늑한 서재나 이 병실 사이엔 아무 차이도 없습니다." 안드레이 예피무이치는 말했다.

"인간의 평안과 만족은 외부에 있는 게 아니라, 그 자신 속에 있으니까요."

"그래서 어떻다는 거죠?"

"보통 사람들은 행복이나 불행을 외부에서 구합니다. 즉 포장마차나 서재에서 구합니다만, 사색적 인간은 자기 자신에게서 찾습니다."

"그런 철학은 오렌지 향기가 나는 따스한 그리스에 가서나 설교하시죠. 여기선 풍토가 맞지 않으니까요. 디오게네스의 이야기를 누구하고 했더라? 당신하고 했나요?"

"그렇습니다. 어제 나하고요."

"디오게네스는 서재도 따뜻한 집도 필요없었습니다. 그런 건 없어도 그곳은 따뜻하니까요. 통 속에 뒹굴면서 귤이나 올리브만 먹어도 되는 겁니다. 그 사람을 러시아로 데려와서 살라고 해 보세요. 동짓달은 고사하고 5월에도 방 안에 넣어달라고 애원했을 겁니다. 추위 때문에 몸이 오그라들 테니까요."

"아니, 그렇지만은 않죠. 추위도 일반적인 다른 고통과 마찬가지로 느끼지 않을 수 있습니다. 마르쿠스 아우렐리우스^(로마황제. 스토아 철학)^{자로 《명상록》을 남김}도 이렇게 말하고 있지요. '고통이란 고통에 대한 산 관념이다. 이 관념을 고치도록 의지를 단련하고, 이 관념을 멀리하고 불평을 말아라. 그러면 고통은 없어져 버릴 것이다'라고. 이것은 옳은 말입니다. 현자 또는 사색적이고 총명한 사람들이 일반 사람들과 다른 점은, 바로 고통을 무시한다는 점에 있습니다. 우수한 사람은 언제나 만족하고 어떤 일에도 놀라지 않고 있으니까요."

"그렇다면 난 바보인 셈이군. 왜냐하면 난 괴로워하고 불평하고 인류의 비열함에 대해 놀라고 있으니 말입니다."

"그런 말은 그만두세요. 당신도 역시 좀더 깊이 사색하게 되면, 우리를 흥분시키는 모든 외적 사항이 얼마나 가치없는 것인가를 알게 될 거요. 필요한 것은 인생의 의의를 깨달으려고 노력하는 일입니다. 그것이야말로 진정한 행복입니다."

"인생을 깨닫는다……"

이반 드미트리치는 눈살을 찌푸렸다.

"외적인 것 내적인 것……미안합니다만 내게는 이해가 안 됩니다. 내가 알 수 있는 것은……"

그는 일어서서 성난 표정으로 의사를 바라보면서 말했다.

"내가 아는 건 신이 나를 따뜻한 피와 신경으로 창조했다는 한 가지 사실뿐입니다. 암, 그렇고말고요. 그리고 유기적 조직에 생명력이 부여돼 있다고 한다면, 그것은 온갖 자극에 대해 반드시 반응해야 합니다. 그래서 난 반응을 하는 거죠! 고통에 대해서 나는 비명과 눈물로 대답하고, 비열성에 대해서는 분개로, 추행에 대해서는 혐오로 대답하는 겁니다. 나의 견해로는 이것이야말로 참된 생활이라고 부르고 싶습니다. 유기체가 하급일수록 감수성이

둔하고 자극에 대한 반응이 미약하지만, 고급일수록 감수성은 강하고 현실에 대해 한층 더 민감하게 정열적으로 반발하는 겁니다. 이런 것을 어째서 모르십니까? 의사이면서도 이런 시시한 것도 모르다니! 고통을 무시하고 언제나 만족해서 어떤 일에도 놀라지 않기 위해서는, 바로 이런 상태에 이르러야 한단 말입니다."

이렇게 말하며 이반 드미트리치는 개기름이 도는 뚱뚱한 농부를 가리켰다.

"아니면 고통에 대한 모든 감수성을 잃을 때까지 고통으로 자기를 단련하는가, 즉 바꿔 말하면 사는 것을 그만두는 거죠. 미안하지만 난 현자도 철학자도 아니니까."

이반 드미트리치는 들뜬 표정으로 말을 이었다.

"이런 문제에 관해선 아무것도 모르겠어. 난 그런 것을 논의하기에는 부족합니다."

"천만에요, 아주 훌륭하게 논의하고 있습니다."

"당신이 제멋대로 인용하고 있는 스토아 철학자들은 비범한 사람들임엔 틀림없습니다만, 그들의 학설은 2천 년 전에 이미 말라비틀어져서 그때부터 한 걸음도 발전하지 못했을 뿐더러 앞으로도 발전하지 못할 겁니다. 왜냐하면 그것은 현실적도 생활적도 아니기 때문입니다. 그 학설은 여러 가지 학설의 연구와 음미에 생애를 바치는 소수의 사람들 사이에서는 성공을 거두었지만, 대다수의 사람들에게는 이해되지 않았죠. 부귀와 쾌적한 생활에 대한 무관심이니, 고통이나 죽음에 대한 무시를 역설하는 학설은 대부분의 사람들에게는 전혀 이해되지 않았습니다. 왜냐하면 그 대부분의 사람들은 여지껏 한 번도 부귀도 쾌적한 생활도 누려보지 못했기 때문입니다. 한편 또 고통을 무시한다는 것은 그들의 생활 자체를 무시한다는 것을 뜻했음에 틀림없습니다. 그건 인간의 전 존재가 기아와 추위와 모욕과 손실과 햄릿적인 죽음의, 공포와 같은 감각으로 성립돼 있으니까요. 이러한 모든 감각 속에야말로 모든 생활이 있습니다. 생활에 압박을 느끼거나 그것을 증오할 수는 있으나 무시할 수는 없습니다. 그렇습니다. 그래서 거듭 말씀드립니다만, 스토아파의 학설은 결코 장래성을 가질 수 없습니다. 천지개벽 이래 오늘날까지 진보를 이어 가고 있는 것은 역시 투쟁과 고통에 대한 민감한 반응과 자극에 반응하는 능력인 것입니다."

이반 드미트리치는 별안간 사색의 실마리를 잃어 말을 멈추고 초조한 듯이 이마를 문질렀다.

"무슨 중요한 이야기를 하려고 했는데 갑자기 생각이 안 나는군."

그는 말했다. "무슨 말을 하려고 했더라? 참 그렇지! 난 이 말을 하려는 겁니다. 스토아파의 누군가가 자기 동포를 구하려고 스스로 자기 몸을 노예로 팔았다는 이야기입니다. 그래서 그것은 즉 스토아파도 자극에 대해 반응을 나타냈다는 것입니다. 왜냐하면 자기 동포를 위해 자신의 희생을 무릅쓴다는 그런 위대한 행위를 수행하는 데는 격분이 사무친 동정심이 필요하기 때문입니다. 난 애써 배운 것을 전부 이 감옥 안에서 잊어버리고 말았어요. 그렇지 않다면 좀더 여러 가지 생각을 해낼 수 있을 텐데. 그럼 이번에는 그리스도를 예를 들까요? 그리스도는 울고 웃고 슬퍼하고 화도 내고 때로는 우울해하면서 현실에 반응했지요. 그는 고통을 미소로 맞지도, 죽음을 경멸하지도 않았습니다. 겟세마네 동산에서는 이 고난의 운명을 면하게 해 주소서 하고 기도드리기까지 했단 말입니다."

이반 드미트리치는 웃음을 터뜨리면서 자리에 앉았다.

"예컨대 인간에게 평안과 만족을 주는 것은 자기 외부에 있는 게 아니고 내부에 있다고 합시다."

그는 말했다.

"예컨대, 고통을 무시하고 어떤 일에도 놀라지 않을 필요가 있다고 합시다. 하지만 당신은 어떤 근거에서 그런 설교를 하는 거죠? 당신은 현자인가요? 철학자인가요?"

"아니, 난 철학자는 아니오. 그러나 그것을 설득시키는 것은 각자의 의무라 생각합니다. 그것은 이치에 맞는 것이기 때문입니다."

"아니, 내가 알고 싶은 건, 어째서 당신은 인생을 깨닫느니 고통에 대한 멸시니 하는 문제를 꺼낼 자격이 있다고 생각하느냐는 것입니다. 당신은 예전에 괴로워한 적이 있는가요? 고통이란 어떤 것인지 알고 있나요? 당신은 어릴 때 회초리로 맞은 적이 있습니까?"

"아니오, 제 부모님은 육체적 형벌에 대해 혐오를 느끼고 있었습니다."

"나는 아버지에게 사정없이 맞았습니다. 우리 아버진 완고한 말단 관리로, 길쭉한 코에 목덜미가 노랬어요. 어쨌든 당신 이야기나 계속합시다. 한 평생 아무도 당신에게 손가락 하나 건드리지 않았고 협박당하지도 않았고, 얻어맞은 적도 없습니다. 그리고 또 황소처럼 건강합니다. 아버지 슬하에서 아버지 돈으로 공부하고, 그리고 단번에 벌이가 좋고 편한 직업을 가졌습니다. 20년 이상이나 당신은 난방과 조명과 하녀까지 딸린, 집세도 필요없는 관사에서 살고, 그리고 또 마음이 내킬 때면 일을 하고, 하기 싫으면 아무것도 하지 않아도 된다는 그런 권리를 가지고 계십니다. 선천적으로 당신은 게으름뱅이고 유약한 성질이므로, 무슨 일이든 귀찮은 것을 싫어하고 자리를 유지할 수 있게끔 자기 생활을 구축하려고 노력해 왔습니다.

당신은 조수나 그밖의 악당들에게 일을 맡겨 놓고, 자신은 따뜻하고 조용한 방에 앉아서, 열심히 돈을 모으고 책을 읽거나 갖가지 고상한 넋두리에 잠기거나(이반 드미트리치는 의사의 빨간 코를 힐끔 보고) 술을 즐기거나 하면서 자기 만족 속에 도취돼 있습니다. 한 마디로 말해서 당신은 인생을 전혀 모르고 있고, 다만 이론적으로 현실을 알고 있음에 지나지 않습니다. 당신이 고통을 경멸하고 어떤 일에도 놀라지 않는 것은, 알고 보면 매우 단순한 이유, 즉 모든 것은 공허하고 생활과 고통과 죽음에 대한 외적·내적 경멸, 인생의 의의, 참다운 행복이니 하는 그러한 것들이 러시아 게으름뱅이에게 가장 알맞은 철학이기 때문입니다. 이를테면 농부가 여편네를 때리는 광경을 당신이 목격한다 합시다. 참견할 필요는 없어, 멋대로 때리게 내버려두지, 어차피 두 사람은 죽을 인생이니까, 그리고 또 때리는 사람은 상대편을 때림으로써 그 상대를 모욕하는 것이 아니라 자신을 모욕하는 셈이다 하고 생각합니다.

술을 지나치게 마시는 것은 어리석고 보기 흉하다, 그러나 마셔도 죽고 마시지 않아도 죽긴 다 마찬가지야. 또 시골 아낙네가 와서 이빨이 아프다고 합시다. 그것이 어쨌단 말입니까? 고통이란 고통에 대한 관념이고, 인간은 또 질병 없이 이 세상을 살아갈 순 없어, 사람은 누구나 다 한 번은 죽는 거야. 그러니 당신도 빨리 가시오. 내가 사색에 잠겨 보드카를 마시는 시간을 방해하지 마시오. 아니면 젊은 사내가 와서 무엇을 하면 좋은가, 어떻게 살아야 하느냐고 조언을 청한다면, 다른 사람이라면 대답하기 전에 생각해 볼 것이지만, 당신에겐 이미 대답이 준비돼 있어요. 인생을 깨닫도록 노력하라,

참된 행복을 만들도록 노력하라. 그렇다면 이 환상적인 참된 행복은 도대체 뭡니까? 물론 여기에 대한 해답은 없습니다. 우리는 이 철창 속에 감금하고 갖은 학대와 고통을 주면서도, 이것이 이치에 맞는 훌륭한 일이지, 왜냐하면 이 병실과 깨끗하고 살기 좋은 서재와는 아무런 차이도 없으니까 하고 생각합니다. 정말 편리한 철학이지요. 할 수 없는 일이다. 양심은 깨끗하다. 그래서 나 자신을 현인이라고 느끼고 있으니 말이오…… 여보시오, 선생, 이건 철학도 사상도 넓은 견해도 아무것도 아닙니다. 단지 나태요, 속임수요, 터무니없는 잠꼬댑니다. 그렇습니다!"

또 다시 이반 드미트리치는 화를 냈다. "당신은 고통을 무시하고 있지만, 그렇게 말하는 당신도 손가락이 문에 끼어 보시오. 틀림없이 목구멍이 터질세라 짖어 댈 테니!"

"어쩌면 짖지 않을지도 모르죠."

안드레이 예피무이치는 온화한 미소를 띠면서 말했다.

"그야, 그럴지도 모르죠! 하지만 당신이 중풍에 걸린다든가 아니면 어떤 바보나 철면피한 남자가 지위니 관직을 내세워서 공중의 면전에서 당신을 모욕한다 가정합시다. 더구나 그 남자가 아무런 벌도 받지 않고 넘어갈 것이라는 걸 당신이 알고 있다면, 그럴 경우에는 비로소 당신도 남을 향해 인생의 의의니 참된 행복이니 하는 것을 강요한다는 것이 어떤 것인지 깨닫게 될 겁니다."

"그건 독창적인데요."

안드레이 예피무이치는 만족스러운 듯이 웃고 양손을 비비며 말했다.

"나는 지금 당신 속에서 개념화의 재능을 인정하고 정말 감탄했습니다. 그리고 당신이 지금 말씀하신 나의 성격 묘사는 정말 훌륭했습니다. 솔직히 말해서 당신과 이야기하고 있으면 난 커다란 만족을 느낍니다. 여태까지는 내가 이야기를 충분히 들었으니까 이번엔 당신도 내 이야기를 들어 주십시오……."

11

이 대화는 한 시간쯤 더 이어졌고, 그것으로 안드레이 예피무이치에게 깊은 감명을 준 듯했다. 그는 매일 별동에 다니기 시작했다. 그가 별동에 가는 것은 오전과 점심을 먹고 난 뒤로, 어둠이 깃들 때까지 이반 드미트리치와 이야기할 때도 가끔 있었다. 처음 얼마 동안 이반 드미트리치는 그를 피하고 무슨 흉계라도 있는 건 아닐까 하고 노골적인 적의를 나타냈으나 곧 그와 사귀게 되어, 신랄한 태도를 너그러우면서도 은근히 비꼬는 듯한 태도로 바꾸었다.

얼마 안 가서 온 병원 안에 안드레이 예피무이치 의사가 6호실을 자주 들른다는 소문이 퍼졌다. 조수도 니키타도 간호사들도 무엇 때문에 그곳에 몇 시간씩이나 머무는지, 또 무슨 이야기를 하는지, 어째서 처방전을 쓰지 않는지 아무도 알 수가 없었다.

정말 그의 행동은 이상스러웠다. 또한 그 전에는 한 번도 없었던 일이지만, 우체국장 미하일 아베랴느이치가 찾아와도 집에 없는 일이 많았고, 다류쉬카도 선생님이 정해진 시간에 맥주를 마시지 않고 때로는 점심 시간도 늦어지므로 매우 당황해 하고 있었다.

6월도 다 지난 어느 날의 일이었다. 의사 호보토프가 볼일로 안드레이 예피무이치의 집을 방문했다. 그러나 집에 없었으므로 호보토프는 병원 안으로 찾으러 갔다가 거기서 나이 든 의사선생님이 정신병 환자에게 갔다는 이야기를 들었다. 별동에 들어가서 현관으로 들어섰을 때 호보토프는 문득 이런 대화를 들었다.

"우리는 절대로 협조할 수 없으며 나를 개종시키려는 건 헛수고입니다."

하고 이반 드미트리치가 화난 듯이 이야기하고 있었다. "당신은 현실을 전혀 모르고 아직까지 한번도 고통을 당한 적이 없습니다. 다만 거머리처럼 남의 고통을 빨아먹고 살아왔을 뿐이죠. 그러나 나는 태어날 때부터 오늘까지 끊임없이 고통을 당해 왔단 말입니다. 그러니까 분명히 말하지만 난 모든 점에서 당신보다 높고 능력도 있다고 자부합니다. 내게 가르치려고 해도 소용없어요."

"난 뭐 당신을 개종시키려고는 생각지 않아요."

안드레이 예피무이치는 상대편이 자기를 이해하려 들지 않는 것이 유감이라는 듯 낮은 목소리로 말했다.

"게다가 문제는 거기 있는 게 아니에요. 문제는 당신이 고통을 받고 내가 고통을 당하지 않았다는 사실에 있는 게 아닙니다. 고통이나 기쁨은 일시적입니다. 그런 것은 아무래도 좋습니다. 문제는 우리가 사색하고 있다는 사실에 있지요. 우리는 서로 사색하고 논쟁할 능력이 있는 인간을 발견하고, 예컨대 서로 간의 견해가 다르더라도 그 사실이 우리를 하나로 맺어 준다는 그점에 있는 겁니다. 아아, 내가 얼마나 사회 일반의 무분별과 무능과 우둔함에 권태를 느끼고 있는지, 얼마나 기껍게 당신과 대화를 나누고 있는지를 당신이 알아준다면! 당신은 총명한 사람입니다. 난 당신 덕분에 즐겁습니다."

호보토프는 문을 조금 열고 병실 안을 들여다보았다. 실내모를 쓴 이반 드미트리치와 의사 안드레이 예피무이치가 침대에 나란히 앉아 있었다. 미치광이는 얼굴을 찡그리고 몸을 떨면서 신경질적으로 환자복의 앞자락을 여미고 있었고, 의사는 고개를 숙인 채 꼼짝도 않고 앉아서 빨갛고 당혹스러운 듯한 슬픈 얼굴을 하고 있었다. 호보토프는 어깨를 움츠리며 빙긋 웃고는 니키타에게 눈짓을 했다. 니키타도 어깨를 으쓱했다.

다음날 호보토프는 조수를 데리고 별동으로 찾아왔다.

두 사람은 현관에 서서 엿들었다.

"우리 영감도 머리가 완전히 돈 것 같군!"

별동을 나오면서 호보토프가 말했다.

"주여, 우리들 죄많은 자를 불쌍히 여기소서!"

신심 깊은 세르게이 세르게이치가 윤이 나게 닦은 장화를 더럽히지 않으려고 조심스레 웅덩이를 피하면서 한숨을 쉬었다. "솔직히 말씀드리지만, 호보토프, 난 벌써 오래전부터 이렇게 되리라고 예감했어요!"

12

그 뒤 안드레이 예피무이치는 자기 주위에서 일어나고 있는 이상스러운 분위기를 느끼기 시작했다. 잡역부나 간호사나 환자들은 그를 만나면 이상한 듯이 얼굴을 바라보고, 그리고 낮은 소리로 속삭였다. 사무장의 딸 마샤라는 계집아이는(병원 뜰에서 이 아이와 마주치는 게 그는 좋았다) 머리를 쓰다듬어 주려고 웃으며 다가가면 어째선지 달아나 버렸다. 또한 우체국장도 그의 이야기를 들으면서 전처럼 "정말 옳은 말씀입니다"라고 수긍하지 않고, 어딘가 겸연쩍은 듯이 "네, 네" 하고 중얼거리며 걱정스럽고 슬픈 듯한 표정으로 조용히 그를 바라보는 것이었다. 그리고 또 어째선지 그는 그의 친구에게 보드카와 맥주를 그만 마시라고 충고하기 시작했다. 그것도 섬세한 사람답게 노골적으로 말하지 않고, 훌륭한 인물이었던 대대장과 연대의 군목(軍牧)이던 멋쟁이 청년이 과음으로 병이 났으나 술을 끊자 완전히 나았다는 암시적인 이야기로 들려 주었다. 또한 동료인 의사 호보토프도 두세 번 안드레이 예피무이치를 찾아와 알코올 음료를 끊으라고 권고하고는 이렇다 할 이유도 없이 브롬화물(과거엔 진정제로 쓰였음)의 복용을 권했다.

8월이 되자, 안드레이 예피무이치는 시장으로부터 매우 중요한 용건으로 만나뵙고 싶다는 편지를 받았다. 약속된 시간에 관청으로 갔더니 군사령관이며, 군 장학관이며, 자치회 회원이며, 호보토프, 그리고 또 한 명, 의사라고 하는 뚱뚱한 낯선 금발 신사가 있었다. 그는 폴란드계의 발음하기 쉬운 성을 가진 의사로 거리에서 30킬로 떨어진 마장(馬場)에 사는데 지나는 길에 들렀다는 것이다.

"실은 선생님의 소관 사무에 관해 신고가 들어와 있어서 말씀예요."

인사가 끝나고 모두 자리에 앉자 자치회 의원이 안드레이 예피무이치를 향해서 말했다.

"여기 계신 호보토프의 말씀으로는 병원 안에 있는 약국이 좁아서, 별동으로 옮겨야 되겠다는 것입니다. 물론 그것은 간단한 일로 곧바로 옮길 수 있는 일입니다만, 문제는 별동이 수리를 요한다는 것입니다."

"그렇다면, 수리해야 되겠죠."

안드레이 예피무이치는 잠시 생각하고 나서 말했다. "이를테면 구석에 있는 별동을 약국으로 쓰게 만들자면 적어도 5백 루블은 들 겁니다. 비생산적인 지출이죠."

한동안 침묵이 이어졌다.

"저는 벌써 10년 전에도 말씀드렸습니다만."

안드레이 예피무이치는 낮은 목소리로 말을 이었다.

"그 병원은 현재의 형편으로 볼 때, 이 거리의 재정 상태에 어울리지 않는 사치품입니다. 병원이 세워진 것은 40년 전입니다만, 그 무렵엔 자금면에서 현재와 달랐습니다. 대체로 이 시에서는 불필요한 건물이며, 쓸모없는 관직에 너무 많은 돈을 쓰고 있습니다. 제 생각으로는 제도만 바꾼다면, 그만한 돈으로 모범적인 병원을 두 개는 경영해 나갈 수 있습니다."

"그럼 차라리 제도를 바꿉시다!"

자치회 의원이 자신 있게 말했다.

"전에도 말씀드린 바와 같이 의료 사무를 자치회 관할로 넘겨주십시오."

"글쎄요! 그렇지만, 자치회에 돈을 주면 감쪽같이 먹어 버릴 겁니다."

뚱보 금발 의사가 웃기 시작했다.

"흔히 있는 일이죠."

자치회 의원이 맞장구를 치더니 같이 웃기 시작했다.

안드레이 예피무이치는 나른한 듯 흐린 시선으로 뚱보 금발 의사의 얼굴을 바라보며 말했다.

"정의감을 가질 필요가 있습니다."

또다시 침묵이 흘렀다. 차가 나왔다. 어째선지 매우 당황한 군사령관은 테이블 너머로 안드레이 예피무이치의 손을 잡으며 말했다.

"당신은 우리를 완전히 잊으셨군요. 어쨌든, 당신은 성직자나 다름없어요. 노름도, 여자도 좋아하시지 않으니까, 우리들과 친하게 지내자니 답답하시겠죠."

이윽고 모두 사람다운 사람이 이 도시에서 산다는 것이 얼마나 참을 수 없이 지루한가를 이야기하기 시작했다. 극장도 없거니와 음악회도 없으며, 얼마 전에 클럽에서 있었던 무도회에는 부인이 스무 명쯤 모였는데, 남자는 두 명밖에 참석하지 않았다……. 젊은이들은 춤추는 대신 노상 술집에 모여 있거나, 카드놀이를 하고 있다. 안드레이 예피무이치는, 이 거리의 주민들이 생활의 에너지와 감정과 지성을 카드놀이나 잡담으로 허비하고, 유익한 좌담이나 독서를 즐기며 시간을 보낼 능력도 의욕도 없거니와 그것을 원하지도 않는다. 지성이 가져오는 즐거움을 누리지 않으려고 하는 것이 얼마나 애석한 일인가? 오직 지성만이 흥미있고 훌륭하며 나머지 모든 것은 보잘것없다는 따위의 이야기를, 누구의 얼굴도 보지 않고 천천히 낮은 소리로 말하기 시작했다. 호보토프는 동료의 말을 가만히 듣고 있다가 갑자기 이렇게 물었다.

"안드레이 예피무이치, 오늘이 며칠이죠?"

대답을 듣자, 그와 뚱보 금발 의사는 자신의 무능을 느끼고 있는 시험관 같은 말투로 오늘은 무슨 요일이냐, 1년은 며칠이냐, 6호실에 훌륭한 예언자가 있다는데 사실이냐 하며 안드레이 예피무이치에게 질문을 퍼붓기 시작했다. 마지막 질문에 대해서 안드레이 예피무이치는 얼굴을 붉히면서 대답했다.

"네, 그는 환잡니다만, 꽤 흥미있는 청년이죠."

그 이상 그는 아무 질문도 없었다. 그가 현관에서 외투를 입고 있을 때, 군사령관이 그의 어깨에 손을 얹으면서 탄식조로 말했다.

"우리 같은 늙은이들은 슬슬 물러가야 할 때가 되었군요!"

관청을 나오면서 안드레이 예피무이치는 오늘 있었던 만남이 자신의 정신 능력을 검증하기 위해 소집된 위원회였다는 것을 깨달았다. 그는 자기에게 퍼부어진 질문을 상기하고 얼굴을 붉혔다. 그리고 난생 처음으로 의학이라는 것이 측은히 여겨지는 것이었다.

'아아, 한심한 일이야!' 방금 두 의사가 자기를 시험하던 광경을 상기하면서 그는 생각했다. '바로 최근에 정신병리학에 대해 몇 마디 들었다고 벌써 사람을 시험하려고 하는군. 세상에, 어쩌면 그렇게 무지할 수가 있담! 정신 병리학에 대한 개념조차 모르고 있으니 말이야.'

그리고 생전 처음으로 모욕과 분노를 느꼈다. 그날 저녁때, 미하일 아베랴느이치가 찾아왔다. 우체국장은 인사도 없이 그에게 다가오자 느닷없이 두 손을 잡으면서 흥분된 목소리로 말했다.

"이봐요, 의사 선생, 당신이 나의 참된 호의를 믿고 나를 친구라고 생각하고 계신다면, 어디 그 증거를 보여 줄 수 없겠소…… 여보, 선생!"

이렇게 말하자 그는 안드레이 예피무이치가 말할 틈도 주지 않고 말을 이었다.

"나는 당신의 교양과 고결한 마음을 사랑하고 있습니다. 제발 내 말을 들어 보세요. 의사들은 학문의 법칙에 묶여서 당신에게 진실을 말하지 않으려고 하고 있습니다만, 난 군인답게 솔직하게 진실을 말하겠습니다. 당신은 건강하지 않습니다! 용서해 주십시오. 이건 진실입니다. 오래전부터 주위의 모든 사람들이 눈치채고 있던 일입니다. 방금 의사인 예브게니 표도르이치가 내게 이렇게 말했습니다. 당신은 건강을 위해 휴식과 기분 전환을 할 필요가 있다고 말예요. 정말 그렇습니다! 멋진 생각이지요! 마침 나도 며칠 뒤 휴가를 얻어서 바깥 공기라도 쐴까 해서 여행을 떠나렵니다. 당신은 내 친구라는 증거를 보여 주십시오. 우리 함께 떠납시다. 여행하며 케케묵은 것을 다 털어 버립시다."

"난 내가 건강하지 않다고 조금도 생각지 않는데요."

잠시 생각하다가 안드레이 예피무이치가 말했다.

"함께 여행할 수는 없습니다. 무엇이든 다른 방법으로 우정을 증명하게 해 주십시오."

이렇다 할 이유도 없이 책과 다류쉬카와 맥주를 떠나서 어디론가 여행을 떠나, 20년 동안 쌓아올린 생활의 질서를 한꺼번에 깬다는 생각은 난폭하고 황당무계한 일인 듯 여겨졌다. 그러나 문득 그는 관청에서 주고받았던 대화며, 관청에서 나오는 도중에 느낀 침울한 기분을 떠올렸다. 그러자 어리석은 사람들이 자기를 미치광이 취급하는 이 거리에서 잠시 떠난다는 것도 나쁠 것 같지는 않다는 생각이 들었다.

"그러면, 당신은 어디로 갈 작정이십니까?"

그는 물었다.

"모스크바와 페테르부르크와 바르샤바입니다…… 옛날 바르샤바에서 나는 생애의 가장 행복한 5년을 보낸 적이 있습니다. 정말 멋있는 도시지요! 함께 갑시다, 우리!"

13

일주일이 지나자 안드레이 예피무이치는 휴양하라는 권고를 받았다. 퇴직을 권고받은 셈이지만 그는 그다지 놀라지 않았다. 그리고 또 일주일이 지나서 그는 우체국장과 함께 우편 마차를 타고 가장 가까운 철도역으로 갔다. 서늘하고 화창한 날씨가 이어지고 하늘은 파랗게 개어 저 멀리 경치가 손에 잡힐 듯 또렷하게 다가왔다. 역까지 가는 200킬로를 이틀 밤낮을 달리고 도중에서 두 번 여관에 들렀다. 이곳저곳의 여관에서 깨끗하지 못한 컵에 차가 나오거나, 말을 바꿔 탈 때 시간이 걸리거나 하면, 미하일 아베랴느이치는 얼굴을 상기시키고 몸을 떨며 "닥쳐! 잔소리 마라!" 하고 외쳐 댔다. 그리고 다시금 마차에 오르면, 그는 또다시 쉬지 않고 카프카즈와 폴란드 왕국을 여행하던 때의 이야기를 이어 갔다. 갖가지 모험, 몇 번이나 겪은 이상한 일! 그는 커다란 소리로 이야기하면서, 그때마다 놀란 눈을 크게 뜨는 바람에 오히려 듣고 있는 사람이 거짓말을 하고 있는 게 아닌가 생각할 정도였다. 그뿐 아니라 말을 하면서 안드레이 예피무이치의 얼굴에 입김을 불기도 하고, 그의 귀에다 대고는 크게 웃어 대기도 했다. 그때마다 의사는 사색이나 정신의 집중을 방해당하고 불쾌해지곤 했다.

돈을 아끼려고 삼등 금연객차를 탔다. 승객의 반은 깨끗한 옷차림이었다. 미하일 아베랴느이치는 금세 여러 사람과 친숙해져서 좌석에서 좌석으로 돌아다니며, 여행은 이런 불쾌한 철도로 다니는 것이 아니라고 크게 이야기하고 있었다. 주위에 있는 것은 사기뿐이다, 거기 비하면 오히려 말이 좋다, 하루에 100킬로를 달릴 수 있으며, 그 뒤의 기분은 더 상쾌하고 기운이 난다, 그건 그렇다치고 이 지방에 연이은 흉년은 빈스키에의 늪을 말린 것이 원인이다, 도대체 이만저만한 실수가 아니다 하며 그는 흥분해서 큰소리로 지껄이고 남에게는 말할 틈도 주지 않았다. 커다란 웃음소리와 부풀린 몸짓을 곁들인 이 끝없는 장광설은 안드레이 예피무이치를 녹초로 만들었다.

'우리 두 사람 중에서 누가 미치광이일까?' 그는 울분을 느끼며 생각했다. '아무에게도 방해가 되지 않으려고 조심하는 나일까, 아니면 이 차 안의 누구보다도 똑똑하고 재미있는 인간이라고 생각하며 남을 귀찮게 하는 이런 이기주의자일까?'

모스크바에서 미하일 아베랴느이치는 견장이 없는 군복에 빨간 줄이 든 바지를 입었다. 그가 군모를 쓰고 장교 외투를 입고 거리를 거닐었으므로 병사들은 경례를 했다. 안드레이 예피무이치는 곧 옛날에 이 사나이가 가지고 있던 모든 귀족적인 것 가운데 좋은 것은 전부 잃고 나쁜 것만을 남기고 있는 인물처럼 생각되었다. 이 사내는 전혀 그럴 필요가 없을 때도 남으로부터 대접받기를 좋아했다. 성냥이 자기 앞 테이블 위에 있는 것을 뻔히 보면서도 큰 소리로 사람을 불러서 성냥을 가져오게 한다. 하녀 앞에서도 태연히 속옷 바람으로 걸어다니는 것을 부끄러워하지도 않았다. 심부름꾼에게는 그가 노인이건 아니건 '너'라고 부르고, 화가 나면 그들을 멍텅구리, 바보라고 야단을 친다. 모든 것이 안드레이 예피무이치에게는 주인 행세를 하는 것처럼 보여졌고, 여전히 몹시 기분 나쁘게 생각되었다.

맨 먼저 미하일 아베랴느이치는 이베르스카야 교회 ^(유명한 성모상이 있는 교회)로 친구를 데리고 갔다. 그는 땅바닥에 엎드려 눈물을 흘리며 열심히 기도를 올렸다. 기도가 끝나자 그는 깊은 한숨을 쉬면서 말했다.

"믿음이 없어도 기도를 드리면 어쩐지 마음이 가라앉습니다. 당신도 성상에 키스해 봐요."

안드레이 예피무이치는 머뭇거리면서 성상에 키스했다. 그러자 우체국장은 입술을 내밀고 머리를 흔들면서 작은 소리로 기도문을 외었다. 그는 다시 눈에 눈물을 글썽였다. 그 다음에 두 사람은 크레믈린 궁전에 가서 '황제의 대포'와 '황제의 종'을 구경하고 손가락으로 만져 보기도 하고, 강 건너 쪽의 경치에 감탄하기도 하고 구세주 교회당과 루만체프 박물관을 돌아보기도 했다.

점심은 체스토프(음식점)에서 먹었다. 미하일 아베랴느이치는 볼수염을 만지면서 메뉴를 한참 훑어보더니 늘 그렇듯 자기 집처럼 레스토랑에 익숙해 있는 식도락가와 같은 투로 말했다.

"자, 오늘은 어떤 요리가 나올는지 솜씨 구경이나 할까, 여보게!"

14

의사는 돌아다니기도 하고, 구경도 하고 먹고 마시고 했으나, 그의 감정은 단 하나, 미하일 아베랴느이치에 대한 울화뿐이었다. 그는 친구에게서 떨어져서 휴식하고 싶었고, 몸을 숨기고 싶었다. 그러나 우체국장은 한 발짝도 그를 떼놓지 않고 될 수 있는 대로 위로해 주는 것이 자기 의무라고 생각하고 있었다. 구경거리가 없을 때는 그는 잡담으로 친구를 위로하려 했다. 안드레이 예피무이치는 이틀 동안 참았으나, 마침내 사흘째에는 몸이 불편해서 종일 숙소에 남겠다고 선언했다. 그러자 우체국장은 그렇다면 자기도 숙소에 남겠다고 말했다. 사실 휴식이 필요했으며 그렇지 않고는 다리가 견뎌내지 못할 지경이었다. 안드레이 예피무이치는, 소파의 등받이 쪽으로 얼굴을 돌리고 누워서, 프랑스는 조만간에 반드시 독일을 분쇄할 것이라는 둥, 모스크바에는 무척 많은 사기꾼이 있다는 둥, 말(馬)의 가치는 외관만으로는 모른다느니 하며 열심히 지껄이는 친구의 말을 이를 악물고 듣고 있었다. 의사는 귀가 멍멍거리고 가슴이 뛰기 시작했으나 마음이 약해서 저리 가 달라거나, 입을 다물어 달라고 부탁도 하지 못했다. 다행히 미하일 아베랴느이치는 호텔방에 틀어박혀 있는 데 진력이 나서 점심을 먹은 뒤 산책하려고 나가

버렸다.

혼자가 되자, 안드레이 예피무이치는 차분히 휴식다운 기분에 잠겼다. 가만히 소파에 누워서 방 안에 있는 건 자기 혼자뿐임을 확인하는 것은 얼마나 즐거운 일이냐, 참된 행복은 고독 없이는 있을 수 없다, 타락한 천사가 하느님을 배반한 것도 다른 천사들이 모르는 고독을 원했기 때문이리라 하고 생각했다. 안드레이 예피무이치는 이 며칠 동안에 보고 듣고 한 것에 대해 생각해 보려 했으나 미하일 아베랴느이치의 모습이 머리에서 떠나지 않았다.

'저 사람이 휴가를 얻어서 나와 함께 여행을 떠나 온 것은 사실 우정과 너그러운 마음에서였겠지만.' 의사는 괴로움을 느끼면서 생각했다. '이 우정에 깃든 참견만큼 귀찮은 것은 없어. 그는 무척 선량하고 너그럽고 유쾌한 사람이지만 정말 답답한 친구야. 참을 수 없을 만큼 답답하단 말이야. 사실 세상에는 늘 그럴 듯하고 멋있는 말만 하면서도 바보 같은 인상을 주는 사람이 많단 말이야.'

그 뒤부터 며칠 동안 안드레이 예피무이치는 아프다며 방에서 나가지 않았다. 친구가 잡담으로 기분 전환을 시켜 주는 동안, 그는 소파의 등을 향해 돌아누운 채 맥빠져 있다가, 친구가 없어지면 그제야 마음이 가라앉았다. 그는 경솔하게 여행을 떠나온 자신에게도 화가 났으나 날이 갈수록 체면없이 구는 친구에 대해 부쩍 화가 났다. 그 때문에 진지하고 고매한 사색을 쌓는 건 전혀 불가능했다.

'이건 이반 드미트리치가 말하던 현실이 내게도 침투해 와 있는 거군.' 그는 자기의 좁은 도량에 화를 내면서 이렇게 생각했다. '가장 어리석은 짓이야. 집에 돌아가면 모든 게 본디대로 되겠지.'

페테르부르크에서도 매한가지였다. 그는 매일 방에 틀어박혀서 소파에 누웠다가 맥주를 마실 때만 일어났다.

미하일 아베랴느이치는 바르샤바에 가기를 재촉하였다.

"아니, 뭣 때문에 나까지 거기 가야 합니까?"

안드레이 예피무이치는 애원하는 듯 말했다.

"혼자 가도록 하십시오. 그리고 난 돌아가게 해 주시오! 제발 부탁이니까!"

"절대로 안 돼요!"

미하일 아베랴느이치가 반대했다.

"그곳이야말로 멋있는 도시지요. 그 도시에서 내 삶의 가장 행복한 5년을 보냈습니다."

안드레이 예피무이치는 자기 주장을 끝까지 밀고 나갈 만큼 강한 성격이 못되므로 마지못해 바르샤바에 따라갔다. 여기서도 그는 호텔 방에 틀어박혀 자기 자신과 친구와 러시아어를 모른다고 고집하는 심부름꾼들에게 화를 내고 있었다. 한편 미하일 아베랴느이치는 여느 때나 다름없이 건강하고 활발하고 유쾌하게 아침부터 밤까지 시내를 돌아다니면서 옛친구들을 찾고 있었다. 대여섯 번 그는 외박도 했다. 하루는 어디서 밤을 보냈는지 이튿날 아침 일찍 머리도 빗지 않고 빨갛게 상기된 얼굴로 매우 흥분해서 돌아왔다. 그는 무언가 중얼거리면서 오랫동안 이 구석에서 저 구석으로 방 안을 돌아다니더니 얼마 뒤 멈춰 서서 이렇게 말했다.

"무엇보다도 중요한 건 명예야!"

다시 얼마 동안 방 안을 돌아다니다가 갑자기 그는 머리를 싸안고 비통한 소리로 이렇게 중얼거렸다.

"암, 무엇보다도 명예를 존중해야 해! 처음부터 이 악덕의 도시에 오자는 생각이 잘못이었어. 저주받을…… 이봐요, 선생."

그는 의사를 향해 말했다. "나를 멸시해 주시오. 노름판에서 몽땅 잃고 말았구려. 5백 루블을 빌려 주시지 않겠소?"

안드레이 예피무이치는 5백 루블을 세어서 잠자코 친구에게 내밀었다. 우체국장은 아직도 수치와 분노로 얼굴이 새빨개진 채 띄엄띄엄 무슨 소린지 필요치도 않은 맹세를 지껄이고는 군모를 쓰고 나가 버렸다. 두어 시간쯤 지나서 돌아온 그는, 무너지듯이 안락의자에 털썩 주저앉더니 한숨을 크게 쉬면서 말했다.

"명예는 건졌어요! 자아, 돌아가십시다. 이제는 한시라도 이런 더러운 도시에 있는 건 질색이야. 사기꾼들 같으니! 오스트리아의 스파이 녀석들!"

두 사람이 자기네 고장으로 돌아왔을 때는 벌써 11월이어서 깊은 눈이 쌓여 있었다. 안드레이 예피무이치의 자리에는 의사 호보토프가 앉아 있었다. 그는 아직 옛집에 살고 있으면서 안드레이 예피무이치가 여행에서 돌아와 관사를 비워 주기를 기다리고 있었다. 하녀라는 명목의 그 못생긴 여자는 벌써 별동의 한 곳에 들어와 살고 있었다.

거리에는 병원에 대한 새로운 소문이 퍼져 있었다. 못생긴 여자가 사무장과 싸움을 했는데, 사무장이 그녀 앞에 무릎을 꿇고 용서를 빌었다는 이야기였다. 안드레이 예피무이치는 돌아온 그날로 새로운 거처를 마련해야만 했다.

"선생."

우체국장은 조심조심 말했다. "실례지만 당신은 재산이 얼마나 있소?"

안드레이 예피무이치는 말없이 돈을 세고 말했다.

"86루블 있습니다."

"아니, 그런 것을 묻는 게 아니고."

미하일 아베랴느이치는 의사의 마음속을 알 수 없어서 난처한 듯이 말했다.

"내가 묻고 있는 건 당신의 재산이 모두 얼마나 되는가 하는 것입니다."

"방금 말하지 않았소. 86루블…… 그 이상은 1코페이카도 없습니다."

미하일 아베랴느이치는 전부터 이 의사가 정직하고 고결한 사람이라고 생각은 하고 있었으나, 그래도 최저 2만 루블쯤은 모아 놓았을 거라고 추측하고 있었다. 하지만 안드레이 예피무이치가 거지나 다름없이 전혀 재산을 갖고 있지 않다는 것을 알자, 그는 어째선지 울음을 터뜨리며 친구를 꼭 껴안았다.

15

안드레이 예피무이치는 창문이 세 개밖에 없는 작은 집에 살게 되었다.

이 집에는 부엌을 제외하면 방이라곤 세 개뿐이다. 이 세 개의 방 가운데에서 길을 향해 창문이 나 있는 방 두 개를 의사가 쓰고, 나머지 방 하나와 부엌에는 다류쉬카와 세 아이를 거느린 여주인이 살았다. 주인 여자에게는 가끔 정부가 자러 왔는데, 그는 주정뱅이 농사꾼으로 밤새 주정을 부려서 아이들과 다류쉬카를 떨게 만들었다. 그가 와서 부엌에 버티고 앉아 보드카를 내놓으라고 억지를 쓰기 시작하면 모두 쩔쩔맸다. 그때마다 의사는 보다 못해 울부짖는 아이들을 자기 방으로 데리고 와서 마루에서 재웠다. 그럴 때마다 그는 큰 만족을 느꼈다.

그는 전과 다름없이 8시에 일어나서 차를 마신 뒤 책상 앞에 앉아서 묵은 책이나 잡지를 읽었다. 이젠 새 책을 살 여유조차 없었다. 책이 낡았기 때문인지 아니면 환경이 달라진 때문인지 독서도 이젠 그의 마음을 깊이 사로잡지 못하고 오히려 피로하게 만들 뿐이었다. 시간을 무위하게 보내지 않기 위해 그는 상세하게 자기의 장서 목록을 만들어서 책등에 정리표를 붙이기 시작했다. 그러고 보니 이런 기계적인 일이 독서보다 재미있는 것 같았다. 단조롭고 자질구레한 일이 이상하게도 그의 사고를 잠재워, 그는 사색하는 것을 완전히 그만두었다. 시간은 빠르게 지나갔다. 부엌에 앉아서 다류쉬카와 감자 껍질도 벗기고, 메밀쌀에서 티를 골라내는 일마저도 재미있게 여겨졌다. 토요일과 일요일에는 교회에 나갔다. 그는 벽 가까이에 서서 눈을 반쯤 감고 찬송가를 들으면서 부모에 대해, 대학 시절에 대해, 종교에 대해 생각했다. 그럴 때면 그의 마음은 잔잔하고 슬펐다. 그리고 교회를 나오면서 그는 예배가 너무 빨리 끝난 것을 서운하게 생각하는 것이었다.

그는 두어 번 병원으로 이반 드미트리치를 찾아가서 얘기를 나누려고 했다. 그러나 그때마다 이반 드미트리치는 몹시 흥분하고 화가 나 있었다. 그는 이젠 공허한 넋두리에는 싫증이 나서 자기를 조용히 내버려두었으면 좋겠다고 말하고, 자기는 지금 모든 고통의 보상으로서 하다못해 독방에라도 넣어 달라고 저주스러운 악당들에게 부탁하고 있다고 이야기했다. 그것마저 허락해 주지 못한단 말인가? 안드레이 예피무이치가 나오면서 편히 쉬라고 인사를 하면, 그는 번번이 대들면서 외쳤다.

"악마에게나 잡혀가 버려!"

그래서 안드레이 예피무이치는 다시 한 번 그를 방문할 것인가 말 것인가 망설이고 있었다. 하지만 가고 싶은 마음은 여전했다.

이전의 안드레이 예피무이치는 점심을 마치고 나면 방 안을 거닐며 사색에 잠기곤 하였으나, 요즘은 점심때부터 저녁의 차를 마시는 시간까지 소파에 등을 돌리고 누워서 헤어날 수 없는 하찮은 생각에 사로잡히곤 했다. 그는 20년이 넘도록 병원 근무를 했으나 연금은 고사하고 퇴직금도 받지 못하는 것에 모욕을 느꼈다. 사실 근무 상태가 그다지 훌륭한 것이었다고는 할 수 없지만, 연금이란 근무상태 여하에 관계없이 모든 관리가 공평하게 받을 수 있는 게 아닌가. 현대적인 의미에서의 공평이란 관등이니, 훈장이니, 연금이니 하는 것은 도덕적인 자질이나 능력에 대한 대가로서 주어지는 것이 아니라 어떠한 직업이건 근무라는 일반적 개념에 대한 대가로서 주어지게 마련이다. 그렇다면 어째서 나만이 예외가 되어야 한단 말인가? 그에게는 이제 한푼도 남아 있지 않았다. 가게 앞을 지나거나 주인 마누라의 얼굴을 대하기가 민망했다. 맥주 외상값이 벌써 32루블이나 밀려 있었다. 집주인 벨로바에게도 빚이 있다. 다류쉬카는 남몰래 헌 옷가지와 책을 팔면서 주인 여자에게는 이제 곧 선생님이 큰 목돈을 받는다고 거짓말을 하고 있었다.

그는 애써 모았던 천 루블을 여행에 써 버린 자신에게 화가 치밀었다. 지금 그 천 루블이 있으면 얼마나 요긴하게 쓰겠는가! 또한 그는 사람들이 자기를 가만히 내버려두지 않는 것에 화가 났다. 호보토프는 병든 동료를 가끔 문병하는 것을 의무로 생각하고 있었다. 안드레이 예피무이치는 그의 피둥피둥 살이 찐 얼굴도, 야비하고 겸손한 체하는 태도도, '선생' 하고 부르는 소리도, 목이 긴 장화도 모든 것이 역겨워 죽을 지경이었다. 가장 불쾌한 것은 그가 안드레이 예피무이치를 치료하는 것을 의무로 생각하고 또 실제로 고치고 있다고 생각하는 점이었다. 문병 올 때마다 그는 브롬화물이 든 병에 대황(大黃) 환약을 가지고 왔다.

미하일 아베랴느이치도 역시 친구를 찾아보고 위로하는 것을 의무로 생각하고 있었다. 언제나 그는 몹시 무관한 태도로 안드레이 예피무이치의 방에 들어와서 억지로 크게 웃으며 오늘은 안색이 좋다느니 다행히도 병이 좋아지고 있다느니 하고 설득하려 들었다. 그 태도를 보고 있자면, 그가 친구의 병상을 절망적으로 보고 있다는 것을 알 수 있었다. 그는 아직까지 바르샤바에서의 빚을 갚지도 않고, 그것이 부끄럽고 꺼림칙하니까 더욱더 큰소리로 웃고 재미있는 이야기를 하려고 애쓰고 있었다. 그의 우스꽝스런 소리와 이야기는 이제 끝이 없을 것처럼 보였고, 그건 안드레이 예피무이치에게나 자기 자신에게나 고통스러운 것밖에는 되지 않았다. 그가 와 있는 동안 안드레이 예피무이치는 으레 벽을 향해 소파에 누운 채 이를 악물고 쓸데없이 길게 늘어놓는 그의 말을 흘려듣고 있었다. 마치 찌꺼기가 가슴속에 층층이 쌓이는 듯한 기분이어서 그 친구가 문병 왔던 뒤에는 언제나 찌꺼기가 점점 더 수북이 쌓여서 목구멍까지 치밀어오를 듯한 기분이 되었다.

하찮은 감정을 지워 버리기 위해 그는 얼른 이런 생각을 한다. 즉 조만간에 그 자신이나 호보토프나 미하일 아베랴느이치가 자연계에 한 조각의 흔적도 남기지 않고 없어질 것이다. 만일에 백만 년 뒤에 어떤 영혼이 광대한 우주를 날아서 지구 곁을 스치고 지난다면, 그 영혼은 진흙과 험준한 바위산밖에 보지 못할 것이다. 모든 것이—문화도 도덕적인 법칙도—사라져 버리고 산우엉조차 자라지 않을 것이다. 그렇다면 구멍가게에 대한 수치심이니, 보잘것없는 호보토프니, 미하일 아베랴느이치의 귀찮은 우정 따위에 무슨의의가 있겠는가. 그러한 모든 것은 어리석은 잠꼬대이며 허망하고 대수롭지 않은 일이다.

그러나 이러한 이치도 이젠 아무 효과가 없었다. 그가 백만 년 뒤의 지구를 떠올리자마자 노출된 바위산 그늘에서 목이 긴 장화를 신은 호보토프와 경련하듯이 웃어대는 미하일 아베랴느이치가 나타나서는 부끄러운 듯이 이렇게 속삭이는 것이었다.

"바르샤바에서의 빚은 이삼 일 내로 꼭 갚아 드리겠소. 꼭이오."

16

어느 날 점심을 마치고 안드레이 예피무이치가 소파에 누워 있을 때 미하일 아베랴느이치가 찾아왔다. 마침 같은 시간에 브롬화물을 들고 호보토프도 나타났다. 안드레이 예피무이치는 괴로운 듯이 일어나 두 손으로 소파를 잡고 기대앉았다.

"아, 오늘은" 우체국장이 입을 떼었다. "어제보다 얼굴색이 훨씬 좋소. 됐어! 됐어!"

"슬슬 좋아지셔야죠, 네, 선생님." 호보토프가 하품을 하면서 말했다. "이렇게 오래 끌어서야, 선생님 자신도 싫증이 나셨겠죠."

"물론 낫고말고!" 명랑한 소리로 미하일 아베랴느이치가 말했다. "아직백 년은 살 수 있어! 암, 그렇고말고!"

"백 년은 좀 무리겠지만 20년은 끄떡없습니다!" 호보토프가 위로하며 말했다. "아무것도 아니에요, 선생님, 기운을 내십시오…… 이제 꾀병은 그만 부리십시오!"

"아직 얼마든지 건강하다는 걸 보입시다!" 미하일 아베랴느이치는 이렇게 말하며 큰소리로 웃기 시작하더니 친구의 무릎을 탁 쳤다. "건강하다는 걸

보입시다! 이번 여름엔 단숨에 카프카즈로 가서 그 일대를 말을 타고 달려 보십시다. 타닥! 타닥! 타닥! 그리고 카프카즈에서 돌아오면 어디 한번 화려하게 결혼식이라도 올립시다."

우체국장은 능청스럽게 한쪽 눈을 껌벅해 보였다. "당신에게 부인감을 소개하죠…… 부인을……"

안드레이 예피무이치는 갑자기 무슨 찌꺼기가 목구멍으로 치밀어오르는 것을 느꼈다. 심장이 몹시 두근거리기 시작했다.

"그런 저속한 말은 그만두시오!"

그는 벌떡 일어나서 창문께로 가며 말했다.

"도대체 당신들은 자기 자신의 이야기가 저속하다는 걸 모르시겠소?"

그는 부드럽고 정중하게 이야기를 이어 가려고 했으나 별안간 자기 생각과는 반대로 불끈 두 주먹을 쥐어 머리 위로 높이 쳐들었다.

"날 가만히 내버려둬!"

그는 흥분으로 온몸을 부들부들 떨면서 정신없이 소리쳤다.

"나가! 둘 다 나가, 둘 다!"

미하일 아베랴느이치와 호보토프는 일어나서 처음에는 이상한 듯이 보았으나 나중에는 공포의 빛을 띠고 물끄러미 그의 얼굴을 바라보았다.

"둘 다 나가!"

안드레이 예피무이치는 고함을 쳤다.

"우둔한 녀석들! 바보 자식들! 우정이고 약이고 필요 없어. 미련한 녀석! 저속한 놈들! 치사한 놈들!"

호보토프와 미하일 아베랴느이치는 넋나간 것처럼 얼굴을 마주 보면서 문께로 뒷걸음질쳐서 현관을 나갔다. 안드레이 예피무이치는 브롬화물의 병을 움켜쥐자 그들 뒤에다 힘껏 내던졌다. 병은 문턱에 맞아 요란하게 깨어졌다.

"악마에게나 잡혀가라!"

그는 현관으로 뛰쳐나가면서 울부짖듯이 외쳤다. "이 짐승 같은 놈들!"

손님이 돌아가자 안드레이 예피무이치는 열병에 걸린 사람처럼 부들부들 떨면서 소파에 누운 채 한참 동안 이렇게 되풀이하고 있었다.

"미련한 녀석들! 바보 자식들!"

마음이 가라앉자 그는 맨 처음 가엾은 미하일 아베랴느이치가 지금쯤 너무 부끄럽고 괴로운 심정으로 고통을 받고 있으리란 생각이 머리에 떠올랐다. 이런 일은 여태까지 한번도 없었다. 도대체 지성과 분별은 어디로 갔단 말인가? 체념이니 철학적인 무관심은 어디로 갔단 말인가?

의사는 부끄러움과 자신에 대한 분노로 밤새껏 잠을 이룰 수가 없었다. 다음날 아침 10시쯤 그는 우체국에 가서 국장에게 사과했다.

"지나간 일을 생각하는 것은 그만둡시다."

감동한 미하일 아베랴느이치는 그의 손을 힘껏 잡고 한숨을 쉬면서 말했다.

"지나간 일을 끄집어 내는 자는 소경이 되는 게 옳다는 말이 있지요, 류바프킨."

갑자기 그는 우체국 직원들과 손님들이 깜짝 놀랄 만큼 큰소리로 외쳤다.

"의자를 이리 가져와! 그리고 당신은 기다리고 있어!"

그는 창살 사이로 등기 우편을 내민 시골 여인에게 소리쳤다.

"내가 바쁘단 걸 모르겠나? 아니, 지나간 일을 생각하는 건 그만둡시다."

그는 안드레이 예피무이치 쪽으로 돌아앉아서 다정하게 말을 이었다.

"여기 앉으십시오, 자."

그는 한참 동안 잠자코 무릎을 쓰다듬고 있다가 이윽고 이렇게 말했다.

"난 당신이 화를 내리라고는 생각지도 않았습니다. 병은 어쩔 수 없는 거니까요. 하기야 당신의 어제 발작에는 저도 의사도 깜짝 놀라서 그 뒤 한참 동안 당신 이야기를 했었어요. 당신은 어째서 진지하게 자신의 병을 고치려 하시지 않는 겁니까? 정말 그대로 둬도 좋을까요? 친구로서 너무 솔직히 말해 미안합니다만."

미하일 아베랴느이치는 속삭였다.

"당신은 현재 실로 좋지 못한 환경에서 생활하고 계십니다. 좁고, 불결하고, 간호사도 없거니와 치료비도 없습니다. 그래서 저와 의사는 당신에게 진정으로 부탁드리고 싶은데, 제발 우리의 충고를 받아들여 입원해 주지 않겠소? 거기라면 몸에 좋은 식사도 있고 간호와 치료도 받을 수 있죠. 우리만의 이야기지만, 사실 호보토프는 천박한 사람이긴 하지만 솜씨도 좋고 충분히 믿을 수 있지요. 그 사람은 내게 당신 일을 책임지겠다고 약속해 주었어요."

안드레이 예피무이치는 우체국장의 성의에 찬 동정과 별안간 그의 볼에 빛나기 시작한 눈물에 감동했다.

"국장님, 제발 그런 말을 곧이듣지 말아 주십시오!"

그는 한 손을 가슴에 대고 나직한 소리로 말하기 시작했다.

"그들의 말을 믿지 말아 주십시오, 그것은 거짓말입니다! 제 병이란 다만 이 고장에서 20년 만에 겨우 한 사람의 총명한 인간을 발견했는데, 그가 광인이라는 사실에 지나지 않는 것입니다. 제겐 아무 병도 없습니다. 다만 전 빠져 나오려야 빠져 나올 수 없는 궁지에 빠졌을 뿐입니다. 내게 있어선 모든 게 마찬가지 얘깁니다. 모든 게 각오가 돼 있으니까요."

"제발 입원하십시오."

"전 아무래도 좋습니다. 설령 구덩이 속이라 할지라도."

"그럼 무엇이든 예브게니 표도르이치의 지시대로 한다고 약속하시는 거죠?"

"좋습니다. 약속하죠. 그러나 국장님, 다시 말씀드립니다. 나는 궁지에 빠져 버린 겁니다. 이제와서는 모든 게, 친구들의 성실한 동정마저도 한 가지 일, 나의 파멸로 통하고 있습니다. 나는 파멸의 길로 향하고 있습니다. 그러면서도 난 그 사실을 인정할 만한 용기를 가지고 있습니다."

"아니, 당신은 다시 건강하게 될 겁니다."

"무엇 때문에 그런 말을 하시는 거죠?"

안드레이 예피무이치는 화가 치미는 듯이 말했다.

"제가 겪고 있는 것과 같은 것을, 인생의 마지막 고비에 다다른 사람이라면 거의 모두 겪게 될 겁니다. 세상 사람들이 당신을 향해 신장이 나쁘다느니, 심장이 비대해 있느니 하는 말을 듣고 치료를 시작한다고 합시다. 아니면 당신이 미쳤다느니 죄를 지었다느니 하는 말을 들었다고 합시다. 즉 한 마디로 말해서, 갑자기 사람들의 주의가 당신에게 집중된다고 했을 때 당신은 이미 두 번 다시 나올 수 없는 절망의 궁지에 빠졌다는 것을 알아야 할 겁니다. 몸부림치면 칠수록 당신은 더욱더 깊은 곳으로 빠질 뿐입니다. 그땐 항복해야지요. 왜냐하면 인간의 힘으로는 절대로 당신을 구할 수가 없으니까요. 제겐 그런 생각이 듭니다."

그러는 사이에 창살 창구 앞에 사람들이 붐비기 시작했다. 안드레이 예피무이치는 방해하지 않으려고 일어나서 작별 인사를 했다. 미하일 아베랴느이치는 조금 전의 약속을 다시 한번 다짐받고는 바깥문까지 그를 전송해 주었다. 그날 해지기 전에 안드레이 예피무이치의 집으로 반코트를 입고 목이 긴 장화를 신은 호보토프가 느닷없이 나타나서, 어제는 아무 일도 없었다는 듯한 표정으로 이렇게 말했다.

"저, 잠깐 용무가 있어서 왔습니다, 선생님. 당신을 초대하기 위해 왔습니다. 저와 함께 입회 진찰을 해보시지 않으시렵니까?"

안드레이 예피무이치는, 호보토프가 기분을 풀어 주려고 산책길에 데려가려는 것이거나, 정말로 돈벌이라도 시켜 줄지도 모른다고 생각하면서 옷을 갈아입고 함께 거리로 나왔다.

그는 어제의 잘못을 사과하고 화해할 기회가 찾아온 것을 기뻐하면서, 어제의 사건에 대해서 한마디 언급도 없이 자기에게 친절을 베풀어 줄 모양인 호보토프에게 마음속으로 고마워하였다.

이 교양 없는 남자에게서 이런 배려를 받으리라고는 꿈에도 생각지 못했기 때문이었다.

"그런데 그 환자는 어디 있소?"

안드레이 예피무이치가 물었다.

"우리 병원 안에 있습니다. 전부터 당신에게 보이고 싶었지요……. 드물게 보는 흥미있는 증상입니다."

두 사람은 병원 안뜰로 들어가서 본관을 들러서 정신병 환자가 수용돼 있는 별동 쪽으로 향했다. 그 동안 내내 두 사람은 아무 말도 하지 않았다. 병동으로 들어서자, 전처럼 니키타가 벌떡 일어나 부동자세를 취했다.

"여기 있는 어떤 환자가 폐에 병발증을 일으켰습니다."

호보토프가 안드레이 예피무이치와 함께 병실로 들어서면서 낮은 소리로 말했다.

"여기서 좀 기다려 주십시오. 곧 오겠습니다. 청진기를 가지고 올 테니까요."

그는 그렇게 말하더니 나가 버렸다.

17

사방은 벌써 어두워지기 시작했다. 이반 드미트리치는 베개에 얼굴을 파묻고 자기 침대 위에 엎드려 있었다. 중풍 환자는 조용히 앉아서 입술을 떨면서 나직이 울고 있었다. 뚱뚱보 농부와 전직 우편정리 계원은 자고 있었다. 방 안은 조용했다.

안드레이 예피무이치는 이반 드미트리치의 침대에 앉아서 기다리고 있었다. 그런 뒤 한 30분쯤 지나자, 호보토프 대신 니키타가 양손에 환자복과 누구의 것인지 모를 속옷과 슬리퍼를 안고 병실로 들어왔다.

"이걸 갈아입으십시오, 원장님."

그는 작은 소리로 말했다.

"여기가 원장님의 침대입니다. 자, 이쪽으로."

그는 분명히 최근에 가져다 놓은 것으로 보이는 비어 있는 침대를 가리키면서 덧붙였다.

"상심 마십시오. 반드시 회복되실 겁니다."

안드레이 예피무이치는 모든 것을 알아챘다. 그는 한 마디 말도 없이 니키타가 가리킨 침대로 옮겨 앉아 니키타가 서서 기다리고 있는 것을 보면서 알몸이 되었다. 부끄러워 견딜 수가 없었다. 이윽고 그는 환자복을 입었다. 속옷 아랫도리는 짤막했고 셔츠는 길고 환자복에서는 훈제된 생선 냄새가 풍기고 있었다.

"곧 회복될 겁니다."

니키타가 되풀이했다.

그는 안드레이 예피무이치의 옷을 양팔로 안아들고 나가서 문을 닫았다.

'어떻게 되나 마찬가지야……' 안드레이 예피무이치는 겸연쩍은 듯이 환자복의 앞자락을 여미고, 새 옷을 입은 자기가 죄수와 비슷하다고 느꼈다. '마찬가지야…… 연미복이건 제복이건 환자복이건 마찬가지야……'

그런데 시계는 어쨌을까? ……옆주머니에 넣어 두었던 수첩은? 담배는? 니키타는 옷을 어디로 가져간 것일까? 이렇게 된 이상 이제부터는 아마 죽을 때까지 양복바지며, 조끼며 장화를 입거나 신거나 할 필요도 없으리라. 처음 얼마 동안은 이러한 모든 것들이 어쩐지 이상하고 납득이 가지 않았다. 안드레이 예피무이치는, 이렇게 된 지금도 벨로바의 집과 6호실 사이에는 아무런 차이도 없으며, 이 세상의 모든 것은 우스꽝스럽고 허망하기 짝이 없다는 것을 확신하고 있었다. 그럼에도 불구하고 그는 손이 떨리고 다리가 싸늘하게 식어 와서, 이제 곧 이반 드미트리치가 일어나 환자복을 입은 자기를 보리라고 생각하니 견딜 수 없는 기분이었다. 그는 일어서서 방 안을 한 바퀴 돌고는 다시 앉았다.

그렇게 30분, 한 시간을 앉아 있자니 참을 수 없을 만큼 진력이 났다. 과연 여기 있는 사람들처럼 여기서 이렇게 하루, 일주일, 아니 몇 년씩이나 어떻게 살 수가 있을까? 지금도 그는 앉았다가 방을 한 바퀴 돌곤 다시 또 앉았다. 창문께로 가서 밖을 내다볼 수도 있고, 다시 이 구석 저 구석 왔다 갔다 할 수도 있다. 그러나 그 다음엔 어떻게 되는가. 우상처럼 멍청히 앉아서 늘 생각만 해야 한단 말인가. 아니 그것은 도저히 할 수 없다.

안드레이 예피무이치는 드러누웠으나 곧 일어나 앉아 이마의 식은땀을 소매로 닦았다. 얼굴 전체에서 훈제된 생선 비린내가 나는 듯했다. 그는 또다시 방 안을 한 바퀴 돌았다.

"이건 무슨 오해일 거야……"

그는 이상하다는 듯이 양손을 벌리며 중얼거렸다.

"잘 납득을 시켜야겠어. 여기엔 오해가 있어……"

마침 그때 이반 드미트리치가 눈을 떴다. 그는 앉아서 두 주먹으로 턱을 괴었다. 퉤, 하고 침을 뱉었다. 그리고는 시름없이 의사에게로 눈길을 보냈으나, 처음 순간에는 아무것도 모르는 모양이었다. 그러나 곧 졸린 듯한 그의 얼굴이 심술궂고 쌀쌀맞은 표정으로 바뀌었다.

"아니, 당신도 이곳 신세를 지게 되었군요, 선생."

그는 한쪽 눈을 찡긋하며 잠이 덜 깬 목쉰 소리로 말했다.

"정말 잘 오셨습니다. 여태까지 당신은 남의 피를 빨아먹었지만, 이제부터는 반대로 당신이 빨릴 차례로군요. 이거 참 멋있는데!"

"여긴 무슨 오해가 있을 거요……"

안드레이 예피무이치는 이반 드미트리치의 말에 섬칫 놀라면서 중얼거렸다.

그는 어깨를 움츠리고 중얼거렸다. "무슨 오해가 있을 거요……"

이반 드미트리치는 침을 탁 뱉더니 다시 드러누웠다.

"저주받을 생활이야!"

그는 투덜거렸다.

"무엇보다 괴롭고 화나는 것은 이 인생이 고통에 대한 보상도 없거니와 오페라에서와 같이 아름다운 종막으로 끝나는 것이 아니고 죽음으로써 막을 내린다는 사실이야. 농부들이 와서 죽은 자의 손발을 잡고 구덩이 속으로 끌고 가지. 덜덜덜! 어쨌든 좋아. 그 대신 내가 저 세상에 가면 우리의 축일이 있을 테니까…… 난 유령이 되어 여기 다시 나타나 그 독사들을 혼내 줘야지. 그녀석들의 머리를 하얗게 세게 만들어 줘야지."

모이세이카가 돌아와서 의사를 보자 손을 내밀면서 구걸했다.

"한 푼 줍쇼!"

18

안드레이 예피무이치는 창문께로 걸어가서 들판을 바라보았다. 밖엔 이미 해가 기울고 오른편 지평선으로부터 싸늘한 심홍색의 달이 떠오르고 있었다. 병원 담장에서 200미터도 떨어지지 않은 곳에 돌담을 친 높다란 흰 건물이 서 있다. 그 건물은 감옥이었다.

'저것이 바로 현실이다!' 안드레이 예피무이치는 생각했다. 그러자 갑자기 두려워졌다.

달도, 감옥도, 담장 위의 뾰족한 못도, 먼 화장터의 불길도 무서웠다. 그때 그의 뒤에서 한숨 소리가 들려 왔다. 돌아보니, 반짝반짝 빛나는 성장(星章)과 훈장을 가슴에 단 남자가 서서 미소를 띠며 능글맞게 눈을 껌뻑이고 있었다. 그는 그것도 무서웠다.

안드레이 예피무이치는, 달과 감옥은 조금도 다른 점이 없고, 정신적으로 건전한 사람도 훈장을 달 때가 있으며, 모든 것은 썩어서 흙으로 변해 버린다는 것을 자신에게 타이르고 있었으나, 갑자기 절망감이 그를 사로잡았다. 그는 양손으로 쇠창살을 거머쥐고 힘껏 흔들어 보았다. 단단한 쇠창살은 꿈쩍도 하지 않았다.

그래서 그는 공포심을 잊으려고 이반 드미트리치의 침대로 걸어가서 앉았다.

"정말 난 녹초가 되었네. 이보게."

그는 몸을 떨면서 식은땀을 닦고 중얼거렸다.

"녹초가 되고 말았어."

"그럼 철학이나 하시죠."

이반 드미트리치는 비웃듯이 말했다.

"아아, 그렇군…… 그렇지, 그렇지……당신은 언젠가 이런 말을 했죠. 러시아에는 철학도 없으면서 저마다, 심지어 송사리까지 철학을 논한다고 말한 적이 있었지요. 하지만 하찮은 사람이 철학을 논한다 해도 아무에게도 해는 없습니다."

안드레이 예피무이치는 울음이 터질 것 같은 애처로운 투로 말했다.

"이봐요, 이반 드미트리치. 그 경멸하는 듯한 웃음은 도대체 무엇 때문이오? 불만을 품었을 때 송사리라고 해서 철학을 논하지 말란 법은 없잖습니까? 총명하고 교양 있고 긍지가 있고 자유를 사랑하는 인간, 신을 본뜬 인간, 그 인간이 불결하고 무지한 시골 거리의 의사가 되어 한 평생을 약병과 거머리와 겨자 반죽을 주무르는 외에는 아무런 출구가 없다니! 사기요! 너무 좁고 속되요! 아아, 신이여!"

"당신은 어리석은 소리만 하는군. 의사가 싫거든 장관이라도 되시지."

"어떻게요, 어떻게. 우리는 약해요. 아무것도 될 수 없어요, 난 지금까지 냉정하고 대담하고 합리적으로 사물을 생각했었소. 그러나 생활이 난폭하게 나를 건드리자마자 난 쇠약해지고 말았소…… 허탈 상태요…… 우리는 약하고 비참합니다…… 당신도 마찬가지로 그래요. 당신은 총명하고 훌륭합니다. 어릴 때부터 고상한 마음을 길러 왔지만 생활에 발을 들여놓자마자 그만 지쳐서 병에 걸리고 말았습니다…… 우린 약자예요, 약자예요!"

공포와 굴욕감 외에 또 한 가지 끈질긴 그 무엇이 초저녁부터 줄곧 안드레이 예피무이치를 괴롭히고 있었다. 마침내, 그는 이것이 무엇인지 알아챘다. 맥주와 담배를 원하고 있었던 것이다.

"나는 여기서 나가겠습니다."

그는 말했다. "여기 등불을 달아달라고 하겠소…… 이 상태로는 견딜 수 없지…… 도저히……"

안드레이 예피무이치는 걸어가서 문을 열었다. 그러나 그 순간 니키타가 껑충 뛰어 일어나더니 막아섰다.

"어디 가십니까? 안 됩니다, 안 됩니다."

그는 말했다.

"이제 주무실 시간입니다!"

"하지만 잠시 안뜰에서 바람을 쐬려는 것뿐이야!"

안드레이 예피무이치는 자기도 모르게 멈칫하면서 말했다.

"안 됩니다, 안 됩니다. 그런 명령은 없습니다. 잘 알고 계실 텐데요."

니키타는 탕하고 문을 닫고 등으로 버티고 섰다.

"하지만, 내가 여기서 나간들 누가 어떻게 된다는 건가?"

안드레이 예피무이치는 어깨를 움츠리면서 물었다.

"난 도무지 모르겠는걸! 니키타, 난 나가야 해!"

그는 떨리는 목소리로 말했다. "내겐 용무가 있단 말이야!"

"규칙을 어기는 일은 삼가 주십시오. 좋지 않은 일이올시다!"

니키타가 타이르듯이 말했다.

"무슨 돼먹지 않은 소릴 하는 거야!"

갑자기 이반 드미트리치가 큰 소리로 외치며 뛰쳐 일어났다.

"무슨 권리가 있어서 못 나가게 하는 거야? 그놈들은 뭣 때문에 우리를 여기다 가두어 두는 거야? 법률에도 분명히 씌어 있어. 어떤 사람이건 재판 없이 자유를 박탈당할 수는 없다고! 이건 폭력이야! 횡포라고!"

"횡포고말고!"

안드레이 예피무이치가 이반 드미트리치의 고함소리에 용기를 내서 외쳤다.

"내겐 용무가 있어! 나가야 돼! 너에겐 그런 권리가 없어! 내보내 달라는데 뭘 하는 거야!"

"안 들리나? 바보 같은 녀석!"

이반 드미트리치가 외치며 주먹으로 문을 두들겼다.

"열어, 그렇지 않으면 문을 부술 테다! 짐승 같은 놈!"

"열어!"

안드레이 예피무이치가 온몸을 떨며 외쳤다.

"내가 요구하는 거야!"

"얼마든지 지껄여!" 문 저쪽에서 니키타가 대답했다.

"더 지껄여 봐!"

"그럼 예브게니 표도르이치를 불러 주게. 내가 오시란다고 말해 줘……
잠깐이면 되니까!"

"그러잖아도 내일은 오실 겁니다."

"다시는 우리를 내보내지 않을 작정인 거야!"

그 동안에도 이반 드미트리치는 고함을 지르고 있었다.

"우리를 여기서 썩어 죽게 할 작정인 거야! 아아, 이 무슨 짓이야, 정말
로 저 세상에는 지옥이 없어서 악당들도 용서받는단 말인가? 도대체 정의는
어디에 있는 거야? 이 악당들아! 문을 열어, 난 숨이 막히겠어!"

그는 목쉰 소리로 이렇게 외치더니 몸으로 문을 들이받았다.

"내 머리가 부서질 때까지 할 테다, 이 살인귀들 같으니라구!"

그러자 갑자기 니키타가 문을 홱 열더니 두 손과 무릎으로 난폭하게 안드
레이 예피무이치를 밀어젖혀 놓고 주먹을 들어 그의 얼굴을 후려쳤다. 안드
레이 예피무이치는 소금 냄새나는 거대한 파도가 철썩 하고 머리 위를 덮어
씌우더니 자기를 침대로 끌고 가는 듯한 기분이 들었다. 정말로 입 안이 찝
찔했다. 아마 이빨에서 피가 나는 것 같았다. 그는 파도 위로 떠오르려고 하
는 것처럼 양팔을 휘젓기 시작하다가 누구의 침대를 붙잡았다. 그때 니키
타가 두 번씩이나 등을 후려치는 것을 느꼈다.

이반 드미트리치도 큰소리로 비명을 질렀다. 아마 그도 맞은 것이 분명했
다.

그러고 나자 주위가 조용해졌다. 물빛 같은 달빛이 쇠창살을 뚫고 비쳐서
방바닥 위에 그물 같은 그림자를 만들고 있었다. 무서웠다. 안드레이 예피무
이치는 숨을 죽인 채 누워 있었다. 그는 공포를 느끼면서도 또 한 번 얻어맞
는 것을 공포와 함께 기다리고 있었다. 마치 누군가가 낫으로 그의 몸을 콱
찌르고 가슴이며 창자를 몇 번이고 후벼내는 것 같았다. 통증 때문에 그는
베개를 깨물고 이를 악물었다. 그러자 갑자기 그의 희미한 머릿속에는 지금
달빛을 받아 검은 그림자와 같은 모습을 보이고 있는 이 사람들이 몇 년 동
안을 매일같이 이와 똑같은 아픔을 견디며 지내왔을 거라는 무섭고 참을 수
없는 생각이 뚜렷이 떠올랐다. 20년이라는 기나긴 세월 동안 자기는 그걸
몰랐을 뿐 아니라 알려고조차 하지 않았다는 것이 도저히 믿어지지 않았다.

그는 몰랐다. 아니 고통에 대한 관념조차 없었다. 그러니 그에게는 죄가 없는 것이다. 그러나 그의 양심이, 니키타처럼 냉혹하고 난폭함에 대해 그로 하여금 저도 모르게 머리서부터 발끝까지 오싹 소름끼치는 분노로 몰아세웠다. 그는 뛰쳐 일어났다. 그리고 있는 힘을 다해 외치며, 한시라도 빨리 뛰어나가서 우선 니키타를, 그리고 호보토프와 사무장과 조수를 죽이고, 마지막으로 자살하겠다고 생각했으나, 가슴 속에서는 한 마디의 소리도 나오지 않았고, 발도 말을 듣지 않았다. 그는 숨을 헐떡이면서 환자복과 셔츠, 앞자락을 잡아 찢고는 실신해서 침대 위에 쓰러졌다.

19

다음 날 아침 그는 골이 지끈지끈하고 귀가 먹먹하고 온몸이 나른했다. 어젯밤의 추태를 생각해 보아도 별로 부끄럽지 않았다. 어제의 그는 소심하기 짝이 없어서 달까지 무서워하고, 그전에는 미처 자기에게 있었다고 생각되지도 않았던 감정과 생각을 진지하게 토로하기 시작했다. 이를테면 철학을 논하는 송사리의 불만같은 것이 그랬다. 그러나 이제는 아무래도 좋았다.

그는 먹지도 마시지도 않고 조용히 누워서 잠자코 있었다.

'어쨌든 마찬가지야.' 상태가 어떠냐는 질문을 받았을 때, 그는 이렇게 생각했다. '대답하지 않겠다. 아무래도 마찬가지니까.'

점심 식사 뒤에 미하일 아베랴느이치가 찾아와서 차 4분의 1푼트(1푼트는 약 4백 그램)와 만만레드(오렌지, 레몬 등의 껍질로 담근 잼) 1푼트를 주고 갔다. 다류쉬카도 와서 희미한 슬픈 표정을 띠고 한 시간이나 침대 곁에 서 있었다. 의사인 호보토프도 문병을 왔다. 그는 브롬화물 병을 들고 와서, 병실 안에 무엇이든 향을 피우라고 니키타에게 일렀다.

저녁 무렵에 안드레이 예피무이치는 뇌일혈을 일으켜서 죽었다. 처음에 그는 심한 오한과 구토를 느꼈다. 그리고 무언가 불쾌한 것이 온몸을, 손끝까지 꿰뚫고 위에서 머리로 달리며 눈과 귀에까지 스며드는 듯한 기분이 들었다. 심한 현기증이 일어났다. 안드레이 예피무이치는 드디어 죽음의 때가 온 것을 깨닫고, 이반 드미트리치와 미하일 아베랴느이치와 그 밖의 수백 만 명이나 되는 인간들이 영생을 믿고 있다는 것을 떠올렸다. 지금 갑자기 그 영생이 찾아오는 것일까? 그러나 그는 불멸을 원치 않았다. 그는 잠깐 그것을 생각한 데 지나지 않았다. 어제 책에서 읽은 무척 아름답고 우아한 사슴 무리가 문득 그의 곁을 달려갔다. 그리고 시골 아낙네가 등기 우편을 들고 있는 손을 내밀었다. 미하일 아베랴느이치가 무어라고 말했다. 이윽고 모든 것이 사라지고, 안드레이 예피무이치는 영원히 의식을 잃었다.

병원 짐꾼이 와서 그의 손발을 잡고 교회로 옮겨갔다. 그곳 테이블 위에 그는 눈을 뜬 채 누워 있었다. 밤이 되자 달빛이 그를 비쳤다. 이튿날 아침 조수 세르게이 세르게이치가 와서 십자가 앞에 경건하게 기도를 드리고, 옛 상관의 눈을 감겨 주었다. 그 다음날 안드레이 예피무이치는 매장되었다. 장례에 참석한 것은 미하일 아베랴느이치와 다류쉬카 두 사람뿐이었다.

огней

등불

등불

문 밖에서 불안한 듯이 개가 짖기 시작했다. 기사(技師) 아나니예프와 조수인 학생 폰 시첸베르그, 그리고 나는 이놈이 무엇을 보고 그러는가 하고 바라크에서 나왔다. 나는 이 바라크의 손님이었으므로 구태여 나오지 않아도 괜찮았지만, 솔직히 말해서 한잔 했으므로 머리가 좀 어지러워서 신선한 공기를 쐬고 싶었다.

"아무도 없는데……"

바깥으로 나오자 아나니예프가 말했다.

"자식, 거짓말을 했군. 아조르카, 이 바보야!"

부근에 사람의 그림자는 전혀 보이지 않았다. 집지키는 검은 잡종개 바보 아조르카는 이유없이 짖은 것을 사과라도 하듯 슬금슬금 우리들 곁으로 다가오더니 꼬리를 흔들어 댔다. 기사는 몸을 숙여, 개의 두 귀 사이를 쓰다듬어 주었다.

"임마, 왜 아무도 없는데 짖느냔 말야?"

선량한 사람이 어린이나 개를 상대할 때의 말투로 그는 말했다.

"나쁜 꿈을 꾼 모양이구나, 응, 그렇지? 의사 선생, 이놈은 말이죠."

그는 내게로 얼굴을 돌리며 말했다.

"무척 신경질적인 놈이에요. 고독을 견디지 못해 툭하면 무서운 꿈을 꾸고는 짖어대곤 하죠. 야단이라도 치는 날에는 마치 히스테리를 일으키는 것처럼 되어 버린답니다."

"네에, 성깔이 있는 놈이에요."

학생이 맞장구를 쳤다.

아조르카는 자기가 화제에 오르고 있는 것을 깨달았는지 코끝을 치켜들고 처량하게 짖어 댔다. 그 모양은 마치,

"그래요. 저는 이따금 걷잡을 수 없을 만큼 괴로워진답니다. 하지만 용서

해 주세요."

그렇게 말하고 있는 듯이 보였다.

별은 드문드문 보였지만 캄캄한 8월 밤이었다. 여태까지 한 번도, 어쩌다가 잘못 발을 들여놓은 현재와 같이 특수한 환경에 몸을 담은 적이 없었으므로, 나에게는 이 별 많은 밤도 실제 이상으로 어둡고 서먹서먹하고 황폐한 것으로 여겨졌다. 내가 있는 곳은 부설 공사를 막 시작한 철도 선로(線路)였다. 반쯤 완성된 높다란 둑, 모래와 붉은 흙과 자갈의 산더미, 바라크, 구덩이, 여기저기 팽개쳐진 트럭, 인부들이 기거하고 있는 구덩이 집의 평평한 흙더미…… 어지럽게 널려 있는 이 모든 것이 어둠으로 인해 한 가지 색으로 보이고, 대지는 무언가 혼돈 시대를 떠올리게 하는 썰렁하고 야릇한 모습을 보여 주고 있었다. 눈앞에 가로놓여 있는 모든 것이 너무도 질서가 없는 바람에, 무어라 형용할 수 없이 마구 파헤쳐져 있는 땅 한복판에서 그림자 같은 사람의 모습과, 나란히 줄지어 서 있는 전신주 같은 것을 보자 어쩐지 이상한 느낌이 들었다. 그 두 가지가 다 이 광경의 조화를 해치고 장소에 어울리지 않는 것처럼 느껴졌다. 고요했다. 다만 우리 머리 위의 어딘가 아주 높은 곳에서 전선(電線)이 부르고 있는 쓸쓸한 노랫소리가 들릴 뿐이었다.

우리는 둑으로 올라가 거기서 아래를 내려다보았다. 우리가 있는 곳으로부터 백미터쯤 떨어진, 움푹 파인 땅과 구덩이와 자갈더미 등이 밤안개와 더불어 용해되어 있는 곳에 희미한 등불 하나가 깜박이고 있었다. 그 저쪽에 또 하나가 깜박거리고, 세 번째 등불이 깜박거리고, 그리고 또 백 발짝쯤 떨어져서 빨간 두 개의 눈이 나란히 깜박거리고 있었다. 아마 누구네 바라크의 창문일 것이다. 그러한 등불의 기다란 줄이 차차 간격을 좁혀 희미해지면서 선로를 따라 지평선 부근까지 이어지다가 거기서부터 반원형으로 왼쪽으로 굽어 아득히 먼 저쪽의 안개 속으로 사라지고 있었다. 등불은 움직이지 않았다. 그것들에도, 밤의 적막에도, 전선의 쓸쓸한 노래에도 무엇인가 공통된 것이 느껴졌다. 이 둑 밑에는 무엇인가 중대한 비밀이 감추어져 있는데, 등불과 밤과 전선들만이 그것을 알고 있다는 생각이 들었다.

"어때요, 멋지지 않습니까?"

아나니예프가 감탄의 한숨을 쉬었다.

"아까울 만큼 넓고 아름다운 경치죠. 그리고 또 이 둑의 웅장함! 이쯤 되면 이봐요, 둑이 아니라 바로 몽블랑의 정취예요! 돈으로는 살 수 없는 거죠.”

취기도 알맞게 돌아 낭만적인 기분이 된 기사는 돈으로 살 수 없다는 둑과 등불을 황홀하게 바라보면서, 학생 폰 시첸베르그의 어깨를 치며 농담조로 말을 이었다.

“미하일 미하일르이치, 무엇을 생각하고 있나? 자기가 손을 댄 일을 보는 것은 즐거운 거지? 작년까지만 해도 이 부근은 황폐한 황야라 사람의 냄새조차도 나지 않았어. 그런데 지금은 어때? 생활이 있고 문명이 있잖은가! 참으로 멋진 일이 아닌가 말이야! 우리는 지금 철도를 깔고 있어. 그러나 앞으로 백 년이나 2백 년이 지나면, 우수한 사람들이 이곳에 공장과 학교와 병원을 세우고 기계가 소리를 내며 돌아가게 되겠지! 안 그래?”

학생은 두 손을 주머니 속에 찌르고 꼼짝도 하지 않고 선 채 언제까지나 등불에서 눈을 떼지 않았다. 그는 기사의 말도 귀에 들리지 않는 듯, 무엇인가 생각에 잠겨 말하는 것도 듣는 것도 귀찮은 모양이었다. 오랜 침묵 뒤에 그는 나를 뒤돌아보며 조용히 말했다.

“끝없이 이어지고 있는 이 등불이 도대체 무엇을 닮고 있는지 아시겠습니까? 이 등불은 내 마음속에 이미 먼 옛날에 죽어 버린 수천 년 전의 사람들, 아말레크인이나 필리스친인의 군영(軍營) 같은 것을 떠오르게 합니다. 마치 구약성서에서 어느 민족이 장막을 치고, 사울이라든가, 다윗과 한바탕 싸우려고 밤이 새는 것을 기다리고 있는 것 같은 느낌이 들지 않습니까! 이 공상을 채우는 데 모자라는 것이 있다면 그것은 나팔 소리와 에티오피아 말이나 서로 다른 말로 소리지르는 보초병들뿐이지요.”

“그럴지도 모르지.”

기사가 동의했다. 그러자 때마침 선로 위로, 전투하는 것 같은 소리를 내며 바람이 불어닥쳤다.

침묵이 흘렀다. 기사와 학생이 지금 무엇을 생각하고 있는지는 알 수 없었으나 내게는 눈앞에, 실제로 먼 옛날에 죽어 없어진 사람들의 모습이 보이고, 이해할 수 없는 언어로써 말하고 있는 보초병들의 소리마저 들리는 듯한 느낌이 들었다. 내 상상은 벌써 천막과, 이상한 사람들과, 그들의 옷과 갑옷들을 똑똑히 그려내고 있었다.

"그렇죠."

학생이 명상에 잠기면서 중얼거렸다.

"옛날에 이 세상에는 필리스친인과 아말레크인이 생활하고 전쟁을 벌여서 저마다의 역할을 수행하고 있었지요. 그러나 이미 그들의 흔적마저도 없어져 버린 지 오래지요. 우리도 마찬가지예요. 지금 우리는 철도를 깔기도 하고 이렇게 서서 철학을 펼치기도 하고 있지만 앞으로 2천 년쯤 지나면 이 둑도, 고된 노동을 한 뒤에 지금쯤은 곤히 잠들고 있을 사람들도 모두 먼지도 없이 사라져 버리겠죠. 참으로 무서운 일이지요!"

"그런 생각은 버리는 게 좋겠어……"

기사가 타이르듯이 진지하게 말했다.

"어째서입니까?"

"어째서라니, 그런 생각은 말이지, 인생을 마칠 때 가져야 할 생각이지, 이제부터 인생을 시작하려는 사람이 할 생각은 못 돼. 그런 생각을 하기에는 자네는 아직 너무 어리단 말이야."

"그것은 또 어째서입니까?"

학생은 되풀이하여 물었다.

"알겠나? 무상이라든가, 허무라든가, 삶이 덧없다든가, 죽음은 피하지 못한다든가, 그리고 죽은 뒤엔 암흑뿐이라는 생각, 그런 고상한 생각에 대해 나더러 말하라고 한다면 말이지, 그러한 생각은 노년에 이른 사람의, 특히 오랜 세월에 걸친 내적(內的) 노동과 고통의 결실로 참으로 사상적인 부(富)를 누리고 있는 사람의 경우에만 극히 자연적이기도 하거니와 훌륭하기도 한 거야. 그러나 이제 독립 생활을 갓 시작한 젊은 두뇌에 그런 사상을 담는 것은 불행일 뿐이지! 불행이고말고!"

아나니예프는 이렇게 되풀이하고 손을 내저었다.

"내 생각으로는 말이야, 자네 또래의 나이에 그런 식의 생각을 가질 바엔 차라리 어깨 위에 머리를 얹고 있지 않는 편이 낫다고 생각해. 나는 말이야, 남작(男爵), 진지하게 말하고 있는 거라구. 벌써 오래전부터 한번 자네하고 이것에 대해 서로 얘기하고 싶다고 생각하고 있었지. 자네하고 알게 되자마자 나는 자네가 그런 쓸모없는 생각에 끌리고 있다는 것을 뚜렷이 알고 있었어!"

"어째서 이것이 쓸모없는 생각일까요."

학생은 미소를 띠면서 물었다. 그러나 그의 말소리와 표정으로 미루어 보아 그는 다만 마지못해 그렇게 물었을 뿐, 기사가 들고 나선 문제 따위에는 조금도 흥미를 갖고 있지 않다는 것을 알 수 있었다.

나는 두 눈이 저절로 감길 지경이었다. 산책을 마치면 곧 인사를 하고 드러누울 줄로 알고 있었는데, 그 희망은 쉽사리 실현되지 않았다. 바라크로 돌아오자, 기사는 빈 술병을 침대 밑으로 치우고, 광주리 속에서 새 병 두 개를 꺼내어 마개를 따더니 작업용 책상 앞에 앉았다. 그의 태도에서는 계속 더 마시거나 이야기하거나 하려는 기색이 뚜렷해 보였다. 잔에 따른 술을 조금씩 마시면서 그는 도면에 연필로 기호를 달기도 하고 아까 하던 이야기의 계속으로 학생에게 생각이 온당치 않다고 설복하기도 했다. 학생은 그의 곁에 앉아 뭔가 계산을 다시 하며 잠자코 있었다. 그도 나와 마찬가지로 지껄이는 것도, 이야기를 듣는 것도 귀찮았던 것이다. 나는 두 사람의 일에 방해를 하지 않기 위한 것과 잠자리가 권해지기를 간절히 기다리는 마음으로 작업용 책상에서 떨어진 곳에 있는 기사의 절름발이 간이침대에 앉았다. 몹시 심심했다. 자정이 넘은 시각이었다.

심심해서 나는 새로 사귄 친구들을 살피기 시작했다. 아나니예프와도 학생과도 나는 지금까지 만난 적이 없고, 오늘 밤 처음으로 알게 되었다. 오늘 저녁 늦게 나는 시내 길거리에서 말을 타고 놀러 가 있었던 지주 집으로 돌아가려고 하였는데, 어둠 속에서 길을 잘못 들어 완전히 길을 잃고 말았다. 선로 부근을 빙빙 돌면서 밤의 어둠이 차차 짙어져 가는 것을 보고 있는 동안에 나는 길을 가는 사람이나 말 탄 사람을 기다리고 있다가 습격한다는 '철도 부랑자'를 상기하고 불안해져서, 맨 먼저 나타난 바라크의 문을 두드렸다. 그런 나를 기분 좋게 맞아 준 사람이 아나니예프와 이 학생이었던 것이다. 우연히 만난, 보지도 알지도 못하는 사람들 사이에 흔히 있듯이 우리는 아주 간단하게 사귀게 되었지만 순식간에 의기투합하여 차를 든 다음 술을 마실 무렵에는 이미 옛 친구와 같은 느낌을 가지게 되었다. 한 시간쯤 되는 동안에 나는 그들 두 사람의 사람됨과 그들이 어떤 곡절로 도시에서 이처럼 멀리 떨어진 들판에 와 있는가를 알게 되었다. 또 그들도 내가 어떤 사람이며 어떤 직업을 가지고 있고, 어떤 생각을 하고 있는가를 알게 되었다.

기사 니콜라이 아나스타세이치 아나니예프는 어깨가 넓고 건장한 사나이였는데, 오셀로처럼 거의 '초로의 고개에 다가서고' 군살이 붙기 시작하고 있었다. 그는 중매인들이 흔히 말하는 이른바 '한창 나이'였다. 다시 말해서 젊지도 늙지도 않았고, 마음껏 먹고 마시고, 과거를 떠올리는 것을 좋아하고, 걸음을 걸을 때에는 약간 숨이 가쁘고, 잠잘 때에는 요란하게 코를 골지만 주위 사람들에 대한 태도에는, 영관(領官) 지위로 올라간 사람이 아랫배가 나오려는 무렵이면 자연히 몸에 갖추어지는, 그 쓴맛 단맛 다 겪은 저 침착한 선량함이 어엿이 나타나고 있었다.

머리카락도 턱수염도 희어지기에는 아직 멀었지만 자기도 모르는 새 어느덧 대범한 태도로 "여보게" 하면서 젊은 사람들에게 생색을 내어, 자기에겐 그들의 사고방식을 조용히 주의시켜 줄 권리라도 있는 듯 여기고 있었다. 동작과 말소리에도 침착성이 있어 조금도 막힌 데가 없이 자신에 차 있었다. 그 태도는 마치 이미 인생의 올바른 길에 다다라 일정한 직업도 있거니와 일정한 수입도 있고, 일정한 견해도 있음을 충분히 잘 알고 있는 사람에게서 이따금 볼 수 있는 그런 것이었다. 코가 크고 햇볕에 탄 얼굴과 건장한 목덜미는 마치 이렇게 말하는 듯하였다.

"나는 아무런 부자유도 없고 건강하며 나 자신에게 만족하고 있어. 언젠가 때가 오면 자네들 젊은 사람들도 역시 아무런 부자유 없이 건강하며 자기 자신에게 만족할 수 있게 되지……"

그는 비스듬한 깃이 달린 사라사 루바시카에다 폭이 넓은 리넨 바지를 입고, 커다란 장화 속에 바지자락을 집어넣은 차림이었다. 몇 가지 사소한 점, 이를테면 빛깔 있는 털실 허리띠라든가, 수놓은 깃이라든가 해진 팔꿈치를 기운 솜씨로 보아 나는 이 사나이가 기혼자이며, 틀림없이 아내로부터 따뜻한 사랑을 받고 있음에 틀림없다고 추측할 수가 있었다.

남작 미하일 미하일르이치 시첸베르그는 철도학교 학생으로 스물서너덧 살 된 젊은이였다. 아마빛 머리칼과 숱이 적은 턱수염, 그리고 이목구비가 큼직큼직하고 투박한 점만이 발틱 해 연안의 독일 출신임을 느끼게 할 뿐, 그 외에는 이름도, 종교도, 사상도, 말씨나 태도, 얼굴 표정도 모두 완전히 러시아 사람이었다. 그도 아나니예프와 마찬가지로 커다란 장화를 신고 사라사의 루바시카를 바지 위로 내어 입고 있었는데 등이 구부정했다. 오랫동안 손질을 하지 않은 머리나 햇볕에 탄 모습은 학생이나 남작이라기보단 차라리 아주 평범한 러시아인 견습 직공을 떠올리게 하였다. 그는 별로 말도 하지 않았고 움직이지도 않았다. 마시고 싶지 않다는 듯 마음 내키지 않는 태도로 술을 마셨고 계산을 고쳐 확인하는 것도 기계적이었는데, 줄곧 무엇인가 생각하고 있는 듯이 보였다. 동작이나 말소리도 침착하여 어색한 데가 없었으나, 그 침착성은 기사의 침착성과는 전혀 성질이 다른 것이었다. 사람을 좀 깔보는 듯한, 햇볕에 탄 사색적인 얼굴이며 약간 치켜떠보는 듯한 시선과 자세가, 정신 침체와 사고의 권태를 나타내고 있었다. 그의 눈은 마치 자기 앞에서 불이 타고 있건 말건, 술맛이 좋건 나쁘건, 자기가 다시 고친 계산이 맞건 안 맞건 그런 것은 자기와는 상관 없는 일이라고 말하고 있는 것 같았다. 나는 영리하고 침착해 보이는 그의 얼굴에서 이런 일들을 알 수 있었다. '지금 나는 일정한 직업도, 일정한 수입도, 일정한 견해도, 도무지 고맙다고 생각하고 있지 않아. 그런 것은 모두 시시한 일이야. 나는 페테르부르크에 있었는데 지금은 이런 바라크에서 썩고 있어. 가을이 되면 다시 페테르부르크에 가 있다가, 봄에 다시 이곳으로 돌아오…… 이런 일에서 도대체 무슨 뜻을 발견할 수 있단 말인가? 나로서는 알 수 없고, 그리고 또 어느 누구도 알 수 없는 거야…… 다시 말해서, 뜻이고 뭐고 아무것도 없는 거라구……'

기사의 말을 들을 때에도 그는 마치 사관학교의 상급생이 의견이 맞지 않는 마음씨 좋은 아저씨의 이야기라도 듣는 것 같은, 한 걸음 양보한 무관심한 태도를 취하고 아무런 흥미도 나타내지 않았다. 그것은 마치 기사가 말하는 것 따위는 도무지 새로울 게 없다, 말하는 것이 귀찮지만 않다면 대신 좀 더 새롭고 현명한 말을 해 주겠는데 하는 태도였다. 그러나 아나니예프는 그래도 기세가 꺾이지 않았다. 그는 이미 선량해 보이는 농담조를 그만두고 진지하게 말하고 있었는데, 그 침착한 표정과는 전혀 어울리지 않게 열기마저 띠고 있었다. 분명히 그는 추상적인 문제에 관심을 갖고 있으며 또 좋아하기도 했지만, 조리 있게 따져 말하는 재주는 없는 것 같고, 또 익숙하지도 않았다. 그가 익숙하지 않다는 것은 그의 말투에도 뚜렷이 나타나 있어 나로서도 그가 무엇을 말하려고 하는지 곧바로 알 수 없을 정도였다.

"나는 그런 생각을 진심으로 증오하고 있어!"

그는 말했다.

"나 자신도 젊었을 때부터의 성질로부터 지금도 아직 완전히 빠져 나오지 못했으니까 하는 말인데 말이야, 하기야 나는 머리가 나빠서 모처럼의 사념이 돼지 목에 진주격이었던 때문인지도 모르겠지만. 어쨌든 이 사상은 내게 악덕 이외에는 아무것도 안겨 주지 않았어! 그야 뻔한 얘기지! 삶이 덧없는 것이라느니 허무한 것이라느니 속세 무상이니 하는 사상, 다시 말해서 솔로몬의 이른바 '헛되고 헛되니, 모든 것이 헛되도다'라는 것은 인간의 사상계에서 최고이자 또한 궁극의 단계로 일컬어져 왔고, 현재도 그렇거든. 사색하는 사람도 이 단계에 이르면 그것으로 스톱이야! 그 앞으로는 갈 데가 없거든. 정상적인 사고(思考) 작용은 여기서 끝이 나는 거지. 그것이 일의 당연한 순서야. 그런데, 우리의 불행은 우리가 바로 이 종국에서 사색하기 시작하는 데에 있는 거야. 정상적인 사람이면 끝나야 하는 데서 우리는 출발을 해. 두뇌가 독립된 작용을 시작할까 말까 할 사이에 우리는 처음부터 최고 또는 궁극의 단계로 올라가 버리고 그보다 밑에 있는 단계 따위는 알려고도 하지 않거든."

"그것이 어째서 나쁘다는 겁니까?"

학생이 물었다.

"그것이 정상적이 아니라는 것을 알아 달란 말이야!"

아나니예프는 거의 적의(敵意)에 찬 눈초리로 그를 노려보며 외쳤다.

"만약에 우리가 밑에 있는 단계를 빼고 한꺼번에 가장 높은 단계로 올라가는 방법을 발견했다고 하면, 기다란 계단 전체가, 다시 말해서 풍부한 색채며 소리며 사상을 갖춘 모든 인생이 우리에게는 무의미한 것이 되고 말지. 자네들의 나이에서는 그런 생각이 악덕이고 부조리일 따름이라는 것을 자네 역시 이상적이고 독립된 생활의 한 걸음 한 걸음에서 이해할 수 있게 될 거야. 만약에 말이지, 지금 자네가 다윈이라든가 셰익스피어를 펼쳤다고 하자. 아마 한 페이지나 읽었을까 말까 할 동안에 벌써 독이 돌기 시작할 거야. 그래서 자네의 긴 인생도, 셰익스피어도, 다윈도 자네에게는 졸렬하고 시시한 것으로 생각될 거야. 왜냐하면 자네는 자기도 결국은 죽는 몸이라는 것과, 셰익스피어도 다윈도 이미 죽어 버렸다는 것, 그들의 사상은 자기들 자신이나 지구나 자네를 구제할 수 없다는 것, 그리고 이처럼 인생의 의미를 잃어

버렸으니 이미 지식이라든가, 시라든가, 고상한 사상이라든가 하는 것들은 전혀 불필요한 일시적인 오락으로 어른들의 덧없는 노리개에 지나지 않는다는 것을 이미 다 알고 있으니까 말이야. 그리고 자네는 두 페이지째에는 벌써 읽는 것을 그만두게 될 거야. 예컨대 지금 똑똑한 자네한테 어떤 사람이 와서, 이를테면 전쟁에 대한 자네 의견을 물어본다고 하세. 전쟁은 바람직한 일인가, 도덕적인 것인가 하고 말이야. 이 중대한 질문에 대해서도 자네는 다만 어깨를 으쓱하고 적당한 말로 얼버무릴 거야. 왜냐하면 그런 생각을 하고 있는 이상, 자네에게는 몇 십만 명이 죽음을 강요당하거나 혹은 자신의 수명대로 다 살거나 결국은 똑같을 것이니까 말일세. 어쨌든 결과는 하나, 즉 재와 망각에 지나지 않는다는 것이지. 그러나 한 가지 말해 두겠는데 말이야, 우리는 지금 철도 부설 공사에 종사하고 있지. 이 철도가 2천 년 뒤에는 먼지로 변해 버린다는 것을 우리가 알고 있다고 한다면, 도대체 무엇 때문에 우리는 지혜를 짜내어 연구를 하고, 평범한 형태를 내려다보려고 하고 노동자들에게 동정을 하며 횡령을 하거나 하지 않고 할 필요가 있을까? 그 밖의 것도 마찬가지야…… 자네도 그렇게 생각하겠지만 이런 불행한 사고방식 아래서는 아무 진보도 있을 수 없고, 과학도, 예술도, 아니, 사상 그 자체도 있을 수 없단 말이야. 우리는 우리가 일반 대중이나 셰익스피어보다도 현명하다고 생각하고 있지만, 실제로 우리의 사고 활동은 무엇 하나 가져다주는 게 없어. 하기야 우리에게는 아래 단계로 내려갈 생각은 털끝만큼도 없고 그렇다고 해서 그 이상 올라가야 할 곳도 없지. 우리의 두뇌는 결빙점에서 있는 채 꼼짝달싹도 못하는 거야…… 나는 약 6년간이나 그런 생각에 사로잡혀 있었지만, 솔직히 말해서 그 동안을 통해서 착실하게 단 한 권의 책도 읽지 않았고, 티끌만큼도 현명해지지 않았으며, 내 도덕 교범을 한 마디도 풍부하게 하지도 못했어. 이것은 불행이 아닐까? 더구나 내 자신이 물들어 있는 것만으로는 아직도 모자라서, 우리는 주위에 있는 사람들에게까지 생활에 독을 안겨 주고 있으니까 말이야. 차라리 이런 염세주의를 지니고 있는 우리는 인생을 거부하고 어딘가 동굴 속에 은둔하거나, 빨리 죽거나 하는 게 좋을 거야. 그러나 우리는 사회 법칙에 따라 생활하고, 느끼고, 여자를 사랑하고, 아이들을 기르고, 철도를 부설하고 있는 거야.”

“우린 누구 한 사람의 사상 때문에 추워지거나 더워지거나 하진 않아요……”

학생이 생기 없는 목소리로 말했다.

"아니, 그런 말은 그만두게! 자네는 아직 인생의 향기를 맡은 적이 없어. 나 정도의 나이까지 살아 보면 어차피 알게 되겠지만! 그런 생각은 말이야, 자네가 생각하는 만큼 순수하지 않아. 현실 생활에서 사람들과 접촉하게 되면, 그런 생각은 다만 공포와 비겁함으로 이끌기만 할 뿐이야. 나는 말이야, 얄미운 타타르인들에게도 바라고 싶지 않을 만큼의 상태를 타개해 나가지 않으면 안 되었지."

"이를테면?"

내가 물었다.

"이를테면이라고요?"

기사는 되받아서 묻고 잠시 생각하더니 미소를 띠며 말했다.

"이를테면 말이죠, 이런 사건을 예로 들어 봐도 그렇죠. 하기야 정확을 기해서 말한다면 이것은 단순한 사건이 아니라, 어엿하게 서론과 클라이맥스까지 갖추고 있는 하나의 소설이죠. 참으로 훌륭한 교훈이지요! 정말 훌륭한 교훈이에요!"

그는 우리들과 자기의 잔에 술을 따르고 넓은 가슴을 손바닥으로 쓰다듬더니 학생에게라기보다는 나를 향해 말을 이었다.

"그것은 1870년의 여름철이었지요. 전쟁이 끝난 지 얼마 안 되는, 바로 내가 대학을 나온 해였죠. 카프카즈로 여행하는 도중, 나는 대엿새 날을 지낼 작정으로 N이라는 해안 도시에 들렀습니다. 참고로 말씀해 둔다면, 나는 이 도시에서 태어나, 이 도시에서 자랐죠. 그러니 그곳이 나에게 아주 살기 좋고, 따뜻하고, 아름다운 고장으로 여겨졌다고 해서 그렇게 이상할 것은 없죠. 하기야 대도시 사람이 그런 고장에서 산다면 체프로마나 카실라 시에서 지내는 것만큼 지루해서 더 이상 머물러 있을 수 없을지도 모르지만 말예요. 나는 어쩐지 쓸쓸한 마음이 들어 옛날에 다니던 중학교 길을 걸어 보기도 하고, 그리웠던 시립 공원을 어슬렁거려 보기도 하고, 오랫동안 만나지는 않았으나 잘 기억하고 있는 사람들을 좀더 가까운 곳에서 바라보려고 쓸쓸한 시도를 해보기도 했습니다. 모든 것이 약간의 애수를 띠고 있었지요.

그런 어느 날, 저녁나절에 나는 검역소라고 불리고 있는 곳으로 가 보았지

요, 이곳은 자그마한 나무가 드문드문 있는 숲으로 옛날 페스트가 퍼졌을 때
는 실제로 검역소가 설치돼 있었으나 지금은 별장족들이 살고 있는 곳이죠.
그곳으로 가려면 읍에서 마차를 타고 4킬로, 부드럽고 아름다운 길을 가야
합니다. 마차로 달리면서 바라보니 왼쪽은 푸르른 바다, 오른쪽은 끝없는 음
울한 광야로 호흡이 편해지고 속이 시원해졌습니다. 숲은 해안에 자리잡고
있지요. 마차를 돌려보내고 나는 낯익은 문으로 들어서서, 어린 시절에 좋아
하던 돌로 만든 자그마한 전망대를 향해 가로수길을 걸어갔습니다. 내가 보
기에는 보기 흉한 둥근 기둥으로 꾸며진 둥글고 답답한 전망대였습니다만.
이 전망대는 오래된 묘비의 리리시즘과 쏘바게이치(고골의 《죽은 혼》에 나오는
시골 지주)의 야성적인 맛을 함께 갖추고 있어, 도시 전체에서 가장 시(詩)적
인 장소였습니다. 전망대는 해변의 절벽 위에 서 있어 그곳에 서면 바다가
한눈에 내려다보이지요.

나는 벤치에 앉아, 난간 밖으로 몸을 내밀 듯이 하여 아래를 내려다보았습
니다. 거기에는 찰흙덩이와 무성한 우엉 잎 사이를 누비고 거의 수직으로 깎
아지른 듯한 비탈에 좁다란 오솔길이 나 있었습니다. 오솔길이 끝나는 아득
히 먼 눈 아래로 모래펄에는 잔잔한 파도가 나른하게 출렁이며 정답게 중얼
거리고 있었습니다. 바다는, 7년 전에 내가 중학을 마치고 고향의 읍을 떠나
수도로 갔을 때와 마찬가지로 넓디넓고, 끝없고 웅대하며 무뚝뚝했습니다.
아득히 먼 곳에 한 가닥의 연기가 검게 보였습니다. 그것은 기선이 달리고
있는 것이었습니다. 거의 눈에 띄지 않을 만큼의 움직이지 않는 이 연기의
띠와 물 위에 어른거리는 갈매기 이외에는 바다와 하늘의 단조로운 경치에
생기를 넣어 주는 것이라곤 아무것도 없었습니다.

아시다시피, 어쩐지 쓸쓸한 마음에 잠겨 있는 사람이 바다나 혹은 대체로
웅대하다고 여겨지는 경치 같은 데 홀로 마주 서면 왠지 자기는 잠시 살다가
남몰래 죽는다는 생각에 애수가 더해져 반사적으로 연필을 쥐고 무엇에든지
손이 닿는 대로 자기 이름을 적게 되지 않습니까? 아마 그 때문일 것이라고
생각합니다만, 방금 말한 전망대와 같이 고요하고 고독한 장소에는 반드시
낙서의 흔적과 작은 나이프 자국이 남아 있는 법입니다. 지금도 기억하고 있
습니다만, 난간을 쳐다보고 있는 동안에 이런 것이 눈에 띄었죠. '기념,
이반 콜리코프, 1876년 5월 내일' 그런데 이 콜리코프 선생 옆에 이 고장의

사색가인지 누군지가 이렇게 주석을 달아 놓았더군요. '광대한 느낌에 가슴 가득 차서 파도치는 황량한 해변에 서다.' 이 필적이 또한 물에 젖은 비단처럼 패기가 없고 몽상가다운 것이더군요. 그리고 또 클로스라는, 아마 아무런 쓸모도 없고 조잡한 인간인 듯한 사람이 꽤나 뼈저리게 허무함을 느낀 모양으로, 작은 나이프를 마음껏 휘둘러 5센티쯤이나 되는 커다란 글자로 자기 이름을 깊숙이 새겨 놓았더군요. 나도 어느덧 주머니에서 연필을 꺼내어 둥근 기둥의 하나에 낙서를 했죠.

아참, 이런 것은 모두 본론과는 관계가 없지…… 미안합니다. 아무래도 간단하겐 이야기를 할 수가 없군요.

나는 허전함을 느끼고 다소 쓸쓸한 기분이 되어 있었습니다. 쓸쓸함과 고요함과 파도의 중얼거림이 나도 모르는 사이에 나를, 방금 이야기한 그 생각으로 끌어들인 거죠. 이 풍조는 70년대의 마지막 무렵부터 일반에 유행하기 시작하더니 이윽고 80년대 초기가 되자 차츰 대중 속에서 문학과 정치에까지 침투되어 갔습니다. 그 무렵 나는 아직 스물여섯 살도 채 되지 않았습니다. 그래도 인생이 아무런 가치도 아무런 의미도 갖고 있지 않다는 것, 모든 것이 우연한 꿈이고, 환상이라는 것, 본질과 결과로 말하면 사할린 섬에서의 유형(流刑) 생활도 니스에서의 생활과 조금도 다를 것이 없다는 것, 칸트의 뇌와 파리의 뇌와의 차이가 아무런 본질적인 의미를 갖고 있지 않다는 것, 이 세상에선 누구 한 사람도 옳지 않거니와 그르지도 않다는 것, 모든 것이 쓸모없고 시시한 것이며 어떻게 되든 나와는 상관 없다는 것 따위를 잘 알고 있었습니다.

나는 현재 살고 있으면서도 나를 살아가게 하고 있는 그 무엇인가 눈에 보이지 않는 힘에 대해 은혜를 받고 있는 듯이 느끼고 있었던 거지요. 이봐, 어때? 나는 인생 따위엔 아무런 가치도 인정하지 않지만 이렇게 살아 주는 거야 라고 하는 듯이 말입니다! 내 생각은 틀에 박힌 방향을 가지고 있었지만, 실로 융통성이 있어서 그 점에서는 마치 감자 하나에서 백 가지 멋진 요리를 만들어 보이는 솜씨 좋은 요리사와 같았습니다. 내가 일방적이고 어느 만큼 도량이 좁았던 것만은 의심할 여지도 없지만, 그래도 그 무렵의 나는, 내 사상의 세계에는 시작도 없고, 끝도 없으며, 내 사상은 바다처럼 넓다고 여기고 있었습니다. 어쨌든 내가 내 자신을 돌이켜보고 판단할 수 있는 한,

그때의 나에게 있어서는 지금 문제로 삼고 있는 이 생각은 뭐라고 할까, 담배나 모르핀처럼 사람을 빠져들게 하는 마지막인 것을 지니고 있었죠. 그것은 부지불식간에 습관이 되고 욕구가 되어 오는 거지요. 1분이라도 혼자만의 시간이 있거나, 무엇이든 적당한 계기가 있으면 이것을 교묘하게 포착해서 덧없는 인생이니, 죽은 뒤는 암흑이니 하는 생각에 취하게 되는 거죠. 내가 전망대에 앉아 있을 때, 가로수길에는 매부리코의 그리스 어린이들이 얌전하게 산책을 하고 있었습니다. 나는 이 적당한 계기를 포착해서, 어린이들을 바라보며 이런 것을 생각하기 시작했습니다.

'도대체 무엇 때문에 저런 어린이들이 태어나서 살고 있는 것일까? 저 어린이들의 존재엔 얼마만큼의 의미가 있는 것일까? 저 어린이들도 곧 자라서, 자기로서도 무엇 때문인지 모르는 채, 아무 필요도 없는데도 이런 읍에서 오래 살다 결국은 죽는 것이다……'

그러자 나는 그 어린이들이, 마치 자기들의 초라하고 아무 장식도 없는 인생을 실제로 꽤 높이 평가하고 있으며, 무엇 때문에 살고 있는가를 알고 있기라도 한 듯한 태도로 얌전하게 걷기도 하고, 또 무언가 중요한 것이기라도 한 듯이 서로 얘기하고 있는 것에 화가 치밀어오르기까지 했던 것입니다. 잊혀지지도 않습니다만, 그때 아득히 먼 가로수길 끝에 세 여인이 모습을 나타냈습니다. 귀한 집안의 딸들 인듯, 한 사람은 장밋빛 원피스를 입고, 두 사람은 하얀 옷을 입고서 팔짱을 끼고 걸으며 무엇인지 서로 이야기를 하면서 웃고 있더군요. 그녀들을 눈으로 좇으면서 나는 이런 생각을 했습니다.

'심심풀이로 이틀쯤 교제할 여자가 있어 주었으면 좋겠다.'

그러자 나는 페테르부르크에 있는 내 애인을 마지막으로 방문한 것이 3주일 전이었던 것을 상기하고, 장난삼아 연애를 하려면 지금이 꼭 알맞은 때라고 생각했습니다. 가운데 있는 하얀 옷을 입은 처녀가 나이도 가장 어리고 얼굴도 예쁜 것 같았는데, 태도와 웃음소리로 미루어 여학교의 상급생인 것 같아 보였습니다. 나는 불순한 생각이 없다곤 할 수 없는 눈으로 그 처녀의 가슴 위를 쳐다보면서, 한편으로는 이런 생각을 했습니다.

'이 처녀 역시 음악이나 예법을 배우고 나면, 얼굴깨나 반지르르한 그리스인 사나이와 결혼해서 아무 의의도 없는 회색 인생을 보내며 무엇 때문인지도 모르면서 아이나 줄줄 만들고 나서는 결국 죽어 버리는 거야. 시시한 인

생이지!'

고백하지 않으면 안 되겠습니다만 대체로 나라는 인간은 고상한 생각과 매우 저속한 산문을 교묘하게 결부시키는 명수입니다. 죽은 뒤는 어둠이라는 따위의 사상도 그 처녀의 가슴과 자그마한 발에 그럴 듯한 경의를 표하는 것에는 조금도 방해가 되지 않았습니다. 하기야 여기 계시는 친애하는 남작님 역시 마찬가지여서 높고 고매한 사상이라 할지라도 토요일마다 브코로프카에 가서 그곳에서 〈돈환적 급습〉을 연출하는 데 조금도 걸림돌이 되고 있지는 않으니까요. 솔직히 말해서, 내가 기억하고 있는 한 여성에 대한 내 태도는 사람을 사람으로 생각지 않는 종류의 것이었습니다.

지금 그 여학생에 대해 회상하면, 나는 그 무렵의 내 생각에 대해서 볼이 화끈해지는 느낌입니다만, 그래도 그 무렵의 내 양심은 매우 평온했습니다. 가문 좋은 양친 사이에 태어난 나는 크리스천에다, 최고의 교육을 받았으며, 본디가 바보도 아니고, 나쁜 사람도 아니었습니다만 여자들에게 독일 사람이 말하는, 위자료를 주거나 모욕적인 시선으로 힐끔힐끔 여학생을 쳐다보면서도 조금도 양심의 가책을 느끼지 않았던 것입니다. 고약한 것은 젊은이에겐 그들의 특권이 있으며, 우리 사상도 역시 원칙적으로는 비록 그것이 좋은 것이건 혐오해야 할 것이건 간에 그러한 특권에 조금도 반대하는 것이 아니라는 생각이었죠. 인생이 덧없고 죽음을 피할 수 없다는 것을 알고 있는 사람은 본성(本性)과의 싸움이나, 죄의식에 대해 몹시 무관심한 법입니다. 싸우든 싸우지 않든 간에 어차피 언젠가는 죽어 썩어 버리고 말 것이라는 생각에서죠…… 둘째로 말입니다. 우리의 사려(思慮)는 매우 젊은 사람들에게까지 이른바 분별을 심어 줍니다. 감정에 대해서 분별이 압도적으로 우위를 차지하고 있죠. 순수한 감정이라든가 영감이라는 것은 세밀한 분석에 의해 깨끗이 지워져 버리니까요.

그런데 분석에는 냉담이 있어 냉정한 사람이라는 것은 솔직히 말해서 순결 같은 건 알지 못하죠. 덕을 알고 있는 것은 마음씨가 따뜻하고 부드럽고 진실로 사랑할 수 있는 사람뿐이지요. 셋째로 말입니다. 우리의 생각이라는 것은 인생의 의미를 부정하고, 다름아닌 그것으로써 개개인의 인격의 의미까지도 부정하고 있는 것입니다. 내가 나탈리아 스체파노브난지 뭔지 하는 여자의 인격을 부정하는 이상, 그 여자가 상처를 입건 말건 내가 알 바 아니라는 것은 뻔한 일이죠. 오늘 인간으로서의 그녀의 존엄성에 상처를 입히고 위자료를 준다고 해도 내일이 되면 벌써 그녀쯤은 기억하고 있지 않으니까요.

나는 전망대에 앉아서 처녀들을 살피고 있었습니다. 그러자 가로수길에 또 한 사람, 갈색 머리에 아무것도 쓰지 않고 흰 털실 목도리를 어깨에 걸친 여자가 모습을 나타내지 않겠습니까? 여자는 가로수길을 거닐고 있었습니다. 그러다가 전망대로 들어오더니 난간을 붙잡고 눈 아래와 먼 바다를 무심하게 바라보기 시작했습니다. 나 같은 것은 전혀 안중에도 없는 것처럼 아무런 주의도 기울이지 않고 말입니다. 나는 그녀를 발끝에서 머리끝까지 훑어보고 '알겠습니까? 머리끝에서 발끝까지가 아닙니다. 남자를 쳐다볼 때와는 다르니까요.' 그녀는 고작 스물네댓 되는 젊은 여인으로 얼굴도 귀엽고 스타일도 좋지만 틀림없이 이미 처녀는 아니고 어엿한 가정 부인이라는 것을 눈치챘습니다. 평상복이긴 했지만, N시에 있는 지식 계급 부인들의 예에 빠지지 않는, 유행의 첨단을 걷는 고상한 취미의 옷차림을 하고 있었습니다.

'이런 여자와 즐겨 봤으면' 그녀의 아름다운 허리와 팔을 힐끔힐끔 쳐다보면서 나는 이렇게 생각했던 겁니다.

'나쁘지 않은데…… 아마 의사나 교사의 아내쯤 되겠군……'

그렇다고는 하지만 그녀를 낚는다는 것은, 다시 말해서 그녀를 여행자들이 동경해 마지않는 로맨스의 여주인공으로 만든다는 것은 쉬운 일이 아니며 오히려 불가능에 가까운 것이었죠. 그녀의 얼굴을 바라보고 있는 동안에 나는 그런 것을 느꼈습니다. 마치 바다도, 멀리 보이는 연기도, 하늘도 이미 오래전에 싫증나 버리고, 그저 눈이 피로할 뿐이라는 표정이었으니까요. 어쩐지 그녀는 피로에 지치고 권태로우며 무언가 침울한 일을 생각하고 있는 듯, 가까운 곳에 낯선 남자가 있다는 것을 느낄 때 거의 모든 여자들이 짓는 예의 일부러 무관심을 가장한, 볼일이 있는 듯한 표정마저 보이지 않았습니다.

이윽고 갈색머리는 권태로운 듯이 힐끔 나를 바라보고 벤치에 앉아 무엇인가 생각하기 시작했는데, 그녀의 눈초리를 보자 나는 그녀가 나를 상대하고 있을 수 없는 심정이라는 것과 과연 도시에 사는 사람다운 내 풍채도 그녀의 마음속엔 평범한 호기심마저 일으키지 못했다는 것을 깨달았습니다.

그러나 그래도 나는 말을 건네보기로 결심하고 이렇게 말을 꺼냈습니다.

'아주머니, 잠깐 물어보겠습니다만, 여기서 시내로 가는 마차는 몇 시에 떠나요?' '글쎄요, 아마 10시나 11시일 거예요.' 나는 고맙다는 인사를 했습니다. 그녀는 한두 번 나를 힐끔 쳐다보았는데 그때, 그녀의 무표정한 얼굴에 갑자기 호기심에 찬 빛이, 더욱 놀라움과도 비슷한 표정이 나타났던 것입니다. 나는 재빨리 무관심한 표정을 짓고 그럴 듯한 포즈를 취해 보였죠. 이제 통하는군 하고 말예요. 그러자 그녀는 마치 벌레에라도 쏘인 듯이 갑자기 벤치에서 일어나더니 다정스레 미소를 짓고 급히 나를 훑어보며 이렇게 묻는 것이 아니겠어요?

'실례입니다만, 혹시 선생님은 아나니예프 씨가 아니신가요?'

'네, 아나니예프입니다만⋯⋯' 하고 나는 대답했습니다.

'저를 모르겠어요? 네?'

나는 약간 당황해서 그녀를 똑바로 쳐다보았습니다. 그런데 이게 웬일입니까, 얼굴이나 몸매에서가 아니라 지친 듯한 다정스런 미소 때문에 상대가 누군지 알 수 없었던 것입니다. 그녀는 나탈리아 스체파노브나였던 겁니다. 우리가 부르던 이름은 키소치카였죠. 칠팔 년 전, 내가 아직 중학교 교복을 입고 있었던 시절에 열을 올려 짝사랑한 바로 그 여자가 아니겠습니까. 멀리 지나가 버린 날의 꿈이 되고 지금은 옛얘기가 된⋯⋯ 내가 기억하고 있는 키소치카는 열예닐곱의 날씬하고 몸집이 작은 여학생이었습니다. 그 무렵에는 특히 플라토닉 러브를 위해 자연이 창조한 듯한, 정말 중학생이 좋아할 그런 분위기를 갖추고 있었지요. 분(粉)같이 희고 가냘프고 경쾌하면서 마치 훅 불면 깃털처럼 하늘 높이 날아가 버릴 듯했었죠. 당황한 듯한 다정스러운 얼굴, 가는 팔, 허리께까지 드리워져 있는 길고 부드러운 머리칼, 개미처럼 가는 허리, 마치 달빛처럼 투명하고 공기의 요정과도 같은 느낌이었어요. 한 마디로 말해서 중학생의 눈으로 보아, 도저히 표현할 수 없을 만큼의 아름다움을 지니고 있었던 거죠.

나는 완전히 넋을 잃고 말았습니다. 밤에도 잠을 못 이루고 부지런히 시를 쓰곤 했죠⋯⋯ 흔히 저녁나절 그녀가 시내에 있는 공원의 벤치에 앉아 있기라도 하면 우리 중학생들은 그녀 주변에 주르르 모여 황홀하게 그녀를 쳐다보곤 했던 거예요⋯⋯ 우리의 찬사와 몸짓과 차분한 한숨에 대답하기라도 하듯이 그녀는 밤공기에 몸을 움츠리기도 하고 이맛살을 찌푸리기도 하고 다정스레 미소를 짓기도 했는데, 그런 때의 그녀는 꼭 자그마한 귀여운 새끼고양이 같았습니다. 그렇게 그녀에게 도취되어 쳐다보고 있는 동안에 우리들 모두는 그녀를 새끼고양이처럼 쓰다듬거나, 귀여워해 주고 싶은 기분을 갖게 되었지요. 그래서 키소치카(고양이와 같은 느낌을 가졌다는 뜻)라는 별명이 생겨난 거죠. 칠팔 년이나 만나지 못하는 동안에 키소치카는 완전히 변해 있더군요. 살이 찌고 점잖아져서, 털이 부드럽고 토실토실한 새끼고양이 같던 모습은 완전히 사라져 버렸더군요. 얼굴도 늙었다거나 인물이 없어졌다거나 그런 게 아니라 어쩐지 탄력이 없고 굳어져서, 기분 탓인지는 몰라도 머리칼도 짧고 키도 크고 어깨 넓이도 거의 두 배나 되어 있는 듯이 느껴졌습니다. 그러나 가장 눈에 띄는 것은 어머니다운, 인종(忍從)의 빛이 벌써 얼굴에 나타나 있는 것이었지요. 이것은 그녀 또래의 가정 부인이라면 으레 있어야 할 것이었지만, 이전에는 물론 본 적도 없었던 것이었습니다. 한 마디로 말해 버린다면 이전의 중학생다운 플라토닉한 흔적을 가지고 있는 것은 다정스러운 미소뿐, 그 밖에는 아무것도 남아 있지 않았던 것입니다.

우리는 이것저것 서로 얘기했습니다. 내가 기사라는 것을 알자 키소치카는 아주 기뻐해 주더군요. '어머나 멋있어!' 그녀는 기쁜 듯이 내 눈을 들여다보며 이렇게 말하는 거예요. '정말 장하셔요! 당신들은 모두 훌륭하시군요! 당신네 형제분들 가운데선 실패하신 분이 한 분도 안 계시군요. 모두 성공을 하셨더군요. 일가를 이루셨네요. 기사도 계시고, 의사도 계시고, 교사도 계시고, 또 듣는 바로는 지금 페테르부르크에서 유명한 가수가 되신 분도 계시다지요…… 정말 여러분은 훌륭하셔요! 참 모두 잘들 되셨어요.'

키소치카의 눈에는 진실한 기쁨과 호의가 빛나고 있었습니다. 마치 누님이나 옛 선생님처럼 나를 황홀하게 쳐다보고 있더군요. 그런데 나는 그녀의 귀여운 얼굴을 바라보면서 이런 생각을 하고 있었던 겁니다. '오늘 이 여자를 내것으로 만들 수 있었으면……'

'참 기억하고 계십니까, 나탈리아 스체파노브나' 하고 나는 물어보았습니다. '언젠가 공원에서 내가 꽃다발에 러브레터를 붙여서 당신한테 드렸었죠. 당신은 내 러브레터를 읽으시더니, 정말 이상한 표정을 지으시더군요……'

'아니, 그건 기억하고 있지 않아요.' 그녀는 웃으면서 이렇게 말했습니다.

'하지만 당신이 저 때문에 플로렌스에게 결투를 신청하시려고 한 것은 잘 기억하고 있어요.'

'허어, 그랬던가요? 난 그 일은 기억하고 있지 않은데요……'

'그러실 거예요. 지나간 일은 날이 갈수록 기억이 희미해지는 법이니까요……' 키소치카는 탄식했습니다. '이전에는 제가 당신네들의 여신이었는데 이번에는 제가 당신들을 우러러볼 차례예요.'

여러 가지 이야기를 주고받는 동안에 알게 된 사실이지만, 키소치카는 여학교를 졸업한 2년 뒤부터 이 고장에 사는 사람으로 은행인지 보험회사인지 알 수 없는 곳에 일하면서 한편으로 소맥 장사를 하고 있는 그리스와 러시아인의 혼혈아와 결혼했다는 것입니다. 상대편 남자는 확실치는 않지만 포폴라키라든가 스카란드프로라든가 하는, 까다로운 이름이었습니다. 그런 건기억하고 있지도 않아요. 잊어버렸어요. 대체로 키소치카는 자기 일에 대해서는 그다지 말하고 싶지 않아 하는 것 같았습니다. 계속 나의 일만 화제가되었죠. 그녀는 나에게 학교에 관한 것이며 친구들의 소식이며 페테르부르크에 관한 것, 앞으로의 내 계획 등 여러 가지를 물었는데, 내가 말하는 모든 것이 생생한 기쁨인 듯, '정말, 멋지군요!'라며 감탄사를 연발하는 것이었습니다.

우리는 바닷가로 내려가서 모래펄을 거닐었습니다. 그러는 동안에 저녁의습기가 바다에서 불어 닥쳐왔으므로, 다시 위쪽으로 되돌아왔습니다. 대화는 끝까지 나에 대한 것과 지난날의 이야기뿐이었습니다. 산책을 계속하는동안 별장의 창문에 비친 저녁놀이 사라지기 시작했습니다.

'저희 집에 가셔서 차라도 안 드시겠어요?' 키소치카가 이렇게 권했습니다. '아마, 사모바르 준비가 벌써 되어 있을 거예요…… 집에는 저 혼자뿐이에요.'

아카시아의 푸른 잎 사이로 그녀의 별장이 보이기 시작했을 무렵에 그녀는 이렇게 말했습니다. '주인은 언제나 읍내에 가 있고, 밤중이 아니면 돌아오지 않아요. 하기야 매일 그런 건 아니지만. 그래서 저는 솔직히 말씀드려서 지루해 죽겠어요.' 나는 그녀 뒤를 따라 걸으면서 그녀의 키와 어깨를 마냥 쳐다보았습니다. 그녀가 유부녀라는 것이 몹시 기뻤죠. 한때의 로맨스에는 유부녀가 처녀보다는 훨씬 알맞은 상대니까요. 게다가 그녀의 남편이 집

에 없다는 것도 나를 기쁘게 했죠. 그러나 동시에 나는 로맨스 따위는 생길
리가 없다는 것도 알고 있었습니다. 우리는 집안으로 들어갔습니다. 키소치
카의 집은 어느 방이나 그다지 크지 않고 천장이 낮았는데 가구는 모두 별장
용이었습니다. 러시아 사람이라는 족속은 내버리기엔 아깝고 그렇다고 챙겨
넣기에는 장소에 곤란을 느끼는 무겁고 불편하고 근사하지 않은 가구는 별
장에다 두고 싶어하니까요. 그러나 키소치카 부부의 생활 상태는 결코 나쁘
지 않았으며 1년에 오륙 천 루블쯤 쓰고 있다는 것을 대수롭지 않은 몇 가지
점에서 충분히 알 수 있었습니다. 키소치카가 식당이라고 부르는 방 한가운
데 무엇 때문인지 다리가 여섯 개나 달려 있는 둥근 테이블이 있고 그 위에
사모바르와 찻잔과, 테이블 끝에는 펼쳐 놓은 책과 연필과 노트가 있었습니
다. 책을 들여다보니, 마리닌과 블레닌의 수학 문제집이었어요. 펼쳐진 곳은
지금도 기억합니다만 '비례배분(比例配分)' 대목이었습니다.

'누구하고 이런 공부를 하십니까?' 나는 키소치카에게 물어보았습니다.

'누구하고도 하지 않아요……' 그녀는 이렇게 대답했습니다.

'그저…… 심심풀이 겸 시간을 보내려 하고 있는 거죠. 옛날을 떠올리면서
문제를 풀지요.'

'아이는요?'

'사내아이를 하나 낳았지만 이 세상에 단 4일만 살았을 뿐이에요.'

차를 마시기 시작했습니다. 정신없이 나를 쳐다보면서 키소치카는 기사가
되어서 훌륭하다느니, 성공을 해서 반갑다느니 하기 시작했습니다. 그리고
그녀가 이야기함에 따라, 정다운 미소를 보여 줌에 따라, 내 마음속에서는
내가 결국 아무 수작도 걸지 못한 채 물러날 것이 틀림없다는 확신이 굳어
갔습니다. 그 무렵 나는 이미 정사에 있어서는 상당한 솜씨를 가지고 있었으
므로 성공할지 못 할지의 가능성을 똑바로 잴 수가 있었지요. 혹시 여자를
낚으려고 할 경우에 만약 그물에 걸려든 것이 머리가 나쁜 여자거나 또는 당
신과 마찬가지로 모험과 즐거움을 찾고 있는 여자거나, 생면부지의 실속파
라면 충분히 성공을 기대해도 좋습니다. 그러나 점을 찍은 여자가 머리도 나
쁘지 않고 진지하고, 지쳐 있는 듯한 인종(忍從)의 기색과 호의를 얼굴에
띠고 당신의 방문을 진심으로 기뻐하고 있는 경우, 특히 상대방이 당신을 존
경하고 있는 경우에는 꼬리를 말고 물러서는 편이 좋을 겁니다. 그런 경우에

성공을 거두기 위해서는 하루 이상의 긴 시간이 필요합니다.

그런데 키소치카는 석양빛 아래서, 낮에 느낀 이상으로 흥미 있는 여자로 보였습니다. 나는 점점 그녀가 마음에 들었죠. 그리고 그녀로부터 호감을 받고 있는 것 같았습니다. 게다가 그때의 상황이 로맨스에는 안성맞춤이었어요. 왜냐하면 남편도 집에 없고 하녀들의 모습도 눈에 띄지 않았으며 주위는 참으로 고요했으니까요…… 성공할 자신이 아무리 적을지라도 여하간에 나는 뜻밖의 행운을 바라면서 공격을 개시해 보기로 마음먹었습니다. 그러기 위해서는 무엇보다 먼저 친근한 말투로 키소치카의 진지하고 감격적인 기분을 좀더 가벼운 것으로 바꾸어 줄 필요가 있었습니다.

'나탈리아 스체파노브나, 우리 화제를 바꾸십시다.' 나는 이렇게 말을 꺼냈습니다. '좀더 즐거운 얘기를 하십시다…… 그러기 위해 우선 옛날을 떠올려서 당신을 키소치카라고 부르게 해주십시오.'

그녀는 승낙했습니다.

'어디 한번 좀 가르쳐 주십시오, 키소치카.' 나는 말을 이었습니다. '도대체 이 고장의 여자들은 모두 똑같이 어떤 마귀한테라도 홀렸습니까? 대체 어떻게 된 겁니까? 이전에는 누구나 도덕적이고 품행이 단정했는데 지금은 웬일이죠? 누구의 이야기를 물어보아도 모조리 인간이 무서워지기만 하는 소문뿐이지 뭡니까? ……어떤 처녀는 장교와 달아났다느니, 또 어떤 처녀는 집을 나갔는데 중학생을 데리고 갔다느니, 어떤 유부녀는 남편을 버리고 장교에게로 달려갔다느니, 온통 이런 형편이란 말입니다. 그야말로 열병이라니까요…… 이런 상태로 가다가는 이 고장에는 아마 처녀와 젊은 유부녀는 한 사람도 남지 않게 될 겁니다!'

나는 마음을 떠보려고 품위 없는 말투를 써 보았습니다. 만약에 키소치카가 이 말에 응해서 웃어 준다면, 그대로 이런 말투로 이어 나갈 작정이었죠.

'그러니까 조심하시는 것이 좋아요, 키소치카. 이런 곳에 있다가 어떤 장교나 배우한테 유혹당하지 않도록 말입니다!'

이 말을 듣고 만약 그녀가 눈을 내리깔며 '저 같은 여자를 유혹할 미친 사람이 있을라구요. 젊고 아름다운 사람이 많이 있는 걸요……' 하고 말한다면 이렇게 말해 주면 되는 거죠.

'천만에요, 키소치카, 나 같으면 제일 먼저 당신을 유혹하겠는데요……'

이런 식으로 이어갈 수만 있다면 결국 대성공을 거둘 것은 틀림없는 일이죠. 그러나 키소치카는 내 말에 끌려 웃기는커녕 도리어 진지한 얼굴을 하고 한숨을 내쉬는 것이 아니겠습니까? 그러더니 그녀는 '그런 소문은 모두 참말이에요……' 하고 말하는 것이었습니다. '남편을 버리고 배우와 달아난 사람은 제 사촌 소냐예요. 물론 옳지 못한 짓이죠…… 사람은 누구나 운명에 의해 정해진 대로 참고 견뎌나가지 않으면 안 되니까요. 하지만 저는 그 사람들을 나무라거나 탓하지는 않습니다…… 때에 따라서는 갖가지 사정, 그 자체가 사람보다도 강할 때가 있으니까요!'

'그건 그럴 테죠, 키소치카. 그러나 그렇듯 열병이 퍼진 것은 도대체 어떤 일 때문인가요?'

'그건 너무도 뻔한 일이죠.' 키소치카는 정색을 하고 말했습니다. '이 고장에는 교양 있는 처녀와 부인은 전혀 갈 곳이 없어요. 상급 학교에 간다든가 선생님이 된다든가 하는 것은 아무라도 할 수 있는 일이 못 되거든요. 결국 결혼하지 않으면 안 되는 거예요…… 하지만 상대자가 있다고 생각하세요? 당신네 남자들은 중학교를 마치면 이제 두 번 다시 고향으로는 돌아오지 않을 작정으로 대학으로 가 버리고 도시에서 결혼해 버립니다. 그래서 처녀들만 남게 되는 거죠. 도대체 어떤 상대자하고 결혼할 수 있다고 생각하세요. 학식을 갖춘 훌륭한 분들이 없으니 처녀들은 아무하고나 결혼할 수밖에 없는 거예요. 온갖 브로커라든가, 아니면 술을 마시고 클럽에서 수치스러운 짓을 하는 재주밖에 없는 건달하고 말예요…… 그저 닥치는 대로 아무하고나 결혼하는 거죠. 그 뒤의 생활이 어떤 것인지 아시겠어요? 학교도 나오고 교양도 쌓은 여자가 어리석고 싫증나는 남자하고 살아가는 거예요. 어쩌다가 교양이 높은 사람이나 장교나 배우나 의사를 만나면 완전히 마음이 끌리어 현재의 생활이 싫어지고 남편을 버리고 달아나게 되는 거죠. 비난만 할 수도 없답니다!'

'만약 그렇다면 키소치카, 왜 결혼을 하는 거죠?' 나는 물어보았습니다.

'그것도 그렇군요.' 키소치카는 탄식을 하는 것이었습니다. '하지만 처녀라는 것은 누구나 비록 아무리 못난 남편이라도 없는 것보다는 있는 편이 낫다는 생각을 갖게 마련이죠…… 니콜라이 아나스타세이치, 한 마디로 말해서 이곳 생활은 따분해요. 도저히 참을 수 없을 정도예요. 처녀 시절에도 숨통이 막힐 지경이었는데, 결혼해서도 마찬가지예요…… 소냐가 사랑의 도피행을 떠난 것을, 그것도 배우 나부랭이하고 한 것 때문에 웃고 있긴 합니다만, 만약 그 애의 마음속을 들여다본다면 도저히 웃기만 할 순 없다고 생각해요……' 그녀는 이렇게 말하는 것이 아니겠습니까?"

문 밖에서 아조르카가 또다시 짖기 시작했다. 개는 무언가를 향해 심하게 짖어대고 있었으나 이윽고 슬픈 듯이 중얼대더니 바라크 벽에다 몸뚱이를 부딪쳤다. 아나니예프의 얼굴이 불쌍히 여기는 마음으로 흐려졌다. 그는 이야기를 멈추고 바깥으로 나갔다. 이삼 분 동안 그가 문 밖에서 개를 달래는 소리가 들렸다.

"그래, 그래! 가엾어라!"

"니콜라이 아나스타세이치는 얘기하는 것을 무척 좋아하죠."

폰 시첸베르그가 쓴웃음을 지으면서 말했다.

"좋은 사람이에요!"

잠시 침묵이 흐른 뒤에 그는 덧붙였다. 바라크로 돌아오자, 기사는 우리들의 잔에 술을 따라 주고 나서 미소를 띠고 가슴을 쓰다듬으면서 다시 얘기를 이었다.

"그런 이유로 내 공격은 실패로 끝났지요. 할 수 없이 못된 생각은 좀더 좋은 기회가 올 때까지 미루기로 하고 나는 깨끗이 실패를 인정했는데, 흔한 말로 나타낸다면 두 손을 번쩍 든 거죠. 더구나 키소치카의 말소리와 저녁 공기와 고요한 분위기 따위에 영향을 받아 나 자신까지 차츰 조용한 서정적인 기분이 되더군요. 지금도 기억하고 있습니다만, 나는 열어젖힌 창가의 안락의자에 앉아 나무와 완전히 어두워진 하늘을 바라보고 있었습니다. 아카시아와 포플러의 실루엣은 8년 전과 꼭 같았습니다. 바로 소년 시절의 그 무렵과 마찬가지로 어딘가 먼 곳에서 아주 서툰 피아노 소리가 들려왔으며 가로수길을 어슬렁거리고 있는 사람들의 모습도 꼭 같았는데, 다만 변한 것은 그 사람들뿐이었습니다. 가로수길을 어슬렁거리고 있는 사람은 이미 내가 아니고, 내 친구도, 내 정열의 대상도 아니며, 낯선 중학생과 낯선 처녀들이었습니다. 나는 어쩐지 쓸쓸해졌습니다. 아는 사람들의 소식을 묻자, 다섯 번째나 '그는 세상을 떠났어요'라는 키소치카의 대답을 들은 내 쓸쓸한 마음은 차츰, 친한 사람의 고별식에서 느끼는 감정으로 바뀌어 갔던 것입니다. 창가에 앉아 어슬렁거리고 있는 사람들을 바라보거나, 피아노 소리에 귀를 기울이고 있는 동안에 나는 얼마나 세찬 기세로 한 세대가 다른 세대로 바뀌고 있는지, 고작 칠팔 년이란 세월이 인간 생활에 있어서는 얼마만큼 숙명적인 의미를 갖고 있는지 난생 처음 내 두 눈으로 또렷이 바라보는 듯이 느껴졌습니다!

키소치카가 포도주를 권했습니다. 나는 술이 들어가자, 이상하게 우울해져서 장황하게 얘기를 하기 시작했습니다.

키소치카는 내 이야기를 들으면서 여전히 나와 내 지식에 대해 넋을 잃고 있었습니다. 모르는 사이에 시간이 흘렀습니다.

하늘은 이제 완전히 어두워지고 아카시아와 포플러의 실루엣이 하나로 겹쳐지고, 가로수길을 산책하는 사람도 없고, 피아노 소리도 멎고, 조용한 물결 소리만이 들릴 뿐이었지요.

젊은 사람들이라는 것은 모두 그렇죠. 약간 다정스러운 말이라도 건네주고 웃는 얼굴을 보여 주고 술이라도 대접하며 상대편에게 흥미 있는 듯한 태도를 나타내면 완전히 엉덩이를 붙여 버리고 돌아가야 할 시간도 잊어버린 채 언제까지나 정신없이 얘기를 해댑니다…… 주인들은 잘 시간이 지나 눈이 붙을 지경인데도 도무지 일어설 생각도 하지 않고 줄곧 지껄여대는 것입니다. 나도 예외가 아니었습니다. 그러다가 문득 시계를 보니 10시 반이나 되지 않았겠습니까? 나는 그제야 자리에서 일어서려고 했습니다.

'돌아가시기 전에 한 잔 더 어떠세요?' 키소치카가 이렇게 말하는 것이었습니다.

나는 작별의 한 잔을 들고 나서 또다시 기다란 얘기를 시작하여 돌아갈 시간이라는 것도 잊어버리고 엉덩이를 다시 붙이고 말았습니다. 그러자 얼마 있다가 남자의 말소리와 발자국 소리와 박차(拍車)소리가 들리는 것이 아니겠습니까? 누군가가 창문 밑을 지나서 문 앞에서 멎었습니다.

'주인이 돌아오신 모양이에요.' 키소치카가 귀를 기울이며 말했습니다.

드디어 문이 덜컹 열리더니 사람 소리가 현관에서 들리고, 식당 문 옆으로 두 사나이가 지나가는 것이 눈에 띄었습니다. 한 사람은 밀짚모자를 쓴, 풍채가 좋고 뚱뚱한 매부리코의 사나이였고, 또 한 사람은 흰 여름 군복을 입은 젊은 장교였습니다. 문 옆을 지나갈 때 두 사람 다, 나와 키소치카를 힐끗 무관심한 눈으로 쳐다보았는데, 둘 다 술에 취해 있는 것 같았습니다.

'그 여자가 거짓말을 한 것을 자네가 곧이들은 것뿐이야!' 1분쯤 뒤에 코에 걸린 커다란 소리가 들려왔습니다. '첫째로 말이야, 그건 넓은 클럽이 아니라 아주 작은 클럽이었어.'

'이봐, 주피타, 자네는 화를 내고 있군. 그렇다면 자네가 나쁜 거야……' 장교 비슷한 사람이 웃고 기침을 하면서 말하고 있었습니다. '이봐, 오늘 밤 나를 여기서 재워 주겠나? 솔직히 말해 줘. 귀찮은 건 아냐?'

'무슨 소리야? 귀찮기는커녕 꼭 묵고 가야 한단 말일세. 자네는 어느 것을 들겠나, 맥주, 포도주?'

두 사람은 두 방을 사이에 둔 저편에서 자리잡고 큰 소리로 얘기하고 있었는데, 키소치카와 그녀의 손님에겐 전혀 관심이 없는 모양이었습니다. 한편 키소치카는 남편이 돌아오자 눈에 뜨일 만큼 변화가 생겼습니다. 처음에는 얼굴을 붉히더니 이윽고 그녀의 얼굴은 죄라도 지은 듯한 불안한 표정이 되었습니다. 무엇인가 마음에 걸리는 것이 있는 듯했는데, 아마 자기 남편을 나에게 보이는 것이 부끄러워서 내가 돌아가기를 바라고 있는 것이라고 생각했습니다.

나는 작별 인사를 했습니다. 키소치카는 현관 계단까지 배웅해 주더군요. 지금도 그녀가 내 손을 잡고 말할 때의 그 조용하고 쓸쓸한 미소와 온순하고 부드러운 눈을 아직도 뚜렷이 기억합니다.

'아마, 우리는 앞으론 만나지 못할 거예요…… 그래도 부디 행복하세요, 네? 정말 고마웠어요!'

달콤한 한숨, 유혹하는 말 한 마디 없었던 셈이죠. 작별 인사를 했을 때 그녀는 촛불을 손에 들고 있었습니다. 불꽃의 그림자가 마치 그녀의 쓸쓸한 미소를 뒤쫓는 것처럼 얼굴과 목에서 깜박거리며 춤추고 있었습니다. 나는 새끼고양이처럼 귀여워해 주고 싶었던 옛날의 키소치카를 마음속에 그리면서 현재의 모습을 가만히 바라보고 있는 사이에, 왠지 '사람은 누구나 운명에 의해 정해진 대로 참고 견뎌 나가야만 해요' 하던 그녀의 말을 떠올리고 애틋한 기분이 되었습니다. 행복에 무관심한 사람인 나에게, 내 오감(五感)

과 양심은 눈앞에 서 있는 사람이, 정다움이 넘치고 마음씨 착하고 상냥하며 그러면서도 인생에 지친 사람이라는 것을 속삭여 주는 것이었습니다.

나는 인사를 하고 문쪽으로 걸어 나갔습니다. 남국의 7월은 밤이 되는 것이 빠르고, 바깥이 어두워지는 것도 빠릅니다. 10시쯤 되면, 이미 아무것도 분간할 수 없을 만큼 어두워지는 것이 보통이죠. 거의 손으로 더듬듯이 하여 문에 이르기까지 나는 성냥을 스무 개비쯤 그었습니다.

'마차!' 문을 나서자마자 나는 외쳤습니다. 아무 소리도, 한숨 소리조차 들리지 않았습니다. '마차!' 나는 다시 외쳤습니다. '어어이, 마차!'

그러나 합승 마차는 그림자조차 없었던 것입니다. 주위는 무덤처럼 고요했습니다. 졸린 듯이 술렁이는 바다 소리와 포도주 때문에 가빠진 가슴의 고동 소리가 들릴 뿐이었습니다. 하늘을 우러러보아도 별 하나 보이지 않았습니다. 어둠은 음산했습니다. 아마 하늘에 구름이 가득 끼었나봅니다. 나는 어떻게 해야 할지 몰라, 어깨를 으쓱하고 멍청한 웃음을 띠었습니다. 그리고 아까보다 맥빠진 소리로 다시 한 번 마차를 불러 보았습니다. '어어이!' 메아리만이 대답할 뿐이었습니다.

들 가운데 길을 4킬로나, 더구나 그 어둠 속을 걸어간다는 것은 생각만 해도 끔찍한 일이었습니다. 나는 한참 동안 궁리하다 또 한 번 마차를 불러 보고 그리고 어깨를 움츠리고 이렇다 할 목적도 없이 숲속으로 시름없이 걸어 들어갔습니다. 숲속은 섬뜩할 만큼 캄캄했습니다. 여기저기 나무 사이로 별장의 붉은 등불이 어렴풋이 보였습니다. 까마귀 한 마리가 내 발자국 소리에 꿈을 깨고 전망대로 가는 길을 비치는 성냥불 빛에 놀라 이 나무에서 저 나무로 옮겨 날며 바스락대고 잎사귀 소리를 내는 것이었습니다. 까마귀는 화가 난 무참한 내 마음을 알아채고 바보, 바보 하고 비웃는 것 같았지요. 화가 나는 것은 걸어서 돌아가야 할 입장이 된 것에 대해서고, 무참한 것은 키소치카네 집에서 마치 어린아이처럼 정신을 팔고 있었던 것에 대해서였죠.

겨우 전망대에 다다르자, 나는 벤치를 손으로 더듬어 찾아내어 앉았습니다. 아득한 아래 짙은 어둠의 저쪽에서 바다가 화난 듯이 나직이 중얼거리고 있었습니다. 소경처럼 바다도, 하늘도, 내가 앉아 있는 전망대도 보이지 않았습니다. 마치 이 세계 전체가 술에 취한 내 머리에 떠오르는 갖가지 생각과, 어딘가 아래쪽에서 단조로운 술렁임을 되풀이하고 있는, 눈에 보이지 않

는 힘으로 이루어지고 있는 듯이 느껴졌습니다. 이윽고 꾸벅꾸벅 졸기 시작
했을 무렵에는 술렁이고 있는 것은 바다가 아니라 내 사상이며, 세계 전체가
나 혼자만으로 이루어지고 있다는 생각이 들었습니다. 이처럼 세계 전체를
나 자신 속에 집중해 버리자, 이젠 마차며 마을이며 키소치카도 잊어버리고
나는 내가 좋아하는 감각에 완전히 몸을 맡겨 버렸습니다. 그것은 어둡고 형
태가 없는 이 우주 전체 속에 나 혼자만 존재하고 있다고 생각되는 무서운
고독감이었습니다. 이 감각은 러시아 사람만이 이해할 수 있는 자랑스러운
데모닉(demonic : 귀신
들린)한 것이죠. 왜냐하면, 러시아 사람이라는 것의 사상이
나 감각은 마치 자기들의 평야라든가 숲이라든가 눈 내린 벌판처럼 넓디넓
고 끝없고 준엄하니까요. 만약에 내가 화가라면, 러시아 사람이 꼼짝도 하지
않고 다리를 오그리고 두 손으로 머리를 괴고 앉아, 이 감각에 잠겨 있을 때
에 짓는 얼굴을 꼭 그리고야 말 겁니다…… 이 감각과 비슷한 것으로 덧없
는 인생이라든가, 죽음이라든가, 죽은 뒤는 암흑이라는 사상이 있는데……
아무튼 이 사상이 한 푼의 가치도 없는 것이라 할지라도, 표정 그 자체는 아
마도 아름다울 것이니까요.

선뜻 일어설 결심이 서지 않아 앉아서 졸고 있는 동안에는 따뜻하고 마음
도 안정되어 있었습니다만, 느닷없이 조용하고 단조로운 파도 소리 사이로
하나의 다른 소리가 마치 그림을 캔버스에다 구별해서 그리는 것처럼 뚜렷
이 두드러지게 들리기 시작하여 내 주의를 나 자신으로부터 온통 빼앗아 갔
습니다. 누군가가 빠른 걸음으로 가로수길을 걸어오는 것이었습니다. 전망
대까지 오자, 그 사람은 걸음을 멈추고 어린 소녀처럼 흐느끼며 자기 자신에
게 이렇게 묻는 것이 아니겠습니까?

'아아, 대체 언제나 이런 생활이 끝날까? 아아, 지겨워!'

그 말소리와 울음소리로 미루어 보아 열 살에서 열두 살쯤 되는 소녀의 소
리 같았습니다. 그녀는 망설이면서 전망대로 들어와서 앉더니, 기도하는 것
인지, 호소하는 것인지 알 수 없는 혼잣말을 하기 시작했습니다.

'아아, 하느님!' 그녀는 울면서 기다랗게 말끝을 끄는 것이었습니다. '이런
일은 도저히 더 참을 수가 없어요! 이젠 정말 견딜 수가 없습니다! 저는 잠
자코 참고 있었습니다만, 저도 참다운 삶을 살고 싶은 거예요. 아아, 괴롭고
지겨워요!'

이런 식으로 계속 이어졌습니다. 나는 그 소녀가 한번 보고 싶고, 얘기도 해 보고 싶어지더군요. 그래서 그녀를 놀라게 하려고 우선 크게 숨을 쉬고, 헛기침을 하고 나서 조용히 성냥을 그었습니다…… 작은 불빛이 어둠 속에서 울고 있는 사람을 비췄습니다. 그 사람은 키소치카였습니다."

"얘기가 너무 잘 들어맞는군요!"
폰 시첸베르그가 한숨을 쉬었다.
"캄캄한 밤, 파도 소리, 고민하는 그녀, 우주의 고독에 싸인, 아니…… 정말 놀라우십니다! 이제 필요한 것은 단도를 휘두르는 체르케스인뿐이로군요."
"나는 얘기를 만들어 내고 있는 게 아냐. 모든 게 사실 그대로라니까."
"사실 그대로라지만…… 그런 얘기는 도움이 되는 것도 아니고, 해가 되는 것도 아니고, 이미 오래전에 다 알고 있는 이야기거든요……."
"글쎄, 비꼬는 건 나중에 하고, 끝까지 얘기를 들어 보라구……"
아나니예프는 화가 나서 손을 내저으며 말했다.
"방해를 하지 말아 주면 좋겠어! 나는 말야, 자네한테 말하고 있는 게 아니라, 이 의사 선생님한테 말하고 있는 거라구."
그러면서 그는 나를 돌아보며, 학생을 곁눈질하며 이야기를 이었다. 학생은 계산서를 들여다보고 있었지만 기사를 비꼰 데 대해 몹시 만족하고 있는 듯했다.

"그런데 키소치카는 나를 보고도 마치 전망대에서 나를 만나리라는 것을 미리 알고라도 있었던 듯이 놀라지도 않고 겁내지도 않더군요. 그녀는 숨을 헐떡이며 열병에 걸린 듯이 온몸을 떨고 있었습니다. 눈물에 젖은 그녀의 얼굴은 내가 성냥을 계속 그어대면서 확인한 바로는 아까까지의 현명하고, 피로의 빛이 짙은 순진한 얼굴이 아니라, 무엇인가 전혀 이해할 수 없을 만큼 다른 것이었습니다. 그녀의 얼굴에는 고통이나 불안도 슬픔의 빛깔도 없어, 눈물과 말이 나타내고 있는 것을 무엇 하나 찾아볼 수가 없었습니다…… 아마 나로서는 이해할 수 없었기 때문이었겠지만, 솔직히 말해서 나에게는 그녀의 얼굴이 술에 취한 어리석은 얼굴로 보였습니다.

'저는 이제 끝이에요……' 키소치카는 소녀와 같은 목소리로 울며 말하는 것이었습니다. '이제 더는 참을 수가 없어요, 니콜라이 아나스타세이치. 용서해 주세요, 네? 니콜라이 아나스타세이치…… 저는 이런 생활을 더 이을 기력이 없어요. 시내에 있는 어머니 집으로 돌아가겠어요…… 바래다주시겠어요? ……제발 부탁이에요, 바래다주세요!'

눈앞에서 여자가 울고 있으니, 나는 말을 할 수도, 잠자코 있을 수도 없게 되어 버렸죠. 어찌할 바를 몰라 위로할 양으로 무엇인가 시시한 말을 중얼거렸습니다.

'아니에요. 저는 어머니 곁으로 돌아가겠어요!' 키소치카는 일어서면서 떨리는 손으로 내 손을 잡고 결심한 듯이 말하는 것이었습니다. 그녀의 손과 소매는 눈물로 흠뻑 젖어 있더군요. '용서하세요, 니콜라이 아나스타세이치. 저는 가겠어요…… 이 이상은 더 참을 수가 없어요……'

'키소치카, 그런데 마차가 한 대도 없군요!' 나는 말했습니다. '어떻게 가실 작정입니까?'

'상관 없어요. 걸어서 가겠어요…… 여기서 그다지 멀지 않으니까요. 저는 도저히 더 참을 수가 없는걸요……'

나는 당황하기는 했지만 별로 감동하지는 않았습니다. 나로서는 키소치카의 그 눈물에서도, 떨고 있는 어리석은 표정에서도 어쩐지 들떠 있는 프랑스나 소러시아식 멜로드라마가 느껴졌던 것입니다. 보잘것없고, 시시하고, 값싼 슬픔 때문에 이따금 눈물이 폭포수를 이루게 하는 바로 그런 것이라는 생각이었죠. 나로서는 그녀의 마음을 알 수 없었으며 또한 알 수도 없으리라는 것을 짐작하고 있었으므로, 본디 같으면 잠자코 당연히 있을 것이지만 어떤 이유 때문이었을까요, 아마 잠자코 있으면 머리가 나쁜 것으로 생각될까봐 그랬을 겁니다. 어머니 집으로 달아나지 않고 집에 있도록 그녀를 설득하지 않으면 안 된다는 생각을 했습니다. 울고 있는 사람은 눈물을 보이기 싫어하는 법이죠. 그런데 나는 잇달아 성냥을 그어 대어 성냥갑이 텅 비게 될 때까지 계속 그러고 있었던 겁니다. 도대체 무엇 때문에 그런 잔혹한 조명이 필요했는지는 아직도 잘 모르겠어요. 대체로 냉정하다는 사람들에겐 이따금 둔하고 어리석을 때가 있는 법이랍니다.

결국 키소치카가 내 팔을 잡고 두 사람은 떠났습니다. 전망대 문을 나서

자, 우리는 곧 왼쪽으로 돌아서 부드러운 모래 먼지가 이는 길을 천천히 걸어갔습니다. 캄캄했습니다. 눈이 차츰 어둠에 익숙해짐에 따라 길 양쪽에 무성해 있는 고목이면서도 가느다란 떡갈나무와 포플러의 그림자를 구별할 수 있었습니다. 얼마 안 가 오른쪽으로 군데군데 자그마한 깊은 골짜기와 파도에 깎인 구멍이 있는, 굴곡이 심하고 깎아세운 듯한 해변에 검은 띠 모양의 모래펄이 보였습니다. 골짜기 부근에는 사람들이 앉아 있는 것 같은 자그마한 숲이 있었습니다. 갑자기 섬뜩해지더군요. 나는 겁에 질린 눈으로 낭떠러지 쪽을 바라보았습니다. 그렇게 되니 파도 소리나 광야의 고요함이 무시무시하게 느껴지더군요. 키소치카는 잠자코 있었습니다. 그녀는 아직도 떨고 있었으며, 5백 미터도 채 가기 전에 벌써 걷는 데 지쳐서 숨을 헐떡이기 시작하는 형편이었습니다. 나도 잠자코 있었습니다.

검역소에서 1킬로쯤 떨어진 곳에 아주 높다란 굴뚝이 서 있는 4층짜리 버려진 건물이 있었습니다. 이전에 증기 제분소였던 건물이죠. 낭떠러지 위에 혼자 삐쭉 서 있으므로, 낮이면 아득히 먼 바다에서나 들판에서도 보입니다. 지금은 사는 사람도 없이 버려진 탓인지, 혹은 메아리가 자리잡고 있어 길 가는 사람의 말이나 발걸음 소리를 되돌려 보내는 탓인지, 어쨌든 신비롭게 생각되는 곳입니다. 글쎄, 한번 상상해 보십시오. 캄캄한 밤에 남편에게서 달아나는 여인과 손을 맞잡고, 내 발걸음 소리 하나하나를 또렷이 되들으면서 몇백 개나 되는 창문이 검은 눈으로 가만히 노려보고 있는 크고 높고 길게 뻗쳐 있는 건물 곁을 터벅터벅 걸어가는 모습을. 정상적인 젊은이가 이런 환경에 놓인다면 곧장 로맨티시즘으로 돌진해 가겠지만, 나는 시꺼먼 창문을 쳐다보면서 이렇게 생각했습니다. '소름끼치는 경치로군. 그러나 이윽고 때가 오면 이 건물도, 슬퍼하는 키소치카도, 이런 생각을 하고 있는 나 자신도 흔적없이 사라져 버리겠지…… 모든 것이 시시하고 허무한 일이야.'

제분소 바로 앞까지 오자, 키소치카는 느닷없이 걸음을 멈추고 손을 빼더니, 이제까지의 소녀와 같은 목소리가 아닌 그녀 본디의 목소리를 내면서 이렇게 말하는 것이었습니다.

'니콜라이 아나스타세이치, 저는 잘 알고 있어요. 당신은 이상하다고 생각하고 계시죠? 하지만 저는 참으로 불행해요! 선생님은 상상도 할 수 없을 만큼 불행해요! 조금도 상상하실 수 없을 거예요! 말씀드릴 수도 없으니까

그만두겠습니다만 그건 정말 비참한 생활이었어요, 비참한 생활이었어요……'

키소치카는 말도 끝까지 하지 못하고 이를 악물며, 마치 고통의 소리를 내지 않으려고 안간힘을 쓰는 것처럼 나직이 신음하는 것이었습니다.

'정말 비참한 생활이었어요!' 그녀는 노래하듯이 공포가 깃든 목소리로 말했습니다. 그 남부 특유의, 약간 소러시아 사람다운 악센트는, 특히 말하는 사람이 여자인 경우, 흥분된 말투에 노래와 같은 느낌을 주는 것입니다. '비참한 생활이었어요! 정말, 정말 못 견딜 노릇이에요. 아아, 괴로워요. 참을 수 없어요!'

그녀는 마치 생활의 비밀을 풀어내려고 원하는 것처럼 납득이 안 간다는 표정으로 어깨를 움츠리고 고개를 저으며 두 손을 모으는 것이었습니다. 그리고 그 노래라도 부르듯 말하며, 우아하고 아름답게 몸을 움직이는 품은 그야말로 유명한 어느 소러시아의 여배우를 방불케 할 정도였습니다.

'정말 저는 구덩이 속에서 생활하고 있는 것과 같아요!' 그녀는 비통하게 손을 비비면서 말을 이었습니다. '정말 잠시 동안이라도 좋으니 세상사람들처럼 기쁨 속에서 살고 싶어요! 아아, 정말 괴로워요! 저도 결국 흔히 있는 행실 나쁜 여자처럼 남 앞에서 밤중에 남편 곁을 도망쳐 나올 만큼 수치를 모르는 여자로 타락해 버렸어요. 이런 짓을 했으니 무슨 좋은 일을 기대할 수 있겠어요?'

그녀의 거동과 목소리에 넋을 잃고 있는 동안에, 나는 뜻밖에도 그녀가 남편과 사이가 좋지 않다는 데에 만족을 느끼게 되었던 것입니다. '이 여자를 마음대로 할 수 있었으면!' 순간 그런 생각이 떠올랐습니다. 그러자 이 생각이 머릿속에 가득 차 길을 걷는 동안에도 줄곧 머리에서 떠나지 않고, 차츰차츰 크고 넓게 미소짓게 되었습니다.

제분소에서 다시 1킬로 반쯤 간 곳에서 시내로 가려면 왼쪽으로 꺾어 묘지 옆으로 빠져 나가야 합니다. 그 묘지 모퉁이에 한쪽 구석에는 석조의 풍차방앗간이 서 있고, 그 곁에 방앗간 주인이 사는 오두막집이 있습니다. 우리는 풍차방앗간과 오두막집을 지나 왼쪽으로 돌아, 묘지 입구까지 갔습니다. 그런데 그곳까지 갔을 때, 키소치카는 걸음을 멈추고 이렇게 말하는 것이 아니겠습니까?

'저는 역시 돌아가야겠어요, 니콜라이 아나스타세이치! 조심해서 가세요. 저는 혼자서 돌아갈 수 있어요. 무섭지 않아요.'

'또 그런 말씀을!' 나는 깜짝 놀랐습니다. '가기로 결정한 이상 가십시다 ……'

'제가 공연히 흥분했었어요…… 아주 보잘것없는 것이 원인이었어요. 당신이 여러 가지 말씀을 해주시는 바람에 그만 정신없이 옛날을 떠올리고 여러 가지 일을 생각했던 거예요…… 몹시 쓸쓸해서 울고 싶은 기분이었는데, 남편이 그 장교 앞에서 섭섭한 말을 하자 그만 참을 수가 없어져서…… 그러나 어머니 곁으로 가도 별 수 없을 거예요. 그런 짓을 해 보았댔자 행복하게 될 수 있는 것도 아닐 거니까. 돌아가겠어요…… 하지만, 그렇긴 하지만 …… 그러나 역시 가겠어요!' 키소치카는 이렇게 말하고 웃기 시작했습니다. '결국 마찬가지죠!'

나는 묘지의 문에 '이윽고 때가 오면 생명 있는 자 모두 무덤 속에 누워 하느님 아들의 말씀을 듣게 되리라'라고 씌어 있던 것을 기억하고 있었으며, 조만간 나도 키소치카도 그의 남편도, 흰 여름 군복을 입고 있던 젊은 장교도 모두가 이 울타리 안에 있는 어두운 나무들의 뿌리 부근에 눕게 될 신세라는 것을 알고 있었습니다. 나와 나란히 걷고 있는 여인이 깊은 상처를 입은 불행한 여인이라는 것도 알고 있었습니다. 그러한 모든 것을 확실히 의식하고 있긴 했습니다만, 그와 동시에 금방이라도 키소치카가 돌아가겠다고 말하지는 않을까, 나는 말해야 할 것을 감히 말하지 못하고 있는 것은 아닐까 하는 답답하고 불쾌한 두려움에 마음을 설레고 있었던 것입니다. 그때까지 그날 밤처럼 내 마음속에서 깊은 사려와 가장 경멸해야 할 동물적인 본능이 얽혀 본 적은 없었습니다…… 무서운 일입니다!

묘지에서 얼마 가지 않아 우리는 승합 마차를 발견했습니다. 그래서 키소치카의 어머니가 살고 있는 넓은 골목까지 타고 가서 마차에서 내려 도로를 걸어갔습니다. 키소치카는 줄곧 잠자코 있었으며, 나는 그런 그녀를 바라보면서 나 자신에게 화를 내고 있었습니다. '왜 말을 건네지 못하나? 좋은 기회가 아닌가?' 내가 묵고 있는 호텔에서 스무 발짝쯤 되는 곳까지 오자, 키소치카는 가로등 곁에 서서 또 울기 시작했습니다.

'니콜라이 아나스타세이치!' 그녀는 눈물에 젖어 빛나는 눈으로 나를 쳐다

보면서, 울다 웃다 하면서 이렇게 말하는 것이었습니다. '당신의 호의는 절
대로 잊지 않겠어요…… 당신은 정말 훌륭하신 분예요! 당신네들은 모두 훌
륭해요! 성실하고 대범하고, 정답고, 머리가 좋고…… 정말 멋있어요!'

그녀는 나에게서 내 모든 점에서 진보적인 인텔리겐치아를 발견했던 거
죠. 그래서, 미소로 빛나고 눈물에 젖은 그녀의 얼굴에는 '나'라는 사람이
그녀의 마음속에 불러일으킨 감동과 기쁨과 함께 자기는 이러한 사람들과
좀처럼 만날 수 없다는 서글픔과, 이러한 사람의 아내가 되는 행복을 하느님
이 자기에게 주지 않았다는 슬픔이 뚜렷이 나타나 보였습니다. '정말 멋있어
요!' 하면서 그녀는 줄곧 중얼거리는 것이었습니다. 얼굴에 나타난 순진한
기쁨과 눈물, 조용한 미소, 아무렇게나 머리에 쓴 목도리, 그 목도리 밑에
물결치는 부드러운 머리카락, 그 모든 것들이 가로등의 불빛 아래서 새끼고
양이처럼 귀여워해 주고 싶은 옛날의 키소치카의 모습을 상기시켰던 것입니
다. 나는 참을 수가 없어서 그녀의 머리와 어깨와 팔을 어루만지기 시작했습
니다.

'키소치카, 당신은 무엇을 원하고 있죠?' 나는 속삭였습니다. '내가 당신과
함께 이 세상 끝까지 가는 것? 그럼 당신을 그 구덩이에서 구출해 내어 행
복을 안겨 드리죠. 당신을 사랑하고 있어요…… 함께 가십시다. 어때요? 좋
죠?'

키소치카의 얼굴 가득히 이상한 표정이 지나갔습니다. 그녀는 가로등에서
한 걸음 물러서서 멍청히 커다란 눈으로 빤히 나를 바라보는 것이었습니다.
나는 그녀의 손을 꼭 잡고, 얼굴에다, 목에다, 어깨에다 키스를 퍼부으면서
맹세를 계속했습니다. 연애의 길에는 맹세라든가 약속이라는 것이 생리적이
라 해도 좋을 만큼 필요하니까요. 이것 없이는 일이 되지 않습니다. 때로는
거짓말이라는 것을 알고 있으면서도, 약속 따위를 해서는 안 된다는 것을 알
고 있으면서도, 역시 맹세하거나 약속하게 되는 거죠. 멍청해진 키소치카는
압도당하여 뒤로 물러서며, 눈을 부릅뜨고 나를 노려볼 뿐이었습니다. '안
돼요! 안 돼요!' 그녀는 두 손으로 나를 밀어젖히려고 하면서 중얼거렸습니
다.

나는 그녀를 꼭 껴안았습니다. 갑자기 그녀는 히스테릭하게 울기 시작했
는데, 그녀의 얼굴은 아까 전망대에서 성냥을 그었을 때 본 것 같은 어리석

고 멍청한 표정을 띠고 있었습니다…… 나는 그녀의 의사도 묻지 않고 거의 억지로 호텔의 내 방으로 그녀를 데리고 갔습니다…… 그녀가 마비된 것처럼 되어 움직이려고도 하지 않는 것을, 팔을 끼고 떠메다시피해서 끌고 들어간 겁니다. 지금도 뚜렷이 기억하고 있습니다만, 계단을 올라갈 때 붉은 테를 두른 모자를 쓴 사나이가 놀란 듯이 나를 쳐다보며 키소치카에게 인사를 하더군요……"

아나니예프는 갑자기 얼굴을 붉히며 입을 다물었다. 그는 이야기를 멈춘 채 테이블 주위를 걸으며 화가 나는 듯이 목덜미를 긁고, 커다란 등허리를 달리는 오한(惡寒) 때문에 몇 번이나 경련하듯 어깨를 움츠렸다. 그는 회상하는 것조차도 괴롭고 부끄럽다는 듯이 자기 자신과 싸우고 있었다.

"고약한 짓이었죠!"

그는 글라스에 남은 술을 비우고 나서 고개를 저으며 말했다. "듣건대, 의과대학 학생들에게 부인병 강의를 할 때에는 언제나 서론에서, 여성 환자의 옷을 벗겨서 촉진하기 전에 학생들 각자에게도 어머니와 자매와 약혼녀가 있다는 것을 상기하도록 충고한다지만요…… 이 충고는 의학생뿐만 아니라, 인생에 있어 어떤 형태로든 여성과 접촉하는 모든 사람들에게도 통용돼야 한다고 생각합니다. 나는 나에게 아내와 딸이 있는 지금에 이르러 이 충고를 뼈저리게 실감하고 있어요! 아플 만큼 잘 알고 있죠! 어쨌든 더 들어 보십시오……

"일단 관계를 맺고 나자, 키소치카는 이 문제를 나와는 다른 각도로 생각하더군요. 무엇보다도 먼저 그녀는 정열적이고 격렬한 사랑의 포로가 되어 버린 것입니다. 나에게는 아주 흔한 사랑의 즉흥시에 지나지 않았던 것이 그녀에게는 인생에 있어서의 180도의 전환이었던 것입니다. 생각나는군요. 그녀가 미치지나 않았을까 하고 생각될 정도였습니다. 평생 처음으로 행복을 붙들자 한꺼번에 다섯 살쯤 젊어져서 감동과 환희에 얼굴을 빛내며 너무 행복해서 어떻게 하면 좋을지를 몰라 울어 보기도 하고, 웃어 보기도 하고, 쉴 새 없이 입을 열어 내일이 되면 둘이서 카프카즈로 가자느니, 가을에는 거기서 페테르부르크로 가자느니, 앞으로 둘이서 어떻게 살아 나가자느니 하며, 꿈을 지껄여 대는 것이었습니다.

'주인에 대해서는 걱정 안하셔도 좋아요!' 그녀는 이렇게 말하며 나를 안심시키려 하는 것이었습니다. '그분이 이혼을 승낙하지 않을 리는 없어요. 그분이 코스투이치라는, 자기보다 나이가 많은 여자와 좋아지낸다는 사실은 시내에서 모르는 사람이 없거든요. 이혼이 성립되면 우리 식을 올려요, 네?'

여자라는 것은 일단 좋아지면, 마치 새끼고양이처럼 곧 상대편을 따르고 친숙해지는 것이더군요. 키소치카가 내 방에 있었던 것은 고작 한 시간 반쯤이었지만, 그녀는 마치 자기 집으로 여겨지는 듯 내 소지품을 자기 것처럼 다루고 있었습니다. 내 짐을 트렁크 속에 깔끔히 챙기고, 내가 새로 맞춘 값비싼 외투를 옷걸이에 걸지 않고 의자 위에 내동댕이쳤다고 해서 잔소리를 하기도 하고 말예요.

나는 그녀를 바라보고 얘기를 들으면서 피로와 짜증을 느끼고 있었습니다. 더할 나위 없이 고민하고 괴로워하던, 예의바르고 성실하던 여자가 이처럼 망설임도 없이 서너 시간 동안에 우연히 만난, 지나가는 남자에게 몸을 맡긴 것을 생각하니, 오히려 꺼림칙한 생각마저 들 지경이었습니다. 이런 일은 꼼꼼한 성격인 나로서는 도저히 용납할 수 없었던 것입니다. 그보다도 더 나를 불쾌하게 한 것은, 키소치카와 같은 여자들은 얇고 가벼우며 인생을 지나치게 사랑하여 남자에 대한 사랑이라는, 본질적으로는 아주 시시한 것을 행복이라든가 고뇌라든가, 인생의 전환점처럼 중대하게 여기고 있다는 점입니다. 게다가 그녀를 소유하고 난 지금에 와서는 내가 젊은 혈기로, 언젠가는 마음에도 없이 속이게 될 여자와 교접을 가졌다는 것이 화가 나서 배길 수가 없었습니다…… 다시 말씀드립니다만, 나는 행실은 그따위면서도 거짓말을 하는 것만은 도저히 참을 수 없는 성질이었던 것입니다.

지금도 기억하고 있습니다만 키소치카는 내 발 밑에 앉아 무릎에다 머리를 얹고 애정에 찬 빛나는 눈으로 나를 쳐다보면서 물었습니다.

'코올랴, 저를 사랑해요? 많이? 말씀해 주세요, 많이 사랑해요?'

이렇게 말하며 행복에 겨운 나머지 웃는 것이었습니다. 이런 짓은 나에게는 센티멘털하고 달콤하고 어리석게 생각되었습니다만, 그 반면 나는 이미 무엇보다 먼저 모든 것에 대해 생각의 깊이를 추구하려고 하는 기분이 되어 있었던 것입니다. '키소치카, 당신은 집으로 돌아가는 편이 좋을 것 같군……' 나는 말했습니다. '그렇지 않으면, 틀림없이 집안사람들이 당신이 없어진 것을 알아차리고 온 시내를 찾아다닐 거야. 그리고 아침부터 어머니한테 가는 것도 좀 이상하지 않을까……'

키소치카는 동의했습니다. 헤어질 때 우리는 내일 정오에 시내 공원에서 만나, 그 다음날 그녀와 함께 피아치고르스크로 갈 것을 약속했습니다. 나는 그녀를 배웅하기 위해 바깥으로 나가서 걷는 동안 줄곧 정답게 그녀를 애무해 주었습니다. 때로는 그녀가 무조건 나를 믿고 있는 것이 몹시 애처로워져서 차라리 피아치고르스크로 데리고 가버릴까 하는 생각이 들기도 했습니다만, 트렁크 속에 겨우 6백 루블밖에 남아 있지 않다는 것과, 가을이 되면 지금보다 훨씬 헤어지기 어려워진다는 것 등을 생각하고 황급히 자비심을 지워 버렸던 것입니다.

이윽고 키소치카의 어머니가 살고 있는 집에 다다랐습니다. 문 저쪽에 발걸음 소리가 들리자, 키소치카는 갑자기 진지한 얼굴이 되어 하늘을 우러러 보며 어린이를 대하는 것처럼 나를 향해 몇 번이나 총총히 성호를 긋더니, 내 손을 잡아 입술에 꼭 대었습니다.

'그럼 내일 만나요. 네?' 그녀는 그렇게 속삭이고, 문 안으로 사라져 버렸습니다.

나는 반대쪽 보도로 건너가서, 거기서 그 집을 건너다보았습니다. 처음에는 어느 창문이건 캄캄했습니다만, 이윽고 한 창문에 불이 켜지고 희미하고 창백한 빛이 깜박거렸습니다. 불은 차츰 밝아져 빛을 내고 그 불빛과 함께 방 안에서 움직이는 몇 사람의 그림자가 보였습니다.

'생각도 하지 않겠지!' 나는 그렇게 생각했습니다.

호텔 방으로 돌아가자, 나는 옷을 벗고 낮에 시장에서 사다 둔 신선한 캐비어(철갑상어알)를 안주삼아 포도주를 마시고 나서 천천히 잠자리에 들어가 곤히, 조용한 관광객으로서의 잠을 잤습니다. 다음날 아침에 나는 머리가 아파서인지 무거운 기분으로 잠에서 깼습니다. 무엇인가가 마음에 걸려 있어서 그럴 수밖에 없었던 것입니다.

'도대체 어떻게 된 일일까?' 나는 불안의 원인을 밝힐 작정으로 자신에게 물었습니다. '무엇이 이렇게 마음에 걸리는 것일까?'

그 결과 내 자신의 불안을 나는, 당장에라도 키소치카가 찾아와서 출발을 가로막게 되면 나는 거짓말을 하거나 그녀 앞에서 손짓 발짓으로 연극을 해 보이지 않으면 안 된다는 두려움에 의한 것이라고 해석했던 것입니다. 나는 재빨리 옷을 주워 입고 짐을 챙기자, 저녁 7시까지 짐을 역까지 날라 달라고 보이에게 부탁하고 호텔을 나왔습니다. 친구네 집에서 낮 동안을 보내고 저녁에는 이미 N시에서 떠났습니다. 어떻습니까? 보십시오, 내 사상은 이처럼 비열한 배신적인 도주를 해치우는 데 조금도 걸림돌이 되지 않았던 것입니다.

친구네 집에 앉아 있는 동안에도 그 뒤 역으로 마차를 달리는 동안에도 불안으로 내내 괴로웠습니다. 나는 키소치카와의 상봉이나 스캔들을 두려워하고 있는 것이었습니다. 역에서는 두 번째 벨이 울릴 때까지 일부러 화장실에 들어가 있었으며, 누군가 내 차칸으로 사람들을 헤치며 뛰어갈 때에는 마치 머리에서 발끝까지 훔친 물건으로 씌워져 있는 듯한 느낌으로 숨이 막힐 지경이었습니다. 얼마나 초조와 두려운 마음으로 세 번째 벨을 기다렸는지!

그러자 이윽고 구원의 세 번째 벨이 울리고, 열차는 움직이기 시작했습니다. 기차는 감옥을 지나고 병영을 지나 벌판으로 나왔습니다만 그래도 불안은 사라지지 않아 여전히 나는 달아나고 싶다고 필사적으로 바라는 도둑과 같은 기분이 들었습니다.

이 얼마나 우스꽝스러운 일일까요? 기분을 전환시키고 마음을 가라앉히기 위해 나는 창 밖을 바라보았습니다. 바다는 끝없이 잔잔하고, 거의 절반이나 부드러운 금빛이 섞인 빨간 저녁놀로 물든 터키석과 같은 하늘이 바다에 비치는 자기 모습을 밝고 조용하게 지켜보고 있었습니다. 여기저기 흩어진 어부의 작은 배와 뗏목이 검게 보였습니다. 높직한 해변 위에 자리잡은 상자 안에 만든 화원처럼 아름답고 아담한 도시가 이미 저녁 안개에 싸여 있었습니다. 황금빛으로 빛나는 교회의 지붕과 집집의 창문과 푸른 잎사귀 등이 떨어져 가는 태양 빛을 반사하여 녹아드는 금처럼 타오르고, 녹아 있었습니다 …… 광야의 향기가 바다에서 불어오는 부드러운 습기에 섞여 있었습니다.

기차는 날듯이 달리고 있었습니다. 승객과 차장들의 웃음소리도 들렸습니다. 모두가 즐겁고 가벼운 마음인데 말할 수 없는 내 불안은 점점 짙어져 갈 뿐이었습니다. 도시를 감싸고 있는 희미한 안개를 바라보아도, 안개에 간힌 교회나 집들의 주변을 어리석고 무딘 얼굴의 한 여인이 나를 찾아 헤매고 다니며 소녀와 같은 목소리로, 아니면 소러시아의 여배우를 떠올리게 하는 노래하는 듯한 투로, '아아, 하느님, 하느님!' 하고 소리치고 있는 듯이 느껴졌습니다. 어젯밤, 육친에게 하듯이 나에게 성호를 그어 주었을 때 짓던 그녀의 진지한 표정과 불안한 듯한 커다란 눈을 상기하자, 반사적으로 나는 어제 그녀가 키스해 준 내 손을 바라보았습니다. '내가 반한 것일까?' 나는 그 손을 어루만지면서 스스로에게 물었습니다.

밤이 되어 승객이 잠들고, 내가 내 양심과 정면으로 얼굴을 맞대게 되자, 나는 그때까지 아무래도 이해할 수 없었던 것을 겨우 알게 되었습니다. 객차의 희미한 어둠 속에서 키소치카의 모습이 내 눈앞에 서서 사라지지 않는 것입니다. 그때 나는 내가 한 짓이 살인과 다름없는 죄악이었다는 것을 뚜렷이 의식했습니다. 양심이 나를 괴롭혔습니다. 참을 수 없는 이 감정을 떨쳐 버리기 위해, 나는 모든 것이 시시하고 허무한 것이라느니, 나도 키소치카도 언젠가는 죽어서 썩어 없어져 버리는 것이라느니, 그녀의 슬픔 따위는 죽음에 비하면 무(無)와 다를 바 없다느니 하고 자기 자신에게 타일러 보았습니다…… 결국 자유 의지라는 것은 존재하지 않는 것이므로, 내게는 죄가 없는 것이다 하고 스스로 타이르기도 했습니다.

그러나 이런 변명도 역시 마음을 초조하게 만들 뿐, 오히려 다른 어느 생각보다도 더욱 빨리 사라져 버리는 것이었습니다. 키소치카가 키스해 준 손에는 슬픔의 감촉이 계속 남아 있었습니다…… 나는 누워 보기도 하고 일어나 보기도 하며, 역에 닿을 때마다 보드카를 마시고, 억지로 샌드위치를 먹으며 또다시 인생에는 아무런 의미도 없는 것이라고 자신에게 타일렀습니다만, 아무런 도움도 되지 않았습니다. 머릿속에서는 기묘한, 그리고 만약 그렇게 말하려 한다면 우스꽝스럽기조차 한 생각들이 들끓고 있었습니다. 온갖 생각이 차례차례 혼잡하게 쌓이고 얽혀서 서로 상대편을 방해하는 바람에, 사색을 좋아하는 내가 땅바닥에 이마를 댄 채 필요한 생각과 필요하지 않은 생각의 더미 속에서 아무것도 이해할 수가 없었고, 어떻게 정리를 할 수도 없었던 것입니다. 사색가여야 할 내가 사색하는 기술조차 지니고 있지 않으며, 시계 수선과 마찬가지로 나 자신의 머리 조작(操作)조차도 할 수 없다는 것을 알았던 것입니다. 난생 처음으로 나는 열심히 그리고 필사적으로 생각했습니다. 그리고 그것이 참으로 기묘하게 느껴졌으므로 '나는 미치게 될 거다!' 하고 생각했을 정도였습니다. 언제나가 아니라, 괴로울 때에만

뇌를 쓰는 사람은 이따금 미칠 것 같은 기분을 느끼게 되는 법이지요.

이리하여 나는 그날 밤과 다음날과 다음날 밤을 고민으로 지새우고, 자기 사고가 거의 아무런 도움도 되지 않는다는 것을 확신하기에 이르러서야 겨우 눈을 뜬 기분이 되어 자신이 무엇인가를 깨달았던 것입니다. 나는 내 생각이 한푼의 가치도 없다는 것과 키소치카를 만나기 전까지는 진정으로 사색하고 있었던 것이 아니라, 진지한 사상이라는 것이 무엇을 뜻하는지에 대한 이해조차도 하지 못하고 있었다는 것을 깨달았던 것입니다. 한껏 괴로워한 끝에 나는 나에게는 신념도, 특정한 도덕도, 규범도, 인간적인 마음도, 이성(理性)도 없었다는 것을 깨달았습니다.

나의 지적(知的)이고 도덕적인 부(富)는 모두 전문적인 지식이나 단편적인 지식, 필요하지 않은 추억, 남의 사상 등으로 성립되어 있는 데 지나지 않으며, 내 심리의 움직임은 야쿠우트인의 심리처럼 단순하고 소박하며, 유치했다는 것을 깨달았던 것입니다…… 이제까지 내가 거짓말하기를 좋아하지 않고, 도둑질도 하지 않고, 사람을 죽이지도 않고, 분명히 지나치다고 생각되는 실수를 저지르지 않았다고 하더라도, 그것은 특별히 내 신념에 의한 것이 아니라(그런 것은 원래 없는 것이니까요), 다만 나 자신이 시시하다고 생각하면서도 어느 사이에 내 피와 살에 스며들어 무의식중에 인생에서와 내 행동을 지배해 온 유모(乳母)의 옛날 이야기와 케케묵은 도덕관에 의해 팔다리가 묶여 있었을 뿐이었던 것입니다.

나는 내가 사색가도 아니고, 철학자도 아니며, 다만 한 가지 재주에 뛰어난 사람에 지나지 않는다는 것을 깨달았습니다. 하느님은 나에게 타고난 재능과, 건강하고 억센 러시아 사람의 두뇌를 안겨 주었습니다. 그런데 생각해 보십시오. 겨우 스물여섯 살인 이 두뇌는 제멋대로 자란 채 정착할 아무런 장소도 지니지 않고 아무런 무거운 짐도 짊어지지 않은 채 그저 기술 관계의 조그마한 지식에만 약간 더럽혀져 있었을 뿐이었지요. 그런 젊은 두뇌가 생리적으로 일을 갈망하고 추구하고 있는 동안에 갑자기 덧없는 인생이니, 죽은 뒤의 암흑이니 하는, 아름답고 싱싱한 생각이 어쩌다가 외부에서 흘러들어왔던 것입니다.

두뇌는 정신없이 그것을 흡수하고 키울 대로 키워서, 마치 고양이가 쥐를 다루듯이 이런저런 방법으로 그 생각을 희롱하기 시작했던 것입니다. 두뇌는 아직도 해박한 지식이나 체계도 갖추고 있지 않았습니다만, 뭐 그런 것은 대수로운 일이 아니죠. 나 자신의 타고난 힘으로 얻어들은 짧은 풍월이 이 깊은 사상을 잘 다듬어서 한 달도 채 되기 전에, 이 두뇌의 소유자는 한 개의 감자에서 백 개의 접시에 담을 맛있는 요리를 만들어 낼 만큼의 솜씨로 성장하여 제법 사상가인 척하게 되는 것입니다. 이러한 손재주와 진지한 사상의 흉내를 우리 세대는 학문이나 문학이나 정치나, 그 밖에 걸음을 옮기는 것이 귀찮지 않은 곳이라면 어디든 갖고 갔지만, 손재주와 함께 우리의 냉담한 태도와 권태와 일방적인 관점 따위까지 갖고 갔으므로 내 기분 탓인지는 모르지만 진지한 사상에 대한 새로운, 이제까지 없었던 태도를 대중들은 이미 기르고 있는 것 같습니다.

이 불행한 사건 덕분에 나는 자신의 비정상적인 점과 지독한 무지(無知)를 깨닫고 인정했습니다. 지금 생각하면 내가 처음부터 다시 시작했을 때, 다시 말해서 양심의 가책을 받고 N시로 되돌아가서 잔꾀부리지 않고 키소치카 앞에서 모든 것을 뉘우치고 어린아이처럼 용서를 빌고 그녀와 함께 울었던 그때부터 정상적인 내 사고(思考)가 시작된 듯이 생각됩니다……"

아나니예프는 키소치카를 마지막으로 만났을 때의 광경을 짤막하게 말하고 입을 다물었다.

"그럴싸하군요."

기사가 이야기를 마치자 학생은 내뱉듯이 말했다.

"세상에 흔히 있는 일이지요!"

그의 얼굴은 여전히 사고의 권태를 나타내고 있었고, 아나니예프의 이야기에 대해 조금도 감동하고 있지 않는 것 같았다. 기사가 한숨 돌리고 난 뒤, 또 슬금슬금 자기 생각을 펴나가려고 이미 말한 것을 되풀이하려고 하자, 학생은 화난 듯이 이맛살을 찌푸리고, 테이블에서 떠나 자기 침대로 갔다. 그는 잠자리를 깔고 옷을 벗기 시작했다.

"당신은 지금 마치 어떤 사람을 설득하기라도 한 것 같은 표정을 하고 있군요!"

학생은 화난 듯이 말했다.

"어떤 사람을 설득했다고?"

기사가 물었다.

"여보게, 내가 그렇게 생각하고 있다고 여기나? 천만의 말씀이야! 내가 어떻게 자네를 설득할 수가 있겠는가! 한 가지 신념에 이르자면 자네는 자네 자신의 체험과 고통에 기대는 수밖에 없단 말일세."

"그리고 그 놀라운 논리 말이죠!"

학생은 잠옷을 입으면서 중얼거렸다. "당신이 그처럼 싫어하는 사고는 젊은이한테는 해로운 것일지라도 당신의 말씀에 의하면 노인에게는 마땅하다는 것이 되니까요. 바로 백발 노인 얘기를 하신 거나 같지 뭡니까? 도대체 어디서 그런 노인의 특전이 생겼습니까? 어디에 근거가 있는 것입니까? 예컨대 그 사상이 해로운 것이라면 모든 사람에게도 똑같이 해로운 것이 아닐까요?"

"아니, 그렇진 않아, 그렇게 말하면 안 돼!"

기사는 이렇게 말하고 능글맞게 한쪽 눈을 감아 보였다.

"그렇게 말하는 것이 아니야! 첫째로 노인은 손재주 있는 사람이 아니거든. 노인의 비관론이라는 것은 어쩌다가 외부에서 주어진 것이 아니라, 자기의 두뇌 속에서 생긴 거란 말이야. 그것도 그들이 헤겔이라든가 칸트를 죄다 연구하고 고민하고 온갖 과오를 저지른 끝에, 즉 한 마디로 말하면 계단을 아래서부터 위까지 모두 다 올라간 다음에 생겨난 것이지. 노인의 비관론 배후에는 개인의 경험과 확고한 사고의 발전이 깃들어 있는 것이거든. 둘째로 늙은 사상가에게는 비관론이라는 것이 우리와 같이 어중간한 것이 아니라 전세계적인 고통과 고뇌로 되어 있는 거야. 거기에는 그리스도교적인 뒷받침이 있지. 왜냐하면 인간에 대한 사랑과 사려에서 출발하고 있어 손재주를 부리는 사람에게서 볼 수 있는 그런 에고이즘이 전혀 없기 때문이야. 자네는 인생의 의의와 목적이 자기로서는 알 수 없다고 해서 인생을 경멸하고 자기의 죽음만을 겁내고 있지만, 참다운 사상가라는 것은 진실이 모든 사람의 눈으로부터 감추어져 있는 것을 고민하고 모든 사람의 몸을 걱정하는 거야.

이를테면, 여기서 그다지 멀지 않은 곳에 이반 알렉산드르이치라는 산림관이 살고 있는데, 이 사람은 좋은 노인이야. 전에 어디서 선생을 하고 있었다든가 글을 쓰고 있었다든가 하는, 아무튼 잘은 모르지만 뛰어나게 머리가 좋고 철학도 꽤 공부한 사람이야. 책을 많이 읽었고, 지금도 1년 내내 읽고 있지. 그런데 얼마 전에 가르조프스키 관구에서 어쩌다 이 노인을 만났어. 그때 마침 그곳에서 침목을 깔며 철로를 부설하고 있었던 참이야. 그리 대단한 일은 아니었지만, 전문가가 아닌 이반 알렉산드르이치로서는 무엇인가 마술 비슷한 것으로 여겨졌던 모양이지. 그러나 침목을 깔고 그 위에 철로를 놓는다는 것은 숙련된 인부들에게는 그리 어려운 일이 아니지. 원기 왕성한 인부들은 정말 재빠르게, 근사하게 작업을 해치우고 있었지. 특히 그 가운데 한 사람은 보기 드문 솜씨로 큰 못대가리에 망치를 내리쳐서 단번에 박아 버렸어. 그 망치의 손잡이는 2미터 가까이나 되고 큰 못의 길이두 30센티는 충분히 되지. 이반 알렉산드르이치는 오랫동안 인부들을 바라보고 있더니 매우 감동해서 눈에 눈물까지 글썽이며 나한테 이렇게 말하는 것이었어. '이렇게 훌륭한 사람들이 결국 죽어 버린다니 참으로 애석한 노릇이오!' 이와 같은 비관론자라면 잘 알 수 있지 않는가?"

"그런 것은 모두 아무것도 증명하지 못할 뿐더러 설명이 되지도 않습니다."

학생은 담요를 덮으면서 말했다. "아무리 말씀하셔도 결국은 헛일이에요! 아무것도 무엇 하나 알고 있지 않으며, 무엇 하나 말로써 증명할 수는 없는 것이니까요."

그는 담요 밖으로 얼굴을 내밀고는 머리를 약간 치켜들면서 화난 듯이 이맛살을 찌푸리더니 재빠르게 말했다.

"사람의 말과 논리를 믿고, 거기에 결정적인 의미를 갖게 하기 위해서는 몹시 순진하지 않으면 안 됩니다. 그야 물론 어떤 일이라도 말로써 증명하거나 뒤집어엎을 수는 있습니다. 사람들은 '2 곱하기 2는 7'이라는 것을 수학적으로 바르게 증명하게 될 만큼, 말의 기술을 완벽하게 할 테니까요. 저는 말이죠, 듣거나 읽는 것을 좋아해요. 하지만 고맙게도 믿지는 못하는 성격이고, 또 믿으려고도 하지 않습니다. 제가 믿는 것은 하느님뿐이지요. 비록 선생님이 그리스도가 다시 오는 날까지 저한테 설득을 계속하시더라도, 앞으로 5백 명의 키소치카를 유혹하시더라도, 저는 머리가 돌지 않는 한 선생님의 말씀을 믿을 생각은 없어요…… 안녕히 주무십시오!"

학생은 담요 속으로 머리를 감추고 얼굴을 벽 쪽으로 돌려, 그렇게 함으로써 자기는 지껄이는 것도 싫고 이야기를 듣고 싶지도 않다는 것을 알리려고 했다.

이것으로써 논쟁은 끝이 났다. 잠자리에 들어가기 전에, 나와 기사는 바라크에서 나왔다.

또다시 등불이 눈에 띄었다.

"시시한 얘기 때문에 지루하셨죠?"

하품을 하고 하늘을 우러러보면서 아나니예프가 말했다.

"하지만 양해해 주시겠죠! 이렇게 지루한 분위기 속에서는 술을 마시고, 철학 강의라도 하는 것 외엔 낙이 없으니까요…… 어떻습니까, 이 훌륭한 제방(堤防)은?"

두 사람이 제방 가까이 갔을 때 기사는 감동한 듯이 외쳤다.

"이쯤 되면 제방이 아니라 아라 산(노아 방주가 처음 닿았다는 산. 창세기 8 : 4)이죠."

그는 잠시 잠자코 있다가 말했다.

"남작 선생은 이 등불이 아말레크인을 떠올리게 한다고 말했지만, 내 느낌으로는 사람의 생각과 비슷하군요. 그렇죠, 인간 한 사람 한 사람의 사상도 마치 이처럼 걷잡을 수 없이 흩어져서 어둠 속을 하나의 선(線)을 따라 어딘가의 목적지로 뻗어가서 무엇 하나 비쳐 뵈지도 않고, 밤을 밝게 하지도 않은 채 어딘가 아득히 먼 노년의 저편으로 사라져 버리는 거지요…… 그러나 철학은 이제 그만둡시다. 이제 주무셔야죠……"

바라크로 돌아오자, 기사는 꼭 자기 침대에서 쉬어 달라고 나를 설복하기 시작했다.

"자, 주무십시오!"

그는 두 손을 가슴에 대고 부탁하듯이 말했다.

"좋지 않습니까? 나는 걱정 마십시오. 나는 어디서나 잘 수 있는 사람이고, 또 얼마 동안은 자지 않을 테니까요…… 꼭 거기서 주무십시오!"

나는 호의에 따라 옷을 벗고 누웠다. 그는 책상을 향해서 도면을 살펴보기 시작했다.

"나 같은 사람은 잠잘 여가도 없어요."

내가 누워서 눈을 감자 그는 나직이 말했다.

"아내와 함께 아이가 둘만 되는 날엔 잠이 문제가 아니죠. 당장 먹을 것과 입을 것에 대한 걱정을 해야 하고, 장래를 위해 저축도 조금은 해두어야 하니까요. 나한테는 아이가 둘 있습니다. 아들과 딸이죠…… 사내아이는 인물이 좋아요…… 아직 여섯 살이 안 되었지만 정말 뛰어난 재능이 있어요…… 어디더라, 여기 어디 사진이 있었는데…… 참 좋은 아이들이죠!"

그는 서류 사이를 여기저기 뒤지더니 사진을 찾아내어 들여다보기 시작했다.

나는 잠이 들었다.

나는 아조르카가 짖는 소리와 커다란 말소리에 잠이 깼다.

머리카락이 흐트러진 폰 시첸베르그가 속옷 바람에 맨발로 문앞에 서서, 어떤 사람과 큰 소리로 말하고 있었다. 날이 밝아오려는 무렵이었다.

음울하고 검푸른 새벽빛이 문과 창문과 바라크 틈으로 새어들어, 내 침대와 서류가 쌓인 책상과 아나니예프를 희미하게 비치고 있었다. 기사는 방바닥에 깐 망토 위에 길게 누워서 살찌고 털이 많은 가슴을 드러내 놓은 채 가죽 베개에 머리를 괴고 잠들어 있었다. 그는 매일 밤 함께 자야 하는 학생을 진심으로 동정하고 싶을 만큼 커다랗게 코를 골고 있었다.

"도대체 무슨 이유로 우리가 맡아야 한단 말이야!"

폰 시첸베르그가 소리치고 있었다.

"우리와는 관계 없는 일이 아니냔 말이야! 찰리소프 기사한테 가 봐! 그런 솥을 누구한테 얻어 왔어?"

"니키친한테서요……" 누군지 낮은 베이스가 시무룩하게 대답했다.

"그렇다면 찰리소프한테 가라구…… 우리 관할이 아니니까 말야. 왜 멍청히 서 있어? 빨리 가라고!"

"하지만, 나리, 찰리소프한테는 벌써 다녀왔는걸요!"

베이스가 한층 더 시무룩하게 말했다.

"어제 하루 종일 선로를 따라 그 사람을 찾아다녔는데요, 그곳 바라크에 가 봤더니, 두임코프스키 지구로 가 버렸다고 하지 않겠습니까? 제발 맡아주십시오, 부탁드립니다! 정말 언제까지 이런 걸 짊어지고 걸어다녀야 하는지…… 선로를 따라 어디까지 날라도 끝이 없는걸요……"

"뭐야 도대체, 누가 왔나?"

아나니예프가 잠에서 깨어나 재빨리 고개를 치켜들고 목쉰 소리를 내질렀다.

"니키친한테서 솥을 날라 왔어요."

학생이 말했다.

"우리한테 맡아 달라고 하는데요, 이런 것까지 맡아야 할까요?"

"일찌감치 돌려보내 버리게!"

"부탁합니다, 나리. 살려 주시는 셈치고 좀 봐 주십시오! 말도 이틀이나 말죽을 먹이지 못했으니, 틀림없이 말 주인한테 꾸지람을 들을 겁니다. 이걸 또 갖고 가라는 말씀인가요? 솥을 주문한 것은 철도니까, 이걸 제발 좀 맡아 주십쇼……"

"이봐, 잘 들어. 그런 것은 우리가 알 바 아니란 말이야! 찰리소프한테 가라고!"

이삼 분 뒤 나는 옷을 입고 바라크에서 나왔다. 아나니예프와 학생은 속옷 바람에다 맨발인 채 답답하다는 듯이 격한 투로 무언가를 농부에게 설명하고 있었다.

농부는 한 손에 채찍을 들고 모자를 벗고 두 사람 앞에 서 있었으나, 아무래도 두 사람의 말을 조금도 이해하지 못하는 것 같았다. 두 사람의 얼굴에는 매우 일상적인 귀찮은 빛이 뚜렷이 나타나 있었다.

"이런 솥을 내가 받아서 어떡하란 말이야?"

아나니예프가 신경질적으로 소리쳤다.

"머리에라도 뒤집어쓰란 말인가? 찰리소프를 못 만났으면 조수를 찾으면 되잖나. 우리한테까지 괴로움을 주지 말란 말이야!"

나를 보자, 학생은 어젯밤의 대화를 떠올리는 모양으로, 졸리운 듯한 얼굴에 생각하는 것조차도 귀찮다는 표정이 나타났다.

그는 농부한테 한 손을 흔들어 보이고 무엇인가를 생각하면서 한쪽으로 물러섰다.

울적한 아침이었다. 어젯밤 등불이 빛나고 있던 선로를 따라, 이제 방금 일어난 인부들이 열을 지어 가고 있었다.

사람 소리와 운반차의 소리가 들렸다. 노동의 하루가 시작되고 있는 중이었다. 마구(馬具)에 굵은 밧줄을 맨 한 마리의 말이 벌써 제방 위로 슬금슬금 올라와 힘껏 목을 뻗쳐 모래를 가득 실은 짐차를 끌고 있었다.

나는 작별 인사를 했다. 어젯밤에는 여러 가지 이야기가 나왔었지만, 나는 문제를 하나도 해결하지 못한 채 돌아갈 수밖에 없었으며, 아침이 된 지금 그러한 모든 이야기 가운데에서 여과기를 거치듯이 내 기억에 남아 있는 것은 등불과 키소치카의 모습뿐이었다.

말 위에 올라탄 뒤에 나는 다시 한 번 기념으로 학생과 아나니예프와, 마치 술에 취한 듯이 혼미한 눈을 하고 있는 신경질이 심한 개와, 아침 안개 속에서 어른거리고 있는 인부들과, 제방과, 목을 길게 뽑고 있는 말들을 바라보며 생각했다.

'이 세상일은 무엇 하나 알 수 없단 말이야!' 말에 채찍을 치며 선로를 따라 계속 달려서 이윽고 눈앞에 끝없이 펼쳐지는 음울한 평야와 음침하고 싸늘한 하늘밖에 보이지 않게 되었을 때, 나는 어젯밤에 해결하려고 한 갖가지 문제들을 떠올렸다.

그러나 햇볕에 탄 평야와 광막한 하늘 멀리 저편에 어렴풋이 검게 보이는 떡갈나무 숲, 안개 속에 희미한 먼 풍경들이 마치 나에게 이렇게 말하고 있는 것 같았다.

"그렇고말고. 이 세상일은 무엇 하나 알 수 없는 것이지!"

태양이 솟아오르고 있었다.

Дуэль

결투

결투

1

아침 8시라고 하면 장교와 관리, 피서객들이 무더웠던 전날 밤의 땀을 씻으려고 한 차례 바다에 들어가서 해수욕을 하고나서 차나 커피를 마시러 찻집에 모이는 시간이다. 이반 안드레이치 라예프스키라는 스물여덟쯤의 호리호리한 금발 청년이 재무성의 제모를 쓰고 슬리퍼를 신은 채 한 차례 해수욕을 하고 와 보니, 벌써 해변에는 낯익은 얼굴들이 제법 모여 있었다. 그 가운데에는 전부터 친한 군의관 사모이렌코도 있었다.

머리카락을 짧게 깎은 커다란 머리, 자라목에 불그레한 얼굴, 커다란 코, 숱이 많은 검은 눈썹, 희끗희끗한 구레나룻, 탄력 없는 투실투실한 몸집, 군인 특유의 쉰 목소리…… 이런 모든 점으로 보아 사모이렌코는 이 고장에 온 지 얼마 안 되는 사람들에게 쉰 목소리의 사병 출신 장교라는 불쾌한 인상을 주기가 일쑤였다.

그러나 이삼 일만 사귀어 보면, 이 얼굴이 무척 선량하고 귀엽고 잘생긴 얼굴로 보여 아름답게 보이기까지 한다. 얼핏 보기에는 못나고 다소 거칠기는 하지만, 사실 그는 온순하고 한없이 착하며 성실한 사나이다. 시내에서는 누구나 가리지 않고 너나들이로 통하고 있다. 누구에게나 돈을 잘 빌려주고 중매를 서주기도 하며 사이가 나빠진 사람들을 화해시켜 주며, 앞장서서 들놀이를 주선하기도 한다. 들놀이에서 그는 양고기 산적도 만들고 숭어 수프도 무척 맛있게 만든다. 늘 누구든 돌봐 주느라고 동분서주하고 있다. 그리고 언제나 이유없이 즐거워하고 있다. 남들이 말하기를 그는 나무랄 데 없는 인간이지만, 두 가지 약점이 있다는 것이다. 한 가지는 자기의 선량성을 부끄러워하여 짐짓 냉혹하고 난폭한 체하는 점이고, 또 한 가지는 아직 오등관(五等官)인 주제에 부하들이나 위생병으로부터 '각하'라는 칭호로 불리고 싶어 하는 일이다.

"이봐요, 알렉산드르 다비드이치, 자네는 어떻게 생각하나?"

사모이렌코와 함께 어깨가 물에 잠길 만큼 물 속에 들어갔을 때 라예프스키가 입을 열었다.

"예컨대 말이야, 좋아서 동거하는 여자가 있다고 하자. 그래서 그럭저럭 2년 남짓 함께 살던 끝에 흔히 있는 경우지만, 싫증이 나서 아무런 인연도 없는 여자처럼 느껴질 때 자네라면 어떻게 하겠는가?"

"그거야 간단하지. '자 어디로든 가구려' 하면 그만이지 뭐."

"말로야 쉽지! 하지만 그 여자에게 갈 곳이 없다면 어떻게 하겠나? 그 여자에게는 친척도 없고 돈도 생활 능력도 없다면……"

"까짓것 그렇다면 5백 루블로 깨끗이 해치우든가, 아니면 매달 25루블씩 생활비를 대주든가, 그럼 되지. 아주 간단한 일이야."

"좋아, 그럼 그 5백 루블이 있다고 하자. 아니면 매달 25루블씩 부쳐 줄 수 있다고 하자. 하지만 그 여자가 교양 있고 자존심이 강한 여자일 경우, 자네도 설마 돈을 내밀 수는 없을 거야. 준다면 어떤 식으로 주겠나?"

사모이렌코가 무어라고 대답하려 했을 때, 커다란 파도가 두 사람의 머리 위로 덮치고 지나가면서 바닷가에 부서지더니 조약돌 사이를 술렁이면서 물러갔다. 두 사람은 모래사장에 올라가서 옷을 입기 시작했다.

"그야 물론 싫증이 난 여자와 함께 산다는 건 괴로운 일이야."

사모이렌코는 장화 속에 들어간 모래를 털어 내면서 말했다.

"하지만 바냐, 인정이라는 것을 잊어서는 안 돼. 예컨대 내가 그렇게 되었다면 싫증이 난 기색을 보이지 않고 죽을 때까지 함께 살겠어."

그러나 갑자기 자기가 한 말이 부끄러워졌는지 그는 덧붙였다.

"하지만 난 도대체 여자 따윈 하나도 없는 게 좋아. 여자 같은 건 귀신이나 잡아가라, 이거지."

옷을 입고 난 두 사람은 찻집으로 갔다. 사모이렌코는 이 찻집을 자기집처럼 생각하고 찻잔 같은 것도 자기 전용의 것을 마련해 놓고 있다. 매일 아침 그가 마시는 것은 쟁반에 얹어서 가지고 오는 커피 한 잔, 높다란 커트 글라스에 담은 얼음물 한 잔, 그리고 코냑 한 잔이었다. 그는 우선 꼬냑을 죽 들이켜고, 다음에 뜨거운 커피, 그리고 얼음물을 마신다. 그것이 무척 맛있는지 다 마신 뒤에는 양손으로 구레나룻을 쓰다듬으면서 몽롱해진 눈으로 조용히 바다를 바라보며 말하는 것이었다.

"정말 멋있는 경치야."

부질없는 불쾌한 생각이 더욱 무겁게 하고 밤의 어둠을 한층 더 짙게 하는 듯한 기분이어서 긴 여름 밤을 거의 뜬눈으로 새우다시피한 라예프스키는 기분이 울적해서 견딜 수가 없었다. 해수욕도 커피도 기분을 돋워 주지는 못했다.

"그런데 또 아까 하던 이야기네만."

그는 말했다.

"자네에겐 아무것도 숨기지 않겠네. 친구로서 모두 털어놓고 이야기할 작정이야. 나와 나제지다 표도로브나와의 관계는 말이 아니거든…… 정말 엉망이야. 시시한 사생활을 들려주어서 미안하네만 난 말하지 않고는 도저히 참을 수가 없어."

이야기의 내용을 알아챈 사모이렌코는 눈을 내리 깔고 손끝으로 테이블을 톡톡 두드리기 시작했다.

"2년 동안 함께 살고 나니 이젠 싫증이 났어."

라예프스키는 말을 이었다. "아니, 사실은 처음부터 사랑 같은 감정은 없었다는 걸 겨우 깨달은 거지…… 이 2년 간의 생활은 기만이었던 거야."

라예프스키는 이야기할 때 자기의 불그레한 손등을 가만히 들여다보거나, 손톱을 깨물거나, 아니면 커프스를 만지작거리는 버릇이 있다. 지금도 그 짓을 하면서 말했다.

"그야 자네에게 도움을 받을 수 없다는 건 알고 있어. 하지만 나처럼 불우하고 쓸모없는 인간이란 이런 이야기라도 하지 않고는 배겨낼 수가 없단 말일세. 즉 자기가 한 일을 일일이 일반적인 일로만 듣거나 자신의 어리석고 하찮은 생활에 대한 설명과 변명을 어떠한 이론이나 문학상 인물의 유형 속에서 찾지 않을 수 없어. 이를테면 '우리 귀족 계급은 퇴폐하고 있다' 하는 식으로 말이지…… 사실 어젯밤만 해도 나는 '아아, 톨스토이의 말은 진실이다. 반박할 여지가 없다'라고 밤새도록 되씹으면서 스스로를 위로하고 있었지. 그래서 그런지 마음이 한결 가벼워지더군. 사실 누가 뭐라 해도 톨스토이는 위대한 작가야."

매일 읽어야겠다고 생각하면서도 아직 톨스토이의 작품을 하나도 읽어 본

적이 없는 사모이렌코는 당황해서 말했다.

"그래 작가들은 모두 상상으로 글을 쓰는데, 톨스토이는 자연을 그대로 묘사하지."

"아, 그렇구말구!"

하고 라예프스키는 한숨을 쉬며 덧붙였다.

"우리가 얼마나 문명의 해독을 받고 있는지 알겠나! 나는 유부녀를 사랑했어. 그녀도 나를 사랑했지…… 처음에는 키스도 하고 고요한 저녁을 함께 즐기기도 했지. 그리고 맹세며, 스펜서며 이상(理想)이며, 사회의 복지 따위에 대해 얘기했어. 그러나 모두 허황한 일이지. 사실은 그녀의 남편으로부터 빠져 나왔을 뿐인데, 우리는 지식 계급의 공허한 생활에서 빠져 나왔다고 생각하면서 서로를 기만했던 거야. 우리가 그렸던 미래의 꿈을 들려줄까? 우선 카프카즈에 가서 그 지방과 풍습에 익숙해지기까지는 당분간 관복을 입고 일한다, 그 다음에는 자유의 몸이 되어 약간의 토지를 사들여서 땀 흘려 일하면서 포도를 재배하고 밭을 일구고, 그 다음에는…… 하는 따위였지. 만약 그게 내가 아니고 자네나, 아니면 동물학자인 폰 코렌이었다면 나제지다 표도로브나와 사이좋게 30년이나 같이 산 끝에 훌륭한 포도밭과 1천 정보나 되는 옥수수밭을 자손에게 남겼을 거야. 그러나 나는 첫날부터 환멸을 느꼈어. 시내에 살 때는 그곳대로 못 견디게 덥고, 권태롭고, 쓸쓸했어. 밭에 나가면 역시 온갖 덤불과 돌 밑에 지네와 전갈과 뱀이 우글우글거리고 있지. 그리고 밭 저쪽은 산과 황량한 들판뿐이야. 낯선 사람들, 낯선 자연, 비참하기 이를 데 없는 생활 상태, 이러한 모든 것은 따뜻한 모피 외투를 입고, 나제지다 표도로브나와 손을 잡고 네프스카야 거리(페테르부르크의 거리)를 어슬렁거리면서 남쪽 나라를 꿈꿀 만큼 한가한 일은 아니야. 여기서는 죽느냐 사느냐 하는 싸움이 필요한 거야. 그런데도 대체 내가 무슨 생활의 투사(鬪士)란 말인가. 가련한 신경쇠약 환자요, 놈팡이가 아닌가…… 첫날부터 나는 모처럼 생각하고 있던 노동 생활이니 포도밭이니 하는 것은 터무니없는 공상이란 것을 알았네. 사랑에 대해서 말하자면, 스펜서를 읽고, 당신을 위해서라면 이 세상 끝까지라도 가겠다고 하는 여자와 함께 사는 거란, 우리 주변에 흔해빠진 안피사나 아클리나와 함께 사는 거나 아무런 차이가 없는 일이었어. 이건 단언하겠네. 늘 변함없는 다리미와 분과 약 냄새, 아침마다 머리를 마는 빠삐뜨, 여전한 자기 기만……"

"다리미 없이는 살림을 할 수 없지."

안면이 있는 부인을 라예프스키가 너무 노골적으로 비난하므로 사모이렌코가 얼굴을 붉히면서 말했다.

"이봐 바냐, 자네 오늘은 어떻게 된 게 아냐? 나제지다 표도로브나는 교양 있는 훌륭한 부인이야. 자넨 또 자네대로 굉장한 수재고…… 하기야 정식으로 결혼한 건 아니지만."

그는 주위의 테이블을 살피면서 말을 이었다.

"그러나 그건 자네들의 죄는 아냐. 또한 우리는 편견을 버리고 현대 사조의 수준 위에 올라서야 해. 나 자신은 자유 결혼을 지지해. 물론이지. 그러나 나는 일단 결합된 이상은 죽을 때까지 함께 살아야 된다고 생각하네."

"사랑이 없어도 말인가?"

"얘기할 테니 들어 보게."

사모이렌코는 말을 이었다.

"8년쯤 전의 일인데, 여기서 촉탁 일을 맡고 있던 머리가 아주 좋은 노인이 한 분 있었지. 그 노인이 늘 말하기를 '부부 생활에서 가장 중요한 것은 인내야' 하더군. 어때, 바냐, 사랑이 아니라 인내란 말이야. 사랑이란 영원히 이어지는 게 아냐. 자네도 2년쯤 애정 생활을 했으니 지금은 아마도 가정 생활에 자네의 인내력을 최대한 발휘해야 할 거네. 말하자면 그런 단계에 들어선 것 같아……"

"자넨 그 촉탁 노인을 믿게나. 하지만 그런 충고는 내게는 부질없는 소리야. 자네가 말하는 그 노인이라면 위선을 저지를 수 있을지도 몰라. 인내의 수업을 할 수 있을지도 몰라. 따라서 사랑하지 않는 인간을 자기 수업에 필요불가결한 물품으로 여길 수 있었을지도 몰라. 그러나 나는 그렇게까지 타락하진 않았어. 인내 수업을 하고 싶다면 나 같은 건 아령이나 사나운 말을 사겠네. 사람을 이용할 생각은 없어."

사모이렌코는 얼음을 넣은 백포도주를 주문했다. 그것을 한 잔씩 마셨을 때 갑자기 라예프스키가 물었다.

"뇌경색이란 어떤 병인가?"

"글쎄, 무어라고 하면 좋을까. 즉 뇌가 가벼워지는 병이지…… 희미해지는 것같이……"

"고칠 수 있나?"

"너무 늦지만 않으면 고칠 수 있지. 냉수욕에다 발포고(發泡膏:^{피부에 발라 물집을 생기게 하는 고약})…… 그리고 내복약을 몇 가지만 쓰면 돼."

"흠…… 이젠 내 입장을 알겠지. 난 도저히 그 여자와 함께 살 수 없어. 내 힘으로는 어쩔 수 없네. 자네와 이야기하고 있는 동안에는 이렇게 이론을 늘어놓으며 웃어 보기도 하지만 집에 돌아가면 그만이야. 맥이 풀려 기진맥진이야. 만일 누군가가 나에게 그 여자와 한 달 이상 더 같이 살아야 된다고 말하는 사람이 있다면, 난 차라리 내 이마에 총을 한 방 쏠 정도란 말이야. 그러면서도 그 여자와 헤어질 수도 없는 형편이라네. 친척도 없고 생활 능력도 없고, 게다가 돈이라곤 그녀에게나 내게나 한 푼도 없으니…… 도대체 그녀에게 어디로 가라고 하겠는가. 누구에게 기대라고 하겠는가. 기가 막힐 노릇이지…… 응, 여보게, 도대체 어떻게 하면 좋은가?"

"으음"

사모이렌코는 뭐라고 대답해야 좋을지 몰라 입 속으로 중얼거렸다. "그녀는 자네를 사랑하고 있는가?"

"그런 것 같아. 그녀의 나이나 기질이 사내를 필요로 하는 정도로는 말일세. 나와 헤어지는 건 분(粉)이나 파피요트와 헤어지는 것만큼 괴로울걸. 난 그녀의 침실에서 없어서는 안 될 구성 요소니까."

사모이렌코는 매우 당황했다.

"바냐, 정말 자넨 오늘 어떻게 되었군그래, 수면 부족일 거야."

"그래, 잠을 못 잤어…… 그뿐 아니라 몸 상태가 대체로 나빠…… 머릿속은 텅 비었고, 내리누르는 것 같은 느낌이고 어쩐지 기운이 없어. 이래서야 달아나지 않곤 못 배기겠어."

"어디로 말인가?"

"저쪽 북쪽으로 말이지. 솔밭이 있고 버섯이 자라고 인간이 사는 곳, 사상이 있는 곳으로 말일세. 아아, 지금쯤 모스크바나 뜰라나 그 근방에 있는 냇물에서 물장난을 치는 거야. 차가워서 벌벌 떨겠지. 그리고 바보 천치라도 좋으니 그놈을 상대로 서너 시간 산책이라도 하면서 실컷 이야기나 할 수 있다면, 그렇게만 할 수 있다면 내 목숨의 절반을 내던져도 아깝지 않겠네…

… 아아, 마른 풀 냄새, 생각나는가? 황혼녘에 뜰을 거닐고 있으면 들려오는 피아노 소리, 지나가는 기차 소리……"

라예프스키는 기뻐서 웃기 시작했다. 눈에는 눈물까지 괴어 있었다. 눈물을 보이지 않으려고 자리에 앉은 채 손을 뻗쳐서 옆 테이블의 성냥갑을 집는 척했다.

"벌써 18년 동안이나 러시아를 보지 못했어."

사모이렌코가 말했다.

"거기가 어떤 곳인지 이미 잊고 말았지. 내겐 카프카즈처럼 좋은 곳은 없네."

"베레쉬차긴(유명한 화가)의 그림에 이런 게 있지. 깊은 우물 속에서 사형수들이 비탄에 잠겨 있는 장면이야. 자네가 말하는 이 좋은 카프카즈는 내게는 마치 그 우물처럼 보이는군. 페테르부르크에서 굴뚝 청소부가 되겠느냐, 아니면 이곳에서 왕후(王侯)가 되겠느냐고 한다면 난 차라리 굴뚝 청소부가 되겠네."

라예프스키는 생각에 잠겼다. 앞으로 굽은 몸매, 가만히 한곳을 바라보는 눈동자, 창백하고 땀이 밴 이마, 움푹 팬 관자놀이, 물어뜯은 손톱, 슬리퍼의 뒤꿈치가 떨어져서 드러난 형편없이 기운 양말, 이런 그의 모습을 찬찬히 바라보고 있으니, 사모이렌코는 정말 그가 가엾은 생각이 들었다. 라예프스키의 몰골은 의지할 곳 없는 고아를 떠올리게 했던 것이다. 그는 문득 물었다.

"자네 어머니, 아직 살아 계시는가?"

"응, 하지만 의절한 거나 마찬가지야. 어머니는 우리의 관계를 용서하시지 않겠다니까."

사모이렌코는 이 친구가 좋았다. 착하고 사랑스러운 라예프스키는 대학 출신이며, 함께 마시고 함께 웃고 함께 이야기할 수 있는 좋은 친구라고 생각하고 있다. 다만 그가 잘 알고 있는 라예프스키의 몇 가지 행동이 매우 마음에 들지 않았다. 때를 가리지 않고 술을 퍼마시고, 이야기를 할 때 가끔 야비한 비유를 쓰며, 슬리퍼만 신고 거리를 쏘다니며 사람들 앞에서 나제지다 표도로브나와 싸움을 한다. 이런 것들은 사모이렌코의 마음에 들지 않았다. 그 대신 라예프스키가 전에 대학 문과에 다녔다는 것과 지금도 두터운 두 종류의 잡지를 구독하고 있다는 것, 보통 사람은 알 수 없는 어려운 이야기를 한다는 것, 교양 있는 부인과 함께 산다는 것, 이런 점들은 사모이렌코로서는 도무지 이해할 수 없었지만 마음에 들었다. 그래서 라예프스키를 자기보다 한층 더 훌륭한 인물이라 생각하고 존경하고 있었다.

"실은 또 한 가지 문제가 있네."

라예프스키는 고개를 저으면서 말했다. "하지만 이건 우리들끼리만 하는 이야기일세. 나제지다에게는 아직 말하지 않았으니까 그녀 앞에서는 지껄이면 곤란해…… 그저께 그녀의 남편이 뇌경색으로 죽었다는 편지가 내게 왔었어."

"그거 안됐군."

사모이렌코는 한숨을 쉬었다.

"그래, 자네는 어째서 그녀에게 말하지 않는가?"

"그 편지를 그녀에게 보인다는 것은, 즉 교회에 가서 정식으로 결혼식을 올리자는 것을 뜻하는 것이니까 말일세. 그보다 먼저 우리의 관계를 분명히 해야 해. 그녀가 이제 우리 두 사람은 더 이상 같이 살아 갈 수 없다는 것을 납득하면 편지를 보여 줄 작정이야. 그렇게 되면 위험은 없을 테니까."

"이봐, 바냐."

사모이렌코는 입을 열었다. 그의 얼굴은 무슨 중대한 부탁이 있는데 말하면 거절당하지나 않을까 하고 두려워하는 표정이었다. 슬픈 일을 탄원하듯 그는 말했다.

"이봐, 바냐, 그러지 말고 결혼하게!"

"어째서?"

"저 훌륭한 부인에 대한 자네의 의무를 다하는 거야. 그녀의 남편은 죽었어. 그것은 섭리지. 자네의 갈 길을 명시하고 있잖은가."

"이상한 친구로군. 그렇게 할 수 없다고 말했잖아. 사랑 없는 결혼을 하는 것은, 신앙도 없는데 예배를 보는 것과 마찬가지로 인간으로서 부끄러워해야 할 비열한 행위야."

"그러나 자네에겐 의무가 있어."

"어째서 의무가 있다는 건가?"

라예프스키가 되물었다.

"자네는 그녀를 남편에게서 빼앗았으니까 그러한 책임이 있다는 것일세."

"사랑하고 있지 않다고 분명히 말하는데도 자넨 들리지 않나?"

"좋아, 사랑할 수 없다면 존경하게…… 받들어 주게."

"존경하고 받들어 주라구……?"

라예프스키는 흉내를 냈다.

"그녀가 수녀원 원장이나 되는 줄 아나…… 여자와 살면서 존경하고 숭배하면 잘 되어 나갈 거라고 생각한다면, 자네는 참으로 가련한 심리학자고 생리학자일세. 우선 여자에게 필요한 것은 침대야."

"바냐, 바냐."

사모이렌코는 다시 갈팡질팡했다.

"자네는 커다란 어린애고 이론가야. 나는 젊은 노인이고, 실제가이고. 아무래도 맞을 리 없지. 이제 그만두세. 어이, 무스타파!"

라예프스키는 큰소리로 소년을 불렀다.

"여기 얼마냐?"

"아냐, 아냐…… 이건 내가 내겠네. 내가 주문했으니까, 나한테 달아 놔."

군의관은 펄쩍 뛰면서 라예프스키의 팔을 잡고 무스타파를 향해 소리쳤다.

두 사람은 거기서 나오자 잠자코 해변을 걷다가 시내로 접어드는 신작로 어귀에서 악수를 하고 헤어졌다.

"자네도 나쁜 사람이 다 되었군."

사모이렌코는 한숨을 쉬었다.

"운명은 자네에게 젊고 아름답고 교양 있는 부인을 주었네. 그런데도 자네는 그것을 거절하네. 나 같으면 비실비실하는 할망구라도 좋아. 다만 친절하고 상냥하기만 하면 만족하겠네. 우리 포도원 근처에 함께 살면서……"

그러다 갑자기 마음이 바뀌어 덧붙였다.

"아니야, 그 할망구한테 사모바르나 끓이라지 뭐."

라예프스키와 헤어진 사모이렌코는 산책길을 걸어갔다. 뚱뚱하고 당당한 체구를 새하얀 군복으로 감싸고 깨끗이 닦은 장화를 신고 리본으로 맨 블라디미르 훈장이 반짝이는 가슴을 쭉 펴고 엄숙한 얼굴로 산책길을 활보하며, 그는 스스로도 크게 만족을 느낄 뿐 아니라 세상 사람의 눈에도 자기가 무척 유쾌하게 비칠 거라고 생각하였다. 머리를 똑바로 세우고 주위를 살피니 이 산책길은 나무랄 데가 없이 잘 정돈됐다는 생각이 들었다. 아직 어린 측백나무와 유칼리나무와, 수액이 모자라서 보기 흉한 종려나무 등을 매우 아름답다고 생각하면서 이제 곧 이 수목들이 큰 그늘을 만들게 될 것이라는 생각도 했고, 체르케스인은 정직하고 손님 접대를 좋아하는 종족이라는 생각도 해 봤다. 그리고 '이 카프카즈가 라예프스키의 마음에 들지 않다니 참 이상하다. 아무래도 이상해' 하는 생각도 해 봤다. 총을 멘 병정 다섯 명이 경례를 하고 지나갔다. 산책길 오른쪽 보도를 어떤 관리의 부인이 아들인 중학생을 데리고 지나갔다.

"안녕하십니까, 마리야 콘스탄치노브나!" 사모이렌코는 싱글싱글 웃는 낯으로 말을 걸었다.

"해수욕 갔다 오십니까? 하하하…… 니코짐 알렉산드르이치에게 안부 전해 주십시오."

그리고 나서는 혼자 싱글거리며 걸어갔다. 그러다가 저쪽에서 걸어나오는 위생병을 보자 갑자기 눈썹을 찌푸리며 그를 불러세우고 물었다.

"환자는 오지 않았나?"

"오지 않았습니다, 각하."

"뭐?"

"오지 않았습니다, 각하."

"알았어, 가……."

그는 위풍당당하게 몸을 흔들면서 레모네이드를 파는 매점으로 발길을 돌렸다. 언뜻 보기에는 그루지야 여자 같은 풍만한 가슴의 유대인 할머니가 스탠드 저쪽에 앉아 있었다. 그는 마치 연대(聯隊)를 질타하는 듯한 큰소리로 그 할머니에게 말했다.

"소다수 한 잔 주시오!"

2

라예프스키가 나제지다 표도로브나에게 혐오감을 느끼는 것은, 무엇보다도 먼저 그녀의 말과 행실 모두가 거짓말이거나 적어도 거짓말처럼 보이기 때문이다. 또한 여태까지 읽은, 여성 및 연애에 관한 반대론 전부가 이 이상 바랄 수 없을 만큼 완전히 그와 나제지다 및 그녀의 남편의 경우에 꼭 들어

맞아 보이기 때문이다. 집에 돌아와 보니 그녀는 벌써 머리 손질을 하고 몸치장을 마치고 나서 창가에 앉아 엄숙한 얼굴로 커피를 마시면서 두터운 잡지 페이지를 넘기고 있었다. 그 모습을 보고 그는 마음속으로 생각하였다. 커피를 마시는 데 구태여 그렇게 엄숙한 얼굴을 할 필요는 없지 않은가. 환심을 사야 할 사람이 아무도 없는 이 고장에서 구태여 그렇게 시간을 허비하면서 유행하는 머리형으로 손질할 게 뭐람. 잡지 보는 것조차도 그의 눈에는 허세처럼 보였다. 머리를 손질하고 몸치장을 하는 것은 예뻐 보이고 싶기 때문이고, 잡지를 읽는 것은 영리하다는 것을 뽐내고 싶기 때문이다.

"오늘은 해수욕에 가도 좋겠어요?" 그녀가 물었다.

"그런 건 왜 묻지? 당신이 가건 안 가건 설마 그 때문에 지진이 일어나진 않을 텐데……"

"그래도 혹 의사 선생님에게 꾸지람을 들으면 안 될 테니까요."

"그럼 의사한테 물어봐. 난 의사가 아냐."

이번에는 그녀의 드러난 흰 목덜미와 뒷덜미에 감긴 고수머리 다발이 견딜 수 없이 라예프스키의 눈에 거슬리는 것이었다. 남편에 대한 사랑이 식은 안나 카레니나가 무엇보다도 싫어했던 것은 남편의 귀였다는 것이 문득 생각나, 그는 '사실이다, 그건 정말 사실이다' 하고 마음속으로 중얼거렸다.

기분도 나쁘고 머릿속이 텅 빈 것 같은 느낌이어서 그는 서재에 들어가서 소파에 누워 파리가 달려 들지 못하게 얼굴에 손수건을 덮었다. 한 군데를 빙빙 돌기만 하는 느릿하고 나른한 상념이, 비라도 올 듯한 가을 저녁을 걸어가는 짐수레의 행렬처럼 그의 뇌리에서 맴돌았다. 그는 졸음이 오는 듯한 무거운 기분에 빠졌다. 나제지다에게나 그녀의 남편에게나 자기는 나쁜 짓을 한 것이다. 그녀의 남편이 죽은 것도 자기 탓이다, 고매한 사상의 세계, 지식의 세계, 노동의 세계에 대해서도 자기는 죄를 지은 몸이라는 생각이 들었다. 그리고 그러한 절묘한 세계가 존재할 수 있는 것은 오페라가 있고 연극이 있고, 신문이 있고, 온갖 지적 노동이 있는 저 북쪽뿐이고, 굶주린 터키인과 게으른 아브하지야인이 헤매는 이 해변에는 도저히 존재할 수 없는 듯한 기분이 들었다. 정직한 인간, 현명한 인간, 고상한 인간, 순결한 인간이 될 수 있는 곳은 그 곳이지 이 곳은 아니다. 그는 이상도 없고 확고한 생활 방침도 없는 자기 자신을 스스로 꾸짖었다. 물론 이것이 지금은 어떤 뜻을 가지는지 어렴풋이나마 알게 되었지만…… 2년 전, 나제지다에게 사랑을 느끼고 있을 때에는 그녀와 손을 마주잡고 카프카즈에 가기만 하면 이 저속하고 공허한 생활에서 빠져나갈 수 있으리라고 생각했다. 마찬가지로 지금은 나제지다와 손을 끊고 페테르부르크에 가기만 하면 그것으로 모든 소원이 성취될 것이라고 확신하고 있는 것이었다.

"달아나는 거야."

그는 손톱을 깨물면서 중얼거렸다.

"달아나는 거야."

자기가 배에 올라타는 장면, 아침 식탁에 앉는 장면, 차가운 맥주를 마시는 장면, 갑판에 나와서 부인들과 이야기를 주고받는 장면, 그리고 세바스토플리에서 기차를 타고 북쪽으로 가는 장면…… 그의 상상은 줄을 이어 펼쳐졌다. '오랜만일세, 자유여!' 정거장이 줄지어 눈앞을 스쳐간다. 공기는 차차 썰렁해진다. 아, 떡갈나무, 아, 전나무. 쿠르스크, 그리고 모스크바…… 정거장 식당에서의 야채 수프, 양고기, 오트밀, 철갑상어 요리, 맥주가 나온다. 말하자면 미개지인 카프카즈가 아니고, 러시아다. 진짜 러시아다. 기차 안의 승객들은 장사와 새로이 데뷔한 성악가와 러불협상에 관해 이야기한다. 어디를 보나 발랄하고 상쾌한 생활이 느껴진다. 서두르자, 서둘러. 자, 이제 겨우 네프스카야 거리로군. 보리사야 모르스카야 거리다. 아아, 이곳은 학생 시절의 옛 보금자리 고벤스키 골목이다. 그리운 회색빛 하늘, 부슬부슬 내리는 가랑비, 비에 젖은 승합 마차의 마부……

"이반 안드레이치!"

누가 옆방에서 불렀다.

"여기 있습니다."

라예프스키는 대답했다.

"왜 그러십니까?"

"서류입니다."

라예프스키는 마지못한 듯이 일어섰다. 현기증이 조금 일었다. 그는 하품을 하면서 슬리퍼를 끌고 옆방으로 갔다. 한길에 서서 열어젖힌 창 너머로 들여다보고 있는 것은 젊은 동료 한 사람으로, 튀어나온 창 턱에 관청 서류를 펼쳐 놓고 있다.

"곧 가요."

라예프스키는 부드럽게 말하고 잉크 병을 가지러 갔다. 곧 창문께로 돌아오자 훑어보지도 않고 서명을 했다.

그리고 한 마디 했다.

"덥군요."

"네, 오늘 나오시겠습니까?"

"글쎄요…… 몸이 좀 불편해서요…… 세치코프스키에게 점심 뒤에 들르겠다고 전해 주십쇼."

동료가 돌아가자 라예프스키는 다시 서재의 소파에 드러누워 공상을 시작했다. '어쨌든 주위 사정을 잘 생각해서 방침을 세워야 한다. 떠나기 전에 우선 빚을 몽땅 갚아야지. 자그마치 2천 루블이나 되는데, 난 빈털터리다…… 물론 이것은 그리 대단한 문제는 아니야. 일부는 지금 어떻게 궁리를 해서 갚고, 나머지는 페테르부르크에서 부쳐 주자. 뭐니뭐니해도 문제는 나제지다야. 우선 두 사람의 관계를 뚜렷이 해야 해…… 암, 그렇구말구.'

그는 곧 사모이렌코한테 가서 의논해 볼까 하고 생각했다.

'가보는 거야 상관 없겠지. 허지만 아무 소용도 없을 거야. 보나마나 그와 나는 또 침실이 어떠니 여자가 어떠니 해서, 이게 옳으니 저게 옳으니 하고 당치도 않은 논쟁을 시작할 게 뻔해. 한시바삐 자기 생명을 구해야 할 이때, 이 저주스러운 속박 때문에 숨이 끊어지는 고비를 겪고 있는 사실을 안다면 옳고 그르고로 옥신각신할 시간이 어디 있담…… 지금 내가 하고 있는 이런 생활을 더 잇는다는 것은 비열한 노릇일 뿐 아니라 잔혹한 짓이라는 것을 이젠 깨달을 때도 됐지. 거기 비하면 다른 것은 문제삼을 것도 못되는 보잘것없는 일이다. 달아나자!' 그는 일어나 앉아 계속 중얼거렸다. '달아나자!'

황량한 바닷가, 견디기 어려운 더위, 그리고 언제 보아도 한결같이 잠잠하고 적적한 연보랏빛 산들의 단조로움. 이러한 것들이 그를 우울하게 만드는 원인이었다. 그러한 것들은 그를 잠들게 하여 그 사이에 그의 소중한 것을 약탈해 가려는 것같이 생각되었다. 어쩌면 자기는 매우 총명하고 유능하고 매우 성실한 인간인지도 모른다. 세상이 바다와 산 줄기로 첩첩이 둘러싸여 있지만 않다면, 자기는 지방자치기관의 유지나, 정치가나, 웅변가나, 평론가나, 유공자가 되었을지도 모르는 것이다. 누가 그렇지 않다고 부정할 수 있겠는가! 만일 그렇다면 음악가나 화가 등 재주 많은 유능한 인물이 갇혀진 환경을 벗어나기 위해 감옥을 부수고 간수를 속였다고 해서 그것을 왈가왈부하여 문제삼을 수는 없을 것이다. 이러한 인물의 입장에서 본다면 모든 게 옳은 것이다. 2시가 되자, 라예프스키와 나제지다는 점심 식사를 하려고 식탁에 마주 앉았다. 하녀가 토마토를 섞은 쌀 수프를 가져왔을 때 라예프스키가 말했다.

"매일 똑같군. 왜 야채 수프를 끓이지 않나?"

"양배추가 없는걸요."

"흠, 이상하군. 사모이렌코네도, 마리야 콘스탄치노브나네서도 야채 수프가 나오는데 무슨 영문인지 나 혼자만이 달콤한 죽 따위를 먹어야 하다니 이래가지고는 안 되겠어, 여보."

대부분의 부부가 모두 그런 것처럼 이전에는 이 두 사람도 단 한 끼의 식사도 하찮은 입씨름을 하지 않고 지낸 적이 없었다. 그러나 그녀에게 싫증이 나고부터 라예프스키는 나제지다에게 양보하며, 가능한 한 상냥하고 정중한 말투를 쓰려고 애썼다. 그래서 언제나 웃는 낯으로 "여보" 하고 부르는 것이었다.

"이 수프는 감초즙 같군."

그는 웃는 낯으로 말했다. 상냥하게 보이려고 애썼으나 결국 참지 못하고 말했다.

"도대체 우리집에는 집안일을 돌보는 사람이 하나도 없어. 당신이 아프다거나 독서로 바쁘다면 내가 부엌일을 하겠어."

이전 같으면 그녀는 "네, 해 주세요" 라든가 "그럼, 제가 하녀 노릇을 하라는 거예요" 하고 대꾸했을 것이 틀림없다. 그러나 지금은 불안한 듯이 그쪽을 살피면서 얼굴을 붉혔을 뿐이었다.

"그래 오늘은 기분이 어때?"

그는 상냥하게 물었다.

"오늘은 좋은 편이에요. 다만 기운이 좀 없군요."

"몸 조심해요, 여보. 난 무척 걱정이 돼."

나제지다는 어딘지 편치 않은 모양이었다. 사모이렌코는 말라리아라고 하면서 키니네를 주었다. 또 다른 우스치모비치라는 의사—낮에는 집에 있고 밤이 되면 양손을 뒷짐지고는 갈대 지팡이를 꼿꼿이 등에다 세우고 조용히 바닷가를 거닐면서 기침을 한다는, 사람을 싫어하는 마르고 키큰 남자였다 —는 부인병이라는 진단을 내리고 온습포요법(溫濕布療法)을 권했다. 한참 사랑에 열을 올리고 있을 적에는 그녀가 아프다고 하면 불쌍해지고 걱정도 되었으나, 이제는 아프다는 것마저 거짓말처럼 여겨졌다. 신열로 인한 발작이 끝난 뒤의 나제지다의 졸리는 듯한 얼굴, 나른한 눈동자와 하품, 그리고 발작 도중이라 격자 무늬 담요를 덮은, 여자라기보다는 사내아이와 비슷한 모습, 숨막히게 고약한 냄새가 나는 여자의 방, 이러한 것이 전부 그의 말에 의하면 환멸의 원인이고 사랑과 결혼을 부정하는 요인이었다.

둘째 번 접시에는 시금치와 삶은 계란이 나왔다. 나제지다는 병자이므로 그녀 몫으로는 우유를 끼얹은 젤리가 나왔다. 그녀는 걱정스러운 표정으로 처음에 스푼으로 건드려 본 다음 마지못해 끼얹은 우유를 마셨는데, 꿀꺽 하고·우유가 목구멍을 넘어 가는 소리를 낼 때마다 그는 너무도 강한 혐오감으로 머리가 근지러울 지경이었다. 이런 감정은 상대편이 개(狗)라 할지라도 실례되는 일이라고 알고 있으면서도 그는 자신을 나무랄 생각은 없고 도리어 이러한 감정을 일어나게 하는 나제지다가 원망스러울 뿐이었다. 세상 남자들이 정부를 죽이는 심정을 알 수 있을 것 같았다. 자기는 물론 살인이야 하지 않겠지만, 예컨대 자기가 이런 살인 재판의 배심원이 된다면 무죄를 주장할 것이다.

"잘 먹었소, 여보."

식사가 끝나자 그는 그렇게 말하며 나제지다의 이마에 키스했다.

그러고는 서재로 들어가서 약 5분쯤 곁눈질로 장화를 노려보면서 구석에서 구석으로 왔다갔다 하고 있었으나, 곧 소파에 앉아서 중얼거렸다.

"달아나는 거야, 달아나는 거야. 깨끗이 청산하고 달아나는 거다."

그는 소파에 드러누워, 나제지다의 남편이 틀림없이 자기 때문에 죽었을 것이라는 생각을 되씹고 있었다.

'사람이 연애를 한다거나 애정이 식었다고 해서 그를 나무란다는 건 어리석은 짓이다.' 누운 채로 장화를 신으려고 두 발을 들어올리면서 그는 자신에게 타일렀다. '좋아하고 싫어하는 것은 사람의 힘으로는 어쩔 수 없는 거야. 그녀의 남편이 죽은 데에는 나도 간접적 원인의 하나였는지 모르나, 내가 그

자의 아내에게 매혹되고 그녀가 내게 끌린 것이 내가 책임을 져야 할 일은 아니지.'

그는 일어나서 모자를 찾아 쓰고 동료인 세시코프스키네 집으로 갔다. 그집에는 매일 관리들이 모여서 빈트(카드놀이의하나)를 하거나 찬 맥주를 마시기도 했다.

'나의 우유부단한 점은 햄릿과 꼭 같군.' 길을 걸으면서 라예프스키는 생각했다. '셰익스피어의 관찰은 정확했어. 아아, 정말 정확해!'

3

이 도시에는 여관이 없으므로, 새로 부임해 온 사람이나 독신자들이 식사할 곳이 없어 무척 곤란을 겪는 것을 보다 못해, 심심풀이도 해소할 겸해서 군의관 사모이렌코는 자기 집을 이용, 일종의 식당 비슷한 것을 하고 있었다. 그즈음 그의 집에 식사하러 오는 사람은 단 두 사람뿐이었다. 한 사람은 여름 동안 흑해에 해파리 발생학을 연구하러 온 젊은 동물학자 폰 코렌이고, 다른 사람은 노사제(老司祭)가 요양하러 떠난 동안에 대리로 이 도시에 파견되어 온, 신학교를 갓 나온 포베도프 보좌 신부였다. 두 사람은 점심과 저녁만 먹고 매달 12루블씩 내고 있었다. 사모이렌코는 이 두 사람에게 정각 2시에 점심 식사를 하러 오도록 단단히 약속을 받아 놓았었다.

언제나 먼저 오는 것은 폰 코렌이다. 잠자코 응접실에 들어가 앉은 그는 테이블 위에 놓여 있는 앨범을 집어들었다. 그리고 폭이 넓은 바지에 실크해트를 쓴 낯선 신사들과 둥근 철사로 불룩하게 부풀린 스커트에 모자를 쓴 귀부인들의 낡은 사진을 주의 깊게 들여다보기 시작한다. 사모이렌코도 거의 이름을 기억하지 못한다. 이름을 잊은 사람에 대해서는 "정말 현명하고 훌륭한 인물이었는데" 하면서 탄식을 하는 것이었다. 앨범의 점검이 끝나면 폰 코렌은 장식 선반에서 피스톨을 집어서 왼쪽 눈을 가늘게 뜨고 오랫동안 보론초프 공작의 초상화를 겨눈다. 그렇지 않으면 거울 앞에 서서 자신의 거무스름한 얼굴과 넓은 이마와 흑인처럼 곱슬거리는 검은 머리와 페르시아 융단같이 커다란 꽃무늬가 있는 어두운 빛깔의 사라사 와이셔츠와 조끼 대신에 매는 폭넓은 혁대를 샅샅이 훑어본다. 이 자기 관찰은 앨범의 검사나 값비싼 귀금속의 장식이 있는 피스톨보다 오히려 더 만족스러운 것 같다. 사실 그는 자신의 얼굴생김과 말끔히 손질한 작은 턱수염과 건강하고 튼튼한 체격의 훌륭한 증거인 넓은 어깨를 보는 것이 무척 즐거웠다. 와이셔츠 색에 맞춰서 고른 넥타이를 비롯해서 노란빛 구두에 이르기까지 멋있는 자기 옷차림에 역시 만족을 느끼는 것이다. 그가 앨범을 들추기도 하고 거울 앞에 서기도 할 때 부엌과 이어진 마루방에서는 윗도리도 조끼도 벗어던지고 가슴을 드러낸 사모이렌코가 땀투성이가 되어 샐러드니 소스니 냉수프에 넣을 고기와 오이와 양파를 조리하느라 조리대 주위를 뛰어다니며 조수노릇을 하는 심부름꾼을 무서운 얼굴로 노려보거나 닥치는 대로 나이프나 스푼을 휘두르기도 한다.

"초를 가져와!"

명령을 내린다.

"그건 초가 아냐, 올리브 기름이야."

발을 동동 구르며 호통을 친다.

"어딜 가? 멍청이 같으니!"

"버터를 가지러 갑니다. 각하."

겁을 먹은 심부름꾼이 짓눌린 듯한 태도로 대답한다.

"빨리빨리 해. 버터는 선반에 있어. 그리고 다리아에게 오이 단지에 우크로프를 넣으라고 해. 우크로프 말이야! 이 바보, 크림 뚜껑을 덮어, 파리가 꾀지 않나!"

그의 호통에 대들보가 흔들릴 지경이다. 2시 10분 전이나 15분 전이 되면 보좌 신부가 나타난다. 그는 머리를 길게 기른 스물두어 살쯤의 말라깽이 청년으로, 턱수염은 없지만 보일락말락할 정도의 콧수염이 있다. 응접실에 들어가면 우선 성상을 향해 성호를 긋고 나서 미소를 지으며 폰 코렌에게 손을 내민다.

"별일 없었소?"

동물학자는 쌀쌀맞은 투로 묻는다.

"어딜 갔다 오셨나요?"

"부둣가에서 모래무지를 낚고 있었습니다."

"네, 그럴 줄 알았죠…… 보아하니 당신은 별로 하는 일이 없는 것 같은데."

"까짓거, 일이 곰처럼 숲속으로 달아나진 않겠죠."

보좌 신부는 깊숙한 바지 주머니에 양손을 찌른 채 웃으면서 말했다.

"당신도 무척 낙천가로군."

동물학자는 탄식했다. 15분 내지 20분이 지나갔다. 그러나 도무지 식사를 알리는 기색은 없다. 여전히 심부름꾼이 마루방에서 부엌으로, 부엌에서 마루방으로 장화발로 통탕거리며 뛰어다니는 소리와 사모이렌코의 고함소리만 들릴 뿐이다.

"테이블에 얹으라잖아! 임마, 어디로 가져가는 거야? 씻은 다음에 해!"

배가 잔뜩 고픈 보좌 신부와 폰 코렌은 더이상 참을 수 없어 극장의 구경꾼들처럼 발꿈치로 마룻바닥을 울리기 시작한다. 문이 겨우 열리고 얼굴이 엉망인 심부름꾼이 "식사 준비가 되었습니다!" 하고 알린다. 두 사람이 식당에 들어가자 부엌의 열기로 얼굴이 시뻘게진 사모이렌코가 잔뜩 화난 표정으로 서 있다. 흘기는 눈으로 두 사람을 무섭게 한번 훑어보고는 수프 그릇의 뚜껑을 열고 두 사람의 접시에 나누어 준다. 두 사람이 무척 맛있게 먹는 것을 자기 눈으로 똑똑히 보고, 그제야 비로소 안심했다는 듯이 숨을 푹 내쉬고는 푹신한 안락의자에 앉는다. 그의 얼굴이 지친 듯 몽롱한 표정이 된다…… 천천히 자기 잔에 보드카를 따르고는 이렇게 말한다.

"젊은 세대의 건강을 위하여!"

아침에 라예프스키와 이야기를 주고받은 다음 점심 시간이 될 때까지 사모이렌코는 무척 기분이 좋았으나, 왠지 짓누르는 듯한 중압감을 가슴속에서 떨쳐버릴 수가 없었다. 사모이렌코는 라예프스키가 측은하여 가능한 한 그를 도와주고 싶었다. 수프를 먹기 전에 보드카를 한 잔 하고 그는 한숨을 쉬며 말했다.

"오늘 아침에 바냐 라예프스키를 만났지요. 가엾게도 그 사람은 고생을 하고 있더군. 물질적으로도 넉넉하지 못하지만 그보다도 정신적으로 타격을 받고 있어요. 딱한 일이야."

"난 조금도 딱하다고 생각지 않아요."

폰 코렌이 말했다.

"만약 그 작자가 물에 빠지려고 한다면 난 막대기로 더욱 처넣어 줄 작정이오. '자, 빠져 죽어, 빠져서 죽어 버려!' 하고 말이오."

"거짓말 마시오. 당신이 어떻게 그런 짓을."

"그렇게 생각하다니 딱하군."

동물학자는 어깨를 움츠리고 말했다.

"난 착한 일에 있어서는 당신에게 뒤지지 않는다고 생각하오."

"사람을 물에 빠지게 하는 게 착한 일이라니 놀랐는데."

보좌 신부가 웃으며 말했다.

"라예프스키 말이지요? 암, 그렇고말고."

"이 냉수프에는 들어가야 할 것이 덜 들어간 것 같군."

사모이렌코는 화제를 바꾸려고 했다.

"라예프스키는 콜레라균처럼 사회에 유해하고 위험한 존재요."

폰 코렌은 말을 이었다.

"그자를 물에 빠져 죽게 하는 것은 훌륭한 사회 봉사죠."

"이웃을 그렇게 말하는 건 당신에게 명예로운 일은 아니오. 도대체 무엇이 그렇게 미운가요?"

"시시한 말씀 하지 말아요, 의사 양반. 세균을 미워하고 멸시해 봤댔자 무슨 소용이 있소. 더욱이 안면 있는 자를 모두 이웃이라고 여긴다는 건 미안하지만 너무 경솔한 일이오. 그건 올바른 인간 관계를 거부하는 태도란 말이오. 한 마디로 말해서 난 사양하겠어요. 난 당신의 라예프스키를 사람이 아니라고 생각하고 있거든. 나는 구태여 숨기지 않고 그를 파렴치한으로 취급하고 있소. 그 사람을 이웃으로 생각하든, 키스를 하든 그건 당신의 자유겠죠. 당신이 그를 이웃으로 생각한다는 건, 즉 그를 나나 이 보좌 신부와 같게 취급하는 셈이죠. 즉 아무런 대우도 해주지 않는다는 것이지. 즉 당신은 누구에게 대해서나 똑같이 무관심하다 이말이오."

"남을 파렴치한이라고 부르다니……"

사모이렌코는 실로 못마땅하다는 듯이 눈썹을 찌푸리며 중얼거렸다.

"선생, 그건 아무래도 너무하군."

"사람의 가치는 그 행위로써 판단하는 수밖에 없잖겠소."

폰 코렌은 말을 이었다.

"이봐요, 보좌 신부님, 어디 한번 당신도 생각해 보시오…… 당신 의견도 듣고 싶소. 라예프스키가 한 짓은 당신 눈앞에 중국 두루마리처럼 펼쳐져 있소. 따라서 당신은 처음부터 끝까지 환하게 들여다볼 수 있소. 그가 이 고장에 와서 2년 동안에 도대체 무엇을 했는가, 어디 한번 손꼽아 세어 봅시다. 우선 첫째로, 그는 이 도시 사람들에게 빈트놀이의 맛을 가르쳐 주었소. 2년 전까지만 해도 이곳 사람들은 이 놀이를 몰랐지. 지금은 어떤가, 아침부터 밤까지 모두 이것에 열중해 있소. 부인과 미성년자까지도. 둘째로, 그는 이 곳 사람들에게 맥주 마시는 법을 가르쳤소. 이 역시 그가 오기 전까지는 없었던 일이오. 이 고장 사람들이 보드카의 종류를 식별하는 법을 배운 것도 오로지 그 덕분이오. 이젠 모두 눈을 가리고도 코셀료프 보드카와 스미르노프 21번을 쉽사리 가려낼 수 있을 정도요. 셋째로, 남의 부인과 사람 눈을 피해서 살고 있소. 이것은 도둑놈이 결코 공공연하게 도둑질하지 않고 남의 눈을 피하는 것과 같은 심리요. 사람들은 간통이라는 것은 여러 사람들이 지켜보는 곳에서는 행하지 못하는 것으로 알고 있죠. 라예프스키는 이 점에서도 선구자의 역할을 하고 있어요. 그는 공공연히 남의 아내와 함께 살고 있잖소. 넷째로……"

폰 코렌은 재빨리 냉수프를 먹고 나서 접시를 심부름꾼에게 주었다.

"나는 라예프스키를 알게 된 그 첫달에 그의 인간됨을 알았어요."

그는 보좌 신부를 상대로 말을 이었다.

"우리는 함께 이 도시에 왔습니다. 대체로 그와 같은 인간은 우정이니 친밀이니 패거리니 하는 따위를 매우 좋아하죠. 그것은 즉 빈트의 상대, 술친구, 차 마시는 상대가 필요하기 때문이오. 그리고 또 지껄이기를 좋아하니까 자연히 듣는 사람도 필요하게 되지. 그건 그렇고 난 그와 친구가 되었어요. 말하자면 그건 그가 매일 어슬렁어슬렁 찾아와서 내 일을 방해하고 묻지도 않는 자기 정부(情婦)에 관한 이야기를 모조리 지껄였단 말이오. 나는 금세 그의 입에서 튀어나오는 어처구니없는 거짓말의 연속에 아연해지고 말았죠. 기분나쁜 건 말할 수도 없었어요. 나는 친구로서 '어째서 그렇게 폭음을 하는가, 어째서 놀기만 하고 책을 읽지 않는가, 어째서 분수에 맞지 않는 생활을 하고 빚만 지는가, 어째서 그렇게 교양이 없고 무지한가' 라고 몇 번 충고해 보았지요. 거기에 대해 그는 쓴웃음을 짓고 한숨을 내쉬면서 이렇게 대답하더군. '나는 기구한 운명의 쓸모없는 인간이야' 하거나 '당신 우리 농노제의 빈 껍데기에서 무엇을 바라는 거요?' 아니면 또 '우리는 퇴폐해 가고 있는 거야' 하는 식으로 그렇지 않으면 오네긴(예브게니 오네긴의 주인공), 페초린(레르몬토프의 《현대의 영웅》의 주인공), 바이런의 카인, 바자로프 등에 대해 잠꼬대 같은 소리를 늘어놓기 시작하지. 또 이런 소리도 하더군요. '이거야말로 영육(靈肉)이 모두 우리의 조상이다.' 말하자면 관청의 서류가 봉투에서 나오지도 못한 채 몇 주일이나 그대로 팽개쳐져 있고, 자기 자신은 물론 남까지 술주정뱅이를 만들었다고 해도 그게 반드시 자기 탓만은 아니라는 거야. '잘못은 기구한 운명이니 쓸모없는 인간 따위를 발명해 낸 오네긴이니 페초린이니 투르게네프에게 있다' 이거예요. 그 언어도단의 품행과 방탕만 해도, 그 원인은 자신에게 있는 게 아니라 어딘가 외부에, 공중에 있다고 해요. 정말 엉터리 같은 친구죠. 게다가 그는 품행이 나쁘고, 거짓말쟁이고, 버릴 것은 자기만이 아니라 우리들 모두라는 거예요.

'우리들 80년대의 인간', '우리들 침체하고 신경질적인 농노제의 더러운 후예' '문명에 의해 불구자가 된 우리'라는 거죠…… 한 마디로 말해서 우리도 이런 점을 이해하라는 거예요. 라예프스키와 같은 위대한 인물은 그 몰락에 있어서도 또한 위대하다는 것을. 그의 좋지 못한 품행, 방탕, 난잡함은 필연에 의해 성화(聖化)된 자연과학적인 현상이며 그 원인은 세계적인 것이고 불가항력에 속한대요. 따라서 라예프스키는, 자기는 시대 사조, 유전 따위의 숙명적인 희생이므로 모름지기 자기에게 기도를 드려야 한다는 거예요. 관리들과 여자들은 이 말을 듣고 '오오'니 '아아'니 하고 감탄사를 연발하고 있었지만, 나는 오랫동안 도대체 이 자의 정체가 무엇일까 하고 궁금했답니다. 파렴치한인지 맹랑한 사기꾼인지 말이오. 그와 같이 얼른 보기에는 인텔리 같고 약간은 교육도 받았고, 자기 가문을 자랑하는 자들이란 한없이 복잡한 성격을 속일 줄 아니까 말이죠."

"그만둬요!"

사모이렌코는 화를 버럭 냈다.

"내 앞에서 훌륭한 인물을 나쁘게 말하는 건 용서치 못 하겠소."

"아, 어쨌든…… 알렉산드르 다비드이치," 폰 코렌은 싸늘한 투로 말했다. "이제 곧 결론을 내리겠소. 라예프스키란 인간은 매우 단순한 유기체예요. 그의 윤리의 뼈대는 다음과 같아요. 아침에는 슬리퍼와 해수욕과 커피, 그리고 점심때까지 슬리퍼와 운동과 부질없는 얘기, 2시에는 슬리퍼와 점심 식사와 술, 5시 해수욕과 차와 술, 그리고 빈트와 거짓말, 10시 밤참과 술, 12시부터 수면과 여자, 계란이 껍질 속에 있듯이 그의 존재는 이 좁은 프로그램에서 한 발짝도 나오지 않아요. 그가 걸어다니건, 앉아 있건, 화를 내건, 무엇을 쓰건, 즐거워하건 그 모든 것은 술과 노름과 슬리퍼와 여자로 귀착되거든. 그 가운데에서도 여자는 그의 생활에 운명적이며 절대적인 역할을 하고 있어요. 그 자신의 이야기에 의하면 열세 살에 이미 그는 연애를 했고, 대학 1학년 때 어떤 부인과 동거했는데, 그는 이 부인에게서 좋은 영향을 받았을 뿐 아니라 그의 음악적 소양도 이 부인 덕택이라는 거요. 2학년 때는 어느 포주에게 몸값을 치르고 창녀를 끌어내어 자기와 같은 수준에까지 끌어올려 주었답니다. 말하자면 정부로 삼았다는 거지. 이 여자는 반 년쯤 함께 살다가 다시 옛 소굴로 되돌아가 버렸는데, 이 여자의 배신은 그의 마음에 큰 상처를 입혔다는 거예요. 그래서 그는 고민한 나머지 학업을 포기하고 2년 동안 집에서 빈둥빈둥 놀았다는 거요.

그러나 그게 도리어 그에게는 다행한 일이었죠. 왜냐하면 그는 어떤 미망인과 정을 통하게 되었는데, 이 미망인이 그에게 법과를 그만두고 문과로 옮기라고 권했단 말이오. 그는 그 권유를 받아들였어요. 대학을 나오자 그는 지금의 저…… 뭐라고 하더라? 그 유부녀와 열렬한 사랑에 빠져 이상인지 뭔지 하는 것을 좇아서 이 카프카즈로 사랑의 도피행을 하는 처지가 되었잖았겠소. 곧 그 여자에게도 싫증이 나서 다시 페테르부르크로 되돌아갈 거요. 역시 이상을 좇아서 말이오."

"그걸 어떻게 아오?"

사모이렌코는 밉살스럽다는 듯이 동물학자를 노려보고 중얼거렸다.

"얘긴 그만두고 식사나 하시오."

숭어찜과 폴란드 소스가 나왔다. 사모이렌코는 두 사람 접시에 한 마리씩 나눠 주고 손수 소스를 쳐 주었다. 약 2분쯤 침묵이 흘렀다.

"개인 생활에서 여자는 중요한 역할을 하고 있어요."

보좌 신부가 말했다.

"이것만은 어떻게도 할 수 없죠."

"그야 그렇죠. 하지만 그것도 정도 문제라구. 우리에게 있어서 여자는 어머니이자 누이이자 아내고 친구야. 그러나 라예프스키에게 있어선 어떤가요. 여자는 그 모든 것인 동시에 또한 단순한 정부이기도 해요. 여자, 아니 여자와 동거하는 것만이 그의 생활의 행복이자 목적인 거요. 그의 쾌활함도 우울도 권태도 환멸도 전부 여자가 원인이오. 생활이 싫어졌다는 그것도 여자 때문이고, 새로운 생활의 서광이 비쳤다 이상이 발견되었다면 거기에도 여자가 있죠…… 그에게는 소설이건 그림이건 여자가 그려져 있지 않으면 재미가 없어요. 그의 의견에 의하면, 우리의 시대가 재미없고 40년대나 60년대에 비해 뒤져 있는 것은, 다만 우리가 연애의 법열과 정열에 스스로를 잊을 만큼 몰두할 줄 모르기 때문이라는 겁니다. 이러한 호색한의 뇌수에는 아마 어떤 육종(肉腫) 같은 특수한 군살이 있어서 그것이 뇌를 압박하고 모든 심리 작용을 지배하고 있음이 분명해요. 라예프스키가 다른 사람들과 함께 있을 때를 한번 잘 살펴보십시오. 곧바로 눈에 띌 거예요. 무언가 일반적인 문제, 이를테면 세포니 본능이니 하는 이야기가 나오는 동안에는, 그는 한쪽 구석에 처박혀서 잠자코 있을 뿐 제대로 듣고 있지도 않아요. 그 태도란 정말로 나른하고 기대가 어긋난 눈치이며 모든 게 시시하고 재미없고 평범하다는 얼굴을 하고 있죠.

그러나 일단 이야기가 암컷과 수컷에 이르면, 예컨대 거미의 암컷은 수태가 끝나면 수컷을 잡아먹는다는 다윈의 이야기가 시작되면, 그의 눈은 별안간 호기심으로 불타오르죠. 얼굴이 밝아지고, 쉽게 말하면 생기를 되찾는 겁니다. 그자가 생각하는 것은 아무리 품위 있는 것도 고상한 일도 평범한 일도 귀착하는 곳은 하나요. 그와 함께 거리를 걸어 보십시오. 이를테면 저쪽에서 당나귀가 운다면 '저, 여보게, 당나귀 암컷에 낙타를 교미시켜 보면 어떻게 될까?' 틀림없이 이렇게 나올 거요. 그리고 또 그 친구가 꾸는 꿈이라니! 당신한테 꿈 이야기는 안 하던가요? 그 또한 기막힌 것이지. 달과 결혼하는 장면이니, 경찰에 호출되어 기타와 동거하라는 명령을 받는다든가 하는 그런 꿈을 꾼다지 뭡니까."

보좌 신부는 그만 웃음을 터뜨렸다. 사모이렌코는 억지로 웃음을 참고 눈썹을 찌푸리고 화난 듯이 시큰둥한 얼굴을 하고 있었으나, 결국은 웃음을 터뜨리고 말았다.

"모두 거짓말이오!"

그는 눈물을 닦으면서 말했다.

"그런 거짓말을 잘도 하는군."

4

보좌 신부는 무척 잘 웃는 성미여서 아무것도 아닌 일에도 옆구리가 아플 만큼 웃어젖힌다. 그가 사람들 틈에 끼는 것을 좋아하는 것은 사람들에겐 각자 우스꽝스러운 일면이 있어서 거기에 재미있는 별명을 붙일 수 있다는 목적 때문인 것 같았다. 사모이렌코에게는 땅거미라는 별명을 붙였고, 심부름꾼에게는 수오리라는 별명을 붙였다. 언젠가 폰 코렌이 라예프스키와 나제지다에게 '원숭이 부부'라는 별명을 붙였을 때는 정신없이 좋아했다. 그는 빨려들 듯이 상대편의 얼굴을 들여다본다. 눈도 깜짝하지 않고 상대편의 이야기에 귀를 기울인다. 그 눈에 점점 웃음이 번져가고 얼굴이 이제 곧 실컷 웃을 수 있다는 기대로 부풀어 가는 기미가 뚜렷이 보인다.

"그 작자는 썩어빠지게 타락했어요."

동물학자는 말을 이었다. 보좌 신부는 재미있는 말이 튀어나오리라는 기대로 그의 얼굴을 들여다본다.

"그런 쓸모없는 인간은 찾아보기 어렵소. 육체적으로도 그는 무기력하고 나약하고 늙은이 같아. 그 지성에 이르러서는 단지 먹고 마시고 닭털 이불을 덮고 자고, 자가용 마차의 마부를 정부로 삼고 있는 여자 상인과 하나도 다를 바가 없습니다."

보좌 신부는 또 웃기 시작했다.

"너무 웃지 말아요, 보좌 신부님."

코렌은 말했다.

"결국은 시시한 이야기죠. 하지만 나 역시 그자의 못난 점을 들춰내고 있을 만큼 한가한 사람은 아니니까요."

그는 보좌 신부가 웃음을 그치기를 기다려서 말을 이었다.

"그 친구가 해독을 끼치는 위험 인물만 아니었던들 나는 아는 체도 하지 않고, 그대로 지나치고 말았을 거요. 그 작자의 해독은 첫째, 여자에게 인기가 있다는 점에 있어요. 그러니 그자의 자손이 퍼뜨려질 위험성이 많죠. 즉 그와 마찬가지로 나약하고 타락한 라예프스키를 한 다스나 이 세상에 내놓을 위험성이 있단 말이오. 둘째로 그 작자는 고도의 전염성을 지니고 있소.

빈트와 맥주 이야기는 아까 말한 대로요. 앞으로 2년만 지나면 그는 카프카즈의 저 해안을 모조리 정복해 버리고 말 거요. 당신도 아시다시피 민중, 특히 그 중간 계급들은 인텔리 냄새니, 대학 교육이니, 품위 있는 몸가짐이니, 문학적인 언변에는 단번에 항복하고 말지. 예컨대 그가 어떠한 못된 짓을 하더라도 훌륭한 짓이다, 저렇게 해야 된다고 모두들 생각하거든요. 그가 인텔리고 자유주의자이며 대학을 나온 사나이기 때문이오. 나는 불행한 인간이고 쓸모없는 인간이며 신경쇠약 환자이고 시대의 희생자라느니 하는 따위는, 그 친구가 무슨 짓을 해도 용서받는다는 의미와 통하오. 그는 사랑할 만한 사람이고 성실하며 인간의 약점에 대해 진심으로 너그러워요. 솔직하고 온순하고 교만하지도 않고 그와 함께라면 술도 마실 수 있고 음담패설도, 남의 흉도 마음 놓고 할 수 있죠…… 대체로 종교적으로도 신인동형설(神人同形說)로 기울어지기 쉬운 민중은 자기들과 같은 약점을 가지고 있는 우상을 매우 좋아하거든요. 그러니 이제 그의 병독의 전염 구역이 얼마나 넓어졌는지 알 겁니다. 게다가 그는 매우 뛰어난 연기자며 교묘한 위선자고 뭐든지 잘 알고 있어요.

요컨대 그 친구의 혓바닥이 부리는 요술을 한번 보십시오. 이를테면 문명에 대한 그의 태도 말이오. 문명의 문(文)자도 모르는 주제에 '아, 우린 얼마나 문명의 해독을 입고 있는가! 아, 나는 진실로 야만인이 부럽다! 문명이 무언지 모르는 자연인이 부럽다' 하는 따위 말입니다. 그는 왕년에 전심전력을 모두 문명에 바쳤던 모양입니다. 문명을 받들고 문명을 속속들이 이해했음에도 불구하고 문명이 그를 권태롭게 하고 환멸을 느끼게 하고 배신해 버리기라도 한 모양이에요. 말하자면, 그는 파우스트고 제2의 톨스토이라는 거죠…… 쇼펜하우어나 허버트 스펜서(1820~1903. 영국의 사회학자·철학자) 같은 철학자는 코흘리개 취급을 하거든. 마치 아버지나 되는 듯이 어깨를 탁 치며 '요즘은 어때, 스펜서?' 하는 식이죠. 물론 스펜서 같은 건 한 줄도 읽지 않았으면서도 자기 여자 이야기를 할 때 '어쨌든 스펜서를 읽은 여자니까 말야' 하며 아무렇지도 않게 가벼운 야유를 할 땐 정말 귀여워질 정도예요.

그런데 모두들 이런 허무맹랑한 얘기를 조용히 들으면서도, 저 사기꾼에게는 스펜서에 대해 이런 식으로 말할 자격은 고사하고 그 신발 바닥에 키스할 자격조차 없다는 것을 아무도 알려고 하지 않는단 말입니다. 문명과 권위의 토대를 파헤치고, 남의 제단 밑을 파헤치고 흙탕물을 튀기고 장난스러운 곁눈질을 하는 인간, 그것도 다만 자신의 나약함과 정신적인 빈곤을 숨기고 그걸 바르게 보이려는 잔꾀에 지나지 않아요. 이런 짓을 할 수 있는 것은 자만심이 강하고 비열하고, 추악한 동물뿐입니다."

"여보, 꼴랴, 당신 도대체 그 사람을 어쩌겠다는 거요."

사모이렌코는 동물학자를 조용히 바라보면서 말했다. 그 얼굴에 증오의 빛이 사라지고 이번에는 미안한 듯한 표정이 떠올랐다.

"그 사람이 타인과 특별히 다른 점은 없잖소. 그야 뭐 결점이야 있지. 하지만 분명히 현대 사상의 수준에 서서 관청에 근무하고 국가에 공헌하고 있잖소. 10년쯤 전에 이 고장에 머리가 썩 좋은 촉탁 노인이 있었는데 곧잘 이런 말을 하곤 했지……."

"아아, 알았어요, 알았어요."

동물학자는 말을 가로챘다.

"당신은 그 친구가 관청에 다니고 있다고 했소. 하지만 그의 근무 태도 좀 봐요…… 그가 이 고장에 나타난 결과, 과연 질서가 잡혔나요? 과연 관리들이 열심히 일을 하고 태도가 더 정중해졌나 말이오? 오히려 그 대학 출신이라는 인텔리의 권위로 그들의 방종을 시인한 데 지나지 않아요. 그가 성실하게 근무하는 건 월급날인 20일뿐입니다. 그 밖에는 집에서 슬리퍼를 질질 끌면서, 내가 카프카즈에 있는 것만도 러시아 정부는 감사하게 생각해야 한다는 듯한 얼굴을 하고 있소. 정말 안 돼요, 알렉산드르 다비드이치, 그 친구 편 따윈 들지 말아요. 당신은 시종일관 성실하지 못해요. 당신이 만약에 진실로 그 작자가 좋아서 이웃으로 인정한다면 그에 대해 무관심하고 너그러울 수는 없을 겁니다. 그뿐 아니라 그를 위해서라도 어떻게 해서든 해를 끼치지 않는 인간으로 만들어 줄 궁리를 해야 마땅할 거요."

"무슨 뜻이죠?"

"유해하지 않은 인간으로 만드는 것 말입니다. 이미 이끌 희망이 없는 인간이니까. 유해하지 않게 하는 방법은 단 하나……."

폰 코렌은 손가락으로 목을 베는 시늉을 했다.

"그렇지 않으면 물귀신을 만들어 버리든가"

그는 덧붙였다.

"인류의 복지를 위해 또한 그 자신의 이익을 위해서도 그런 인간들은 멸종되어야 해. 단연코 그렇지."

"당신, 무슨 말을 하고 있는 거요?"

사모이렌코는 엉덩이를 들먹이면서 동물학자의 냉정한 얼굴을 어이가 없다는 듯이 바라보면서 말했다.

"보좌 신부님, 이 선생이 지금 무슨 말을 하고 있는 거죠? 이봐요, 정신은 멀쩡해요?"

"나는 구태여 사형을 주장하진 않소."

폰 코렌은 말했다.

"사형이 마땅찮다면 뭣이든 다른 방법을 생각해야지. 라예프스키를 죽여서는 안 된다고 하면 차라리 격리시켜 버릴까? 번호라도 붙여서 토목공사_(빈민
구호 공사)에나 부려먹든지……"

"정말 무슨 소리를 하는 거요?"

사모이렌코는 몸서리를 쳤다. 잘게 다진 고기를 넣은 가지찜을 후추도 치지 않고 보좌 신부가 먹기 시작하자, 그는 "아, 후추, 후춧가루!" 하고 실망한 듯이 외치고 말을 이었다. "그 총명한 사람에 대해 당신은 무슨 말을 하는 거요! 우리의 친한 벗, 긍지 있는 지식인을 당신은 노동자로 만들겠다는 건가!"

"긍지가 있다고 섣불리 반항이라도 한다면 그야말로 쇠고랑 감이죠."

사모이렌코는 이제 한 마디도 할 수 없었다. 손가락만 꼼지락거리고 있을 뿐이다. 그의 아연해 하는 우스꽝스럽기 짝이 없는 얼굴을 보고 보좌 신부는 웃기 시작했다.

"이제 이 이야기는 그만둡시다."

동물학자가 말했다.

"하지만 알렉산드르 다비드이치, 이것만은 잊지 말아요. 원시 시대의 인류는 생존 경쟁과 자연 도태 덕분에 라예프스키 같은 무리의 해독을 면했죠. 이제 우리의 문화는 뚜렷하게 이 생존 경쟁과 도태 작용을 약화시키고 우리는 스스로 허약자·부적격자의 절멸에 마음을 써야 하게 되었어요. 그렇지 않으면 뒷날, 라예프스키의 무리들이 번식을 하게 되는 날엔 문명은 멸망하고 인류는 마침내 퇴화하고 말 겁니다. 만약에 그렇게 되면 그건 우리의 죄예요."

"사람을 물에 빠져 죽게 하고 목을 졸라야 한다면?"

사모이렌코는 이렇게 반박했다.

"그런 문명이 무슨 소용이 있소. 그런 인류가 무슨 소용이 있어. 응, 무슨 소용이냐고! 나는 당신에게 하고 싶은 말이 있어요. 과연 당신은 문학자야, 뛰어난 수재야, 조국의 자랑이야. 하지만 애석하게도 당신은 독일인 때문에 나쁜 물이 들었소. 그렇지, 독일인 때문이야, 독일인!"

사모이렌코는 의학 공부를 한 데르프트를 떠난 이래 독일인은 자주 만나지 못했고, 독일 서적은 손에 든 적도 없었다. 그러나 그의 의견에 의하면 정치와 학문에 있어서의 모든 악(惡)은 전부 독일인이 원인이라는 것이다. 도대체 어떻게 이런 견해를 갖게 되었는지 자신도 몰랐으나 어쨌든 그는 이 견해를 고집하고 양보하지 않았다.

"그렇고말고, 독일인 때문이지."

그는 다시 한 번 되풀이했다.

"자, 차나 마시러 갑시다."

세 사람은 일어서서 모자를 쓰고 나무 울타리를 둘러친 작은 들쪽으로 나갔다. 거기에는 배나무와 밤나무와 푸른 단풍나무가 그늘을 이루고 있었다. 세 사람은 나무 그늘에 앉았다. 동물학자와 보좌 신부는 작은 테이블 앞 벤치에 자리잡고, 사모이렌코는 넓고 비스듬한 등받이가 있는 등의자에 몸을 파묻었다. 심부름꾼이 차와 잼과 시럽을 가지고 왔다.

그날은 몹시 더워서 그늘에서도 30도는 되었다. 대기는 죽은 듯이 바람 한 점 없었고, 긴 거미집이 밤나무가지에서 땅 위로 힘없이 드리워진 채 꼼짝도 하지 않았다.

보좌 신부는 언제나 그렇듯이 작은 탁자의 다리 쪽에 방치되어 있는 기타를 집어들어 음계를 맞추고 나서 가느다란 소리로 나직이 노래를 부르기 시작했다.

'선술집 곁에 모여선 신학생들······'

그러나 너무 더워서 곧 그만두고 이마의 땀을 씻고는 푸르디푸른 하늘을 쳐다보았다. 사모이렌코는 졸기 시작했다. 더위와 고요와 어느새 온몸에 퍼진 식후의 달콤한 졸음 때문에 노곤하니 취한 기분이었다. 두 팔은 맥없이 늘어지고 눈은 가느스름해지고 고개는 가슴께로 기울어졌다. 그는 흐뭇한 표정으로 폰 코렌과 보좌 신부 쪽을 보면서 입을 우물우물하며 중얼거리기 시작했다.

"젊은 세대…… 학계의 명성(明星)과 교회의 광명이라…… 저런 기다란 제복을 입은 할렐루야 선생께서 어느새 대주교님이 되어 잘못하면 그 거룩한 손에 키스를 해야 되지나 않을까 모르겠구려…… 그것도 좋겠지요……, 아무쪼록……"

곧 코 고는 소리가 들리기 시작했다. 폰 코렌과 보좌 신부는 차를 다 마시고 나서 밖으로 나갔다.

"당신은 또 부둣가에서 모래무지를 낚을 작정이신가요?"

동물학자가 물었다.

"아니, 더워서 그만두겠어요."

"우리집에 오시죠. 소포를 꾸리든가 정서라도 해보지 않겠어요. 그리고 당신 일에 대해서도 함께 생각해 봅시다. 보좌 신부님, 일해야 해요. 지금처럼 그래서는 안 되지요."

"선생 말씀은 전부 옳습니다."

보좌 신부는 말했다.

"하지만 나의 게으름은 나의 현재 생활 상태를 생각해 보건대 무리도 아닌 것 같아요. 애매한 상태가 인간을 아주 무감각하게 만든다는 것은 당신도 알고 계시겠죠. 나는 여기에 임시로 파견되었는지 아니면 영영 있게 되는 건지 하느님만이 알고 계십니다. 나는 여기서 변변찮은 생활을 하고 있고, 아내는 아내대로 친정에서 할일없이 심심해하고 있지요. 솔직히 말해 이 더위 때문에 머리가 어떻게 되었나 봅니다."

"그건 당치도 않은 말이오."

동물학자는 반박했다.

"더위에는 곧 익숙해져요. 아내가 없는 상태에도 곧 익숙해지죠. 게으른 버릇을 들여서는 안 돼요. 늘 긴장해 있어야지요."

5

아침에 나제지다 표도로브나는 해수욕을 하러 갔다. 하녀 올리가가 물병과 구리 대야와 수건과 해면을 들고 뒤따라갔다. 바다 가운데 투묘지(投錨地 : 배를 정박하고자 닻을 내리는 곳)에는 그을린 흰 굴뚝의 낯선 기선이 두 척 머물러 있었다.

외국의 화물선인 듯하다. 흰 제복에 흰 구두를 신은 사나이들이 부둣가를 서성거리며 프랑스어로 무언가 큰소리로 외치고 있다. 기선에서는 거기에 답하여 역시 큰 소리로 고함을 지른다. 시내의 작은 교회에서는 종이 울리고 있다.

'참, 오늘은 일요일이구나' 하는 생각이 들자 나제지다는 기뻤다. 그녀는 매우 기분이 좋았다. 휴일다운 들뜬 기분이었다. 남자용 옷감의, 올이 거친 명주로 지은 풍덩한 새옷을 입고 커다란 밀짚모자를 쓰고 있었다.

밀짚모자의 널찍한 챙이 양쪽 귀 언저리에서 똑 꺾어진 것처럼 휘어졌으므로 자기의 얼굴은 마치 인형 상자에서 내다보고 있는 것같이 정말 사랑스럽게 보일 것이라고 생각되었다.

또 그녀는 이렇게 생각해 본다. 도대체 이 도시에서 젊고 아름답고 교양 있는 여자란 나 하나뿐이 아닌가.

또 우아하고 취미가 고상하고 게다가 경제적인 옷차림을 할 줄 아는 여자도 나 혼자밖에 없다. 이 옷만 하더라도 그렇지, 겨우 22루블짜리인데도 무척 값비싸 보이지 않는가. 매력 있는 여자란 온 시내를 뒤져도 나 하나밖에 없다. 그러나 남자는 많다. 그러므로 자연히 모두들 라예프스키를 부러워하고 있을 것이 분명하다.

요즘 라예프스키의 태도가 쌀쌀해져서 부자연스러울 만큼 정중하게 굴기도 하고, 때로는 무자비하고 거친 태도마저 보이게 된 것이 그녀에게는 오히려 기뻤다. 이전의 그녀라면, 거의 히스테릭한 언동과 멸시하는 듯한 싸늘하고 기괴하다고 해야 할지 어떨지 알 수 없는 야릇한 시선을 받았을 경우, 울고불고 원망도 하고 나가겠다느니 굶어죽어 버리겠다느니 협박도 했을 것이다. 그러나 지금은 그런 대우를 받아도 다만 얼굴을 붉히고 미안한 듯한 눈초리로 그를 볼 뿐 마음속으로는 그가 애지중지해 주지 않는 것이 오히려 고마웠다. 차라리 욕지거리나 정떨어질 말이라도 실컷 퍼부어 주면 정말 개운하고 유쾌할 것이다. 왜냐하면 그녀는 그에 대해 하나에서 열까지 모든 점에 있어 미안하게 느끼고 있었기 때문이다.

첫째 이유는, 그가 페테르부르크를 버리고 멀리 이 카프카즈까지 찾아오게 된 당초의 목표인 노동 생활이라는 몽상에 자기가 공명할 수 없었다는 일이다. 요즘 그의 기분이 나쁜 것은 틀림없이 그 때문이라고 믿었다. 카프카즈로 오는 여행 길에서 그녀가 마음에 그리고 있었던 것은 무엇이었던가. 도착하면 그날 중으로 바닷가에 있는 조용하고 아담한 내 집을 구한다. 나무들이 그늘을 지우고 새들이 지저귀고 시냇물이 졸졸거리는 즐거운 정원에 꽃도 심고 채소도 가꾸자. 오리와 닭도 기르고 이웃사람을 초대하기도 하고 가난한 농사꾼들을 치료해 주기도 하고 책도 나누어 주자…… 그러나 막상 와서 보니 카프카즈라는 곳은 헐벗은 산과 삼림과 험준한 계곡뿐이어서, 차분히 장기 계획을 세우고 열심히 경영해야 하는 곳이었다. 놀러오는 이웃 사람은커녕 지독하게 덥기만 하고, 강도라도 나올 것 같은 상황이었다. 라예프스키 역시 별로 서둘러 땅을 사려는 기색도 없었다. 이건 그녀에게는 고마운 일이었다. 마치 두 사람 사이에는 두번 다시 노동 생활에 대한 이야기는 하지 말자는 묵계라도 이뤄진 것 같았다. 그가 잠자코 있는 것은, 즉 자기 쪽에서 말을 꺼내지 않는 것을 화내고 있는 거라고 그녀는 생각하는 것이었다.

둘째로, 그녀는 이 2년 동안에 그 몰래 아치미아노프네 상점에서 자질구레한 것을 그럭저럭 3백루블어치나 사들인 것이다. 양복지, 비단 양산 따위의 하찮은 것이 쌓이고 쌓여서 어느새 이렇게 많은 빚을 지게 된 것이었다.

'오늘은 꼭 말해 버리자……' 그녀는 결심했으나 아냐, 요즘의 라예프스키의 기분 상태로는 외상값 이야기 같은 건 꺼내지 않는 편이 상책이라고 생각했다.

셋째로, 마음에 걸리는 것은 라예프스키가 없는 동안에 벌써 두 번이나 경찰서장 키릴린을 집 안에 들인 일이다. 한 번은 아침 나절이었는데 라예프스키가 해수욕을 하러 간 사이였다. 또 한 번은 밤중으로, 그는 카드놀이를 하러가고 집에 없었다. 그때를 생각하자 나제지다는 귀뿌리까지 빨개져서 하녀를 흘끗 보았다. 마치 자기 상념을 엿볼까봐 겁을 내는 것처럼…… 길고 긴 낮 시간, 견디기 어려운 그 더위, 지루한 초저녁의 아름다움과 그 애틋한 심정, 한밤의 무더위, 그리고 아침부터 밤까지 언제나 할일이 없어 시간이 남아도는 이 생활, 자기야말로 이 도시에서 제일가는 젊고 아름다운 여자다,

꾸물꾸물하다가는 이 젊음도 헛되이 지나고 만다고 소곤거리는, 한시도 귓전에서 떠나지 않는 마음속의 속삭임, 그리고 또 과연 결백하고 사려깊은 남자일지는 몰라도 하루종일 슬리퍼를 질질 끌며 손톱을 물어뜯고 억지만 부려서 정이 뚝 떨어지게 하는 라예프스키 자신…… 이러한 요소가 서로 섞여서 그녀를 차차 어떤 욕망의 포로로 만들어 버린 것이다. 이제 밤이나 낮이나 그녀는 한 가지 상념에만 사로잡혔다. 자신의 숨소리·눈동자·목소리·걸음걸이에서 그녀는 자신의 욕망의 입김밖에 느끼지 않았다. 바다의 파도소리도, 저녁의 어둠도, 산들도 사랑하라고 속삭인다…… 그래서 키릴린이 접근해 왔을 때에는 그녀는 이미 항거할 기력도 기분도 없어서 그대로 몸을 맡기고 말았던 것이다.

지금 눈앞에 있는 외국 기선과 흰 제복의 사나이들이 어쩐지 커다란 홀의 정경을 떠오르게 한다. 프랑스어로 대화하는 이야기 소리에 섞여서 그녀의 귓속에서 왈츠가 울리기 시작하고, 까닭 모를 기쁨으로 가슴이 설레는 것이었다. 춤을 추고 싶어졌다. 프랑스어로 지껄이고 싶어졌다.

자신의 부정이 그다지 대수로운 것이 아니라고 생각하니 기뻤다. 진심에서 부정을 한 것은 아니다. 자기는 변함없이 라예프스키를 사랑하고 있다. 그건 자기가 아직 그에게 질투를 느끼며 그가 집에 없을 때면 쓸쓸함을 느끼는 것으로 알 수 있다. 그런데 키릴린은 미남자이긴 하지만 섬세한 점은 없는 남자였다. 이미 그와의 관계는 끊어졌고 앞으로도 남남에 지나지 않을 것이다. 지나간 일은 이미 지나간 일이고 남이 끼어들 일은 아니다. 만일 라예프스키의 귀에 들어갔다고 해도 설마 곧이듣지는 않을 것이다.

바닷가에는 부인용 해수욕장이 하나 있을 뿐이고, 남자는 노천에서 해수욕을 한다. 나제지다가 해수욕장 안으로 들어가니까 마리야 콘스탄치노브나라는 중년 관리의 부인과 그녀의 딸 카챠라는 열다섯 살 난 여학생이 있었다. 두 사람은 벤치에 걸터앉아서 옷을 벗는 참이었다. 마리야 콘스탄치노브나는 선량하고 무엇에든 금세 열중하는 친절한 부인이며, 말할 때면 한 마디 한 마디를 길게 끌어서 무던히 감동한 듯한 투로 이야기하는 버릇이 있다. 서른두 살이 될 때까지 가정교사를 하다가 관리 비츄고프에게 시집왔다. 남편은 대머리를 정성들여 빗어 모발을 양쪽 관자놀이에 붙인 얌전하기 짝이 없는 몸집이 작은 사나이였다. 그녀는 아직도 이 남편에게 반해 있어서

샘을 부리고 사랑이라는 말을 입 밖에 낼 때마다 얼굴을 붉히고, '전 정말 행복해요' 하고 만나는 사람에게마다 자랑을 한다.

"어머나, 당신이었군요!"

그녀는 나제지다의 얼굴을 보자 친지들 사이에서 유명한 복숭아 표정으로 불리는 표정을 곧바로 지어 보이며 무척 반가워했다.

"당신이 오시다니 정말 기뻐요. 자, 함께 들어갑시다. 정말 기쁘군요."

올리가는 재빨리 자기 옷과 속옷을 벗고 여주인의 옷을 벗겨 주었다.

"오늘은 어제만큼은 덥지 않군요. 그렇게 생각지 않으세요?"

나제지다는 하녀가 염치없이 맨 몸을 비벼대므로 몸을 움츠리면서 말했다.

"어제는 더워서 정말 죽을 뻔했어요."

"정말이에요. 금세라도 숨이 막힐 것만 같더군요. 거짓말같은 말이지만 전 세 번이나 해수욕을 했지 뭐예요…… 세 번이나 말예요. 나중에는 니코짐까지 걱정을 하더군요."

'어쩜 저렇게 못생겼을까?' 나제지다는 올리가와 관리 부인을 번갈아 보면서 생각했다. 그리고 카챠를 보고 '딸은 그런대로 괜찮군' 하고 생각했다.

"정말 댁의 니코짐 알렉산드르이치는 인정이 많은 분이에요."

그녀는 말을 꺼냈다.

"전 정말 홀딱 반해 버렸어요."

"호호호" 마리야 콘스탄치노브나는 억지로 웃었다.

"정말 재미있는 말씀이시군요."

나제지다는 옷을 다 벗어 버리자, 그대로 날아가고 싶은 욕망을 느꼈다. 사실 양손으로 날갯짓을 하면 꼭 하늘로 날아오를 수 있을 것 같은 생각마저 들었다. 알몸이 된 그녀는 자기의 새하얀 살결을 올리가가 눈을 찌푸리며 힐끔힐끔 쳐다보고 있는 것을 깨달았다. 젊은 군인의 아내인 올리가는 자기는 정식으로 결혼했으므로 안주인보다는 훨씬 훌륭한 여자라고 생각하고 있었다. 또한 나제지다는 마리야 콘스탄치노브나 카챠가 자기를 존경하는 눈으로 보지 않고 오히려 두려워하고 있다는 것을 알았다. 그것을 깨닫자 약이 올랐다. 그래서 자신의 모습을 돋보이려고 이렇게 말했다.

"우리 페테르부르크에서는 이맘때면 벌써 피서지가 대성황이죠. 우리 주인과 나는 친구가 말도 못하게 많아요. 한번 만나러 가야겠다고 생각하고 있어요."

"남편되시는 분은 기사였다고 들은 것 같은데."

"제가 말하는 건 라예프스키예요. 그인 정말로 친구가 많아요. 다만 유감스럽게도 그이의 어머니가 자존심이 강한 귀족에다 고집불통이어서……"

미처 말도 끝내기 전에 나제지다는 물속으로 풍덩 뛰어들어갔다. 마리야 곤스탄치노브나도 그의 뒤를 따랐다.

"이 세상에는 온갖 편견이 다 있더군요."

나제지다는 말을 이었다.

"겉보기만큼 살기 좋은 곳은 아니에요."

가정교사를 하느라 귀족적인 가정을 돌아다닌 적도 있고 그런대로 온갖 일을 다 겪은 마리야 콘스탄치노브나는 그 말에 맞장구를 쳤다.

"그러문요! 마치 거짓말 같은 얘기지만 가라친스키 댁에서는 점심때는 물론이거니와 아침 식사때도 반드시 정장을 입어야만 했어요. 난 꼭 여배우들처럼 월급 외에 화장 수당까지 받고 있었다니까요."

나제지다가 씻은 물로부터 자기 딸을 보호하기라도 하려는 듯이 그녀는 두 사람 사이를 가로막고 서 있었다. 바다를 향해서 열어젖힌 출입구 너머로 백 보쯤 떨어진 바다 가운데서 누군가 헤엄쳐 나가는 것이 보였다.

"엄마, 저기 우리 코스챠예요."

카챠가 말했다.

"어머나!"

마리야 콘스탄치노브나는 깜짝 놀라 암탉 같은 소리를 질렀다.

"애, 코스챠!" 큰 소리로 불렀다.

"돌아오너라!"

열네 살이 되는 코스챠는 어머니와 누나에게 자기의 용기를 자랑하려고 무자맥질하며 바다 한가운데로 헤엄치기 시작했다. 그러나 곧 지친 모양으로 허겁지겁 되돌아왔다. 그 진지하고 긴장된 얼굴로 보아 아마 자신이 없었던 것 같았다.

"사내자식은 정말 골칫덩어리예요."

한심한 듯이 마리야 콘스탄치노브나가 말했다.

"목이라도 다칠까봐 잠시도 마음을 놓을 수 없어. 자식을 갖는 건 기쁜 일이긴 하지만 정말 괴로운 일이에요. 마음이 놓이지가 않는걸요."

나제지다는 밀짚모자를 쓰고 해안에서 바깥쪽으로 헤엄쳐 나갔다. 약 5분쯤 헤엄쳐 가다가 몸을 돌려 물 위에 드러눕자 수평선까지 뻗쳐 있는 바다와, 기선 해안의 사람들, 거리가 손에 잡힐 듯이 보였다. 이 모든 광경이 한더위와 투명하고 다정한 파도에 섞여 그녀를 자극하며 '살아야지, 살아야지' 하고 속삭이는 것이었다…… 바로 옆을 힘차게 파도와 공기를 가르면서 요트 한 척이 화살처럼 달려갔다. 키를 잡고 있던 사나이가 지그시 그녀를 바라보았다. 그녀는 남이 자기를 주시하는 것이 그지없이 좋았다.

바다에서 올라온 부인들은 옷을 입고 함께 걷기 시작했다.

"전 하루 걸러 열이 나지만 조금도 빠지지 않는군요."

나제지다는 바닷물로 짭짤해진 입술을 혀끝으로 핥는 한편 안면 있는 사람들의 인사에 웃는 얼굴로 대답하면서 말했다.

"옛날부터 뚱뚱했지만 요즘엔 더 뚱뚱해진 것 같아요."

"그건 체질이겠죠. 나처럼 살이 안 찌는 체질이면 어떤 것을 먹어도 소용이 없어요. 어머나, 모자가 흠뻑 젖었군요."

"괜찮아요. 곧 마를 거예요."

또다시 나제지다는 흰 제복의 사나이들이 프랑스어로 지껄이면서 해안 거리를 걷고 있는 것을 보았다. 그러자 다시 까닭 모를 기쁨으로 가슴이 설레기 시작하고, 어느 집 커다란 홀 광경이 어렴풋이 떠올랐다. 언젠가 자기가 춤춘 적이 있는 홀 같기도 했다. 아니면 언젠가 꿈속에서 보았을지도 모른다. 그러자 가슴 깊숙한 곳에서 '너는 시시하고 평범하고 쓸모없는 하찮은 여자다' 하고 허황한 소리로 희미하게 속삭이는 소리가 들렸다.

마리야 콘스탄치노브나는 자기 집 문앞에서 발을 멈추고, 들어가서 좀 쉬었다 가라고 권했다.

"들어오세요, 잠깐."

간청하듯 그렇게 말했으나 동시에 힐끔 쳐다보는 그 눈길에는 당혹해 하는 빛과, 설마 들어오지는 않겠지 하는 안도의 빛이 있었다.

"그럼 잠깐 들렀다 갈까요."

나제지다는 선뜻 대답했다.

"댁을 방문하는 것은 정말 즐거운 일이니까요."

그렇게 말하면서 그녀는 집 안으로 들어갔다. 마리야 콘스탄치노브나는 그녀에게 의자를 권하고 커피와 우유가 든 빵을 대접하고, 옛날에 가르치던 제자들의 사진을 보여 주었다. 가라친스키 집안의 딸들도 지금은 모두 결혼했다. 그리고 또 카챠와 코스챠의 성적표도 보여 주었다. 성적은 매우 좋았으나 그것을 더 돋보이게 하려고 한숨을 내쉬면서 "요즘 중학은 정말 어려워서" 하고 불평을 했다…… 그녀는 자상하게 손님을 접대하고는 있지만, 한편으로는 나제지다를 들어오게 한 것을 후회하고 있었다. 그녀가 집 안에 들어왔으므로 코스챠와 카챠가 나쁜 감화를 받지는 않을까 하고 가슴을 조이기도 하고, 그러나 니코짐이 집에 없어서 다행이라고 안도의 숨을 내쉬기도 했다. 사나이라는 것은 누구나 할 것 없이 이런 여자를 좋아하는 법이니까, 니코짐 역시 나제지다에게서 나쁜 영향을 받지 않는다고는 단언할 수 없다.

손님과 이야기하는 동안 내내 오늘 저녁에 있을 피크닉이 마리야 콘스탄치노브나의 머리에서 떠나지 않았다. 이것은 원숭이 부부, 즉 라예프스키와 나제지다에게는 말하지 말라고 폰 코렌으로부터 신신당부를 받은 것이다. 그러나 그녀는 그만 입을 열고 말았다. 그러고는 얼굴이 새빨개져서 당황해하며 말했다.

"댁에서도 오시는 게 어떠세요?"

6

시내에서 남쪽으로 20리쯤 가서 흑하와 황하로 불리는 두 개의 시내가 만나는 곳에 있는 주막집 근처에서 마차를 세우고 생선국이나 끓이자는 게 그날의 계획이었다. 5시 조금 지나서 떠났다. 맨 앞의 사륜마차에는 사모이렌코와 라예프스키가 타고, 다음의 반포장 삼두마차에는 마리야 콘스탄치노브나와 나제지다, 카챠와 코스챠가 탔다. 음식 바구니와 그릇은 이 마차에 실었다. 다음 마차에는 경찰서장 키릴린과 아치미아노프라는 청년이 탔다. 그는 나제지다가 3백 루블의 외상값이 있는 바로 그 상인 아치미아노프의 아들이다. 이 두 사람과 마주보는 자리에서 니코짐 알렉산드르이치가 우두커니 책상다리를 하고 몸을 오그리고 앉아 있었다. 그는 관자놀이께의 머리를 깨끗이 빗질해 붙인 얌전하고 조그만 사나이였다. 제일 뒤의 마차에는 폰 코렌과 보좌 신부가 탔다. 보좌 신부의 다리 사이에는 생선이 든 바구니가 놓여 있었다.

"오, 오른쪽으로!"

짐마차나 당나귀를 탄 아브하지야인을 만날 때마다 사모이렌코는 있는 힘을 다해서 고함을 질렀다.

"앞으로 2년이면 나는 자금과 구성원 준비가 다 돼요. 그러면 나는 탐험 여행을 떠날 거요."

폰 코렌이 보좌 신부에게 말했다.

"블라디보스토크에서 해안을 따라 베링 해협으로 나간 다음, 거기서 예니세이 강 하구까지 가 볼 작정이지요. 지도도 만들고, 지방의 동식물을 연구하고, 지질학과 인류학, 인종지리학적인 연구를 정밀하게 하는 거죠. 당신도 가고 싶거든 함께 가는 게 어때요?"

"그건 안 됩니다."

보좌 신부가 말했다.

"어째서 안 되지요."

"나는 가족이 있으니까요."

"부인은 책임질 거요. 부인의 생활은 우리가 보장하겠어요. 공익을 위해 수도원에 들어가도록 당신이 부인을 설득할 수 있으면 더 좋지요. 그러면 당신도 사제가 되어 탐험하러 갈 수 있으니까요. 생각이 있다면 내가 힘써 보겠소."

보좌 신부는 잠자코 있었다.

"당신 전공인 신학에는 정통한가요?" 동물학자가 물었다.

"그다지 잘 알고 있지 않아요."

"흠…… 나는 신학에는 전혀 문외한이니까 거의 도와드릴 수는 없지만, 당신에게 필요한 책의 목록을 만들어 주시면 올 겨울에 페테르부르크에서 부쳐 주겠소. 《수도사의 여행기》 같은 것도 한 번 읽어 둘 필요가 있지요. 그런 자들 가운데에는 훌륭한 인종학자나 동양학의 대가도 있으니까 방식을 알게 되면 훨씬 일하기가 쉬워지지요. 그건 그렇고, 우선 책이 없다고 해서 시간을 낭비해서는 안 되지요. 우리집에 와서 컴퍼스 쓰는 법이라도 배우고,

대충 기상학을 공부해 둬요. 이건 모두 필요한 일이니까요."

"그야 그렇겠지만……"

보좌 신부는 중얼거리고 나서 웃기 시작했다.

"실은 중앙아시아 쪽에 자리를 부탁해 두었어요. 사제장을 맡고 있는 아저씨도 힘써 주시겠다고 했으니, 당신과 함께 떠나게 되면 모든 사람에게 헛수고를 시키는 결과가 될 수도 있어요."

"뭣 때문에 당신은 망설이는 거요. 언제까지나 평범한 보좌 신부로 있으면서, 휴일만 일하고 그 나머지는 하는 일 없이 빈둥빈둥 놀고 있다면 10년이 지나도 별 수 없을 거요. 그야 콧수염과 턱수염쯤은 불어날지 모르지만, 당신이 탐험에서 돌아오는 날엔 그 10년 동안에 아주 다른 사람이 될 거요. 어쨌든 한 가지 일을 끝마쳤다는 자각이 당신을 살찌우게 할 테니까요."

부인들이 탄 마차에서 공포와 환희의 괴성이 일어났다. 마차의 행렬은 지금 막 깎아지른 듯한 암벽의 중턱을 넘어서 닦은 길을 지나가고 있다. 높은 벽에 걸쳐놓은 선반 위를 달리고 있는 것과 같아서, 금세라도 마차가 산골짜기로 굴러떨어지지 않을까 하고 안절부절못하게 한다. 오른쪽에는 바다가 펼쳐져 있다. 왼쪽은 울퉁불퉁한 갈색 벽이며, 검은 반점과 붉은 암맥 위로 나무 뿌리가 기어다니고 있다. 머리 위로는 겁이 나면서도 호기심에 못이겨 허리를 굽혀 아래를 내려다보는 사람처럼 침엽수 가지가 늘어져 아래를 내려다보고 있다. 또 잠시 뒤에 요란한 괴성과 웃음소리가 일어났다. 곧 내려덮을 듯한 큰 바위 아래를 지나가는 것이다.

"도대체 뭣하러 자네들과 함께 가는지 모르겠군."

라예프스키가 말했다. "실로 저속하고 터무니 없는 짓이야. 나는 북쪽으로 가야 해. 자신을 구출하기 위해 북쪽으로 달아나야 하는 거야. 그런데 무슨 바람이 불어 이런 시시한 피크닉에 동행하고 있는지……"

"그보다도 저걸 좀 보게나. 이 얼마나 멋진 경치인가!"

사모이렌코는 마차가 왼쪽으로 꺾여 황하의 계곡이 눈앞에 펼쳐지면서 누렇게 흐린 강줄기가 빛나는 것을 보면서 말했다.

"사사, 난 조금도 감탄할 수 없는데."

라예프스키는 대답했다.

"자연에 탄복하는 것은 자기 스스로 상상력의 빈곤을 드러내는 거야. 내가 상상으로 그려낼 수 있는 것에 비하면, 이런 강이나 바위 따위는 쓰레기나 다름없어. 그 밖에 아무것도 아냐."

마차는 벌써 강변을 따라 달리고 있다. 우러러봐야 될 만큼 깎아지른 암벽이 양쪽에서 차차 다가와서 계곡은 좁아지고 앞은 협곡으로 되어 있다. 마차가 가는 길가의 바위산은 자연의 손이 거대한 바윗덩어리를 쌓아올린 것으로, 큰 바위가 무서운 힘으로 서로 당기고 밀치고 하는 광경을 보면 볼수록 사모이렌코로 하여금 저도 모르게 탄성을 지르게 했다. 저녁 어둠이 깃들기 시작한 아름다운 산에는 군데군데 가느다란 틈바구니와 골짜기가 입을 벌리고 있으며, 거기서 습기찬 바람과 신비로운 기운이 불어 닥쳐왔다. 협곡을 통해서 다른 산들이 보였다. 갈색, 장미색, 연보랏빛의 산, 안개가 산허리를 휘감고 있는 산, 또는 화려한 낙조(落照)를 받아 빛나는 산. 마차가 협곡 앞을 지나갈 때는 어디에선가 높은 곳에서 물방울이 떨어져 바위를 때리는 소리가 어렴풋이 들려왔다.

"아아, 저주받을 산들이여."

라예프스키는 탄식했다.

"이젠 싫증이 났어."

흑하의 줄기가 황하로 떨어져서 잉크빛처럼 시커먼 물이 누런 물을 더럽히며 싸우고 있는 곳, 그 길가에 타타르인 케르발라이의 술집이 있었다. 지붕 위에 러시아 국기를 세우고 간판에는 백묵으로 '낙락정(樂樂亭)'이라고 씌어 있었다. 한쪽의 잡목 울타리를 둘러친 작은 마당에 테이블과 벤치가 놓여 있었다. 볼품없는 가시덤불 속에 아름답게 우거진 측백나무가 한 그루 서 있다.

몸집이 자그마하고 재빨라 보이는 타타르인 케르발라이는 푸른 셔츠에 흰 앞치마를 두르고 길에 서 있다가 양손을 배에다 대며 깊이 몸을 숙여 절을 하고 마차의 일행을 맞았다. 그리고 싱글싱글하면서 희고 깨끗한 이빨을 드러냈다.

"여어, 케르발라이카!"

사모이렌코가 말을 걸었다.

"우린 좀더 앞으로 가겠으니 사모바르와 의자를 가져다주게. 곧 가져와야 해."

케르발라이는 빡빡 깎은 머리를 끄덕이고는 뭐라 중얼거렸으나, 그 목소리는 맨 뒤 마차에 탄 사람에게밖에 들리지 않았다.

"숭어가 있습니다, 각하."

"가져와, 가져와!" 폰 코렌이 대답했다.

술집을 지나 5백 보쯤 간 곳에서 마차는 섰다. 사모이렌코는 앉기에 적당한 돌이 흩어져 있는 작은 풀밭을 발견했다. 폭풍에 쓰러진 나무가 한 그루 긴 수염이 달린 뿌리를 드러내고 바싹 마른 노란 가지를 보이며 가로누워 있다. 통나무로 엮은 매우 위태한 다리가 그 냇가에 놓여 있고, 바로 맞은편 물가에는 네 개의 낮은 말뚝이 떠받치고 있는 헛간이 있다. 옥수수를 말리는 헛간으로, 마치 옛날 이야기에 나오는 닭다리 같은 농가를 떠올렸다. 문간에는 작은 사닥다리가 걸려 있다.

모두가 받은 첫 인상은 아무리 몸부림을 쳐도 여기서는 빠져 나갈 수 없으리라는 것이었다. 어디를 보아도 첩첩한 산들이 내리누르는 듯했다. 그리고 술집과 시커먼 측백나무 숲 쪽에서는 밤의 그림자가 삽시간에 밀어닥쳐 온다. 그 때문에 그렇지 않아도 좁고 꾸불꾸불한 흑하의 계곡이 더욱더 좁게 생각되고, 사방의 산들은 더욱더 높아 보인다. 콸콸 흐르는 냇물 소리가 났다. 끊임없이 매미가 운다.

"참 멋있구나!"

마리야 콘스탄치노브나가 황홀한 듯이 숨을 들이마시며 말했다.

"애들아, 정말 멋있구나. 어쩜 이렇게 조용하고 경치가 좋을까."

"네, 정말 좋군요." 주위의 경치가 마음에 든 라예프스키도 맞장구를 쳤다. 하늘을 쳐다보고 술집 굴뚝에서 피어오르는 푸른 연기를 바라보았을 때 그는 문득 슬퍼졌다.

"네, 정말 좋군요." 그는 또 한 번 되풀이했다.

"이반 안드레이치, 이 경치를 그려 주세요."

마리야 콘스탄치노브나가 감격어린 소리로 말했다.

"뭣하게요?"

라예프스키는 되물었다.

"어떠한 묘사도 인상(印象)을 따를 수는 없습니다. 인상을 통해서 만인이 자연으로부터 받은 이 풍부한 색채와 음향을 작가들은 보기 흉하고 무언가 이해할 수 없는 것으로 만들어 버리고 마는 겁니다.”

“그럴까요?”

물가의 가장 큰 돌을 골라서 거기 앉으려고 기어올라가면서 폰 코렌이 싸늘하게 물었다.

“그럴까요?”

라예프스키를 가만히 바라보면서 다시 한 번 되물었다.

“그럼 〈로미오와 줄리엣〉은? 이를테면 푸시킨의 〈우크라이나의 밤〉은? 자연은 모름지기 그 발아래 엎드려야 마땅합니다.”

“그야 그렇다고 할 수 있죠……”

라예프스키는 동의했다. 그는 생각하고 논쟁하고 하는 것이 귀찮았던 것이다. 하지만 한참 생각하다가 그가 말했다.

“그 본질에 있어서 〈로미오와 줄리엣〉은 사실 무언가 아름답고 시적인 신성한 사랑이라고 해도 부패를 숨기기 위한 장미꽃에 지나지 않아요. 로미오 역시 모든 사람하고 조금도 다름없는 동물에 지나지 않는 거요.”

“무슨 이야기를 해도 당신은 문제를 곧……”

폰 코렌은 힐끗 카챠 쪽을 보고 말하려다 말았다.

“어디로 갖고 간다는 거죠?”

라예프스키가 물었다.

“이를테면 남이 ‘포도송이는 정말 아름답다’고 한다고 합시다. 그러면 당신은 반드시 ‘음, 하지만 사람에게 씹혀서 위장 속에서 소화되는 꼴은 볼 수가 없을 걸’ 하고 응수한단 말입니다. 구태여 그런 말을 할 필요는 없지 않을까요. 진부하고 또 말하자면 이상한 버릇이라고 생각되는군요.”

라예프스키는 폰 코렌이 자기를 혐오하고 있다는 것을 알고 있었다. 따라서 그가 두려웠고, 그가 있으면 다른 사람들까지 부자유스럽게 느끼고 있는 것처럼 생각되었으며, 마치 자기 뒤에 누가 지키고 서 있는 듯한 기분이 들었다. 그는 아무런 대꾸도 하지 않고 그곳을 떠났다. 그들을 따라온 것이 후회가 되었다.

“여러분, 모닥불을 피울 나무를 주워 오세요. 자, 해산!”

사모이렌코가 호령했다.

모두 뿔뿔이 흩어졌다. 뒤에는 키릴린과 아치미아노프와 니코짐 알렉산드르이치만이 남았다. 케르발라이가 의자를 가지고 와서 땅 위에 양탄자를 깔고 거기에 술병을 놓았다. 서장 키릴린은 키가 크고 체격이 당당한 남자로, 아무리 날씨가 좋아도 여름 양복에 큰 외투를 입었다. 거만한 그 태도, 뽐내는 걸음걸이, 쉰 듯하면서도 굵직한 목소리…… 아무리 보아도 아직 젊은 시골 서장이다. 졸린 듯 신통찮은 표정은 방금 억지로 잠에서 깬 것 같다.

"임마, 네가 가져온 건 도대체 뭐야?"

그는 한 마디 한 마디를 천천히 끊으면서 케르발라이에게 대들었다.

"난 크와텔리를 가져오라고 했단 말이다. 그런데 네가 가져온 건 뭐냐? 이 타타르의 돼지새끼야, 응, 이게 뭐냔 말이다!"

"우리가 가지고 온 술이 많이 있지 않습니까, 예고르 알렉세이치?"

니코짐 알렉산드르이치가 조심조심 온건한 투로 말했다.

"뭐라는 거요. 난 술이 필요하단 말야. 나도 피크닉에 참가한 이상 당당히 자기 몫을 내놓을 권리가 있다고 생각해요. 야, 크와텔리를 열 병 가져와."

"뭣하려고 그렇게 많이……" 키릴린이 돈이 없다는 것을 뻔히 알고 있었으므로 니코짐 알렉산드르이치는 깜짝 놀랐다.

"스무 병이다. 아니, 서른 병……"

키릴린이 떠들었다.

"걱정 말고 내버려두세요." 아치미아노프가 니코짐에게 귀띔을 했다. "내가 낼 테니까요."

나제지다 표도로브나는 마음이 들떠서 실컷 떠들어 보고 싶었다. 뛰고 킥킥거리고 큰소리로 외치고 남을 놀려 주고 어리광을 부리고 싶은 그런 기분이었다. 푸른 팬지 무늬가 있는 사라사의 싸구려 옷에 빨간 구두를 신고 예의 커다란 밀짚모자를 쓰고 있는 모습은 자기가 보아도 순진스럽고 귀엽고 몸이 가뿐해서 둥둥 뜰 것 같은 게 마치 나비처럼 느껴졌다. 그녀는 흔들흔들하는 통나무 다리를 뜀박질로 건너가다가 잠깐 발을 멈추고, 다리 아래로 흐르는 냇물을 들여다보았다. 그러자 갑자기 현기증이 나기 시작했으므로 비명을 지르고는 웃어 젖히면서 건너편 물가의 건조장까지 달려갔다. 남자들이 모두, 케르발라이까지도 자기 뒷모습에 넋을 잃고 바라보는 듯한 기분이 들었다. 삽시간에 닥쳐오는 저녁 어둠에, 숲이 산과 하나가 되고, 말과 마차가 어울리고, 술집 창문에 등불이 깜박이기 시작할 무렵, 그녀는 바위와 가시덤불 사이를 꾸불거리며 지나가는 오솔길을 따라서 언덕 꼭대기에 올라가 바위 위에 앉았다. 아래를 보자 벌써 모닥불이 타고 있었다. 모닥불 곁을 양 소매를 걷어올린 보좌 신부가 돌고 있는데, 그 길쭉하고 새카만 그림자가 반경을 그리듯이 불 주위를 따라 돈다. 삭정이를 지피기도 하고 긴 막대기 끝에 달아맨 숟가락으로 냄비를 휘젓기도 한다. 사모이렌코는 적동색 얼굴을 하고 자기 집 부엌에서 하던 것과 마찬가지로 불 주위를 바삐 돌아다니면서 호령을 하고 있었다.

"소금은 어디 있는가요, 여러분! 잊어버리고 온 건 아니오? 어째서 여러분은 지주님이나 되는 것처럼 앉아만 있는 거요, 나 혼자만 부려먹긴가?"

라예프스키와 니코짐 알렉산드르이치는 땅 위에 넘어진 나무에 나란히 걸터앉아서 생각에 잠긴 듯 가만히 불을 보고 있다. 마리야 콘스탄치노브나는 카챠와 코스챠에게 거들게 하면서 바구니에서 찻잔과 접시를 꺼내고 있다. 폰 코렌은 근처 물가에 서서 팔짱을 끼고 한 발을 돌 위에 올려놓은 채 무언가 골똘히 생각하고 있다. 모닥불의 빨간 얼룩이 그림자와 뒤섞여서 사람들의 검은 그림자 주위의 땅을 기며 언덕과 숲과 다리와 건조장에서 너풀거리고 있다. 그 반대쪽에는 물에 씻겨서 구멍투성이가 된 험한 바위벽이 훤하게 빛을 받아 번쩍번쩍 냇물에 비치며 쏜살같이 흘러내리는 급류에 산산이 부서지고 있다.

보좌 신부는 고기를 가지러 갔다. 케르발라이가 냇가에서 내장을 빼고 씻고 있었다. 보좌 신부는 도중에 멈춰서서 주위를 둘러보았다.

'아아, 좋은 경치야.' 그는 생각했다. '사람의 그림자, 바위, 모닥불, 저녁의 어둠, 한 그루의 못생긴 나무…… 그것밖에 없다. 그러나 정말 좋은 경치야.'

저쪽 물가의 건조장 곁에 몇인가 낯선 사람의 그림자가 나타났다. 불빛이 너풀거리고 모닥불 연기도 그쪽으로 흘러가고 있으므로 한눈에 하나 하나 구별은 할 수 없지만, 털이 푹신푹신한 모자니 흰 구레나룻이니, 푸른 셔츠니, 어깨에서 무릎까지 걸친 남루한 옷이니, 배에다 비스듬히 찬 단검이니, 숯으로 그리기라도 한 것처럼 짙고 뚜렷한 눈썹의 젊고 거무스레한 얼굴 등, 그런 것들이 조금씩 보였다. 그 가운데 다섯 명쯤은 땅바닥에 빙 둘러앉고, 나머지 다섯 명은 건조장으로 들어갔다. 한 사람은 모닥불 쪽에 등을 돌리고 문께에 버티고 서서 팔짱을 끼고 무언가 지껄이기 시작했다. 마침 그때 사모이렌코가 나무때기를 지폈으므로 모닥불이 확 타오르고 불꽃이 튀어서 헛간을 밝게 비쳤다. 그러자 문 안쪽에 열심히 귀를 기울이고 있는 것 같은 태평스러워 보이는 두 얼굴이 떠오르고, 밖에 둘러앉은 사람들도 저마다 얼굴을 돌려서 그 남자의 이야기에 귀를 기울이기 시작했다. 아마 그것은 무척 재미있는 이야기인 것 같았다. 한참 뒤에 둘러앉은 사람들이 조용한 소리로 무언가 노래하기 시작했다. 한가로운 가락의 고운 노래로 대재기(大齋期)에 교회에서 부르는 노래와 비슷했다. 그것을 들으면서 보좌 신부는 10년 뒤에 탐험 여행에서 돌아온 자기 자신을 공상하고 있었다. 자기는 젊은 수도사다, 전도자다, 훌륭한 경력이 있는 유명한 저술가다, 곧 장원(掌院)이 되고 이어 감독이 된다, 대본당에서 미사를 드린다, 법관(法官)에 맞는 태도와 차림새를 갖추고 성모상을 가슴에 걸고 천천히 설교대에 나타난다, 그리고 삼지촉대(三枝燭臺)와 이지촉대를 손에 들고 신자를 축복하며 소리높이 왼다. '주여, 굽어살피시와 당신의 오른손으로 심으신 이 포도밭을 지켜 주시고 찾아 주시옵소서.' 그러면 어린 양의 무리가 천사와 같은 목소리로 화답한다. '거룩하신 주여.'

"보좌 신부, 고기는 어떻게 되었소?"

사모이렌코의 음성이다.

모닥불 곁으로 돌아온 보좌 신부는 이번에는 7월의 더운 날에 십자가 행렬이 먼지투성이 길을 가는 광경을 머리에 그려 본다. 맨 앞에는 농부들이 교회기를 짊어지고 간다. 아낙네들과 처녀들은 성상을 받들고 간다. 성가대의 아이들과 짚을 꽂아 땋은 머리를 볼에 늘어뜨린 문지기 수도사가 거기 따른다. 그 다음이 자기, 즉 보좌 신부의 차례다. 이어 자줏빛 모자를 쓰고 십자가를 받쳐 든 교구장이 뒤따른다. 그 뒤에는 농부와 그 아낙네들과 아이들의 무리가 흙먼지를 일으키며 뒤따라온다. 교구장의 아내와 자기 아내가 머릿수건을 쓰고 군중 속에 섞여 있다. 합창대가 노래한다. 아이들이 떠든다. 메추리가 운다. 종달새가 소리를 지른다…… 행렬이 멈춰 선다…… 신자들에게 성수를 뿌리는 것이다…… 다시 또 움직이기 시작한다. 이윽고 무릎을 꿇고 비를 바라는 기도를 드린다. 그리고 식사를 한다. 이야기를 한다……

'이것도 좋은데' 하고 보좌 신부는 생각했다.

7

키릴린과 아치미아노프는 오솔길을 따라 언덕에 올랐다. 아치미아노프는 뒤처져서 걸음을 멈추었으나 키릴린은 나제지다가 있는 곳까지 올라갔다.

"안녕하십니까?"

그는 거수경례를 하면서 말을 건넸다.

"안녕하세요?"

"그렇게 되었군요!"

키릴린은 하늘을 쳐다보고 생각하면서 말했다.

"무엇이 그렇게 되었다는 거죠?"

나제지다는 아치미아노프가 자기들 두 사람을 지켜보고 있는 것을 보면서 잠깐 사이를 두고 이렇게 되물었다.

"그러니까, 즉 말입니다." 서장은 천천히 말을 이었다.

"우리의 사랑은 말하자면 꽃도 피우지 못하고 시든 거로군요. 그것을 어떻게 해석해야 합니까? 그것은 하나의 장난이었던가요, 아니면 나라는 사람을 아무렇게나 취급해도 괜찮은 바보라고 생각하시는 건가요?"

"그건 일시적인 잘못이었어요. 제발 제게 상관말아 주세요!"

나제지다는 날카롭게 내뱉었다. 이 아름답고 아끼고 싶은 밤에 겁에 질린 얼굴로 그 사나이를 바라보면서 믿지 못하겠다는 듯이 자신에게 묻는 것이다. '정말 내가 이 남자가 마음에 들어 일시나마 가까이한 적이 있었을까?'

"허허허"

키릴린은 선채로 한동안 잠자코 생각에 잠겨 있더니 곧 말을 이었다.

"좋습니다. 당신 기분이 좋아질 때까지 기다리죠. 다만 한 가지 분명히 말씀드리고 싶습니다만, 전 신사입니다. 이 점에 대해서는 누구든 의혹을 품는 것을 용서치 않겠습니다. 나를 놀리면 안 됩니다. 안녕히."

그는 거수경례를 하더니 풀숲을 헤치고 가 버렸다. 조금 뒤 아치미아노프가 주춤주춤 다가왔다.

"오늘 저녁은 참 아름답습니다."

그는 아르메니아 악센트로 말했다.

그는 꽤 호남으로, 유행을 따른 복장을 하고, 좋은 집안의 청년답게 태도도 깔끔했다. 그러나 나제지다는 그의 아버지에게 3백 루블이라는 외상이 있어 이 청년도 꺼림칙했다. 그리고 또 이 피크닉에 소상인까지 초대된 것이 기분 나빴고, 이렇게 기분이 상쾌한 밤을 고르고 골라서 그가 접근해 온 것도 신경에 거슬리는 일이었다.

"피크닉은 대체로 성공적이군요."

잠깐 사이를 두고 그가 말했다.

"네."

그녀는 맞장구를 쳤으나, 그제야 외상값을 갑자기 생각해 내기라도 한 것처럼 언뜻 덧붙였다.

"참, 가게에 가시거든 이삼 일 내로 3백……이었던가요, 어쨌든 갚으러 가겠다고 그렇게 말씀해 주세요."

"제 얼굴만 보면 외상값, 외상값 하시는군요. 그 말씀만 안 하신다면 전 3백 루블어치를 더 드려도 좋겠습니다. 진저리가 납니다."

나제지다는 웃음을 터뜨렸다. 만일 자기가 바람을 피울 수 있는 여자라면 마음만 먹으면 1분간에 그 외상값은 없어지고 말 텐데 하는 우스꽝스런 생각이 떠올랐던 것이다. 그러니까 예컨대 이 말쑥한 얼굴을 한 도련님을 화끈 달아오르게 해 본다면, 정말로 우스꽝스럽고 어처구니없는 결과가 생길 것이다. 그렇게 생각하니 갑자기 홀딱 반하게 해가지고 짜낼 만큼 짜낸 다음 탁 차버리고 그 결말이 어떻게 날 것인가 보고 싶어졌다.

"실례지만, 저 당신에게 충고하고 싶은 게 있습니다."

조심조심 아치미아노프가 서두를 꺼냈다.

"저 키릴린을 조심하십시오. 그 자식은 어디서나 당신에 대해 고약한 소문을 퍼뜨리고 있습니다."

"바보가 무슨 말을 하고 다니건 제가 알 바 아니에요."

나제지다는 쌀쌀맞게 말했으나, 갑자기 불안한 생각이 들어서 이 아름다운 청년을 농락해 주자는 우스운 생각도 졸지에 매력을 잃고 말았다.

"자, 내려갑시다."

그녀가 말했다.

"부르고 있어요."

아래서는 벌써 생선 수프가 마련되어 있었다. 그것을 각자의 접시에 담아서 피크닉에서나 볼 수 있는 예의 엄숙한 표정을 지으며 먹고 있었다. '이 수프는 정말로 맛있다' 이때까지 집에서는 이렇게 맛있는 걸 먹어 본 적이 없다고 모두가 그렇게 생각하는 것이었다. 대부분의 피크닉이 그렇듯이 냅킨이니 포장이니 바람에 바스락거리며 돌아다니는 기름종이 따위의 산더미 속에서 모두들 분간조차 할 수 없이 어디에 누구의 컵이 있는지, 어디에 누구의 빵이 있는지도 모르는 채 포도주를 양탄자 위나 자기 무릎에 흘리고 소금을 뿌리는 등 야단들이다. 게다가 주위는 온통 깜깜하고 어느새 모닥불도 꺼져가고 있는데, 누구 하나 나무때기를 지피러 갈 의욕도 없었다. 모두들 포도주를 마셨다. 코스챠와 카챠에게도 반 컵씩 주었다. 나제지다는 한 잔으로는 성이 차지 않아서 두 잔째를 비우고 나니 취기가 돌아서 키릴린의 일을 잊어버렸다.

"호화로운 피크닉이야, 정말 멋있는 밤이야."

얼큰히 취기가 돈 라예프스키가 말했다.

"그러나 나는 겨울을 더 찬양한다. '비버 옷깃의 서리가 어둠 속에 반짝반짝 은빛으로 빛나다'(푸시킨의 《예브게니》(오네긴)의 일장)라고나 할까."

"각자마다 취미가 다르니까요."

폰 코렌이 한 마디 거들었다.

라예프스키는 어색함을 느꼈다. 등에는 모닥불의 열기가 압박해 오고 가슴과 얼굴에는 폰 코렌의 증오가 압박해 온다. 두뇌가 명석하고 건전한 인간의 자기에 대한 증오는 어딘지 정당한 근거가 있는 것 같아서 마음이 비굴해지고 약해지며, 도저히 그 증오에 맞설 만한 용기가 없으므로 그는 상대편에게 아부하듯이 말했다.

"나는 자연을 열렬히 사랑하긴 하지만, 자연과학자가 아니어서 유감이오. 난 당신이 부럽소."

"어머나, 난 유감스럽지도 않고 부럽지도 않네요."

나제지다가 말했다.

"사람들이 생활에 허덕이고 있는데, 딱정벌레나 무당벌레 같은 것에 정신이 팔려 있는 사람은 알 수가 없어요."

라예프스키도 같은 의견이었다. 그는 자연과학에 대해서는 전혀 문외한이다. 그러므로 개미의 촉각이라든가 진딧물의 발 따위에 몰두하고 있는 인간들이 권위자인 척하는 듯한 말투나 심각하게 학자연한 얼굴에는 도저히 참을 수가 없었다. 그러한 자들이 촉각이니 발이니, 또는 원형질인가 뭔가 하는 것(어쩐지 그에게는 그게 굴과 비슷한 것으로 생각되었다)을 바탕으로 인류의 기원과 생태까지 포괄하는 문제를 풀려고 하는 것을 보면 화가 나서 견딜 수 없었다. 그러나 나제지다가 한 말에도 예의 거짓이 드러나 보였으므로, 다만 그녀를 긇려 주기 위해 그는 이렇게 말하였다.

"문제는 결론에 있는 거지, 무당벌레 문제가 아니야."

8

밤이 깊어 10시가 조금 지나자, 사람들은 돌아가는 마차에 타기 시작했다. 이미 모두 다 타고 나제지다와 아치미아노프 두 사람만이 보이지 않았다. 두 사람은 시냇물 저쪽에서 킥킥거리며 술래잡기를 하고 있었다.

"여러분, 빨리 오시오." 사모이렌코가 두 사람에게 고함을 질렀다.

"저러니 여자에게 술을 먹여서는 안 된단 말야."

폰 코렌이 나직이 말했다.

라예프스키는 피크닉과 폰 코렌의 적의와 자신의 온갖 상념 때문에 지칠 대로 지쳐 있었으나, 어쨌든 그녀를 부르러 갔다. 그때 매우 유쾌해져서 깃털처럼 가벼운 기분이 된 그녀가 웃으면서 그의 양손을 잡고 머리를 가슴에다 기대어 왔으므로, 그는 한 발짝 물러서면서 거친 소리로 말하였다.

"뭐야, 이 꼴이, 마치 창녀같이."

그러나 곧 자기가 너무 지나치게 말한 것 같아 그녀가 가엾어졌다. 노기를 띤 그의 피로한 듯한 얼굴에서 자기에 대한 증오와 연민과 울화를 알아챈 그녀는, 유쾌하던 기분이 싹 가시고 말았다. 도가 지나쳤다, 경솔했다고 깨닫자 그녀는 슬퍼서 '아아, 나는 역시 뒤룩뒤룩 살찐 뚱뚱보고 야비한 주정뱅이 여자야' 하고 생각하면서 맨 처음에 눈에 띈 빈 마차에 아치미아노프와 함께 올라탔다. 라예프스키는 키릴린과, 동물학자는 사모이렌코와, 보좌 신부는 부인들과 각각 함께 타고 마차는 움직이기 시작했다.

"어떤가요, 저 원숭이 부부는……"

폰 코렌은 눈을 감고 망토를 뒤집어쓰면서 말을 시작했다.

"이봐요, 글쎄, 그 여자는 입에 풀칠을 하네 못하네 하는 인간이 있는 이상 딱정벌레나 무당벌레에 관심을 쏟고 있을 순 없다는 겁니다. 원숭이들이 우리 과학자를 대하는 태도는 언제나 그렇죠. 10세기 동안 회초리와 주먹으로 위협만 당해 온 나쁜 지혜밖에 없는 노예 근성이야. 폭력 앞에서는 겁을 먹고 감격해서 꼬리를 치기도 하지만, 일단 저 원숭이들의 목덜미를 누를 사람이 없는 자유 천지에 놓아 줘 보게. 당장에 온갖 짓을 다하고 멋대로 떠들어대기 시작하거든. 저 원숭이가 전람회나 박물관이나 연극에서 어떤 말을 하는지 들어 보십시오. 거만하게 몸을 뒤로 젖히고, 뒷다리로 서 보이고, 욕지거리를 퍼붓고, 트집을 잡고…… 언제나 트집을 잡죠. 그게 노예 근성이라는 거예요. 잘 들어 보십시오. 대체로 이 세상에서는 사기꾼들보다는 오히려 자유 직업인들이 욕을 얻어 먹는 수가 더 많습니다. 그것은 사회의 4분의 3이 노예들, 즉 그러한 원숭이 족속들로 이루어져 있기 때문이에요. 노예가 당신에게 손을 내밀고 일해 주어서 매우 고맙다고 진심으로 사례를 하는, 그런 일은 절대로 없는 거예요."

"그래서 어쩌겠다는 겁니까, 난 모르겠군."

하품을 하면서 사모이렌코가 말했다.

"가엾게도 그 부인은 아주 단순한 생각에서 당신을 상대로 유식한 척해 보고 싶었을 따름이오. 그런 것을 가지고 당신은 어마어마한 결론까지 끌어내는군. 당신은 그녀의 남편에 대해 뭔가 못마땅한 게 있으니까 그 부인까지 나쁘게 생각하는 겁니다. 천만에요, 그녀는 훌륭한 부인입니다."

"알았어요, 알았어요. 그녀는 세상에 흔히 있는 정부에 지나지 않아요. 행실이 나쁘고 저속한 그런 인간입니다. 이봐요, 알렉산드르 다비드이치, 남편과 헤어진 농사꾼 여편네가 일도 하지 않고 빈둥빈둥 하고 낄낄대며 세월을 보내는 것을 보면, 당신은 '들에나 가라'고 하겠죠. 그런데 어째 이번 경우에는 바른말 하는 것을 겁내지요? 나제지다 표도로브나가 뱃놈의 정부가 아니고 관리의 정부라서 그렇습니까?"

"나더러 그 부인을 어떻게 하라는 거요?"

사모이렌코는 마침내 울화통을 터뜨리면서 말했다.

"때리기라도 하라는 말인가?"

"악덕을 용서하지 말라는 거죠. 우리는 언제나 숨어서 악덕을 비난하고 있어요. 그러나 이것은 마음속에서 혀를 내미는 거나 같은 짓입니다. 나는 동물학자, 즉 사회학자요. 이것은 피차 일반이지. 당신도 의사니까. 사회는 우리를 믿고 있어요. 우리는 저 나제지다 이바노브나 같은 부인의 존재가 현재의 사회 및 다음 세대에 미치는 무서운 해독을 사회에 지적해 줄 의무가 있습니다."

"표도로브나입니다."

사모이렌코는 그녀의 이름을 바로잡아 주고 나서 덧붙였다.

"그래 사회더러 어떻게 하라는 거죠?"

"사회? 그야 사회의 자유죠. 내게 말하게 한다면, 더욱 확실하고 직접적인 길은 강제예요. 군대의 손으로 그 여자를 남편에게 돌려보낸다. 만약에 남편이 받지 않겠다고 하면, 도형장(徒刑場)에 보내든가 감화원에 처넣는 거요."

"흐음"

사모이렌코는 한숨을 쉬었다. 조금 있다가 그는 작은 소리로 물었다.

"이삼 일 전에 당신은 라예프스키와 같은 인간은 멸종시켜야 한다고 말했죠? ……. 그럼 묻겠는데 그것을, 이를테면 국가나 사회가 그의 멸종을 당신에게 위임한다면 당신은 결행할 수 있겠습니까?"

"암, 내 손은 떨리지 않을 겁니다."

9

집에 돌아오자, 라예프스키와 나제지다는 캄캄하고 무덥고 권태로운 자기들의 방으로 들어갔다. 두 사람 다 말이 없었다. 라예프스키는 촛불을 켰다. 나제지다는 의자에 앉아서 망토도 모자도 벗지 않은 채 슬프고 미안한 듯한 눈으로 그를 쳐다보았다. 그는 여자가 둘러댈 기회를 기다리고 있다는 것을 알고 있었으나, 새삼스럽게 둘러댄다는 것도 재미없고 쓸데없고 귀찮았다. 또 아까 저도 모르게 화가 나서 거친 말을 쓴 자신을 반성하자 기분이 우울했다. 그때 주머니 속에서 문득 편지가 만져졌다. 오늘은 꼭 읽어 주겠다고 벼르면서 하루하루 미루어 온 편지였다. 지금 이것을 읽어주면 여자의 주의가 다른 데로 쏠릴 것이라고 그는 생각했다.

'이제 적당히 해결을 지을 때야.' 그는 생각했다. '보여 주자, 어차피 될 대로 될 테니까.' 그는 편지를 끄집어 내어 여자에게 주었다.

"읽어 봐요. 당신에 관한 일이야."

그는 그렇게 내뱉고 서재에 가서 어둠 속에서 베개도 베지 않고 소파에 드러누웠다. 편지를 다 읽고 난 나제지다는 천장이 내려앉는 것 같고 벽이 다가오는 듯한 기분이 들었다. 갑자기 갑갑하고 어둡고 무서워졌다. 그녀는 황급히 성호를 세 번 긋고나서 외는 것이었다.

"주여, 안식을 주소서…… 주여, 안식을 주소서."

그러고는 울기 시작했다.

"바냐!" 그녀가 불렀다. "이반 안드레이치!"

대답이 없자, 그녀는 라예프스키가 벌써 들어와서 의자 뒤에 서 있는 줄 알고 어린애처럼 흐느껴 울면서 말했다.

"그이가 죽은 걸 왜 좀더 일찍 말해 주지 않았어요? 그랬으면 난 피크닉에도 가지 않았을 거고, 그렇게 주책없이 떠들지도 않았을 텐데…… 남자들이 나를 놀렸어요. 아아, 어떻게 하면 좋아. 나를 구해 줘요, 바냐, 구해 줘요…… 난 미쳤나봐. 난 마지막이야."

라예프스키는 여자의 울부짖는 소리를 듣고 있었다. 매우 무더웠으며 심장이 몹시 뛰었다. 그는 못 견디겠다는 듯이 일어나서 한참 동안 방 한가운데 장승처럼 서 있었으나 어둠 속에서 테이블 곁의 팔걸이의자를 더듬어 찾아서 거기에 걸터앉았다.

'이건 마치 감옥 같군.' 그는 생각했다. '달아나자…… 더 이상 참을 수 없다.'

카드놀이를 하러 가기엔 이미 늦었고, 이 거리에는 레스토랑도 없다. 그는 다시 벌렁 드러누워서 울음소리가 들리지 않도록 귀에 손가락을 쑤셔 넣었으나 그때 문득, 사모이렌코네 집이라면 지금이라도 갈 수 있다는 생각이 들었다. 그는 나제지다 곁을 지나치지 않으려고 창문을 통해 마당으로 뛰어 내려 울타리를 뛰어넘어 한길로 나갔다. 어두웠다. 기선 한 척이 방금 도착했다. 불빛으로 보아 커다란 여객선인 것 같았다…… 닻 소리가 요란하다. 뭍에서 그 배를 향해 달려가는 한 점의 빨간 불빛이 있었다. 세관의 배였다.

'모두들 선실에서 기분좋게 자고 있겠지?'

라예프스키는 생각했다. 그는 사람들이 편안히 자고 있는 것이 부러웠다. 사모이렌코 네 집 창문은 열어젖혀져 있었다. 라예프스키는 기웃기웃 창 너머로 들여다보았으나 방 안은 캄캄하고 조용했다.

"알렉산드르 다비드이치, 벌써 자나?"

그는 불렀다.

"알렉산드르 다비드이치!"

기침 소리와 함께 깜짝 놀랄 만큼 큰 대답 소리가 들렸다.

"누구야? 어느 놈이야?"

"나야, 알렉산드르 다비드이치, 밤늦게 와서 미안하네."

한참 뒤 방문이 열렸다. 손에 든 촛불의 부드러운 빛이 비치더니 흰 잠옷에 흰 실내모를 쓴 사모이렌코가 불쑥 나타났다.

"왜 그래?"

잠이 덜 깬 듯 하품을 하고 긁적긁적 머리를 긁으면서 물었다.

"하여간 잠깐 기다려. 곧 문을 열 테니."

"괜찮아, 창문으로 들어갈 테니까."

라예프스키는 창문으로 기어들어가자 사모이렌코에게 다가가서 그의 손을 잡았다.

"알렉산드르 다비드비치."

그는 떨리는 목소리로 말했다.

"날 살려 줘. 제발 부탁이야. 내 말을 이해해 줘. 난 더 이상 참을 수 없어. 이런 상태가 앞으로 이틀만 더 이어지면 난 개라도, 개라도 죽이듯이 내 목을 매고 말 거야."

"아니, 그런데 그게 도대체 무슨 이야긴가?"

"촛불이나 좀 켜 주게."

"흐음, 흠."

촛불을 켜면서 사모이렌코는 한숨을 쉬었다.

"저런저런, 벌써 한 시가 넘었네."

"용서해 주게. 하지만 난 도저히 집에 있을 수가 없어."

불빛과 사모이렌코가 있는 덕분에 기분이 훨씬 좋아진 라예프스키가 말했다.

"알렉산드르 다비드이치, 자네는 나의 유일한 친구야…… 기댈 곳은 자네밖에 없네. 아무 말 말고 제발 나를 구해 주게. 나는 아무래도 이곳에는 있을 수 없네, 돈을 좀 빌려 주게."

"원, 세상에 무슨 말을 하는 거야."

사모이렌코는 머리를 긁적이면서 탄식했다.

"잠이 들락말락하는 데 기적소리가 나더군. 배가 들어왔구나 하고 생각하는데 이번엔 또 자네야. 많이 필요한가?"

"아무래도 3백은 있어야지. 그녀에게 백 루블은 남겨 주어야겠고, 내 여행에도 2백 루블은 필요해. 이제까지도 4백 루블쯤 빚이 있었지. 전부 부쳐주겠네, 꼭일세."

사모이렌코는 양쪽 구레나룻을 한 손으로 잡고 다리를 벌리고 선 채 생각에 잠겼다.

"글쎄."

그는 생각에 잠겨 중얼거렸다.

"3백이라……. 으음. 수중에는 그만한 돈이 없는데. 이거 누구한테 빌려야겠군."

"부탁이야, 빌려 주게나." 상대편의 안색으로 봐서 빌려 줄 것이다 꼭 빌려 줄 것이다, 라고 판단한 라예프스키는 말했다.

"빌려 주게. 꼭 갚겠네. 페테르부르크에 닿는 대로 곧 부쳐 주겠네. 그야문제 없어. 그건 그렇고, 사샤."

그는 갑자기 기운이 나서 말했다.

"포도주나 한 잔 하세."

"음, 술 마시는 것도 좋겠지."

두 사람은 식당으로 들어갔다.

"헌데, 나제지다 표도로브나는 어떻게 할 작정인가?"

사모이렌코는 병 세 개와 복숭아 담은 접시를 테이블 위에 놓으면서 물었다.

"그녀가 순순히 남아 있을까?"

"그건 내가 책임지겠네. 만사를 책임지겠네……"

라예프스키는 예상하지 않았던 기쁨이 복받쳐오름을 느꼈다.

"나중에 돈을 부쳐 그녀를 데려가겠네…… 그리고 깨끗이 우리 두 사람의 관계를 해결짓는 거야. 자네의 건강을 위해서, 벗이여."

"잠깐 기다려."

사모이렌코가 말했다.

"먼저 이것을 마셔 보게…… 그건 우리 포도밭에서 딴 거야. 이 병은 우리 것, 이것은 리제의 포도밭 것이고, 이쪽은 아하투르프네 거야. 세 가지 다 마셔보고 어디 기탄없이 말해 주게…… 우리 것은 조금 신맛이 있는 것 같은데. 응, 어떤가?"

"음, 자네 덕분에 안심했네, 알렉산드르 다비드이치. 고맙네. 살 것 같은 기분이야."

"시큼하지?"

"그런 걸 내가 어떻게 아나. 어쨌든 자네는 진실로 멋있고 둘도 없는 친구야."

그의 창백하고 착해 보이는 얼굴을 보고 있자, 사모이렌코는 그런 놈들을 멸종시켜야 한다고 하던 폰 코렌의 말이 생각났다. 그에게는 라예프스키가 누구라도 손쉽게 학대할 수 있고 숨통을 끊을 수도 있는, 보호자도 없는 연약한 어린아이처럼 생각되었다.

"거기 가거든 어머니랑 화해하게."

그는 말했다.

"그래서는 안 돼."

"그래, 꼭 화해하지."

한동안 말이 끊겼다. 병이 비자 사모이렌코가 말했다.

"폰 코렌과도 화해하는 게 좋겠어. 자네들은 두 사람이 다 실로 뛰어난 인간들이야. 그런데 늑대처럼 서로 으르렁거리다니."

"그래, 그는 정말로 뛰어난 인간이야."

이제는 아무라도 칭찬하고 용서해 주고 싶은 기분이 되어 라예프스키는 맞장구를 쳤다.

"그 사람은 멋진 인물이야. 그건 그렇지만 그와 사이좋게 지낸다는 건 내겐 어려운 일이야. 도저히 안 돼. 우린 성격이 너무 다르단 말야. 나는 무기력하고 배짱이 없는 예속적인 인간이야. 그야 때에 따라서는 나도 그에게 손을 내밀 수 있을지 모르지. 하지만 그 쪽에서는 날 멸시하고 외면할 거야."

라예프스키는 포도주를 한 모금 마시고 이 구석 저 구석을 한 바퀴 돌아 방 한가운데 서서 말을 이었다.

"난 폰 코렌이라는 인간을 잘 알지. 그는 강력하고 격렬한 전제적 성격의 소유자야. 자네도 들었겠지만, 그 사람은 늘 탐험 여행 이야기를 하고 있지. 그건 결코 빈말이 아니야. 그에게는 사막이, 달밤이 필요해. 주위를 둘러보면 천막 속에도 노천 아래에도, 강행군으로 지치거나 굶주리거나 병든 카자크의 안내자와 인부와 의사와 사제가 쓰러져 자고 있어. 그 가운데에서 눈을 뜨고 있는 것은 그 하나뿐이야. 마치 스탠리처럼 접는 의자에 걸터앉아서 '나는 사막의 왕자다, 이놈들의 주인이다' 하고 느끼는 그런 인간이야. 그는 어딘가를 향해 끝없이 가고 있어. 부하는 신음하고 차례차례 쓰러지지만 그는 역시 전진해. 마침내는 그도 역시 쓰러지네. 그러나 쓰러지고나서도 역시 그는 사막의 폭군, 사막의 왕자인 거야. 왜냐하면 그의 묘지의 십자가는 삼사십 마일 저쪽에서도 대상의 눈에 띄고 사막에 군림하고 있기 때문이야. 나는 그가 군대에 들어가지 않은 것을 유감스럽게 생각하네. 그는 분명히 뛰어나고 천재적인 사령관이 되었을 것임에 틀림없어. 그가 이끄는 기병대를 강속에 집어넣어 시체로 다리를 놓을 수도 있는 그런 인물이야. 실전에 필요한 것은 축성술이나 전술보다는 오히려 그러한 용맹이야. 그렇고말고, 난 정말로 정확히 그 인간을 알 수 있어. 여보게, 도대체 그는 뭣 때문에 이런데서 빈둥거리고 있지? 이곳에 무슨 볼일이 있다는 거야?"

"해양동물을 연구하고 있는 거라고."

"천만에, 그건 아니야, 절대로 아니야."

라예프스키는 탄식하면서 말을 이었다.

"배에서 사귄 어느 학자에게 들은 얘기지만, 흑해에는 동물이 매우 적다더군. 해저에 유화수소가 너무 많으므로 유기체의 생활은 불가능하다는 이야기였어. 그래서 진지한 동물학자는 모두 나폴리나 빌르프랑세(南프랑스) 의 생물학실험소에서 공부하고 있지. 그러나 폰 코렌은 고집이 센 독불장군이야. 그가 흑해에서 연구하는 것은, 아무도 여기서 연구하는 사람이 없기 때문이야. 그가 대학과 인연을 끊고 선배나 동료와 섞이지 않는 것은 무엇보다도 첫째 그가 전제 군주이기 때문이고 동물학자라는 것은 이차적인 문제이기 때문이야. 어디 두고 보라구. 얼마 안 가서 괴상한 인물이 될 테니까. 그 녀석은 벌써 지금부터 꿈꾸고 있어. 탐험 여행에서 돌아오면 우리나라의 모든 대학에서 음모와 침체를 털어 내버리고 학자 나리들을 꼼짝달싹도 못하게 하자고 말야. 전제국이 강한 것은, 반드시 전쟁에 한한 건 아냐. 과학 방면에서도 마찬가지지…… 그가 올해로 이미 두 해 여름이나 이 더러운 도시에서 살고 있는 것은, 도시에서 이인자가 되기보다는 시골에서 일인자 노릇을 하는 게 더 좋기 때문이지. 여기에선 그는 왕이고 독수리야. 쇠회초리를 휘둘러서 자기 권위 아래로 주민들을 내리누르고 있어. 눈을 빛내며 모든 사람들을 감시하면서 남의 일에 일일이 끼어들지. 그는 모든 것을 요구해. 그래서 모두들 그를 두려워하고 있지. 그녀석이 나를 미워하는 것은 내가 자기 발밑에서 빠져 나오려 하고 있기 때문이야. 그 녀석이 나를 멸망시켜 버리든가, 아니면 노동자로 만들어 버리라고 말하지 않았던가?"

"말하더군."

사모이렌코는 웃기 시작했다. 라예프스키도 웃으면서 포도주를 쭉 들이켰다.

"그의 이상을 들어봐도 역시 전제적이지."

그는 복숭아를 한 입 베어먹고는 웃으면서 말했다.

"보통 인간이라면 공익을 위해서 일하는 경우에 자기의 이웃인 나나 자네나, 그러니까 말하자면 인간을 목표로 할 게 아닌가? 그런데 폰 코렌에게 있어서는 인간이란 개새끼나 벌레나 마찬가지로 그의 인생의 목적이 되기에는 너무 보잘것없는 존재야. 그가 일하고 탐험 여행을 떠나고 거기서 목뼈를 부러뜨리고 하는 것은 인간애를 위한 것이 아니고, 인류니 다음 세대니 인간의 이상형이니 하는 추상 관념을 위해서야. 그는 인간 종자의 개량에 노력하고 있으므로 그러한 그의 눈으로 볼 때 우리 같은 건 기껏해야 노예나 포화의 먹이 내지는 쓸모없는 짐승으로밖에 보이지 않는 거라고. 어떤 자는 멸종하는 것이 좋다, 유배형에 처하는 것이 좋다, 또 어떤 자는 엄한 규율로 묶는 것이 좋다, 아라크체예프(알렉산드르 1세의 총신)가 했듯이 북소리로 일어나게 하고 잠자리에 들게 하는 것이 좋다, 우리의 정결과 미덕을 보호하기 위해 환관(宦官)을 두는 것이 좋다, 오늘날의 좋디좋은 보수적 도덕의 테두리를 벗어나는 자는 모조리 총살하는 것이 좋다…… 모든 게 오로지 인간 종자의 개량을 위한 것이니까…… 그러나 인간의 종자란 도대체 뭐겠어? 환상이지, 신기루이고…… 이 세상의 폭군으로서 환상에 사로잡히지 않았던 인물은 없었지. 여보게, 나는 정말로 그를 잘 알 수 있어. 나는 그를 높이 평가해. 그의 가치를 부정하지는 않아. 그와 같은 인간에 의해서 세계는 지탱되고 있으니까 말이야. 만일 우리에게 모두 맡긴다면 그야말로 큰일이지. 우리는 우리의 어리석음과 친절심 때문에 파리가 이 그림에 대해서 한 짓과 똑같은 짓을 이 세계에 대해 저지를 거야. 암 그렇구말고."

라예프스키는 사모이렌코의 옆에 앉아 진심으로 열정을 토했다.

"나는 한푼어치 가치도 없는 패배자에 지나지 않아. 내가 지금 호흡하고 있는 이 공기, 술, 연애, 말하자면 생활 전체를 여태까지 허위와 안일과 비열로 메워 왔던 거야. 여지껏 나는 남과 나 자신을 기만하고 그 때문에 고민해 왔으나, 물론 이따위 고뇌란 값싸고 비열한 것에 지나지 않아. 저 폰 코렌의 증오 앞에 나는 못난이처럼 고개를 숙인다네. 왜냐하면 나는 때때로 자신이 미워지고, 자기 스스로도 비겁한 놈이라고 생각하기 때문이야."

라예프스키는 또 다시 흥분해서 이 구석 저 구석을 한 바퀴 돌고 나더니 말을 이었다.

"나는 자신의 결점을 뚜렷이 알고 또 인정할 수 있는 것이 기쁘네. 이것은 내가 갱생해서 딴 인간이 되는 힘이 되겠지. 아아, 여보게 내가 얼마나 몸부림치며 자기 갱생을 갈망하고 있는지, 그걸 알아 준다면 얼마나 좋겠는가. 나는 자네에게 맹세하네, 반드시 올바른 인간이 되겠다고! 정말 되어 보이겠네! 술기운인지 아니면 진실로 그런 건지 그건 모르겠지만, 어쨌든 오늘 밤처럼 이렇게 밝고 맑은 시간을 보낸 것은 참 오랜만인 것 같구면."

"여보게 이제 잘 시간이야……" 사모이렌코가 말했다.

"알았네, 알았어…… 미안하네. 그럼 이만 실례하겠네."

라예프스키는 모자를 찾느라고 가구와 창문 밑을 부스럭거렸다.

"고맙네……"

그는 탄식조로 이렇게 중얼거렸다.

"정말 고맙네…… 친절과 다정한 말은 자선보다 고마운 거야. 자네 덕분에 살아났네."

모자를 찾고도 그는 버티고 선 채 무안하다는 눈치로 사모이렌코를 보았다.

"알렉산드르 다비드이치."

그는 애원하는 듯한 목소리로 말했다.

"뭔가?"

"부탁이야, 미안하지만 재워 주지 않겠나?"

"좋도록 하게나. 뭐가 미안해?"

라예프스키는 소파에 드러누워서도 오랫동안 군의관을 상대로 지껄이고 있었다.

10

피크닉 갔다 오고 나서 사흘이 지난 어느 날, 별안간 마리야 콘스탄치노브나가 나제지다를 찾아왔다. 그리고 인사도 없이 모자도 벗지 않고 느닷없이 그녀는 양 손을 자기 가슴에 갖다 대더니 매우 흥분한 투로 이렇게 떠들었다.

"어머나, 난 정말 정신이 뒤집혀서 가슴이 두근두근하는군요. 어제 우리집 니코짐이, 우리가 가장 좋아하는 저 친절한 군의관님으로부터 댁의 남편이 돌아가셨다는 이야기를 듣고 왔더군요. 어쩌면 세상에, 그게 정말인가요?"

"네, 정말이에요. 그인 죽었어요."

나제지다는 대답했다.

"정말, 이런 일이 어디 있겠어요? 하지만 나쁜 일이 있으면 반드시 좋은 일도 있기 마련이에요. 댁의 주인께서는 아마 그야말로 훌륭한 성인 같은 분이었을 거예요. 그런 분은 이 세상에서보다 천당에서 더 필요한 법이지요."

마리야 콘스탄치노브나의 얼굴은, 마치 피부 아래서 작은 바늘이 무수히 돋아나오기라도 한 듯이 하나하나의 선과 하나하나의 점이 모두 떨기 시작했다. 그녀는 자기 특유의 복숭아 웃음을 짓고는 정신 없이 숨을 몰아쉬면서 말했다.

"그럼 이제 당신도 자유로운 몸이 되셨군요. 이제부터는 아무런 눈치도 볼 것 없이 정정당당히 걸어다니실 수 있군요. 이제부터는 하느님도 세상 사람도 당신과 이반 안드레이치를 축복할 거예요. 정말 다행이군요. 전 하도 기뻐서 뭐라고 말씀드려야 좋을지 모르겠어요. 제가 중매를 서겠어요…… 저도 우리 주인 니코짐도, 두 분을 정말 좋아하고 있어요. 그런 뜻에서 두 분의 깨끗한 결혼을 축복하게 해 주세요, 네? 식은 언제 올리실 작정이죠?"

"글쎄요, 전 전혀 생각해 본 적이 없어요."

손을 빼면서 나제지다가 말했다.

"어머나, 그럴 리가 있나요. 생각하셨겠죠. 반드시 생각해 보셨을 거예요."

"정말로 생각하지 않았어요."

나제지다는 웃기 시작했다.

"식 같은 건 뭣 때문에 올려야 하죠? 그럴 필요는 없어요. 여태까지 살아온 것처럼 살면 되잖아요."

"어머나, 세상에 무슨 말씀을 하시는 거예요."

마리야 콘스탄치노브나는 오싹해진 듯이 말했다.

"정말 무슨 그런 말씀을 하고 계시죠?"

"식을 올려 봤자 별로 좋을 것도 없어요. 오히려 나빠지기 십상이죠. 둘다 부자유스럽게 되는 걸요."

"어머나, 당신은 정말!"

마리야 콘스탄치노브나는 뒷걸음질치고 손뼉을 치면서 외쳤다. "어떻게 되신 거예요. 정말 정신을 차리고 마음을 가라앉히세요. 네?"

"하지만 어떻게 마음을 가라앉히라는 거죠? 전 여태까지 한 번도 생활이라는 것을 해 본 적이 없어요. 그런데도 마음을 가라앉히라고 하다니."

나제지다는 자기는 아직 생활다운 생활을 해 본 적이 없다고 생각했다. 기숙 여학교를 나오자 애정도 없는 남자에게 시집을 갔고, 그 뒤에 라예프스키와 같이 살게 되어 그때부터 해가 지나 날이 밝으나 이 권태로운 사막과 같은 해변에서 무엇인가를 기대하면서 살아왔다. 이것을 생활이라고 할 수 있을까.

'결혼은 해야 하겠지……' 그녀는 문득 생각했으나, 키릴린과 아치미아노프의 일을 생각하자 얼굴을 붉히며 말했다.

"아니, 안 돼요. 예컨대 이반 안드레이치가 무릎을 꿇고 빈다고 해도 역시 전 거절하겠어요."

마리야 콘스탄치노브나는 슬픈 듯 진지한 얼굴로 조용히 한 곳을 바라본 채 1분 가까이 소파에 앉아 있다가 일어나면서 쌀쌀한 목소리로 말했다.

"안녕히 계세요. 폐를 끼쳐서 미안해요. 이건 매우 말씀드리기 거북합니다만, 오늘부터 우리 사이의 친분은 끝났다고 생각해 주세요. 전 이반 안드레이치를 존경하고 있어 매우 유감입니다만, 앞으로 저희 집엔 두 분 다 오지 말아 주세요."

엄숙한 표정으로 이렇게 말해 버리자, 도리어 자신의 엄숙한 말투에 스스로 압도당하고 말았다. 그녀의 얼굴은 다시 떨리기 시작하더니 그 부드러운 표정이 되살아났다. 그녀는 어쩔 줄 몰라 쩔쩔매고 있는 나제지다에게 두 손을 내밀고, 애원하는 듯한 목소리로 말했다.

"제발, 단 1분만이라도 좋으니 당신 어머니나 언니가 되게 해 주세요, 네? 난 어머니처럼 모든 걸 말해 버리겠어요."

나제지다는 마치 친어머니가 실제로 되살아나서 자기 앞에 서 있는 것처럼 기쁨과 따뜻한 애정과 자신에 대한 연민을 느꼈다. 별안간 마리야 콘스탄치노브나에게 매달려 그녀의 어깨에 얼굴을 묻었다. 그러자 두 사람 다 울기 시작하더니 소파에 앉아서 그대로 한참동안 흐느껴 울었다. 서로의 얼굴도 보지 않고 말 한 마디 할 기력도 없이 '정말로 어머니가 된 심정으로' 마리야 콘스탄치노브나가 입을 열었다.

"허물없이 사실 그대로를 말해 버리겠어요."

"제발 말씀해 주세요."

"나를 믿어 줘요. 이곳 여자들 가운데에서 댁과 왕래를 가진 것은 나뿐이라는 것을 기억해 주겠죠? 솔직히 말씀드리자면 처음 뵈었을 때부터 '별사람 다 보겠구나' 하고 생각했지만, 다른 사람들처럼 댁을 깔볼 수가 없었어요. 저, 존경하는 이반 안드레이치가 마치 제 아들처럼 생각되어 가엾어 견딜 수 없었어요. '아직 세상 물정을 모르는 여린 분이 어머니 곁을 떠나서 타국에 와 있다' 그렇게 생각하고 전 무척 가여워했어요. 니코짐은 그분과 사귀어서는 안 된다고 말씀하셨지만, 전 억지를 부려서 결국 설복시키고 말았던 거예요. 그래서 이반 안드레이치를 우리집에 맞아들이게 되었지만, 그야 물론 댁도 함께였죠. 그렇지 않음 그분이 기분나빠하실 거 같았거든요. 우리집엔 다 큰 아들과 딸이 있어요…… 댁도 잘 아시다시피 아이들 마음이란 정말 부드럽고 티없는 거예요…… 만일 저 아이들 가운데 하나라도 나쁜 물이 들면 어쩌나 하고 전 두 분을 맞이하긴 했지만, 아이들 때문에 늘 걱정만 하고 있었지요. 댁도 어머니가 되면 나의 고충을 이해할 수 있을 거예요. 제가 댁을……기분 언짢아하지 마세요, 네, 숙녀 대접을 한다고 해서 모두들 기가 막혀 비꼬는 거예요. 험담과 곡해도 물론 많았죠…… 전 마음속으로는 댁을 나무라고 있었어요. 하지만 댁이 불행하고 비참하고 무모한 분이기에 전 애처로워서 혼자 고민하고 있었어요."

"하지만 왜, 무엇 때문이죠?"

나제지다는 온몸을 떨면서 물었다.

"제가 무슨 나쁜 짓이라도 했나요?"

"댁은 무서운 죄인이에요. 제단 앞에서 주인 양반께 한 맹세를 댁은 저버렸으니까요. 만약에 당신을 만나지 않았다면 신분에 어울리는 양가집 아가씨와 정식으로 결혼해서, 지금쯤은 남들처럼 올바른 생활을 하고 있을 훌륭한 청년을 당신은 유혹하셨거든요. 댁은 그분의 청춘을 망치고 말았어요. 아니에요, 잠자코 계세요, 아무 말도 마세요! 우리 여자들이 범한 죄가 남자들 탓이라고는 생각지 않아요. 언제나 여자가 나쁘죠. 남자들이란 가정의 일에 대해서는 알뜰한 생각이 적고, 정(情)이 아니라 머리로 살고 있으므로 그다지 많은 것을 알지 못하는 거예요. 하지만 여자는 모든 걸 다 알 수 있어요. 가정일은 전부 여자에게 달렸어요. 전부 여자에게 맡겨져 있으므로 자연히 여자에게 요구하는 것도 많은 거예요. 글쎄, 생각해 보세요. 만약에 이 방면에 대해 여자가 남자보다 무능하고 바보라면, 어째서 하느님이 여자에게 자녀의 양육을 맡기셨겠어요? 그리고 또 댁은 수치라는 것을 모두 잊어버리고 악의 길에 발을 들여 놓았지요.

만일 다른 여자라면 남의 눈을 피해서 집에 들어앉아 있거나, 남의 눈에 띄는 일이라면 다만 상복차림으로 교회에서 창백한 얼굴을 한 채 하염없이 울고 있는 일 뿐일 거예요. 그렇게 되면 다른 분들도 진심으로 동정해서 '주여, 이 죄지은 천사는 새로이 주의 곁으로 돌아가려 하고 있나이다……'라고 말하겠죠. 그런데 댁은 그런 예의는 다 잊어버리고 터놓고 하고 싶은 짓은 다 하겠다, 마치 죄가 자랑이나 되는 것 같은 얼굴로 장난을 치고 웃기도 하고 있어요. 그런 당신을 보고 있으면 난 무서워지고 몸이 떨리더군요. 댁이 우리집에 와 계실 때는 금세라도 하늘에서 벼락이 떨어져서 우리집을 부숴버리지나 않을까 겁이 나요. 아녜요, 아무 말씀도 마세요. 아무 말씀도 마세요."

나제지다가 뭐라 말하고 싶어하는 것을 보고 마리야 콘스탄치노브나는 그렇게 외치고 말을 이었다.

"제발 믿어 주세요, 난 거짓말은 안 하니까요. 댁의 마음의 눈을 속일 생각은 조금도 없어요. 그러니 내 말을 들어 줘요, 제발…… 하느님께서는 큰 죄인에게 표적을 붙이신다고 하지만, 당신에게도 역시 표적이 붙어 있었어요. 느끼는 점이 없나요? 댁의 옷은 언제나 소름이 끼치는 것뿐이었어요."

자신의 옷차림에 대해서는 언제나 자신만만했던 나제지다는 이 말을 듣자 울음을 그치고 무척 이상스럽다는 듯이 상대편을 쳐다보았다.

"네, 소름이 끼쳤어요."

마리야 콘스탄치노브나는 말을 이었다.

"화려하고 야해서 댁의 의상 취미만 보아도 단번에 댁의 행실이 드러나죠. 댁을 보면 모두들 소곤거리고 어깨를 움츠리고 하는 걸요. 전 정말 괴로웠어요…… 이런 말씀 드리는 건 뭣하지만, 당신에게는 청초한 맛이 전혀 없더군요. 언젠 가 해수욕장에서 뵈었을 때도 전 그만 오싹해지더군요. 윗도리는 그렇다고 하더라도 슬립과 슈미즈까지 어쩌면…… 정말 얼굴이 붉어지더군요. 이반 안드레이치 씨 역시 가엾게도 넥타이 하나 제대로 매주는 사람이 없더군요. 그분의 와이셔츠나 구두를 보면 집에서 아무도 보살펴 주는 사람이 없다는 걸 알 수 있죠. 그리고 또 들어 보세요. 그분은 늘 배가 고프신 것 같았어요. 정말이지 집에서 사모바르나 커피 시중을 들어 주는 분이 아무도 없다면 월급의 절반을 찻집에서 마셔 버리는 것도 무리가 아니죠. 그리고 또 집 안 꼴이라니, 놀라지 않을 수 없어요. 이 고장의 어느 댁엘 가도 파리가 있는 집은 없는데 댁에는 그야말로 굉장하더군요. 쟁반이나 접시가 새카맣지 뭐예요. 그리고 창문이나 테이블 위를 좀 보세요. 그 먼지, 죽은 파리들, 컵의 행렬…… 그렇게 컵을 늘어놓아 무엇을 할 작정인가요? 어디 그뿐인가요. 침실에는 들어가기가 부끄러울 지경이지요. 속옷은 사방에 흩어져 있고 벽에는 평소에 쓰는 갖가지 고무제품이 걸려 있고 무슨 식기인지는 버려 둔 채로 그냥 있지요. 남편에겐 이런 꼴을 보여서는 안 돼요. 아내란 언제나 남편 앞에서는 천사와 같이 청순해야 하는 거예요. 전 매일 아침 날이 새기 전에 일어나서 냉수로 얼굴을 씻어요. 주인 니코짐에게는 잠에 취한 얼굴을 보이지 않으려고요."

"그런 건 모두 하찮은 일이에요."

나제지다는 큰 소리로 흐느껴 울었다.

"제가 행복하다면 또 모르지만 전 이렇게 불행한걸요."

"그래요, 그래요, 당신은 정말 불행한 분이에요."

마리야 콘스탄치노브나는 울음이 터지려는 것을 가까스로 누르면서 한숨을 쉬었다.

"하지만 장래에는 더욱 무서운 괴로움이 기다리고 있어요. 외로운 노년, 병환, 그리고 무서운 심판대에서 해야 할 대답. 아아, 무서워! 무서운 일이에요. 지금 운명이 구원의 손을 뻗쳐 주려는데 댁은 무분별하게도 그것을 되뿌리치려 하시는군요. 결혼하세요. 하루 빨리 결혼하세요."

"네, 정말 그게 옳아요."

나제지다는 수긍했다.

"하지만 그건 불가능한 일이에요."

"어째서요?"

"할 수가 없어요. 아아, 그 이유를 당신이 알아주신다면."

나제지다는 용기를 내어, 키릴린에 대해 말해 버릴까 하고 생각했다. 그리고 또 어젯밤 선창가에서 아름다운 청년인 아치미아노프와 마주쳤을 때 예의 3백 루블의 외상값에서 벗어날 수 있는 미치광이 같은 우스운 생각이 떠올라서 매우 재미있었다는 것, 또 밤늦게 집에 돌아오는 길에 자신에게 이제는 돌이킬 수 없는 '타락한 여자다, 매춘부다' 하고 느꼈던 일을 이야기해 버릴까 하고 생각했다. 자기 스스로도 어째서 그렇게 되었는지 알 수 없었다. 그래서 이제야말로 마리야 콘스탄치노브나 앞에서 그 외상값은 꼭 갚겠다고 맹세하고 싶었으나 복받쳐오르는 흐느낌과 수치심으로 말을 할 수 없었다.

"전 여길 떠나겠어요."

그녀는 말했다.

"이반 안드레이치는 남겨두고 전 떠나겠어요."

"어디로 가시겠다는 건가요?"

"러시아로 가겠어요."

"하지만 어떻게 살아가실 작정이죠? 아무것도 없잖아요?"

"번역을 하겠어요. 아니면 조그마한 도서관이라도 열지요."

"꿈 같은 이야기는 하지 마세요. 조그마한 도서관이라도 돈이 있어야 해요. 하지만 전 이젠 돌아가야겠어요. 제발 마음을 가라앉히고 잘 생각해 보세요. 내일은 명랑한 얼굴로 찾아오세요, 네? 그러면 만사형통이에요. 그럼 안녕히 계세요, 천사 같은 분. 자, 키스하게 해 주세요."

마리아 콘스탄치노브나는 나제지다의 이마에 입을 맞추고 그녀에게 성호를 그어 주고 나서 조용히 방을 나갔다. 어느새 어두워져서 올리가는 부엌에 불을 켰다. 나제지다는 아직도 울면서 침실로 가서 침대에 누웠다. 심한 열이 났다. 누운 채로 그녀는 옷을 벗고, 벗은 옷을 다리께에 둘둘 뭉쳐 놓곤 담요를 덮어쓰고 몸을 오그렸다. 갈증이 났지만 물을 가져다 줄 사람이 없었다.

'갚고 말고!' 그녀는 혼잣말을 했다. 꿈결 속에서인지 자기가 누군지 앓고 있는 여자 곁에 앉아 있는데 그 병자가 점점 자기 자신으로 변하는 것이 보였다. '갚고 말고요' 내가 돈 때문에 이런 생각을 하다니 당치도 않은 일이지…… 난 여기를 떠나서 페테르부르크에서 그 사람에게 돈을 부칠 거야. 처음에는 백…… 또 백…… 그리고 나머지 백…… 밤이 이슥해서야 라예프스키는 돌아왔다.

"처음에는 백이야……"

나제지다는 그에게 말했다.

"그리고 또 백……"

"키니네라도 먹어요."

그는 말하고 마음속으로 생각하였다. '내일은 수요일이고, 배가 나가지만 나는 떠날 수 없다. 그러니 토요일까지 여기 있어야 되겠군.'

나제지다는 침대 위에서 몸을 일으켜 무릎을 꿇고 앉았다.

"제가 지금 뭐라구 하지 않았어요?"

그녀는 미소를 띠고 촛불에 눈을 가늘게 뜨면서 물었다.

"아니, 아무것도 내일 아침이 되면 의사를 불러야겠군. 이제 그만 자요."

그는 베개를 안고 문께로 갔다. 나제지다를 뒤에 남겨두고 이곳을 떠나려고 결심한 뒤부터 어쩐지 그녀가 불쌍하기도 하고 미안한 생각도 들었다. 그녀 앞에 서니 어쩐지 죽여 버리기로 결심한 병든 말 앞에 선 것처럼 마음이 켕겼다. 그는 문께에 멈춰서서 그녀를 돌아보았다.

"피크닉 때는 화가 나서 그만 난폭한 말을 했는데 미안해. 용서해 줘."

이렇게 말하고 그는 서재에 들어가서 누웠으나 좀처럼 잠들 수가 없었다.

이튿날 아침은 마침 축제일이어서 예장을 갖추고 견장을 달고 훈장을 목에 걸고 찾아온 사모이렌코가 나제지다의 맥을 짚어보고 혀를 보고 침실을 나오자, 문턱에서 기다리고 있던 라예프스키가 걱정스러운 듯이 물었다.

"어때? 어때?"

그 얼굴에는 공포와 극도의 불안과 희망의 빛이 엇갈리고 있었다.

"안심하게, 별것 아니야."

사모이렌코는 대답했다.

"보통 열이야."

"그게 아냐."

라예프스키는 신경질적으로 미간을 찌푸리며 말했다.

"돈은 마련됐는가?"

"아아, 그거 말인가? 정말 미안하네만."

사모이렌코는 문쪽을 뒤돌아보면서 당황한 표정으로 속삭였다.

"정말로 미안하네만 아무에게도 놀고 있는 돈이 없어서 말일세. 저기서 5루블, 여기서 10루블 하는 식으로 모아 보았는데, 모두 합해서 백 루블밖에 안 돼. 오늘 또 다른 데도 주선해 보지. 조금만 더 참아 주게."

"그렇지만 늦어도 토요일까진 돼야 돼."

라예프스키는 초조한 듯이 몸을 떨면서 속삭였다.

"제발 토요일까지 부탁하네. 토요일에 출발할 수 없다면 난 한 푼도……한 푼도 필요없어. 첫째 의사한테 돈이 없다니 난 도무지 이해할 수 없군."

"그러나 그게 어쩔 도리가 없네."

사모이렌코는 말에 힘을 주면서 빠른 말로 속삭였으나 목구멍에서 '끽' 하고 이상한 소리가 났다.

"여러 사람이 몽땅 빌려가 버렸어. 내가 지금 받을 게 7천 루블이나 돼. 그리고 나 역시 빚투성이야. 이게 내 죄란 말인가?"

"그럼 토요일이면 되겠지? 그렇지?"

"어쨌든 해 보세."

"부탁하네, 자네! 금요일 오전 중에는 내 손에 들어오도록 말이야."

사모이렌코는 의자에 걸터앉아서 키니네 용액, 취박(臭剝 : ᵇ룸과 칼륨 화합물), 대황 액(大黃液), 겐티아나 정기, 증류수를 합제하고 쓴맛을 없애기 위해 등피 (澄皮) 시럽을 섞으라는 처방을 해 주고는 돌아갔다.

11

"당신은 마치 나를 잡으러 온 것 같군."

예복을 입고 들어온 사모이렌코에게 폰 코렌이 말했다.

"지나는 길에 동물학에 경의를 표할까 하고 들렀답니다."

사모이렌코는 동물학자가 집에 있는 판자 조각을 두들겨 맞춰서 만든 커다란 테이블 곁에 앉았다.

"여어, 안녕하십니까, 보좌 신부님?" 창문께에서 부지런히 뭔가 베끼고 있는 보좌 신부에게 고개를 숙이고 말했다.

"잠깐 한 대 피우고 점심 준비하러 가겠소. 벌써 시간이 됐으니까…… 방해가 되지 않을까요?"

"아니 조금도."

작은 글씨를 잔뜩 써넣은 종이를 테이블 위에 늘어놓으면서 동물학자가 대답했다.

"베낄 게 좀 있어서요."

"그래요?……. 원 세상에……"

사모이렌코는 한숨을 쉬었다. 그리고 그는 바싹 마른 독충의 사체가 얹혀 있는 먼지투성이 책을 가만히 잡아당겨 보고는 말했다.

"그런데 말입니다, 여기 초록색 딱정벌레 한 마리가 무슨 볼일이 있어 외출했다가 도중에서 느닷없이 이런 꼴을 당했다고 합시다. 그러면 그 공포가 어떨지 상상하고도 남겠죠."

"그야, 그럴 테죠."

"이 벌레는 적을 막기 위한 독이 있나요?"

"그야 있지요. 그것으로 막기도 하고 상대편을 공격하기도 합니다."

"흠, 알겠어요, 알겠어…… 그러니까 즉 자연계에는 무엇 하나 쓸모없는 건 없군. 무의미한 것은 없군."

사모이렌코는 한숨을 내쉬었다.

"단 한 가지 모르는 것이 있어요. 당신은 훌륭한 천재니까 좀 설명해 주시오. 크기는 쥐만 하고 겉보기는 매우 아름답지만 성질이 무척 야비하고 행실이 좋지 못한 짐승이 있지. 예컨대 이놈이 숲 속에 갔다고 합시다. 새가 눈에 띄면 곧 잡아먹어 버린다. 조금 더 나아가니까 풀섶에 둥우리가 있고 알이 들어 있다. 이미 배가 가득 차서 먹고 싶진 않지만 그래도 역시 알 하나는 이빨로 깨물고 나머지는 둥우리에서 흐트러뜨린다. 얼마 있다가 개구리를 만나면 잘 만났다고 노리개로 삼는다. 개구리를 물어죽이곤 자기 몸을 핥으면서 또 앞으로 간다. 이번에는 딱정벌레를 만난다. 그것도 발로 뭉개 버린다. 이렇게 해서 닥치는 대로 때려부수고 죽이는 거요…… 다른 짐승의 굴 속에 기어들어 가고, 개미집을 부수고, 달팽이를 껍질째 씹어 으깬다. 쥐를 만나면 싸움을 시작하고, 뱀이나 생쥐를 보면 죽이지 않고는 못배긴다. 하루종일 그런 짓을 하고 돌아다니거든. 그런데 이봐요, 이런 짐승이 무엇 때문에 존재해야 하지요? 무엇 때문에 만들어졌을까요?"

"당신이 무슨 짐승에 대해 말하는지 나는 모르겠소만."

폰 코렌은 말했다.

"아마 식충동물의 하나겠죠. 그래서 그게 어쨌다는 거요? 새는 부주의해서 놈들의 수중에 떨어졌을 따름이오. 알이 든 둥우리가 그의 습격을 당한 것은 재간이 없는 새라서 둥우리를 잘못 만들어 완전히 숨기지 못했기 때문이죠. 개구리는 아마 보호색에 결함이 있었을 거요. 그렇지 않으면 발견되지 않았을 테니까. 그 외의 것도 다 마찬가지죠. 당신이 말하는 그 짐승 때문에 망하는 것은 약한 자, 재주 없는 자, 부주의한 자, 즉 결함이 있어서 자연이 후대에 전할 가치가 없다고 판단한 것에 한하는 거요. 현명하고 똑똑하고 강하고 발달된 것만이 살아남는 법이니까. 이렇게 해서 당신이 말하는 그 짐승은 스스로도 모르는 새 자연개량이라는 위대한 목적에 이바지하고 있는 겁니다."

"흠, 알겠어요, 알았어…… 그건 그렇고, 선생님."

사모이렌코는 소탈한 태도로 말했다.

"백 루블만 빌려 주시오."

"음, 좋소. 식충동물 가운데는 무척 재미있는 놈이 있어요. 예를 들면 두더지 말입니다. 이놈은 해충을 없애 주니까 유익하다고들 말하지. 이런 이야기가 있어요. 옛날에 어느 독일인이 두더지 가죽으로 외투를 만들어서 빌헬름 1세에게 바쳤다는군요. 그런데 황제는 유익한 동물을 이렇게 많이 죽였다고 그 사람에게 견책을 명했다는 겁니다. 하지만 이 두더지란 놈은 잔인함에 있어서는 당신이 말한 그 짐승에 결코 뒤지지 않는단 말이오. 그리고 목초지를 많이 해치니까 아주 해로운 동물이라구." 폰 코렌은 이렇게 말하며 손문갑을 열어 백 루블 지폐를 꺼냈다.

"두더지는 박쥐와 마찬가지로 억센 가슴을 갖고 있죠."

그는 손문갑을 잠그면서 말을 이었다.

"골격과 근육이 놀랄 만큼 발달해 있고 입에는 이상한 무기를 갖추고 있죠. 만약 크기가 코끼리 정도라면 일체를 파괴할 수 있는 천하무적의 동물이었을 거요. 재미있는 것은 두 마리의 두더지가 땅 속에서 만났을 때요. 두 마리가 다 마치 의논이라도 한 것처럼 땅을 파서 넓히기 시작하죠. 즉 전쟁하기에 편리하게 광장을 만드는 겁니다. 광장이 완성되면 맹렬한 전투가 개시되죠. 그리고 약한 편이 쓰러지기 전에는 절대로 멈추지 않죠. 자, 백 루블이요."

폰 코렌은 목소리를 낮추어 말했다.

"단, 라예프스키를 위한 것이 아니라는 조건부로."

"라예프스키를 위한 것이면 어떻다는 거요?"

사모이렌코는 벌컥 화를 내며 말했다.

"당신이 무슨 참견이오."

"라예프스키를 위한 것이라면 난 거절하겠소. 난 당신이 돈을 잘 빌려주는 성미라는 걸 알고 있소. 당신은 아쉬운 소리만 들으면 강도인 케림에게라도 돈을 빌려주는 사람이오. 미안하지만 라예프스키의 청이라면 나는 당신을 도울 수 없소."

"물론 나는 라예프스키를 위해서 빌리는 거요."

사모이렌코는 일어서서 오른손을 휘두르면서 말했다.

"그럼! 라예프스키를 위해서이구말구! 하지만 어떤 악마건 귀신이건 내가 내 돈을 처분하는 데 참견할 권리는 절대로 없어. 당신은 빌려주지 못 하겠단 말이지요? 그렇지요?"

보좌 신부는 큰 소리로 웃기 시작했다.

"글쎄, 그렇게 화만 내지 말고 좀 생각해 봅시다."

동물학자는 말했다. "내 생각으로는 라예프스키에게 은혜를 베푸는 것은 잡초에 물을 주거나 메뚜기에게 먹이를 주는 것과 다름없는, 아주 어리석은 짓이란 말이오."

"그러나 내 생각으론 이웃을 돕는 것은 우리의 의무요."

사모이렌코는 외쳤다.

"그렇다면 저 담 위에 누워 있는 굶주린 터키인을 도와주구려. 그는 노동자니까 당신의 라예프스키보다는 유용하고 유익한 인간이죠. 그 사람에게 2백 루블을 줘 봐요. 아니면 나의 탐험 여행에 백 루블을 기부하든가."

"빌려 주겠는가 못 빌려 주겠는가, 난 그것을 묻고 있는 거요."

"그럼 터놓고 얘기합시다. 그 작자는 무엇 때문에 그 돈이 필요하죠?"

"그건 비밀도 아무것도 아니오. 토요일에 페테르부르크로 떠나려는 거요."

"야, 그으래!" 폰 코렌은 길게 빼면서 말했다. "흐음…… 이제 알았다. 그런데 그 여자도 함께 가나요? 그렇소?"

"여자는 당분간 이곳에 남게 돼요. 그가 페테르부르크에 가서 자리잡는 대로 돈을 부치면 여자도 떠나는 거요."

"멋있군……" 동물학자는 테너로 짧게 웃었다. "잘했어…… 그건 명안이야."

그는 재빨리 사모이렌코 곁으로 다가가서 얼굴을 맞대고 상대편의 눈을 가만히 들여다보며 물었다.

"자, 숨기지 말고 말해 보구려. 그 친구는 여자에게 싫증이 났죠? 그렇죠? 자, 말해 봐요. 싫증이 난 거지요?"

"그렇소."

대답하고 사모이렌코는 땀을 흘렸다.

"그 따위 수작이 어디 있어!"

폰 코렌은 혐오의 빛을 역력히 나타내면서 말했다.

"알렉산드르 다비드이치! 당신이 그 작자와 공모를 했거나 아니면 당신이 바보든가 그 둘 가운데 하나야. 당신은 그자가 마치 어린애 다루듯이 당신을 농락하고 있는 걸 모르는 거요? 그 작자는 여자를 여기다 버리고 갈 작정인 거요. 뻔하지 뭐. 여자가 당신 목에 매달려서 결국 당신이 주머니돈을 들여 그 여자를 페테르부르크로 보내 주게 될 것도 명백한 사실이오. 그 훌륭한 당신 친구가 얼마나 갖가지 미덕으로 당신을 농락했으면 이렇게 간단 명료한 일도 알지 못할까?"

"그건 단순한 억측에 지나지 않아요."

사모이렌코는 자리에 앉으면서 말했다.

"억측이라구? 그럼 어째서 그자는 여자를 안 데리고 혼자 가는 거죠? 여자 쪽이 먼저 떠나고 남자가 뒤에 가면 안 되나? 어디 그자한테 물어보구려. 정말 교활한 인간이야."

친구에 대한 뜻밖의 불신과 의혹심에 억눌려 버린 사모이렌코는 갑자기 기운이 빠져서 목소리를 낮추었다.

"아냐, 그럴 리가 없소."

라예프스키가 자고 간 날 밤의 일을 생각해 내고 그는 말했다.

"그 사람은 정말로 괴로워하고 있단 말이오."

"그게 어쨌다는 건가요? 도둑놈이나 방화범 역시 괴로워는 한다구요."

"당신의 말이 옳다고 하더라도……" 사모이렌코는 망설이는 듯이 말했다. "예컨대 그렇다고 합시다. 하지만 젊은 몸이 타향에 와 있소…… 대학을 나온 남자야…… 우리도 대학을 나왔고. 우리 외에는 여기서 누구 한 사람 그 사람에게 힘이 되어 줄 자는 없잖소."

"당신과 그가 때를 달리하여 대학에 적을 두었고, 두 사람이 친근하게 느껴진다는 단지 그 이유뿐으로 그를 도와주겠다는 건 말이 안 돼요. 바보 같은 소리 작작 하시오."

"잠깐 기다려요, 어디 한 번 냉정하게 생각해 봅시다. 이렇게 해 보면 어떨까……"

사모이렌코는 손을 비비면서 의견을 내놓았다.

"돈을 빌려 주기로 하고, 그 대신 일 주일 안으로 반드시 나제지다 표도로브나의 여비를 부치기로 신사의 체면을 걸어 단단히 약속시키면 말요."

"그야 약속은 굳게 하겠지. 그뿐 아니라 눈물까지 흘리면서 자기도 그 말을 믿을 거요. 그러나 그 약속에 무슨 가치가 있죠. 그는 결코 지키지 않을 겁니다. 그래서 1년이나 2년쯤 지나서 새로운 정부와 팔짱을 끼고 걷고 있는 장면을 선생에게 들켰다고 합시다. 그럼 그자는, 나는 문명의 해독을 입었느니, 나는 결국 루딘에 지나지 않는다고 둘러댈 것이 뻔하지. 그 따위는 내버려둬요, 부탁이오. 두 손으로 진흙탕을 휘젓는 짓은 그만두고 더러운 데서 물러서라구요."

사모이렌코는 잠시 생각하더니 단호한 투로 대답했다.

"그러나 어쨌든 난 빌려 주겠소. 당신은 멋대로 하시오. 그저 예측을 핑계 삼아 남의 부탁을 거절하는 그런 짓은 나는 할 수 없어."

"좋으실대로. 그자를 안고 키스라도 해 주구려."

"그럼, 그 백 루블을 주시오."

사모이렌코는 눈치를 보면서 부탁했다.

"안 되겠소."

침묵이 흘렀다. 사모이렌코는 완전히 맥이 빠졌다. 그는 죄를 지은 것 같기도 하고 부끄러워하는 것 같기도 하고 상대편의 눈치를 보는 것도 같은 표정을 지었다. 견장과 훈장을 달고 있는 이 거한이 이렇게 난처해 하고 어린 애처럼 부끄러워하는 투의 광경은 어쩐지 이상했다.

"이곳 주교님은 마차를 쓰지 않고 말을 타고 관결구를 도시지만……"

보좌 신부가 펜을 놓으면서 말했다.

"마상에 오르신 모습은 실로 거룩하기 그지없죠. 그분의 순박함과 겸허함은 성서의 위대함에 가득 차 있어요."

"좋은 사람인가요?"

화제가 바뀐 것을 기뻐하면서 폰 코렌이 물었다.

"그렇지 않으면 어떡하게요? 좋은 분이 아니라면 어떻게 주교가 되셨겠어요?"

"주교들 가운데에는 무척 훌륭하고 우수한 사람들이 많이 있긴 하죠."

폰 코렌이 말했다.

"다만 애석한 것은, 그들 대부분이 스스로 위정자연하는 약점이 있다는 거요. 어떤 자는 국수화(國粹化)를 위해 노력하고, 어떤 자는 과학을 비판하기도 해요. 그건 그들의 할일이 아니죠. 차라리 교구 사무처에나 좀더 자주 얼굴을 내밀면 좋을 텐데."

"속인들은 주교를 논할 자격이 없습니다."

"왜요, 보좌 신부님? 주교도 나와 같은 인간이 아닌가요?"

"같아 보이지만 실상은 같지 않거든요."

보좌 신부는 모욕을 느낀 듯이 말했다.

"만약에 같았다면 당신은 천은을 입고 주교가 되어 있을 게 아닙니까. 그런데 당신이 주교가 아니까, 말하자면 같다고는 할 수 없는 셈이죠."

"시시한 소리 집어치워요, 보좌 신부님."

사모이렌코가 우울한 듯이 입을 열었다.

"이봐요 선생, 이런 안은 어떨까?"

폰 코렌을 향해 말했다.

"그 백 루블은 빌려주지 않아도 좋소. 당신은 이번 겨울까지 앞으로 3개월 동안 내 집에서 식사를 하겠지. 그 3개월어치를 선불해 주구려."

"안 돼."

사모이렌코는 눈을 깜박깜박하면서 얼굴이 새빨개졌다. 그는 기계적으로 독충이 실린 책을 끌어 당겨서 한참 동안 그것을 보았다. 이윽고 일어서서 모자를 집어들었다. 폰 코렌은 그가 가엾어졌다.

"어쨌든 그런 신사 양반들과는 잘 지내야겠지."

동물학자는 말하면서 발로 종잇조각을 밉살스러운 듯이 구석으로 찼다.

"여보 선생, 그건 친절도 사랑도 아무것도 아니에요. 마음이 약해서야, 태만이야, 해독이야! 이성(理性)이 만들어 낸 것을 당신의 그 약한 마음이 부숴 버리고 마는 거요. 내가 중학 시절에 장티푸스를 앓았을 때 우리 아주머니가 불쌍하다고 나에게 초에 담근 버섯을 먹였단 말이오. 덕분에 죽을 뻔했지. 아주머나 선생이나 사람에 대한 사랑은 심장이나 위장이나 배에 있는 게 아니라 여기 있다는 것을 알아 두어야 해요."

폰 코렌은 이마를 탁 쳤다.

"가져가구려."

그는 말하면서 백 루블 지폐를 집어던졌다.

"그렇게 화낼 건 없잖소, 꼴랴."

사모이렌코는 지폐를 집으면서 온순하게 말했다.

"선생 심정은 잘 알겠소. 하지만 내 입장이 되어 보시라구."

"당신은 시골 할멈이야. 그뿐이지 뭐."

보좌 신부는 웃음을 터뜨렸다.

"이봐요, 알렉산드르 다비드이치, 마지막 부탁이오."

폰 코렌은 열띤 투로 말했다.

"그 악당에게 돈을 줄 때 조건을 붙여요. 여자를 데리고 떠나든가 아니면 먼저 떠나게 하든가. 그 말에 확답을 받지 않고는 돈을 주지 말아요. 그런 녀석에겐 체면 차릴 필요가 없어. 꼭 그렇게 말해야 해요. 만약에 말하지 않으면 반드시 그자의 사무실에 가서 그를 계단에서 밀어 버릴 테니까. 당신하고도 절교할 테니. 그리 알아요."

"겨우 그거요? 여자와 함께 떠나든지 여자를 먼저 보내든지 하면 그에게는 더 편할 거야."

사모이렌코는 말했다.

"그는 오히려 좋아할걸. 그럼 잘 있어요."

그는 상냥하게 인사를 하고 나갔으나 문을 닫기 전에 폰 코렌을 돌아보며 무서운 얼굴로 말했다.

"선생을 못 쓰게 만든 것은 독일인이오. 암, 그렇고말고, 독일인이지!"

12

다음날 목요일에 마리야 콘스탄치노브나는 아들 코스챠의 생일 파티를 베풀었다. 사람들은 점심때의 삐로그(러시아의 군만두)에 초대되었고 또 저녁에는 초콜릿에 초대되었다. 그날 밤 라예프스키와 나제지다가 찾아왔을 때는 이미 동물학자는 응접실에 자리잡고 앉아서 초콜릿을 마시고 있었다.

"선생, 벌써 그 사람에게 이야기했소?"

그는 사모이렌코에게 물었다.

"아니, 아직 안 했어요."

"반드시 잊지 말아요. 저들의 뻔뻔스러움에는 정말 기가 막히는군. 이 집 사람들이 자기들의 동거 생활을 어떤 눈으로 보는지 잘 알고 있으면서 아무렇지도 않은 얼굴로 찾아오다니."

"세상 놈들의 편견을 일일이 걱정한다면"

사모이렌코가 말했다.

"나다닐 수 없게 되지."

"그럼 선생은 세상이 간통이나 부정을 지탄하는 것을 편견이라고 생각하나요?"

"그렇고말고, 편견과 증오죠. 군인은 바람둥이 처녀를 보면 웃고 휘파람을 불고 하지. 하지만 물어보구려. 그들 자신은 도대체 어떤가 말이오."

"아냐, 그들의 휘파람이 무의미한 건 아니에요. 계집애들이 사생아를 질식시키고 형무소로 가는 사실, 안나 카레니나가 철도 자살을 한 사실, 시골에서 대문에 콜타르를 칠하는(그 집안 여자에게 품행이 나쁜 일이 있을 경우에 바깥 문에 콜타르를 칠한다) 사실, 또 선생이나 나나 저 카챠의 순진함에 어쩐지 호감이 가는 사실, 누구를 막론하고 청순한 사랑 같은 건 없다는 것을 알면서도 막연히 그 욕구를 마음속에 느끼는 사실 …… 이게 과연 편견일까요? 천만에, 이거야말로 자연 도태를 무사히 빠져 나온 유일한 것이오. 만약에 성관계를 조정하는 이 정체모를 힘이 없다면 라예프스키의 무리들이 때를 만났다는 듯이 설쳐서 인류를 2년 안에 퇴화시켜 버릴 거야."

라예프스키가 응접실로 들어왔다. 그는 사람들과 인사를 나누고 아부하는 듯한 미소를 띠며 폰 코렌과 악수를 했다. 그는 적당한 기회를 엿보다가 사모이렌코에게 말했다.

"미안하지만 알렉산드르 다비드이치, 자네한테 이야기할 게 좀 있는데."

사모이렌코는 일어서서 그의 허리에 팔을 감고 함께 니코짐 알렉산드르이치의 서재로 들어갔다.

"내일이 금요일이야……"

손톱을 깨물면서 라예프스키가 말했다.

"약속한 건 준비됐나?"

"아직 2백 10루블밖에 안 되었어. 나머지는 오늘 내일 중으로 마련하겠네. 안심하고 있게."

"고맙네!"

라예프스키는 안도의 숨을 내쉬고 기쁨으로 두 손이 떨렸다. "자네 덕분에 살았네. 알렉산드르 다비드이치. 하느님에게 맹세하고 나의 행복에 맹세하고, 아니 뭣이든 자네가 좋아하는 것에 맹세하여, 나는 도착하는 즉시 갚아줄 것을 맹세하겠네. 그전 빚도 갚겠네."

"그런데 바냐……" 상대편의 단추를 잡고 얼굴을 붉히면서 사모이렌코가 말했다.

"마치 자네 가정 일에 끼어드는 것 같아서 미안하네만…… 어째서 자네는 나제지다 표도로브나와 함께 떠날 수 없는가?"

"자네도 이상한 사람이군. 어떻게 그런 짓을 할 수 있겠는가. 한 사람은 꼭 남아야 해. 그렇지 않으면 빚쟁이들이 가만 있겠나? 상점에도 자그마치 7백 루블쯤의 외상값이 있어. 하여간 기다려 보게. 돈을 부쳐서 그놈들의 입을 틀어막은 다음 그녀에게 이곳을 떠나도록 하겠네."

"그도 그렇군…… 하지만 어째서 그녀를 먼저 떠나게 하지 않는가?"

"당치도 않은 소리. 어떻게 그런 짓을 하겠나."

라예프스키는 몸을 떨었다.

"그녀는 여자가 아닌가? 혼자 가서 무슨 일을 할 수 있단 말인가? 무엇을 알아? 오로지 시간만 낭비하고 쓸데없는 비용만 쓸 뿐이지."

'그것도 일리는 있다.' 사모이렌코는 그렇게 생각했으나, 폰 코렌과 나눈 대화를 상기하고 눈을 내리깔고는 시무룩하게 말했다.

"난 그렇게 생각하지 않아. 그녀와 함께 떠나거나 그녀를 먼저 떠나게 하게. 그렇지 않으면…… 그렇지 않으면 난 돈을 빌려 주지 않겠네. 이게 나의 마지막 말일세."

그는 뒷걸음질을 치다가 탕 하고 문에 등을 부딪치고 매우 당황해 하는 통에 얼굴이 빨개져서 응접실로 돌아왔다.

'금요일…… 금요일……' 응접실로 돌아오면서 라예프스키는 생각했다. '금요일……'

그에게도 초콜릿이 한 잔 나왔다. 너무 뜨거워 입술과 혀를 데었으나 그래도 여전히 생각하고 있었다.

'금요일…… 금요일……'

어째서인지 금요일이라는 말이 머릿속에서 떠나지 않았다. 금요일밖에 생각할 수 없는데도 머릿속이 아니고 어딘가 심장 근처에서 토요일에도 떠날 수 없으리라는 생각이 뚜렷이 도사리고 있었다. 그의 앞에 머리칼을 관자놀이에다 빗어 붙인 니코짐 알렉산드르이치가 서서 권했다.

"자, 좀 드십시오……"

마리야 콘스탄치노브나는 손님에게 카챠의 성적표를 보여 주며 언제나처럼 기다랗게 한 마디 한 마디 빼면서 말했다.

"요즘은 말씀예요, 공부가 너무 어려워져서요. 글쎄…… 과목도 늘어나기만 하고 말이죠……"

"아이, 엄마두—!" 카챠는 부끄러움과 찬사 속에서 어디에 숨어야 할지 몰라 신음소리를 내었다. 라예프스키도 성적표를 보고 칭찬해 주었다. 도덕, 국어, 품행, 5점, 4점(5점 만점이다) 따위의 글자가 눈앞에서 춤추기 시작하고 그것들이 모두 달라붙었다 떨어졌다하면서 '금요일'과, 니코짐 알렉산드르이치의 양 관자놀이께의 머리칼과, 카챠의 새빨간 볼과 범벅이 되어 끝없고 도저히 참기 힘든 우울증이 치밀었으므로, 그는 거의 절망의 비명을 지를 뻔했다. 그래서 마음속으로 물었다. '정말, 정말로 나는 떠날 수 없는가?'

카드놀이 탁자를 두 개 잇대어서 모두들 편지 놀이를 하게 되었다. 라예프스키도 앉았다.

'금요일…… 금요일……' 그는 미소를 띠고 주머니에서 연필을 꺼내면서 생각했다. '금요일……'

그는 자기의 처지를 잘 생각해 보고 싶었으나 생각하는 것이 무섭기도 했다. 그는 자신에게도 오랫동안 조심스럽게 속여 온 것을 군의관이 지적했다는 사실을 인정하는 것이 무서웠다. 자기 장래에 대해 생각할 때는 그는 반드시 자기 사고에 어떤 제한을 가해 왔다. 기차를 탄다, 기차가 떠난다는 그것으로 자기 생활 문제는 해결된다고 생각하고 그 이상은 일체 생각지 않기로 해 왔다. 때로는 그의 뇌리에 저 멀리 들쪽에서 희미하게 번쩍이는 등불처럼, 먼 장래에 나제지다와 손을 끊고 페테르부르크의 어느 골목에서 빚을 갚기 위해 뭔가 한 가지 자그마한 거짓말을 해야 할 것이라는 생각이 스칠 때도 있었다. 그러나 거짓말은 단 한 번뿐이고 그 뒤부터는 완전한 갱생의 생활로 들어가는 것이다. 하찮은 단 한 번의 거짓말로써 커다란 진실이 살 수 있다면 이건 좋은 일이 아닌가.

그런데 지금 군의관으로부터 거절당하여 자신의 허위가 지적되자, 거짓말이 필요한 것은 그리 먼 장래뿐만이 아니라 오늘도, 내일도 1개월 뒤에도, 어쩌면 생애의 끝까지 필요하다는 것을 알게 된 것이다. 사실 떠나려면 나제지다와 채권자와 상관에게 거짓말을 해야 한다. 그리고 페테르부르크에서도 돈을 손에 넣기 위해, 이제 나제지다와는 손을 끊었다고 어머니에게 거짓말을 해야 한다. 그리고 어머니는 5백 루블 이상은 내주지 않을 것이므로, 돈을 빠른 시일 안에 갚을 수 없을 것은 뻔한 일이다. 말하자면 그에게 이미 거짓말을 한 셈이 된다. 그리고 나제지다가 페테르부르크에 오면 그녀와도 헤어지기 위해 크고 작은 온갖 속임수를 써야 할 것이다. 그리곤 또다시 눈물, 권태, 귀찮은 생활, 후회가 되풀이될 것이니 갱생의 생활이란 바랄 수도 없을 것이다. 모두가 기만일 뿐이다. 라예프스키의 상상 속에는 거짓말의 큰 산이 솟아 올랐다. 조금씩 거짓말을 하지 않고 단번에 그것을 뛰어넘기 위해서는 단호한 수단을 취해야 한다. 이를테면 아무 말도 없이 일어서서 모자를 쓰고 당장에 한푼도 없이 잠자코 떠나야 한다. 그러나 라예프스키는 그것은 도저히 불가능하다고 생각했다.

'금요일…… 금요일……' 하고 그는 생각했다.

'금요일……'

모두들 편지를 써서 그것을 둘로 접어서 니코짐 알렉산드르이치의 낡은 실크해트 속에 넣었다. 편지가 꽤 모이자 코스챠가 배달부가 되어 탁자 주위를 돌며 배달했다. 보좌 신부와 카챠와 코스챠는 우스운 편지를 받고 그보다 더 우스운 편지를 쓰려고 머리를 짜내며 매우 기뻐하고 있었다.

'드리고 싶은 말이 있습니다.' 나제지다는 편지를 읽기 시작했다. 그리고 마리야 콘스탄치노브나와 눈이 마주치자 상대는 복숭아 같은 표정을 지으며 웃어 보였다.

'무슨 이야기가 있다는 거야.' 나제지다는 편지를 읽으며 생각했다. '어차피 모든 걸 털어놓지 못한다면 이야기해 봤자 소용도 없는데.'

오늘 밤, 이 집에 손님으로 오기 전에 그녀는 라예프스키의 넥타이를 매어 주었는데, 아무것도 아닌 이런 일이 그녀의 마음을 다정함과 비애로 가득 채웠던 것이다. 그의 얼굴에 떠오른 당혹한 빛, 방심한 듯한 시선, 창백한 빛, 최근에 일어난 알 수 없는 변화, 그뿐 아니라 넥타이를 매어 주던 때의 떨리던 자신의 손……이러한 모든 것이 어째서인지 이제 두 사람이 함께 사는 것도 그리 길지는 않으리라고 그녀에게 일러 주는 것 같았다. 그녀는 마치 성상(聖像)을 보듯이 두려움과 후회의 눈으로 그를 보며 '용서하세요, 용서하세요……' 하고 마음속으로 중얼거렸다. 테이블 바로 맞은편에 앉아 있는 아치미아노프가 연모에 타는 검은 눈을 그녀로부터 떼지 않고 있었다. 그녀는 욕망으로 마음이 어지러워지는 자기 자신을 부끄러워했다. 또한 자신의 우수나 비애도 오늘 아니면 내일에라도 곧바로 불순한 욕정의 포로가 되는 것을 막지 못할 것이라고 생각하니 불안한 기분이 드는 것이었다.

자기로서도 부끄럽고 라예프스키에게도 명예롭지 못한 이 생활을 이 이상 더 잇지 않기 위해 그녀는 이곳에서 떠날 것을 결심했다. 제발 저를 가게 내버려 달라고 그에게 울며 부탁해 보자, 만약에 그가 승낙하지 않는다면 살짝 나가 버리자, 지난 일은 모두 그에게 말하지 말자, 그의 가슴을 깨끗한 그대로 남겨 두자.

'사랑합니다, 사랑합니다, 사랑합니다'라는 쪽지를 읽었다. 이건 아치미아노프에게서 온 것이 분명하다.

어딘가 시골 구석에 살면서 돈을 벌자. 그래서 라예프스키에게 익명으로 돈과 수놓은 속옷과 담배를 부치자. 그리고 노경에 들어가서 아니면 그가 중병에 걸려서 간호해 줄 여자가 필요하게 되거든, 비로소 그에게로 돌아오기로 하자. 늙어서, 어떤 이유로 내가 아내되기를 거부하고 그를 버렸는가를 알게 되면 그는 비로소 나의 희생을 고맙게 생각하고 용서해 줄 것이다.

'당신 코는 길군요.' 이건 아마 보좌 신부나 코스챠에게서 온 것이리라.

나제지다는 라예프스키와 헤어질 때 그를 힘껏 끌어안고 그 손에 입을 맞추면서 당신을 평생토록 죽을 때까지 사랑하겠다고 맹세하는 자신의 모습을 떠올렸다. 그리고 시골 구석의 얼굴도 모르는 사람들 사이에서 쓸쓸히 살면서 자기에게는 어딘가에 깨끗하고 품위 있고 고상한 한 친구가 있다, 자기에 대해서 깨끗한 추억을 간직하고 있는 사랑하는 사람이 있다고 자나깨나 마음속에 그리는 자신을 그려 보았다.

'오늘 만날 약속을 해주시지 않으면 단호한 수단을 취하겠습니다. 진담이올시다. 신사에게 그렇게 대하는 법은 없습니다. 이것을 아셔야 합니다.' 이건 키릴린에게서 온 편지였다.

라예프스키는 편지를 두 개 받았다. 하나를 펴 보니 '떠나지 말게, 자네'라고 씌어 있다.

'누가 이런 걸 썼을까?' 그는 생각했다. '물론 사모이렌코는 아니다……보좌 신부도 아니다. 그 사람은 내가 떠나려고 하고 있는 걸 알 리 없어. 그럼 폰 코렌인가?'

동물학자는 테이블 위에 엎드려서 피라미드를 그리고 있다. 그 눈이 미소를 머금고 있는 것처럼 라예프스키에게는 생각되었다.

'그러고 보니 사모이렌코가 지껄였구나……' 라예프스키는 생각했다.

또 하나의 편지에도 일부러 필적을 흐리게 한 꼬리가 긴 꾸불꾸불한 글씨로 '누구누구는 토요일에 떠나지 않습니다'라고 씌어 있었다.

'시시한 장난이군.' 라예프스키는 생각했다.

'금요일…… 금요일……'

무언가 목구멍에서 울컥 치밀어 올라왔다. 그는 옷깃을 만져 보고 기침을 했다. 그러나 기침 대신 목에서 웃음이 터져 나왔다.

"하하하" 그는 웃기 시작했다. "하, 하, 하" '내가 왜 이리 웃고 있을까?' 하는 생각이 머리를 스친다. "하, 하, 하!" 자신을 억제하려고 손으로 입을 막아 보았으나 웃음은 가슴과 목덜미에서 치밀어 올라와 손으로는 도저히 막을 도리가 없었다.

'이게 무슨 바보 같은 짓인가?' 그는 웃어대면서 생각했다. '내가 미쳤나?' 웃음소리는 더욱더 높아져서 점점 개짖는 소리와 닮아갔다. 라예프스키는 일어서려고 했으나 다리가 말을 듣지 않았다. 오른손은 제멋대로 테이블 위를 이상한 형국으로 뛰어다니다 경련을 일으키듯 쪽지를 잡자 그것을 움켜쥐었다. 어처구니없어하는 사람들의 눈길과 사모이렌코의 몹시 놀란 듯한 조심스런 얼굴, 싸늘한 비웃음과 혐오에 찬 동물학자의 눈길을 의식하자, 그는 그제야 자기가 히스테리를 일으켰다는 것을 깨달았다.

'이런 추태가 어디 있담, 이런 망신이 어디 있어.' 그는 볼을 타고 흐르는 따뜻한 눈물을 느끼면서 생각했다. '아아, 이 무슨 망신이냐. 여태까지 이런 일이 없었는데……'

누군가가 양쪽 겨드랑이에 손을 넣고 뒤통수를 받치면서 어디론가 데리고 갔다. 그러자 눈앞에 컵이 반짝거리고 이에 부딪쳐서 물이 가슴에 쏟아졌다. 작은 방 한가운데 침대가 나란히 있고 거기에 깨끗한 눈처럼 흰 시트가 덮여 있었다. 그는 그 하나에 쓰러져서 흐느끼기 시작했다.

"괜찮아, 괜찮아……"

사모이렌코가 달랬다.

"흔히 있는 일이야…… 흔히 있는 일이야……"

공포 때문에 싸늘하게 식어서 온몸을 떨며 무언가 무서운 예감이 들어 견딜 수 없게 된 나제지다는 침대 곁에 서서 물었다.

"왜 그러세요? 무엇 때문이죠? 제발 말씀해 보세요……"

'키릴린이 뭐라고 써보낸 건 아닐까?' 그녀는 그렇게 생각했다.

"아무것도 아냐……"

라예프스키는 울음과 웃음이 뒤섞인 대답을 했다.

"저리 좀 가 있어…… 여보."

그 얼굴에는 증오도 혐오도 나타나 있지 않았다. 그는 아무것도 모르는 것이다. 나제지다는 약간 안심이 되어 응접실로 돌아왔다.

"걱정하지 마세요."

마리야 콘스탄치노브나가 곁에 앉아서 그녀의 손을 잡으며 말했다.

"곧 좋아질 거예요. 남자 분도 역시 우리 죄많은 여자와 마찬가지로 마음이 약하시네. 정말 두 분 다 지금이 제일 괴로운 때예요…… 이해가 가는군요. 그런데 저번 것의 회답은 어떻게 되었죠? 얘기나 좀 하십시다."

"아니에요, 용서해 주세요……"

나제지다는 라예프스키의 흐느낌 소리에 귀를 기울이면서 대답했다.

"전 기분이 울적해서 못견디겠어요. 그만 실례하겠습니다……"

"어머나, 그게 무슨 말씀이세요."

마리야 콘스탄치노브나는 놀라서 펄쩍 뛰었다.

"제가 저녁 대접도 하지 않았는데 돌아가시게 할 줄 아세요? 함께 드십시다. 그 다음에라면 말리지는 않겠어요."

"전 마음이 울적해서……"

나제지다는 중얼거리며 쓰러지지 않으려고 양손으로 의자 팔걸이를 잡았다.

"저건 경풍 (몸이 뻣뻣해지고 정신이 흐려지는 증상)이야!"

폰 코렌이 응접실로 들어오면서 유쾌한 듯이 말하다가 나제지다의 모습을 보자 당황하여 나가 버렸다.

히스테리의 발작이 멎었을 때, 라예프스키는 남의 침대 위에서 일어나 앉아 생각했다.

'창피하군, 계집애처럼 울다니! 우스꽝스럽고 구역질나는 인간으로 보였을 것이 틀림없어. 뒷문으로 나가자…… 아니야, 그래선 내가 히스테리를

중시하는 것이 된다. 농담으로 돌려 버리는 게 상책이야……'

그는 거울을 보고 한참 앉아 있다가 응접실로 나갔다.

"이렇게 나왔습니다!"

미소를 띠면서 한 마디 했으나 못 견디게 부끄러웠다. 그의 출현이 다른 사람에게도 면구스런 느낌을 주고 있다는 것을 알 수 있었다.

"제겐 간혹 그런 일이 있죠."

그는 앉으면서 말했다.

"앉아 있으면 갑자기 그 뭡니까, 옆구리에 찌르는 듯한 무서운 통증을 느낍니다…… 도저히 참을 수 없는 것이어서 그만 신경이 견뎌 내질 못하나 보죠. 그래서 그런 어처구니없는 장면을 보여 드리고 말았습니다. 요즘은 노이로제 시대가 돼서 별 도리가 없는가 봐요."

저녁 식사가 시작되자 그는 포도주를 마시며 잡담을 주고받았다. 그리고 가끔 아직 통증이 가시지 않았다는 것을 보이기나 하는 것처럼 몸을 떨고 한숨을 쉬며 옆구리를 문질렀다. 그러나 나제지다 외에는 누구 한 사람 곧이듣지 않았고, 그도 그것을 알고 있었다.

9시가 지나서 모두 산책길로 나갔다. 나제지다는 키릴린이 말을 걸어 오면 큰일이라 생각하고 늘 마리야 콘스탄치노브나와 아이들 곁에서 떠나지 않으려고 신경을 썼다. 그녀는 공포와 우울증 때문에 맥이 빠졌으며 열이 오를 것 같은 예감에 시달리면서 가까스로 발을 옮기고 있었다. 그러면서도 집에 돌아가려고 하지 않는 것은 키릴린이나 아치미아노프가, 아니면 두 사람이 같이 따라올 것이 분명했기 때문이다.

키릴린은 니코짐 알렉산드르이치와 나란히 뒤에서 걸어왔다. 그리고 나직이 노래하고 있었다.

'장난은 용서치 않으리, 나는 용서치 않으리.'

산책길에서 찻집 쪽으로 꺾어 해안을 따라 걸었다.

그들은 바다가 인광(燐光)을 발하는 것을 오랫동안 바라보았다. 폰 코렌은 인광에 대해 설명하기 시작했다.

14

"아차, 빈트 시간이 됐군. 모두 기다리고 있겠군."

라예프스키가 말했다.

"여러분, 실례하겠소."

"나도 함께 가겠어요, 기다려 줘요." 나제지다가 그의 팔을 잡았다.

그들은 모두에게 작별 인사를 하고 헤어졌다. 키릴린도 같은 쪽이라고 하면서 인사를 하고 두 사람과 어깨를 나란히 하여 걷기 시작했다.

'어차피 될대로 되는 수밖에 없어……' 나제지다는 생각했다. '될대로 되라지……'

그녀는 모든 귀찮은 추억들이 단번에 머릿속에서 튀어나와 어둠 속을 자기와 나란히 걸어가면서 괴로운 숨을 쉬고 있는 듯한 기분이 들었다. 그녀 자신으로 말할 것 같으면, 잉크병 속에 빠진 파리처럼 가까스로 도로 위를 기면서 라예프스키의 옆구리와 손을 검게 더럽히고 있는 듯한 기분이 들었다. '만약에 키릴린이' 하고 그녀는 생각했다. '어떤 추잡한 짓을 한다고 해도 나쁜 것은 그가 아니라 바로 나 자신인 것이다. 이전에는 내게 감히 키릴린처럼 말을 걸어오는 남자가 한 사람도 없던 시절이 있었는데, 바로 내가 그것을 실처럼 툭 끊어 버리고 돌이킬 수 없는 것으로 만들고 만 것이다. 그게 도대체 누구의 죄인가? 자신의 욕망에 미쳐서 전혀 알지도 못하는 사나이에게, 다만 그가 체격이 좋고 키가 크다는 이유로 추파를 던졌다. 그러나 두 번 밀회를 해보곤 싫증이 나서 버리고 말았다. '그런 변을 당하고도' 하고 그녀는 생각했다. '그는 내게 자기 마음대로 대할 권리가 없단 말인가?'

"그럼 여보, 난 여기서 헤어지겠소."

라예프스키는 멈춰서서 말했다.

"당신은 일리야 미하일리치께서 배웅해 주실 거야."

그는 키릴린에게 인사를 하고 잰걸음으로 산책길을 가로질러 창문에 불이 켜져 있는 건너편 세치코프스키네 집 쪽으로 갔다. 이윽고 문을 탕하고 닫는 소리가 났다.

"그럼 일을 분명히 해 주실까요?"

키릴린이 입을 열었다.

"전 세상에 흔해빠진 아치카소프나 라치카소프나 쟈치카소프 같은 어린애가 아닙니다…… 이 점을 알아주시기를 간절히 바랍니다."

나제지다의 가슴은 몹시 두근거렸다. 그녀는 아무 대답도 하지 않았다.

"제게 대한 당신의 태도의 급격한 변화를 처음에는 교태로 생각했죠."

키릴린은 말을 이었다.

"이제 와서야 저는 당신이 신사에 대한 태도를 모르시는 거라고 깨달았습니다. 당신은 저 아르메니아의 소년과 마찬가지로 저를 그저 장난감으로 생각하신 겁니다. 그러나 저는 신사입니다. 그러니까 신사로서 대우해 주시기를 요구하는 겁니다. 하실 말씀이 있으면 해 보실까요……"

"전 기분이 우울해서……"

나제지다는 그렇게 말하고 훌쩍훌쩍 울기 시작했다. 그리고는 눈물을 보이지 않으려고 얼굴을 돌렸다.

"저도 역시 우울합니다. 하지만 그래서 어쨌다는 겁니까?"

키릴린은 잠시 잠자코 있더니 곧 분명히 한 마디씩 끊으면서 말했다.

"다시 말씀드립니다만, 오늘 밤에 만일 만나 주지 않으신다면 한바탕 소동을 벌이겠습니다."

"오늘 밤은 제발 용서해 주세요."

그녀는 그렇게 말했으나 너무 가늘고 가냘픈 목소리여서 자기 소리라고는 생각되지 않을 정도였다.

"나는 당신을 곯려 주어야겠소…… 거친 말을 써서 미안하오만 반드시 당신을 때려 주어야겠소. 그렇소, 유감스러우나 당신을 곯려 주어야겠소. 오늘과 내일 이렇게 두 번 만나 주시기를 요구합니다. 모레부터 당신은 자유입니다. 누구든 좋아하는 사람과 어디든 마음대로 가셔도 좋습니다. 그러나 오늘과 내일만은……"

나제지다는 자기 집 문앞까지 와서 멈춰 섰다.

"실례하겠어요!"

바들바들 떨면서 그녀는 속삭였다. 눈앞의 어둠 속에 흰 제복 외에는 아무것도 보이지 않았다.

"당신 말씀대로예요, 전 나쁜 여잡니다…… 제가 나빠요. 하지만 제발 용서해 주세요. 부탁이에요……"

그녀는 사나이의 싸늘한 손을 건드려 보고 깜짝 놀라면서 말했다.

"제발 부탁이에요……"

"아아!"

키릴린은 탄식했다.

"아아, 그러나 이대로 보내드릴 수는 없습니다. 나는 다만 당신을 곯려주고 싶은 거요. 혼을 내주고 싶을 뿐이오. 나는 도대체가 여자라는 동물을 믿지 않고 있으니까."

"전 기분이 좋지 않아서 ……"

나제지다는 단조로운 파도 소리에 귀를 기울였다. 별이 깔려 있는 하늘을 바라보았다. 그러자 모든 것을 빨리 해결해 버리고 바다와 별과 남자와 열병 따위의 저주스러운 생활의 감각에서 달아나고 싶어졌다……

"그러나 우리집만은 안 돼요……"

그녀는 싸늘하게 말했다.

"어디로든 데려가 주세요."

"뮤리도프네 집으로 가십시다. 거기가 제일 좋을 겁니다."

"거긴 어디죠?"

"성터 바로 옆."

그녀는 한길을 성큼성큼 걸어서 이내 산 쪽으로 향하는 골목으로 접어들었다. 어두웠다. 포도에는 군데군데 창문에서 비치는 창백한 빛줄기가 떨어져 있었다. 그녀는 자기가 파리처럼 잉크병 속에 떨어졌다가 다시 기어올라와서 밝은 곳에 나온 것처럼 생각되었다. 키릴린은 뒤에서 따라왔으나 무엇에 걸렸는지 넘어질 뻔하다가 웃기 시작했다.

'취했어……' 나제지다는 생각했다. '어차피 마찬가지야, 마찬가지야 ……될 대로 되라지.'

아치미아노프도 곧 모두와 헤어져서 나제지다의 뒤를 따라갔다. 뱃놀이하러 가자고 권해 볼 심산이었던 것이다. 그녀의 집까지 오자 울타리 사이로 안을 들여다보았다. 창문은 모조리 열어젖혀져 있으나 불빛은 없다.

"나제지다 표도로브나!"

그는 그녀를 불렀다. 1분쯤 지났다. 그는 다시 불렀다.

"누구세요?"

올리가의 목소리가 들렸다.

"나제지다 표도로브나, 계십니까?"

"아뇨, 아직 안 돌아오셨어요."

'이상한데? ……. 정말 이상한데?' 아치미아노프는 심한 불안에 쫓기면서 생각했다. '집에 돌아왔을 텐데……'

그는 산책길에서 한길 쪽으로 어슬렁어슬렁 걸어가 이윽고 세시코프스키네 집 창문을 들여다보았다. 라예프스키는 윗도리를 벗고 테이블을 향해서 열심히 카드를 노려보고 있었다.

'이상하다, 아무래도 이상해……' 하면서 중얼거렸으나 조금 전의 라예프스키의 히스테리를 생각하자 마음이 꺼림칙해졌다.

'집에 없다면 어딜 갔을까?' 그는 다시 나제지다 집으로 돌아와서 캄캄한 창문을 바라보았다.

'속였어, 속인 거야……' 그는 오늘 낮에 비츄고프 네 집에서 만났을 때 그녀 쪽에서 먼저 오늘 밤에 뱃놀이하러 가자고 약속했던 것을 떠올리면서 그렇게 생각했다.

키릴린 집 창문도 캄캄했다. 현관 앞의 벤치에서 경관이 졸고 있었다. 그 어두운 창문과 경관의 모습을 보자, 아치미아노프에게는 모든 것이 뚜렷해졌다. 이제 집에 돌아가자고 결심하고 걷기 시작했으나 어느새 또다시 나제지다 집 근처에 와 있었다. 그는 거기 있는 벤치에 앉아서 모자를 벗었다. 질투와 분노로 머리가 타는 듯함을 느끼면서.

읍내 교회의 큰 시계는 정오와 자정, 이렇게 하루에 두 번밖에 치지 않는다. 큰 시계가 자정을 알리고 얼마 안 있어 서두르는 듯한 발자국 소리가 들렸다.

"그럼 내일 밤에 또 뮤리도프네 집에서 만납시다."

아치미아노프가 들은 것은 틀림없이 키릴린의 목소리였다.

"8시예요, 그럼 또 내일."

울타리 곁에 나제지다의 모습이 나타났다. 그녀는 벤치에 걸터앉아 있는 아치미아노프를 보지 못한 채 그림자처럼 지나쳐서 대문을 열고는 잠그지도 않은 채 집 안으로 사라졌다. 자기 방에 들어간 그녀는 촛불을 켜고 재빨리 옷을 벗었다. 그러나 잠자리에는 들지 않았다. 의자 앞에 무릎을 꿇곤 양손으로 의자를 껴안고 이마를 갖다 댔다.

라예프스키가 돌아온 것은 2시가 지나서였다.

15

라예프스키는 한꺼번에 거짓말을 하지 않고 조금씩 하기로 결심하고 다음 날 1시가 지나서 사모이렌코네 집으로 갔다. 토요일에는 꼭 떠날 수 있도록 돈을 청하기 위해서였다. 어제의 히스테리 덕분에 그러지 않아도 괴로워 죽을 지경인 심정에 날카로운 수치심까지 더해진 이제 이 고장에 머문다는 건 도저히 생각할 수도 없는 일이었다. 그는 생각했다. 만약에 사모이렌코가 끝까지 자기의 조건을 내세울 것 같으면 승낙하겠다고 하고 돈을 받자, 그리고 내일 떠나기 직전에 나제지다가 가기를 거부한다고 말하면 된다, 여자에겐 오늘 밤새도록, 이건 모두 당신을 위해서라고 설복하자. 분명히 폰 코렌에게 고삐를 잡히고 있는 저 사모이렌코가 만일에 또 돈을 일체 내놓지 못하겠다고 하거나, 아니면 무언가 다른 조건을 꺼내거나 하면 오늘 중에라도 화물선이나 안 되면 범선이라도 타고서 노비아 폰이나 노보로시스크로 가자. 거기서 어머니한테 전보로 애원해서 여비를 부쳐 줄 때까지 기다릴 수밖에 없다.

사모이렌코네 집에 온 그는 응접실에서 폰 코렌과 마주쳤다. 동물학자는 방금 식사하러 온 참이어서 버릇대로 앨범을 펴고 실크해트의 신사와 두건을 쓴 귀부인을 살펴보고 있는 중이었다.

'때가 나쁘군.' 그를 보자 라예프스키는 생각했다. '이 녀석이 또 방해를 하는군.'

"안녕하십니까!"

"안녕하십니까."

뒤돌아보지도 않은 채 폰 코렌이 대답했다.

"알렉산드르 다비드이치는 계십니까?"

"부엌에 가 보시오."

라예프스키는 부엌으로 갔으나 사모이렌코가 샐러드 만들기에 정신이 없는 것을 문틈으로 보고는 응접실로 돌아와서 앉았다. 동물학자와 한 자리에 있게 되면 그는 늘 불편함을 느끼지만 오늘은 또 어제의 히스테리 이야기가 나오지나 않을까 해서 불안했다. 1분 이상이나 침묵이 이어졌다. 폰 코렌은 갑자기 눈을 들어 라예프스키를 쳐다보더니 물었다.

"어제 그러고 나서 몸은 괜찮은가요?"

"매우 좋습니다."

라예프스키는 얼굴을 붉히면서 대답했다.

"사실 별로 대단한 일도 아니니까요."

"어제까지 전 히스테리라는 것은 부인에게만 있는 것인 줄 알고 있었지요. 그래서 처음에는 당신이 무도병(舞蹈病)에 걸린 줄 알았지요."

라예프스키는 애원하듯이 미소를 띠고는 마음속으로 이렇게 생각했다.

'정말로 입버릇이 나쁘군. 나의 괴로운 심정을 빤히 알면서도……'

"사실 어처구니없는 웃음거리였죠."

그는 여전히 미소지었다.

"오늘은 아침 내내 혼자서 웃고 있었어요. 히스테리 발작 도중에 한 가지 이상한 것은 그게 바보 같은 짓이라는 것을 빤히 알고, 마음속으로는 스스로를 비웃으면서도 자연히 눈물이 나와서 못 참는다는 것입니다. 요즘 같은 노이로제 시대에는 우리는 완전히 자기 신경의 노예죠. 그놈들이 우리의 주인이고 우리를 마음대로 주무르는 겁니다. 이 점으로 볼 때 문명은 도리어 우리에게 '곰의 친절'(곰이 주인 얼굴에 앉은 파리를 쫓으려고 하다가 주인의 얼굴을 뭉개 버리고 말았다는 크르이로프의 우화시에서 온 관용구)을 베풀어 준 셈이죠……"

라예프스키는 이야기를 하고 있었으나 폰 코렌이 진지한 얼굴로 열심히 자기의 말에 귀를 기울이며 마치 연구라도 하는 것처럼 눈도 깜박이지 않고 주의 깊게 그의 얼굴을 바라보고 있는 것이 불쾌하기 짝이 없었다. 뿐만 아니라 폰 코렌에게 호감을 품고 있지도 않으면서 비굴한 미소를 얼굴에서 지울 수 없는 자신에게도 화가 나서 견딜 수 없었다.

"하지만 솔직히 말해서"

그는 말을 이었다.

"그 발작에는 그만큼 뿌리깊은 원인이 있었죠. 요즘은 건강 상태가 무척 좋지 않아서 우울한 데다 설상가상으로 자나깨나 돈 걱정입니다…… 말 상대도 없을 뿐 아니라 공통의 화젯거리도 없습니다…… 정말 현지사(縣知事)의 처지보다도 비참하죠."

"그럼 당신의 처지는 절망적이군요."

폰 코렌은 말했다.

조소도 아니요, 청하지 않은 예언도 아닌 무엇을 내포하고 있는 이 싸늘하면서도 침착한 말은 라예프스키의 귀에 몹시 거슬렸다. 그는 조소와 혐오의 빛으로 가득 찼었던 동물학자의 어젯밤의 눈을 떠올리고 한동안 잠자코 있다가 이윽고 미소를 거두고 되물었다.

"당신이 어떻게 저의 처지를 알고 있나요?"

"방금 당신 스스로 말했소. 그리고 또 당신 친구들이 매우 걱정을 하고 있어서 말이요, 하루 종일 당신 소문으로 지새울 지경이란 말이요."

"어떤 친구가요? 사모이렌코 말인가요?"

"그도 그 가운데 한 사람이죠."

"그럼 나는 알렉산드르 다비드이치를 비롯해서 나의 모든 친구들에게 남의 걱정은 작작 하라고 부탁해야겠군요."

"저기 사모이렌코가 오니 어디 한번 걱정 좀 작작 하라고 해보시지그래."

"나는 어째서 당신이 그렇게 이상한 말투를 쓰는지 모르겠소……" 라예프스키는 중얼거렸다.

그는 동물학자에게 미움을 받고 멸시당하고 우롱당하고 있다는 것과, 또한 동물학자가 자기에게는 가장 흉악한, 도저히 화해할 수 없는 최대의 적이라는 것을 이제야 비로소 알게 된 듯한 기분이었다.

"그런 말버릇은 누구든 다른 사람을 위해서 남겨 두시는 게 좋을 거요." 그는 나직이 말했다. 증오가 마치 어젯밤 웃음의 충격처럼 이미 가슴과 목줄기를 압박해 와서 큰 소리로 말할 수가 없었던 것이다.

윗도리를 벗은 사모이렌코가 부엌의 열기에 얼굴이 새빨개지고 땀투성이가 된 채 들어왔다.

"아, 자네 와 있었나?"

그는 말했다.

"어때? 점심은 먹었나? 체면차리지 말고 말해 봐, 식사했나?"

"알렉산드르 다비드이치."

라예프스키는 일어서면서 말했다.

"예컨대 내가 어떠한 일신상의 부탁을 자네에게 했다고 해서 그게 곧 자네가 예의를 저버려도 좋고 또한 남의 비밀을 존중하지 않아도 된다는 것은 아닐세."

"그게 무슨 소린가?"

사모이렌코는 눈이 휘둥그레졌다.

"돈이 없으면 없는 대로"

라예프스키는 음성을 높이며 흥분으로 다리를 들었다 놓았다하면서 말을 이었다.

"빌려 주지 않으면 되는 거야, 거절하면 되는 거야. 그것을 무엇 때문에 내 처지가 절망적이니 뭐니 하고 이 골목 저 골목마다 떠들고 다니느냐 말일 세. 한 푼 쥐 놓고 한 냥이나 준 것처럼 떠들어 대는 그런 자선이나 우정은 딱 질색이네. 그야 멋대로 자기 자선을 자랑하고 다니는 건 좋아. 그러나 남의 비밀을 들추어 낼 권리는 자네에게 없어."

"무슨 비밀 말인가?"

사모이렌코는 당황해서 화를 내기 시작하며 말했다.

"싸움을 하러 왔거든 돌아가 주게. 나중에 와 줘."

친구에게 화가 날 때에는 마음속으로 백까지 세라는 격언을 생각하고, 그는 재빨리 수를 세기 시작했다.

"내 걱정은 안 해도 좋아."

라예프스키는 계속했다.

"내게 대해선 간섭 말게. 내가 어떻든, 어떤 생활을 하든 그게 누구와 무슨 상관이 있어? 그래, 사실 나는 떠나려 하고 있어. 나는 빚투성이에다 술도 마시고 남의 여편네와 동거 생활도 하고 있어. 히스테리도 있는 저속한 인간이야. 누구처럼 심원한 사상도 없어. 그러나 그런 것이 누구와 무슨 상관이 있단 말인가? 남의 인격을 존중해 주게."

"여보게, 미안하지만……"

서른다섯까지 센 사모이렌코가 말했다.

"그러나……"

"인격을 존중해 주게."

라예프스키는 들은 척도 하지 않고 말을 이었다.

"늘 남의 일에 이러쿵 저러쿵 흥만 보고 다니고, 늘 남의 꽁무니를 따라 다니며 엿듣고 있단 말이야. 그러면서도 우정이니 뭐니…… 흥, 어처구니없는 일이지. 돈을 빌려 주는 데도 일일이 조건이 붙어. 이건 마치 어린애 취급이지 뭐야. 젠장, 별꼴 다 보겠군. 난 이제 아무것도 소용없어!"

흥분한 나머지 비틀비틀하면서 또 히스테리가 일어나는 건 아닌가 하고 불안해지면서 '그럼 토요일에는 못 떠나겠군' 하는 생각이 얼른 스쳤으나 라예프스키는 외쳤다. "난 이제 아무것도 소용없어! 다만, 제발 참견은 그만 둬. 난 어린애도 미치광이도 아니란 말야. 그 감시를 풀어 주게."

보좌 신부가 들어오다가, 창백한 얼굴로 양팔을 내두르면서 보론초프 공작의 초상을 향해 이상야릇한 연설을 하고 있는 라예프스키를 보자, 문께에 우뚝 멈춰 섰다.

"내 마음속을 늘 엿보는 것은"

라예프스키는 말을 이었다.

"말하자면 내 인격에 대한 모독이야. 그러니까 자칭 간첩 제군에게 말해 두겠는데, 그 간섭 행위는 집어치우게. 이젠 지긋지긋해."

"뭐라고…… 아니 자네 지금 뭐라고 했나?"

백까지 센 사모이렌코는 얼굴이 홍당무처럼 빨개져서 대들었다.

"지긋지긋해."

라예프스키는 숨을 몰아쉬고 모자를 집으면서 되풀이했다.

"나는 러시아의 군의관이야, 귀족이야, 오등관이란 말이다!"

사모이렌코는 한 마디씩 끊으며 말했다.

"간첩 행위 같은 건 아직 한 번도 해 본 적이 없어. 나를 모욕하면 누구라도 용서할 수 없어!"

그는 떨리는 목소리로 마지막 한 마디에 힘을 주면서 외쳤다. "닥쳐!"라고.

보좌 신부는 아직 한 번도 이렇게 위풍당당한, 홍당무처럼 얼굴이 새빨개진 군의관을 본 적이 없었으므로 입에 손을 대고 현관으로 달려나가서 배를 움켜잡고 웃어젖혔다. 안개를 통해 보는 듯 라예프스키의 눈에 폰 코렌이 일어서더니 바지 주머니에 양손을 쑤셔넣고 다음 말을 기다린다는 자세를 취하며 멈춰 서는 것이 희미하게 보였다. 침착하기 짝이 없는 이 자세가 라예프스키에게는 더할 나위 없이 거만하고 모욕적인 것으로 보였다.

"그 말은 취소하게!"

사모이렌코가 강경하게 말했다.

자기가 무슨 말을 지껄였는지 기억에 없는 라예프스키는 이렇게 대답했다.

"내게 간섭 말아 줘. 난 아무것도 필요 없어. 내가 바라는 건 자네나 유대계 독일 이민(移民)에게 간섭받기 싫다는 것뿐이야. 그렇지 않으면 내게도 생각이 있네. 결투도 사양치 않겠네."

"이제 알겠군."

테이블 저쪽에서 나오면서 폰 코렌이 말했다.

"라예프스키 씨가 이곳을 떠나기 전에 기분전환으로 결투를 하고 가겠다는 거로군. 당신의 소원을 들어 주지. 라예프스키 씨, 나는 당신의 도전에 응하겠소."

"도전?" 라예프스키는 동물학자에게 다가가서 증오의 눈초리로 그의 거무스름한 이마와 고수머리를 쏘아보면서 나직이 말했다.

"도전? 좋아. 난 당신을 증오한다! 증오해!"

"매우 유쾌하군. 내일 아침 일찍 케르발라이 가게 부근, 조건은 모두 당신에게 맡기겠소. 다만 지금은 돌아가 주시오."

"난 당신을 미워해."

괴로운 듯이 숨을 쉬면서 라예프스키는 나직이 말했다.

"오래전부터요. 결투라구! 좋구말구."

"이 녀석을 쫓아내 주시오, 알렉산드르 다비드이치. 그렇지 않음 내가 나가겠소."

폰 코렌이 말했다.

"금세라도 물어뜯을 것 같군."

침착한 폰 코렌의 말투가 군의관의 열을 식혔다. 언뜻 제정신이 든 그를 사모이렌코는 양손으로 허리를 잡고 동물학자 곁에서 떼어 놓으며 흥분으로 떨리는 다정한 목소리로 중얼거리는 것이었다.

"왜들 이러시오…… 당신들은 모두 좋은 사람들이야, 정말로 좋은 사람들이야. 조금 흥분했을 뿐이지, 이제 됐어…… 이제 됐어. 자, 제발, 그러지 말라구……"

우정이 깃든 부드러운 목소리를 들은 라예프스키는 마치 기차에 치일 뻔했던, 자기 생애에 일찍이 없었던 괴상한 일이 방금 일어났다는 것을 알았다. 그는 울상이 되어 한 손을 흔들면서 다짜고짜 방을 뛰쳐 나갔다.

'나 자신을 남의 증오의 실험대로 삼다니, 나를 미워하고 있는 인간 앞에서 비참하고 비굴하고 초라한 꼴을 보이다니……아아, 기막힌 일이다!'

한참 뒤, 찻집의 의자에 앉으면서 그는 생각했다. 방금 뼈저리게 맛본 타인의 증오 때문에 마치 몸에 녹슨 것 같은 기분이 든다. '아아, 이런 불쾌한

일이 있담!'

코냑을 탄 냉수가 그의 원기를 회복시켰다. 거만하게 버티고 앉은 폰 코렌의 얼굴과 어젯밤의 눈초리와 융단 같은 셔츠와 목소리와 흰 손이 또렷이 눈앞에 떠오르고, 불타는 듯한 아귀 같은 증오가 무겁게 가슴 속에서 몸부림치며 복수를 부르짖고 있었다. 그는 폰 코렌을 땅바닥에 때려눕히고 두 발로 짓밟는 것을 떠올렸다. 일어난 모든 일들이 되살아나며, 자기가 어째서 그런 시시한 인간에게 비굴한 웃음을 보일 수 있었는지, 아니 그것보다도 도대체 지도에도 나와 있을지 없을지 모르는, 페테르부르크에서 내로라 하는 사람은 누구 하나 아는 사람조차 없으리라고 생각되는, 이 불면 날아갈 것 같은 조그만 고장의 이름도 없고 존재도 없는 인간들의 말 같은 걸 어떻게 존중할 수 있었는지 스스로 생각해도 이상한 기분이 들었다. 이 지저분한 소도시가 갑자기 땅 속으로 꺼지거나 타 버려도, 그 신문 보도를 러시아에 있는 사람들은 고물 가구의 입찰 광고와 비슷할 만큼의 흥미로만 읽을 것이다. 내일 폰 코렌을 죽이건 살리건 어차피 아무런 소용도 흥미도 없는 일이다. 그에게 다리를 잘린 곤충이 풀 속에서 더듬거리듯이, 그놈도 마찬가지 모양으로 시시한 인간들 사이를 쑤시는 듯한 괴로움을 짊어지고 걷는 장면을 보여 주자.

라예프스키는 세시코프스키 집에 가서 사정 이야기를 모두 하고 입회인이 되어 달라고 부탁했다. 그러고 나서 둘이서 우체국장한테 가서 그에게도 입회인이 되기를 승낙받고 그대로 저녁 식사 때까지 눌러앉았다. 식사 때에는 농담도 많이 하고 많이 웃었다. 라예프스키는 전혀 총을 쏠 줄 모르는 자신을 비웃으며, 임금님의 사수니 빌헬름 텔이니 하고 불렀다.

"그 신사 양반을 한번 톡톡히 혼내 줘야지……"

그는 몇 번이나 그렇게 말하는 것이었다.

저녁 식사가 끝나자 카드놀이 탁자에 둘러앉았다. 라예프스키는 카드놀이를 하고 포도주를 마시며 한편으로는 온갖 생각을 하고 있었다. 도대체 결투라는 것은 문제를 해결하기는커녕 도리어 헝클어 놓는 데 지나지 않으니까 시시하고도 무의미한 것이다. 그러나 때로는 없으면 곤란할 때도 있다. 이를테면 지금과 같은 경우, 폰 코렌을 치안 판사에게 고소할 수도 없는 노릇이 아닌가. 게다가 이번 결투의 고마움은, 그 뒤에는 도저히 이곳에 남을 수가 없게 된다는 사실이다. 그는 얼근히 취하고 카드놀이에 열중하여 유쾌한 기분이 됐다.

그러나 해가 지고 어두워지자 불안한 생각에 휩싸이기 시작했다. 식사 중에도, 카드놀이를 하고 있는 동안에도 어째선지 이 결투가 무사히 끝나리라는 확신이 머리에서 떠나지 않는 것을 보면, 이건 죽음에 대한 공포는 결코 아니다.

그것은 내일 아침 일찍 그의 생활에 생전 처음으로 일어날 미지의 그 무엇에 대한 공포 또는 다가오는 밤에 대한 공포였다…… 그는 오늘 밤이 기나긴 잠 안 오는 밤이 될 거라는 것과, 폰 코렌과 그의 증오에 대한 것뿐만이 아닌 모든 사념이 코앞에 닥쳐서 부득이 넘어야 할 거짓의 산, 넘지 않곤 견딜 힘도, 방책도 자기에겐 없는 그 산에 대해서도 생각해야 하리라는 것을 알고 있었다.

그는 마치 갑작스럽게 병에라도 걸린 것 같았다. 느닷없이 카드놀이와 이야기 상대에 대해 흥미를 잃고 안절부절못해 하더니 돌아가겠다고 했다. 한시라도 빨리 자리에 누워서 가만히 움직이지 않고 찾아올 밤에 대비할 마음의 준비를 갖추고 싶었던 것이다. 세시코프스키와 우체국장은 그를 배웅한 다음 결투에 관한 의논을 하러 폰 코렌네 집으로 갔다.

자기 집 근처까지 온 라예프스키는 아치미아노프를 만났다. 청년은 숨이 턱에 차서 흥분하고 있었다.

"전 당신을 찾고 있었어요, 이반 안드레이치!" 그는 말했다.

"제발 지금 같이 갑시다."

"어디를 말인가요?"

"당신도 알고 있는 신사가 뵙고자 합니다. 매우 중대한 용건이 있답니다. 1분간이라도 좋으니 꼭 와 달라는 부탁입니다. 무슨 해야 할 얘기가 있는 것 같습니다. 그 사람에게는 생사에 관한 큰 일인가봐요."

흥분한 나머지, 아치미아노프는 심한 아르메니아 사투리로 말했으므로 '생사'가 '생사'로 들렸다.

"도대체 그게 누군데요?"

라예프스키는 물었다.

"이름은 말하지 말라는 부탁이었어요."

"바쁘다고 전해 줘요. 괜찮다면 내일……"

"어떻게 그런 말을!"

아치미아노프는 눈이 휘둥그레지며 말했다.

"그 사람은 당신에게 있어 매우 중대한 이야기가 있다는 거예요…… 매우 중대한 말입니다! 만약에 지금 가시지 않으면 돌이킬 수 없는 불행이 일어납니다."

"이상하군……"

라예프스키는 중얼거렸다. 어째서 아치미아노프가 그렇게 흥분하고 있는지, 또한 이 권태롭고 아무에게도 소용없는 고장에 생길 수 있는 일이란 도대체 무엇일까? 도대체 납득이 가지 않았다.

"이상하군."

그는 망설이면서 다시 덧붙였다.

"어쨌든 가보세. 어차피 마찬가지니까."

아치미아노프는 급히 앞장 서서 갔다. 그는 뒤쫓아갔다. 큰길로 나갔다가 이윽고 골목으로 접어들었다.

"이것 참 지루한 일이군."

라예프스키가 말했다.

"다 왔습니다, 다 왔습니다…… 바로 저깁니다."

그는 성터 근처에서 울타리를 둘러친 공지와 공지 사이의 좁은 길을 빠져서 어느 넓은 마당으로 들어서더니 한 채의 작은 집으로 발길을 돌렸다.

"저건 뮤리도프 집이 아닌가?"

라예프스키가 물었다.

"그렇습니다."

"왜 뒤로 돌아가는지 모르겠군. 한길로 가도 되는데. 그쪽이 더 빠르잖아……."

"압니다, 압니다……"

라예프스키는 점점 더 이상한 생각이 들었다. 아치미아노프는 뒷문으로 안내하더니 좀 조용히 있으라는 듯이 손을 흔들어 보이는 것이었다.

"여깁니다, 여기……"

아치미아노프는 살며시 문을 열고 발돋움을 하여 뒤쪽 복도로 들어가면서 말했다.

"조용, 조용히 하세요…… 들리면 곤란하니까요."

그는 귀를 기울이며 괴로운 숨을 몰아쉬더니 귀엣말을 했다.

"이 문을 열고 들어가세요…… 괜찮습니다."

라예프스키는 망설이면서 문을 열고 들어갔다. 천장이 낮은 방으로 창문에는 커튼이 쳐져 있었고, 테이블 위에 초가 한 자루 타고 있었다.

"무슨 일이야?"

옆방에서 말소리가 났다.

"뮤리도프인가?"

라예프스키가 그 방을 들여다보자 키릴린의 모습이 보였다. 그 옆에는 나제지다의 모습이……

무슨 말을 들었는지 귀에 들어오지도 않았다. 어떻게 해서 한길로 나왔는지도 기억에 없었다. 폰 코렌에 대한 증오도 불안도 가슴에서 사라지고 말았다. 그는 오른손을 힘없이 흔들며 발밑으로 가만히 눈을 떨어뜨리고 평평한 곳을 골라서 갔다. 라예프스키는 집에 돌아오자 서재에 들어가 두 손을 비비며 양복과 셔츠가 불편한 듯이 어깨와 목을 꿈틀거리면서 구석에서 구석으로 왔다갔다하더니 이윽고 촛불을 켜고 테이블 앞에 앉았다.

16

"당신이 말하는 인문과학이라는 것은, 그 진전 과정에 있어 정밀과학과 일치하고 그와 병행하여 나아갈 경우에만 비로소 인류의 사상을 만족시키게 되는 거요. 이 양자의 일치가 현미경 아래서 행해지느냐, 새로운 햄릿의 독백에서이냐, 아니면 새 종교로서냐, 그것은 모르죠. 그러나 그렇게 되기 전에 지구가 얼음층으로 덮이고 말거라고 나는 생각해요. 모든 인도적인 학문 가운데에서 가장 견고하고 생명이 긴 것은 말할 것도 없이 그리스도의 가르침이죠. 그러나 보십시오. 그것마저도 얼마나 해석이 서로 다른가 말이요. 어떤 자들은 모두 이웃을 사랑하라고 가르치죠. 그러면서도 군인과 범죄자와 미치광이는 예외로 하죠. 즉 군인은 전쟁에서 살육해도 좋다고 하고, 범죄자는 격리하고 사형에 처해도 좋다고 하고, 미치광이는 결혼을 금하죠. 또 어떤 해설자는 모든 이웃을 예외없이, 플러스 마이너스의 차별없이 사랑하라고 가르치죠. 그들의 가르침에 의하면, 만약에 결핵 환자든 살인범이든 간질 환자든 와서 '당신 딸을 주시오' 하고 말하면 주어야 하고, 크레틴병인 백치가 건전한 인간에게 싸움을 걸어오면, 목을 내밀어야 된다는 거요. 이 사랑을 위한 사랑의 설교는 예술을 위한 예술이나 마찬가지로, 만일에 그것이 세력을 얻는 날이면, 결국에 가서는 인류를 전멸케 하고 그리하여 개벽 이래 보지 못하던 대규모의 죄악이 이뤄질 것이 분명해요. 해석은 실로 저마다 다르지만, 그 많다는 사실 때문에 진지한 사상가는 그 어느 것에도 만족할 수가 없어서 갖가지 잡다한 해석 위에다 다시 자신의 주장을 더하려고 서두르는 것이오. 그러므로 당신 이야기처럼 절대로 철학적 원리, 또는 소위 그리스도교적 원리에서 문제를 제기해서는 안 돼요. 그렇게 하면 당신은 문제의 해결점에서 멀어질 뿐이에요."

보좌 신부는 동물학자의 말에 조용히 귀를 기울이고 있었으나 한동안 생각하더니 물었다.

"도덕률이라는 것은 어떤 인간에게도 날 때부터 갖추어져 있는 것이지만 그것은 철학자가 고안해 낸 것일까요, 아니면 하느님이 육체와 함께 만드신 것일까요?"

"모르겠는데요. 그러나 그 율이라는 것이 모든 민족 및 시대를 통해서 매우 공통점이 있는 것을 보면, 아무래도 그것은 인간과 유기적으로 결합되어 있는 것으로 인정해야 할 것 같군요. 그건 고안된 것이 아니에요. 현재에도 있고 장래에도 있는 것이오. 나는 구태여 언젠가 가까운 장래에 그것을 현미경으로 들여다볼 때가 오리라고 말하는 건 아니오. 다만 그 유기적 결합에 대해서는 이미 사실로써 증명할 수 있다고 말하고 싶은 거요. 즉 말하자면 중한 뇌질환이라고 불리는 모든 정신병은 내가 알고 있는 경우에 있어서는 무엇보다도 첫째 도덕률의 도착(倒錯)으로서 나타나거든요."

"알았습니다. 그러니까 이런 거죠? 사람의 밥통이 음식물을 요구하듯이 도덕률은 이웃을 사랑할 것을 요구한다고 말이죠. 그렇죠? 그런데 우리의 천성에는 이기심이라는 것이 있어서 양심과 이성의 소리에 반항해서 그 때문에 갖가지 골치 아픈 문제가 일어나지 않습니까? 철학적 원리에서 문제를 제기해서는 안 된다고 하시면 이 해결은 도대체 누구에게 부탁해야 될까요?"

"우리가 소유하고 있는 소량의 정밀과학 지식에 기대는 수밖에 없죠. 실제와 사실의 논리를 믿는 거죠. 그야 극소수에 지나지 않을 것은 분명해요. 하지만 그 대신 철학처럼 토대가 튼튼하지 못한 건 아니죠. 또 예컨대 도덕률이 인간을 사랑하라고 요구한다고 합시다. 상관없잖아요, 사랑은 즉 여러 가지 방법으로 인류에게 해독을 끼치고, 또한 현재와 장래에 인류의 화근이 될 것을 없애 버리는 데 있는 거니까. 우리의 지식과 실제는, 즉 인류의 위협은 정신적·육체적으로 상식을 벗어난 자에게서 온다고 하죠. 과연 그렇다면 그 이상자(異常者)와 싸우면 될 게 아닙니까. 그들을 정상적인 데까지 끌어올려 줄 힘이 당신에겐 없다고 해도 그들의 독을 없애 버릴 만한 힘과 재주는 있겠죠."

"말하자면 사랑이란, 강자가 약자를 정복하는 것이란 말씀이죠?"

"그렇죠."

"하지만 강자는 우리 주 예수 그리스도를 십자가에 못박지 않았습니까!" 열띤 투로 보좌 신부는 말했다.

"즉 그게 문제인데, 그를 십자가에 못박은 것은 강자가 아니라 실은 약자인거요. 인류 문화는 생존 경쟁과 자연 도태의 기세를 꺾었고 또한 현재 그것을 제로에 접근시키려 하고 있어요. 그래서 약자가 급격히 늘어나고 그들이 강자를 압도하게 된단 말이오. 한번 생각해 봐요, 만약에 현재의 미숙하고도 발육 부진한 형태로서의 인도적 사상을 꿀벌에게 주입시킨다면 어떻게 될까. 죽어야 될 수벌은 살아남아서 꿀을 모조리 먹어 버리고, 일벌을 타락시키고 비틀어 죽인다. 결국은 약자가 강자를 압도해서 후자를 퇴화시키는 결과가 되죠. 꼭 같은 현상이 이제 바야흐로 인류에게도 일어나고 있는 것이지요. 즉 약자가 강자를 압박하고 있죠. 아직 문화에 접한 일이 없는 야만인에 있어서는 가장 강하고 현명하고 가장 도덕적인 자가 선두에 서는 법이오. 그가 추장이며 군주지요. 그런데 우리 문화인은 어떤가. 그리스도를 십자가에 못박았고, 또한 현재에도 속속 못박고 있죠. 즉 그건 우리에게 어떠한 결함이 있다는 증거죠…… '어떠한'을 우리들 속에 재생시키지 못한다면 이 그릇된 생각은 무한히 이어질 겁니다."

"하지만 강자와 약자를 구별하는 표준은 무엇일까요?"

"지식과 실제지요. 결핵 환자와 연주창 환자는 그 증상을 보면 알 수 있고, 패덕한과 미치광이는 그 행실을 보면 알 수 있죠."

"하지만 틀리는 수도 있습니까?"

"그래요. 하지만 홍수가 일어나려는데 발이 젖는 것을 걱정할 수야 있나요."

"그건 철학이에요."

보좌 신부는 웃기 시작했다.

"그럴 리가 없어요. 당신은 너무 신학교식 철학의 해독을 입고 있어서 무슨 일에나 다만 안개만을 보려고 하는 겁니다. 현재 당신의 머릿속에 가득 차 추상적 학문은 당신의 지능을 추상에서 꺼내오는 것이므로 추상이라고 불리는 것이오. 악마의 눈을 똑바로 쳐다보시오. 그리고 만약에 그게 악마 같으면 이건 악마라고 사실대로 말하시오. 설명을 찾으려고 칸트나 헤겔한테 매달려서는 안 돼요."

동물학자는 잠시 말을 끊었다가 다시 이었다.

"둘에 둘을 곱하면 넷이오. 돌(石)은 바로 돌이오. 내일은 결투가 있소. 그건 어리석고 불합리한 것이라느니, 결투는 이 시대에 뒤떨어진 것이라느니, 결투는 귀족 취미이긴 하지만, 본질적으로는 취한이 선술집에서 하는 싸움과 조금도 다를 바가 없다느니 하는, 그런 말을 당신과 내가 여기서 아무리 떠들어 본들 역시 우리는 그걸 멈추지 않고 가서 싸우고 말 거요. 즉 우리의 추론보다도 강력한 어떤 힘이 존재하는 거요. 우리는 늘 큰 소리로 전쟁은 강도질이다, 만행이다, 전율이다, 형제를 죽이는 것과 같다고 외치죠. 우리들 가운데 피를 보고 기절하지 않는 사람은 하나도 없지요. 그러나 프랑스인이나 독일인이 단 한 번이라도 우리를 모욕하는 날엔 당장에 자신감이 차올라서 진심으로 만세를 외치며 적진으로 돌진하는 거요. 당신네들이 우리 무운에 신의 축복을 빌면 우리의 용감성은 거국적(擧國的)이며 진정한 열광을 불러일으킬 것이오. 다시 말하자면 우리 및 우리의 철학보다는 더 고상하지 못하지만 적어도 이들보다 더 강한 어떤 힘이 존재하게 되지요. 우리가 그것을 멈추게 할 수 없는 것은, 바로 바다 저쪽에서 몰려오고 있는 검은 구름을 막을 힘이 없는 거나 마찬가진 거요. 위선 행위나 뱃속에서 그 힘을 비웃고 '어리석기 짝이 없다, 케케묵은 짓이다, 성서에 위배되는 짓이다' 하는 따위의 군소리를 하는 행위는 그만두세요. 그보다는 그 힘을 정면으로 똑바로 보고 그의 합리적인 정당성을 인정해야지요. 그리고 이를테면 그 힘이 허약한 연주창 환자나, 음탕한 종족을 전멸하기를 원한다면 곡해된 복음서로 만들어 낸 당신의 알약이나 인용구로써 그 일을 가로막지 말아야 합니다. 니콜라이 레스코프(러시아 작가)의 작품 가운데 마음씨 고운 다닐라가 마을 밖에서 나병 환자를 발견하여 사랑과 그리스도의 이름으로 그에게 먹을 것을 주고 또 따뜻하게 해 주는 것이 있죠. 만약에 이 다닐라가 진실로 인간을 사랑했다면, 아마 그 나병 환자를 시내에서 더욱 먼 곳으로 끌고 가서 도랑 속에 던져버렸을 거요. 그리고 그 대신 건강한 사람들을 위해 봉사했을 거요. 나는 그리스도가 가르친 사랑이 합리적이고 가치 있는 유일한 것으로 생각하고 싶어요."

"당신은 정말 괴상한 사람이군요!"

보좌 신부는 다시 웃기 시작했다.

"그리스도를 믿고 있지도 않으면서 무엇 때문에 그렇게 자주 들먹이는 거요?"

"안 믿기는 왜 안 믿어요. 다만 당신식으로가 아니라 내 나름대로 믿을 뿐이지. 아 참, 보좌 신부님, 보좌 신부님!"

동물학자도 웃기 시작하더니 보좌 신부의 허리를 껴안고 유쾌한 듯이 말했다. "어때요, 내일 결투장에 따라가겠소?"

"직무상 곤란한데요. 그렇지 않다면 가겠는데."

"그 직무상이라는 게 됩니까?"

"난 성직자입니다. 내게는 하느님의 은총이 있습니다."

"아, 보좌 신부님, 보좌 신부님!" 폰 코렌이 웃으면서 되풀이했다.

"그러므로 난 당신과 이야기하는 게 참 좋아요."

"당신은 지금 신앙이 있다고 말했죠?"

보좌 신부가 말했다.

"도대체 어떤 신앙입니까? 저희 아저씨 가운데 성직자가 된 사람이 있는데, 신앙이 어떻게 두터우신지 들로 기우제 기도를 드리러 갈 때, 늘 돌아올 때 비를 맞지 않으려고 반드시 우산과 가죽 외투를 갖고 간답니다. 이거야말로 진짜 신앙이지요. 이분이 그리스도의 이야기를 할 때는 몸에서 빛이 나고 시골 할아버지 할머니들이 통곡을 하지요. 그분 같으면 저 비구름도 멈추게 할 수 있을 거고, 당신이 말하는 그 힘도 쫓아 버릴 수 있을 겁니다. 그렇고 말고요. 신앙이 두터우면 산도 움직일 수 있다는데."

보좌 신부는 웃으면서 동물학자의 어깨를 가볍게 두드렸다.

"정말입니다."

그는 계속했다.

"당신은 늘 연구만 하고 있어요. 바다의 비밀을 캐내고 강자와 약자를 분류하고 책을 저술하고 결투를 신청했습니다. 그렇다고 해서 이 세상에 변하는 것이 뭐가 있습니까. 그러나 좀 보십시오. 어떤 다 죽어 가는 할아버지가 성령을 받아서 한 마디 중얼중얼하거나, 아니면 또 아라비아에서 새로운 마호멧이 말타고 장검을 휘두르면서 나타난다면, 유럽에는 천지가 뒤집혀지는 변이 일어날 것입니다."

"맞았어요 맞았어, 보좌 신부님, 하늘에다 갈퀴로 그렇게 써놓았다더군요."

"일을 불러일으키지 못하는 신앙은 죽은 거나 같죠. 그러나 신앙이 없는 건 더욱 나빠요. 다만 시간 낭비에 지나지 않습니다."

해변 길에 사모이렌코가 나타났다. 그는 보좌 신부와 동물학자의 모습을 보자 이쪽으로 왔다.

"그럭저럭 준비는 다 된 것 같군요."

그는 숨을 헐떡이면서 말했다.

"입회인은 보고로프스키와 보이콥니다. 아침 5시에 올 작정이에요. 날씨가 몹시 흐리군!"

그리곤 하늘을 쳐다보며 말했다.

"아무것도 안 보이는군. 한 차례 올 모양이야."

"당신도 와 주겠죠."

폰 코렌이 물었다.

"아니, 날 용서해 주게. 보다시피 피로로 지쳐 버렸소. 대신 우스치모비치가 올 거요. 벌써 얘기해 놓았으니까."

멀리 바다 위에서 번갯불이 번쩍거리더니 천둥이 울렸다.

"소나기가 오려고 매우 무더웠구나!"

폰 코렌이 말했다.

"내기를 해도 좋아요. 당신은 보나마나 라옙스키네 집에 가서 얼싸안고 한바탕 울고 왔죠?"

"내가 그 사람한테 왜 가요?"

사모이렌코는 당황해서 대답했다.

"아직도 그런 말을 하기요!"

사실은 해가 지기 전에 라예프스키를 만날 수 없을까 하고 산책길과 한길을 두세 번 어슬렁거려 보았던 것이다. 그는 화를 벌컥 낸 자신이 부끄러웠고, 또 바로 그 뒤에 생각난 듯이 갑자기 친절해진 자기가 부끄럽기도 했다. 그는 농담으로 돌려서 라예프스키에게 사과도 하고 주의도 시키고 달래도 보고 싶었던 것이다. 그리고 결투는 중세의 야만적인 풍습의 유물이긴 하지만, 하느님의 섭리가 두 사람에게 화해의 수단으로 결투를 제시했다는 것, 그리고 그 결과 내일이면 굉장한 수재인 두 사람은 훌륭한 인물들이며, 서로 총알을 주고받고나서는 반드시 서로의 가치를 깨닫고 사이좋은 친구가 되리라는 것을 말해 주고 싶었던 것이다. 그러나 끝내 라예프스키를 만나지 못했다.

"내가 그자한테 가긴 왜 가."

사모이렌코는 되풀이 말했다.

"내가 그를 모욕한 게 아니라 그가 나를 모욕했소. 당신 어디 한 번 말해 봐요, 어째서 그가 내게 달려들었나. 내가 무슨 나쁜 짓을 했다는 거요. 응접실에 들어가자마자 느닷없이 간첩질을 했다고 하니, 나 원 참 기가 막혀서. 이봐요, 말 좀 해 봐요. 얘기의 발단은 뭐요? 당신은 그한테 도대체 무슨 말을 했소?"

"그의 상태가 절망적이라고 해줬소. 내 말이 틀림없어요. 어떤 곤경에서도 빠져 나올 수 있는 인간은 정직한 사람 아니면 사기꾼이오. 정직한 인간인 동시에 사기꾼이기를 원하는 그런 인간에게는 빠져 나올 길이 전혀 없소. 그건 그렇고, 여러분, 벌써 11시나 되었어요. 내일은 일찍 일어나야지."

갑자기 바람이 불어와서 해변길 위에 먼지를 일으키더니, 회오리바람으로 바뀌어 소리를 냈다. 그 바람에 파도소리가 잠시 그쳤다.

"질풍이다!"

보좌 신부가 말했다.

"빨리 안 가면 눈을 뜰 수가 없어요."

서로 걷기 시작했을 때 사모이렌코는 군모를 누르면서 한숨을 쉬었다.

"오늘 밤은 도저히 못 자겠군."

"흥분하지 말아요."

동물학자는 웃음을 터뜨렸다.

"안심해도 좋아요, 결투는 아마도 무사히 끝날 거요. 라예프스키는 너그럽게도 하늘로 쏠 거요. 그 외에는 별 도리가 없으니까. 나도 아마 아주 쏘지는 않을 거요. 라예프스키 때문에 재판을 받고 시간을 허비하는 건 도무지 수지가 맞지 않는 짓이거든. 그런데 결투는 어떤 죄에 걸리게 되나요?"

"구속이죠. 하지만 상대편이 죽었을 경우에는 요새금고(要塞禁錮)형이오."

"요새라니, 페트로파블로스크에 있는 거 말인가요?"

"아니, 육군 것일 거요."

"하지만 그 친구 톡톡히 맛을 보여 줘야 할 텐데."

뒤쪽 바다 위에서 번개가 번쩍 하더니 한순간 집집의 지붕과 산줄기가 환하게 드러났다. 산책길 근처에서 세 사람은 헤어졌다. 사모이렌코의 모습이 어둠 속에 사라지고 이미 발소리도 들리지 않게 되자, 폰 코렌이 말했다.

"내일 날씨가 방해나 안 했으면 좋겠는데!"

"글쎄요, 어떨는지. 해가 나면 좋겠군요."

"그럼 잘 주무세요!"

"그림이 어쨌다구요? 지금 뭐라고 했소?"

바람과 파도 소리와 천둥 소리 때문에 잘 들리지가 않았다.

"아무것도 아니에요!"

동물학자는 고함을 지르고 나서 집으로 걸음을 재촉했다.

17

'우수에 잠긴 내 가슴 속에
괴로운 상념들이 들끓도다.
추억은 말도 없이 내 눈앞에
기나긴 두루마리를 펼친다.

그리하여 덧없이 흘러간 지난날의
인생을 읽으며
나는 떨며 저주하노라
아픈 이 가슴 쓰디쓴 눈물을 뿌려 봐도
애달픈 글월은 지울 길 없도다.'

푸시킨

'설령 내일 아침에 죽게 되든, 또는 목숨을 건져서 웃음거리가 되든, 어차피 나는 파멸이다. 톡톡히 망신을 당한 저 여자도, 절망과 수치심에서 자살을 하든 비참한 삶을 이어가든 어차피 파멸인 것이다……'

그날 밤 늦게 라예프스키는 테이블 앞에 앉아서 여전히 손을 비비면서 그렇게 생각했다. 갑자기 창문이 탕하고 열리더니 세찬 바람이 방 안으로 불어닥쳐서 책상 위의 종이들이 사방으로 흩날렸다. 라예프스키는 창문을 닫고 방바닥 위의 종이를 주우려고 몸을 굽혔다. 그러자 자기 몸에서 무언가 새로운 느낌, 이제까지 맛보지 못했던 어떤 어색함을 느꼈다. 어쩐지 자기의 몸이 움직이고 있는 것 같지가 않았다. 팔꿈치를 세우고 어깨를 꿈틀거리면서 살금살금 조심스럽게 걷다가 이내 책상 앞에 앉아서 다시 손을 비비기 시작했다. 몸이 유연성을 잃어버린 것이었다. 죽기 전날 밤에는 근친들에게 편지를 써야 한다. 라예프스키는 그것을 잊지 않고 있었다. 그는 펜을 쥐자 떨리는 손으로 '어머니'라고 썼다.

'당신이 믿고 계시는 자비로우신 하느님의 이름으로, 저 때문에 치욕을 당한 고독하고 가난하고 연약하고 불행한 여인에게 살 곳을 마련해 주시고 다정하게 위로해 주십시오. 그 여자가 행한 지난날의 모든 것을 잊으시고 또한 용서하셔서 그 희생으로써 당신의 아들이 저지른 무서운 죄를 조금이나마 속죄하게 해 주십시오' 하고 써 놓을 작정이었다. 그러나 그는 자기의 어머니가 뒤룩뒤룩 살이 찐 노파이며, 레이스 숄을 걸치고 아침이 되면 애완견을 거느린 여자 식객을 데리고 정원으로 내려가서 정원지기나 하인들에게 사정없이 잔소리를 늘어놓는 광경이라든가, 그 거만하고 심술궂은 얼굴을 생각해 내고는 방금 쓴 글씨를 지워 버리고 말았다.

방에 있는 세 개의 창문에 다시 한 번 번갯불이 번쩍였다. 귀를 찢는 듯한 긴 천둥 소리가 그 뒤를 따랐다. 처음에는 음침하고 둔한 울림이었으나, 곧 터지는 듯한 굉음으로 변해서 창문의 유리가 덜컹거릴 만큼 힘찬 것이었다. 라예프스키는 일어나서 창문으로 다가가 이마를 유리창에다 대었다. 창 밖에는 번갯불 섞인 소나기가 아름답게 몸부림을 치고 있었다. 수평선에는 번개가 끊임없는 흰 줄처럼 먹구름으로부터 바다로 방사되어, 바다 위에 출렁이는 검은 파도를 비쳤다. 오른쪽에서도 왼쪽에서도, 그리고 틀림없이 지붕 위에서도 번개가 번쩍번쩍 빛났으리라.

"소나기다!"

라예프스키는 속삭이듯이 말했다. 누구에겐가, 무엇엔가 기도하고 싶은 심정이었다. 번개에 대해서라도 좋다. 먹구름에게라도 좋다.

"아 아, 반가운 소나기다!"

옛날 일이 생각났다. 그는 소나기가 오면 아무것도 뒤집어쓰지 않고 마당으로 뛰쳐나가는 아이였다. 그러면 밝은 머리에 푸른 눈을 한 계집애 둘이 그 뒤를 따라나와 비를 맞아 가면서도 기뻐서 히히거리고 웃는다. 그러나 무서운 천둥 소리가 나면 계집애들은 어린애인 그에게 의지하여 매달린다. 그러면 그는 성호를 긋고 황급히 "거룩하신, 거룩하신, 거룩하신……" 하고 왼다. 아아, 너희들은 어디로 갔느냐? 어느 바닷속에 빠져 버렸느냐. 저 아름답고 청순한 생활의 싹은? 이제는 이미 천둥도 무섭지 않다. 자연도 사랑하지 않는다. 신도 없다. 옛날에 알던, 그의 가슴에 의지하던 그 계집애들도 모두 그와 그의 동년배들 때문에 몸을 망쳤다. 평생 동안 자기 인생의 마당에 한 그루의 묘목도 심지 않았고 한 포기의 화초도 가꾸지 않았으며, 생명 있는 것들 속에 살면서도 파리 한 마리 구해 준 기억이 없다. 다만 파괴하고 멸망시키고, 그리고 거짓말만 해 왔던 것이다.

'나의 과거에 죄악이 아닌 것이 있었던가?' 그는 자신에게 물어보았다. 절벽 아래 떨어진 자가 나무 덩굴에 매달리듯이 뭔가 밝은 추억에 매달리려고 애쓰면서.

고등학교는? 대학은? 그것도 기만이었다. 제대로 공부도 하지 않았고, 배운 것도 모조리 잊어버리고 말았다. 사회에 나와서는? 역시 기만이었다. 관청에 나가서도 무엇 하나 하지 않고 그저 월급만 받았으니, 그의 근무란 결국 법률에 저촉되지 않았을 뿐이지 추악한 공금 낭비가 아니고 뭔가.

진리란 그에겐 필요 없는 것이었으며 구하지도 않았다. 그의 양심은 악덕과 거짓말에 묶여서 잠들고 있었다. 그는 타국 사람처럼, 또는 다른 유성에서 고용되어 온 사람처럼, 인류의 공동 생활에 참가하지도 않았다. 그들의 고민에도, 사상에도, 종교에도, 학문에도, 탐구에도, 투쟁에도 도무지 무관심이었다. 단 한 마디도 사람들에게 좋은 말을 해 본 적이 없고, 단 한 줄도 유익하고 비범한 것을 쓴 기억이 없고 남에게 단 한 번이라도 가치 있는 일을 해 본 적이 없다. 다만 그들의 빵을 먹고 그들의 포도주를 마시고 그들의 아내를 훔치고 그들의 사상으로 생활해 왔으며, 자신의 파렴치한 기생충 같은 생활을 다른 사람들 앞에서나 자기에게 감추기 위해 될 수 있는 대로 그들보다 한층 뛰어난 인간인 척해 온 것뿐이었다. 허위다, 허위다, 모두가 허위다……

어젯밤에 뮤리도프 집에서 목격한 것이 생생하게 떠오르자, 갑자기 혐오감과 비통함으로 견딜 수 없을 만큼 가슴이 답답해졌다. 그야 물론 키릴린이나 아치미아노프는 보잘것없는 무리들이긴 하다. 그러나 그들이 한 짓은 자기가 시작한 짓의 연장이 아닌가. 그들은 그의 동류이고 제자가 아닌가. 그는 자기를 친오빠처럼 믿어 준 젊고 연약한 여자에게서 남편과 친구와 고향을 빼앗았다. 그리고 그녀를 이 더위와 열병과 권태의 거리로 데리고 왔다. 매일매일 그녀는 그의 나태와 악덕과 허위를 반영하지 않으면 안 되었다. 그것만으로, 오로지 그것만으로도 그녀의 약하고 시들고 비참한 생활은 가득 차 있을 것이다. 이윽고 그는 그녀에게 싫증나고 보기조차 싫게 되었으나 그러면서도 감히 그녀를 버릴 용기가 없어 거미줄 같은 거짓으로 더욱더 단단히 그녀를 묶어 두려고 애를 썼다.

저 두 사람은 그 마무리만 해 주었을 뿐인 것이다.

라예프스키는 책상 앞에 앉았다가 곧 또 창가에 다가가 보기도 했다. 촛불을 꺼보기도 하고 켜보기도 했다. 그는 소리를 내어 자기를 저주하고 울고 슬프게 하소연하고 용서를 빌었다. 절망한 나머지 몇 번이나 테이블로 달려가서 '어머니'라고 썼다.

그에겐 어머니 외에는 한 사람의 친척도 이웃도 없었다. 그러나 어머니가 무슨 도움이 되겠는가? 게다가 어머니는 어디 있단 말인가? 그는 나제지다에게 달려가서 그 발 아래 엎드려 그 손과 발에 입을 맞추며 진심으로 그녀에게 용서를 빌고 싶었다. 그러나 그녀는 자기의 희생자이므로 죽은 사람처럼 무서웠다.

'삶은 끝났다!' 손을 비비면서 그는 중얼거렸다. '도대체 무엇 때문에 나는 아직 살고 있는가, 아아 한심스럽다!' 희미한 빛의 자기 별을 그는 하늘에서 밀어뜨린 것이다. 별은 가라앉고 그 형태는 밤의 어둠 속으로 파묻혀 버렸다. 별은 이제 하늘로 돌아갈 수 없을 것이다. 인생은 한 번만 주어지는 것이지 두 번 다시 되풀이되는 것은 아니기 때문이다. 만약에 지나간 세월을 현재로 돌이킬 수 있다면 지난날의 거짓을 진실로, 안일을 근면으로, 권태를 환희로 바꾸고, 자기가 빼앗은 순결을 그 사람에게 돌려줄 수도 있고, 신과 정의를 발견할 수도 있으리라. 그러나 그것은 떨어져 버린 별을 다시 본디대로 하늘에 되돌릴 수 없듯이 불가능한 일이다. 그것을 할 수 없으므로 그는 절망에 빠진 것이다.

소나기가 그쳤을 때, 그는 열어젖힌 창가에 앉아, 자기 신상에 일어나려고 하는 일을 생각했다. 폰 코렌은 아마 자기를 죽일 것이다. 그 사나이의 명석하고 냉엄한 세계관은 허약자와 부적자(不適者)의 절멸을 인정하고 있으니까. 결투를 결행하는 순간에 그 생각이 바뀐다고 해도 이 라예프스키라는 인간이 그의 마음에 불러일으키는 미움과 혐오감이 그의 결심을 도울 것이 뚜렷하다. 또한 만약에 그의 겨냥이 빗나가거나 아니면 가증한 적을 비웃어 주려고 다만 부상입히는 데 그치거나 하늘을 쏘거나 한다면 그때는 어떻게 하나, 어디로 가면 좋을 것인가.

'페테르부르크로 가나?' 라예프스키는 스스로에게 물었다. '그러나 그것은 결국 현재 내가 저주해 마지않는 무서운 생활을 새로 다시 시작하는 데 지나지 않는다. 철새처럼 장소를 바꿈으로써 구원을 찾으려고 하는 자는 결코 무엇 하나 찾아내지 못하는 것이다. 왜냐하면 그 인간에 있어 지상은 어디나 똑같기 때문이다. 사람에게서 구원을 찾을까? 누구에게 어떻게 구하나? 사모이렌코의 친절과 너그러움 역시 구원이 되지 않는 점은 보좌 신부의 헤픈 웃음이나 폰 코렌의 증오와 아무런 차이도 없다. 구원은 결국 자기 자신 속에서 구하는 도리밖에 없는 것이다. 만약에 찾을 수 없다면 무엇 때문에 시간을 낭비할 필요가 있겠는가. 자살, 그것뿐이다.'

마차 소리가 들려왔다. 벌써 날이 밝기 시작했다. 반포장 마차는 집 옆을 지나서 방향을 바꾸자 축축한 모래밭에 바퀴 소리를 내며 바로 집 곁에 섰다. 마차에는 두 사람이 타고 있었다.

"잠깐 기다려, 이제 곧 갈 테니까."

라예프스키는 창문에서 소리를 질렀다.

"난 일어나 있어. 그런데 벌써 시간이 됐나?"

"음, 4시야. 아직 괜찮긴 하네만……"

라예프스키는 외투를 입고 제모를 쓰고 주머니 속에 궐련을 넣은 다음, 멈춰서서 생각에 잠겼다. 무언가 아직도 해야 할 일이 남아 있는 듯한 기분이 들었던 것이다. 한길에서는 입회인이 작은 소리로 이야기를 하고 있고, 말이 콧소리를 내면서 울고 있다. 사람들은 아직 깊이 잠들어 있다. 하늘이 겨우 밝기 시작한 습기찬 새벽에 들려오는 이러한 소리들이 라예프스키의 마음속에 불길함을 알리는 예감 비슷한 우울을 가득 채워 줬다. 그는 한참 동안 생각에 잠긴 얼굴로 서 있더니 이윽고 침실로 들어갔다.

나제지다는 격자무늬 담요를 머리까지 뒤집어쓰고 온몸을 뻗친 채 기다랗게 자기 침대 위에 누워 있었다. 꼼짝도 하지 않는다. 특히 그 머리 모양이 이집트의 미라와 비슷했다. 말없이 그녀를 바라보면서 라예프스키는 마음속으로 사과하며, 만약에 하늘이 텅 비어 있지 않고 정말로 하느님이 계신다면 하느님은 반드시 그녀를 보호해 주실 거라고 생각했다. 만약에 하느님이 계시지 않는다면 그녀는 죽는 것이 낫다. 더 살아야 할 이유가 하나도 없다. 그녀는 갑자기 튀어 일어나서 침대에 앉았다. 창백한 얼굴을 들어 겁먹은 듯이 라예프스키를 쳐다보며 이렇게 물었다.

"당신이었군요. 이제 소나기는 그쳤나요?"

"그쳤어."

그녀는 문득 그 일이 생각나자 양손으로 머리를 안고 온몸을 떨었다.

"아아 괴로워요."

그녀는 이렇게 내뱉었다.

"이 괴로움을 알아주신다면…… 전 기다리고 있었어요."

반쯤 눈을 감고 그녀는 말을 이었다.

"당장에라도 당신이 죽이러 오든가 아니면 저 비와 번개 속으로 쫓아내려고 올 거라고 생각하고 있었어요. 그런데 당신은 망설이셨군요…… 망설이셨군요……"

그는 다짜고짜로 그녀를 끌어안고, 그 무릎과 손에 키스를 퍼부었다. 그리고 그녀가 무언가 중얼거리면서 지난 일을 생각하고 와들와들 떨자, 그는 여자의 머리를 쓰다듬으면서 가만히 그 얼굴을 들여다보며, 이 불행하고 죄많은 여자야말로 자기의 유일한 이웃이자 알뜰한, 그 누구와도 바꿀 수 없는 바로 그 사람임을 깨달았다.

밖으로 나와 마차에 올라 탔을 때, 그는 살아서 돌아오고 싶다는 것을 절실히 느꼈다.

18

보좌 신부는 일어나서 옷을 입자, 울퉁불퉁한 굵은 지팡이를 손에 들고 살며시 집을 나섰다. 캄캄해서 처음에는 거리에 나선 다음에도 자기의 흰 지팡이조차 보이지 않았다. 하늘에는 별 그림자도 하나 없는 게 또 비가 올 듯한 낌새였다. 습기찬 모래와 바다 냄새가 풍겼다.

'이렇게 캄캄해서야 체첸인도 습격해 오지 못하겠지.' 밤의 고요 속에 높고 쓸쓸하게 울려퍼지는 도로를 짚고 가는 지팡이 소리에 귀를 기울이면서 보좌 신부는 그렇게 생각했다.

시내를 벗어나자, 겨우 길도 지팡이도 보이기 시작했다. 시커먼 하늘의 희미한 얼룩이 군데군데 나타나자, 곧이어 별 하나가 얼굴을 쑥 내밀어 수줍은 듯한 눈으로 깜박이기 시작했다. 보좌 신부는 높은 암벽을 더듬어 갔으므로 바다는 보이지 않았다. 바다는 아래쪽에서 졸고 있고, 형태가 보이지 않는 파도는 나른한 양 무겁게 암벽을 치며 마치 "후유!" 하고 한숨을 쉬고 있는 것 같았다. 또 그 느리고 한가로운 바다의 가락, 파도가 한번 밀어닥치고 나서 보좌 신부가 여덟 발짝을 세자 다음 파도가 암벽을 때렸다. 그리고 또 여섯 발짝 걸으니까 세 번째 파도가 때렸다. 역시 아무것도 눈에 보이지 않는 어둠 속에서는 바다의 나른하고 졸리는 듯한 소리가 들리고 신이 혼돈(混沌) 위를 달리고 있던 시절의 끝없이 멀고 상상조차 할 수 없는 시간의 소리가 들리고 있었다.

보좌 신부는 무시무시한 생각이 들기 시작했다. 신앙이 없는 자들과 한패가 되고 더구나 그들의 결투까지 보러 가는 자기를 하느님께서 벌주시지 말

앉으면 좋겠다고 생각했다. 이 결투는 피를 보지 않는 시시하고 우스꽝스러운 것이긴 하겠지만, 어떻든 간에 결국은 이단적인 구경거리라 그 자리에 참석한다는 것은 성직자의 몸으로서는 천부당만부당한 짓이다. 그는 멈춰서서 되돌아갈까 하고 생각했다. 그러나 강렬하고 억누를 수 없는 호기심이 망설이는 마음을 이겨서 그는 다시 걷기 시작했다.

'그자들은 신앙 없는 자들이기는 하다. 그러나 좋은 사람들이니까 반드시 구제될 것이다.' 그는 그렇게 자기 마음을 달래는 것이었다. "반드시 구제될 것이다!" 보좌 신부는 담배에 불을 붙이면서 입 밖으로 소리내어 말했다.

사람을 올바르게 판단하려면 어떠한 척도를 가지고 판단하면 될 것인가. 보좌 신부는 자기의 원수라 해도 좋을 신학교 시절의 학생과장을 생각했다. 그 사나이는 신도 믿고 결투를 한 적도 없고 품행도 방정했으나 언젠가 보좌 신부에게 모래가 든 빵을 먹인 적이 있으며, 또 한 번은 귀를 찢을 뻔한 적도 있었다. 만약에 인간의 생활이 저 무자비하고 정직하지 못하며 나라의 곡식을 좀먹는 학생과장을 공경하고, 그 건재와 구원을 신학교에서 빌어 줄 만큼 간단하게 되어 있다면, 단순히 믿지 않는 사람이란 이유 때문에 폰 코렌이나 라예프스키 같은 사람을 싫어하는 것은 옳은 일일까? 보좌 신부는 이 문제를 풀어 보려고 했으나 갑자기 오늘 낮에 보았던 사모이렌코의, 웃음이 터져 나올 것 같던 표정이 생각나서 사고(思考)의 흐름이 끊기고 말았다. 내일은 또 어떠한 우스운 일이 있을 것인지 보좌 신부는 떠올려 보았다. 자기가 덤불 속에서 몸을 숨기고 있는 장면, 내일 점심때 폰 코렌이 자랑하기 시작하면 곁에서 자기가 먼저 웃음을 터뜨리면서 그 결투 광경을 상세히 이야기하는 장면을.

"어떻게 그렇게 잘 알고 있나요?"

동물학자는 그렇게 묻겠지.

"그게 기술이에요. 집에 앉아 있으면서도 모두 다 알고 있으니까요."

결투에 대해서 우스꽝스럽게 편지를 쓰면 무척 재미있을 것이다. 장인은 읽고 나서 배꼽을 쥐고 웃을 것이다. 원래 장인이란 사람은 우스운 이야기를 듣거나 읽거나 하는 것을 세 끼 밥보다도 더 좋아하는 분이니까.

황하의 골짜기가 눈앞에 펼쳐졌다. 비 때문에 강은 폭이 더 넓어지고 물살도 더 세어져서 이젠 그 전처럼 소곤대는 소리가 아니라 포효하고 있었다.

날이 밝아 왔다. 습기찬 어둠침침한 아침, 비구름을 뒤따르려고 서쪽으로 치닫는 구름, 안개로 띠를 두른 산줄기, 비에 젖어 축축한 나무들…… 보좌 신부에게는 모든 게 흉하게 시무룩한 얼굴을 하고 있는 듯이 보였다. 실개천에서 세수를 하고 아침 기도를 올리고 나자, 그는 아내가 집에서 아침마다 먹던 신 크림을 친, 혀가 델 만큼 뜨거운 푸이쉬카와 차가 생각났다. 자기 아내와, 자기 아내가 피아노로 치던 〈돌아오지 않는 옛날〉도 생각났다. 그녀는 어떤 여자일까? 보좌 신부는 소개된 혼담이 순조롭게 진행되어 일주일 만에 결혼했던 것이다. 그리고 채 한 달도 같이 살기 전에 이곳으로 출장을 오게 되었으므로 아직까지도 그녀가 어떠한 인간인지 짐작도 할 수 없는 것이다. 그래도 아내가 없으니까 어쩐지 쓸쓸했다.

'편지라도 해 줘야지……' 하고 그는 생각했다.

주막집 위의 깃발이 비에 흠뻑 젖어 축 처져 있다. 주막집도 지붕이 비에 젖어서 그런지 전보다도 더 어두컴컴하고 낮은 것처럼 보인다. 문 앞에 짐마차가 한 대 서 있다. 케르발라이와 어떤 아브하지야인이 두 사람, 그리고 케르발라이의 마누라나 딸로 보이는 터키풍의 바지를 입은 젊은 타타르 여인이 주막집에서 무슨 자루를 지고 나와 옥수수대를 깐 짐마차에 싣고 있다. 짐마차 곁에는 고개를 숙인 당나귀가 두 마리 서 있다. 자루를 다 싣고 나자 아브하지야인과 타타르 여인은 그 위에다 덮개를 덮기 시작하고 케르발라이는 재빨리 당나귀를 마차에 매기 시작했다.

'아마 밀수품일 거야.' 보좌 신부는 생각했다. 여기저기에 바짝 마른 가시가 달린 쓰러진 나무와 시커먼 모닥불 자국이 눈에 띄었다. 피크닉 때 일이 생생하게 떠올랐다. 불. 아브하지야인의 노래, 주교와 십자가 행진에 관한 달콤한 공상…… 흑하도 비 때문에 더 검고 폭이 더 넓어졌다.

보좌 신부는 조심해서 탁류의 사나운 물살이 닿을락 말락하고 있는 위태위태한 다리를 건너서 작은 사다리를 기어올라 건조장 안으로 들어갔다.

'멋진 사나이야.' 그는 짚 위에 쭉 뻗고 누워서 폰 코렌을 생각했다. '훌륭한 사나이야. 제발 무사하기를 빈다. 하지만 아무래도 모진 데가 있어.'

어째서 그 사람은 라예프스키를 미워하고 라예프스키는 그를 미워하는 걸까. 어째서 두 사람은 결투 따위를 하는 걸까. 만약에 저 두 사람이 어릴 때부터 고생을 하고 자랐더라면, 무식하고 인정머리가 없고 탐욕스럽고 한 조각의 빵 때문에 욕설을 퍼붓고, 거칠고, 마룻바닥에 마구 침을 뱉고, 식사 중이나 기도 때에나 태연히 트림을 하는 그런 사람들 사이에서 자랐더라면, 어릴 때부터 좋은 환경과 선택된 사람들 사이에서 귀여움을 받아 오지 않았다면, 두 사람은 얼마나 서로 의지하고 서로의 결점을 기꺼이 용서하고 각자의 개성을 서로 존중하며 지낼 것인가. 세상에는 겉만 신사인 사람일지라도 그 수효가 매우 적지 않은가. 과연 라예프스키는 변덕스럽고 방종하고 이상한 사나이이긴 하지만, 도둑질을 하거나 방바닥에 침을 뱉거나 자기 아내에게 '밥만 처먹고 일은 하지 않는다'고 나무라거나 고삐로 아이를 때리지는 않을 것이고, 하인들에게 냄새가 나는 음식을 먹이지도 않을 것이다. 그것만으로는 그를 너그럽게 대하기가 모자란다는 것인가. 그리고 또 그는 마치 부상자가 상처 때문에 괴로워하듯이 누구보다도 스스로 그 결점 때문에 괴로워하고 있지 않은가. 심심풀이나 하찮은 오해가 원인이 되어, 서로 간에 퇴화니 사멸이니 유전이니 그 밖에 잘 알아들을 수도 없는 것을 가지고 서로 꼬투리를 잡아 내려고 하기보다는, 좀더 낮은 곳으로 내려와 그 증오나 분노를, 저 야비한 무교양과 탐욕과 질책과 불결과 욕지거리와 여자의 날카로운 고함소리가 들끓는 거리 쪽으로 돌리는 편이 좋지 않겠는가. 마차바퀴 소리가 들려와 보좌 신부의 상념을 깨뜨렸다. 문으로 내다보니 반포장 마차가 보였다. 그 안에는 라예프스키와 세시코프스키와 우체국장, 세 사람이 타고 있었다.

"멈춰!"

세시코프스키가 말했다. 세 사람은 마차에서 내리자 서로 얼굴을 마주 보았다.

"아직 오지 않았군."

세시코프스키가 옷에 튄 흙을 털면서 말했다.

"그러면 막이 오르기 전에 어디 좋은 장소가 있나 찾으러 가볼까요. 여기선 옴짝달싹 할 수가 없어."

그들은 강을 따라 상류 쪽으로 걸어가서 이내 보이지 않게 되었다. 타타르인 마부는 마차 위로 올라가서 목을 어깨 쪽으로 기울인 채 잠이 들었다. 10분쯤 기다리다가 보좌 신부는 건조장을 나와서 들키지 않게 검은 모자를 벗고 몸을 숙여서 주위를 살피며 덤불과 옥수수 행렬 사이를 헤치며 강가로 더 들어가기 시작했다. 나무와 덤불에서 굵다란 물방울이 그에게 떨어졌다. 풀도 옥수수도 흠뻑 젖어 있었다.

'이런 망신이 있나!' 그는 젖어서 진흙투성이가 된 옷자락을 걷어올리면서 중얼거렸다. '이럴 줄 알았더라면 오지 않는 건데.'

얼마 안 가서 사람들의 말소리가 들리고 모습도 보였다. 라예프스키는 양손을 소매자락에 쑤셔넣고 몸을 앞으로 구부정하게 구부린 채 숲속의 작은 풀밭을 빠른 걸음으로 이리저리 걸어다니고 있었다. 입회인들은 물가에 앉아서 담배를 말고 있었다.

'이상하군.' 마치 다른 사람 같은 라예프스키의 걸음걸이를 보며 보좌 신부는 생각했다. '꼭 노인 같아.'

"이 작자들, 예의를 안 지켜도 분수가 있지."

우체국장은 시계를 보면서 말했다.

"학자 나리들의 풍습으로는 지각을 해도 좋을지 모르겠지만 내 생각으론 이건 돼지 행세라고밖에 할 수 없어."

구레나룻이 시커멓고 뚱뚱한 세시코프스키는 귀를 기울이고 있더니 말했다.

"옵니다."

19

"난생 처음으로 목격했어. 정말 멋있는 광경이야!"

폰 코렌은 풀밭에 모습을 나타내자 두 손을 동쪽으로 뻗치면서 말했다.

"보십시오, 저 초록색 빛줄기를!"

동쪽 산마루에서 두 줄기 녹색빛이 뻗쳐 나왔다. 정말로 아름다웠다. 해가 떠오르고 있었다.

"안녕하시오!"

동물학자는 라예프스키의 입회인 쪽으로 머리를 끄덕여 보인 다음 말을 이었다.

"제가 늦지나 않았는가요?"

그 뒤에서 그의 입회인들이 따라왔다. 흰 여름 군복을 입은 키가 비슷한 매우 젊은 두 명의 장교, 보이코와 고보로프스키 그리고 사람을 싫어하는 빼

빼 마른 의사 우스치모비치였다. 의사는 한 손에 무슨 보따리를 들고 다른 손은 뒷짐을 지고 있다. 보통 때와 마찬가지로 등에는 지팡이가 똑바로 세워져 있다. 보따리를 땅바닥에 놓자 아무에게도 인사조차 없이 다른 한 손마저 뒤로 돌리고는 풀밭을 거닐기 시작했다.

라예프스키는 곧 죽을지도 모른다는 이유로, 모든 사람의 관심의 대상이 되고 있는 사나이로서의 고뇌와 어색함을 느끼고 있었다. 한시라도 빨리 죽이든가 집으로 데리고 가 주었으면 좋겠다고 생각했다. 그도 해뜨는 것을 보기는 지금이 생전 처음이다. 그러나 지금은 밝아오는 아침도, 초록빛 광선도, 습기찬 공기도, 젖은 장화를 신은 사람들도, 자기 생활엔 아무 필요가 없는 군더더기처럼 생각되어 거추장스러웠다. 이런 것은 전부, 온갖 상념과 양심의 가책 때문에 괴로움을 당한 고통스러운 지난 하룻밤과 아무런 연관도 없는 것이다. 그러므로 결투가 시작되기 전에 돌아갈 수만 있다면 매우 고맙겠다고 생각하고 있었다.

폰 코렌은 눈에 띄게 흥분하고 있어서 그것을 숨기려고 초록색 광선에 아주 흥미를 느끼고 있는 척하고 있었다. 입회인들은 머뭇거리며 자기네들은 무엇 때문에 여기 있는가, 어떻게 하면 좋겠는가 하고 묻고 싶은 듯이 서로 마주 보고 있었다.

"여러분, 저는 이 이상 더 앞으로 갈 필요는 없다고 생각합니다."

세시코프스키가 말했다.

"여기가 좋겠죠?"

"네, 물론입니다."

폰 코렌이 동의했다. 침묵이 왔다. 서성거리고 있던 우스치모비치가 갑자기 라예프스키 쪽으로 핵 돌아서더니 그의 얼굴에 숨결을 뿜으며 작은 소리로 말했다.

"당신에게는 아마 아직 내 조건을 전달할 틈이 없었다고 생각됩니다. 쌍방이 다 15루블을 제게 내기로 되어 있습니다. 어느 쪽이든 죽는 경우에는 살아남은 쪽에서 전액 30루블을 내주셔야 합니다."

라예프스키는 전부터 이 사나이와 안면이 있었으나 지금 처음으로 그의 어두운 눈동자와 뻣뻣한 콧수염과 뼈만 남은 폐병 환자 특유의 목을 보았다. 이건 고리대금업자지 의사가 아니다. 그의 숨결에서는 쇠고기 같은 불쾌한 냄새가 풍겼다.

'세상에는 별의별 사람이 다 있군.' 라예프스키는 생각하며 대답했다.

"좋습니다."

의사는 고개를 끄덕이고는 다시 서성거리기 시작했다. 그 모양으로 판단하건대, 돈에 욕심이 났던 건 절대로 아니고, 다만 증오심에서 그들에게 그런 조건을 내건 모양이었다. 모두들 벌써 시작할 때가 됐다, 또는 이미 끝날 때라고 생각하고 있었으나, 아직 아무것도 시작도 끝도 내지 않은 채 서성거리거나 우두커니 섰거나 담배를 피우거나 하고 있었다. 생전 처음으로 결투에 입회하는 젊은 장교들은, 그들의 의견에 의하면 문관적(文官的)이며 필요도 없는 이 결투를 아직도 거의 인정하지 않고, 자기들의 하복을 꼼꼼하게 살펴보거나 소맷자락을 쓰다듬고 있었다.

세시코프스키는 그들에게 다가가서 작은 소리로 말했다.

"여러분, 우리는 이 결투가 성립되지 않게 전력을 다해야 한다고 생각되는군요. 저 두 사람을 화해시키는 거요."

그는 얼굴을 붉히면서 말을 이었다.

"어젯밤 우리집에 키릴린이 와서 그날 밤에 나제지다 표도로브나와 함께 있는 장면을 라예프스키에게 들켰느니 어쩌니 하고 걱정을 하고 갔어요."

"네, 그 얘긴 우리도 들었습니다."

보이코가 말했다.

"저것 좀 보세요…… 라예프스키의 손이 떨리고 있습니다. 그 밖에도 이런저런 사정으로 해서 말입니다…… 저래서야 피스톨을 들 기운도 없겠죠. 저 사나이를 상대로 결투를 한다는 건 주정뱅이나 티푸스 환자를 상대로 결투하는 것과 마찬가지로 인정머리 없는 짓이죠. 화해가 성립되지 않는다면 하다못해 날짜를 늦추기라도 하는 게 어떨까요……. 이런 무참한 일을 그냥 두고 볼 수는 없어요."

"당신이 한번 폰 코렌과 타협해 보시는 게 어떻겠습니까?"

"난 결투의 규칙도 모릅니다. 그까짓거야 어떻게 되든 알고 싶지도 않습니다마는, 행여나 그 사람이 라예프스키가 겁이 나서 나를 보냈다고 생각지는 않을까요? 하지만 제멋대로 생각하라죠. 그럼 어디 교섭해 보기로 할까?"

세시코프스키는 내키지 않는 모양으로, 마치 발이 저리기나 한 것처럼 가볍게 절뚝거리면서 폰 코렌에게로 갔다. 기침을 하면서 걸어가는 동안 그의 온몸은 권태로운 입김을 내뿜고 있는 것 같았다.

"잠깐 드릴 말씀이 있습니다, 선생."

그는 동물학자가 입은 셔츠의 꽃무늬를 가만히 살피면서 말했다.

"이건 우리들끼리 하는 이야깁니다만…… 전 결투의 규칙도 모르고 그따위 것은 구태여 알고 싶지도 않지만, 제가 이러니저러니하는 것은 입회인으로서가 아닙니다. 다만 한 인간으로서 말씀드리는 것입니다."

"네, 그래서요."

"입회인이 화해하기를 권해도 대개는 받아들여지지 않죠. 그건 그저 형식으로 생각하는 게 보통이지요. 왜냐하면 자존심 때문이지요. 그러나 난 당신에게 간곡히 부탁드립니다만 어디 한번 이반 안드레이치의 모습을 살펴보시기 바랍니다. 저 사나이는 오늘은 제정신이 아닙니다. 말하자면 정신이 뒤집혀서 비참한 형편이죠. 저 사나이에게는 불행한 일이 생겼습니다. 남의 뒷공론을 하는 것을 난 참을 수 없습니다만."

세시코프스키는 붉어진 얼굴로 주위를 살펴보았다.

"그러나 결투 때문에 당신에게 전해 드릴 필요가 있다고 생각합니다. 어젯밤 저 사나이는 뮤리도프 집에서 자기 부인이 어떤 신사와 함께 있는 장면을 목격했던 것입니다."

"추잡한 이야기로군."

동물학자는 중얼거렸다. 그는 창백해져서 침을 탁 뱉었다.

"퉤!"

그의 아랫입술이 파르르 떨리고 있었다. 그는 이제 더 이상 듣기 싫다는 듯이 세시코프스키의 곁을 떠나, 모르고 쓴 음식을 맛 본 것처럼 다시 한 번 침을 퉤하고 뱉더니 증오에 찬 눈으로, 이날 아침 처음으로 라예프스키를 힐끗 훑어 보았다. 이윽고 흥분과 불쾌한 감정이 가시자, 그는 머리를 한 번 흔들고는 큰 소리로 말했다.

"여러분! 우리는 무엇을 기다리느냐고 묻고 싶군요. 어째서 시작하지 않는 거요?"

세시코프스키는 장교들과 눈을 마주치며 어깨를 움츠렸다.

"여러분!"

그는 누구의 얼굴도 보지 않고 큰 소리로 말했다.

"여러분, 우리는 당신들에게 화해를 권합니다."

"수속은 빨리 하시기 바랍니다."

폰 코렌이 말했다.

"화해 이야기는 이미 끝났소. 이제 또 무슨 수속이 남아 있다는 건가요? 빨리빨리 하십시오, 여러분 시간은 우릴 기다려 주지 않아요."

"그러나 우리는 여전히 화해를 주장합니다."

세시코프스키는 어쩔 수 없이 남의 일에 끼어들게 된 사람처럼 미안해 하는 목소리로 말했다. 그는 얼굴을 붉히며 한 손을 심장에다 대고 말을 이었다.

"여러분, 우리는 모욕과 결투 사이에 이렇다 할 관계를 인정할 수 없습니다. 인간의 약점으로서 때때로 우리가 서로 주고받는 모욕과 이 결투 사이엔 아무런 공통점도 없습니다. 당신네들은 대학을 나온 교양 있는 분들입니다. 그리고 물론 결투가 분명 시대착오적인 공허한 형식이니 뭐니 하는 사실을 스스로도 인정하고 계실 것이 분명합니다. 우리도 사실 그런 견해를 갖고 있으며, 그렇지 않았다면 이곳에 오지도 않았을 겁니다. 왜냐하면 우리들의 면전에서 서로 총을 쏘는 것은 용서할 수 없는 일이니까 말씀이에요."

세시코프스키는 얼굴의 땀을 씻고 다시 이었다.

"여러분! 당신들의 오해를 풀고 서로 악수를 나누고 화해의 술잔을 들러 집으로 돌아가십시다. 진정입니다. 여러분!"

폰 코렌은 잠자코 있었다. 라예프스키는 모든 사람의 눈길이 자기에게 쏠려 있는 것을 깨달았다.

"저로서는 니콜라이 바실리이치에게 아무런 원한이 없습니다. 만약에 나에게 잘못이 있다면 그에게 사과를 하겠습니다."

폰 코렌은 정색을 하고 말했다.

"아마 여러분께선 라예프스키 씨가 너그러운 신사 또는 기사로서 집에 돌아가시기를 희망하고 계시는 것 같습니다. 그러나 나는 여러분과 그분에게 그런 만족을 드릴 수는 없습니다. 화해의 술을 마시고 음식을 먹으며 결투는 시대착오적인 한낱 형식에 지나지 않는다는 설교를 듣는 것뿐이라면 구태여 아침 일찍 일어나서 읍내에서 10베르스타나 되는 이곳에 올 필요가 없었을 것입니다. 결투는 결투입니다. 그것을 여기서 실제 이상으로 시시하게 얼버무리려고 해서는 안 됩니다. 나는 싸우기를 원합니다!"

침묵이 왔다. 장교인 보이코가 상자에서 피스톨을 두 자루 꺼내어 한 자루는 폰 코렌의 손에, 한 자루는 라예프스키에게 건네주었다. 거기서 약간 혼란이 일어나서 한참 동안 동물학자와 입회인들의 웃음을 자아냈다. 즉 거기 있는 사람들은 누구 하나 여태까지 결투에 입회한 적이 한 번도 없었으므로 어떻게 하면 되는지, 입회인은 무엇을 하고 어떤 밀을 해야 하는지 아무도 모른다는 사실이 드러났던 것이다. 그러자 보이코가 생각난 듯이 웃으면서 설명을 시작했다.

"여러분, 레르몬토프가 어떻게 썼는지 기억합니까?"

그는 그들을 보며 물었다.

"투르게네프의 작품에도 바자로프가 누군가 하고 총을 쏘아대는 장면이 있었는데……"

"생각해 내도 별 수 없지."

우스치모비치가 멈춰서면서 신경질적으로 말했다.

"거리를 재게. 그러면 다야."

그렇게 말하면서 마치 재는 것을 가르치기라도 하듯이 세 발짝쯤 걸어 보였다. 보이코가 발걸음을 세자 그 동료가 칼을 뽑아 양쪽 끝 땅바닥에다 칼로 긁어서 자국을 내었다. 말뚝인 셈이다.

두 사람의 적수는 모두들 침묵하는 가운데 제자리에 섰다.

'두더지다.' 덤불 속에 앉아 있던 보좌 신부는 그런 생각을 했다.

세시코프스키가 뭐라고 말하고 보이코가 다시 뭐라고 설명했다. 그러나 라예프스키의 귀에는 그 말이 들어오지 않았다. 좀더 정확하게 말하자면 귀에는 들어왔으나 이해할 수가 없었던 것이다. 그는 시간이 되자, 공이치기를 젖히고 무겁고 싸늘한 피스톨의 총구를 위로 들었다. 외투 단추를 끄르는 것을 잊고 있었으므로 어깻죽지와 겨드랑이 밑이 부자연스러워서 마치 소매가 양철로 만들어지기라도 한 것처럼 팔이 어색하게 들어올려졌다. 그는 어제 품었던 거무스름한 이마와 고수머리에 대한 자기의 증오심을 생각해 내고 예컨대 그 격렬한 증오와 분노 속에서라도 자기는 도저히 사람을 쏠 수는 없었을 거라고 생각했다. 탄환이 잘못해서 폰 코렌에게 맞아서는 안 된다고 생각하고, 그는 더욱더 높이 피스톨을 올렸다. 그는 이 너무도 노골적인 관대함은 예의에 어긋난 짓이고 오히려 관대하지 않은 것이 된다고 느끼고 있었으나 그 외에는 별 도리가 없었다. 분명히 처음에는, 상대편이 하늘을 쏠 것이라는 것을 굳게 믿는 듯한 폰 코렌의 비웃는 듯한, 미소를 띤 창백한 얼굴을 보면서 라예프스키는 생각하는 것이었다. '아아, 다행이다. 이제 곧 모든 게 끝난다. 단지 방아쇠에다 조금만 힘을 주면 되는 것이다……'

격심한 반동이 어깨에 왔다. 총성이 울리고 산줄기의 메아리가 대답했다.

"타앙!"

그러자 폰 코렌이 공이치기를 젖히고 우스치모비치 쪽을 보았다. 의사는 양손을 등에 돌린 채 자기는 아무것도 관여하지 않겠다는 듯한 얼굴로 여전히 서성거리고 있다.

"의사 선생."

동물학자가 말했다.

"그 시계추처럼 왔다갔다하는 짓 좀 그만둘 수 없을까요? 눈이 어른거려서 안 되겠어."

의사는 멈춰 섰다. 폰 코렌은 라예프스키를 향해 겨냥을 하기 시작했다.

'마지막이다!' 라예프스키는 생각했다. 똑바로 얼굴로 향해진 총구, 폰 코렌의 자세나 전신에서 보이는 증오와 모멸의 표정, 그리고 이제 한 사람의 신사가 훤한 대낮에 여러 명의 신사들이 보는 앞에서 행하려 하고 있는 이 살인, 이 고요, 라예프스키를 꼿꼿이 세운 채 달아나게 하지 않는 영문 모를 힘. 이러한 모든 것은 그 얼마나 신비롭고 불가사의하며 무서운 것인가. 폰 코렌이 겨냥을 하고 있는 시간이 라예프스키에게는 하룻밤보다도 길게 느껴졌다. 그는 애원하는 듯한 눈길을 입회인들에게 던졌다. 그들은 꼼짝도 하지 않고 새파란 얼굴을 하고 있었다.

'빨리 쏘면 좋겠군.' 라예프스키는 그렇게 생각하며, 새파랗게 질려서 떨고 있는 자신의 비참한 얼굴이 아마 더욱더 폰 코렌의 증오심을 크게 할 것이 틀림없다고 느끼고 있었다.

'곧 죽여 줄 테야.' 폰 코렌은 상대편의 이마를 겨냥하며 이미 손가락을 방아쇠에 대면서 생각하고 있었다. '암 죽여 주고말고.'

"아아, 죽인다!"

갑자기 어딘지 매우 가까운 곳에서 필사적인 고함 소리가 들렸다.

그 순간 총소리가 울렸다. 라예프스키가 쓰러지지 않고 그 자리에 서 있는 것을 보자, 모두들 고함 소리가 난 방향으로 눈을 돌렸다. 그러자 그들은 보좌 신부의 모습을 발견했다. 그의 창백한 얼굴에는 젖은 머리카락이 이마와 뺨에 찰싹 달라붙어 있고 온몸은 흠뻑 젖은 채 흙투성이가 되어 시내 건너쪽의 옥수수밭에 서서 뭔가 이상한 웃음을 띠면서 젖은 모자를 흔들고 있었다. 세시코프스키는 기뻐 웃기 시작했으나 곧 눈물을 흘리며 그 자리를 떠났다.

20

그 뒤 한참 있다가 폰 코렌과 보좌 신부는 다리 곁에서 마주쳤다. 보좌 신부는 흥분하고 있어서 괴로운 듯이 숨을 쉬며 상대편의 눈길을 피했다. 자기의 소심함도 부끄러웠고 흙투성이의 젖은 옷도 부끄러웠다.

"당신이 죽일 작정인 것처럼 보였어요."

보좌 신부는 중얼거렸다.

"그것은 정말로 인간 본성에 어긋난 일이지요. 실로 부자연스럽기 짝이 없는 짓이에요."

"그런데 도대체 뭣 때문에 여길 왔소?"

동물학자가 물었다.

"그건 묻지 말아요."

보좌 신부는 손을 저었다.

"악마가 꾀였어요. 가 보라, 가 보라 하고 말이죠…… 그래서 왔던 것이지만 너무도 무서워서 하마터면 옥수수밭 속에서 죽을 뻔했죠…… 어쨌든 고마워요, 고마운 일이야…… 난 당신이 매우 마음에 들었습니다."

하고 보좌 신부는 중얼거렸다. "자루거미 영감도 매우 좋아할 겁니다…… 우스워, 정말 우습군. 그런데 이건 꼭 부탁입니다만 내가 왔던 일은 아무에게도 말하지 말아요. 그렇지 않으면 웃어른께 혼이 날 테니까요. 보좌 신부가 입회인이었다느니 뭐니 하고요."

"여러분"

폰 코렌이 말했다.

"보좌 신부는 여러분이 여기서 그를 본 사실을 아무에게도 말하지 말아 달라고 합니다. 아마 곤란한 일이 있는 것 같습니다."

"아아, 실로 인간본성에 어긋나는 짓이에요."

보좌 신부는 한숨을 쉬었다.

"내가 한 짓을 용서해 주세요. 난 조금 전의 당신의 얼굴로는 이건 틀림없이 죽었다고 생각했거든."

"저 비열한 인간의 숨통을 끊어놓고 싶은 생각이 태산 같았지만."

폰 코렌은 말했다.

"그런데 당신이 바로 곁에서 그런 소리를 질렀으므로 겨냥이 어긋나고 말았어요. 어쨌든 귀찮은 절차에는 익숙지 못해서 정말로 피곤하군. 난 지쳐 버렸어요. 보좌 신부님, 난 완전히 맥이 빠졌어요. 함께 갑시다……."

"아뇨, 저는 걸어가겠습니다. 흠뻑 젖어서 말리지 않으면 동태가 될 것 같아요."

"그럼 좋도록 하십시오."

기진맥진한 동물학자는 마차에 오르자 눈을 감으면서 노곤한 듯한 목소리로 말했다.

"좋으실대로……"

모두들 마차 곁에서 서성거리거나 올라타거나 하는 동안, 케르발라이는 길 옆에 서서 양손을 배에다 대면서 공손히 절을 하고는 이빨을 드러냈다. 나리들은 경치를 구경하고 차를 마시려고 온 거라고 생각하고 있었으므로, 왜 모두 마차에 올라타는지 납득이 가지 않았다. 모두의 침묵 속에 마차의 행렬은 움직이기 시작하고 주막집 곁에는 보좌 신부 혼자 남았다.

"집에 들어간다. 차를 마신다."

그는 케르발라이에게 말했다.

"난 먹고 싶어."

케르발라이는 러시아 말을 잘한다. 그러나 보좌 신부는 타타르 사람에게는 엉터리 러시아 말이 잘 통할 것이라고 생각했던 것이다.

"달걀을 굽고 치즈도 준다……"

"자 어서 들어오십시오, 보좌 신부님."

케르발라이가 절을 하면서 말했다. "모두 드리겠습니다…… 치즈도 있습니다…… 포도주도 있습니다…… 무엇이든지 원하시는 대로 드십시오."

"타타르 말로는 하느님을 무어라고 하나?" 보좌 신부는 주막으로 들어가면서 물었다.

"당신의 하느님이나 우리 하느님이나 똑같습니다."

질문의 뜻을 잘 모르고 케르발라이는 말했다.

"모든 사람이 가지는 하느님은 하나지요. 다만 사람이 여러 가지 있을 뿐입니다. 어떤 사람은 러시아 사람, 어떤 사람은 터키 사람, 어떤 사람은 영국 사람, 여러 가지 사람이 있습니다만, 하느님은 하나입니다."

"좋아, 만약에 모든 국민이 유일한 신을 숭배하는 것이라면, 왜 자네들 회교도들은 그리스도 교도를 영원한 적으로 여기고 있나?"

"왜 화를 내시오?"

케르발라이는 두 손으로 배를 잡으면서 말했다. "당신은 신부님, 나는 회교도, 당신은 먹고 싶다고 말씀하십니다. 나는 드립니다…… 당신의 신은 어떻고, 나의 신은 어떻다면서 떠드는 것은 부자들뿐이고, 가난한 사람한테는 어떤 것도 마찬가지죠. 자, 어서 드십시오."

주막집에서 신학 문답이 오고가고 있는 동안에, 라예프스키는 마차에 흔들리면서 집으로 돌아가며 회상에 잠겼다. 새벽에 이 길을 지나왔을 때에는 길이나 암벽이나 산줄기도 젖어 있고, 캄캄하여 참으로 가슴이 답답한 생각이 들고, 알지 못하는 미래가 바닥이 보이지 않는 깊은 연못처럼 무섭게 여겨졌다. 그러나 지금은 풀과 들에 괴어 있는 빗방울이 햇빛에 비쳐 다이아몬드처럼 반짝이고, 자연은 기쁜 듯이 미소지어 무서운 미래의 일도 과거로 사라져 버린다…… 그는 울어서 눈이 부은 세시코프스키의 불쾌한 얼굴을 쳐다보고, 또 폰 코렌과 그를 시중드는 사람들과 의사를 태우고 앞을 가고 있는 두 대의 마차를 쳐다보았다. 그에게는 그들 일행이 마치 모두의 생활을 방해만 하는 지긋지긋하게 귀찮은 사람을 방금 매장하고 이제 무덤에서 돌아가는 것처럼 느껴졌다. '모든 것이 끝났다' 하고 그는 과거를 돌이켜보며 생각했다. 손가락 끝으로 목을 살짝 어루만지면서 오른쪽 목의 바로 칼라 언저리가 새끼손가락 만큼의 길이와 굵기의 지렁이 꼴로 부어 있었다. 그리고 목에다 인두라도 댄 것처럼 따끔따끔 아팠다. 탄환이 스친 것이다.

이윽고 집으로 돌아오자 그에게는 길고 불가사의하고 달콤한, 그리고 졸음처럼 몽롱한 하루가 다가왔다. 그는 감옥이나 병원에서 나온 사람처럼 오랫동안 낯익은 물건들을 가만히 쳐다보다가 테이블이며 창문이며 의자며 광선, 바다 등이 오랫동안 느껴 보지 못한 어린이 같은 생생한 기쁨을 가슴 속에 불러일으켜 주는 것을 느끼고 놀랐다. 파리해지고 수척해진 나제다 표도로브나는 남편의 정다운 목소리와 이상한 태도가 이해되지 않아 서둘러 자기 주위에 일어난 모든 것을 이야기했다. 남편은 귀가 어두워서 잘 듣지를 못하므로 이야기를 잘 알아듣지 못하는 것같이 생각되었다. 만약에 완전히 알아만 듣는다면 그녀에게 저주의 말을 퍼부으며 죽이려 했을 게 틀림없었을 것이다. 그러나 남편은 그녀의 말에 귀를 기울이며 얼굴과 머리를 쓰다듬고 가만히 눈을 들여다보면서 말하였다.

"나한테는 당신 외에는 아무도 없단 말이야……"

그리고는 두 사람은 오랫동안 바짝 붙어서 작은 들에 앉아 있었다. 두 사람은 잠자코 있는가, 아니면 자기들의 미래에 있을 행복한 생활을 꿈꾸며 짤막한 토막말을 했다. 라예프스키는 자기가 지금까지 한 번도 이와 같이 길고 아름다운 이야기를 한 적이 없는 것같이 생각됐다.

21

석 달 남짓 지났다.

폰 코렌이 떠나기로 결정한 날이 왔다. 아침 일찍부터 굵고 차가운 비가 오고, 북동풍이 불어 바다에는 거친 파도가 일고 있었다. 이런 날씨로는 기선이 도저히 정박지까지 들어올 수 없을 것이라는 말이 들렸다. 시간표에 의하면 배는 오전 10시 전에 들어와야 했는데, 폰 코렌이 정오와 점심 식사 뒤에 해안 거리로 나가 보았지만 쌍안경에 비친 것은 회색의 파도와 수평선, 그리고 비 외에 아무것도 없었다.

저녁이 가까워지자, 비는 그치고 바람도 눈에 띄게 잠잠해지기 시작했다. 폰 코렌은 오늘은 떠나지 못할 것이라고 단념하고 사모이렌코와 장기를 두기 시작했다. 그러나 어두워지자 호위병이 들어와서 먼 바다에 등불이 나타나고 봉화가 보였다고 보고했다.

폰 코렌은 당황하기 시작했다. 그는 작은 자루를 어깨에 메고 사모이렌코와 보좌 신부와 키스를 하고는 이렇다 할 용무도 없이 방마다 돌아다니면서 호위병과 여자 요리사에게도 작별 인사를 하고 거리로 나섰다. 어쩐지 군의관의 집에나 자기 하숙집에 무엇을 잊어버리고 온 듯한 기분이었다. 거리에서는 사모이렌코와 나란히 걸었으며 그 뒤에는 상자를 든 보좌 신부가 따랐고, 맨 뒤에는 트렁크 두 개를 들고 호위병이 따라갔다. 사모이렌코와 호위병 두 사람은 먼 바다에 있는 희미한 등불을 분간할 수 있었으나 다른 두 사람은 어둠 속에서 눈을 크게 떠 보아도 아무것도 보이지 않았다. 배는 해안에서 멀리 떨어진 곳에 닻을 내리고 있었다.

"빨리빨리." 폰 코렌이 재촉했다. "배가 떠나면 큰일이야!"

라예프스키가 결투가 끝난 뒤 얼마 안 있어 옮겨온 창문이 셋 있는 자그마한 집 앞까지 다가오자, 폰 코렌은 창문을 들여다보지 않고는 견딜 수가 없었다. 라예프스키는 창을 등지고 윗몸을 굽히고 책상 앞에 앉아서 글을 쓰고 있었다.

"정말 놀랍군."

동물학자는 나직이 말했다.

"아주 집구석에만 틀어박혀 있군!"

"음, 정말 놀라운 일이오."

사모이렌코도 탄식처럼 말했다.

"저렇게 아침부터 밤까지 줄곧 앉아서 일만 하고 있소. 빚을 갚고 싶은 일념에서 말이오. 생활은 거지보다도 못해요."

침묵 가운데 약 30초쯤이 지났다. 동물학자와 군의와 보좌 신부는 창문 밑에 서서 가만히 라예프스키를 지켜보고 있었다.

"저렇게 이곳을 떠나지 않고 있단 말야, 가엾게도."

사모이렌코가 말했다.

"기억하고 있겠죠, 얼마나 저 사람이 안절부절못했는가를 말이오?"

"음, 몹시 자기 자신을 억눌렀군."

폰 코렌이 되풀이 말했다.

"결혼도 했겠다, 그런데 어떻게 하루 종일 한 조각의 빵을 위해 일을 하지, 얼굴에는 무엇인가 새로운 표정이 보이고 게다가 태도까지도 모든 것이 너무도 달라졌기 때문에 나는 어떻게 말해야 좋을지 모르겠소."

동물학자는 사모이렌코의 소매를 잡고 감동된 목소리로 계속했다.

"이봐요, 내가 떠날 때, 두 사람한테 탄복하고 안부 전하더라고 저 사람하고 그의 부인한테 말해 주시오…… 그리고 만약 가능하다면 나를 나쁘게 여기지 말아 달라고 부탁해 주시오. 저 사람은 내 마음을 알고 있어요. 그때 내가 이런 변화를 미리 알 수 있었다면 아마 그와 가장 친한 친구가 되었을 것이라는 것을 저 사람은 알고 있겠죠."

"차라리 당신이 가서 작별 인사를 하고 와요."

"아니, 그건 곤란해요."

"왜 곤란하다는 거요? 이제 다시는 저 사람을 만날 수 없을지도 모른단 말이오."

동물학자는 잠시 생각하고 나서 말했다.

"그도 그렇군요."

사모이렌코는 조용히 손가락 끝으로 창문을 두드렸다. 라예프스키는 놀라면서 뒤돌아보았다.

"니콜라이 바실리이치가 자네한테 작별 인사를 하고 싶다고 말하고 있어." 사모이렌코가 말했다.

"지금 떠나려고 해."

라예프스키는 책상에서 일어서서 문을 열려고 현관으로 갔다. 사모이렌코와 폰 코렌과 보좌 신부는 집 안으로 들어갔다.

"잠깐 1분 정도만 실례하겠습니다."

동물학자는 현관에서 덧신을 벗으면서, 그리고 자기가 인정에 못이겨 초대도 받지 않는데 들어간 것을 뉘우치면서 말을 건넸다. '주책 없는 꼴이 되었군.' 그는 마음속으로 생각했다. '아무래도 졸렬해.'

"공연히 실례를 해서 미안합니다."

라예프스키 뒤에서 방으로 들어가면서 그는 말했다.

"곧 떠나기 때문에 어쩐지 한번 만나 뵙고 싶었던 거예요. 또 언제 뵙게 될지 몰라서요."

"매우 기쁩니다……어서 앉으십시오."

라예프스키는 그렇게 말하고, 어색한 솜씨로 손님들에게 의자를 권했는데, 그것은 마치 그들의 길을 가로막는 것처럼 보였다. 그리고 자신은 방 한가운데에서 손을 비비면서 걸음을 멈추었다.

'잘못했군, 저 구경꾼은 거리에 두고 올걸.' 폰 코렌은 그렇게 생각하며 뚜렷한 투로 이렇게 말했다.

"저를 나쁘게 여기지 말아 주십시오. 이반 안드레이치, 과거를 잊어버리는 것은 물론 어려운 일이지만 그것은 너무 침통한 일입니다. 그리고 저는 사과의 말을 하거나 제가 나쁘지 않다고 말하러 온 것은 아닙니다. 저는 성의를 갖고 행동했으며, 그 뒤에도 제 신념에 변함은 없습니다…… 하지만 지금이라도 알게 된 것이 기쁩니다만 당신에 관한 제 견해는 잘못이었습니다. 그러나 평탄한 길이라도 넘어지는 수가 있는 법이지요. 결국 사람의 운명이라는 것은 그런 것이죠. 근본에 있어서는 잘못이 없더라도 지엽적(枝葉的)인 것에 있어서는 틀릴 수가 있는 거죠. 아무도 참다운 진실을 아는 사람은 없는 거예요."

"그래요. 아무도 진실을 아는 사람은 없죠……"

라예프스키도 말했다.

"그럼 안녕히 계십시오…… 건재를 빕니다."

폰 코렌은 라예프스키에게 손을 내밀었다. 라예프스키는 그와 악수하고 고개를 숙였다.

"제발 저를 나쁘게 여기지 말아 주십쇼."

폰 코렌은 말했다.

"부인한테 안부 전해 주세요. 작별 인사를 못해서 매우 유감스럽다고 전해 주십시오."

"지금 집에 있습니다."

라예프스키는 문에 다가가서 옆방에 대고 말했다.

"나쟈, 니콜라이 바실리이치 씨가 작별 인사를 하시겠다는데."

나제지다 표도로브나가 나왔다. 문에 서서 몹시 두려운 듯이 손님들을 쳐다보았다. 미안한 듯하고 겁에 질린 얼굴을 한 채 그녀는 두 손을 꾸중을 듣고 있는 여학생처럼 맞잡고 있었다.

"저는 지금 떠나요, 나제지다 표도로브나."

폰 코렌은 말했다.

"그래서 작별하러 왔습니다."

그녀는 두려운 듯이 그에게 손을 내밀고 라예프스키는 고개를 숙였다.

'두 사람 다 참으로 비참한 꼴이군.' 폰 코렌은 생각했다. '이쯤 됐다면 보통 일은 아니지.'

"저는 모스크바와 페테르부르크에도 갈 텐데."

그는 물었다.

"그곳에 무언가 보내실 것은 없습니까?"

"어머!"

나제지다 표도로브나는 놀란 듯이 남편을 마주 쳐다보았다.

"별로 없는데요……"

"그래요, 아무것도 없습니다……"

라예프스키도 손을 비비면서 말했다.

"부디 여러분한테 안부 전해 주세요."

폰 코렌은 이 밖에 어떤 말을 할 수 있는지 또 말해야 하는지 알 수 없었다. 아까 여기로 들어올 때에는 좋고, 따뜻하고 뜻 있는 말을 많이 하려고 생각했던 것이다. 그는 묵묵히 라예프스키와 그의 아내와 악수를 나눈 뒤 무거운 마음으로 나왔다.

"정말, 좋은 사람들이야!"

보좌 신부가 뒤에서 나직이 말했다.

"아아, 정말로 좋은 사람들이야! 참으로 하느님의 오른손이 이 포도원을 만들어 주셨어. 주여, 주여, 한 사람은 몇천 명을 이겨내고 또 한 사람은 몇만 명을 이겨냅니다. 니콜라이 바실리이치."

그는 정신없이 기뻐하며 말했다.

"당신은 오늘 인류 최대의 적을 이겨냈어요. 바로 오만(傲慢)을 말예요!"

"이제 그만두십시오, 보좌 신부님. 나나 그 사나이가 왜 승리자란 말이오? 승리자라면 독수리처럼 보일 텐데. 그런데 그 사나이는 비참하고 겁쟁이고, 숨이 끊어질 것 같아서 마치 흙으로 만든 중국 토우 같고, 나는…… 나는 우울하단 말이오."

뒤에서 발소리가 났다. 라예프스키가 배웅하러 쫓아온 것이다. 부두에는 호위병이 트렁크 두 개를 들고 서 있었으며 조금 떨어진 곳에 사공이 네 명 있었다.

"역시 바람이 불고 있군."

사모이렌코가 말했다.

"이러면 난바다는 거칠겠는데, 원 세상에. 나쁜 때에 떠나게 되는군요. 꼴랴."

"나는 뱃멀미는 예사죠."

"그게 아니라니까…… 저 바보 같은 자식들이 당신을 뒤집어엎어 버리지 않는다면 좋겠는데. 대리점의 보트로 가는 것이 좋겠소. 대리점 보트는 어디 있지?" 그는 사공에게 외쳤다.

"벌써 나갔어요, 나리."

"세관 보트는?"

"그것도 나가고요."

"왜 보고하러 오지 않았나?"

사모이렌코는 화를 냈다.

"이 얼간이들 같으니……"

"할 수 없지, 걱정 마시오."

폰 코렌이 말했다.

"그럼 가겠소. 몸성히 잘 있어요."

사모이렌코는 그를 껴안고 성호를 그었다.

"나를 잊지 마시오, 꼴랴…… 편지 보내고…… 내년 봄에는 기다리고 있겠소."

"잘 있어요. 보좌 신부님."

폰 코렌은 보좌 신부와 악수하면서 말했다.

"당신의 우정과 여러 가지 재미있는 얘기에 감사드립니다. 탐험 여행에 대해서는 잘 생각해 보세요."

"그러구 말구요. 세계의 끝까지라도!" 보좌 신부는 웃기 시작했다. "싫다고 말할 리가 없죠."

폰 코렌은 어둠 속에서 라예프스키의 모습을 알아내고 묵묵히 손을 내밀었다. 사공들은 벌써 밑으로 내려가 보트를 잡고 있었다. 방파제가 큰 파도를 막고 있기는 했지만 그래도 보트는 말뚝에 부딪치고 있었다. 폰 코렌은 트랩을 내려가서 보트를 타고 키 부근에 앉았다.

"편지하시오!"

사모이렌코가 그에게 외쳤다.

"몸 조심해요!"

'아무도 참다운 진실을 아는 사람은 없다.' 라예프스키는 외투의 깃을 세우고 두 손을 소매 끝에 넣으면서 생각했다.

보트는 재빨리 부두를 돌아 먼 바다로 나갔다. 그리고 파도 사이로 들어가는가 하면 이내 골짜기의 밑바닥에서 높은 언덕으로 올라가 사람의 모습은 물론 키까지 보였다. 보트는 삼사 사줴니(러시아의 길이 단위)쯤 앞으로 나갔다가는 다시 이삼 사줴니 정도 뒤로 밀렸다.

"편지 보내시오!"

사모이렌코는 그에게 외쳤다.

"이런 날씨에 악마가 당신을 끌어낸 거요!"

'그래, 참다운 진실을 아는 사람은 아무도 없구나.' 라예프스키는 비통한 눈길로 거칠고 어두운 바다를 보면서 생각했다.

'보트는 뒤로 되밀린다.' 그는 생각했다. '두 발짝 나가서는 한 발짝 물러난다. 하지만 사공은 굳세다. 마음 놓지 않고 키를 움직인다. 높다란 파도도 겁내지 않는다. 보트는 점점 앞으로 나간다. 아아, 벌써 보이지 않는다. 반 시간이 지나면 사공의 눈에는 뚜렷하게 배의 등불이 보이게 될 것이다. 한 시간 뒤에는 배의 트랩에 닿을 것이다. 인생도 이와 마찬가지다…… 진실을 추구하여 사람은 두 발짝 앞으로 나가서는 한 발짝 뒤로 물러난다. 고민과 과거와 삶의 권태가 그들을 뒤로 물러나게 하는 것이다. 그러나 진실에의 열망과 굽히지 않는 의지가 앞으로 앞으로 민다. 그리고 누가 알 것인가? 아마 그들은 참다운 진실에 닿게 될지도 모르는 것이다……'

"잘 가시오!"

사모이렌코가 외쳤다.

"이젠 보이지도 들리지도 않아요."

보좌 신부가 말했다.

"여행 중 몸 조심하시오!" 빗방울이 드문드문 떨어지기 시작했다.

Поцелуй

입맞춤

입맞춤

5월 20일 밤 8시, N 예비포병여단(豫備砲兵旅團)의 6개 중대가 모두 야영지로 가다가 메스 체치키라는 마을에서 하룻밤 묵기 위해 머물렀다. 대포를 손보느라 바쁜 장교가 있는가 하면, 말을 달려 교회 울타리 부근 광장에 집합하여 숙사 담당의 설명을 듣고 있는 장교도 있어 한참 소란을 피우는데, 교회 건물 뒤에서 말을 탄 평복 차림 남자가 모습을 나타냈다. 그가 타고 있는 말 또한 색다른 것이었다. 누런 털빛의 조그마한 말로 잘생긴 목과 짧은 꼬리를 가졌으며 걸음걸이가 어쩐지 옆걸음이라도 치고 있는 듯 똑바르지 않고, 더구나 네 발로 깡충깡충 잽싸고 빠르게 춤추는 듯이 움직이는 모습은 마치 다리에 채찍을 맞고 있는 듯했다. 장교들이 모여 있는 곳까지 오자, 말을 탄 사나이는 모자를 조금 들어올리고 다음과 같이 말했다.

"이 고장의 지주, 육군 중장 폰 라베크 각하께서 장교님들에게 차 대접을 해드리려고 하오니 저택까지 즉시 와주십사 하는 초청입니다……"

말은 꾸벅 절을 하더니 또 춤을 추기 시작하여, 장기(長技)인 옆걸음질로 물러갔다. 말을 탄 사자(使者)는 다시 한 번 모자를 좀 들어올리고 곧 그 괴상한 말과 함께 교회 뒤로 사라져 갔다.

"체, 별꼴 다 보겠네!" 저마다의 숙사로 흩어져 가면서 원망스러운 듯 이렇게 중얼거리는 장교도 있었다. "졸려 죽겠는데 말이야, 폰 라베크라는 사람이 차를 마시라고 하셨겠다! 그게 어떤 차라는 건 벌써 알고 있지!"

여섯 중대의 모든 장교들 머릿속에는 지난해에 있었던 일이 똑똑히 떠올랐다. 그것은 기동 연습 때 일이었는데, 그들은 어느 카자크 연대 장교와 함께 바로 지금과 같은 방법으로 퇴역 군인이라는 어느 지주 백작에게서 차를 대접하겠다고 초청받은 적이 있었다. 손님 접대에 능하고 친절한 백작은 정중히 그들 모두를 접대하여 마음껏 먹고 마시게 했을 뿐 아니라, 마을의 숙사로 돌아가려는 그들을 말려 끝내 그의 저택에서 묵게 하였다. 물론 모든 게 좋은 일뿐이었고 더 이상 욕심을 부릴 수는 없었지만, 다만 귀찮기 짝이 없었던 것은 이 퇴역 군인이 청년 장교들을 보자 너무 기뻐했던 것이다. 그는 동이 훤히 틀 때까지 장교들에게 즐거웠던 자기의 지난 시절 이야기를 해 주고, 이 방 저 방을 모조리 안내하며 돌아다니고, 값진 그림과 오래된 판화, 진귀한 무기 따위를 차례 차례 보여 주고, 고관들이 직접 쓴 편지를 읽어 주기도 하였다. 피곤에 지칠 대로 지친 장교들은 공손히 듣고 보고 하면서도 또 한편으로는 잠자리가 그리워 소매 끝으로 슬쩍 하품을 감추는 비참한 상태였다. 겨우 그들을 놓아 주었을 때는 이미 잠자기엔 늦은 시간이었다.

이번 폰 라베크도 그런 사람이 아닐까? 아니, 그런 사람이건 아니건 일이 이쯤 되니 어찌할 도리도 없었다. 장교들은 정성껏 솔질해서 복장을 단정히 하고 와자지껄 떼를 지어 지주 저택을 찾아 나섰다. 교회 부근의 광장에서 길을 물으니, 지주 댁으로 가려면 아랫길로도 갈 수 있다—교회 뒤쪽에서 개천으로 내려가 가로수길을 따라가면 문제없이 목표 장소에 이른다, 또 하나는 윗길인데—교회에서 곧장 마을을 벗어나 사오 마장쯤 되는 곳에 가면 지주의 곡식 창고에 닿는다, 이런 식으로 알려 주었다. 장교들은 윗길을 택하기로 했다.

"폰 라베크란 사람은 도대체 어떤 사람일까?" 그들은 가는 도중 서로 의견을 나누었다. "플레브나의 싸움에서 N 기병 사단을 지휘한 바로 그 사람이 아닐까?"

"아니, 그 사람은 폰 라베크가 아니야, 그냥 라베였어. 폰도 붙지 않았고."

"어쨌든 날씨가 참 좋군!"

지주의 곡식창고 가운데 맨 앞에 있는 곳간에서 길이 두 갈래로 갈라져 있었다. 한쪽은 곧장 뻗어 저녁의 어둠 속으로 사라지고, 다른 한쪽은 오른쪽으로 꺾어 지주 저택으로 통하고 있었다……장교들은 오른쪽으로 돈 뒤, 소리를 낮추어 이야기하기 시작했다……길 양쪽에는 돌로 만든 빨간 지붕의 곳간이 즐비하게 늘어서 있었는데, 그 육중하고 위엄 있는 느낌은 시골 거리에 있는 병영 그대로였다. 길 앞쪽에는 지주 저택의 창문이 밝게 빛나고 있었다.

"야, 여러분들, 점괘가 좋은데!" 장교 가운데 누군가가 말하였다. "우리의 세터가 선진(先陣)을 차지하고 있지 않소? 틀림없이 먹이 냄새를 맡은 모양이야!"

맨 앞에 서 있던 사람은 로비트코 중위로 키가 훤칠하고 튼튼한 체격인데도 콧수염이 전혀 없었다(그는 벌써 스물다섯 살을 넘었는데, 그의 토실토실하고 영양 좋은 얼굴에는 웬일인지 아직도 싹이 날 기색이 없었다). 그러나 여성의 존재를 멀리서 냄새로 알아내는 직감력과 능력으로 여단에서 명성을 떨치고 있는 사람이었다. 그는 책 뒤를 돌아보더니 이렇게 말했다—

"그래. 그곳에는 반드시 여자가 몇 사람 있어. 나는 본능적으로 그것을 알 수 있거든."

저택의 현관 앞까지 나와 장교를 맞이한 사람은 딴 사람도 아닌 폰 라베크였는데, 풍채가 당당하고 예순 살쯤 되어 보이는 평복 차림의 노인이었다. 장교들과 차례로 악수를 나누면서 그는 매우 기쁩니다, 더할 나위 없는 행복입니다, 하고 환영의 뜻을 나타냈다. 덧붙여, 지금 장교 여러분들에게 간절히 관용을 바라고 싶은 것은 모처럼 초청하였으나 편히 하룻밤을 묵어 주십사 부탁할 수가 없게 됐다는 얘기였다. 사실 누이동생이 각각 아이들을 데리고 놀러 온 데다 동생들과 이웃 지주들까지 머물고 있어 집 안에 빈 방이라곤 하나도 없다는 것이다.

장군은 그들의 손을 일일이 쥐면서 거듭 사과하며 웃어 보이기는 했지만, 그의 얼굴빛으로 미루어 그가 손님을 반가워하는 정도는 작년의 백작에 비하면 아무것도 아니고, 이렇게 장교들을 초대한 것도 단지 예의상 할 수 없다는 집안사람들의 뜻을 따랐을 뿐이라는 걸 뚜렷이 나타냈다. 장교들도 푹신한 양탄자의 계단을 올라가며, 주인의 인사말을 들으면서 자기들이 저택으로 초대받은 것 역시 입장이 난처할 뿐이라고 생각했다. 더구나 하인들이 허둥지둥 뛰어다니며 아래층 입구와 이층 객실 등에 불을 켜고 있는 것을 보았을 때, 자기들이 저택에 뜻하지 않은 괴로움과 소동을 가져왔다는 생각이 들기까지 했다. 아마 집안끼리 축하행사라도 있어서, 어린 애들을 데리고 온 두 누이동생과 남동생, 그리고 이웃 지주들까지 모인 것 같았는데, 보지도 알지도 못하는 장교들이 열아홉 명이나 들이닥친 것을 보고는 빈말로도 기뻐해 줄 리가 없었다.

이층으로 올라가자 홀의 입구에서 손님을 맞아준 사람은 키가 크고 날씬한 노부인이었다. 눈썹이 짙고 얼굴은 갸름하여 외제니 황후(1826~1920, 나폴레옹 3세의 황후)를 연상케 했다. 상냥하고 위엄 있는 미소를 띠면서, 손님들을 우리집으로 맞아들여 참으로 기쁘기 이를 데 없다는 인사말을 한 뒤, 다만 끝내 사과드려야 할 것은 공교롭게도 나도 주인도 장교 여러분들에게 하룻밤을 편히 묵게 해 드릴 형편이 못되는 것이라고 덧붙여 말하였다. 그녀의 아름답고 위엄 있는 미소는 그녀가 무슨 일로 옆을 볼 때마다 갑자기 그녀의 얼굴에서 사라지곤 했다. 어쨌든 그녀의 미소로 판단하건대 그녀는 생애에 진저리날 만큼 숱한 장교 제군들을 보아 와 지금은 장교 따위는 전혀 안중에 없고, 비록 이처럼 그들을 자기 저택에 초대하여 사과의 말을 하고 있더라도, 그것은 그녀가 받은 교육이나 사교계에서의 지위가 그렇게 만든 것에 지나지 않는다는 것을 얼핏 보아도 분명히 알 수 있었다.

커다란 식당으로 장교들이 안내를 받아 들어가니, 긴 식탁 한쪽 끝에 열 사람쯤의 신사 숙녀가 차를 앞에 놓고 앉아 있었다. 의자 뒤에는 희미한 여송연 연기에 싸인 남자들만이 어렴풋이 보였다. 그들 가운데 누구인지는 모르지만 여윈 청년 한 사람이 아마빛의 구레나룻을 기르고 서 있었는데, 이상하게 목안에서 굴러나오는 발음으로 무엇인가 높다랗게 영어로 떠들고 있었다. 그들의 뒤쪽 문 너머로는 환한 방이 보였고, 그곳의 가구는 모두 푸른빛이었다.

"여러분, 사람 수가 많아 도저히 일일이 소개드릴 수는 없군요!" 장군은 큰 소리로 명랑하게 보이려고 애쓰면서 말했다. "자, 여러분, 각자가 허심탄회하게 가까이 지내 주십시오!"

매우 진지한 표정을 넘어서 위엄마저 있는 표정을 짓는 장교가 있는가 하면 어색한 웃음을 띤 장교도 있었는데, 한결같이 몹시 겸연쩍어하며 겨우 인사말으로 끝내고 차 마시는 자리에 앉았다.

그중 가장 겸연쩍어한 사람은 랴보비치라는 이등(二等) 대위였다. 이 사람은 안경을 끼고 살쾡이 같은 구레나룻을 뾰족하게 기른, 몸이 작고 등이 굽은 장교였다. 방금 동료들이 제각기 한창 진지한 표정을 짓거나 어색한 웃음을 띠는 동안, 그의 얼굴은 살쾡이 같은 구레나룻과 안경과 함께 '나는 여단 중 가장 마음이 약하고, 가장 소극적이고, 가장 눈에 띄지 않는 장교입니다!' 말하기라도 하는 듯하였다. 처음 식당에 들어가 이윽고 차를 마시는 자리에 앉는 동안 아무리 애를 써도 그는 자기 주의력을 무엇인가 일정한 얼굴이나 물건에 집중시킬 수가 없었다. 많은 얼굴, 갖가지 의상, 커트 글라스로 된 코냑 병, 컵에서 떠오르는 김, 석회로 만든 천장의 차양 따위가 하나로 뒤섞여 전체가 한 덩어리의 방대한 인상을 만들어 내고, 그것이 랴보비치로 하여금 안절부절못하게 불안한 마음과, 구멍이 있다면 머리를 감추고 싶은 생각을 불러일으켰다. 처음 대중 앞에 나선 연설자처럼 그에겐 눈앞에 있는 것이 모두 보이면서도 그것들을 확실히 파악할 수 없었다(생리학자들은 이처럼 대상이 보이면서도 이해하지 못 하는 상태를 〈심맹(心盲)〉이라고 부른다). 그러나 잠시 뒤 주위에 익숙해져 랴보비치는 마음의 시력을 되찾고 차차 관찰하기 시작했다. 마음이 약하고 사교에 익숙하지 못한 사람이 언제나 그렇듯이 그의 눈에 맨 먼저 비친 것은 자기가 태어난 뒤로 한 번도 가진 적이 없는 것, 다시 말해—생전 처음으로 알게 된 사람들의 뛰어난 용감성이었다. 폰 라베크, 그의 아내, 상당히 나이 들어 보이는 두 여인, 연보랏빛의 옷을 입은 뉘댁 아가씨, 아마빛의 구레나룻을 한 젊은이—그는 라베크의 막내아들로 밝혀졌다—이러한 사람들이 매우 솜씨 좋게, 마치 미리 연습이라도 해둔 것처럼 멋있게 장교들 사이에 끼여 자리에 앉자마자 순식간에 맹렬한 논쟁을 시작하였으므로, 손님들도 자기도 모르게 그 논쟁 속에 말려들고 말았다. 연보랏빛 옷을 입은 아가씨가 입에서 침이 튀길 듯한 기세로 포병 생활이 기병이나 보병보다 훨씬 편하다고 논하기 시작하자, 라베크와 나이든 여인 둘이 그 반대론을 폈다. 그것이 계기가 되어 이야기가 자유롭게 시작되었다. 랴보비치는 이 연보랏빛 아가씨가 그녀와는 인연이 없을 뿐 아니라 전혀 흥미도 없을 문제에 대해 열심히 논쟁하는 모습을 가만히 바라보며, 그녀의 얼굴에 성의 없는 미소가 나타났다 사라지는 모습을 지켜보고 있었다. 폰 라베크와 그의 가족은 장교들을 논쟁의 소용돌이 안으로 교묘히 끌어들였으나, 그들은 그러는 동안 방심하지 않고 손님들의 컵에 주의를 기울여 음료수가 골고루 돌아갔는지, 단것이 부족한 손님이 없는지, 왜 저분은 비스킷을 먹지 않을까, 왜 이분은 코냑을 마시지 않을까, 하며 살피고 있었다. 랴보비치는 살피면 살필수록 성의는 없지만 멋지고 세련된 가족들에게 점점 더 호감을 갖게 되었다.

차를 마신 뒤 장교들은 커다란 홀로 안내되었다. 과연 로비트코 중위의 육감은 빗나가지 않았다. 홀에 아가씨와 젊은 부인들이 많이 있었던 것이다. 세터 중위는 재빨리, 검은 옷을 입은 아직 어린 금발 아가씨의 의자 곁으로 다가가서 보이지 않는 사아벨에 기대듯 윗몸을 대담하게 굽히고, 싱글싱글 웃기도 하고 넌지시 어깨를 흔들어 보이기도 하였다. 상대의 금발 아가씨가 예의상 듣고 있다는 표정으로 그의 건강한 얼굴을 뜯어보면서 이따금 냉담한 말투로 "정말이에요?" 하며 되묻는 걸로 봐서 아마도 그가 퍽 재미있는 우스갯소리라도 하는 모양이다. 성의가 전혀 없는 이 "정말이에요?'라는 말투로 미루어 만일 영리한 세터였다면 이래선 도저히 불가능하다고 판단하고 곧바로 단념했을 것이다.

피아노가 요란하게 울리기 시작했다. 슬픈 왈츠의 멜로디가 홀의 활짝 열어젖힌 창문 밖으로 흘러나갔고, 모든 사람들은 왠지 새삼스레, 이제 창가엔 봄이구나, 오월의 초저녁이구나, 하는 것을 깨달았다. 문득 모두들 공기 속에 포플러의 새 잎과 장미와 보랏빛 정향꽃이 향기를 풍기고 있는 것을 느꼈다. 랴보비치는 음악 덕분에 죽 들이켠 코냑의 취기가 일시에 올라와 곁눈으로 힐끔 창가를 바라보기도 하고 혼자 싱긋 미소를 짓기도 하고 여인들의 동작을 눈으로 쫓기도 했다. 그러자 어느새 정신이 몽롱해져서 장미와 포플러와 정향꽃 향기는 정원에서 풍기는 것이 아니라, 다름 아닌 여인들의 얼굴과 옷에서 풍겨오는 것이라는 느낌이 들었다.

라베크의 아들은 비쩍 마른 어느 아가씨를 상대로 두어 번 춤을 추었다. 로비트코는 모자이크 바닥 위를 미끄러지듯이 급히 달려 연보랏빛 옷을 입은 처녀에게로 가서는 그녀와 짝지어 넓은 방이 좁을 지경으로 춤을 추기 시작했다. 무도회가 시작된 것이다……랴보비치는 문가에 있는 춤추지 않는 사람들 틈에 섞여 이 광경을 지켜보고 있었다. 세상에 태어나 아직 한 번도 춤을 춘 적이 없고, 따라서 아직 한 번도 양가 여성의 부드러운 허리를 껴안을 기회를 갖지 못했다.

남자가 여러 사람 앞에서 낯선 소녀의 허리를 껴안거나 상대의 한 손을 쉬게 하려고 자기 어깨를 내미는 모습을 볼 때면 그도 그것이 좋아 보이기는 했으나, 그런 남자의 자리에 자기를 놓고는 도저히 비교할 수 없었다. 한때는 그도 동료의 용기와 재빠른 동작을 부럽게 생각하며 몰래 가슴을 태운 적도 있었다. 자기는 마음이 약하고 등이 굽고 눈에 띄지 않는 데다 다리가 짧고 살쾡이 같은 구레나룻까지 있다―이러한 생각이 그를 심각한 비관 속으로 몰아넣었다. 그러나 해가 바뀜에 따라 이러한 생각에도 익숙해져, 지금은 춤추거나 높은 소리로 담소하고 있는 사람들을 보아도 부럽다는 생각을 하지 않았고, 다만 어쩐지 구슬픈 느낌이 드는 것이었다.

이윽고 커드릴(네 명이 한 짝이
되어 추는 사교춤)이 시작되자 폰 라베크의 아들은 춤을 추지 않는 두 장교에게로 가서 당구를 치자고 권하였다. 두 사람은 찬성하여 그와 함께 홀 밖으로 나갔다. 랴보비치는 심심한 나머지 흥내만이라도 내어 그들과 어울리고 싶다는 생각에 그들 뒤를 슬슬 따라갔다. 홀에서 나온 그들은 객실을 지나 유리문이 달린 긴 복도를 거쳐 어느 한 방으로 들어갔다. 그들이 들어가자 세 하인이 자다 깬 모습으로 긴 의자에서 벌떡 일어났다. 라베크의 아들과 장교들은 방을 몇 개 더 지나서 마침내 아담한 방으로 들어갔다. 거기에는 당구대가 놓여 있었다. 곧 게임이 시작되었다.

노름이라고는 트럼프밖에 해본 일이 없는 랴보비치는 당구대 곁에 서서 당구를 치고 있는 사람들의 얼굴을 흥미 없는 듯이 쳐다보고 있었다. 그들은 저마다 웃옷의 단추를 풀고 두 손으로 큐를 잡고는 멋대로 걸어다니며 농담을 하고, 무엇인지 그로서는 알 수 없는 말을 지껄이곤 했다. 게임을 하고 있는 그들은 랴보비치를 쳐다보지도 않았다. 가끔씩 그들 가운데 누군가의 팔꿈치가 그에게 닿거나 잘못하여 큐가 그의 옷에 걸리거나 했을 때야 비로소 얼굴을 돌리고 "실례!"라고 말할 뿐이었다. 첫 게임은 아직도 끝나지 않았으나 벌써 그는 지루해져 자기는 쓸모없는 사람이다, 방해가 될 뿐이다, 그런 생각을 하기 시작했다. ……문득 다시 홀로 돌아가 보고 싶은 생각이 들었으므로, 그는 그곳에서 나왔다.

그런데 돌아가는 길에 그는 사소한 사건에 부딪히게 되었다. 오다가 보니 방향이 다른 것 같았다. 도중에 선잠을 깬 세 하인을 만나야 한다는 것을 뚜렷이 기억하고 있었는데, 방을 대여섯 개 지나가도 그들의 모습은 그림자도 형태도 없이 묘연하였다. 길을 잘못 왔음을 깨달은 그는 조금 되돌아와서 다시 오른쪽으로 돌아가 보았으나, 이번에는 어둠침침한 서재 비슷한 방으로 걸음을 내디디고 말았다. 아까 당구실로 갈 때에는 보지 못했던 방이었다. 그곳에서 삼십 초쯤 서 있다가, 그는 될 대로 되라는 식으로 눈에 뜨인 문을 과감하게 열고, 이번에는 완전히 캄캄한 방으로 들어가 버렸다. 마주친 곳에 문틈이 보이고 그곳에서 밝은 빛이 새어 들어오고 있었다. 문의 건너편에서는 슬픈 마주르카의 멜로디가 어렴풋이 들려왔다. 이 방도 홀처럼 창문이란 창문은 전부 활짝 열린 채 포플러와 정향꽃과 장미꽃 향이 그윽하게 풍기고 있었다.

랴보비치는 어쩔 줄 몰라 걸음을 멈추고 서 있었다……그러자 그때 뜻밖에도 바쁜 듯한 발걸음 소리와 사각사각 비단 옷자락 스치는 소리가 나더니, 숨가쁜 여인의 목소리가 속삭이듯 "이제야 오셨군요!' 하고 말하자마자 두 개의 부드럽고 향기로운, 틀림없는 여성의 팔이 그의 목을 얼싸안으며, 그의 볼에 따스한 볼이 와 닿은 순간 입을 맞추는 소리가 들려왔다. 그러나 키스한 여인은 별안간 나지막한 소리를 지르며, 랴보비치가 느낀 대로 표현하자면 매우 더럽다는 듯이 그에게서 물러섰다. 그도 하마터면 소리를 지를 뻔하다 밝은 문틈을 향해 그대로 곧장 돌진하였다.

그가 조금 전의 홀로 돌아왔을 때 그의 심장은 두근거리고 있었고, 손은 손대로 남의 눈에 띌 만큼 몹시 떨리고 있었으므로 그는 재빨리 두 손을 등 뒤로 감추었다. 처음에 그는 자기가 이제 막 여인에게 안겨 입맞춤을 받았다는 사실을 모든 사람들이 잘 알고 있는 듯한 느낌이 들어 부끄러움과 두려움으로 괴로워하며 몸을 움츠린 채 겁에 질려 주위를 두리번거렸다. 그러나 이윽고 홀에 있는 사람들이 여전히 아주 태평스럽게 춤을 추거나 떠들어대는 모습을 확인하자 그는 겨우 마음이 놓여 오늘밤 처음으로 맛본 감각, 태어나면서 지금까지 한 번도 경험한 적이 없는 감각에 몸도 마음도 완전히 사로잡히고 말았다. 그에게 무엇인가 이상한 일이 일어나고 있었다. ……바로 조금 전에 좋은 냄새가 풍기는 토실토실하고 부드러운 두 팔로 안긴 그의 목덜미는 향유라도 바른 듯한 기분이었으며, 또한 모르는 여인에게서 입맞춤을 받은 왼쪽 콧수염 언저리가 마치 박하수라도 떨어뜨린 것처럼 기분 좋게 약간 시원하고, 그 자리를 문지르면 문지를수록 시원한 느낌이 점점 강렬해져서, 그는 온 몸이 머리 끝에서 발끝까지 여태껏 맛본 적이 없는 이상한 느낌으로 가득 찼을 뿐 아니라, 그 느낌은 끊임없이 더하여 갔다. ……그는 춤을 추고 싶어졌다. 떠들고 싶었다. 정원으로 뛰어가고도 싶었고, 큰 소리로 웃어 보고도 싶었다. ……그는 자기 등이 구부정하고 자신이 남의 눈에 잘 띄지 않는 사람이라는 것도, 자기 구레나룻은 살쾡이와 비슷하고, 더구나 '풍채가 나쁘다'(언젠가 여인들의 이야기 중에서 자기 풍채가 평가되었던 것을 그는 얼핏 엿들은 적이 있었다)는 것도 깨끗이 잊어버렸다. 그곳을 지나가는 라베크의 아내를 향하여 그는 빙긋 웃었는데, 참으로 활달하고 애교섞인 웃음이었으므로 상대는 저도 모르게 걸음을 멈추고 이상하다는 듯 그의 얼굴을 똑바로 쳐다보았다.

"정말 이 댁이 무척 마음에 듭니다……"

그는 안경을 바로잡으며 그렇게 말했다.

장군 부인은 생긋 웃으며, 이 저택은 아직도 그녀의 친정아버지 소유로 되어 있다고 말해 주고, 화제를 바꿔서 당신의 양친은 아직도 살아 계신가요, 군대에는 오래 근무했나요, 왜 그렇게 말랐나요, 하고 물었다. 자기 질문에 대한 대답이 대체로 끝나자 그녀는 그대로 다른 쪽으로 가버렸으나, 그는 부인과 대화를 나눈 뒤로 더욱 상냥하고 명랑해져, 오늘 밤 나는 얼마나 훌륭한 사람들에게 둘러싸여 있는가, 생각하고 있었다.

저녁 식탁에 앉은 랴보비치는 권하는 요리를 기계적으로 모조리 먹어치우고, 음료도 꿀꺽꿀꺽 마시면서 남의 이야기 따위엔 전혀 귀를 기울이지 않고, 바로 조금 전에 있었던 사건을 어떻게든 자기에게 이해되도록 설명을 붙이려고 열중하였다. 사실 그 사건은 신비스럽고 낭만적이기는 했으나, 그렇다고 해석을 붙이는 것이 어려운 일은 아니었다. 생각해 보면, 어느 곳의 아가씨나 부인이 캄캄한 방에서 어떤 사람과 밀회의 약속을 하고, 오랫동안 기다린 끝에 신경이 날카로워져서, 정신없이 랴보비치를 당사자인 상대로 여긴 것에 틀림없었다. 더구나 랴보비치는 그 캄캄한 방을 지나가는 도중에 걱정이 되어 걸음을 멈춘, 다시 말해 자기도 마찬가지로 무언가를 기다리는 사람 같은 모습이므로, 이 상상은 점점 더 들어맞는다……이런 식으로 랴보비치는 그 입맞춤을 자신에게 스스로 설명했다.

'그런데 도대체 누구일까, 그 여인은?' 그는 모여 있는 여인들의 얼굴을 힐끔힐끔 쳐다보며 생각했다. '어쨌든 젊은 여인임엔 틀림없을 거야. 늙은이는 밀회를 안할 테니까. 더구나 그 여인이 확실히 교양을 갖춘 부인이라는 것은 그녀의 비단 옷자락 스치는 소리로도, 냄새로도, 목소리로도 알 수 있단 말이지……'

그는 연보랏빛 옷을 입은 아가씨를 얼핏 쳐다보았는데, 그 아가씨가 그만 마음에 꼭 들고 말았다. 그녀는 어깨와 팔이 아름다웠으며, 재기가 넘치는 표정과, 뭐라고 말할 수 없는 목소리를 갖고 있었다. 랴보비치는 그 아가씨를 쳐다보는 동안, 딴 사람 아닌 바로 그 아가씨가 아까 스쳐 지나갔던 낯모르는 여인이라면 참으로 좋겠다고 생각했다. ……그러나 그녀가 무엇인가 애교 섞인 웃음을 지으며 쪽 곧은 기다란 콧마루에 주름살을 모은 순간, 그에게는 그녀의 코가 참으로 시대에 뒤떨어진 느낌이었다. 그래서 그는 시선을 돌려, 검은 옷을 입은 금발의 아가씨를 쳐다보았다. 이 아가씨는 아까 그 아가씨에 비해 나이도 젊고 태도도 분명하며 눈매도 순진하고 귀밑머리를 약간 늘어뜨린 모습이 퍽 귀엽고, 더구나 매우 아름다운 입매로 유리잔의 포도주를 맛보고 있었다. 랴보비치는 이번에는 이 아가씨가 그 여인이었으면 참 좋겠다고 생각했다. 그러나 그는 곧 그녀의 얼굴이 납작하다는 것을 깨닫고 그녀 옆에 있는 여인에게 시선을 옮겼다.

'이 수수께끼는 꽤 어렵군.' 그는 제멋대로 공상했다. '저 연보랏빛의 아가씨에게서 어깨와 팔만을 얻고, 금발 아가씨의 귀밑머리를 붙이고, 눈은 로비트코 왼쪽에 앉아 있는 아가씨 것을 빌리고, 그렇게 하면……'

그의 마음속에서 이런 결합을 만들어 보니 자기에게 입을 맞춘 아가씨의 모습, 그가 바라는 모습이 뚜렷이 만들어지기는 했으나, 막상 죽 훑어보니, 그 자리에서는 도무지 찾아낼 수 없었다.

저녁 식사가 끝나자, 배가 부른 데다 술이 기분 좋게 취한 손님들은 작별 인사와 감사 인사를 했다. 주인 부부는 모두에게 머물고 가게 하지 못하게 된 것을 또다시 사과했다.

"참으로 기쁜 일입니다, 여러분!" 장군은 자꾸 애교를 부리고 있었는데, 이번에는 본심에서였다(아마 손님을 맞이할 때보다 배웅할 때 훨씬 더 진심 어리고 친절한 태도가 된다는 인간의 공통적인 특성에 기인한 모양이다). "참으로 기쁜 일입니다! 돌아가실 때도 꼭 들러 주십시오! 서먹서먹한 태도는 버리시고 말이오! 아니, 어디로 가시려는 건가요? 윗길로 가시려구요? 그건 안되지. 정원으로 빠져 가세요, 아랫길로 말입니다—그 쪽이 더 가깝거든요."

장교들은 정원으로 나왔다. 아주 밝은 빛과 소음에 싸여 있던 뒤였으므로 그들에게는 정원이 한층 어둡고 조용하게 느껴졌다. 출입문까지 모두들 묵묵히 걸음을 옮겼다. 모두 거나하게 취해서 마음이 들떠 만족스러운 기분이었으나, 어둠과 고요함 덕분에 그 잠깐새 약간 명상에 끌려들어간 것이다. 아마 그들 한 사람 한 사람의 머릿속에는 랴보비치와 마찬가지로 한 생각이 떠올랐음에 틀림없다—과연 자기도 언젠가는 라베크처럼 커다란 저택과 가족과 정원을 가질 날이 올 것인가, 그리고 비록 본심에서는 아닐지라도 사람들을 후하게 대접하고, 배부르게 먹이거나 취하도록 마시게 하거나 만족시킬 수 있는 신분이 될 수 있을까—하고.

출입문을 나서자, 그들은 모두 한꺼번에 떠들기 시작하여, 이유도 동기도 없이 큰 소리로 웃어댔다. 잠시 뒤 그들은 오솔길로 접어들어 경사진 개천 쪽으로 내려간 뒤 거기서부터는 물가를 따라서, 물가의 숲과 물에 씻겨 움푹 팬 장소와 물 위에 가지를 드리운 버드나무들을 누비며·구불구불 달려갔다. 기슭 오솔길은 겨우 보였으나 건너편 기슭은 완전히 어둠 속에 가라앉아 있었다. 어두운 물 위 여기저기에 비친 별빛이 깜박깜박 떨기도 하고 부서져 흩어지기도 하였으므로, 그것으로 겨우 강물의 흐름이 빠르다는 것을 추측할 수 있었다. 사방은 고요하였다. 저편 기슭에선 도요새가 구슬픈 소리를 내고, 이쪽 기슭의 어느 숲속에서는 장교들의 무리에 아랑곳없이 꾀꼬리가 목청껏 노래했다. 장교들은 숲 근처에서 잠시 걸음을 멈추고 나무를 흔들어 보았으나 꾀꼬리는 개의치 않고 노래를 불렀다.

"저놈 참 대단하군!" 감탄하는 소리가 한참 동안 들렸다. "우리가 바로 곁에 있는데도 무사태평이야! 참 뻔뻔스러운 놈인걸!"

길이 끝날 즈음이 되자 오솔길은 오르막이 되어 교회 울타리가 있는 곳에서 큰 길과 만났다. 장교들은 오르막길을 올라가느라 힘이 들어 잠시 앉아서 담배를 피웠다. 그때 저쪽 물가에서 빨간 불꽃이 희미하게 보였으므로 그들은 심심한 터에 저것은 모닥불일까 창문의 불빛일까 그렇지 않으면 다른 불빛일까 하고 오랫동안 얘기들을 나눴다. 랴보비치도 불빛을 바라보고 있었는데, 그에게는 그 불빛이 마치 아까의 입맞춤 사건을 알고 있는 듯한 표정을 지으며 그에게 자꾸 미소를 보내고 눈짓하는 것같이 느껴졌다.

숙사에 다다르자 랴보비치는 재빨리 옷을 벗고 드러누웠다. 그와 같은 농가에 묵기로 되어 있었던 동료는 로비트코와 또 한 사람, 메르즐랴코프라는 중위였다. 그는 조용하고 말이 적은 호남으로 동료들 중에서는 교양 있는 사관으로 통하고 있었고, 적어도 책을 펼 수 있는 곳이라면 어디서나 늘 몸에 지니고 다니는 〈유럽 통보(通報)〉^(당시의 자유주의 적인 잡지)를 펴서 읽었다. 로비트코는 옷을 벗고도 어쩐지 불만스러운 얼굴로 방의 구석에서 구석으로 오랫동안 왔다 갔다 하다가, 이윽고 병사를 불러 맥주를 사오라고 밖으로 내보냈다. 메르즐랴코프는 드러눕자, 베갯머리에 촛불을 세워 놓고 열심히 〈유럽 통보〉를 읽기 시작하였다.

'도대체 누구일까, 그 여인은?' 랴보비치는 그을린 천장을 쳐다보며 생각했다.

그의 목덜미는 아직도 향유라도 바른 듯이 느껴졌고, 입가는 마치 박하수라도 떨어뜨린 양 싸했다. 그의 상상 속에는 연보랏빛 옷을 입은 아가씨의 어깨와 팔이, 검은 옷을 입은 금발 아가씨의 귀밑머리와 순진한 눈매가, 그런가 하면 누군가의 허리와 옷 또는 브로치가 어른거리며 떠올랐다가 사라지곤 하였다. 그는 이러한 환상 속에 자기 주의력을 집중해 보려고 애썼지만, 상대는 전혀 상관하지 않고 뛰어다니기도 하고 산산조각으로 부서지기도 하며 나타났다 사라져버렸다. 이윽고 누구라도 눈을 감으면 보이는 넓고 넓은 검은 배경 위에서 방금 말한 환상이 완전히 사라지자, 이번에는 바쁜 발걸음 소리와 비단 옷자락 스치는 소리와 입맞춤 소리가 들려와서는—강렬하고 까닭 없는 기쁨이 그를 사로잡아버렸다……그 기쁨에 몸을 맡기며 그는 병사가 돌아와 맥주는 없습니다, 보고하는 소리를 꿈결에 듣고 있었다. 로비트코는 무척 화를 내고, 또다시 큰직한 걸음으로 걷기 시작하였다.

"여보게, 이 자식은 바보가 아닐까?" 그는 랴보비치 앞에서 걸음을 멈추기도 하고, 메르즐랴코프 앞에서 걸음을 멈추기도 하면서 말하였다. "맥주 한 병을 못 찾아내다니, 막대긴지 얼간인지 알 수가 없지 않은가? 안 그래? 정말이지, 이 자식은 건방진 놈이야."

"당연해요. 이런 곳에 맥주가 있을 리 있나요?" 메르즐랴코프가 말했으나 눈은 여전히 〈유럽 통보〉에서 떼려고도 하지 않았다.

"그래? 자네는 그렇게 생각하나?" 로비트코가 물었다. "참, 한심하군. 나라면 달세계에 내동댕이쳐지는 한이 있더라도 당장에 맥주나 여자를 찾아낼걸세! 그렇군, 지금부터 달려가 찾아내겠어. ……만약 찾아내지 못하면 나를 비열한 놈이라고 마음대로 욕하란 말이야!"

그는 꾸물거리며 오랫동안 옷을 입고 커다란 장화를 겨우 신은 뒤 묵묵히 궐련 한 대를 피우고 나더니 밖으로 나갔다.

"라베크, 그라베크, 로아베크인가?" 그는 현관에서 걸음을 멈추면서 중얼거렸다. "혼자 가는 건 멋쩍군. 제기랄, 랴보비치, 자네 한 번 프롬나아즈^{(프롬나아드(산책)를
잘못 안 것)}를 시도해보지 않으려나? 어때?"

그는 대답이 없었으므로 되돌아와 옷을 벗고 잠자리에 누웠다. 메르즐랴코프는 한숨을 쉬더니, 〈유럽 통보〉를 곁에 놓고 촛불을 불어서 껐다. "흠, 그래?……." 로비트코는 어둠 속에서 궐련을 피우며 중얼거렸다.

랴보비치는 머리서부터 모포를 푹 뒤집어쓰고 몸을 새우처럼 구부리고는, 상상 속에서 어른거리는 환상을 주워 모아 하나의 완전한 모습으로 완성시키려고 하였다. 그러나 도무지 되질 않았다. 그는 곧 잠들어 버렸으나, 마지막으로 생각한 것은 누군가가 자기를 애무하여 기쁘게 해주었다는 것, 시시하다곤 해도 자기 생애에 무엇인가 특별하고 아주 감미로운 기쁜 사건이 있었다는 것이었다. 이 생각은 꿈속에서도 그를 떠나지 않았다.

그가 잠에서 깨어났을 때는 목덜미에 향유를 바른 듯한 기분이나, 입가에 박하수를 떨어뜨린 것처럼 싸한 느낌은 없어졌다. 그렇지만 뻐근할 만큼의 기쁨은 간밤과 변함 없이 가슴 속에서 밀려왔다가 밀려가곤 했다. 그는 기쁨으로 황홀해지며, 솟아오르는 아침 햇살을 받아 금빛으로 빛나는 창문을 쳐다보기도 하고, 거리에서 들려오는 사람과 수레의 움직임 소리에 귀를 기울이기도 했다. 창문 바로 밑에서 말소리가 커다랗게 들렸다. 방금 여단을 따라온 랴보비치 중대의 중대장 레베체키가 평소처럼 큰 소리로 부하인 상사에게 떠들어대고 있었다.

"아직도 무슨 일이 있나?" 중대장이 고함을 질렀다. "어제 말의 편자를 바꿔 낄 때 말입니다, 중대장님. 작은 비둘기 호(號)의 말굽에 상처를 냈습니다. 군의관님이 초산을 넣은 흙을 발라 주었습니다. 지금 대열 밖으로 끌어내 몰고가고 있습니다. 그리고 중대장님, 어제 철공병인 아르추미에프가 만취하여 중위님이 그를 예비 포차(砲車)의 앞 수레에 태우라고 명령하셨습니다."

상사의 보고는 아직도 이어져, 칼포프가 나팔의 새 끈과 천막의 말뚝을 잃어버렸다느니, 장교들이 간밤에 폰 라베크 장군의 저택으로 초청받아 갔었다느니, 보고하고 갔다. 이 대화가 한창 벌어지고 있을 무렵 창문 안으로 붉은 수염을 기른 레베체키의 얼굴이 쑥 나타났다. 그는 근시인 눈을 약간 가늘게 뜨며 장교들의 졸린 듯한 얼굴을 쳐다보고 수고들 하오, 인사를 했다.

"모두 이상 없겠지?" 그가 물었다.

"포차를 끄는 안장 단 말의 등이 껍질이 벗겨졌습니다." 로비트코가 하품을 하면서 대답했다.

"목끈이 새것이어서요."

중대장은 한숨을 쉬더니 잠깐 생각한 뒤 큰 소리로 말했다.

"나는 지금부터 알렉산드라 에브그라포보나 댁에 들렀다 갈 작정이야. 문안을 드리러 가야 하니까 말이야. 그럼, 다녀오겠네. 저녁 때까진 제군들을 따라가지."

십오 분 뒤 여단은 행진을 시작했다. 도중에 지주의 곳간 곁을 지나가게 되었을 때, 랴보비치는 오른쪽에 있는 저택을 바라보았다. 창문에는 전부 덧문이 내려져 있었다. 저택 사람들이 아직도 모두 자고 있는 것이 틀림없었다. 간밤에 랴보비치에게 입을 맞춘 여인도 자고 있으리라. 그는 문득 그녀가 잠자고 있는 모습을 마음속으로 그려보고 싶었다. 활짝 열어젖힌 침실의 창문, 그 창문을 들여다보고 있는 짙푸른 나무 가지, 아침의 맑은 공기, 포플러와 보랏빛 정향꽃과 장미꽃 향기, 침대가 하나, 의자가 하나, 거기에 살짝 걸려 있는 어젯밤 옷자락 스치는 소리를 낸 비단옷, 자그마한 슬리퍼, 테이블 위에 놓인 작은 회중시계—이러한 것들 모두가 뚜렷하게 손에 잡힐 듯이 마음속으로 그릴 수 있었으나 눈과 코, 귀여운 꿈결의 미소, 다시 말해 중요한 특징에 이르자 마치 수은이 손가락 사이로 흐르듯 그의 상상에서 미끄러져 떨어지고 마는 것이었다. 사오 마장쯤 더 가서 그가 뒤돌아보니 노란 교회와 저택과 개천과 정원이 햇빛을 담뿍 받고 있었다. 시내는 눈부신 양쪽 푸른 기슭으로 채색되고 물 위에 연한 쪽빛 하늘을 비치면서 군데군데 햇빛을 은색으로 반사하여 퍽 아름다웠다. 랴보비치는 이별의 뜻으로 메스체치키 마을을 한 번 흘끗 쳐다보았는데, 마치 무척 친숙한 사람과 헤어지기라도 하듯 마음이 몹시 괴로웠다.

눈길을 돌려 앞쪽 풍경을 바라보니 그것은 모두 옛날부터 낯익은 시시한 광경뿐이었다. 오른쪽을 보아도 왼쪽을 보아도 아직 키가 낮은 호밀밭과 메밀밭뿐이고, 흰부리 까마귀가 껑충껑충 뛰고 있을 뿐이었다. 앞에 보이는 것은 먼지와 뒷머리의 행렬이고, 뒤를 돌아보아도 역시 먼지와 사람들 얼굴뿐이었다. ……맨 앞에는 칼을 손에 든 네 병사가 발맞춰 나아갔다—이것이 전위(前衛)이다. 그 뒤에는 군악대 한 무리가 이어지고, 군악대의 뒤에는 말을 탄 나팔대가 행진하였다. 전위와 군악대는 장례(葬禮) 행렬에서 횃불을 든 사람들이 흔히 하는 것처럼 규칙적인 거리는 까맣게 잊어버리고 멋대로 앞으로 나가버린다. 랴보비치는 제5중대의 제1 포차를 따르고 있었다. 그에게는 앞으로 행진해 가는 네 중대가 모두 보였다. 군인이 아닌 사람이 본다면 행진 중인 여단의 이런 답답하고 기다란 행렬은 거의 이해하기 어려울 만큼 성가시고 혼잡한 소동으로 보이는 것이 보통이다. 무슨 까닭에 한 대의 대포 주위에 이렇게도 많은 사람들이 붙어 있는지, 어찌하여 이렇게도 많은 말이 각각 괴상한 마구(馬具)로 가로세로 얽혀매어 대포 한 대를 영차 영차 끌면서 마치 대포가 실제로 그만큼 무겁고 겁나는 물건인 듯 소란을 피우고 있는지 이유를 알 수 없었다. 그러나 랴보비치는 그 모두를 샅샅이 알고 있었으므로 매우 시시하였다. 어째서 각 중대의 선두에 건강한 포병 하사관 한 명이 사관과 말머리를 나란히하며 말을 행진시키고 있는지, 왜 그 하사관이 '앞달리기'로 불리는지 이미 오래전부터 잘 알고 있었다. 그 하사관의 바로 뒤에는 1번 승마병, 그리고 중간에서 끄는 승마병의 모습이 보였다. 랴보비치는 그들이 타고 있는 왼쪽 말을 멍에곁말이라고 부르고, 오른쪽 말을 부마(副馬)라고 부르는 것도 잘 알고 있으나—이것 역시 매우 우스꽝스러웠다. 그런 승마병의 뒤에는 말 두 마리가 따른다. 한 마리에는 어제의 먼지를 아직까지 등에 뒤집어쓰고 있는 병사가 타고, 어울리지 않으며 몹시 우스꽝스러운 나무로 된 정강이받이를 오른쪽 다리에 붙이고 있었다. 랴보비치는 정강이받이의 역할을 알고 있으므로 아무렇지도 않게 생각했다. 말을 탄 병사들……적어도 그곳에 있는 사람들은 모두 기계적으로 가죽채찍을 치켜들기도 하고, 가끔씩 큰 소리를 치고 있었다. 대포야말로 꼴 보기 싫었다. 대포 앞수레에는 귀리 자루가 쌓여 있고, 그 위는 방수천으로 된 덮개가 씌워져 있었으며 포의 몸통에 주전자니 병사들의 배낭이니 조그만 자루 등이 걸려 있어, 그 모습은 어찌 된 영문인지 마치 사람과 말에 둘러싸여버린 자그마한 동물 같았다. 대포 양쪽에서 이리저리 두 팔을 흔들며 여섯 명의 포수가 성큼성큼 걷고 있었다. 대포 뒤에는 또다시 다른 선두 말과 승마병과 말의 행렬이 시작되고, 그 뒤에 첫 번째 것 못지않게 보기 흉한 데다 빈약하기까지 한 또 다른 대포가 끌려갔다. 이 제2의 대포 뒤에 제3, 제4의 대포가 잇따르고, 네 번째 대포 주변에 장교와 그 밖의 사람들이 행진해 갔다. 여단에는 중대가 모두 여섯 개 있었고 중대마다 대포 사문(四門)이 있었다. 그리하여 행렬은 무려 사오 마장 길이에 이르고 있었다. 맨 끝에 따라오는 것은 치중차(輜重車)였고 그 옆에는 뾰족하고 긴 귀에 얼굴이 무척 귀여운 동물 한 마리가 매우 근심스럽다는 듯 고개를 수그린 채 걷고 있었다—마갈이라는 당나귀로 어느 중대장이 터키에서 데리고 온 것이다.

랴보비치는 무관심하게 앞뒤를 두리번거리며 앞사람의 뒤통수와 뒷사람의 얼굴을 바라보았다. 평소 같으면 졸고 있을 테지만, 지금은 예의 새롭고 즐거운 생각에 잠겨 있었다. 처음에 여단이 행진을 갓 시작했을 무렵에 그는 억지로 자기 마음을 설복시켜, 입맞춤 사건은 재미있긴 해도 고작 사소하고 야릇한 우연일 따름이며, 사실은 하찮은 일이다, 그것을 진지하게 생각하는 것은 어리석은 일이다, 생각하려 했다. 그러나 곧 그는 그런 생각을 깨끗이 지우고 공상에 몸을 맡겼다……자기가 라베크 댁의 객실에서, 연보랏빛 아가씨와 검은 옷 차림에 금발인 아가씨를 절반씩 섞어 놓은 듯한 소녀와 나란히 앉아 있는 장면을 떠올려 보기도 하고, 그런가 하면 눈을 감고서 그 아가씨와 다른, 형체가 불투명하고 전혀 모르는 소녀와 자기가 함께 있는 장면을 눈앞에 그려보며, 마음속으로 함께 말을 하기도 하고, 애무하기도 하고, 상대의 어깨에 기대기도 하고, 또는 전쟁과 이별과 그 뒤의 재회를 그려보기도 하고, 아내와 단둘이 저녁 식사를 하는 장면이나 아이들을 상상해 보기도 했다.

"브레이크를 걸어라!" 언덕을 내려갈 때마다 이런 구령이 울렸다.

그도 마찬가지로 "브레이크를 걸어라!" 외쳤으나, 그때마다 이 외침이 자기 공상을 깨뜨리지는 않을까 하고 겁냈다.

어느 지주의 땅을 지나가게 되었을 때 랴보비치는 집 주위에 있는 나무 사이로 정원을 들여다보았다. 그의 눈에 비친 것은 긴, 마치 자처럼 곧게 뻗은 가로수길이었는데, 거기에는 노란 모래가 뿌려져 있었고 흰 자작나무가 양쪽에 심어져 있었다……공상에 빠진 사람에게 나타나는 강한 집념으로, 그는 여인의 작은 발이 그 금빛 모래를 밟고 가는 장면을 머릿속에 떠올려보았다. 그러자 전혀 뜻밖에도 자기에게 입을 맞춘 바로 그 여인의 모습, 간밤의 저녁 식사 자리에서 그가 겨우 마음속에 떠올렸던 그 여인의 모습이 그의 상상 속에 뚜렷이 그려졌다. 그녀의 모습은 그의 머릿속에 정착하여 두 번 다시 그를 떠나지 않았다.

정오가 되자 뒤쪽 치중 부대 부근에서 이렇게 외치는 소리가 들렸다.

"발 맞춰 가! 좌로 봣! 장교는 경례!" <small>(이 구령의 앞 두 마디는 병사에 대한 것이고
마지막 한 마디는 장교에 대한 것이다</small>

두 마리의 흰 말이 끄는 반포장 마차를 타고 여단장이 지나가고 있었다. 그는 제2 중대 부근에서 마차를 세우고 무엇인가 큰 소리를 내기 시작하였는데, 무슨 말을 하는지 들리지 않았다. 그를 향해 장교 몇 명이 말을 달렸다. 그 가운데에 랴보비치도 끼어 있었다.

"그래, 어떤가? 응?" 장군이 이렇게 물으면서 붉은 눈을 껌벅거렸다. "환자가 있나?"

대답을 듣자 몸집이 작고 비쩍 마른 장군은 입을 우물우물하며 무엇인가 생각하더니, 이윽고 한 장교에게 이렇게 말하였다.

"자네 부대의 제3 포차 뒤쪽 말에 타고 있는 병사는 각반을 풀어서 하필이면 앞수레에 걸어 놓고 있더란 말이야. 괘씸해. 그놈을 처벌하도록."

그리고 눈을 치뜨며 랴보비치의 얼굴을 쳐다보더니 말했다.

"자네 말의 안장 끈은 어쩐지 너무 긴 것 같군……"

그 밖에 두세 마디 지루한 주의를 주더니, 장군은 로비트코의 얼굴을 흘긋 쳐다보고 싱긋 웃었다.

"로비트코 중위, 자네는 오늘 아주 침울한 얼굴이군 그래." 그가 말했다. "로푸호바 부인이 그리운가? 어때? 이봐, 자네, 이 사람은 로푸호바가 그리워서 못견디겠다는군!"

로푸호바란 여자는 몹시 뚱뚱하고 키가 큰 부인으로 벌써 오래전에 마흔 고개를 넘었다. 장군은 몸집이 큰 여인을 보면 나이가 어찌 되었건 입맛을 다시는 버릇이 있었으므로, 부하 장교들도 취향이 같은 줄로 착각하고 있었다. 장교들은 공손히 싱긋 웃었다. 여단장은 어쨌든 아주 익살맞은 독설을 한 방 먹였으므로 기분이 좋아져 껄껄 웃어대며 마부의 등허리를 꼭 찌르고는 거수경례를 하였다. 마차는 앞으로 행진해 나갔다.

'생각해 보건대, 내가 지금 공상하고 있는 것은 지금의 나에게는 있을 수 없는 일이고, 도무지 이 세상 일이 아닌 것으로 생각되는 모든 것도 실은 매우 평범한 일에 지나지 않는 것이다.' 랴보비치는 장군의 마차 뒤를 따라가는 자욱한 먼지를 바라보며 생각하였다. '모든 것은 매우 평범하고 누구에게나 있을 수 있는 일이다……이를테면 저 장군도 젊은 시절에는 사랑을 했고, 현재는 아내와 아이도 있다. 바프체르 대위도 마찬가지다. 저런 보기 싫은 새빨간 목덜미에 몸은 마치 네 말들이 술통처럼 뚱뚱한 데도 어엿한 아내가 있고, 게다가 사랑을 받고 있다.

……살리마노프도 저렇게 거친 데다 타타르인처럼 융통성이라곤 없지만, 저 사나이도 낭만의 한 장면이 있었고, 쉽게 아내를 얻을 수 있었다……나도 그들과 같은 사람이다. 언젠가는 모든 사람과 같은 경험을 하게 될 것임에 틀림없다……'

그렇게 자기도 보통 사람과 같은 사람이며, 생활도 보통 사람과 같은 생활을 한다는 생각이 들어 기뻤고 용기가 솟아났다. 그는 몹시도 대담하게, 여인의 모습이나 마침내 오고야 말 자기 행복을 마음속에 그려보고는, 아무 거리낌 없이 상상의 날개를 펴갔다.

이윽고 저녁이 되자 여단은 목적지에 닿았다. 장교들이 각자의 천막 속에 들어가 휴식을 취하고 있을 때, 랴보비치와 메르즐랴코프, 로비트코 세 사람은 커다란 트렁크 주위에 자리잡고 앉아 저녁 식사를 했다. 메르즐랴코프는 침착하게 음식물을 입속에 넣고 천천히 씹으며 무릎 위에 펴 놓은 〈유럽 통보〉를 읽고 있었다. 로비트코는 줄곧 쉴새 없이 지껄이면서 컵에 자꾸 맥주를 따르고 랴보비치는 온종일 공상을 한 탓에 머리가 멍했으므로 잠자코 맥주를 마시고 있었다.

석 잔째를 비우자 그는 거나하여 맥이 풀려 버리고, 자기가 새로 맛본 감각을 동료들에게 들려 주고 싶어서 견딜 수 없게 되었다.

"라베크 댁에서 말이야, 이상한 사건에 부딪혔었어……" 그는 자기 목소리에 냉정하고 아이러니컬한 말투를 내려고 애쓰면서 입을 열었다.

"사실은 내가 당구실로 갔을 때 말이야, 그때……"

그는 입맞춤 사건에 대해 자세히 말하였다. 그런데 일 분이 될까 말까 해서 말이 끊기고 말았다. 일 분 동안 그는 말을 다해버린 셈인데, 이야기가 겨우 그 정도의 시간밖에 걸리지 않았다는 것이 자기 스스로도 뜻밖이었다. 입맞춤 사건은 밤이 샐 때까지도 충분히 계속할 수 있는 것처럼 느껴졌었기 때문이었다. 그 이야기를 다 듣자 로비트코는 자신이 이야기를 지어내는 대가이며 따라서 누구의 이야기도 믿지 않는 사람이므로, 의심스러운 듯 그의 얼굴을 쳐다보고 싱긋 웃었다. 메르즐랴코프는 눈썹을 꿈틀거리더니, 여전히 〈유럽 통보〉에서 눈을 떼지 않고 조용히 이렇게 말했다.

"참 이상한 얘기로군! …… 말소리도 내지 않고, 느닷없이 목에 달라붙다니……틀림없이 그건 어떤 정신병자야."

"음, 틀림없이 정신병자지……" 랴보비치가 동의했다.

"그러고 보니, 그것과 똑같은 사건이 언젠가 나한테도 있었어……" 로비트코가 눈을 휘둥그레 뜨면서 말했다. "작년에 코브노에 갔을 때 기차 안에서 있었던 일인데 말이야……차표는 이등으로 샀지……객차는 대만원의 성황이어서 잠자는 건 생각조차 못할 지경이었어. 그래서 차장에게 오십 코페이카를 집어 주었지……그러자 그 작자가 내 짐을 들고 특별실로 안내해 주더군……그래서 자리에 드러누워 온 몸에 모포를 뒤집어썼지……어두웠었어. 알겠나? 그런데 갑자기 인기척이 나고 누군가가 내 어깨를 만지더니 얼굴에 따스한 입김이 닿는 것이었어. 그래서 내가 이런 식으로 한쪽 손을 움직여 보니까, 누군가의 팔꿈치가 닿지 않겠나? …… 깜짝 놀라 눈을 떠 보았지. 그러자 어떤가? —여자더란 말이야! 검고 둥근 눈. 새빨간 입술은 마치 싱싱한 연어 같고, 코에서는 정열을 숨쉬고, 가슴은 어떠냐 하면—완충기(緩衝器)가 통통한 게 두 개."

"잠깐 기다리게." 메르즐랴코프가 조용히 가로막았다. "가슴은 그래도 알 수 있지만 말이야, 자네한테 어떻게 입술까지 보였나? 실제로 어두웠다고 한다면 말이야."

로비트코는 어떻게든 얼버무리려고 메르즐랴코프의 둔한 감각을 비웃기 시작했다. 그런 일이 랴보비치는 기분 좋지 않았다. 그는 커다란 트렁크 곁을 떠나 드러눕고서 이제 두 번 다시 고백 따위는 하지 않겠다고 속으로 다짐했다.

야영 생활이 시작되었다. ……조금도 변함 없는 나날이 흘러갔다. 그러한 나날 동안 랴보비치의 감정과 생각, 그의 거동은 틀림없이 사랑을 하고 있는 사나이의 그것이었다. 이를테면, 매일 아침 병사가 세숫물 준비를 해주면 그는 차가운 물을 머리에 뒤집어쓰면서, 그때마다 자기 생활에도 이처럼 달콤하고 따뜻한 것이 생겼구나, 하고 언제나 생각하는 것이었다.

밤이 되어 동료들이 연애와 여자 이야기를 꺼내면 그는 슬며시 귀를 기울이다가 가까이로 바싹 다가갔는데, 그의 얼굴에는 자기들이 참가한 전투 이야기에 귀를 기울이는 병사의 얼굴에서 흔히 볼 수 있는 그런 표정이 떠오르고 있었다. 그리고 어떤 날 밤에는 한잔한 장교들이 돈 후안 같은 로비트코를 앞장세우고 이른바 '마을'로 유랑을 간 적도 있었다. 랴보비치는 그 유랑에 참가하긴 했지만 그때마다 기분이 내키지 않고, 참으로 미안한 듯 마음속으로 그녀에게 용서를 빌었다. ……심심하여 견딜 수가 없을 때나 잠을 못 이루는 밤, 어린 시절과 아버지와 어머니를 비롯해 자신과 친하고 가까운 것들을 그리워하고 싶은 심정이 들 때면, 그는 꼭 메스체치키 마을과 색다른 망아지, 라베크와 외제니 황후를 쏙 닮은 그의 아내, 캄캄한 방과 밝은 문틈 따위를 회상했다.

8월 31일에 그는 야영에서 들어가게 되었다. 이번에는 여단 전체가 함께 가는 것이 아니라 2개 중대만 가는 것이었다. 도중에 그는 줄곧 공상이나 흥분을 하며 마치 고향으로 돌아가는 사람 같았다. 그는 꼭 한 번만 더 그 색다른 말과 교회, 성의 없는 라베크 일가와 캄캄한 방 등이 보고 싶어 견딜 수 없었다. '마음속의 소리'는 사랑하는 사람들을 가끔 속이는데, 그것이 그에게는 어째서인지 그 여인을 반드시 만날 수 있다고 속삭이는 것이었다. ……그러자 앞날에 대한 걱정이 그를 괴롭혔다—어떻게 그 여인을 만나게 될까? 그 여인과 어떤 이야기를 하면 좋을까? 그 여인은 입맞춤쯤은 깨끗이 잊어버린 것이 아닐까? '만약 형편이 좋지 못해서' 그는 생각에 잠겼다. '그 여인을 만나지 못하더라도, 캄캄한 방을 걸어다니며 회상에 잠기기만 해도 나는 충분히 즐거울 텐데……'

저녁이 가까워지자 지평선 위로 본 기억이 나는 바로 그 교회와 흰 곳간이 눈에 띄었다. 랴보비치의 가슴은 몹시 두근거리기 시작했다. ……그는 말머리를 나란히하여 행진하는 장교가 자꾸 자기에게 말을 건네오는 것을 아예 들으려고도 하지 않았다. 아무 잡념과 생각 없이 탐내듯 눈을 크게 뜨고, 저

멀리서 빛나고 있는 시냇물과 저택의 지붕과, 비둘기 집, 때마침 기울어가는 석양빛을 받으며 맑은 하늘로 원을 긋고 날아가는 비둘기 떼 등을 바라보고 있었다.

교회 부근으로 말을 타고 가는 동안에도, 이윽고 숙사 담당의 설명을 듣고 있는 동안에도, 그는 울타리 뒤에서 말 탄 사나이가 갑자기 나타나 장교들에게 함께 차를 마시자고 초대하기를 이제나 저제나 기다렸지만……숙사 담당의 보고가 끝나고 장교들이 바쁜 걸음으로 또는 어슬렁거리며 마을에 들어갈 무렵이 되어도, 말 탄 심부름꾼은 도무지 모습을 나타내지 않았다.

'우리가 도착한 것을 농부로부터 전해 듣고 이제 곧 라베크가 마중하는 사람을 보낼 것이다.'—랴보비치는 그렇게 생각하면서 농부의 집으로 들어갔지만, 왜 함께 묵는 동료가 촛불을 켜는지, 왜 병사들이 허둥지둥 사모바르 준비를 하는지 도무지 이해할 수 없었다.

털어낼 길 없는 불안한 생각이 그를 사로잡았다. 그는 자리에 드러누웠다가 얼마 뒤 다시 일어나서는 말 탄 심부름꾼이 오지 않을까 하고 창문을 내다보았다. 그러나 말 탄 심부름꾼의 모습은 없었다. 그는 다시 드러누웠으나 반 시간 뒤에 또 일어나 불안한 마음으로 안절부절못하며 거리로 나가서는 곧장 교회 쪽으로 걸어갔다. 울타리 부근에 있는 광장은 캄캄하여 사람이라고는 하나도 없었다. 다만 어느 부대 병사 세 명이 어깨를 나란히하고 언덕의 내리막길 어귀에 가만히 서 있었다. 랴보비치의 모습을 보자 그들은 몹시 당황하여 경례하였다. 그는 그들에게 거수경례로 답하고, 본 기억이 있는 오솔길을 따라 슬슬 내려갔다.

저편 물가의 하늘은 보랏빛을 띤 황금색으로 물들어 있었다. 달이 나온 것이다. 어느 농부의 아내 둘이 커다란 소리로 이야기를 하면서 채소밭의 양배추 잎을 뜯고 있었다. 채소밭 너머에는 농가가 두세 채 검은 그림자를 던지고 있었다. 한편 이쪽 물가는 모든 것이 오월에 본 모습 그대로였다. 오솔길과, 숲, 물 위에 가지를 드리운 버드나무……다만 다른 것이라면 용감한 꾀꼬리 소리가 들리지 않고, 포플러와 어린 풀의 향기가 나지 않는 것이었다.

뜰까지 오자 랴보비치는 출입문 너머로 안쪽을 건너다보았다. 뜰은 캄캄하고 고요했다. 보이는 것이라고는 가까이 있는 몇 그루의 희끄무레한 자작나무 밑동과 가로수길의 한쪽 끝뿐이고, 나머지는 모두가 시꺼먼 한 덩어리로 뒤섞여 있었다. 랴보비치는 줄곧 귀를 기울이며 눈을 크게 뜨고 있었으나, 십오 분쯤이나 서 있었던 보람도 없이 소리 하나, 불빛 하나 보지 못하였으므로 다시 힘없이 되돌아섰다.

그는 냇가로 다가갔다. 그의 눈에는 장군 저택의 수영장과 작은 다리의 난간에 걸어 놓은 시트가 희미하고 뿌옇게 떠올랐다. ……그는 작은 다리에 올라가 그곳에서 잠시 걸음을 멈추었는데, 그동안 할 일 없이 시트 한 장을 가만히 만져보았다. 시트는 꺼칠하고 싸늘했다. 그는 물을 내려다보았다. ……물살이 빠른 냇물은 수영장의 말뚝에 부딪히며 들릴까 말까 할 정도의 소리를 내고 있었다. 밝은 달이 왼쪽 강기슭 가까이에 그림자를 던지고 있었다. 그 달그림자 위로 잔물결이 일었는데, 잔물결은 달그림자를 늘어뜨렸다, 산산조각으로 부수었다 하며 싣고 가려는 듯했다.

'참 어리석군! 참 어리석어!' 랴보비치는 흘러가는 물을 바라보며 이렇게 생각했다. '모든 게 참 어리석기 짝이 없어!'

이미 기다리는 것이라곤 아무것도 없는 지금에 와서 보니, 입맞춤도 자신의 초조한 생각도, 걷잡을 수 없었던 희망도, 환멸도 모두 한낮의 햇빛을 받고 그의 앞에 드러나 있었다. 그에게는 이미 장군 저택의 심부름꾼을 기다리다 허탕친 것도, 자기를 어떤 사람으로 잘못 알고 무심히 입을 맞춘 여인을 이제 두 번 다시 만날 기회가 없으리라는 것도, 도무지 이상하게 생각되지 않았다. 게다가 만일 그 여인을 만날 수 있었다면 그것이 더 이상한 일이다.

물은 어디로 가는지, 무엇 때문인지도 모른 채 자꾸 흐르고 있었다. 그것은 옛날의 오월에도 마찬가지로 흘렀다. 물은 오월에 시내에서 큰 강으로 흘러들어가고, 큰 강에서는 바다로 흘러 이윽고는 증발하여 비로 모습을 바꾸어서 어쩌면 바로 그 물이 지금 다시 랴보비치의 눈앞에 흐르고 있을지도 모른다. ……왜 그럴까? 무엇 때문일까?

그러자 이 세계 전체, 이 인생의 모든 것이 랴보비치에게는 알 수 없는 장난처럼 여겨졌다……그래서 수면에서 눈을 떼고 하늘을 바라보니, 그는 또 다시 운명이 낯 모르는 여인의 모습을 빌려 뜻하지 않게 자기 몸을 애무해 준 것이 기억나고, 그 여름날의 공상과 환영이 떠올라 제 자신이 생각해도 정말 자기 생활이 몹시 지루하고 비참하여 신통치 않게 느껴졌다.

한참 뒤 그가 숙사로 되어 있는 농가로 돌아와 보자 동료들은 한 사람도 빠짐 없이 외출하고 없었다. 병사의 보고를 들으니 모두 다 '폰 트리아프킨 장군'의 저택으로 갔다는 것이었다. 이번에는 그 사람이 말을 탄 심부름꾼을 마중하러 보냈던 것이다! ……그 순간 랴보비치의 가슴에 갑자기 기쁨이 타올랐으나, 그는 곧 그것을 억누르고 잠자리에 들어가서는 자신의 운명에 대한 반발로 마치 운명이 자기를 애석히 여기게 하려는 것처럼 일부러 장군 댁에 가지 않았다.

Дама с собачкой

개를 데리고 다니는 여인

개를 데리고 다니는 여인

1

해변 거리에 새로운 얼굴이 나타났다는 소문이었다—개를 데리고 다니는 여인이. 드미트리 드미트리이치 쿠로프는 얄타(크리미아 남쪽 해안, 흑해 연안의 풍치가 아름다운 휴양지)에 온 지 이미 두 주일이 되고 이곳에도 익숙해졌으므로 차츰 새로운 얼굴에 흥미를 가지게 되었다. 베르네 다방에 앉아 있으려니 젊은 부인이 해변 거리를 지나가는 것이 보였다. 몸집이 작은 금발의 여인으로 베레모를 쓰고 있었다. 뒤에서 스피츠 종의 흰 강아지가 따르고 있었다.

그 뒤에도 그는 시립 공원이나 네거리 광장에서 하루에도 몇 번씩 그 여인을 만났다. 그녀는 혼자였으며 언제 보아도 같은 베레모를 쓰고 흰 스피츠 개를 데리고 산책하고 있었다. 누구 한 사람 그녀에 대해 아는 사람이 없었으며 그냥 '개를 데리고 다니는 여인'이라 부르고 있었다.

'저 여자가 남편이나 아는 사람과 함께 오지 않았다면' 쿠로프는 속셈을 했다. '한번 사귀어 보는 것도 나쁘지 않겠군.'

그는 아직 마흔도 채 되지 않았는데 열두 살 난 딸 하나와 중학교에 다니는 두 아들이 있었다. 아내를 맞은 것은 그가 아직 대학교 2학년이었을 때이므로, 지금은 아내가 그보다 한 배 반이나 늙어 보였다. 키가 크고 눈썹이 짙은 여자로 순진한 성질에 거만하고 튼튼하며, 거기에 스스로 말하는 바에 따르면 지적인 여자였다. 상당한 독서가로서 편지도 개량된 맞춤법으로 썼으니 남편을 드미트리라고 부르지 않고 디미트리라고 부르는 것과 같은 식이었다. 한편 그는 속으로 아내를 깊이가 없고 생각이 좁은 시골뜨기 여자라고 생각하며 갑갑하게 여겨 집에 붙어 있지 않았다. 따로 여자를 데리고 살기 시작한 것도 아주 오래전 일이며 더욱이 몇 차례나 거듭했다. 아마 그런 탓이었겠지만 여자에 관한 것이라면 우선 반드시 나쁘게 말했고, 자기가 참석한 자리에서 여자에 관한 이야기가 나오면 이런 식으로 비평하는 것이 예사였다—

"저급한 인종이죠!"

쓰디쓴 경험을 쌓았으므로 실컷 지금은 여자를 뭐라고 부르든 조금도 상관없다고 생각하지만, 실은 이 '저급한 인종' 없이는 단 이틀도 살 수 없는 형편이었다. 사나이끼리면 지루하고 울적하여 말도 제대로 하지 않고 냉담한 태도를 취하지만, 여자들 사이에 끼어들면 곧바로 느긋하게 해방된 기분이 되어 화제의 선택에서 행위와 태도에 이르기까지 참으로 자연스러워지는 것이었다. 아니, 그뿐만 아니라 상대가 여자라면 잠자코 있기만 해도 마음이 편했다.

도대체 그의 용모나 성격에는, 즉 대체로 그의 천성에는 무언가 알기 어려운 매력이 있어 여자들의 마음을 끌거나 여자를 유혹했다. 그는 그것을 잘 알고 있었지만, 그 또한 어떤 힘에 이끌려 여자들 쪽으로 끌려가는 것이었다.

대체로 남녀 관계라는 것은 처음에는 일상의 단조로움을 시원하게 없애줘서 자그마하고 저절로 미소가 지어지는 에피소드쯤으로 보이지만 정당한 인간—특히 그것이 우유부단하고 미련이 많은 모스크바 사람의 경우라면 어떻든간에 점점 성가신 커다란 문제로 바뀌어 결국은 꼼짝달싹도 못하는 상태에 빠져 버린다. 이러한 사정을 거듭한 경험 덕택에, 더욱이 정말 쓰디쓴 경험 덕택에 그는 그것을 예부터 알고 있었다. 그런데도 가슴을 들뜨게 하는 여자를 또 만나면 모처럼의 경험도 기억에서 사라져버리고 그렇게 사는 것이 인생이라고 생각하며 이 세상의 모든 것이 참으로 우스꽝스럽게 보였다.

어느 날 해질 무렵, 그가 공원에서 식사를 하고 있으려니 베레모를 쓴 여인이 별로 급한 기색도 없이 옆에 있는 테이블로 다가왔다. 그는 그녀의 표정이라든가 걸음걸이, 옷, 머리 모양 등으로 미루어 그녀가 확실한 신분의 여자로 남편이 있으며 얄타에는 처음으로 왔고, 지금 혼자 있기에 지루하다는 것을 알아차렸다. —이 지방은 예절이 좋지 않다는 데 대해서 여러 이야기가 있지만, 어쨌든 그것에는 거짓말이 많으므로 그는 처음부터 문제 삼지 않았을 뿐만 아니라, 그런 종류의 이야기는 대개 자신이 능력만 있으면 나쁜 일을 하고 싶어서 못 견디는 작가들의 창작에 의한 것이라는 것도 잘 알고 있었다. 그런데 막상 그 여인이 세 발짝도 떨어지지 않은 옆 테이블에 앉게 되자, 쉽사리 꾀어넘긴 일이라든가 깊숙한 산속으로 드라이브한 일 등이 새삼스럽게 떠올라 지나치는 길에 맺은 덧없이 부산한 관계라든가, 이름도 성도 어디 사는 누구인지도 모르는 여자와의 낭만이라든가 하는 유혹적인 상념이 곧바로 그를 사로잡고 말았다.

그는 부드럽게 개를 불러 개가 다가오자 손가락을 세워서 위협을 주었다. 개가 으르렁거렸다. 쿠로프는 다시 한번 을러댔다.

여자는 슬쩍 그를 쳐다보더니 이내 눈을 내리깔았다.

"물지는 않아요." 그녀가 이렇게 말하며 얼굴을 붉혔다.

"뼈를 주어도 괜찮을까요?" 그녀가 고개를 끄덕이는 것을 보고 그는 부드럽게 물었다.

"얄타에 오신 지 오래되셨습니까?"

"닷새 정도 됐어요."

"저는 이럭저럭 벌써 두 주일이 됩니다." 두 사람은 잠시 잠자코 있었다.

"날은 빨리 지나가지만 이곳은 정말 지루하군요!" 그녀가 그를 보지 않고 그렇게 말했다.

"이곳이 지루하다는 말씀은 흔한 말에 지나지 않죠. 솔직히 말해서 베료프라든가 지즈드라라든가(둘 다 러시아 중부에 있는 마을) 하는 시골 동네에서 얼마나 지루한 줄도 모르고 정착해 있는 사람들까지 이곳에 오면 '아아, 지루하군! 아아, 무슨 먼지가 이래!' 하는 말을 몇 번이고 되풀이하죠. 마치 그라나다(스페인 안달루시아의 도시. 무어 왕국의 옛 도시이며 알함브라 궁전 등 당시의 유적으로 유명함)에서라도 온 듯이 떠들썩하게 말이죠."

그녀가 웃었다. 그리고 두 사람은 어색하게 말없이 식사를 계속했다. 그러나 식사를 마치고 어깨를 나란히 하여 밖으로 나오자—이내 농담이 섞인 가벼운 대화가 시작되었다. 어디를 가든 무슨 이야기를 하든 아무래도 상관없는, 여자가 있고 무엇 하나 부족함이 없는, 그런 사람들이 하는 그것이다. 두 사람은 천천히 거닐며 이상한 빛을 띠고 있는 바다에 대해 이야기했다. 바다는 참으로 부드럽고 따뜻해 보이는 보랏빛이었고, 바다 위에는 달이 한 줄기 금색 띠를 흐르게 하고 있었다.

두 사람은 또 몹시 더운 날 해가 진 뒤엔 더욱 무덥다는 것도 화제로 삼았다. 쿠로프는 자기가 모스크바 사람이며 대학은 문과를 나왔으나 현재 은행에 근무하고 있다는 것과 언젠가 민간 오페라 단에서 노래 연습생이 된 적도 있으나 도중에 그만두었다는 것, 모스크바에 집 두 채가 있다는 것—그런 이야기를 했다. 한편 여인으로부터는 그녀가 페테르부르크에서 자랐다는 것, 그러나 시집을 간 곳은 S시이며 그곳에 이미 이 년이나 살고 있다는 것, 얄타에는 아직 한 달쯤 더 머무를 예정이라는 것, 남편도 기분 전환을 하고 싶어 하여 뒤따라 올 것이라는 것, 그런 이야기를 들었다. 그녀는 자기 남편이 어디에 근무하고 있는지—현청(縣廳)인지, 아니면 현회(縣會)인지 아무래도 설명이 되지 않자 스스로도 그것을 우스워했다. 쿠로프는 그녀의 이름이 안나 세르게브나라는 것도 알게 되었다.

이윽고 호텔의 자기 방으로 돌아온 그는 그녀를 생각하며 내일도 아마 그 여인이 우연히 자기와 만나게 될 것이라고 생각했다. 그렇게 되지 않는다면 오히려 이상하다. 침대에 들어가면서 그는 문득 그 여인이 바로 얼마 전까지만 해도 아직 여학생으로 지금 자기 딸이 하고 있는 것과 같은 것을 배우고 있었을 것이라고 새삼스레 생각하거나, 그녀의 웃는 모습이나 모르는 사람과의 대화에는 두려워하여 딱딱한 모습이 아직도 많이 있는 것을 떠올리고—그 여인은 틀림없이 난생 처음으로 이런 환경, 즉 모두가 자기를 따라다니거나 힐끔힐끔 쳐다보거나 말을 건네거나 하는 것도 근본을 따지고 보면 단 한 가지, 그녀도 그것을 충분히 느낄 수 있는 어떤 종류의 속셈 때문이라는 환경에 홀로 놓여진 것임에 틀림없을 것이라고도 생각했다. 그는 또 여인의 약해 보이는 목덜미나 아름다운 회색 눈동자를 생각해냈다.

'그건 그렇고, 그 여인에게는 뭔가 애틋한 데가 있어.' 그는 문득 생각하고는 그대로 잠들어 버렸다.

2

그녀를 알게 된 지 한 주일이 지났다. 축제일이었다. 방안은 무덥고 거리에서는 회오리바람이 먼지를 감아 올려 모자가 날아갈 지경이었다. 온종일 목이 말라 견딜 수가 없어 쿠로프는 몇 번이나 다방에 가서 안나 세르게브나에게 시럽이나 아이스크림을 권하였다. 몹시 견딜 수가 없었다.

저녁 무렵이 되어 바람이 조금 잠잠해지자 두 사람은 배가 들어오는 것을 구경하러 부둣가로 나갔다. 부두에는 많은 사람들이 걸어다니고 있었다. 누구를 마중하려고 모인 것인지 손과 손에 꽃다발을 들고 있었다. 여기서도 역시 두드러지게 눈에 띄는 것은 멋쟁이 얄타 군중에게서 볼 수 있는 두 가지 특색이었다. 중년 여인들이 젊게 몸치장하고 장군(將軍)이 많다는 것이었다.

바다가 거칠었으므로 배는 늦어져 해가 지고 나서야 겨우 들어왔다. 그리고 부두에 닻을 내리기 전에 방향을 바꾸느라 오랜 시간이 걸렸다. 안나 세르게브나는 손잡이 안경을 들고 아는 사람을 찾기라도 하듯 배와 배에서 내리는 손님들을 쳐다보았다. 이윽고 쿠로프에게 말을 건네려고 했을 때 그녀의 눈은 빛나고 있었다. 그녀는 말이 매우 많아져 엉뚱한 질문을 계속하고 방금 자기가 물은 것도 금세 잊어버렸다. 그리고 붐비는 군중 속에 안경을 떨어뜨리고 말았다.

화려한 군중이 차차 흩어지기 시작하고 이제 사람의 얼굴을 분간할 수 없게 되었으며 바람도 완전히 자버렸으나, 쿠로프와 안나 세르게브나는 아직도 누군가가 배에서 내려오지 않을까 하고 기다리는 사람처럼 그곳에 서 있었다. 안나 세르게브나는 이제 잠자코 쿠로프를 보지 않고 꽃향기를 맡고 있었다.

"저녁부터 날씨가 조금 좋아졌군요." 그가 말했다.

"자, 그럼 이제 어디로 갈까요? 어딘가로 한번 드라이브라도 할까요?" 그녀는 아무 대답도 하지 않았다.

그는 잠시 그녀를 바라보더니 갑자기 그녀를 껴안고 입술에 키스했다. 꽃향기가 풍기고 물방울이 그에게 뿌려졌다. 그는 누군가가 보지 않았을까 하고 두려운 듯 주위를 살폈다.

"당신 숙소로 가십시다—" 그는 나직이 말했다. 그리고 두 사람은 종종걸음으로 걷기 시작했다. 그녀의 방은 무더웠고, 그녀가 일본인 가게에서 사온 향수 냄새가 풍기고 있었다. 쿠로프는 새삼스레 그녀를 쳐다보면서 참으로 여러 여자를 만나는군! 하고 생각했다. 지금까지 삶에서 그에게 남아 있는 추억의 여인 가운데에는, 사랑으로 기쁨을 느껴 비록 잠시 동안의 행복일망정 그것을 준 상대에게 감사를 아끼지 않는 태평스럽고 선량한 여자도 있었다. 그런가 하면 또—이를테면 그의 아내처럼, 사랑하는 태도가 도무지 실감이 나지 않고 잔소리만 잔뜩 늘어놓으며 이상하게 잘난 척하고 신경질적인 주제에, 이건 정말 시시한 정사 같은 게 아니에요, 뭔가 좀더 의미 심장한 것이에요, 하고 말할 듯한 표정을 짓는 여자들도 있었다. 또 굉장한 미인으로, 냉정하면서도 때로는 그녀의 얼굴에 인생이 줄 수 있는 범위를 훨씬 넘어 더욱 많이 가지고 싶고 쥐고 싶다는 그런 고집스러운 욕망과 욕심꾸러기 같은 표정이 순간 번득이는 여자도 두세 명 있었다. 그들은 젊음의 때를 지나서 변덕이 심하고, 분별이 없고, 남을 억누르려 하고, 약간 머리가 모자라는 여자들로 쿠로프는 그들에 대한 사랑이 식어감에 따라 그들의 아름다움에 오히려 싫증이 나고, 그들 속옷의 레이스 장식까지도 왠지 비늘 같다는 기분이 들었다.

그런데 이번에는 언제까지 기다려도 여전히 순진한 젊은 여인에게 있기 마련인 조심스럽고 모난 태도와 딱딱한 기분이 가시지 않아, 이쪽에서 본다면 마치 누군가가 갑자기 문을 두드려 당황해하는 그런 느낌이었다. 안나 세르게브나, 즉 이 '개를 데리고 다니는 여인'은 이 사건에 대해 무엇인가 특별하고 매우 심각한—마치 자기 몸의 타락에라도 대하는 듯한 태도였으므로 참으로 괴상하고 장소에 어울리지 않았다. 그녀는 맥이 풀려 낙담하고 풀이 죽은 표정이었으며 얼굴 양쪽에는 기다란 머리칼을 슬픈 듯이 드리운 채 우울한 자세로 생각에 잠겨 있는 모습은 옛날 그림에 있는 죄 많은 여인(요한복음 8장 3절 이하. 이 여성을 그린 그림이 옛날부터 많다)과 꼭 닮아 있었다.

"안돼요." 그녀가 말했다. "지금은 당신이 나를 가장 존경해 주지 않는 분이에요."

방 안의 테이블 위에는 수박이 놓여 있었다. 쿠로프는 한 조각을 잘라서 천천히 먹기 시작했다. 침묵 속에 반 시간쯤 흘렀다.

안나 세르게브나의 모습은 보기에도 가련했으며 그녀의 태도에서는 행실이 바르고, 순진하고, 세상 일에 밝지 못한 여성의 청순함이 숨쉬고 있었다. 겨우 초 한 자루가 테이블 위에서 타며 그녀의 얼굴을 희미하게 비추고 있었다. 기분 내켜하지 않는다는 것을 알 수 있었다.

"당신을 존경하지 않는다니, 어찌 내가 그런 짓을 할 수 있겠소?" 쿠로프가 반문했다. "당신은 지금 무슨 말을 하고 있는지 스스로 모르는 거요."

"하느님, 용서해 주세요!" 이렇게 말한 그녀의 눈에는 눈물이 가득했다.

"정말 무서운 일이에요."

"마치 변명이라도 하고 있는 것 같군."

"어째서 내가 변명 따위를 할 수 있겠어요? 나는 나쁘고 천한 여자인걸요. 자기를 멸시할망정 변명은 생각해본 적도 없어요. 나는 남편을 속인 것이 아니라 내 자신을 속인 거예요. 더구나 지금이 아니라 벌써 오래전부터 그랬어요. 우리 집 그이는 정직하고 좋은 사람일지도 모르죠. 하지만 그이는 정말 하인인걸요! 나는 그이가 사무실에서 어떤 일을 하고 있는지 근무 태도가 어떤지 몰라요. 다만 그이가 하인 근성을 갖고 있다는 것만은 알고 있어요. 내가 그이한테 시집 간 것은 스무 살 때였어요. 나는 호기심이 괴로울 만큼 강했고, 무엇인가 나은 일을 하고 싶어서 견딜 수가 없었어요. 하지만, 이것 봐, 좀더 다른 생활이 있지 않느냐—하고 나는 자신에게 타일렀어요. 재미있는 생활을 하고 싶었지요! 살고 또 살고 악착같이 살아 나가고 싶었어요. ……나는 호기심으로 가슴이 타버릴 것만 같았어요……이런 기분을 당신이 아실 수야 없겠지만, 정말로 나는 이제 스스로를 주체할 수 없이 정신이 어떻게 돼버리고 아무래도 걷잡을 수가 없게 됐어요. 그래서 그이한테는 아프다고 말하고 이곳으로 온 거예요……이곳에 와서도 마치 주정뱅이처럼, 미치광이처럼 빌빌 싸돌아다니기만 하고……결국은 이처럼 누구한테 멸시를 받아도 어쩔 수 없는 천한 여자가 되어 버렸죠."

쿠로프는 더 이상 듣고 있을 수가 없었다. 그 순진한 말투라든가 참으로 엉뚱하고 장소에 어울리지 않는 참회의 말이 그를 초조하게 만들었다. 만약 그녀의 눈에 눈물이 고여 있지 않았더라면 농담이나 연극을 하고 있다고 생각했으리라.

"나는 잘 모르겠군요." 그는 나직이 말했다. "그래서 도대체 어떻게 하라는 거요?"

그녀는 얼굴을 그의 가슴에 깊이 파묻었다.

"믿어 주세요. 나를 믿어 주세요, 제발……" 그녀는 애원했다.

"나는 바르고 깨끗한 생활이 좋아요. 도리에 어긋난 일은 아주 싫어요. 지금 내가 하고 있는 짓은 내 자신도 전혀 모르겠어요. 세상 사람들은 흔히 마귀가 붙었다고 말하죠? 지금 내가 바로 그래요. 나한테 마귀가 붙은 거예요."

"알았어요. 이젠 알았어……" 그는 중얼거렸다.

그가 여인의 가만히 지켜보는 두려움이 가득한 눈을 차분히 쳐다보고, 키스를 해주고, 나직한 소리로 정답게 달래는 동안 여인도 조금씩 침착해져 평소의 쾌활한 태도를 되찾았다. 두 사람 다 소리 내어 웃게끔 되었다.

이윽고 그들이 바깥으로 나왔을 때는 해변 거리에 사람의 그림자라곤 하나도 없고, 마을은 측백나무 숲과 함께 고요히 죽어버린 것 같았다. 그러나 바다는 변함없이 파도 소리를 내고 해변으로 밀어닥치고 있었다. 거룻배 한 척이 물결에 출렁거리고 그 위에서 자그마한 등불 하나가 몹시 졸린 듯이 깜빡이고 있었다.

두 사람은 마차를 잡아타고 오레안다(얄타 서남쪽 시오리 이내에 있는 공원 지대. 역시 흑해에 임하고 있으며 당시는 황실령이었다)로 떠났다.

"방금 나는 아래층 대합실에서 당신의 성을 알아냈소. 흑판에 폰 디델리츠라고 씌어 있더군." 하고 쿠로프는 말했다.

"당신 주인은 독일 사람?"

"아뇨. 아마 그이의 할아버지가 독일 사람이었나봐요. 하지만 그이는 정교도(正敎徒)예요."

오레안다에서 두 사람은 교회에서 그다지 멀지 않은 벤치에 앉아 바다를 내려다보면서 침묵하였다. 얄타는 멀리 아침 안개를 뚫고 희미하게 보이고 산봉우리에는 흰 구름이 걸린 채 움직이지 않는다. 나뭇잎들은 까딱도 하지 않고 아침 매미가 울고 있으며, 멀리 밑에서 들려오는 단조롭고 둔한 파도 소리는 우리들 인간의 앞길에 기다리고 있을 안식과 영원의 잠을 말하고 있었다. 저 밑에서 들려오는 파도 소리는, 아직 이곳에 얄타도 오레안다도 없었던 옛날에도 났었고 지금도 나고 우리가 죽은 뒤에도 마찬가지로 무관심하게 둔한 소리를 계속 낼 것이다. 그리하여 지금도 옛날과 변함이 없는 소리, 우리들 누군가의 죽음과 삶에 아무런 관심도 없는 그 소리 가운데 어쩌면 우리의 영원한 구제의 증거, 지상 생활의 끊임없는 추이(推移)의 증거, 완성을 향한 쉼없는 행진의 증거가 숨어 있는지도 모른다. 새벽빛 속에서 매우 아름다워 보이는 젊은 여성과 나란히 앉아 바다와 산과 구름과 넓디넓은 하늘이 환영(幻影)처럼 늘어서 있는 것을 바라보는 동안, 어느덧 마음이 안정되고 황홀해진 쿠로프는 마음속으로 이런 생각을 했다—잘 생각해 보건대 정말 이 세상의 모든 것은 얼마나 아름다운 것일까? 인생의 고상한 목적이나 인간으로서의 자기 품위를 잊어버린 채 스스로 생각하거나 하는 일을 제외한 다른 모든 것들 말이다.

한 사나이가 다가왔다. 아마 경비원이리라. 두 사람을 잠시 쳐다보더니 그대로 저쪽으로 가버렸다. 그러한 자그마한 일까지도 참으로 신비스러운 느낌이었고 마찬가지로 아름답게 여겨졌다. 페오도시야(크리미아 남쪽에 있는 항구)에서 증기선이 들어 오는 것이 보였다. 아침놀에 빛나고 있고 등불은 이제 꺼져 있었다.

"풀에 이슬이 맺혀 있군요." 안나 세르게브나가 침묵을 깨고 말했다.

"그렇군. 슬슬 돌아갈 시간이군."

두 사람은 마을로 돌아갔다.

그 뒤로 매일 정오가 되면 두 사람은 해변 거리에서 만나 가벼운 점심을 들고 저녁 식사도 함께 하며 산책을 하거나 황홀하게 바다를 바라보거나 했다. 그녀는 잠을 이룰 수 없다든가 가슴이 몹시 빨리 뛰어 견딜 수가 없다든가 하면 투정을 하고, 때로는 질투, 때로는 공포심으로 흥분하여 그의 존경심이 부족하다는 늘 되풀이되는 난제(難題)를 끄집어냈다. 흔히 그는 네거리 광장이나 공원에서 옆에 아무도 없는 틈을 타서 여인을 끌어안고 뜨거운 키스를 해주었다. 유한 삼매(有閑三昧), 누구에게 들키지나 않을까 하여 주위를 살펴보면서 조마조마해 하며 하는 대낮의 키스, 더위, 바다 냄새, 언제나 눈앞에 서성대는 게으르고 멋만 부리고 배불리 먹는 사람들, 그 때문에 그는 마치 사람이 전혀 달라진 것처럼 보였다. 그는 안나 세르게브나에게, 당신은 참으로 미인이야, 참으로 매력적인 여자야, 말하면서 불타오르는 정열로 안절부절못하며 그녀 곁을 한 발짝도 떨어지지 않았다. 한편 그녀는 툭하면 생각에 잠기며 당신은 나를 존경하지 않는다, 조금도 나를 사랑하지 않는다, 나를 한낱 천한 여자로밖에 보지 않는다, 그렇다면 그렇다고 깨끗이 고백하라며 줄곧 졸라댔다. 거의 매일 밤, 느지막이 두 사람은 어딘가 교외로, 오레안다나 폭포 쪽으로 마차를 타고 갔는데, 그러한 산책은 대성공이어서 인상은 그때마다 멋지고 숭고한 것이었다.

그들은 그녀의 남편이 꼭 올 것이라 생각했다. 그런데 그로부터 편지가 와, 눈이 나빠졌다는 것과 아내에게 제발 빨리 돌아와 주기 바란다고 알려왔다. 안나 세르게브나는 초조했다.

"제가 가버리는 것은 좋은 일이에요." 그녀가 쿠로프에게 말했다. "이것이 운명이라는 거예요."

그녀는 마차로 떠나고, 그도 배웅하러 함께 갔다. 한나절이 걸리는 거리였다. 이윽고 그녀가 급행열차의 좌석에 자리 잡고, 두 번째 벨소리가 울렸을 때 그녀는 이렇게 말했다.

"자, 그럼 다시 한 번 얼굴을 보여 주세요—다시 한 번 잘 보여 주세요. 자, 이렇게."

그녀는 울지는 않았으나 마치 환자처럼 침울한 모습으로 얼굴을 떨고 있었다.

"당신을 잊지 않겠어요—언제까지나 기억하겠어요." 하고 그녀는 말했다. "안녕히 계세요. 행복을 빌게요. 저를 나쁘게 생각지 마세요, 네? 우리, 이것으로 헤어지기로 해요. 하기야 그렇겠죠. 두 번 다시 만나서는 안되니까요. 그럼, 안녕."

기차는 점점 멀어져 등불도 곧 사라지고 일 분 뒤에는 이제 소리마저 들리지 않게 되었다. 마치 달콤한 꿈속과도 같은 기분, 이 어리석은 기분을 한시라도 빨리 깨뜨려 주려고 모두가 일부러 약속이라도 한 듯했다. 플랫폼에 홀로 우두커니 남아 먼 어둠 속을 바라보면서 쿠로프는 마치 막 잠이 깬 듯이 귀뚜라미의 울음 소리와 전선(電線)에서 흘러나오는 소리에 귀를 기울였다. 그리고 마음속으로 이런 생각을 했다—내 인생에는 실제로 또 하나의 파란이랄까 에피소드랄까 하는 것이 있었지만, 그것도 역시 끝나버려 이제는 추억만이 남아 있을 뿐이다—그는 감동하고, 쓸쓸해 하고, 가벼운 회한(悔恨)을 느꼈다. 생각해 보면 두 번 다시 만날 기회가 없는 그 젊은 여인도, 그와 함께 있는 동안 행복했었다고는 말할 수 없지 않은가? 상냥하게 대해 주었고, 진심으로 돌봐 주기는 했지만, 그렇더라도 그녀에 대한 그의 태도나 말투나 사랑하는 방법 가운데에는 역시 운 좋게 행운을 얻은 사나이의, 더구나 상대보다 두 배 가까이 나이가 위인 사나이의 가벼운 비웃음과 우쭐대는 자기 도취가 그림자처럼 들여다보이는 것을 어찌할 수 없었다. 그녀는 언제나 그를, 친절하고 세상에 드문 고상한 사람이라고 불렀다. 그리고 보면 어쩐지 그녀의 눈에는 실제와는 다른 그의 모습이 비치고 있었던 것 같기도 하다. 결국은 무의식중에 그녀를 속인 셈이다⋯⋯

지금 서 있는 정거장은 가을 냄새를 풍기고 있었고, 쌀쌀한 밤이었다.

'나도 슬슬 북부로 돌아가야겠군.' 쿠로프는 플랫폼을 나가면서 생각했다.

'이제 돌아가야겠어!'

3

모스크바에 있는 그의 집에서는 이제 겨우살이 준비가 완전히 끝나 난로를 피우고 있었다. 매일 아침 아이들이 학교에 갈 채비를 하거나 차를 마실 때는 아직 어두웠으므로 유모가 한동안 등불을 밝혀 둬야 했다. 벌써 첫눈이 내려 추위가 들이닥쳤다. 썰매를 처음 타고 가는 날, 흰 땅이나 흰 지붕을 보는 것은 즐거운 일이어서, 호흡이 순조로워지고 기분이 좋아짐에 따라 이 맘때만 되면 반드시 소년 시절이 떠오른다. 보리수와 자작나무의 고목이 서리를 맞아 하얘진 모습에는 어쩐지 좋은 할아버지 같은 표정이 있어 측백나무나 종려나무보다 훨씬 친근했고, 그 옆에 있으면 산이나 바다에 대해선 생각하고 싶지 않았다.

쿠로프는 모스크바 토박이여서인지, 추위가 살을 에는 듯한 맑은 날에 모스크바로 돌아와 털가죽 외투에 따뜻한 장갑을 끼고 페트로프카 거리 _(모스크바의 중심부를 남북으로 뚫고 있는 큰 거리이며 시내의 가장 번화한 상점가)를 한 바퀴 돌거나 토요일 저녁 종소리를 듣자, 최근 여행에 대한 것도, 여행한 여러 고장에 대한 것도 순식간에 모두 그에게는 매력이 없어지고 말았다. 그는 차츰 모스크바 생활에 젖어들어 이제 하루에 세 종류나 되는 신문을 굶주린 듯이 읽으면서도, 나는 모스크바의 신문을 안 읽는 주의(主義)라며 시치미를 뚝 뗀 얼굴을 하는 것이었다. 그러는 동안에 카페나 클럽에 가고 싶고 요리나 만찬에 초대받는 것이 기다려지게 된다. 마침내는 그의 집에 유명한 변호사나 관리가 드나든다는 것, 의사 클럽에서 교수들을 상대로 트럼프놀이를 한다는 것이 속으로 무척 자랑스러워진다. 결국 고기 스튜 냄비 일인분을 먹어치우게까지 되었다……

한 달만 지나면 안나 세르게브나의 모습은 기억 속에서 완전히 안개에 싸여 지금까지의 여인들처럼 가련한 웃음을 띠고 이따금 꿈속에만 나타나는 것으로 끝나게 될 것이다―그런 식으로 그는 대수롭지 않게 여겼다. 그러나 한 달이 지나고 겨울이 닥쳐와도 안나 세르게브나와 헤어진 것이 바로 어제 있었던 일처럼 모든 것이 마치 기억 속에 생생히 남아 있었다. 오히려 추억은 점점 세차게 불타올랐다. 초저녁의 고요 속에서 아이들이 예습하는 소리가 서재에 들려와도, 문득 노랫소리를 들어도, 카페에서 오르간을 치는 소리가 들려도, 그리고 벽난로 속에서 눈보라치는 소리가 나도, 부두에서 있었던 일과 산에 안개가 끼었던 새벽, 페오도시야에서 온 증기선 등 모든 것이 빠짐 없이 기억에 되살아나는 것이었다. 그는 언제까지고 방 안을 왔다 갔다하며 추억을 더듬거나 미소짓거나 했는데, 그러는 동안 추억은 차츰 공상으로 바뀌어 과거가 상상 속에서 미래와 뒤섞이게 되었다. 안나 세르게브나는 꿈에 나타나지는 않았지만, 마치 그림자처럼 어디든 그를 따라와 지켜보고 있었다. 눈을 감으면 그녀의 모습이 마치 현실처럼 똑똑히 보이고 심지어 이전보다 아름답고 젊어져서 한층 요염해진 듯했다. 그리고 자신도 얄타에 있었던 무렵보다 풍채가 나아진 것 같았다. 밤마다 그녀는 책장 속에서, 벽난로 속에서, 방 안 한쪽 구석에서 그를 조용히 쳐다보며, 그에게는 그녀의 숨소리와 비단옷 스치는 부드러운 소리가 들렸다. 거리에 나가면 그는 여인들의 모습을 자꾸 쳐다보며, 그녀를 닮은 여인이 없을까 찾는 것이었다—

그러는 사이에 자신의 추억을 다른 사람에게 들려주고 싶어서 더 이상 참을 수가 없게 되었다. 그러나 자기 집에서 정사(情事) 이야기를 할 수 없고, 그렇다고 집 밖에서 상대를 찾아볼 수도 없었다. 더욱이 세든 사람을 상대로할 수도 없거니와, 은행에도 이렇다 할 상대가 없었다. 게다가 또 무슨 이야기를 한단 말인가? 자기는 그때 과연 사랑을 하고 있었던 것일까? 도대체그가 안나 세르게브나와 맺은 관계에 뭔가 아름다운 것, 시적인 것, 또는 유익한 것, 혹은 단순히 재미있는 것, 과연 그런 것이 있었을까? 그래서 할수 없이 막연하게 사랑이나 여성에 대해 말해 보았지만, 그가 말하려 하는바를 이해해 주는 사람은 누구 하나 없고, 다만 그의 아내가 눈썹을 움직이면서 이렇게 말했을 뿐이다—

"디미트리, 당신에겐 미남자 역할이 전혀 안 어울려요."

어느 날 밤 늦게 사교적인 친구인 관리와 함께 의사 클럽을 나오면서, 그는 마침내 참지 못하고 입을 열었다—

"실은 말이죠. 얄타에서 나는 황홀해질 듯한 미인하고 교제를 했습니다."

잠자코 썰매를 타고 달리던 관리가 갑자기 뒤돌아보며 그의 이름을 불렀다—

"드미트리 드미트리이치!"

"네?"

"아까 당신 말씀이 옳았어요. 사실 그 철갑상어는 냄새가 고약했지요."

이 평범한 말이 어찌된 영문인지 쿠로프의 비위에 몹시 거슬려 참으로 비열하고 불결하게 여겨졌다. 얼마나 야만적인 습관이며 얼마나 시시한 녀석일까? 얼마나 어리석은 매일밤이며, 얼마나 가치없고 시시한 나날이었을까? 반 광란의 트럼프 놀이, 포식에 폭음, 장황하여 끝이 없고 단순하기 이를 데 없는 이야기, 쓸모라고는 전혀 없는 심심풀이나, 한 가지 화제로 되풀이되는 이야기로 하루 중 가장 좋은 시간과 최고의 정력을 빼앗기고 결국 남는 것이라고는 뭔가? 꼬리도 날개도 없어진 듯한 생활, 이딘가 이리석기 짝이 없는 것이나, 그렇다고 나가지도 달아나지도 못하는 것은 정신병원에서 감옥으로 들어간 것과 흡사하다! 쿠로프는 그날 밤 한숨도 자지 못하고 화만 냈다. 그 탓에 다음날은 하루 종일 머리가 아팠다. 이어 밤이면 밤마다 잠이 오지 않고 자주 침대 위에 앉아서 생각하거나 방안을 이리저리 왔다갔다하면서 지새웠다. 아이들도 싫어졌고, 은행도 지긋지긋해졌으며, 아무 데도 가고 싶지 않았고, 아무 말도 하고 싶지 않았다.

십이월의 휴가가 되자 그는 여행하기로 결심했다. 아내에게는 어느 청년의 취직 알선을 하려고 페테르부르크에 다녀오겠다고 말해 놓고는 S시로 떠났다. 무엇하러? 그 자신도 잘 몰랐다. 어쨌든 안나 세르게브나를 만나서 이야기를 하고 싶다, 가능하다면 천천히 어디서 만나보고 싶다, 생각했던 것이다.

그는 아침나절에 S시에 도착하여 호텔의 가장 좋은 방을 얻었다. 방 안은 바닥에 온통 회색 군복천이 깔려 있었고 테이블 위에는 먼지가 앉아 회색이 된 잉크병이 놓여 있었으며, 그것에는 한 손에 모자를 높이 치켜든 말 탄 용사의 조각상이 붙어 있었으나 목은 떨어져 나가고 없었다. 수위가 그에게 필요한 예비지식을 가르쳐 주었다. 폰 디델리츠는 스탈로 곤차르나야 거리의 자기 저택에 살고 있으며, 집은 호텔에서 멀지 않았고, 경기가 좋아 오히려 호화로운 생활을 하며 자가용과 마차도 가지고 있고 이 거리에서 그를 모르는 사람이 없다는 것이었다. 수위는 드뤼딜리츠라고 발음했다.

쿠로프는 느긋하게 스탈로 곤차르나야 거리로 걸어가서 목표로 삼은 집을 찾아냈다. 집 정면에는 회색의 기다란 울타리가 둘러져 있고 못질이 되어 있었다. '이런 울타리쯤은 넘어갈 수 있지.' 쿠로프는 창문과 울타리를 번갈아

처다보면서 속으로 생각했다.

그는 여러 가지로 궁리해 보았다—오늘은 관청이 쉬는 날이니까 그녀의 남편은 아마 집 안에 있을 것이다. 아니, 어찌 되었건 집 안에 들어가서 당황케 하는 것은 그다지 좋은 방법이 아니다. 그렇다고 편지를 보낸다면 남편의 손에 들어갈지도 모르고. 그러면 모든 일이 허사가 된다. 가장 좋은 방법은 기회를 기다리는 것이다. 그는 마음을 침착하게 먹고 거리를 어슬렁거리거나 울타리를 따라 걸어가 보기도 하면서 기회를 기다렸다. 한 거지가 문 안으로 들어가는 것이 보이고 곧 개가 짖어댔다. 이윽고 한 시간쯤 지나자 피아노 치는 소리가 들렸으며, 그 음색이 희미하게 어렴풋이 흘러나왔다. 아마 안나 세르게브나가 치는 것이 분명했다. 현관문이 벌컥 열리더니 한 노파가 나오고, 그 뒤를 따라오는 것은 바로 낯익은 흰 스피츠였다. 쿠로프는 개 이름을 부르려다가 갑자기 가슴이 두근거리기 시작하여 흥분한 나머지 개 이름이 머리에 떠오르지 않았다.

한참 더 어슬렁거리고 있으려니 시간이 흐를수록 그 회색 울타리가 얄미워졌다. 그리고 이제는 애타는 마음으로, 안나 세르게브나는 자기를 잊어버린다, 어쩌면 다른 남자와 가까이 지내고 있는지도 모른다, 그러나 아침부터 밤까지 이 얄미운 울타리를 처다보면서 살아야 하는 젊은 여자로서는 지극히 당연한 일이다, 생각하는 것이었다. 그는 호텔 방으로 돌아오자 어떻게 하면 좋을지 막연해져 오랫동안 소파에 앉아 있다가, 이윽고 점심을 마친 뒤 오랫동안 곤히 잠들어버렸다.

'원, 세상에, 어리석기 짝이 없군.' 그는 잠에서 깨어나 어두워진 창문을 처다보면서 생각했다. 이미 해가 져 있었다. '어쩌자고 이렇게 자버렸을까? 아, 이 밤중에 도대체 어쩌자는 거지?'

마치 병원처럼 회색 싸구려 모포를 깐 침대 위에 앉은 채 그는 사뭇 분한 듯이 자기 자신을 비웃었다.

'바로 이게 기다리고 기다렸던 개를 데리고 다니는 여인이야……이게 기다리고 기다렸던 에피소드야……그럼 천천히 앉아 노십시오.'

바로 그날 아침 정거장에서 커다란 글씨로 된 포스터가 그의 눈에 띄었다. '기생'이라는 연극의 개막날이었다. 그는 그것을 생각해내고 극장으로 갔다.

'그 여자가 공연 첫날 구경하러 오리라는 것은 매우 있을 법한 일이니까 말이야.' 생각했던 것이다.

극장은 대만원이었다. 지방의 극장이라면 어디나 마찬가지지만, 여기서도 샹들리에 위쪽에는 연기가 자욱하고, 먼 관람석은 꽉 들어차서 떠들썩했다. 첫 줄에는 막이 열리기 전의 한 때를, 이 고장의 주역배우들이 두 손을 뒤로 하고 서 있었다. 여기서도 도지사의 좌석에는 역시 맨 앞에 지사의 딸이 털 가죽 목도리를 두르고 앉아 있고, 지사 자신은 현수막 뒤에 점잖게 앉아 있어, 보이는 것이라곤 그의 손뿐이었다. 막이 흔들리고 오케스트라가 오래도록 음정을 맞추고 있었다. 관중들이 들어와서 자리에 앉을 동안, 쿠로프는 줄곧 정신없이 살펴보며 찾고 있었다.

안나 세르게브나도 들어왔다. 그녀는 세 번째 줄에 자리잡았다. 쿠로프는 그녀의 모습을 얼핏 본 순간 심장이 꽉 쥐어들고, 현재 자기에게 이 세상에서 이처럼 가깝고, 이처럼 귀중하고, 이처럼 절대적인 사람이 없다는 것을 뚜렷이 느꼈다. 시골뜨기들 속에 섞여 있는 자그마한 여인, 흔해 빠진 손잡이 안경인지 무엇인지를 두 손으로 만지작거리고 있는, 조금도 산뜻해 보이지 않는 이 여인, 그 여인이 이제는 그의 모든 생활을 채워 주고, 그의 슬픔이자, 기쁨이요, 그가 현재 바라는 유일한 행복인 것이다. 건달 오케스트라와 보잘것없는 시골뜨기 바이올린의 소리에 맞추어 그는 아아, 얼마나 아름다운 여인일까 하고 생각했다. 한편으로는 이 여인을 생각하고, 한편으로는 공상을 하는 것이었다.

안나 세르게브나와 함께한 젊은 사나이가 들어와 나란히 자리에 앉았다. 구레나룻을 약간 기르고 엄청나게 큰 키에 등이 구부정한 사나이였다. 한 발짝을 옮길 때마다 고개를 끄덕이므로, 마치 줄곧 인사를 하는 듯이 보였다. 아마 이 사나이가, 그날 밤 그녀가 얄타에서 비통한 감정의 발작에 사로잡혀 '하인'이라고 무례한 말로 불렀던 남편일 것이다. 그리고 보니, 전봇대 같은 모습이나 구레나룻, 조금 벗겨져 올라간 이마에는 마치 하인 비슷한 겸손이 나타나 있으며, 게다가 달콤한 미소를 띠고, 단추 구멍에는 마치 하인의 번호인 듯 학위장(學位章)인가 무엇인가가 빛나고 있었다.

1막이 끝나자 그녀의 남편은 담배를 피우러 나가고, 그녀는 자리에 남아 있었다. 칸막이가 된 관람석에 자리 잡았던 쿠로프는 그녀 곁으로 다가가 억지로 웃음을 지으며 떨리는 목소리로 이렇게 말했다—

"안녕하십니까?"

그녀는 그의 얼굴을 쳐다보더니 별안간 얼굴이 창백해졌으나, 이윽고 다시 한번 자기 눈을 믿지 못하겠다는 듯이 겁에 질려 그를 쳐다보았다. 손잡이 안경과 함께 부채를 두 손으로 꽉 쥐었다. 기절하지 않으려고 자기 자신을 상대로 싸우고 있는 것이 틀림없었다. 두 사람은 모두 아무 말이 없었다. 그녀는 앉은 채였으며, 그는 그 나름대로 여인이 당황하는 데 놀라 옆자리에 앉을 결심을 못하고 서 있었다. 음정을 맞추는 바이올린과 플루트 소리가 나자, 그는 마치 그곳 주변의 좌석으로부터 주시당하는 듯한 느낌이 들어 갑자기 섬뜩했다. 그러나 그때 그녀가 불쑥 자리에서 일어서더니 종종걸음으로 출구 쪽으로 걸어갔다. 그도 그녀의 뒤를 쫓아 나갔다. 두 사람은 쓸데없이 복도에서 계단으로, 계단에서 복도로 올라갔다 내려갔다 했다. 두 사람의 눈 앞에는 법관복이나 교원복이나 영지(領地) 사무관의 제복을 입은 사람들이 제각기 휘장을 가슴에 달고서 어른거리고 있었다. 여인들의 모습이나 외투걸이에 드리워진 털가죽 외투도 눈에 어른거리고, 그런가 하면 빠져나가는 바람이 타들어가는 담배 냄새를 물씬 실어오기도 했다. 쿠로프는 두방망이질하는 가슴을 억누르면서 속으로 생각했다.

'정말 한심하군! 도대체 무슨 꼴이란 말인가? 이 사람들은, 저 오케스트라는―'

그때 그는 갑자기 그날 저녁 무렵에 정거장에서 안나 세르게브나를 배웅한 뒤 이로써 모든 게 끝났다, 이제 두 번 다시 만나는 일은 없을 것이다, 하고 마음속으로 중얼거렸던 일을 떠올렸다. 그것이 마지막이 되려면 아직도 얼마나 먼 것일까?

'입석 입구'라는 푯말이 붙어 있는 좁고 어둠침침한 계단의 중간쯤에서 그녀가 걸음을 멈추었다.

"사람을 몹시 놀라게 하시는군요!" 그녀는 괴로운 듯이 숨을 쉬면서 말했다. 아직도 창백하고 당혹스러운 얼굴이었다.

"정말 사람을 놀라게 하는 분이에요! 저는 살아 있는 것 같지가 않아요. 무슨 일로 오셨어요? 무엇 때문인가요?"

"하지만 이해해주십시오, 안나. 이해해……" 그는 나직이, 서둘러 말했다. "제발 이해해 주십시오……"

그녀는 공포와 애원과 애정이 뒤섞인 눈으로 그를 쳐다보았다. 그의 모습을 될 수 있는 대로 뚜렷하게 기억 속에 새겨 넣으려고 뚫어지게 바라보는 것이었다.

"저는 몹시 괴로워요!" 그녀는 상대의 말에 귀를 기울이지 않고 말을 이었다. "저는 늘 당신만을 생각하고 있었어요. 당신을 생각하는 것만으로 살아 왔어요. 그리고 잊어버리자, 잊어버리자, 그랬는데 당신은 왜 오셨나요?"

조금 높은 층계참에서 두 중학생이 담배를 뻐끔뻐끔 피우며 내려다보고 있었다. 그러나 쿠로프에게 그런 것은 아무래도 좋았다. 그는 안나 세르게브나를 자기 쪽으로 끌어 당겨 그녀의 얼굴과 볼과 손에 키스를 했다.

"왜 이러세요, 왜 이러세요?" 그녀는 사내를 떠밀면서 겁에 질려 말했다.

"이러시면 두 사람 다 미친 게 되는 거예요. 오늘이라도 이곳을 떠나 주세요. 지금 곧 이 자리에서 떠나 주세요……제발 부탁이에요, 제발—아아, 누가 와요!"

계단 밑에서 누군가가 올라왔다.

"당신은 떠나셔야 해요……" 안나 세르게브나가 나직이 말했다.

"아시겠죠, 드미트리 드미트리이치? 제가 뵈러 모스크바로 가겠어요. 저는 하루도 행복한 적이 없었고, 지금도 불행하며, 앞으로도 행복해질 수 없어요, 절대로 없어요! 이 이상 저를 괴롭히지 말아 주세요! 저랑 약속해요. 제가 모스크바로 가겠어요. 오늘은 이것으로 헤어져요! 아시겠죠! 저에게 소중하고 소중한 당신, 헤어지기로 해요!"

그녀는 그의 손을 한 번 쥐고는, 그를 뒤돌아보고 재빨리 계단을 내려갔다. 그녀의 눈을 보니 그녀가 실제로 행복하지 않다는 것을 알 수 있었다. 쿠로프는 잠시 그 자리에 서서 귀를 기울였으나, 이윽고 모든 것이 고요를 되찾자 자신의 외투걸이를 찾아내 극장에서 떠났다.

4

그리하여 안나 세르게브나는 그를 만나러 모스크바로 오게 되었다. 두 달이나 석 달에 한 번 그녀는 S시에서 나오는 것이었는데, 남편에게는 대학 산부인과 선생에게 진찰을 받으러 간다는 핑계를 댔다. 남편은 반신반의하는 표정이었다. 모스크바에 닿으면 그녀는 '슬라반스키 바자르'(모스크바의 일류 호텔의 하나)에 방을 잡고, 쿠로프에게로 빨간 모자를 쓴 심부름꾼을 보냈다. 그렇게 쿠로프가 그녀를 만나러 가게 되는데, 모스크바 시내에서 누구도 그 일을 눈치챈 사람은 없었다.

어느 겨울 아침, 그는 역시 그런 계획으로 그녀에게 가고 있었다(심부름꾼은 전날 밤에 왔으나 그는 집에 없었다). 딸도 함께였는데, 가는 길에 있는 학교까지 배웅해 주려고 한 것이다. 커다란 눈송이가 펑펑 쏟아지고 있었다.

"오늘 아침은 삼 도인데도 눈이 내리는구나." 쿠로프가 딸에게 말했다. "하지만 이렇게 따뜻한 것은 땅의 표면뿐이고, 공기의 상층은 기온이 전혀 다르지."

"그럼 아빠, 왜 겨울에는 천둥이 치지 않을까요?"

그것도 설명해 주었다. 그는 말하면서 이런 생각을 했다—이처럼 나는 지금 밀회를 하러 가는 참이지만, 누구 하나 그 사실을 아는 사람이 없고, 아마 언제까지나 알지 못할 것이다. 그에게는 두 생활이 있었다. 하나는 적어도 그것을 보고 싶다거나 알고 싶어 하는 사람에게는 보여도 주고 알려 주기도 하는 공공연한 생활, 조건부의 진실과 조건부의 거짓으로 가득찬, 다시 말해서 그의 친지나 친구의 생활과 비슷비슷한 것이고, 또 하나는 은밀히 영위되는 생활이었다. 그같이 어떤 야릇한 운명, 즉 우연한 운명에 의해, 그에게는 소중하고 흥미가 있으며 꼭 필요한 것, 그가 어디까지나 성실하게 자신을 속이지 않을 수 있는 것, 말하자면 그의 생활의 핵심을 이루고 있는 것은 모조리 남의 눈을 피하여 행해지는 한편, 그가 겉을 꾸미기 위한 방편과 진실을 숨기기 위해 쓰는 가면—이를테면 그의 은행 근무라든가 클럽에서의 논쟁이라든가 예의 '저급한 인종'이라는 경구(警句)라든가 부인 동반의 파티 참석 같은 것은 모조리 공공연한 것이었다. 그래서 그는 자기 자신에 비추어 남을 재보고, 눈에 띄는 것은 믿지 않으며, 사람은 누구나 마치 밤의 장막에 덮이는 것처럼 비밀의 장막에 덮인 채 그 사람에게 가장 흥미 있고 진정한 생활을 영위하는 것이라고 언제나 생각했다. 각자의 사사로운 생활이라는 것은 비밀 덕분에 보강되는 것이어서, 교양인이 그렇게도 신경질적으로 개인의 비밀을 존중하라고 떠들어대는 까닭도 거기에 있는 듯했다.

딸을 학교까지 바래다주자 쿠로프는 '슬라반스키 바자르'로 갔다. 그는 아래층에서 외투를 벗어 들고 이층으로 올라가 방문을 조용히 두드렸다. 안나 세르게브나는 그가 좋아하는 회색 옷을 입고, 긴 여행과 지루함에 지쳐 어젯밤부터 그를 기다리고 있었다. 그녀는 창백한 얼굴로 그를 조용히 쳐다보며 웃지는 않았으나, 그가 문턱을 넘어서자마자 재빨리 그의 가슴에 바싹 달라붙었다. 마치 이 년쯤 만나지 않았던 사람들처럼 그들의 키스는 오래오래 계속되었다.

"어떻소, 생활은?" 그가 물었다. "무슨 별다른 일이라도 있소?"

"잠깐 기다려 주세요. 지금 곧 말씀드릴 테니……안 돼요." 울고 있어 말을 할 수가 없었던 것이다. 그녀는 그를 외면하고 눈에 손수건을 갖다댔다.

'한동안 그렇게 우는 것도 좋지. 나는 그 사이에 잠시 앉아 있어야지.' 그는 이렇게 생각하고 안락의자에 앉았다.

이윽고 그가 벨을 눌러 차를 주문했다. 그가 차를 마시는 동안 그녀는 창문 쪽으로 얼굴을 돌린 채 서 있었다—그녀가 운 건 흥분 때문이었다. 두 사람의 생활이 이다지도 슬픈 결과가 되어 버렸는가 하는 비참한 생각에서였다. 두 사람은 몰래가 아니면 만나지 못하고, 마치 도둑처럼 남의 눈을 피하고 있지 않은가? 이래도 두 사람의 생활이 파멸하지 않았다고 말할 수 있을까?

"자, 그럼 그만해 둬요!" 그가 말했다. 자기들의 사랑이 그렇게 빨리 끝날 수는 없다는 것을 그는 똑똑히 알고 있었다. 언제라고 추측할 수도 없는 것이다. 안나 세르게브나는 점점 강하게 그와 결합되어 그를 진심으로 숭배하고 있었으므로, 그녀에게 이 모든 것에 언젠가는 종말을 고해야만 한다고는 도저히 말할 수 없었다. 우선 그녀는 그것을 진실로 받아들이지 않을 것이다.

그는 그녀 곁으로 다가가 그녀의 어깨 위에 손을 얹었다. 달래거나 장난을 쳐주려고 생각했으나, 그때 그는 거울에 비친 자기 모습을 보았다.

그의 머리는 차차 희게 새고 있었다. 그리고 스스로도 이상하리만큼 그는 최근 이삼 년 동안에 몹시 늙고, 풍채가 몹시 나빠지고 있었다. 지금 그가 두 손을 얹고 있는 그녀의 어깨는 따뜻하고 바들바들 떨고 있었다. 그는 이 생명에 대해 문득 동정을 느꼈다—그녀는 아직도 이처럼 따뜻하고 아름답다. 그러나 마침내 그의 생명과 마찬가지로 퇴색하고 시들기 시작하는 것도 아마 그다지 멀지는 않을 것이다. 어디가 좋아서 그녀는 이처럼 그를 사랑하는 것일까? 그는 언제나 여인의 눈에 실체와는 다른 모습으로 비치고 있었다. 어떤 여인도 실제의 그를 사랑한 것이 아니라 자기들이 상상으로 만들어낸 사나이, 각자가 생애를 통해 열렬히 바라고 있었던 뭔가 다른 사나이를 사랑한 것이다. 그리고 마침내 자기가 잘못 생각한 것을 깨달은 뒤에도 전과 마찬가지로 그를 사랑해 주었다. 그와 결합되어 행복했던 여인은 한 사람도 없었다. 시간의 흐름에 따라 그는 가까워지고 인연을 맺고 헤어졌을 뿐이며, 사랑을 한 적은 단 한 번도 없었다. 다른 것은 무엇이든지 다 감추어져 있었지만, 사랑만큼은 없었다. 그런데 이제야, 머리가 희어지기 시작한 이제야 그는 보람 있는 참다운 사랑을 한 것이다—난생 처음의 사랑을.

안나 세르게브나와 그는 아주 가까운 사람처럼, 친한 사람처럼, 부부처럼, 정이 두터운 친구처럼 서로 사랑하고 있었다. 그들에게는 운명이 스스로 두 사람을, 서로를 위해 예정하고 있었던 것처럼 생각되어, 왜 그에게 정해진 아내가 있고, 그녀에게 정해진 남편이 있는지조차 도무지 이해되지 않았다. 그것은 마치 한 쌍의 철새가 잡혀 각각 다른 새장에서 길러지고 있는 것 같았다. 두 사람은 서로 과거의 부끄러운 일을 용서하고, 현재의 일도 모두 용서하여, 그들의 사랑이 그들을 모두 새로 태어나게 한 것처럼 느꼈다.

본디 그는 슬플 때면 닥치는 대로 머리에 떠오르는 이론으로써 자신을 위로했지만, 지금의 그는 이론을 캐는 것이 아니라 곰곰이 깊은 동정을 느끼고는, 성실하고 다정해지고 싶다고 바라는 것이었다······

"착한 아이니까 이제 그만 그치지." 그가 말했다. "그만큼 울었으면 이제 충분해······이번에는 얘기를 하지 않겠나? 무슨 좋은 생각이라도 해봅시다."

그 뒤 두 사람은 오래도록 이야기했다. 어떻게 하면 남의 눈을 피하거나, 남에게 거짓말을 하거나, 따로따로 살거나, 오랫동안 만나지 않아야 하는 환경으로부터 빠져나갈 수 있을 것인가에 대해서. 어떻게 하면 이 속박으로부터 달아날 수 있을까?

"어떡하면? 어떡하면?" 그는 머리를 싸안고 물었다. "어떡하면?"

그러고는 조금만 더 참으면 해결책이 발견된다, 그때야말로 새롭고 멋진 생활이 시작된다고 느꼈다.

그리고 두 사람은 모두 여행의 종말이 아직도 매우 멀다는 것과, 가장 복잡하고 곤란한 길이 이제 겨우 시작되었다는 것을 뚜렷이 느끼는 것이었다.

Человек в футляре
상자 속에 든 사나이

상자 속에 든 사나이

미로노시츠코예 마을 끝에 살고 있는 이장(里長) 프로코피네 헛간에서 집에 돌아가지 못한 사냥꾼들이 하룻밤을 묵게 되었다. 사냥꾼들이라고 해봐야 고작 두 사람뿐으로 수의(獸醫) 이반 이바느이치와 중학교 교사 불킨이다. 이반 이바느이치는 침샤 기말라이스키라는 괴상한 이중성(二重姓)을 갖고 있었다. 이 성은 그에게 조금도 어울리지 않았으므로 그 고장 사람들은 어디서나 이름과 부칭(父稱)만을 불렀다. 마을 변두리에 있는 양마장(養馬場)에 살고 있는 그는 오늘 맑은 공기를 마시려고 사냥하러 나갔다. 한편 중학교 교사 불킨은 여름철마다 P 백작 댁 손님으로 왔기에 이 고장에서는 오래전부터 낯익은 사람이었다.

두 사람은 잠을 이루지 못하였다. 콧수염을 길게 기른 키가 크고 깡마른 노인 이반 이바느이치는 헛간 입구 밖에 앉아서 파이프 담배를 피우고 있었다. 달빛이 그를 비추고 있었다. 불킨은 헛간 안에 있는 건초 더미 위에 누워 있었으나 어두워서 보이지 않았다.

두 사람은 이야기 꽃을 피웠다. 그러다 이장 아내인 마브라가 화제에 올랐다. 그녀는 건강하고 꽤 영리한 여자지만 태어나서 한 발짝도 마을 밖으로 나간 적이 없고 이제껏 한 번도 거리와 철도를 본 적이 없는 데다 최근 십년 동안 늘 난로 옆에 앉아 있을 뿐, 밤에만 거리에 나간다는 것이다.

"딱히 놀랄 만한 얘기도 아니군요!" 불킨이 말했다.

"세상에는 꿀벌이나 달팽이처럼 자기 껍질 속에 들어가려고 하는 천성이 고독한 사람이 적지 않죠. 어쩌면 격세유전(隔世遺傳)의 한 현상으로 인류의 조상이 아직 사회적인 동물이 되지 못하고 저마다 홀로 자기 동굴 속에서 살던 시대로 되돌아가는 것인지도 모르겠습니다. 아니면 단지 인간의 여러 성격 가운데 하나인지도 모르고—그걸 누가 알겠습니까? 나는 자연 과학자가 아니니 그런 문제를 다루는 것은 잘 모릅니다. 다만 내가 말하고 싶은 것은 마브라 같은 사람이 그렇게 드물지 않다는 것입니다. 실제로 흔한 예를 든다면, 두어 달 전에 우리 읍에서 내 동료인 그리스어 교사 베리코프 아무개 사나이가 죽었어요. 물론 선생님도 그 사나이에 관해서는 들으셨을 겁니다. 그가 사람들의 눈길을 끈 이유는 언제 어느 때나 다시 말해서 날씨가 매우 좋은 때에도 덧신을 신고 우산을 드는 데다가 반드시 솜이 든 방한 외투를 입고 외출했기 때문입니다. 그리고 우산은 자루 주머니 속에 넣었지요. 시계도 회색 사슴 가죽으로 된 주머니 속에 들어 있는가 하면 연필을 깎으려고 칼을 꺼내는데, 글쎄 그 칼까지도 자그마한 주머니 속에 들어 있는 겁니다. 그뿐만 아니라 그의 얼굴까지도 주머니 속에 들어 있는 것만 같이 보였어요.

언제나 외투 깃을 세워 그 속에 얼굴을 파묻고 있었기 때문입니다. 늘 색안경을 끼고 털 스웨터를 입은 데다가 귀를 솜으로 싸고 있었죠. 승합마차를 타면 꼭 포장을 치게 했어요. 요컨대 그 사나이에게서는 자기를 감싸고 자기를 위해, 말하자면 상자를, 그를 외부의 영향으로부터 격리시켜 방어하는 상자를 만들려고 하는 끊임없는 강렬한 마음의 움직임을 엿볼 수 있습니다. 현실이 그를 초조하게 하고 두렵게 해서 끊임없는 불안 속에 몰아넣은 것이죠. 그가 언제나 과거를 찬미하고, 있지도 않은 것을 찬양한 것도 어쩌면 이러한 자신의 소심증과 현실에 대한 혐오를 정당화하기 위함이었는지도 모릅니다. 그러고 보면 그가 가르치던 고대어도 결국 그에게는 현실에서 도피하기 위한 덧신이나 우산 같은 수단에 지나지 않았던 거죠.

'오오, 그리스어는 얼마나 듣기 좋고 얼마나 아름다운 말인가!' 하고 그는 황홀한 표정으로 말했고, 그 말을 증명하듯이 눈을 지그시 감은 채 손가락 하나를 이렇게 세우며 '안트로 보스(인간)!' 하고 발음하는 것입니다.

베리코프는 자기 사상까지도 상자 속에 감추려고 애썼습니다. 그의 관심거리는 어떤 것을 금지하는 공고(公告)나 신문의 논설뿐이었습니다. 이를테면 공고 가운데 학생들이 밤 아홉 시 이후에 거리에 나가는 것을 금지한다든가, 어떤 논설 가운데 육체적인 연애가 금지된다든가 하면 그것이 그에게는 아주 당연한 것으로 생각되었습니다. 무엇이든 금지만 하면 만족했죠. 그에게 허가라든가 인가라는 말은 언제나 미심쩍고 어떤 뚜렷하지 않은 것이 숨어 있는 것으로 여겨졌습니다. 거리에서 연극 단체가 허가되었다든가 독서

클럽이나 다방이 인가되었다고 하면 그는 언제나 고개를 저으면서 나지막한 소리로 말하곤 했습니다—

'물론 그래도 좋아. 반가운 일이야. 하지만 나중에 아무 일도 생기지 말아야 할 텐데.'

그러므로 별반 그에게 관계가 없는 규칙위반이라든가 탈선이라 할지라도 그의 마음에 고통을 주는 원인이 되었습니다. 동료 가운데 누군가가 기도회에 늦었다든가, 중학생이 나쁜 짓을 했다는 소문이 들린다든가, 학급 담임인 여교사가 밤늦게 어떤 장교와 함께 있는 것을 본 사람이 있다든가 하면 그는 몹시 흥분해서 언제나 '나중에 아무 일도 안 생겨야 할 텐데.' 하고 중얼거립니다. 교원 회의 석상에서도 그는 예의 신중하고 의심 많고 그의 독특한 상자에 넣는 식의 상상으로 우리들의 속을 무척 썩였지요. 남학교와 여학교 학생들이 난잡한 짓을 하고 교실에서 너무 떠든다느니—아아, 당국의 귀에 들어가지 말아야 할 텐데, 아무 일도 생기지 않아야 할 텐데, 하면서 오만가지 걱정을 늘어놓습니다.

그 밖에도 2학년 학생 페트로프와 4학년 예고로프를 제적해 버리면 참 좋겠는데, 하고 말합니다. 그러니 어떻게 되었으리라고 생각하십니까? 이 사나이가 내쉬는 한숨, 우는 소리, 파리한 자그마한 얼굴—잘 알고 계시죠? 족제비 같은 그 자그마한 얼굴에 끼는 색안경 따위로 우리 모두를 압박했으므로 우리는 마지못해 페트로프와 예고로프의 품행점수를 깎고 둘 다 한방에 붙들어 두었다가 결국 모두 퇴학시켜 버렸습니다. 또한 이 사나이는 우리들의 하숙집을 돌아다니는 괴상한 버릇이 있었습니다. 동료 교사의 집에 와서 그대로 우두커니 앉아 있습니다. 마치 무언가를 살피는 듯한 눈치였습니다. 그렇게 침묵을 지키고 한두 시간 앉아 있다가 느닷없이 자기 집으로 가버립니다. 그의 말을 빌리자면 그것이 동료와 친근한 관계를 맺기 위한 길이라는 것입니다. 사실 우리들 하숙을 찾아와서 우두커니 앉아 있는 것이 그에게는 괴로운 일이었을 겁니다.

그래도 그가 일부러 방문하며 돌아다닌 것은 그렇게 하는 것이 동료로서의 의무라고 생각했기 때문일 뿐입니다. 우리 교사들은 모두 그를 두려워하고 있었습니다. 교장까지도 두려워했을 정도였으니까요. 그런데 여기서 말해둘 것은, 우리 교사들은 투르게네프나 시체드린을 본보기로 교육을 받은 생각이 깊고 꽤 똑똑한 사람들이라는 겁니다. 그런데 늘 덧신을 신고 우산을 들고 다닌 이 사나이가 꼬박 십오 년 동안 중학교 전체를 자기 손아귀에 넣고 있었습니다! 중학교뿐만 아니라 읍 전체가 그러했습니다! 읍내에 사는 부인들까지 토요일마다 여는 가정 연극을 그가 눈치챌까 봐 전전긍긍했으며 목사들도 그가 있는 앞에서는 육식을 하거나 카드 놀이 하기를 꺼렸죠. 베리코프 같은 사람의 영향으로 최근 십 년―십오 년 동안 읍 전체가 모든 일에 겁을 먹기 시작했습니다. 말하는 것도 편지를 보내는 것도 친구와 사귀는 것도 책을 읽는 것도, 심지어는 가난한 사람을 돕거나 글을 가르치는 것까지 걱정하게 된 셈이죠……"

이반 이바느이치는 무슨 말인가를 하려고 기침을 하더니 먼저 천천히 파이프를 한 모금 빨고 나서 달을 쳐다보고는 띄엄띄엄 말하기 시작했다―

"아무튼 시체드린이나 투르게네프나 그밖에 보클(영국의 역사가)처럼 생각이 깊은 훌륭한 문호들의 작품을 많이 읽은 사람들도 그에게 복종하고 참았었죠…… 바로 그것이 문제입니다."

"베리코프는 저와 한집에 살았습니다." 불킨이 말을 이었다. "더구나 같은 이층 맞은편 방에서 살았기 때문에 자주 만나게 되고 자연스레 그의 생활을 알게 됐죠. 하기야 집에 있어도 마찬가지여서 잠옷에다 실내용 모자를 쓰고 덧문에 빗장을 질렀습니다. 하지만 금지와 제한, 그리고 예의―아아, 나중에 무슨 일이 생기지 말아야 할 텐데! 하는 말의 반복. 채식만 하면 몸에 나쁘지만, 그렇다고 육식을 할 수가 없었어요. 누가 베리코프는 채식주의를 안 지킨다고 할까 봐 두려웠기 때문입니다. 그래서 그는 주로 버터에 튀긴 큰 가시고기처럼 채식도 아니고 육식이라고도 할 수 없는 것을 먹고 지냈습니다. 그리고 그는 나쁜 소문이라도 나지 않을까 하여 하녀를 두지 않고 그 대신 예순 살이 넘은 주정뱅이에 머리가 모자라는 아파나시라는 영감을 두었습니다. 옛날에 군대에서 졸병으로 근무했다는 그 영감은 겨우 불이나 땔 정도였습니다. 아파나시는 언제나 팔짱을 끼고 문간에 선 채 꺼질 듯한 한숨을 쉬면서 같은 말을 중얼거렸습니다.

'요즘은 저렇게 하는 것이 유행인걸!'

베리코프의 침실은 상자처럼 자그마했고 침대에는 커튼이 드리워져 있었습니다. 잠자리에 들면 그는 머리까지 이불을 뒤집어 썼습니다. 그러니 덥고 갑갑한 데다가 꽉 닫힌 문은 바람이 불 때마다 덜컹거리고 난로 속에서는 불붙는 소리가 요란했죠. 부엌에서는 한숨 소리가 들려 왔습니다. 그 한숨 소리가 기분 나쁘게 느껴져서……

그는 이불을 뒤집어 쓰고 있으면서도 무서워서 어쩔 줄을 몰라 했습니다. 무슨 일이 생기지 않을까, 아파나시가 자기를 죽이지 않을까, 도둑이 들어오지 않을까, 하고 두려워했습니다. 그래서 밤새도록 불안한 꿈을 꾸고 아침에 함께 출근할 때면 쓸쓸하고 창백한 얼굴이었습니다. 그에게는 이제부터 가야 하는, 사람으로 가득찬 중학교가 무섭고 자기에게 적의라도 품고 있는 듯했을 겁니다. 나와 나란히 걷는 것조차 그처럼 천성이 고독한 사람에게는 무척 괴로웠던 모양입니다.

'교실에서는 또 야단법석이겠죠?' 하고 그는 자신의 침울한 기분에 대해 변명이라도 하는 투로 말하곤 했습니다.

'정말 말이 아니란 말야.'

그런데 이 그리스어 선생이, 상자 속에 든 이 사나이가 하마터면 결혼할 뻔했답니다."

이반 이바느이치는 헛간 쪽을 돌아보며 말하였다—

"농담이시겠죠!"

"아니, 이상하게 여기실지 몰라도 정말 결혼할 뻔했어요. 어느 날 우리 학교에 지리와 역사를 맡은 소(小) 러시아 태생의 미하일 사브비치라는 새 교사가 왔습니다. 그는 혼자가 아니라 바렌카라는 누이를 데리고 왔습니다. 그는 젊고 큰 키에 살색이 거무스름하고 손이 무척 큰 사나이였죠. 그의 얼굴 생김새만 보아도 목소리가 굵을 것처럼 보였습니다. 사실 그의 목소리는 통속에서 나는 듯이 굵은 음성이었습니다……한편 그의 누이는 젊다고는 할 수 없는 서른을 넘긴 노처녀였습니다. 마찬가지로 키가 크고 날씬한데다 눈썹이 짙고 뺨이 붉었습니다—한마디로 아름다운 아가씨라기보다는 말괄량이였습니다. 무척 쾌활하고 떠들썩한 성미로 늘 소 러시아의 노래를 흥얼대거나 큰 소리로 웃어대곤 했습니다. 걸핏하면 탄력 있는 목소리로 하하하! 하고 웃어젖혔지요.

아직도 기억하고 있습니다만 코발렌코 남매와 우리가 처음으로 알게 된 것은 교장 댁의 생일 축하 파티에서였습니다. 예의상 마지못해 참석한 무뚝

뚝한 표정의 매우 지루한 교육자들 틈에 문득 새로운 아프로디테(그리스 신화 중 바
다의 거품에서 태어
났다는
미의 여신)가 거품 속에서 살아나와 허리에 손을 대고 방안을 돌아다니며 큰 소리로 웃기도 하고 노래도 부르고 춤도 추고 있었습니다. 그녀는 감정을 실어 '바람이 불다'를 부른 뒤 잇달아 다른 노래를 불러 우리 모두를 매혹했습니다—심지어 베리코프까지 얼이 빠졌습니다. 그는 그녀 곁에 앉아서 황홀한 미소를 띠고 이렇게 말했습니다—

'소 러시아 말은 우아함과 맑은 악센트가 꼭 고대 그리스어를 떠올리게 하는군요!'

이 말이 매우 그녀의 마음에 들었던 모양입니다. 그녀는 가자치스키 군(郡)에 작은 농장을 갖고 있다느니, 그곳에 어머니가 계시며, 배와 참외와 호박이 많다느니하며 그에게 다정히 말하기 시작하였죠. 소 러시아에서는 호박을 카바크(러시아 말로는
선술집이라는 뜻)라고 한다느니, 러시아 말의 카바크는 시노오크라고 한다느니, 그곳에서는 붉은 것과 파란 것을 넣는 보르스치(슈
프)를 만드는데 그 맛은 '정말 혓바닥이 녹을 만큼 맛이 좋아요!' 하고 늘어놓았습니다.

무의식중에 정신이 팔려 그녀의 이야기를 듣고 있는 동안에 갑자기 한 생각이 모두의 머릿속에 떠올랐습니다.

'저 두 분을 결혼시키는 게 좋겠어요.' 하고 교장 부인이 나직이 나에게 속삭였습니다.

우리는 웬일인지 모두 문득 베리코프가 독신인 것을 떠올린 것입니다. 그러자 그때까지 우리가 그의 생활에서 이처럼 중대한 부분을 까맣게 잊어버리고 있었던 것이 이상했습니다. 도대체 그는 여성에 대해 어떤 태도를 취하는지, 어떤 식으로 이 중요한 문제를 해결하고 있는지, 그런 의문이 그때까지 전혀 우리의 흥미를 끌지 못했던 것입니다. 어쨌든 우리는 아무리 좋은 날씨라도 덧신을 신고 커튼을 치고 잠자는 사나이가 사랑을 할 수 있으리라고는 생각지도 못했으니까요.

'베리코프 씨는 벌써 마흔이 넘으셨어요. 그리고 저분은 서른……' 하고 교장 부인이 자기 생각을 밝혔습니다. '저 처녀라면 저분에게 시집갈 것 같아요.'

이 시골에서는 사실 필요하지도 않은 턱없는 짓을 심심풀이로 하는 습관이 있습니다. 해야 할 일은 하지도 않으면서 말입니다. 도대체 무엇 때문에 우리는 아내를 거느린 모습조차 상상할 수 없었던 베리코프를 난데없이 결혼시킬 생각을 한 것일까요? 교장 부인과 장학관 부인을 비롯하여 전교직원 부인들은 마치 갑자기 인생의 목적을 찾아낸 것처럼 활기를 띠어 얼굴까지 아름다워 보였습니다. 어느 날 교장 부인이 극장 특별석에 앉아 있는 게 눈에 띄었습니다. 보아하니 그녀의 바로 옆에 부채를 들고 바렌카가 밝은 표정으로 아주 행복한 듯이 앉아 있었습니다. 그리고 그녀 옆에 몸집이 작은 베리코프가 꿔다 놓은 보릿자루같이 움츠리고 앉아 있었습니다. 또 제가 어느 날 조촐한 만찬을 베풀려 하자 부인들은 꼭 베리코프와 바렌카를 초대하라고 졸랐습니다. 간단히 말해서 기계가 움직이기 시작했던 것입니다. 그런 동안에 바렌카가 별반 결혼에 반대하지 않는다는 것을 알았습니다. 그녀는 동생 집에 얹혀 살고 있었는데 그것이 그다지 유쾌하지 않은 모양이었습니다. 더구나 날마다 말다툼이 그칠 날이 없었습니다. 한번은 이런 일이 있었죠. 키가 크고 몸집이 건장한 대장부 코발렌코가 거리를 거닐고 있었습니다. 수놓은 셔츠를 입고 차양이 없는 모자 밑에 앞머리가 늘어져 있습니다. 한 손에 책을 들고 다른 한 손에 옹이투성이의 지팡이를 쥐고 있습니다. 그런데 그 뒤에 책을 든 누이가 따라갑니다.

'애, 미하일리크, 너 이 책 아직 안 읽었구나!' 하고 그녀가 커다란 소리로 말합니다. '넌 틀림없이 안 읽었어!'

'읽었다니까!' 하고 코발렌코가 지팡이로 길바닥을 치면서 소리지릅니다.

'아이 참, 민치크야! 흔한 얘기를 하고 있는데 화는 왜 내니?'

'하지만, 난 분명히 읽었단 말이야!' 하고 코발렌코는 더욱 언성을 높입니다.

집에서도 역시 남남끼리인 양 말싸움이 그칠 날이 없습니다. 그러니 이런 생활에 지쳐서 자기 몸 둘 곳을 원하게 되는 것도 무리는 아닐 것입니다. 게다가 무엇보다도 나이가 마음에 걸립니다. 새삼스레 좋다든가 싫다든가 운운할 그런 마음의 여유도 없었을 겁니다. 누구라도 좋다, 그리스어 선생이라도 시집가겠다는 심정이었죠. 요즘 아가씨들은 거의 상대가 누구든 시집을 갈 수만 있다면 좋다고 생각하는 모양이지요. 어쨌든 바렌카는 베리코프에게 눈에 띄게 호의를 보이기 시작했습니다.

한편 베리코프는 어떠했을까요? 그는 우리들 집에 오는 것과 마찬가지로 코발렌코네 집에도 찾아갔습니다. 찾아가서는 자리에 우두커니 말없이 앉아 있는 것입니다. 그가 잠자코 있자 바렌카는 '바람이 불다'란 노래를 들려주거나 거무스름한 눈동자로 무엇을 생각하는 듯이 그를 쳐다보거나, 아니면 갑자기 하하하! 하고 웃음을 터뜨렸습니다.

무릇 연애 문제, 특히 결혼에 있어서는 남의 말이 커다란 역할을 하는 것입니다. 동료도 부인들도 입을 모아 베리코프에게 걸핏하면 결혼해야 한다느니, 인생에서 결혼 말고 할 일은 없다느니 하면서 설득을 했습니다. 떼지어 그에게 축하 인사를 하기도 하고 엄숙한 표정으로 결혼이야말로 인생의 진지한 첫걸음이라면서 여러 가지 판에 박은 말을 늘어놓았습니다. 게다가 바렌카도 결코 못생긴 것은 아니었습니다. 오히려 남자가 좋아할 여자이고 의젓한 오등관(五等官)의 딸로서 자그마한 농장까지 가지고 있습니다. 무엇보다 중요한 점은 그녀가 그에게 다정한 태도와 정다움을 보여준 첫 여인이었다는 사실입니다. 그는 머리가 어찔어찔해졌습니다. 그리고 정말로 자기는 결혼할 필요가 있다고 생각하게 되었습니다."

"그럼 드디어 덧신과 우산을 치워 버리게 된 셈이군요." 이반 이바느이치가 말하였다.

"그러나 그것을 버릴 순 없었죠. 그는 자기 책상 위에 바렌카의 초상을 장식하고는 언제나 나한테 와서 바렌카에 관한 얘기며 가정 생활에 관한 것이며, 혹은 결혼이야말로 인생의 진지한 첫걸음이라는 것을 말했습니다. 그리고 코발렌코네 집을 자주 찾아갔습니다만 도무지 생활 방식을 바꾸려고는 하지 않았습니다. 그뿐만 아니라 결혼에 대한 결심이 아무래도 병적인 영향을 준 듯 그는 더욱 비쩍 말라서 낯빛이 창백해지고 더욱더 자기 상자 속에 틀어박혀버린 듯했습니다.

'나는 바르바라 사비시나를 좋아하죠.' 하고 그는 엷고 이지러진 미소를 띠면서 말했습니다. '누구나 결혼할 필요가 있다는 것도 잘 알고 있습니다. 다만 이번 일은 아시다시피 너무도 갑작스러운지라 좀더 생각해 봐야겠어요.'

'무슨 생각이 더 필요합니까?' 하고 내가 물었습니다. '결혼하시면 되는 거죠.'

'아니, 결혼은 인생의 진지한 첫걸음이니까 먼저 장래의 의무와 책임을 생각해야 하죠……나중에 아무 일도 생기지 말아야 할 텐데. 이런 걱정 때문에 나는 요새 매일 밤 잠을 이룰 수가 없습니다. 게다가 솔직히 말해 나는 두려워요. 그 남매는 약간 색다른 사상을 갖고 있으니까요. 뭐든 남과는 다른 생각을 하고 성격도 과격하죠. 결혼 뒤에 어떤 일이 생길는지 알 수가 없어요.'

이래서 그는 청혼도 못하고 하루, 이틀, 날짜를 끌어 교장 부인과 우리들 모두를 몹시 초조하게 만들었습니다. 언제나 장래의 의무와 책임을 곰곰 생각했습니다. 그러면서도 한편으로는 매일 바렌카와 함께 산책을 했습니다. 그렇게 하는 것이 자기 의무라고 생각했던 것이겠죠. 그리고 나한테 와서는 가정 생활에 관한 이야기를 하고 갔습니다. 만약에 갑자기 돌발적인 사건이 일어나지 않았다면 그도 결국은 청혼해서 심심풀이와 시간 보내기를 위해 우리나라에서 수천 수백 명에 이르러 행해지고 있는 불필요하고 어리석은 결혼이 이루어졌을 것입니다. 여기서 말해 둬야겠습니다만 바렌카의 동생 코발렌코는 만난 첫날부터 베리코프를 지나칠 만큼 미워했습니다.

'도무지 알 수 없군요.' 하고 그는 어깨를 움츠리며 우리에게 말했습니다. '정말 어떻게 그런 밀고자 같은 구역질 나는 상판을 보고도 참고 견딥니까! 정말 이런 곳에서 잘도 지내십니다! 이곳 분위기는 숨 막힐 만큼 지저분합니다. 당신들이 그러고도 교육잡니까? 당신들이 스승이라고요? 학교는 학문의 전당이 아니라 경찰서입니다. 유치장처럼 신 냄새를 풍기고 있어요. 나는 좀더 여기서 지내다 시골로 물러가서 거기서 새우도 잡고 소 러시아의 어린이들도 가르치면서 살 작정입니다. 나는 곧 떠날 테니 여러분은 저 유태인과 함께 지내십시오. 그런 놈은 죽어 없어지는 게 좋아요.'

그런가 하면 그는 어떤 때는 나지막한 소리로, 어떤 때는 가늘고 높은 소리로 눈물이 날 만큼 웃어대며 두 팔을 벌리고 나에게 이렇게 묻는 것이었습니다—

'왜 그 녀석은 우리집에 와서 우두커니 앉아 있는 걸까요? 무슨 볼일이 있다는 겁니까? 그저 앉아서 사람만 쳐다본단 말예요.'

그는 베리코프에게 '욕심꾸러기 거미'라는 별명을 붙였습니다. 그래서 물론 우리는, 그의 누이 바렌카가 이 욕심꾸러기 거미에게 시집가려고 한다는 것에 대해서 그에게 입 밖에도 내지 않았습니다. 그런데 어느 날 교장 부인이 그에게, 댁의 누님을 베리코프같이 믿음직하고 누구에게나 존경받는 사람에게 시집을 보낸다면 참 좋을 거라고 말하자 그는 얼굴을 찌푸리며 이렇게 중얼거렸습니다.

'그것은 내 알 바 아닙니다. 살무사한테 시집간다 해도 상관없어요. 나는 남의 일에 간섭하는 것을 싫어합니다.'

그 뒤 무슨 일이 있었는지 들어 보십시오. 어떤 장난꾸러기가 만화를 그렸습니다. 덧신을 신고 바짓가랑이를 걷어 올리고 우산을 든 베리코프가 바렌카와 손을 맞잡고 걸어가는 그림이었습니다. 제목은 '사랑에 빠진 안트로포스'. 그런데 그 만화에는 그의 표정이 놀랄 만큼 잘 그려져 있었습니다. 분명 만화가가 밤마다 정성을 쏟아 그린 것임에 틀림없습니다. 중학교의 남자부와 여자부의 모든 선생님을 비롯해서 신학교(神學校)의 선생님과 관리들까지 누구나 한 장씩 이 그림을 받았던 것입니다. 베리코프도 받았죠. 이 만화는 그에게 치명적인 상처를 주었습니다.

어느 날, 그와 나는 함께 집을 나섰습니다—그날은 오월 초하루에다 일요일이어서 모든 교사와 학생들이 학교에 모여 함께 교외 숲으로 소풍을 가기로 돼 있었습니다—집을 나선 그의 얼굴은 파리한 게 비구름보다 더욱 음산한 표정을 하고 있었습니다.

'정말 세상에는 시시하고 심보 나쁜 사람도 있군요!' 하고 그가 말했는데, 그의 입술은 파르르 떨고 있었습니다.

나는 그가 가여웠습니다. 그런데 우리가 걸어가고 있을 때, 갑자기 코발렌코가 자전거를 타고 지나갔습니다. 그의 바로 뒤에 바렌카도 자전거를 타고 지나갔습니다. 그녀의 붉은 얼굴은 지친 듯했습니다만 그래도 쾌활하고 즐거워 보였습니다.

'먼저 가겠어요!' 하고 그녀는 소리 질렀습니다. '가슴이 기뻐 뛰놀 만큼 좋은 날씨예요. 정말!'

눈 깜짝할 사이에 두 사람의 모습은 사라져 갔습니다. 베리코프 씨는 얼굴이 창백해지고 정신이 나간 것 같았습니다. 그는 걸음을 멈추고 나를 쳐다보았습니다.

'실례지만 저건 도대체 무엇입니까?'하고 그는 물었습니다. '혹시 내가 잘못 본 것일까요? 중학교 교사가, 게다가 여자까지 자전거를 타도 괜찮을까요?'

'왜 안 된단 말입니까?' 하고 내가 말했습니다. '건강을 위해서도 좋지 않을까요?'

'그런 엉터리 같은……" 하고 그는 내가 대수롭지 않게 여기는 데에 더욱 놀라면서 외쳤습니다. '무슨 그런 말씀을 하십니까!'

그리고 그는 놀란 나머지 더 걸어갈 기력이 없는지 집으로 되돌아가 버렸습니다. 다음날 온종일 그는 신경질적으로 손을 비비며 와들와들 떨고 있었습니다. 그의 표정으로 기분이 나쁜 것을 여실히 알 수 있었습니다. 생전 처음으로 그는 학교를 결근하고 식사도 하지 않았습니다. 저녁이 되자 밖은 정말 여름 날씨였는데도 두꺼운 옷을 껴입고 코발렌코네 집으로 터벅터벅 갔습니다. 바렌카는 없었고 동생만이 집에 있었습니다.

'자, 앉으십시오.' 하고 코발렌코는 쌀쌀하게 말하고 이맛살을 찌푸렸습니다. 그는 잠에서 깨어나 흐리멍덩한 얼굴이었습니다. 식사 뒤 한잠 잤던 모양인지 기분이 좋지 않았던 것입니다.

베리코프는 십 분쯤 잠자코 앉아 있다가 말을 꺼냈습니다.

'오늘은 제 마음을 풀어 볼까 해서 찾아왔습니다. 나는 몹시, 몹시 언짢은 기분입니다. 어떤 만화가가 나와 당신 누이를 익살맞은 만화로 그렸습니다. 그러나 나는 그 만화의 사실이 저와는 아무 관계도 없다는 것을 당신에게 말씀드려야 할 것 같습니다. 나는 이런 비웃음거리가 될 어떤 구실도 준 기억이 없습니다. 그뿐만 아니라 언제나 예의 바르게 행동했다고 생각합니다.' 코발렌코는 볼멘 얼굴로 잠자코 앉아 있었습니다. 베리코프는 잠시 뒤 가련한 소리로 조용히 말을 이었습니다.

'그리고 또 한 가지 말씀드릴 것이 있습니다. 나는 오랫동안 교직에 있었고 당신은 최근에 부임하셨습니다. 그래서 나는 선배로서 한마디 주의 말씀드리는 것을 의무라 생각하고 있습니다. 다름이 아니라 당신은 자전거를 타고 다니시는데 그런 취미는 청년을 교육하는 데 종사하는 사람으로서 삼가야 할 것입니다.'

'어째섭니까?' 하고 코발렌코가 굵은 목소리로 되물었습니다.

'이 이상 더 설명이 필요할까요? 미하일사보비치, 그 이유를 모르시겠단 말씀입니까? 만약에 교사가 자전거를 타게 된다면 도대체 학생은 어떡하면 좋을까요? 그들은 물구나무서기라도 하고 걸을 수밖에 없겠군요. 공고로써 아직 허가되어 있지 않은 짓은 안 하는 것이 좋습니다. 나는 어제 깜짝 놀랐습니다. 댁의 누님을 알아보았을 때 눈앞이 캄캄했습니다. 부인이나 처녀가 자전거를 타다니 참으로 무서운 일입니다!' '그럼 어떡하란 말씀이오?'

'뭐, 나는 다만 당신에게 주의해 달라는 것뿐입니다. 미하일사보비치, 당신은 아직도 젊고 장래가 있습니다. 그러니 행동에 더욱 주의해야 하는 겁니다. 그런데도 당신은 신중하지 못한 짓을 하고 계십니다. 아아, 얼마나 신중하지 못한 짓일까요! 평소에 수놓은 셔츠를 입고 언제나 책을 들고 거리를 걷는가 하면 이번에는 자전거까지 타고 다니시다니. 당신과 당신 누님이 자전거를 타고 다닌다는 사실은 어차피 교장이 알게 되고 또 장학관의 귀에 들어가겠죠. 그렇게 되면 좋은 일이 못됩니다!'

'나와 누이가 자전거를 탔다고 해서 그게 딴 사람한테 무슨 상관이 있단 말입니까?' 하고 코발렌코는 불끈 화를 내며 말했습니다. '누구든 내 사생활이나 가정 생활에 간섭하는 놈은 죽어 없어져 버려!'

베리코프는 파랗게 질려서 일어섰습니다.

'그런 투로 말씀하신다면 나는 더 이상 말을 이을 수가 없습니다.' 하고 그가 말했습니다. '제발 앞으로는 내 앞에서 상관에게 그런 식으로 말씀하지 않도록 부탁하겠습니다. 댁은 상관에 대해 존경하는 태도를 취하셔야 합니다.'

'그럼 내가 상관에게 무슨 욕이라도 했단 말인가요?' 하고 코발렌코는 비웃듯이 상대를 노려보면서 되물었습니다. '제발 내 일엔 간섭하지 마시오. 나는 결백한 사람이니까. 당신 같은 사람과는 말하고 싶지 않소. 나는 밀고자를 몹시 싫어합니다.'

베리코프는 흥분하여 안절부절못하면서 겁에 질린 얼굴로 서둘러 외투를 입기 시작했습니다. 난생 처음으로 이런 난폭한 말을 들었던 것입니다.

'뭐라고 말씀하셔도 좋습니다만" 하고 그는 현관에서 층계참으로 나가며 말했습니다. '한마디 더 말씀드리겠는데 어쩌면 우리가 한 말을 누가 들었을지도 모릅니다. 그렇다면 아까 한 말을 과장해서 좋지 못한 일이 생기지 않도록 나는 얘기의 내용을 교장 선생님께 말씀드려야겠소……요점만이라도 보고해야겠소.'

'보고한다고? 실컷 좋을 대로 지껄여대봐!' 코발렌코는 뒤에서 그의 목덜미를 잡고 밀어 버렸습니다. 베리코프는 덧신을 철떡거리면서 계단에서 굴러떨어졌습니다. 계단은 높고 가팔랐으나 다행히 밑에까지 무사히 뒹굴었습니다. 그는 이내 일어서서 안경이 깨지지 않았나 코에 손을 대 보았습니다. 그런데 그가 계단에서 굴러떨어진 바로 그때, 공교롭게도 바렌카가 두 부인을 데리고 함께 들어왔습니다. 그녀들은 아래층에 서서 빠짐없이 보고 있던 것입니다—그것이 베리코프에겐 무엇보다도 두려웠습니다.

웃음거리가 될 바에야 차라리 목이라도 부러지든가 두 다리가 삐어져 버릴 것이지. 일이 이쯤 됐으니 읍 전체가 알게 될 것은 물론, 교장과 장학관의 귀에 들어갈 것이 뻔합니다—아아, 무슨 일이 생기지 말아야 할 텐데! 그리고 또 만화에 그려지고……결국 파면당하는 것은 아닐까? ……

그가 일어섰을 때, 바렌카는 그것이 자기 애인임을 알아챘습니다. 그리고 그의 우스꽝스런 얼굴과 잔뜩 구겨진 외투와 덧신을 내려다보면서 그가 잘못해서 떨어진 것이라 속단하고, 참지 못한 채 집안 전체가 울릴 만큼 커다란 소리로 '아하하하!' 하고 웃어댔습니다.

많은 천둥이 한꺼번에 떨어지는 듯한 이 '아하하하!'가 혼담도, 베리코프의 지상(地上)에서의 존재까지도 종말로 이끌었던 것입니다. 그는 이제 바렌카가 건네는 말도 듣지 않았고 아무것도 보려고 하지 않았습니다. 집으로 돌아오자마자 그는 먼저 책상 위에 놓인 그녀의 초상을 치우고 잠자리에 누워 두 번 다시 일어나지 않았습니다.

사흘쯤 있다가 나한테 아파나시가 찾아와서 주인의 용태가 아무래도 이상하다며 의사를 불러야겠다고 말했습니다. 베리코프의 방으로 가보니 그는 커튼을 치고 이불을 덮고 누운 채 말이 없었습니다. 무엇을 물어도 다만 그렇다든가 아니라는 말뿐이고 그 이상은 아무 말도 하지 않았습니다. 그가 누워 있는 곁에서 우울한 표정을 한 아파나시가 걱정스레 서성거리며 깊은 한숨을 연방 내쉬고 있었습니다. 그의 주위에서는 술집처럼 보드카 냄새가 코를 찔렀습니다.

한 달 뒤에 베리코프는 죽었습니다. 그의 장례식은 중학교의 여자부, 남자부, 그리고 신학교 직원들이 치렀습니다. 관 속에 든 그의 표정은 조용하고 편안해 보였으며 명랑해 보이기까지 했습니다. 마치 드디어 상자 속에 들어가게 해주어서 이제 두 번 다시 그곳에서 나오지 않아도 된다는 것을 기뻐하는 듯했습니다. 그렇죠, 그는 말 그대로 자기 이상에 도달한 셈입니다. 그리고 그에게 경의를 나타내려는 듯, 장례식 날은 잔뜩 흐려서 비가 올 듯한 날씨였으므로 우리들은 모두 덧신을 신고 우산을 들고 있었습니다. 바렌카도 장례식에 참석했습니다. 관이 무덤 속으로 내려졌을 때 그녀는 울음을 터뜨렸습니다. 소 러시아의 여인은 울든가 웃든가 할 뿐, 그 중간 기분은 없다는 것을 나는 처음으로 알았습니다.

솔직히 말한다면 베리코프 같은 사람의 장례를 치렀다는 것은 커다란 기쁨입니다. 묘지에서 돌아올 때, 우리들은 사실 조심스럽고 엄숙한 표정을 하고서 그 누구도 이러한 만족감을 쉽사리 나타내려고 하지 않았습니다. 그것은 우리가 어릴 적 어른들이 외출을 한 뒤 아이들끼리만 완전한 자유를 실컷 누리면서 한두 시간 뛰놀 때의 표정과 꼭 같았습니다. 아아, 자유! 자유라는 것은 그 암시일지라도, 그것을 실현한다는 보잘것없는 한 가닥의 희망일지라도 사람의 마음에 날개를 달아주는 것입니다. 그렇지 않습니까?

우리는 가벼운 기분으로 무덤에서 돌아왔습니다. 그러나 일주일이 지나기도 전에 생활은 전과 다름없이 되었습니다. 똑같이 고지식하고 걱정스럽고, 무의미한 생활, 공고로 금지되어 있지는 않으나 그렇다고 자유가 완전히 보장되지도 않는 생활, 요컨대 조금도 나아지지 않았단 말입니다. 하기야 베리코프는 매장되었습니다. 그러나 아직도 베리코프같이 상자 속에 든 사나이가 많이 남아 있으며, 앞으로도 또 나오겠지요!'

"그래요, 바로 그 점입니다." 이반 이바느이치가 이렇게 말하고 담배를 피우기 시작하였다.

"앞으로도 더욱 나올 겁니다!" 불킨이 되풀이하였다.

중학교 교사는 헛간 속에서 나왔다. 몸집이 작고 뚱뚱한 사나이로 대머리인 데다 검은 턱수염이 거의 허리께까지 미칠 지경이었다. 개 두 마리가 그를 따라나왔다.

"달이 좋군, 달이 좋아!" 그는 하늘을 우러러 보면서 말하였다.

벌써 한밤중이었다. 오른쪽에는 마을 전체가 보이고 기다란 길이 멀리 오 킬로 가량 이어져 있었다. 모든 것이 조용하고 깊은 잠 속에 빠져 있었다. 무엇 하나 움직이는 기색 없고 아무 소리도 들리지 않아 자연에 이처럼 깊은 고요가 있으리라고는 믿어지지 않을 지경이었다. 달 밝은 밤에 오두막집이며 건초의 낟가리며 잠든 버드나무가 줄지은 마을의 넓은 길을 바라보고 있으려니 마음이 차분해졌다.

어둠의 적막 속에서 여러 고통이나 괴로움이나 슬픔에서 벗어나 밤의 그늘에 감싸이면 왠지 마음이 부드러워지고 슬프고 아름다워지며 어쩐지 하늘의 별들도 정다운 감동을 지닌 눈길로 내려다보는 것 같다. 지상에는 이제 악이 없어지고 모든 것이 원만하게 수습되는 듯한 느낌이 든다. 왼편에는 마을이 끝나는 부근에서 저멀리 지평선까지 이어진 들판이 보였다. 달빛이 가득한 넓은 들판의 어느 곳에도 움직이는 그림자 하나 없었고, 아무런 소리도 들려오지 않았다.

"그래요, 그 점이란 말입니다." 이반 이바느이치가 되풀이하였다. "우리가 숨막히는 좁은 동네에 살면서 필요도 없는 서류를 쓰거나 카드놀이를 하거나 하는 것, 그것도 역시 상자와 다름없지 않을까요? 우리가 게으름뱅이나 궤변가나 주책없는 경박한 여자들과 일생을 보내고 여러 가지 어리석은 말들을 주고받는 것, 그것도 하나의 상자가 아닐까요. 어떻습니까? 이번에는 내가 매우 유익한 얘기를 해 드릴까요?'

"아니, 이제 자야겠습니다." 불킨이 말하였다. "그럼 또 내일……"

두 사람은 헛간에 들어가서 건초 위에 누웠다. 그들이 담요를 덮고 잠을 청했을 때, 갑자기 가벼운 발소리가 조용히 들렸다. 헛간 곁으로 누군가가 지나가는 발소리였다. 발소리는 잠시 걸어가더니 멈추고, 일 분쯤 지나자 다시 조용히 들렸다……개들이 짖기 시작하였다.

"마브라가 다니는 모양이군.' 불킨이 말하였다. 발소리는 멀어져 갔다.

"세상 사람들이 거짓말을 하는 거지.' 이반 이바느이치가 몸을 뒤척이며 말했다. "그리고 그 거짓말을 잠자코 듣고 있었기 때문에 바보라는 말을 듣습니다—그런 것을 보고 듣고 모욕과 굴욕을 참는 것도, 또 자기가 정직하고 자유로운 사람이라는 것을 뚜렷이 밝히지 못하는 것도, 자기 역시 거짓말을 하고 미소를 띠는 것도, 그것들 모두 한 조각의 빵과 따뜻한 집과 변변치 못한 관직을 위해 하는 짓이죠—아니, 이제는 이런 식으로 살아갈 수 없어요!'

"또 얘기가 빗나갔군요, 이반 이바느이치" 교사가 말하였다. "아무튼 오늘 밤은 잡시다."

십 분쯤 지나자 불킨은 벌써 잠이 들었다. 그러나 이반 이바느이치는 이리 저리 몸을 뒤척이고 한숨을 쉬더니, 이윽고 벌떡 일어나 헛간 밖으로 나가 문 옆에 앉아 파이프를 빨기 시작하였다.

체호프의 생애와 작품

체호프의 생애와 작품

안톤 파플로비치 체호프(Антон Павлович Чехов)는 1860년 1월 17일 남러시아의 아조프 해에 임한 항구 도시 타간로크에서 태어났다. '러시아 문학의 아버지' 니콜라이 고골은 그보다 8년 전에 세상을 떠났으니, 체호프는 스스로 '인생의 스승'이라고 한 고골을 직접 만나지는 못했다. 물론 고골이 지은 희극 〈검찰관〉의 초연도 보지 못했다. 이때는 도스토옙스키가 시베리아 유형에서 수도로 돌아온 다음 해이며 러시아 역사상 유명한 농노 해방령이 반포되기 전 해에 해당된다.

다시 연표를 살펴보면 투르게네프가 사회의 움직임을 민감하게 포착하여 소설 《그 전날 밤》을 쓰고 급진적 비평가 도브를류보프가 《암흑의 왕국에 한 줄기의 빛》을 발표한 해이기도 하다. 그리고 이 무렵 이미 《유년 시대》《청년 시대》를 써서 작가의 위치를 확립한 레프 톨스토이가 야스나야 폴랴나에서 농민 교육을 개시했고 서부 유럽으로 망명한 사상가 게르첸이 러시아 체제 규탄의 서(書)라고도 할만한 《과거와 사색》을 발표하기 시작했다. 크림 전쟁(1854~1856) 뒤 점차 균열을 보이기 시작한 러시아 사회는 그 뒤 이십 년 동안 체제를 비판하는 젊은 허무주의자들의 활동과, 아버지 아들 세대의 갈등, 황제 암살 사건, '브나로드 운동' 등 격변의 소용돌이에 휩싸였다.

그러나 그러한 격변의 소용돌이는 19세기 러시아 문학의 마지막 위대한 작가로 곧 등장하게 될 안톤 체호프의 젊은 나날에는 별다른 영향을 주지 못한 것 같다. 그것은 체호프가 자라난 공간이 러시아 역사의 표면과는 너무나 동떨어진 세계였기 때문이다. 그의 아버지는 타간로크에서 잡화상을 했고, 할아버지는 스스로의 힘으로 자유를 찾은 농노였다. 그는 7남매 가운데 셋째 아들이었고, 누이인 마리아 체호프는 10월 혁명 뒤 얄타의 체호프 박물관의 관장이 되었다.

체호프는 천성적으로 성격이 밝은 소년이었다. 그는 시끄럽게 떠들거나

▲ 1870년 무렵의 타간
로크 광경

◀ 안톤 체호프의 생가

사람을 놀리거나 익살을 부리기도 하고, 또 사람을 꼼꼼히 관찰하여 우직한
교회 머슴, 춤추는 연극배우, 치과의사, 경찰서장 등을 우스꽝스럽게 잘 흉
내 내어 사람들을 웃겼다고 한다. 이는 뒤에 그가 독특한 작품세계가 살아
있는, 400편에 가까운 유머 단편을 쓸 수 있는 원동력이 되었다고 할 수 있
다. 그러나 그의 소년 시대, 청년 시대에는 두 가지 불행이 있었다. 그 한
가지는, 체호프의 말을 빌린다면, 가정에서의 아버지의 '전제주의'였다. 그
의 아버지 파벨은 어느 날 팔려고 갖다 놓은 올리브유 통 속에 쥐가 빠져 죽
은 것을 보고, 일부러 사제(司祭)를 불러 기도를 올리고서 손님에게 팔려고
했을 만큼 지독한 장사치였으며, 집 안에서는 자식들을 매질로 다스리는 폭

군이었다. 전기 작가들이 전하는 바
에 의하면 초등학교 시절 체호프는
친구를 사귀면 맨 처음 묻는 질문이
'집에 가면 매 안 맞니?'였고 맞지
않는다는 대답을 들으면 놀라면서
믿지 않으려 했다고 한다. 체호프
스스로도 '나는 소년 시절이 없었다'
고 말한 바 있다.

두 번째 불행은 그가 열여섯 살
나던 해에 아버지가 파산을 하고,
모스크바로 야간도주하여 집안 식구
들이 뿔뿔이 헤어졌던 일이다. 이에

열아홉 살 때의 체호프(1879)

앞서 아버지의 '전제주의'를 피해 모스크바로 유학한 두 형들은 집을 멀리한
채 술과 방탕에 빠져 세월을 보내고 있었으므로, 아버지의 파산 이후 집안을
꾸려가는 책임은 자연히 셋째 아들인 체호프의 몫이었다. 오랜 세월 동생과
누이, 부모를 보살펴야 했음에도 체호프는 역경 속에서도 가정의 든든한 정
신적 기둥으로서 따뜻하고 성실한 마음과 희망을 잃지 않았다. 이는 체호프
의 인품을 아는 데 있어 기억할 만한 사항이라 할 것이다. 이 시기에 안톤
체호프가 사촌 형에게 쓴 편지에는 다음과 같은 구절이 있다.

'아버지와 어머니는 이 세상에서 내가 무엇을 희생하더라도 아까울 것이
없는 유일한 분들입니다. 장래에 내가 출세를 한다면 그것은 모두 아버지
와 어머니 덕분입니다. 그분들이 당신들의 자식에게 베푼 한량없는 사랑
은 온갖 고생으로 인해 생겨났을지도 모를 그분들의 결점을 가리기에 충
분할 것입니다.'

그는 다 떨어진 덧신을 신고 다니면서 가정교사 노릇을 하여 번 돈을 모스
크바 빈민굴에서 기거하는 어머니와 동생들에게 보내주기도 하고 가끔 격려
하는 편지를 써 보내기도 했다. 그러한 편지 가운데 막내 동생 미하일에게
보낸 편지의 다음과 같은 구절은 젊은 체호프의 됨됨이를 잘 보여 준다.

멜리호보의 집
1892년 체호프 가족은 모스크바에서 남쪽으로 100km쯤 떨어진 시골마을 멜리호보로 이사를 간다. 이 마을에서 체호프는 《6호실》, 〈갈매기〉등 40편이 넘는 작품을 집필했다.

얄타의 제비둥지 성 얄타는 우크라이나의 크림반도 남쪽 끝에 위치한 도시이다. 날씨가 좋고 경치가 아름다운 휴양지로 유명하다. 결핵을 앓던 체호프는 1899년에 이 따뜻한 고장으로 요양을 와서 희곡 〈세 자매〉와 〈벚꽃 동산〉 같은 만년의 걸작을 썼다. 소설 《개를 데리고 있는 여인》(1899)의 무대도 바로 이 고장이다.

▲ 체호프 동상
멜리호보의 체호프 집 정원에 있다.

▶ 서른세 살 때의 체호프(1893)

'자신의 무가치함을 인식하는 것은 신이나 지혜, 미(美)나 자연 앞에서
이지 사람 앞에서는 아닐 것이다. 사람 앞에서는 자기의 가치를 인식해야
만 하는 거란다. 너는 사기꾼이 아니고 정직한 사람이겠지? 그렇다면, 네
안의 정직한 자를 존중해야 해. "겸허하다"는 것과 자신의 "무가치함을
인식한다"는 것을 혼동해서는 안 돼.'

의학수업과 문학수업

고학으로 중학을 졸업하고 대학 입학 자격을 얻은 체호프는 3년 동안 늘
걱정했던 모스크바의 가족들에게로 돌아가 거기서 모스크바 대학 의학부에
입학했다. 일설에는 소년 시절에 병을 앓아, 그때부터 의사를 동경했다고도
하는데, 왜 그가 의학부를 택했는지 그 동기를 정확하게 전하는 기록은 없
다. 만년(晩年)에 의학부 졸업자의 앨범에 약력을 남겼는데 자신의 그 무렵
의 약력을 그는 이렇게 썼다.

'1879년, 모스크바 대학 의학부에 입학. 대체적으로 학부에 대해서는 그
무렵 명확한 의견을 갖지 않았으며, 구체적으로 어떤 생각으로 의학부를

택했는지 기억은 없으나 그 뒤 이 선택을 후회한 일은 없다. 이미 일 학년 때부터 주간지며, 신문에 기고를 시작했고 1880년대 초에는 이러한 글쓰기가 지속적이고 직업적인 성격을 띠었다.'

또 그는 의학과 자신의 문학에 대해 이렇게 쓰고 있다.

'나는 의학 공부가 나의 문학에 커다란 영향을 미쳤다는 것을 의심치 않는다. 그것은 나의 관찰의 영역을 뚜렷하게 넓혔고 온갖 지식으로 나를 풍요롭게 했다. 또 의학 공부는 내게 지침이 될 만한 영향을 끼쳤다. 내가 많은 시행착오를 피할 수 있었던 것은, 아마도 의학에 접근한 덕분이었을 것이다. 자연 과학을 알고 과학의 방법을 알게 된 덕분에 나는 늘 신중한 태도를 취하여 가능한 과학적 근거에 따르려고 노력했고, 그것이 불가능할 경우에는 차라리 판단을 포기했다. ……나는 과학에 부정적인 소설가에 속하지 않는다. 동시에 자기만의 지식으로 모든 것을 판단하고 해석하는 소설가이고 싶지도 않다."

—로솔리모에게 쓴 편지

체호프는 37세에 심한 객혈로 요양 생활에 들어가기까지 틈틈이 소설을 쓰면서 의사로서의 의무 역시 다하고자 했다. 체호프는 '의학은 나의 본처요, 문학은 나의 정부다'라고 썼다.

초기 단편

의학부에 입학한 체호프는 가족과 자신의 생활비와 학비를 벌기 위해 공부하는 틈틈이 짧은 유머 소설을 쓰기 시작했다. 그 무렵 러시아 사회는 여러 차례에 걸친 '브나로드' 운동이 당국의 탄압과 농민 민중의 보수성으로 인해 실패하여 좌절감과 위축된 분위기가 팽배했는데, 그 분위기를 타고 저속하고 선정적인 주간지나 신문이 유행하고 있었다. 젊은 체호프는 그러한 주간지와 신문 투고란에 착안했다. 이것은 그의 25년에 걸친 문필 활동의 시작이기도 했고, 또 그가 가장 자주 쓴 필명—안토샤 체혼테—를 따서 '체혼테 시대'라 불리는 시대이기도 했다.

체호프가 44년의 짧은
생애 동안 쓴 소설은 자그
마치 510편에 이른다. 그
중 4백여 편이 이른바 유
머 단편인데 다시 그 중에
서 3백 편 남짓이 학생 시
절과 그 뒤 문단에서 인정
받기 전까지의 2년 동안에
쓴 것들이다. 이 단편들은
모두가 다 뛰어난 것은 아
니지만, 이 작품들만으로
도 족히 단편 작가로서의
체호프의 특이한 재능을
추측할 수 있다. 작가 코
롤렌코는 체호프가 자신에
게 한 말을 회상했다. "어
떤 식으로 내가 조그만 이
야기를 쓰는지 알고 싶으
시다는 말씀이죠." 책상
위를 둘러보고 처음에 눈
에 띈 재떨이를 집어 들더
니 체호프가 말을 이었다.

체호프가 표지에 실린 유머잡지 〈오스콜키〉
1889년 11월 4일 호. 체호프는 1880년대 전반에 〈잠자리〉,
〈자명종〉, 〈구경꾼〉 같은 유머잡지에 주로 작품을 발표했다.
특히 작가 라킨이 편집장을 맡고 있는 〈오스콜키〉('단편(斷
片)'이라는 뜻)에 수많은 콩트를 발표했는데, 해마다 50편 정
도의 작품을 기고했다.

"원하신다면 내일까지 이야기를 하나 만들지요…… 제목은 '재떨이'입니다."

《어느 관리의 죽음》과 《우수》

이러한 수백 편의 유머 단편을 체호프는 신문기자가 화제 현장의 기사를
쓰듯이 기계적으로 썼다고 술회했는데, 이 초기 단편들 가운데에서도 이미
훗날의 명작을 방불케 하는 작품이 많이 포함되어 있다. 그것은 주로 인생의
허무함을 배경에 숨긴 일련의 짧은 이야기이다. 체호프에겐 원래 인생의 혹
독한 덧없음에 대한 민감한 관조벽(觀照癖)이 있었는데, 그것은 어려서부터

삶의 애환을 짊어진 이름 없는 민중들의 잡다하고 사소한 일상을 관찰하고 묘사함으로써 자연스럽게 자리잡은 의식일 것이다. 예컨대 《어느 관리의 죽음》(1883)을 보자. 이 소품은 러시아 문학에 흔히 등장하는 학대받는 소심한 말단관리를 다루었다. 말단관리가 극장에서 재채기를 하는 바람에 앞좌석의 상사 머리에 침이 튀었다는, 어찌 보면 하찮고 평범한 사건이 결국엔 말단관리의 우스꽝스러운 쇼크사(死)로 이어진다. 이 이야기를 읽고서 독자의 가슴에 남는 것은, 이름 없는 인간 운명의 한 단면을 본데서 오는 슬픈 웃음이라 할 수 있을 것이다. 또 《장난》(1886)에서는, 순간적인 충동으로 여자에게 사랑을 속삭이는 '나'와 그 사랑의 말을 마약처럼 갈구하는 불행한 여자에 대한 능란한 묘사가 펼쳐진 뒤 마지막에는 이러한 장난을 흔적도 없이 지워버리는 인생이라는 거대한 시간의 물결이 감동적인 짧은 몇 마디로 묘사된다.

단편 《우수》(1886)에 이르러서는 훗날의 체호프의 특징이 뚜렷이 나타나 있다. 아들을 잃고 슬퍼하는 늙은 마부 이오나는 그 슬픔을 누군가에게 하소연하고 싶어 견딜 수가 없다. 그러나 그의 썰매를 타는 손님도, 숙소에 누워 있는 동료 마부들도, 자신들의 일에 열중하여 누구 하나 그의 이야기에 귀 기울이지 않는다. 사람이란 본질적으로 고독하며, 그 고독은 사람들 속에 있을 때 더욱 날카로운 통증으로 파고든다고 이 이야기는 말하고 있는 것 같다.

체호프의 작품은 대개 평범한 일상을 이야기한다. 그의 작품에는 유머와 현실의 경계가 없다. 어디서 웃음이 시작되어 어디서 현실과 뒤섞이는지 알지 못한다. 마치 하나의 투명한 거울을 내밀듯이, 불필요한 장식 없이 직접적으로 이야기한다. 이야기라기보다는 보고라는 표현이 더 정확할 것이다. 등장인물은 일부러 우스꽝스러운 탈을 쓸 필요가 없으며, 그럴 재주도 없다. 그 존재 자체로 우스꽝스럽고 재미있기 때문이다. 그러나 그들을 보고 마냥 웃을 수만은 없다. 웃다가 무심코 얼굴이 굳어진다. 그가 내민 거울에는 자신의 얼굴이 선명하게 비치고 있기 때문이다.

체호프의 초기 단편으로서는 《혼수》《아뉴타》《위험한 손님》《바니카》《입맞춤》《굴》《졸음》외에 《전속 사냥꾼》《하사관 프리시베예프》《노년》《슬픔》《행복》, 길 잃은 개의 이야기 《카시탄카》 등이 유명하다. 이 이야기들에는 인생에 수없이 일어나는 사소하고 일상적인 사건을 포착하여 가볍고 재치 있는 이야기로 만들어 내는 체호프의 재능이 잘 나타나 있는데, 그 재능을 어느 비평가는 '가볍고 날렵하게 날아올라 이 가지에서 저 가지로 옮겨 다니는 새'에 비유했다.

크니페르과 체호프
체호프는 1898년 그의 희곡이 모스크바 예술극장에서 상연될 적에 올리가 크니페르를 만났다. 그때 크니페르는 모스크바 예술극장의 간판 여배우였다. 두 사람의 관계는 1900년 무렵부터 빠르게 발전하여 이듬해 5월에는 마침내 결혼식을 올렸다. 체호프는 그녀를 염두에 두고 〈세 자매〉의 마샤, 〈벚꽃 동산〉의 라네프스카야를 묘사했다. 1902년 사진.

영광과 회의

가족의 생활을 유지하기 위해 많은 단편을 쓰는 동안 필명 '체혼테'에 대한 문학계의 명성은 점차로 높아져 갔다. 의학부를 졸업한 체호프는 수도 상트페테르부르크의 보수계 신문 〈신시대〉의 사장 스보린으로부터 융숭한 대우를 받았으며, 다음 해 3월에는 그 무렵 문단의 선배인 그리고로비치로부터 격려의 편지를 받았다. 체호프가 그때까지 써 온 주간지나 오락 신문은 시시한 문인이나 탐방 기자의 무대였으므로 여기서 비로소 그는 이른바 러시아 작가로서의 면허증을 손에 넣은 것이다.

그리고로비치는 체호프의 단편에 있어서의 인물 묘사나 자연 묘사의 정확성, 진실성을 극구 찬양한 뒤, 본격적으로 진지하게 소설을 써 볼 것을 열심히 권했다. 이 말에 대해 체호프는, 자기가 이제까지 스스로의 재능을 소중히 여기지 않았다는 것, 싸구려 작가의 처지를 감수해 왔다는 것, 자기가 '의사'이므로 작가적인 자각을 갖지 않았다는 것 등을 반성한 뒤 답장에 이렇게 쓰고 있다.

'이제까지 저는 자신의 문학을 경솔하고 무관심하게 분별없이 다루어 왔습니다. 저는 자신이 스물네 시간 이상 걸려서 쓴 단편을 한 편도 기억하고 있지 않으며 귀하께서 마음에 들어 하시는 《전속 사냥꾼》 같은 것은 욕실에서 썼습니다. 마치 신문 기자가 화제 현장의 기사를 쓰듯, 저는 단편을 기계적으로, 반은 무의식적으로, 독자도 자기 자신도 생각지 않고 썼던 것입니다. 마구 써 나가면서도, 그래도 제가 소중하다고 생각한 인간상이나 광경은 쓰지 않으려고 노력했습니다……'

스물여섯 살의 체호프는 이렇듯 그 자신의 말에 의하면, '명성에 멱을 감고' 일약 문단의 총아가 되어 본격적인 진지한 소설을 쓰려고 노력했다. 그리고로비치가 권한 진지한 소설이란 러시아 고전 작가들이 좋아했던 장편 소설을 말하는 것이었고 내용면에서 주의주장을 가진, 사상이 있는 소설을 말하는 것이었다. 러시아 고전 작가들은 누구나 아는 바대로 문학을 사회 개혁의 무기라 생각하고 작품에 악(惡)의 규탄과 자신의 사상을 담는 것을 문학자의 의무로 알고 있었던 것이다. 그렇다면 체호프에겐 어떤 주의나 사상이 있었을까.

초기 단편이 그러했듯이 체호프의 수법은 정경의 묘사와 기지를 골자로 삼고 있을 뿐 사회 비판이나 사상이라 부를 만한 것은 거의 없었다. 현실 문제로서 가족의 생활비를 벌기 위해 단편을 썼던 그로서는 사상을 발효(發酵)시킬 겨를이 없었던 것이며 초기 단편 가운데 사회 비판적인 작품이 있었다 할지라도 그것은 허무를 증오하는, 성실하고 인간적인 그의 인품에서 우러난 작품에 지나지 않았던 것이다.

'나에게 가장 신성한 것은 인간의 육체, 건강, 지혜, 재능, 영감, 사랑, 절대적인 자유, 일체의 폭력과 거짓으로부터의 자유입니다. 이것이 내가 예술가로서 지키고 싶은 강령입니다.'

이렇게 그는 그 무렵의 편지 속에 쓰고 있다. 하지만 사상이 있는 장편 소설을 시도했을 때 체호프는 자기에게 아무런 사상도, 주의 주장도 없다는 것을 깨달았다. 뿐만 아니라 온갖 세상일을 다 겪은 자신의 사회 지식이, 독선

레비탄, 〈고요한 수도원〉 체호프가 쓴 《3년》(1895)에서 여주인공은 이 그림을 보고 마음의 안정을 얻는다.

적인 사상이나 주의에 반발을 느낀다는 것을 알게 되었다.

소설 《등불》의 의미

1888년 1월, 체호프는 '광야의 왕' 고골리에 도전할 양으로 그의 작품으로서는 꽤 긴, '광야의 향기가 감도는' 중편 소설 《광야》를 집필한 뒤, 3월엔 역시 중편 소설 《등불》을 썼다. 이 소설은 여행 도중 고향에 들른 기사(技師)가 하룻밤 불장난으로 남의 아내가 된 학생 시절의 여자 친구를 정복한다는 추억담 형식으로 쓴 이야기인데, 도입 부분의 기사와 학생 간의 토론에서, 그리고 소설 말미에서 되풀이되는 '세상일이란 알 수 없는 거야.'라는 한 문장이 의미심장하다. 기사의 입을 빌려 표현되는 인생의 무상함은 인간의 예지가 도달할 수 있는 궁극의 단계이면서 동시에 사유가 정지에 이르는 극점(極點)으로서, 노년의 철학 즉 그 무렵에 유행한 염세사상에 다름 아니다. 또한 이러한 주제의식은 훗날 희곡 〈갈매기〉에서 작가 지망생 청년이 왜 자살을 하지 않으면 안 되는가를 푸는 열쇠이기도 한데, 이미 초기 단편 시절에서 언급했듯이 체호프 자신에게 인생에 대한 관조적 태도가 있었다는 것을 상기하면 묘하게도 생생한 울림을 갖는다. '세상일이란 알 수 없다'는 이 한 구절을 에워싸고 작가의 무사상(無思想), 무주의(無主義)가 문단으로부터 공격받았을 때, 체호프는 어느 편지에서 자신의 미학을 이렇게 썼다.

'나는 신이라든가 페시미즘이라든가 하는 문제를 해결해야 하는 자가 소설가라고는 생각하지 않습니다. 소설가의 일은 누가 어떤 환경에서, 신 혹은 페시미즘에 대해 어떻게 이야기하고 고민하는가를 그릴 뿐입니다. 예술가는 자기의 작중 인물이나 그들이 말하는 것에 대해 재판관이 되지 말고 오직 공평한 증인이 되어야 할 것입니다…… 글을 쓰는 사람, 특히 예술가는 일찍이 소크라테스나 볼테르가 고백했듯이, 세상일은 알 수 없다는 것을 자백해야 할 것입니다.'

사할린 여행

1890년, 만 30세를 맞은 봄, 체호프는 단신으로 마차를 몰고 시베리아 대륙을 횡단하여 사할린 섬으로 여행을 떠났다. 여행의 목적은, 그 무렵 죄수 섬이라 불리던 사할린 섬의 수형(受刑) 사정을 조사하기 위해서였는데 무엇 때문에 그가 병든 몸으로 이런 큰 여행을 꾀했었는지 그 동기는 여전히 알려져 있지 않다. 아마도 풀길 없는 우울과 회의와 초조감에 빠져 있던 그가 폭거라 생각할 만한 이 여행에서 그 어떤 계기를 찾으려 했다고 보는 것이 옳을 것이다. 작가로서의 영광을 누린 이래 체호프는 영광에 따르기 마련인 분기(奮起)와 불안함으로 자신을 갉아먹고 있었던 것이다.

'……나는 한 5년쯤 어딘가에 몸을 숨긴 채 정성스럽고 진지한 일에 열중하고 싶습니다.'

1889년 연말에 체호프는 이렇게 썼다.

'내겐 공부가 필요합니다. 예전에 탐구했던 것을 처음부터 다시 공부할 필요가 있습니다. 나는 문학자로서는 너무 무식하니까요. 나는 양심적으로 감정을 다하여 분별을 가지고 써야 되겠습니다. … …정월이면 나는 만 서른 살이 됩니다. 그러나 내 마음은 스물두 살 때와 똑같습니다.'

사할린 섬 여행은 체호프에게 자기 회복 또는 자기 확립을 이룬 전환점이라고 할 수 있을 것이다(그는 이 여행에서 얻은 조사 기록을 토대로 《사할린 섬》을 썼다).

체호프가 사할린 섬 여행을 통해 얻은 첫 번째 소득은 사실의 중요성을 재인식하게 되었다는 점이다.

죄수 섬을 둘러싼 떠들썩한 논쟁

《결투》(1892) 초판본 표지
화가 쿠후지니코프의 헌사 사인이 있다.

과 눈으로 직접 본 실상과의 차이를 깨달았을 때, 체호프는 어떤 이념이나 사상이 사실에 바탕을 두지 않고도 성립될 수 있다는 것, 또 이념이나 사상이 인간 생활이라는 광대무변한 현실의 일부에 있어서는 진실일 수 있을지라도 전체에 있어서는 진실일 수 없다는 것을 알게 되었다. 무주의, 무사상이라는 문단으로부터의 공격은 아무런 본질적인 공격이 아니었다. 성실성과 진실을 사랑하는 마음, 그것이 창조의 근원인 것이다. 그는 이렇게 말하고 있다.

'예술이 특별하고 멋있는 것은 예술은 거짓말을 할 수 없기 때문이다. 사랑이나 정치나 의학은 거짓말을 할 수 있다. 사람은 물론이거니와 하느님조차 속일 수 있다. 그러나 예술에서는 기만이 용납되지 않는다.'

톨스토이 철학과의 결별

사할린 섬 여행에서 얻은 두 번째 소득은, 톨스토이 철학과의 결별이다. 작가로서 체호프는 기성 작가로부터 거의 영향을 받지 않았다. 그러나 가치관적으로는 악에 대한 무저항의 철학이나, 일하지 않는 자는 먹지 않는다는 원칙이나 간음에 대한 비난 등과 같은 톨스토이의 도덕에 한때 매우 경도되었다. 하지만 수인(囚人)들이 아무런 저항도 못하고 매를 맞고 있는, 빈곤과 질병이 음산하게 소용돌이치는 사할린 섬을 여행한 뒤로는, 그러한 톨스토이적인 사상이 결국 인간은 피와 살로 이루어진

《다락방이 있는 집》(1896) 삽화
다락방이 있는 집에 사는 순수하고 사랑스러운 여인 미슈스와 어느 화가의 아련한 사랑 이야기를 그린 작품. 그들은 미슈스의 어머니와 언니 때문에 그만 헤어지고 만다. "미슈스, 그대는 지금 어디에 있는가?"라는 마지막 문장이 슬픔을 불러일으킨다. 도비슨키 작, 모스크바, 트레차코프 미술관.

존재임을 무시한 헛된 공론에 지나지 않는다는 것을 알았다.

그는 〈신시대(新時代)〉의 사장 스보린에게 이렇게 썼다.

'사할린에 가지 말라고 충고해 주었지만 그건 귀하께서 잘못 생각했던 것입니다. 만약 그대로 집안에만 들어앉아 있었더라면, 나는 지금쯤 어떤 얼굴을 하고 있을까요. 여행을 떠나기 전만 해도 《크로이체르 소나타》는 나에게 있어 하나의 경전이었습니다. 그러나 지금의 나에게는 그저 우스꽝스럽고 무의미한 것으로 여겨질 뿐입니다.'

그리고 반(反)톨스토이적인 중편 《결투》를 완성했을 때에도 역시 스보린에게 보내는 편지에 다음과 같이 썼다.

'아, 앞으로 나는 두 번 다시 톨스토이주의자가 되지 않겠습니다. 여자에게서 내가 가장 사랑하는 것은 아름다움이며, 인류에게서 가장 아름다운 것은 양탄자나 쿠션이 좋은 마차나 사고의 날카로움이 나타나는 문화입니다.'

《6호실》

명작 《6호실》(1892) 역시 체호프의 확고한 반톨스토이주의를 보여준다. 이 작품에서는 '재물이나 안락에 대한 무관심', '고통과 죽음에 대한 경멸' 따위를 풀이한 스토아 학설이 조롱당하고, 대신 '고통에 대해서는 비명과 눈물로, 비열에 대해서는 분개로, 추행에 대해서는 혐오로 응한다'는 있는 그대로의 인간적 정직성이 강조되었다. 또한 무저항주의 의사 라긴이 수위 니키타의 폭력에 의해 무참하게 죽음을 당한다는 이야기 결말은 악에 대한 무저항 철학의 부정을 상징한다. 그리고 정신병원 의사가 환자와의 논쟁에 흥미를 느꼈다는 것만으로 모략을 받아 미치

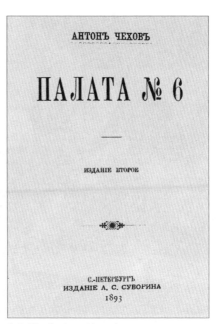

《6호실》 제2판 표지(1893)

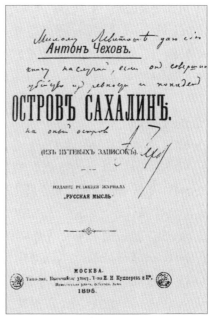

《사할린 섬》(1895) 초판본 표지

《개를 데리고 있는 여인》(1899) 삽화

쿠크리닉시 작품. 유명한 피서지 얄타에서 주인공 쿠로프가 개한테 뼈다귀를 주면서 안나에게 접근하는 장면. 쿠크리닉시는 러시아 화가 쿠프리야노프, 크릴로프, 소콜로프가 모여서 만든 집단이다. 그들은 1930~40년대에 책 삽화나 풍자화를 그리면서 왕성하게 활동했고, 체호프 외에 고리키나 살티코프 셰드린의 작품 삽화도 맡았다. 모스크바, 트레차코프 미술관.

광이가 되어버린다는 내용은 폐쇄적이고 반동적인 그 무렵 러시아 사회현실에 대한 풍자이며, 이 작품을 경계로 한 후기(後期) 체호프가 어수선한 세기말의 러시아에서 어떤 사상에 깊이 공감했는가를 잘 말하고 있다. 《6호실》을 읽은 젊은 레닌은 "갑자기 무서운 생각이 들어 방을 뛰쳐나갔다. 마치 내가 6호실에 갇혀 있는 듯한 느낌이 들었다"고 누이동생에게 말했다고 한다.

민중들 속에서

사할린 섬에서 돌아온 체호프는 실생활 면에서도 크게 달라졌다. 우선 그는 때마침 러시아의 농촌을 휩쓴 대기근(大飢饉 : 1891년 가을~1992년)에 즈음하여 병든 몸을 무릅쓰고 정력적으로 농민 구제 운동에 힘을 다했다. 그리고 오랜 세월의 꿈이었던 모스크바 근교의 땅을 사들여 그곳에 초등학교를 세우고, 농민들을 상대로 무료 진료를 했으며, 콜레라가 만연하던 시기에는 군(郡)의 공의(公醫)로 활동했다.

이는 일상의 무게에 짓눌려 우울과 절망에 빠져있던 지난날의 체호프에게서는 찾아볼 수 없었던 새로운 삶의 방식이었다. 이러한 사회활동을 통해서 그는 추악하고 무지하며 슬픈 러시아 민중들의 생활과 나태하고 무기력하고 이기적인 러시아 지식인들의 생활을 다시금 인식했다. 체호프의 미학은 이 시기의 생활체험을 통해 새롭게 변모했다. '있는 그대로의 생활의 묘사'라는 과거의 미학에서 한 걸음 나아가 '있는 그대로의 생활을 그림으로써 응당 되찾아야 할 참된 생활상을 자연스럽게 느끼게 만드는' 것이다.

후기 소설

《다락방이 있는 집》에서 《약혼녀》에 이르는 단편 일곱 편은 이러한 새롭게 변모한 체호프 미학이 담

단막극 〈곰〉(1888)
한 미망인이 몇 달 전에 죽은 남편을 위해 정절을 지키겠다고 맹세한다. 그런데 여자를 싫어한다고 자처하는 지주가 그녀를 찾아온다. 죽은 남편에게 빌려 준 돈을 받기 위해서다. 그들은 서로 싸우면서 상대를 마구 욕한다. 그러나 두 사람은 점점 서로에게 끌리고, 마지막에는 진한 키스를 나누게 된다. 사진은 코르시극장에서 초연할 때의 캐리커처.

긴, 가장 밀도 높고 예술성이 뛰어난 작품들이라 할 수 있다. 《대학생》(1894)은, 작가 이반 부닌에 따르면, 작자가 제일 마음에 들어 했던 담백한 소품이다.

《다락방이 있는 집》(1896)에서는 지주들의 생활을 배경으로 민중생활의 향상이라는 시사적인 문제가 서술된다. '문화인의 가장 높고 신성한 임무는 이웃을 돕는 것'이라는 신념을 품고서 농촌에 진료소를 만들고 농민의 자식들에게 글을 가르치는 맏딸 리이다와 그런 임시방편적인 수단을 우롱하고 근본적으로 농민을 노동에서 벗어나도록 해야 하며 지성이 필요하다고 주장하는, 늘 문제를 추상화하고 일반화시켜서 논하는 풍경 화가인 '나'와의 사이에는, 1860년대 인민주의의 유물이건, 또 풍경화가가 비실제적인 논쟁을 즐기는 그 무렵 러시아 지식인의 전형이건, 이 양자 사이에서는 옳다 그르다가 문제될 수 없다. 선택은 독자의 재량에 맡겨져 있다. 그리하여 논쟁보

희곡 〈갈매기〉 포스터
1999년 봄, 모스크바 '스타니슬라프스키의 집 근처 극장'에서 〈갈매기〉를 상연할 때 제작된 포스터. 출연자들의 사인이 있다.

다도 이 소설을 구성하는 서정적인 분위기에 집중한다면, 끝머리의 '미슈스, 그대는 지금 어디 있는가?'라는 구절에서 독자는 시를 느끼게 되는 것이다.

《상자 속에 든 사나이》(1898)는 다소 양상이 다른 작품이다. 작가의 중학 시절 훈육 주임을 모델로 했다는 이 풍자 소설은 이 책에 실리지 않은 《구즈베리》, 《사랑에 대해》와 더불어 3부작을 이루고 있는데, 일설에 의하면 체호프가 중기에 쓰려다가 완성하지 못한 본격적인 장편 소설의 잔재라고도 한다. 또한 의무와 억압으로 인해 인격을 잃어버린 한 하사관을 다룬 초기 단편 명작 가운데 하나인 《하사관 프리시베예프》의 주인공과도 동질이형의 인물이기도 하다. 고무 덧신을 신고 우산을 들고 반드시 솜이 든 방한 외투를 입고 외출하는 《상자 속에 든 사나이》의 주인공 베리코프가 대변하는 의지와 생각이 거세된 인간형은 《6호실》과는 또 다른 의미에서 세기말적 러시아 사회를 풍자하며, 궁극적으로는 타성에 지배되기 쉬운 인간 생활의 본성 그 자체를 겨냥하고 있다.

《이보누이치》《귀여운 여인》《개를 데리고 다니는 여인》는 체호프의 날카로운 붓끝 아래서 태어난 간결한 예술미학의 대표작으로서 오랫동안 많은 이들에게 사랑받아 왔다. 《이보누이치》(1898)는 이를테면 초기 단편 《혼수》

희곡 〈갈매기〉를 낭독하는 체호프와 그를 둘러싼 모스크바 예술극장 사람들
체호프(중앙) 왼쪽에 있는 사람이 스타니슬라프스키이고, 그 왼쪽의 여성이 올리가 크니페르
(뒷날의 체호프 부인)이다.

나 중기 단편《아내》등과 마찬가지로 변천하는 '시간'의 노리개로 살아가는
인간의 운명을 바탕으로 하여 현실에 대해 아무런 적극적인 의미도 행동도
찾아 내지 못하는 서글픈 지식인의 생활을 묘사한다. 《귀여운 여인》(1899)
은 잠시도 누군가를 사랑하지 못하면 견디지 못하는 올렌카라는 한 여인의
인생을 그린다. 그녀가 사랑을 구하는 것은 방탕이나 육욕 때문이 아니라,
비록 하찮은 것이라 할지라도 자신의 애정을 쏟을 수 있는 대상이 필요했기
때문이다. 그녀가 바라는 사랑은 자신의 모든 것을 바침으로써 그로부터 존
재의 의미를, 인생의 방향을 얻을 수 있는 사랑이었다.
　고리키의 간곡한 청으로 쓰게 된《골짜기》(1900)는 체호프의 작품치고는

희곡 〈바냐 아저씨〉 초판 단행본(1902)

드라마틱한 이야기이다. 이 이야기는 골짜기에 있는 우클레예보라는 작은 마을의 상인 생활을 배경으로, 한 여인의 변모해 가는 모습을 그렸는데, 희곡 〈세 자매〉 속의 한 드라마인 나타샤의 변모를 상기시킨다. 리파가 시내 병원에서 어린아이의 시체를 안고 산길을 돌아오는 제8절은 이야기 전체의 압권이라 할 수 있을 것이다. 은빛 반달, 밤에 우는 새 소리, 광활한 러시아의 대지—슬픔에 찬 리파는 도중에서 만난 농부에게서 이런 말로 위로를 받는다.

'인생은 길다오. 아직 좋은 일도 궂은일도 많이 남아 있지. 어머니인 러시아는 엄청 크니까 말이오!'

이 대목을 읽은 사람은 체호프라는 명석한 지성의 밑바닥에 러시아 농민의 피가 흐르고 있다는 것을, 또 그가 고생스러운 생애를 거쳐 어떤 인생철학에 도달해 갔는가를 알게 될 것이다.

《약혼녀》(1902)에서는 '삶의 방향을 바꾸지 않으면 안 된다'는 만년의 체호프적인 주제가 청년 사야사의 입을 통해 강력하게 제기된다. "아아, 하루속히 그 새롭고 밝은 생활이 왔으면! 그러면 자신의 운명을 똑바로 대담하게 지켜보며 자신이 옳다는 자각을 갖고 명랑하고 자유로운 인간이 될 수 있을 텐데. 그런 생활은 머잖아 반드시 찾아오리라!" 이러한 부르짖음은 《죽은 혼》에서 고골리가 절규했던 '러시아의 운명'의 예언에 필적하는, 있어야 할 인간 생활의 예언인 것이다.

▶〈바냐 아저씨〉 초연
포스터

▼〈바냐 아저씨〉 4막
가운데 제2막 장면
세레브랴코프 : "다들
잠도 못 자고 피곤해서
축 처져 있는데, 나 혼
자만 태평하게 지껄이
고 있군."

체호프 극의 특징

18편에 이르는 체호프의 희곡 작품 가운데에는 그의 대표적인 단막극
〈곰〉(1888)과 세계 희곡 사상 불후의 명작이라 찬양받는 체호프의 4대 희
곡, 〈갈매기〉〈바냐 아저씨〉〈세 자매〉〈벚꽃 동산〉이 있다. 단막극은 초기
단편의 골계미를 이어받은 소극풍의 가벼운 희곡이지만 네 편의 4막극은 후
기의 체호프가 즐겨 묘사한 암울한 어둠의 기조 위에 절망으로부터의 구원
을, 혹은 인류의 밝은 미래에의 희망과 확신을 그린 작품들이다.

체호프의 희곡은 분위기 극, 혹은 정극이라고들 한다. 이렇다 할 줄거리도
사건도 없이 작중 인물의 일상생활과 그 대화, 인간의 무늬가 아로새겨진 여

러 관계들이 무대 분위기를 차차 고조시켜 가면서 조용히 인생이라는 시를 펼친다. 체호프의 4막극은 그의 작가 활동 중기에 쓴 희곡 〈이바노프〉 (1887), 〈숲의 주인〉(〈바냐 아저씨〉의 원안, 1889)의 두 편을 거쳐 〈갈매기〉(1895)에 이르러 갑자기 놀랄 만한 진경을 보이는데, 이 극작상의 갑작스러운 개화 이면에는 이미 보아 왔듯이 작자의 인생관과 예술적인 변모가 있었다는 것을 놓쳐서는 안 된다.

〈갈매기〉와 〈바냐 아저씨〉

〈갈매기〉에서는 작자의 중기를 채색하는 출구 없는 절망과 우울이 배우를 지망했다가 좌절한 니나와 작가지망생 트레플료프를 통하여 이야기된다. 니나는 체호프의 누이동생 친구로 한때 그를 사랑했지만 이루어지지 못하고 처자가 있는 작가 포타펜코에게 몸을 맡겼다가 버림받은 리자 미지노프를 모델로 그려진 것인데, 그녀의 비련은 작가의 중기 대표작 《지루한 이야기》 속 카챠의 비련과 많이 닮았다. 그런데 카챠가 절망에 빠져 '이제 이런 식으로는 살아 갈 수 없다'고 외치면서도 앞으로 어떻게 하면 좋을지를 몰랐던데 반해 〈갈매기〉의 니나는 역시 절망하고 좌절하면서도 앞으로 자기가 어떻게 하면 되는가를 알고 있었다. 즉 종막에서 그녀가 말하듯이, 그녀는 자기 일에 있어 소중한 것이 지난날에 꿈꾸던 화려한 명성이나 영광이 아니고 '인내심'임을 알고 있는 것이다. 니나의 이 새로운 신념은 〈갈매기〉 속에서 짧은 대사 몇 마디로 이야기될 뿐이지만 체호프 특유의 우울하고 어두운 분위기 속에서 빛나고 있다.

이 절망에서 인내로의 전환이라는 주제는, 〈바냐 아저씨〉에서 더욱 뚜렷하고 의식적으로 표현된다. 〈바냐 아저씨〉는 〈갈매기〉보다 6년 앞서 쓴 전원생활을 다룬 서툰 멜로드라마 〈숲의 주인〉을 개작해서 만든 희곡이다(개작한 시기를 분명히 알 수는 없으나 대개 〈갈매기〉를 집필한 해나 다음 해인 1896년으로 본다). 〈숲의 주인〉을 개작하면서 체호프는 바냐 아저씨를 자살할 수밖에 없는 절망적인 처지에 내버려둔 채 막을 닫는다.

〈바냐 아저씨〉의 종막은 이 희곡의 가장 감동적인 부분인데, 이 종막에서 아름다운 처녀에서 못 생긴 처녀로 개작된 인물 소냐는 아스트로프에 대한 실연의 상처를 억누르며 이런 말로 바냐 아저씨를 위로한다.

"……하지만 어쩔 수 없어요. 살아가는 수밖에! 끝없이 긴 나날을, 언제 샐지도 모르는 밤들을 꾹 참고 살아 나가요…… 그러다가 이윽고 그때가 오면 순순히 죽어가는 거예요. 저 세상에 가거든 우리가 얼마나 괴로웠던가, 얼마나 쓰라린 일생을 보냈던가를 죄다 말씀드리도록 해요. 그러면 하느님께서 불쌍하게 여겨 주실 거예요. 그때야말로 아저씨나 나에게도 밝고 멋진 생활이 열리어, 아, 기쁘다! 하고 저도 모르게 소리를 지르게 될 거예요……"

〈세 자매〉와 〈벚꽃 동산〉

비록 인간의 생활이 제아무리 괴롭고 고난에 차 있더라도 있어야 할 생활을 위해 살아가지 않으면 안 된다―체호프 만년의 이러한 신념은 그대로 〈세 자매〉(1900) 종막의 영송(詠誦)이기도 하다. 〈세 자매〉는 지방도시에 사는 군인 유족 가정을 무대로 인간이 품은 꿈과 현실의 충돌을 극적 갈등으로 하여 사랑, 삼각관계, 며느리의 변모 등을 담담한 필치로 이야기하며 서서히 운명에 휘말려드는 인간의 모습을 그린 정적인 희곡인데, 이 희곡의 중점적인 대목 역시 종막에 있다. '이젠 더 이상은 예전처럼 살아갈 수 없는' 세 자매가 주둔부대의 이동을 알리는 군악 소리를 들으면서 차례대로 "살아야 한다", "살자" 되풀이 다짐한다. 인간은 시간의 흐름에 따라 이윽고 이 세상과 작별하여 잊혀져버리고 만다. 그러나 '우리의 괴로움은 뒤에 남아 사는 사람들의 기쁨으로 변하여 행복과 평화가 이 지상에 찾아올 것'임에 틀림없다.

〈세 자매〉무대의 기조는 어둡다. 무대를 통해 인간의 아름다운 꿈이 비속한 현실 속에서 점차 위축되어 시들어 가는 모습이 아프도록 그려져 있기 때문이다. 그러나 작가는 작중 인물의 입을 빌어 말했듯이 '바야흐로 시대가 변천되어 엄청난 물결이 우리 모두들 위에 닥치고 있다'는 것을 알고 있었다. 이러한 시대인식, 시대감각에 유의한다면, 작가가 이 작품을 희극이라 생각했다는 일화도 어느 정도 이해가 갈 법하다. 이 작품의 등장인물 대부분은 확실히 행동도, 행동의 의미도 모르고 있는, 또한 알려고도 하지 않는 세기말 지식인의 약점을 나타내는, 어떤 의미로는 우스꽝스러운 인물들로 그려져 있다. 이를테면 인생을 속속들이 아는 노군의(老軍醫) 체부트이킨은, 인생을 속속들이 알았으므로 인생에 무감동해져 버린, 말하자면 환영 같은 존재에 머문다.

희곡 〈세 자매〉의 초판본 표지
〈세 자매〉는 1901년 2월 문예지 〈러시아 사상〉에 발표
됐는데, 얼마 뒤 마르크스 출판사에서 단행본으로도 나
왔다. 그 무렵 모스크바 예술극장에서 공연했던 배우들
이 초판본 표지에 실렸다. 위에서부터 올리가 역의 사비
츠카야, 마샤 역의 크니페르, 이리나 역의 안드레예바.

쿨르이긴은 《상자 속에 든 사나이》의 희극적인 주인공과 마찬가지로 그저 형식만을 인생의 의지로 삼는 어리석은 학교 교사이다. 안드레이는 대학 교수가 되려던 꿈이 사라진 뒤부터는, 시의원이 된 것을 자랑하며 유모차를 밀고 다니는 못난 정부가 되고 만다. 또 인류의 미래에 대해 고원한 철학을 지껄여 대는 포병 대장 베르쉬닌은 현실 생활에서는 자살충동에 시달리는 아내에게 질려 고민하는 약한 남자이다. 이렇게 보면 〈세 자매〉는 작자가 주장하듯이 일종의 희극이 된다. 그것은 어둡고 혹독한 덧없음으로 가득 차 있는 인생을 직시하는 체호프 자신의 쓰디쓴 웃음이 아니었을까.

체호프의 4대 희곡 가운데 마지막 작품이며 그의 문학생애를 장식하는 최후의 걸작인 〈벚꽃 동산〉(1903) 역시 인생의 비극과 희극이 교차하는 세계이다. 늘 얼음사탕을 입에 물고 당구치는 시늉을 하며 익살을 부리는 가예프, '22세의 불운아'라 불리는 시종일관 불행과 맞닥뜨리는 집사 에피호도프, 프랑스풍에 빠진 하인, 귀한 집 딸인 양 행세하는 하녀, 가정교사 샤를로타······ 이들 인물들이 매 장면마다 희극적인 행위를 되풀이한다. 이들의 무대 저류(底流)에 사라져 가는 옛 생활에의 애수가 감돌고 있지 않았던들 이 희곡은 작가가 말한 대로 유쾌한 희극 무대를 펼쳤을 것이다. 허나 이 애수는 언제나처럼 너무나 어둡고 심각하다. 라네프스카야 집안의 벚꽃 동산은 오랜 아름다운 생활의 시정(詩情)의 상징인 것이다.

결국 벚꽃 동산이 경매로 남의 손에 넘어갔을 때 그들은 "새로운 우리들의 정원을 만들자." 다짐하며 미래를 향해 내닫기 시작한다. 현실은 어둡다. 그러나 이러한 생활은 이대로 더 이어질 리가 없다, 진보를 믿는다면 반드시 밝고 빛나는 미래가 찾아오리라-이것이 병든 만년의 체호프의 희구(希求)와도 비슷한 확신이었고, 그것은 또 절망에서 인내의 필요성으로, 인내에서 더욱 넓은 전 인류적인 행복의 기원으로, 기원에서 인류의 밝은 미래를 믿는 확신으로 옮아가는 '4대

희곡 〈세 자매〉의 무대
체호프가 만년에 남긴 작품의 주된 주제는 '폐쇄적인 상황과 그 상황에서의 탈출'이다. '여기 말고 다른 어딘가'로 가고 싶어하는 주인공들의 신음이 어느 작품에서나 들려온다. 이 사진은 모스크바로 가려던 꿈이 좌절되어, 시골마을에서 끝내 탈출하지 못하는 자매들을 보여 주는 마지막 장면이다. 1968년, 모스크바 예술극장.

극'을 꿰뚫는 정신이었다. 나아가 그것이 작가 체호프의 찬란한 변모이기도 하다.

모스크바 예술극장과 만년

체호프의 만년은 폐결핵과 고독으로 쓸쓸하고 괴로웠다. 그런 그에게 위안을 주고, 그가 오랜 세월 품었던 희곡의 꿈을 실현시켜 준 것이 스타니슬라프스키와 네미로비치 단첸코가 통솔하는 모스크바 예술극장이었다. 체호프가 죽기 3년 전, 마흔한 살에 결혼한 아내도 이 예술극장의 배우인 올리가

희극 〈벚꽃 동산〉 제2막 무대 장면

크니페르이다.

　모스크바 예술극장과 체호프의 만남은 1898년 가을, 예술극장에서 〈갈매기〉를 재연하여 역사적인 성공을 거둔 데서부터 시작됐다. 〈갈매기〉가 1896년 가을, 페테르부르크의 알렉산드린스키 극장에서 처음 공연되었을 땐 비참한 실패로 끝났다. 이 초연의 실패는 명배우가 중심이었던 그 무렵 연극계의 풍조나, 체호프 극의 진의를 받아들이지 못했던 연출가, 배우, 나아가 작가에게 호의를 갖지 못했던 관객들 때문이라 생각되는데, 체호프는 비웃음이 떠도는 극장을 빠져나와 가을밤의 페테르부르크를 홀로 쓸쓸히 헤매며 두 번 다시 희곡은 쓰지 않으리라고 맹세했다. 이러한 체호프를 다시 극작을 하게끔 만든 것이 모스크바 예술극장에 의한 재공연 무대였다. 모스크바 예술극장은 명배우 중심이었던 그 무렵의 연극계 풍조를 거역하고 작품의 철저한 이해와 배우가 맡은 바 배역에 충실히 임하게 하는 새로운 연출, 새로운 연기를 신조로 삼고, 조화와 분위기가 요구되는 체호프 극의 진가를 무대에서 표현해 보였던 것이다. 모스크바 예술극장의 휘장인, 갈매기 그림은 이 역사적인 〈갈매기〉 재공연의 성공을 기념하는 것이다. 〈세 자매〉〈벚꽃 동산〉 두 작품은 모스크바 예술극장을 위해 씌어졌다.

〈벚꽃 동산〉 초연 포스터
(1904. 1. 17일 첫 상연)

1904년 〈벚꽃 동산〉 초연 무렵의 체호프 그는 그해 7월 2일 눈을 감는다.

만년의 체호프는 고리키, 부닌, 쿠프린 등 젊은 작가들과 교제하기도 했다. 그는 추운 모스크바를 떠나 '따뜻한 시베리아'라 일컫던 얄타의 흰 벽집에 살기도 하고, 때로는 남프랑스의 니스로 추위를 피해 지내며 병마와 싸웠으며, 젊은 작가들을 늘 소중히 하였고 그들에게 조언을 아끼지 않았다. 체호프에게서 가르침을 받은 젊은 작가들이 여러 추억담을 남겼는데, 그 가운데 고리키는 체호프의 인품에 대해 간단하게 이렇게 썼다.

'어떤 사람이라도 안톤 파블로비치 곁에 있으면 자신도 모르게 좀 더 솔직하고 성실해지고 싶어진다. 더욱더 본디의 자신이 되고 싶다는 소망을 느끼게 되는 것이다.'

부닌은 체호프 문체의 비밀에 대해 말했다.

'나는 우리가 쓴 소설의 첫머리와 끝을 삭제해야 한다고 생각한다. 우리 작가들은 거기에서 가장 많이 거짓말을 하고 있으니까. 그리고 될 수 있는 한 간결하게 표현해야 한다. 바다를 묘사한다는 건 무척 어렵다. 최근 어떤 학생의 노트에서 바다를 묘사한 글을 읽었다. 어떻게 묘사했을까? 바다는 크다—그게 다였다. 아주 잘 썼다고 생각한다.'

그러한 가운데서도 체호프의 건강은 나날이 쇠약해져 갔다. 여배우이기 때문에 일 년의 거의 절반을 별거하여 지낸 아내에게 그는 450통 가까운 편지를 썼는데, 아내에게 보낸 그 편지 속에 '기침이 나 몸이 죄어드는 것 같다' '몹시 심한 기침을 해서 온 몸이 아프다'는 등의 표현이 자주 나온다. 1903년 말에 모스크바에 나가 〈벚꽃 동산〉 연습에 입회했을 때는 몸에 걸친 털외투조차 무거워서 괴로워했다고 한다.

다음 해인 1904년 1월 17일은 〈벚꽃 동산〉 공연의 첫날이고 체호프의 마흔네 번째 생일이며, 그의 작가생활 25주년을 축하하는 날이었다. 제3막이 끝났을 때, 야위고 쇠잔한 작가는 죽은 사람처럼 창백한 얼굴을 하고 무대 앞에 서서 많은 축사와 선물을 받았다. 그동안 그는 쉴 새 없이 기침을 하고 있었다. 그 모양이 모든 사람들의 마음을 아프게 했다. 관객들은 그에게 앉으라고 외쳤다. 그러나 그는 계속 서 있었다. 이것이 체호프의 영광스러운 마지막 모습이었다. 축전은 성대했으나 무겁고 괴로운 인상을 남겼다. '장례식 냄새가 났다'고 스타니슬라브스키는 썼다.

이 해 7월 2일 체호프는 남독일의 휴양지 바덴바일러에서 아내가 지켜보는 가운데 숨을 거두었다. 1904년 4월 20일 임종을 2개월 정도 남겨두었을 때, 체호프가 아내 올리가에게 보낸 편지의 한 구절은 체호프라는 작가의 됨됨이를 다시금 보여 준다.

'당신은 인생이 뭐냐고 물었지만, 그것은 당근이 뭐냐고 묻는 것과 같아. 당근이 당근이듯 그 이상은 모르오.'

체호프 연보

1860년   1월 17일, 안톤 체호프(Антон Павлович Чехов) 남러시아, 아조프 해의 항구 도시 타간로크 시에서 태어남. 아버지 파벨 에고로비치는 식료품 잡화상.

1867년(7세)   콘스탄티누스 교회 부설 예비 학급에 들어감.

1868년(8세)   8월, 타간로크 중학 예비학급에 들어감.

1869년(9세)   타간로크 고전과 중학교(8년)에 입학함.

1872년(12세) 수학과 지리 성적이 불량하여 낙제함.

1873년(13세) 가을, 처음으로 극장에 가다(오펜바흐의 오페레타 〈아름다운 엘렌〉). 이때 이후 이따금 극장에 다니며 〈햄릿〉〈검찰관〉 등을 봄.

1875년(15세) 맏형 알렉산드르, 둘째 형 니콜라이 모스크바로 감. 맏형은 모스크바 대학 물리학과에, 둘째 형은 미술 학교에 입학함.

1876년(17세) 타간로크의 고독한 생활 계속됨. 봄방학 때 모스크바를 찾다. 희곡 〈아버지 없는 아이〉, 〈보드빌〉 등을 썼다고 하는데 현재는 남아 있지 않음.

1879년(19세) 6월, 중학을 졸업하고 대학 입학 자격을 얻음. 8월 시 자치회의 장학금 100루블(4개월분)을 얻어 모스크바로 가서 9월 모스크바 대학 의학부에 입학함. 연말에 유머 주간지에 기고하기 시작함.

1880년(20세) 3월, 최초의 유머 단편 소설 《이웃 학자에게 보내는 편지》가 페테르부르크 주간지 〈잠자리〉에 실림. 이후 7년 동안 안토샤 체혼테, 안체발다스토프, 르벨 등의 필명으로 400편 이상의 단편과 스케치 소품, 만문, 재판소 통신 등을 유머 주간지나 신문에 기고함. 연말에 〈잠자리〉 지상에서 편집자로부터 혹평을 받고, 반 년쯤 단편 집필을 중단함.

1881년(21세)　6월부터 다시 투고하기 시작함. 4막 희곡 〈플라토노프〉를 써서 '소극장'의 여배우 에르모로와에게 가지고 갔으나 상연을 거절당함.

1882년(22세)　10월, 시인 파리밍의 소개로 페테르부르크의 유머 주간지 〈단편〉 발행자 레이킨과 알게 됨. 그 뒤 5년 동안 약 300편의 단편, 스케치를 〈단편〉에 기고함. '단편에 실리는 것은 증명서를 받는 거나 다름없다'고 그는 형에게 말함. 이때부터 생활이 약간 안정을 찾음.

1883년(23세)　초여름을 가족들과 함께 모스크바 근교 보스크레센스크에서 지냄. 치키노 순회 병원에서 임상 실습을 함. 많은 단편을 씀. 그중에 《일그러진 거울》《기쁨》《컬렉션》《어느 관리의 죽음》《혼수》《알비온의 딸》《뚱뚱이와 홀쭉이》 등이 있음.

1884년(24세)　6월, 모스크바 대학 의학부를 졸업. 여름을 보스크레센스크에서 지내며 군립 병원을 도움. 가을부터 겨울에 걸쳐서 개업함. 12월, 레이코프 공판 보도 때문에 재판소에 다니다가 최초의 객혈을 함. 이 해 최초의 유머 단편집 《멜리로메 이야기》를 자비로 출판함. 《앨범》《카멜레온》 등과 장편 《사냥터의 비극》을 신문에 연재함.

1885년(25세)　5월, 페테르부르크 신문에 기고하기 시작함. 여름을 가족들과 함께 보스크레센스크에서 가까운 키세료프네의 영지 바브키노에서 보냄. 화가 레비탄과 알게 됨. 12월, 처음으로 페테르부르크에 가서 그곳 문단의 대환영을 받고 자신의 인기를 알고 뜻밖의 기분을 맛봄. 보수파 신문 〈신시대〉지의 사장 스보린, 문단의 중진 그리고로비치 등과 알게 됨. 단편 《고용 사냥꾼》《하사관 프리시베예프》《너무 짜게 절였다》《노년》《슬픔》 등.

1886년(26세)　2월, 〈신시대〉지에 《추선공양》을 본명으로 처음 기고함. 3월, 그리고로비치로부터 격려 편지를 받음. 4월, 두 번째 객혈. 여름을 가족들과 함께 바브끼노에서 지냄. 단편집 《잡화

집》을 내다. 톨스토이주의에 흥미를 느끼기 시작함. 단편 《우수》《곤란한 사람들》《아뉴타》《장난》《진흙의 늪》《바니카》등.

1887년(27세)　4월, 남러시아의 광야를 여행함. 단편집 《황혼에》를 〈신시대〉에서 출판함. 여름을 가족과 함께 바브키노에서 지냄. 9월, 4막 희곡 〈이바노프〉를 집필함. 10월, 코롤렌코와 알게 됨. 단편 《적》《행복》《갈잎 피리》《입맞춤》《카시탄카》《어떤 영양의 이야기》등.

1888년(28세)　1월, 중편 《광야》를 집필. 처음으로 월간 잡지 〈지방 통보〉에 실림. 봄, 중편 《등불》을 쓰다. 이 무렵부터 체호프의 작품에 주의주장이 없다는 것이 논의의 표적이 됨. 여름을 가족과 함께 남러시아 스뮈의 린트와료프네 별장에서 지냄. 7월, 페도샤의 별장으로 스보린을 방문하고 크리미아를 여행함. 10월, 단편집 《황혼에》대해서 학사원으로부터 푸시킨상(단 코롤렌코와 둘이 수상했으므로 반액인 500루블)을 받음. 12월에 페테르부르크에서 작곡가 차이코프스키를 만나다. 단편 《존린다》《이름 있는 날의 축하》《발작》등. 그밖에 1막짜리 극 〈곰〉〈프러포즈〉.

1889년(29세)　1월, 페테르부르크에서 유부녀인 여류 작가 리쟈 아비로바와 만남(그녀의 수기 《나의 생애에 있어서의 체호프》에 의하면, 그녀는 체호프를 사랑했고 체호프 또한 그녀에게 적지 않게 호의를 가지고 있었다고 함). 월말 개작한 〈이바노프〉가 알렉산드린스키 극장에서 상연되고 호평을 받음. 러시아 문학 애호가 협회의 회원이 됨. 여름을 가족들과 함께 린트와료프네 별장에서 지냄. 6월, 이 별장에서 둘째 형 니콜라이(화가)가 폐결핵으로 죽음. 우울증이 한층 더 심해지다. 7, 8월, 얄타에 머무르며 중편 《지루한 이야기》를 거의 탈고함. 가을, 4막 희곡 〈숲의 주인〉(〈바냐 아저씨〉의 원제)을 완성하여 12월 모스크바의 아브라모와 극장에서 상연, 굉장한 혹평을 받음. 단편 《내기》《공작부인》단막극 〈피로연〉〈본의 아닌 비극의 주인공으로〉.

1890년 (30세) 3월, 단편집 《우울한 사람들》을 펴냄. 4월말, 혼자서 마차로 시베리아를 횡단, 사할린 섬으로의 긴 여행을 떠남. 7월, 사할린 섬에 도착함. 3개월쯤 머물면서 유형지의 실태를 낱낱이 조사함. 10월, 사할린 섬을 떠나 동지나 해, 인도양, 수에즈, 흑해를 거쳐 12월 초순 모스크바로 돌아옴. 인상기 《시베리아 여행》 단편 《도둑놈들》《구세프》.

1891년 (31세) 봄, 스보린과 함께 남유럽 여행을 떠나 빈, 베니스, 피렌체, 로마, 나폴리, 니스, 몬테카를로, 파리 등을 찾음. 여름, 카르기 현의 보기모보 마을에 체류, 중편 《결투》를 완성하고 사할린 섬 여행의 조사 보고인 《사할린 섬》을 쓰기 시작함. 가을부터 대기근 시작됨. 난민을 구제하기 위해 모금, 기타 여러 가지 활동을 하고 전답을 물색함. 그밖에 단편 《아낙네들》《바람난 여인》 중편 《아내》 단막극 〈창립 기념제〉.

1892년 (32세) 1월, 페테르부르크에서 아비로바와 재회. 1∼2월, 기근을 겪고 있는 니즈니 노브고로드 현, 보로네지의 현 등을 시찰하고 굶주림 때문에 말을 내놓는 농민들을 위해서 말을 사들이는 기관을 만들려고 뛰어다니는 한편 모금 운동에 힘씀. 3월, 모스크바 현 멜리호보에게서 1만 3천 루블로 전답을 사들여 온가족이 그곳에 이주함. 여름 콜레라가 유행함. 방역을 위하여 임시로 군의 공의로 임명됨. 11월, 《6호실》이 〈러시아 사상〉지에 실림. 단편 《추방되어서》《이웃 사람들》.

1893년 (33세) 여러 가지 공공사업으로 분주함. 이 무렵에 병세가 악화되는 징후가 보임. 《사할린 섬》이 잡지 〈러시아 사상〉 10월호부터 이듬해 7월호까지 실림. 중편 《무명씨 이야기》《대 보로쟈와 소 보로쟈》.

1894년 (34세) 3월, 얄타에 머묾. 8월, 우크라이나를 거쳐 다시 남유럽(빈, 밀라노, 제노아, 니스, 파리)을 여행하고 10월 귀국하다. 11월, 타간로크 도서관에 도서를 기증함. 단편 《검은 옷의 성직자》《여자의 왕국》《로스차일드의 바이올린》《대학생》《문학 교사》《지주 저택에서》 등.

1895년(35세) 2월, 페테르부르크에서 리쟈 아비로바와 만남. 8월, 야스나
야 플랴나로 톨스토이를 찾아감. 《사할린 섬》이 잡지 〈러시
아 사상〉의 별책으로 간행됨. 11월, 희곡 〈갈매기〉의 초고
완성됨. 단편 《부인》《살인》《아리아드나》중편 《3년》.

1896년(36세) 멜리호보에서 가까운 타레시 마을에 초등학교를 세움. 8월,
코카서스, 크리미아로 두 번째 여행을 떠남. 이듬해에 걸쳐
국세 조사원이 되어 활약함. 10월 17일, 페테르부르크의 알
렉산드린스키 극장에서 〈갈매기〉 첫 공연됨. 형편없이 실패
하다. 단편 《다락방이 있는 집》중편 《나의 인생》.

1897년(38세) 1월, 니스 및 파리에서 드레퓌스 사건의 재심에 비상한 관심
을 가지고 에밀 졸라의 활약에 감격함. 2월, 〈신시대〉지의
반 드레퓌스적인 입장에 분개, 스보린에게 긴 반박의 편지를
씀. 9월, 신설된 모스크바 예술극장의 무대 연습을 보다. 모
스크바 예술극장의 여배우로 나중에 아내가 된 올리가 크니
페르와 알게 됨. 10월, 아버지 파벨 죽음. 크리미아에 영주
할 결심을 하고, 얄타 근교 아우트카에 땅을 사서 건축을 하
기 시작함. 그 무렵 지방에서 〈바냐 아저씨〉의 상연 성공함.
10월 17일, 모스크바 예술극장이 〈갈매기〉를 상연하여 대성
공을 거둠. 연말 막심 고리키와 편지 왕래를 시작함. 단편
《아는 사람의 집에서》《사랑에 대해서》《이보누이치》《상자
속에 들어간 사나이》《구즈베리》《왕진중의 한 사건》.

1899년(39세) 1월, 희곡 상연권을 제외하고 과거 및 앞으로의 전 작품의
판권을 7만 5천 루블로 페테르부르크의 출판자 마르크스에게
매도함. 마르크스 판 작품집의 편집에 몰두함. 3~4월, 얄타
에서 고리키와 만남. 5월 1일, 모스크바 역에서 리쟈 아비로
바와 결별함. 같은 날 모스크바 예술극장이 체호프를 위하여
〈갈매기〉를 상연함. 8월말, 얄타의 새 집으로 옮겨와 어머
니와 삶. 10월 26일, 모스크바 예술극장이 〈바냐 아저씨〉를
상연하다. 단편 《귀여운 여인》《새로운 별장》《직무상 용무

로》《개를 데리고 다니는 여인》.

1900년(40세) 1월, 톨스토이, 코롤렌코 등과 함께 학사원 명예 회원에 선출됨. 건강 상태가 더욱 악화됨. 4월, 모스크바 예술극장 단원 전원이 얄타에 있는 체호프를 위문하고 〈바냐 아저씨〉 등을 상연함. 여름 여배우 크니페르와 매우 가까운 사이가 됨. 4막 희곡 〈세 자매〉를 쓰기 시작하여 10월에 탈고함. 12월, 다시금 뉴욕으로 추위를 피해 감. 단편 《크리스마스 주간》 중편 《골짜기》.

1901년(41세) 1월 31일, 모스크바 예술극장이 〈세 자매〉를 상연함. 5월 25일, 여배우 올리가 크니페르와 결혼. 마유주(馬乳酒) 요법을 받기 위해 우파 현 아크세노볼로 감. 질환치료와 아내의 일 때문에 결혼 뒤에도 얄타에서 따로 생활을 함. 가을 톨스토이, 쿠프린, 부닌, 고리키 등과 크리미아에 모여서 지냄.

1902년(42세) 4월, 아내 올리가 크니페르 병듦. 병간호에 지쳐서 객혈함. 모스크바 근교 스타니슬라브스키의 별장 류비모프카에 체재. 〈벚꽃 동산〉의 착상을 얻음. 8월, 당국의 압박에 의한 고리키의 학사원 명예 회원 당선 취소에 대한 항의로 코롤렌코와 함께 명예 회원을 사퇴함. 가을부터 최후의 단편 《약혼녀》를 집필함. 단편 《승정(僧正)》.

1903년(43세) 1월, 늑막염을 앓음. 잡지 〈니바〉의 부록으로 《자선 작품집》 (16권) 출간함. 여름부터 〈벚꽃 동산〉을 집필, 10월에 탈고함. 12월 초, 병든 몸을 이끌고 모스크바에 가서 〈벚꽃 동산〉의 연습을 보러 다님. 12월, 러시아 문학 애호가 협회 임시 회장에 선출됨. 단편 《약혼녀》.

1904년(44세) 1월 17일, 모스크바 예술극장이 〈벚꽃 동산〉을 상연함. 그 무대에서 작가생활 25주년 축하를 받음. 기침과 설사로 고생함. 6월 3일, 남독일 쉬바르츠발트의 바덴바일러에 전지 요양함. 7월 2일 오전 3시, 장결핵으로 죽음. 9일, 유해가 모스크바에 도착함. 노보제비치 수도원에 매장됨.

동완(董玩)

러시아어 번역문학가. 만주 국립건국대학 정치과 졸업. 한국외국어대 러시아어과 교수, 소련·동구문제연구소장, 고려대학교 노문학과 교수, 러시아문화연구소장, 한국노어노문학회 고문, 학술원회원 등을 역임. 지은책에 《러시아어》《노한사전》, 논문에 〈소련 청소년과 문학〉〈소련의 정치〉〈소련의 대외문화교류〉 등이 있다. 옮긴책에 톨스토이 《안나 카레니나》《부활》 도스토예프스키 《죄와 벌》《미성년》 푸슈킨 《대위의 딸》 솔제니친 《암병동》 등이 있다.

세계문학전집078
Антóн Пáвлович Чехóв
ДУШЕЧКА/НЕВЕСТА/В УЩЕЛЕЕ
귀여운 여인/약혼녀/골짜기
체호프/동완 옮김
동서문화창업60주년특별출판
1판 1쇄 발행/2017. 1. 20
발행인 고정일
발행처 동서문화사
창업 1956. 12. 12. 등록 16-3799
서울 중구 다산로 12길 6(신당동 4층)
☎ 546-0331~6 Fax. 545-0331
www.dongsuhbook.com
＊

사업자등록번호 211-87-75330
ISBN 978-89-497-1543-8 04800
ISBN 978-89-497-1515-5 (세트)